DANIELLE STEEL

VICINI DI CASA

Traduzione di Berta Maria Pia Smiths-Jacob

Sperling & Kupfer

www.sperling.it

Vicini di casa
di Danielle Steel
Titolo originale dell'opera: *Neighbours*

ISBN 978-88-5544-131-5

I Edizione Paperback Original aprile 2022

Anno 2022-2023-2024 - Edizione 1 2 3 4 5 6 7 8 9 10

Ai miei splendidi e amatissimi figli,
Beatrix, Trevor, Todd, Nick,
Sam, Victoria, Vanessa,
Maxx e Zara.

Vi auguro con tutto il cuore
l'amore di persone buone
e l'amore per persone buone,
la saggezza per le scelte opportune,
il coraggio di affrontare le sfide della vita,
felicità e fortuna.
Siate benedetti, sempre.

Con immenso amore
Mamma/DS

1

Nella splendida villa in pietra massiccia faceva caldo persino nel seminterrato. Debbie Speck si affannava nella grande cucina superattrezzata per sistemare la spesa appena portata da Jack, suo marito. L'uomo, un quarantaquattrenne sovrappeso e con un principio di calvizie, era sudato da far paura. Come sempre puzzava del dopobarba messo per coprire il leggero odore di whisky da quattro soldi che nascondeva nella sua stanza e che beveva di notte. Di giorno, quando si affaticava, trasudava alcol da tutti i pori. Solitamente anche Debbie, corpulenta e con i capelli biondi tinti in casa, si univa a lui per un paio di cicchetti. Lei però preferiva il gin e tonic oppure la vodka che teneva nel freezer del loro appartamento, dove Meredith White, per cui lavoravano, non si avventurava mai, rispettosa com'era della loro intimità.

La coppia si occupava della gestione della casa e della proprietà della famosa attrice, che aveva abbandonato i set ormai da quindici anni e conduceva una vita da reclusa. Meredith era ancora in attività quando i due erano stati assunti e si spostava continuamente da una location all'altra, come il marito, Scott Price, attore e produttore. Talvolta, impegnati in produzioni diverse, trascorrevano mesi senza vedersi.

Per Jack e Debbie quello era il lavoro perfetto. Vivevano in una lussuosa villa dove almeno uno dei datori di lavoro era quasi sempre via. Quando tornavano, poi, erano costretti a star dietro a una serie infinita di impegni. Né Meredith né Scott avevano il tempo di controllarli da vicino e, anche per questo, si fidavano ciecamente. Seppure giovane ai tempi dell'assunzione – avevano entrambi compiuto da poco ventinove anni – la coppia conosceva già i vantaggi dei quali avrebbe potuto godere e che coglieva a piene mani come frutti maturi dagli alberi. I fornitori e la manodopera che supervisionavano al posto dei padroni di casa rendevano sostanziosi margini di guadagno grazie alle fatture gonfiate. E, come Jack e Debbie sapevano bene, in giro ce n'era parecchia, di gente di quella risma. Così, solo dopo qualche mese di lavoro, erano riusciti a creare una rete di relazioni e a sfruttarle a loro vantaggio senza mai sentirsi in colpa, come già accaduto in precedenza. Infatti selezionavano le offerte di lavoro in base alla propria convenienza, badando sempre di scegliere padroni particolarmente impegnati, distratti o spesso assenti.

Quando i due erano stati assunti, Meredith, ancora una delle attrici più pagate di Hollywood, era molto generosa verso di loro. All'inizio avevano l'incombenza di accompagnare di tanto in tanto in giro il figlio tredicenne dei padroni di casa, Justin, del quale però si occupavano già persone incaricate e uno studente universitario che lo aiutava con i compiti e lo portava a scuola quando i genitori erano assenti. Se si trovavano a casa, Meredith e Scott badavano personalmente al ragazzo. La figlia, Kendall, aveva a quei tempi venticinque anni. Dopo il liceo era andata a studiare in una università di New York e non era mai più tornata a vivere a San Francisco, dove faceva un salto soltanto per le feste natalizie. Nel frattempo, si era sposata e aveva avuto una bambina, Julia. Meredith e Scott erano sempre talmente presi dai propri impegni che era difficile trovare il momento adatto per vedere figlia e nipotina.

E quella, naturalmente, era una situazione perfetta per Jack e Debbie. Abitavano in un piccolo appartamento indipendente, dotato di un ingresso separato. La villa sorgeva nell'elegante quartiere residenziale di Pacific Heights. Lavorare per due note star del cinema non era soltanto prestigioso, ma anche molto remunerativo. Meredith e il marito si erano trasferiti a San Francisco dopo la nascita del figlio, quando la primogenita era dodicenne, determinati a non far crescere un altro bambino a Los Angeles, come la stessa diva aveva confessato. San Francisco era una città più piccola, più tradizionale, più sana, con ottime scuole. Il clima era gradevole per la maggior parte dell'anno e la casa, nascosta dagli alti cespugli fatti piantare lungo tutto il perimetro della proprietà, offriva ampi spazi verdi e un ottimo livello di privacy.

Negli anni, Debbie e Jack avevano goduto a piene mani dei vantaggi offerti loro da quella posizione ed erano riusciti a mettere da parte un consistente gruzzoletto grazie ai loro intrallazzi. Alcuni tesori della casa principale, inoltre, si erano spostati nel loro appartamento, in particolar modo due piccoli ma pregiatissimi dipinti francesi che, spariti dalla villa, da una dozzina d'anni erano appesi nella camera della coppia. Meredith non si era mai accorta della loro assenza e Debbie, che se ne era inamorata, li aveva «trasferiti» da lei. Meredith aveva anche un conto corrente dedicato alle spese domestiche dal quale Debbie attingeva per pagare le bollette e risparmiare alla datrice di lavoro la noia di farlo personalmente. E proprio da quel conto Debbie prelevava piccole cifre che depositava sul proprio, somme talmente ridicole che neanche il commercialista di Meredith si era accorto di quel magheggio.

Sempre molto attenti alle necessità dei datori di lavoro, Jack e Debbie si erano mostrati profondamente vicini a Meredith e ai figli quando la vita della signora, quattordici anni prima, era andata a rotoli. Il mondo dorato che avevano appena conosciuto era crollato in fretta dopo la loro assunzione lasciandosi dietro, in meno di un anno, solo cenere. La disgrazia aveva reso Meredith meno attenta con i conti e più distratta.

Quattordici anni prima, il marito di Meredith aveva intrattenuto una relazione per niente segreta con una giovane attrice italiana con la quale stava lavorando, infischiandosene della differenza di età: cinquantacinque lui, ventisette lei. Il matrimonio della coppia era sempre sembrato stabile, solido, per il mondo dello show business. Meredith e Scott si amavano, erano devoti l'uno all'altra e ai loro figli. Poi Scott era partito per girare un film a Bangkok e al suo rientro il matrimonio era andato in fumo. Giusto il tempo di tornare, lasciare Meredith per Silvana Rossi e trasferirsi con lei a New York.

Meredith, profondamente ferita dal tradimento, aveva

fatto buon viso a cattivo gioco per amore dei figli. Jack e Debbie non l'avevano mai sorpresa a dire cattiverie su Scott con Justin, sebbene Debbie più di una volta l'avesse vista piangere da sola in camera e l'avesse abbracciata per confortarla.

Umiliata da quello che i tabloid pubblicavano su Scott e Silvana, Meredith aveva accantonato ogni genere di frequentazione, usciva di rado e si dedicava completamente al figlio, accompagnandolo a scuola e agli allenamenti sportivi, trascorrendo il proprio tempo con lui e cenando ogni sera in sua compagnia. Debbie l'aveva persino sentita, una volta, rifiutare la proposta di un film. Meredith desiderava solo isolarsi con il ragazzino sino a quando il polverone sollevato dallo scandalo della separazione non si fosse diradato. Anche per Justin l'addio dei suoi era stato una batosta, come aveva confidato a Jack. Spesso volava a New York per andare a trovare il padre, ma ogni volta che tornava diceva peste e corna della futura matrigna. Aveva una pessima opinione di Silvana, e l'aveva addirittura definita una poco di buono, come Jack stesso aveva raccontato a Debbie. L'attrice ladra di mariti non piaceva neanche a Kendall, la primogenita di Meredith che i domestici conoscevano a malapena, giacché prima del loro arrivo abitava già nella Grande Mela.

Meredith non parlava mai di Silvana con Debbie. Era una donna piena di dignità, discreta, rispettosa, anche se Debbie supponeva che dovesse odiare la giovane attricetta e che fosse distrutta dalla volontà di Scott di divorziare da lei. Quello che un tempo era sembrato un matrimonio felice si era dissolto come una nuvola di vapore nell'aria. La decisione di Meredith di mettere in pausa la sua già avviatissima carriera per dedicarsi al figlio aveva suscitato l'ammirazione della governante.

Debbie e Jack non avevano figli. In precedenza avevano lavorato a Palm Springs per una coppia di anziani che in breve tempo erano venuti a mancare. Originari entrambi della California settentrionale, si erano conosciuti a San Diego. Jack aveva una discreta fedina penale per reati minori, principalmente frodi su carte di credito per finanziare il consumo di droga. Debbie era stata processata per taccheggio, microcriminalità, furto di carte di credito e possesso di marijuana per vendita a terzi. Avevano entrambi ventidue anni. La giustizia li aveva costretti a partecipare allo stesso programma di riabilitazione, per cui avevano trascorso insieme sei mesi in un centro di recupero. Lì si erano innamorati e avevano pensato che sarebbe stato meglio sfruttare le loro ambizioni unendo le forze. Si erano sposati solo perché convinti che, come coppia regolare, sarebbe stato più facile trovare lavoro come guardiano e governante. Jack aveva proposto di offrire i propri servizi a gente ricca presso la quale avrebbero potuto guadagnare bene e gettare le basi per progetti futuri ancora più importanti. Debbie però aveva messo subito in chiaro di non avere intenzione di fare la cameriera, di pulire gabinetti o di indossare un'uniforme. Si era convinta solo quando lui le aveva spiegato che avrebbero gestito case lussuose di gente in vista. Avrebbero potuto muoversi a piacimento, affidare a collaboratori pulizie, faccende domestiche e incombenze varie, e vivere in mezzo agli agi. Avrebbero persino potuto intascare un po' di denaro approfittando delle assenze dei datori di lavoro per poi incolpare qualcun altro, rubacchiare contanti e, nello stesso tempo, guadagnare un'ottima paga e vivere bene a spese altrui. Jack le aveva dipinto un quadro così affascinante della situazione che, una volta uscita dal centro di riabilitazione, la coppia aveva provato subito a mettere in pratica il proprio progetto. Si erano presentati così presso una nota agenzia di collocamento di Los Angeles, con false referenze inventate da Jack su fogli di carta intestata altrettanto falsi, attribuendole a una coppia defunta e senza eredi in grado di confermarle. L'agenzia, che non aveva l'abitudine di controllare le referenze e nemmeno la fedina penale, se non su espressa richiesta del cliente, li aveva registrati nella propria banca dati.

Il primo lavoro era stato un disastro e si era concluso con un bel licenziamento per incompetenza. Dopo, avevano cominciato a imparare ciò che ci si aspettava che facessero ed erano passati all'impiego successivo, a Palm Springs, presso la coppia che, alla fine, era morta davvero. I due erano talmente anziani da prestare pochissima attenzione a ciò che Jack e Debbie combinavano e i figli erano grati di aver trovato persone così attente, amichevoli e responsabili con i loro genitori. Questi ultimi gli avevano lasciato persino una discreta sommetta nel proprio testamento. Armati di referenze vere, si erano presentati a San Francisco per la posizione offerta da Scott e Meredith, che stavano cercando un aiuto attraverso un'agenzia di Los Angeles della quale si fidavano ciecamente. Jack e Debbie, forti del piccolo lascito dell'anziana coppia, non avevano fretta di trovare un impiego, ma quando gli era stato offerto il posto presso i due famosi attori, non erano riusciti a dire di no. Quello sarebbe stato il loro nuovo trampolino di lancio. Avevano capito che dovevano essere ossequiosi per ingraziarsi i datori di lavoro ed entrare a far parte della loro vita. All'inizio, a Scott non erano piaciuti. Li trovava viscidi, ma poi aveva lasciato perdere, visto che un anno dopo, a seguito della partenza per Bangkok, se ne era andato per sempre. Meredith, al contrario, li aveva subito accolti a braccia aperte.

Ormai lavoravano in quella casa da quindici anni e lei ne era completamente dipendente. Era a loro che si appoggiava per ripararsi dal mondo esterno, erano loro che esaudivano ogni sua richiesta, seppur minima. Meredith non era una persona impegnativa e trascorreva la maggior parte del tempo a leggere chiusa nello studio accanto alla stanza da letto, oppure seduta in giardino. Non riceveva mai nessuno. Da quattordici anni viveva ai margini del mondo, o meglio: se ne era distaccata completamente, preferendo condurre un'esistenza tranquilla e non frenetica come quella di una stella del cinema. Il mondo, però, non l'aveva dimenticata. E da quando era diventata una reclusa in casa sua, si era trasformata in leggenda.

Sei mesi dopo il trasferimento di Scott a New York, Justin era partito per andare dal padre e la nuova compagna nella casa che la nuova coppia aveva affittato nel Maine per il mese di agosto. Nelle ultime due settimane sarebbero arrivati anche Kendall, il marito e la bambina, Julia. Neanche alla figlia di Scott piaceva la nuova partner, ma era molto vicina al padre e adorava il fratello minore. Non aveva accettato di buon grado la separazione dei genitori ma, essendo sempre stata più affezionata al padre che alla madre, era felice che Scott si fosse trasferito a New York, dove viveva anche lei con il marito, un finanziere di successo.

Compreso nell'affitto della casa per l'estate c'era anche un piccolo motoscafo da competizione che Scott non vedeva l'ora di provare, e una barchetta a vela che sapeva avrebbe conquistato il cuore di Justin. Il figlio, infatti, per due estati di fila aveva frequentato una scuola di vela nello stato di Washington, dove si era distinto nonostante la sua giovane età. Meredith aveva pregato il marito di non farlo navigare da solo in quelle acque a lui poco familiari e imprevedibili e Scott le aveva garantito che sarebbero usciti soltanto insieme, aggiungendo che il ragazzo era un marinaio migliore della maggior parte degli uomini con il doppio della sua età e che adorava quello sport. Più volte il figlio aveva detto di voler comprare una barca tutta sua per fare un giro intorno al mondo.

Justin era felicissimo di trascorrere le vacanze con il padre e non vedeva l'ora di ritrovare l'amata sorella. Gli piaceva l'idea di stare con il padre per un mese intero, nonostante la presenza di Silvana. La reputava una stupida che strisciava intorno al genitore come un serpente e la trovava imbarazzante. Faceva sempre del suo meglio per ignorarla e approfittava del suo pessimo inglese per evitare di rivolgerle la parola.

Una decina di giorni dopo l'arrivo di Justin nel Maine, Scott si era attardato a letto per via di una sbornia presa la sera prima durante una festa alla quale lui e Silvana avevano partecipato a casa di alcuni nuovi amici. Nonostante la splendida giornata di sole, era rimasto a casa col mal di testa e aveva lasciato che il figlio prendesse da solo la barca a vela. Era poco più grande di un guscio di noce e Justin aveva promesso di non allontanarsi dalla costa e di rientrare in tempo per il pranzo.

Un'ora dopo si era alzato un forte vento di burrasca, dalle acque dell'oceano si erano levate onde inaspettate e Justin, che era più al largo di quanto non avesse promesso di andare, era stato trascinato via dalle correnti e dal mare in tempesta. A mezzogiorno, non vedendolo ritornare ed essendosi reso conto delle pessime condizioni del tempo, Scott aveva allertato la guardia costiera. Della piccola barca a vela del figlio non c'era traccia, mentre lui, fermo sul molo, aspettava notizie con un groppo allo stomaco sempre più grosso. Impossibile salire sul motoscafo per andare a cercarlo.

Nel pomeriggio, le autorità avevano trovato la barca rovesciata. Di Justin nessuna traccia. Il suo corpo era stato rinvenuto due giorni dopo sulla spiaggia di una delle isolette della zona. Kendall si trovava già dal padre, in attesa di notizie, mentre Meredith, seduta accanto al telefono a San Francisco, non aveva fatto che pregare. Il suo incubo peggiore si era avverato. Scott singhiozzava disperato quando l'aveva chiamata per avvisarla della sparizione del figlio e poi del suo ritrovamento. Kendall urlava, era fuori di sé dal dolore. Lo erano tutti.

Scott, devastato quanto la figlia, era volato a San Francisco con il corpo del figlio per il funerale organizzato da Meredith. Per tutto il tempo, Kendall si era mostrata compassionevole verso il padre, conscia della colpa che lo tormentava e convinta che la madre fosse forte abbastanza da affrontare meglio la situazione.

Quattordici anni dopo, il ricordo di quella morte ancora li tormentava. Meredith da allora non aveva quasi più rivolto la parola all'ex marito e così facendo i legami di Kendall con il padre si erano rafforzati ulteriormente.

Per qualche anno dopo la morte del fratello era andata a trovarla un paio di volte all'anno, sempre accusandola però di avere un comportamento duro nei confronti di Scott e rammentandole il peso che quella situazione rappresentava per lui, quasi completamente annientato dal rimorso.

Dopo la morte del ragazzo, Scott aveva affrontato una situazione difficilissima. Il suo senso di colpa lo aveva trascinato in una spirale di droga e alcol per un paio d'anni. Se era riuscito a rimettersi in piedi era stato solo grazie all'aiuto di Kendall e di Silvana. Meredith non gli aveva mai perdonato il terribile incidente e il suo atteggiamento era stato definito addirittura crudele dalla figlia. Si era trattato di una tragedia inaspettata. Non era stato Scott a ucciderlo, anche se si era comportato da sciocco negligente e non aveva mantenuto fede alla sua promessa. Risultato? Justin non era più con loro. Poco dopo, Meredith aveva preteso il divorzio.

Scott e Silvana si erano sposati. La presenza della donna era diventata ormai indispensabile per lui. Due anni dopo la morte del figlio, Scott si era disintossicato dall'alcol e aveva ripreso in mano la propria carriera. Adesso, a sessantanove anni, produceva e dirigeva film e godeva di una fama ancora più luminosa rispetto al passato.

La carriera di Silvana si era invece conclusa rapidamente e la sua stella era tramontata prima ancora che Scott riprendesse a lavorare. Ora, a quarantuno anni, viveva la tranquilla e soddisfatta esistenza della moglie di un uomo di successo sulla scena di Hollywood. La sua bellezza era svanita, la silhouette si era appesantita. Non era più la diva affascinante di un tempo, ma una donnetta noiosa e priva di talento. Si capiva che era stata splendida in gioventù, ma adesso, dopo aver esagerato con gli interventi di chirurgia plastica, aveva perso non solo attrattiva ma anche decoro. Nonostante tutto, però, la coppia resisteva dopo tredici anni di matrimonio e Silvana adorava il ruolo di consorte di un famoso attore e produttore. Vivevano a New York, dove Scott aveva la possibilità di frequentare la figlia e la nipotina. Meredith dubitava che fosse fedele a Silvana, ma ormai non le importava più nulla. Lei e Scott non avevano più motivo di parlarsi ora che Kendall era diventata una donna adulta e che Justin era morto. Non si erano più visti dal suo funerale, un tormentoso ricordo per entrambi. Scott non si era mai perdonato la morte del figlio e non ne aveva avuto altri da Silvana, più che contenta di recitare lei stessa la parte della bimba, data la differenza d'età. Giocava a fare la bambolina senza averne più l'aspetto.

Kendall non si era più riavvicinata alla madre e ormai andava a trovarla di rado. La deprimeva vedere la casa dove lei e Justin erano cresciuti. La camera del fratello era stata trasformata in una specie di santuario, Meredith si era allontanata dal mondo e viveva come un fantasma. La coppia di domestici le dava i brividi, si comportavano come se fossero i padroni di casa senza che la madre se ne rendesse neanche conto. E più Kendall si faceva fredda e distante, più Meredith trattava Debbie quasi come una figlia: tra lei e Kendall, dopotutto, c'erano solo quattro anni di differenza. Meredith sarebbe potuta essere sua madre. E poi vivevano nella stessa casa e si vedevano ogni giorno. I contatti con la figlia, invece, erano minimi. Ormai vivevano in mondi lontani e paralleli.

* * *

La sfolgorante carriera di Meredith era finita con la morte di Justin. Per due anni non aveva messo il naso fuori dalla porta, affranta dal lutto. Ce ne erano voluti altri tre prima di sentirsi vagamente se stessa. Non aveva mai perdonato Scott per aver disatteso la sua promessa. Quello che era successo in seguito era colpa sua. Con tutta evidenza, il ragazzo si era allontanato troppo dalla riva. Quando all'improvviso si era scatenata la burrasca, la barca era stata capovolta dalle onde, troppo distante dalla costa, e il figlio era annegato. Per anni era stata tormentata dagli incubi fino a quando, pian piano, si era rassegnata.

Nel frattempo, aveva perso interesse nel proprio lavoro. Lei e il marito avevano investito i loro guadagni con saggezza e non aveva dunque più bisogno di lavorare per vivere, tanto più che conduceva uno stile di vita frugale. Continuare a brillare nel firmamento delle stelle hollywoodiane dopo la morte del figlio le sembrava una farsa alla quale non intendeva sottostare e così aveva cominciato a condurre una vita da reclusa. Passava giorni senza parlare con nessuno a eccezione di Jack e Debbie, che eccellevano nel proteggerla dal mondo del quale, come lei stessa diceva sempre, non voleva più far parte.

Per i primi cinque anni dopo la morte di Justin, Meredith aveva vissuto quasi senza rendersi conto di ciò che la circondava, incurante di tutto e di tutti. Non si era mai accorta dei piccoli quadri scomparsi dalle pareti del soggiorno dove non entrava mai. Quando una volta Debbie le aveva riferito che la cameriera che si occupava delle pulizie aveva rubato alcuni cappotti di pelliccia dal suo guardaroba, Meredith non aveva battuto ciglio e aveva lasciato che fosse la governante a licenziare la colpevole. Mai più avrebbe indossato abiti eleganti. Ormai viveva perennemente in blue-jeans, sopra i quali indossava vecchi parka quando faceva freddo e rimaneva seduta in giardino. Le sue calzature preferite erano le scarpe da tennis o gli stivali di gomma. Quando usciva per le sue lunghe passeggiate, nessuno la riconosceva. La gente del quartiere sapeva chi abitava in quella casa, era al corrente di quanto accaduto ma era anche convinta che Meredith non lasciasse mai la villa. La sua era una di quelle tragedie dalle quali spesso una persona non riesce più a riprendersi e, a quanto pareva, Meredith non ce l'aveva fatta.

La sua carriera si era fermata a quarantanove anni, come il resto della sua vita. Aveva escluso gli amici, non aveva più famiglia a eccezione della figlia che viveva a cinquemila chilometri di distanza con il marito e la bambina, conduceva un'esistenza movimentata e non veniva quasi più a San Francisco. Kendall preferiva rimanere vicino al padre e l'aveva esclusa completamente dalla propria vita. Il tradimento del marito, la morte di Justin, il fatto che la figlia appoggiasse Scott abbandonando lei erano colpi difficili da affrontare, crudeli, che l'avevano sprofondata nella solitudine.

A sessantatré anni, viveva appartata e felice di farlo. Il suo agente era morto prima che avesse l'opportunità di parlargli di nuovo o di vederlo. Il lavoro non le interessava più.

La morte di Justin non la tormentava più come in passato. Aveva imparato a conviverci e ad accettarla, convinta che un giorno lo avrebbe rivisto. Non viaggiava più, non si allontanava da San Francisco e seguitava ad aggrapparsi alla casa dove il figlio aveva vissuto la sua breve esistenza. La camera del ragazzo, al piano superiore, era rimasta come lui l'aveva lasciata. Meredith vi entrava di rado, ormai, tranne quando cercava qualcosa o una fotografia. Le piaceva l'idea di sapere che tutto ciò che era appartenuto a Justin era custodito lì dentro, che nulla era cambiato fra quelle quattro pareti. E in generale in tutta la casa. Un modo, questo, di fermare il tempo dopo la tragedia. Gli anni, però, avevano continuato a scorrere inesorabili.

Jack e Debbie erano diventati i guardiani di Meredith, il suo scudo contro il mondo e i suoi occhi curiosi, e approfittavano largamente di quella vantaggiosa condizione senza che la signora si accorgesse di nulla. Avevano deciso di far crescere le siepi di recinzione per impedire anche la più piccola curiosità dall'esterno. Per i primi cinque anni, Meredith aveva sofferto di una fortissima depressione. Ora era una donna tranquilla, con un passato famoso, una tragica storia alle spalle, felice di muoversi nel suo giardino o, nei giorni più tempestosi, di guidare fino alla spiaggia per prendere una boccata d'aria fresca e godere la sensazione del vento sulla faccia. Non desiderava stare in compagnia, non vedeva i suoi amici da anni. Le loro vite ormai erano troppo diverse da quella che conduceva lei.

Meredith aveva visto alcuni film recentemente diretti da Scott ed era rimasta sorpresa dalla sua professionalità, e anche sollevata di non averlo mai più incontrato di persona. Per niente al mondo avrebbe desiderato ritrovarselo davanti. In casa, tutte le fotografie che lo ritraevano erano state fatte sparire. Quelle di Justin, al contrario, abbondavano ovunque. Il ragazzino era ritratto in ogni fase della sua breve vita, anche se non mancavano ritratti di Kendall. Quando parlava con Meredith, Debbie lo faceva con rispetto e si prodigava in ogni modo possibile per assicurarle il massimo comfort. Conosceva le sue abitudini, sapeva cosa gradiva mangiare e quando, come le piaceva essere servita, come voleva trovare il letto prima di coricarsi, che genere di libri adorava leggere. Era stata lei a farle conoscere molte nuove serie televisive che guardavano insieme. Per Meredith era ormai diventata un filtro che la proteggeva da tutto ciò che non desiderava affrontare. Le semplificava la vita, mentre Jack si assicurava di tenerla al sicuro, di proteggerla. Il mondo fuori dalle mura della sua villa le pareva ormai pericoloso, sconosciuto. Meredith di certo non intendeva diventare dipendente dalla coppia assunta per badare alla casa ma, senza volerlo, era proprio quello che era accaduto. Loro facevano di tutto per sollevarla dalle preoccupazioni e lei gliene era grata. Non l'avevano abbandonata come Scott e la figlia. Meredith era una leggenda nel quartiere, la famosa star del cinema che aveva perso il figlio e che viveva come un'eremita.

«Ormai penseranno che sia una specie di strega», diceva talvolta ridendo. Era ancora bellissima, con i suoi grandi occhi celesti che i fan amavano e ricordavano, i capelli color sabbia, i tratti del viso delicati ed eleganti. Ancora molto attraente e piena di energia, era in ottima forma fisica e non dimostrava la sua età. Trascorreva ore impegnata nel giardinaggio e nella lettura.

Quel giorno si era divertita a stare in giardino a potare le rose, nonostante il clima torrido. Le ondate di calore erano rare a San Francisco. Entrò in cucina con il cappello di paglia a falde larghe ancora calcato sulla testa e sorrise a Debbie che stava preparando per pranzo la sua insalata preferita. Meredith aveva conservato il fisico di un tempo, anche se durante i primi anni di autoreclusione era dimagrita molto e la governante aveva sempre dovuto insistere per convincerla a mangiare un boccone. Agli occhi di Meredith, tutto quello che la fedele coppia faceva era una testimonianza tangibile di quanto tenessero alla loro signora e quanto grande fosse il loro cuore. La rispettavano più della sua stessa figlia, che chiamava a malapena e dopo mesi di silenzio, e della quale Meredith sentiva acutamente la mancanza.

«Accidenti! Fuori c'è un caldo terribile!» esordì con un sorriso rivolto alla governante. La stagione estiva era stata lunga, afosa, e il caldo settembrino era un piacevole cambiamento. «Una vera e propria estate indiana», aggiunse prima di afferrare una bottiglia d'acqua fredda dal frigorifero e berne una lunga sorsata.

«Questo è tempo da terremoto», rispose Debbie, porgendole un bicchiere mentre Meredith scrollava la testa. Non ne aveva bisogno.

«Spero di no.» Posò la bottiglia. «Sono ventotto anni che abito qui e, grazie a Dio, non c'è mai stato un terremoto degno di questo nome. Quello famoso, del 1989, lo abbiamo mancato per quattro anni. A quanto pare è stato bello tosto.» Si bloccò, rendendosi conto che ventotto anni sarebbe stata anche l'età di Justin, se fosse vissuto. Eppure, chissà perché, non riusciva neanche a immaginarlo. Per lei sarebbe sempre stato un quattordicenne. Rammentò il modo in cui sorrideva, come si sbellicava dalle risate, gli scherzi che le faceva. Era sempre stato un ragazzo giocoso, felice e divertente. Grazie al cielo, fino al divorzio, lei e Scott erano riusciti a offrirgli un'infanzia serena. Quando lo ricordava, adesso, lo faceva con tenerezza, senza rivivere l'orrore del giorno in cui era annegato.

«In caso di terremoto, questa casa non si muoverebbe di un millimetro», intervenne Jack entrato in cucina per bere un bicchiere d'acqua. Sebbene lui e la moglie avessero quarantaquattro anni, il tempo con loro non era stato clemente come con Meredith, che sembrava poco maggiore della coppia e aveva meno rughe sul volto e intorno agli occhi di Debbie, sempre leggermente corrucciata, che si tingeva i capelli di uno strano biondo dai riflessi arancioni e aveva sempre un dito di ricrescita. Jack stava diventando calvo e col tempo aveva sviluppato la tipica pancia del bevitore di birra. Strano, pensava sempre Meredith. Per quanto ne sapesse, non beveva. Anche Debbie aveva messo su qualche chilo di troppo. Meredith, di contro, era snella di natura e aggraziata, non solo in virtù delle passeggiate quotidiane ma anche delle lezioni di yoga che frequentava nel vicinato senza che nessuno la riconoscesse. La solitudine la cullava come un'amica, la abbracciava, e la notte la spingeva a trasformarsi in un'avida lettrice per poi commentare il libro con Debbie il mattino seguente. La domestica non era mai stata una grande lettrice, ma sapeva che quello era un modo per legarsi a Meredith, così anche lei approfondiva la conoscenza degli argomenti che la padrona di casa preferiva. Per quanto strano potesse sembrare, erano diventate molto amiche.

* * *

La villa, la più grande di San Francisco, era stata costruita un centinaio di anni prima in solida pietra e si ergeva su un vasto lotto di terreno. Protetta da un cancello e da una siepe, l'imponente struttura e l'altrettanto ampio giardino rappresentavano un mistero per chi non era del posto e si chiedesse da chi fosse abitata. Il commento di Jack sulla villa le ricordò qualcosa del lontano passato.

«A proposito di terremoto, abbiamo sufficienti scorte di emergenza nel caso ne dovesse arrivare uno? Quando ci siamo trasferiti qui, quello sismico era un fenomeno che ci aveva preoccupato molto ed è per questo che, allora, abbiamo acquistato un bel po' di tende, corde, piedi di porco, cibo in scatola e acqua imbottigliata, kit di primo soccorso e sistemato ogni cosa nel capanno in giardino. È tutto ancora utilizzabile?» Meredith aveva riposto lì dentro anche gli abiti per suo figlio, ai tempi poco più di un bimbetto. Dopo aver vissuto parecchi anni in zona, però, avevano smesso di preoccuparsi dei terremoti e dimenticato di rinnovare le scorte. Era da tantissimo che non ci pensava più. «Avevamo anche dei lumi a batteria.» Scott si era impuntato perché nel capanno fosse nascosta anche un'arma, nel caso in cui qualche sciacallo avesse tentato di depredare la casa, ma lei non glielo aveva permesso. In cassaforte era sempre presente una busta di contanti per le emergenze, un'abitudine che Meredith aveva mantenuto per far fronte, di tanto in tanto, a qualche richiesta di Jack o Debbie.

«Controllo sempre i kit di primo soccorso e gli attrezzi», rispose Jack. «Le tende le ho donate qualche anno fa ai senzatetto. Non ce lo vedo proprio il nostro giardino pieno di ospiti. I vestiti li ho gettati.» Meredith annuì.

Erano quelli di quando Justin era piccolo. «Per quanto riguarda le scorte di acqua e di cibo, ne abbiamo a sufficienza in casa. La dispensa è sempre ben rifornita.» Debbie controllava che vi fosse sempre carne nel congelatore e cibi in scatola. «Non abbiamo certo bisogno di nutrire il vicinato», aggiunse Jack, serio, lasciandole intendere di volerla proteggere dalla curiosità degli estranei. «Abbiamo scorte in grado di mantenerci per settimane. La casa è stata costruita su un blocco di granito. In caso di terremoto non se ne accorgerebbe neanche, e qualora dovesse mancare la corrente abbiamo un generatore di emergenza.» Scott lo aveva fatto installare all'acquisto della villa.

Le case del vicinato, tutte in affascinante stile vittoriano, erano perlopiù costruite in legno, il che le rendeva meno solide e resistenti in caso di calamità. Meredith non aveva mai incontrato nessuno dei vicini né desiderava farlo. Il marito, al contrario, si era sempre mostrato più aperto verso il prossimo e preoccupato per gli altri in caso di terremoto. Questo però succedeva ai tempi in cui si erano trasferiti nella zona. La sua vita adesso era cambiata radicalmente. Meredith non aveva la più pallida idea di chi vivesse nelle graziose ville accanto alla sua e sospettava che fosse lo stesso anche per Jack e Debbie, che conducevano una vita ancora più appartata, sempre sospettosi dei vicini e dei passanti che tentavano di sbirciare attraverso il cancello. Proteggerla e ripararla dagli sguardi indiscreti era per loro una sorta di missione.

Meredith si accomodò in cucina per pranzare insieme alla coppia come faceva tutti i giorni. La loro era ormai diventata una consuetudine. Non le pareva giusto raddoppiare il lavoro di Debbie facendosi servire in sala da pranzo, considerata la gentilezza con la quale l'aveva sempre trattata, anche nei periodi più bui della sua vita, quando aveva perso prima il marito e poi il figlio. Grazie alla loro presenza, Meredith soffriva di meno per il fatto di non vedere mai la figlia. Agli inizi, si era portata il pranzo su un vassoio nello studio, ma da anni ormai mangiava con la coppia, sebbene avessero età diverse e provenissero da due mondi diversi. Debbie e Jack erano cresciuti in un ambiente povero, non erano andati oltre le scuole superiori. Debbie si era diplomata, mentre il marito aveva mollato gli studi. Avevano quasi vent'anni meno di lei. Col tempo, però, erano diventati i suoi unici amici. Talvolta Debbie guardava una delle sue serie tv preferite con lei nel soggiorno. La compagnia raddoppiava il divertimento e dopo potevano scambiare quattro chiacchiere. Jack gradiva programmi diversi e le prendeva in giro, preferendo ritirarsi nell'alloggio per guardare lo sport, che la moglie detestava. Debbie e Meredith erano attratte dagli stessi show, leggevano gli stessi libri, soprattutto perché la domestica, intellettualmente più ambiziosa del marito, si sforzava di farlo. Era quasi come una figlia per la padrona di casa, una sorella o un'amica. Lui era più taciturno, seppur intelligente, un uomo di poche parole rispetto alla moglie che si lanciava in grandi conversazioni.

Terminato di pranzare, Meredith tornò in giardino per completare la potatura, incurante del caldo. Adorava il sole. Verso le quattro, Debbie le portò un bicchiere di limonata ghiacciata che accettò con un sorriso di gratitudine e svuotò quasi completamente.

«Mio Dio, è buonissima. Stavo morendo di sete, ma non mi andava di fermarmi e di rientrare.» Meredith aveva gettato il cappello su una sedia e si stava godendo il sole sul viso.

«Le sue rose sono bellissime», si complimentò Debbie.

«Non avrei mai pensato di trascorrere i miei giorni facendo giardinaggio, ma devo dire che mi piace moltissimo.» Meredith tagliò una splendida rosa rosso scuro e la porse alla domestica scambiando con lei un caloroso sorriso. Non sarebbero potute essere più diverse. Meredith proveniva da una famiglia distinta, anche se non facoltosa. Aveva un'aria aristocratica e movenze aggraziate. Debbie era cresciuta nella povertà più assoluta, in un campo caravan, e il suo aspetto ne tradiva le origini; aveva modi grezzi e quegli orribili capelli tinti con la ricrescita scura non facevano che marcare la sua provenienza. Eppure, Meredith era convinta che si comprendessero e che fossero amiche. «Stavo pensando di frequentare un corso di cucina cinese, visto che ci piace così tanto. In questo modo ti eviterei di metterti ogni sera ai fornelli», disse con generosità, nonostante Debbie fosse pagata proprio per quello. Dato però tutto il tempo che trascorrevano insieme, era facile dimenticarsene. Il rapporto datore di lavoro-dipendente stava assumendo contorni sempre più sfumati per via della convivenza.

Qualche minuto dopo, Debbie rientrò in casa. Faceva troppo caldo per lei, fuori, e l'aria si era fatta umida, pesante. Sì, quello sembrava davvero tempo da terremoto, sebbene Meredith lo reputasse solo una diceria. Non aveva mai sentito parlare di una cappa di pesantezza sulla città nel 1906, quando si era scatenato un sisma senza precedenti. Quello del 1989 aveva fatto tremare la terra durante le finali del campionato di baseball, quindi era possibile che anche in quel momento il clima fosse caldo e umido. Ma perché preoccuparsi? Erano solo conversazioni prive di senso, le solite sciocchezze che si dicevano sul tempo.

Erano le cinque del pomeriggio quando Meredith prese il cestino con gli attrezzi da giardinaggio ripromettendosi, quella sera, di chiamare la figlia. L'ennesimo tentativo per riallacciare i rapporti. Non si parlavano da un'infinità di tempo. Kendall le telefonava di rado. L'ultima volta che si erano sentite, stava discutendo animatamente con la propria figlia diciannovenne che aveva deciso di mollare l'università. Frequentava la Tisch School, una famosa scuola di teatro della Grande Mela.

Sembrava ricalcare le orme materne. Kendall, da studentessa, era andata all'estero per un anno, a Firenze. Era appena ventenne, allora, e si era follemente innamorata di George Holbrook, il figlio maggiore di un'importante e ricchissima famiglia di banchieri newyorkesi. I due si erano conosciuti proprio in Toscana. Dopo, Kendall si era rifiutata di tornare alla Columbia. I ragazzi si erano fidanzati a Natale per poi convolare a nozze qualche mese dopo. Testarda com'era sempre stata, Kendall non aveva più ripreso gli studi. Tanto i genitori quanto i suoceri avevano temuto che il matrimonio non sarebbe durato, che si fossero sposati troppo giovani, ma vent'anni dopo erano ancora insieme, felici. Dieci mesi dopo il sì era arrivata Julia. Anche quella mossa era apparsa imprudente a Meredith. Non era il caso di diventare genitori così presto, ma Kendall faceva sempre di testa sua e, a quanto pareva, lei e il marito si erano rivelati una coppia perfetta, anche se tradizionalista e un po' rigida.

Kendall faceva parte di tutti i comitati di beneficenza

di New York. I genitori di George non avevano visto di buon occhio che i consuoceri fossero entrambi attori e che la nuora non fosse più tornata a scuola e non avesse mai lavorato. Era la tipica donna alto borghese, un modello che la figlia Julia detestava. Lei voleva seguire le orme dei nonni materni, trasferirsi a Los Angeles, tentare la carriera di attrice. Voleva spiegare le ali, ma padre e madre non facevano salti di gioia. Meredith sorrise pensando alla nipote. Adesso toccava a Kendall vedersela con una figlia ribelle che rifiutava tutto quello che i genitori avevano raggiunto e che per loro aveva un valore.

Kendall aveva sempre detestato la carriera di Scott e Meredith, soprattutto perché il lavoro li teneva spesso entrambi lontani da casa. Non le piaceva neanche che fossero così riconoscibili e famosi. Detestava quando dei perfetti estranei li fermavano in mezzo alla strada per chiedere un autografo. Certo, Meredith non negava di essere stata sempre molto presa, e che Kendall fosse appena nata quando aveva scalato il successo hollywoodiano diventando una star. Justin era arrivato dodici anni dopo, quando era più matura e se la cavava meglio. Gli impegni erano sempre frenetici, ma al maschietto non sembrava importare delle assenze dei genitori come invece era stato per la primogenita, o del fatto che fossero conosciuti da tutti. Talvolta era addirittura fiero e orgoglioso della loro notorietà. Kendall, di contro, si sentiva costantemente messa in imbarazzo dalla madre ed era gelosa di lei, sebbene Meredith fosse una persona discreta e non si fosse mai vantata della sua immensa fama.

Quando Justin era arrivato, lei e Scott avevano cercato di alternarsi nella lavorazione dei film e di fare sempre in modo che, quando uno era assente, l'altro si prendesse cura del figlio. Per Kendall era stato tutto diverso: le assenze erano state simultanee, cosa che spesso rinfacciava a entrambi, in particolar modo alla madre che incolpava di tutti i mali della sua adolescenza.

Justin aveva dimostrato sin da subito di avere un carattere più malleabile della sorella, che era sempre arrabbiata e se la prendeva con la carriera della madre anche se questa faceva di tutto, quando era a casa, per condurre un'esistenza normale. Non provava invece la stessa invidia verso il padre. Anche ora, quando si parlavano, non mancavano i commenti caustici sul periodo in cui Meredith era sulla cresta dell'onda. Era orgogliosa del successo paterno, ma non ammetteva mai che Meredith era stata all'altezza del marito e altrettanto conosciuta. Ricordava solo il suo atteggiamento alla morte di Justin. Ecco perché tutta la comprensione e la compassione erano state per il padre. Kendall aveva scelto di non soffermarsi sul fatto che fosse in parte responsabile per la disgrazia, che non avrebbe dovuto permettere al fratello di salpare da solo. Non poteva nemmeno sopportare l'idea. Per lei la dipartita di Justin era stato un caso voluto dal destino, la mano di Dio, forse. Il padre era il suo eroe e le piaceva vederlo come un santo. Non parlava mai di come Scott avesse abbandonato la moglie, della relazione clandestina con Silvana che era stata sbattuta sulle prime pagine di tutti i giornali del mondo. Anche se lei stessa era sposata e abbastanza grande per capire, aveva scelto di non farlo.

Meredith pensò alla nipote e si chiese come fosse diventata. Per quanto potesse sembrare sorprendente, non la vedeva da quando aveva dieci anni. Meredith non si era ancora ripresa dalla morte del figlio e Kendall aveva sempre creato mille difficoltà alla madre quando si trattava di farle vedere la sua unica nipote. Non era mai il momento giusto per andare a trovarla e non la portava mai a San Francisco. L'unica volta che lo aveva fatto era stato all'incirca nove anni prima, per qualche giorno. Poi niente più.

Meredith non si spostava da quattordici anni e da tantissimo tempo ormai Kendall aveva preso l'abitudine di passare le vacanze con la famiglia del padre. Lei e il marito avevano comprato una casa ad Aspen ed era lì che trascorrevano il Natale, senza mai invitarla. Meredith si guardava bene dall'essere insistente e non voleva neanche più pregare la figlia di andare a trovarla. Sapeva che la sua era una casa monotona, dove i ricordi di Justin potevano diventare dolorosamente pesanti. Così Kendall accampava sempre la scusa di essere «troppo impegnata». Col passare del tempo, per Meredith il mondo fuori dalle mura di casa aveva perso corpo, realtà, come uno show televisivo che non guardava più e del quale aveva perso il filo. I protagonisti non erano più figure familiari, le pareva di avere saltato troppi episodi delle loro vite per interessarsi di nuovo alla trama.

Aveva appena spento la tv dopo aver guardato una delle sue serie preferite, come faceva religiosamente ogni settimana. Era arrivata alla terza stagione e non si era persa neanche un episodio. Anzi, talvolta li rivedeva. Era comodamente rannicchiata su una poltrona della sua stanza da letto quando udì uno strano borbottio che pareva scaturire dalle viscere della terra. La tv iniziò a sussultare, lo schermo divenne nero. Il lampadario sopra la sua testa prese a ondeggiare con violenza. Capì subito cosa stava succedendo. Gli oggetti posati sul tavolino da caffè di fronte a lei caddero sul pavimento, seguiti da un quadro che si staccò dal muro. Sulle prime rimase immobile. Sentì rumore di vetri che si rompevano, e quel brontolio sordo che continuava e diventava sempre più forte. Poi, ricordandosi cosa fare in caso di terremoto, si precipitò sotto l'architrave della porta della camera e restò lì, tremante, mentre altri due dipinti cadevano a terra. Attraversando la stanza, a piedi nudi, si era tagliata un piede senza neanche accorgersene. Nel frattempo, le luci si erano spente. Meredith guardò fuori dalla finestra. Anche il vicinato era piombato nell'oscurità. Le parve che la scossa non finisse più, un tempo lungo come l'eternità. Poi il boato cessò e fu seguito da un'ultima vibrazione. Meredith rimase immobile in quel mare nero di vetri rotti. Sentì la voce di Debbie chiamarla da fuori e, un istante dopo, la udì salire le scale. Respirava affannosamente quando la trovò al riparo della soglia sulla quale rimasero a guardarsi per un istante. Debbie teneva stretta una lampada a batteria. Il suo fascio di luce rischiarò la camera, passando sopra i quadri caduti e i vetri rotti.

«Merda, è stata davvero una gran bella scossa!» commentò Meredith con più calma di quanta in realtà non provasse. «Immagino che avessi ragione tu. Tempo da terremoto.»

«Sta bene?» chiese Debbie, visibilmente provata.

«Credo di sì. E tu? Dov'è Jack?»

«Sul retro, davanti al contatore del gas. Sta cercando

di chiuderlo.» Come sempre, sapeva cosa fare. Meredith gliene fu grata. «Salire le scale per raggiungerla è stato come essere sulle montagne russe», aggiunse Debbie, ancora con il fiato mozzo.

«Grazie.»

«Jack dice che sarebbe meglio andare fuori, per evitare che possa caderci qualcosa addosso.» Uno schianto assordante si levò dal piano di sotto. Quando Debbie puntò il fascio di luce della torcia sul lampadario, quello stava ancora dondolando. Diede una torcia elettrica a Meredith che la accese per cercare le scarpe. Trovatele, le indossò e si accorse del piede che sanguinava. «Sta bene?» le chiese Debbie. Meredith rispose di sì e la seguì lungo le scale. Il lampadario dell'ingresso stava ancora ondeggiando forte e faceva tintinnare i cristalli. «Non ci passi sotto!» l'ammonì la domestica mentre continuavano a scendere. Nell'ingresso, molti quadri giacevano per terra, in frantumi.

Fecero il giro delle cornici fracassate e aprirono la porta. Anche da lì, come dalla finestra della sua stanza, Meredith notò l'intero quartiere avvolto nell'oscurità.

«Mi chiedo di che intensità sia stato», disse, immobile davanti alla porta, mentre Debbie faceva luce sul portico.

«È stato bello forte», le rispose avanzando cauta insieme a lei nel giardino dove, qualche minuto dopo, Jack le trovò.

«State bene, voi due? Ho chiuso il gas», disse, rassicurante.

«Sì, tutto a posto», rispose Meredith un po' più calma. Per strada si sentiva la gente parlare. Avrebbero dovuto aprire il cancello?

«Sarà meglio non andare in strada», le avvertì Jack.

«Alcuni cavi elettrici sono caduti ed emettono scintille. Me ne sono accorto quando ho sbirciato dalla rete di protezione del cancello per dare un'occhiata.» Erano tutti e tre sotto shock, ma soprattutto Debbie sembrava in preda al panico.

«E se ce ne fosse un altro ancora più forte?» chiese aggrappandosi al braccio del marito. «E se questo fosse stato soltanto l'inizio? Una specie di preludio?»

«Non ce ne saranno più», rispose lui speranzoso tentando di calmarle, mentre Meredith si chiedeva cosa avesse in serbo l'anno per loro, quanti danni avesse subito la casa, quanti quadri e oggetti fragili fossero caduti.

«Dobbiamo controllare i nostri vicini», disse tutto a un tratto, preoccupata. «Qualcuno potrebbe essere rimasto intrappolato sotto le macerie, ferito. Dov'è il kit di primo soccorso?» chiese a Jack. L'uomo guardò la moglie prima di rispondere.

«Non può uscire così, in mezzo a tutta quella gente, Meredith. Qualcuno la riconoscerebbe. Non vorrà che degli estranei entrino in casa sua, vero? Non sappiamo quanto brutta sia la situazione, là fuori. Potrebbero esserci degli sciacalli.» Parlava come se oltre quelle mura ci fossero orde di persone in attesa di invadere il loro territorio. A Meredith, però, pareva non importare nulla.

«Vai a prendere il kit di primo soccorso. Apriremo i cancelli, Jack», rispose con un tono che l'uomo non aveva mai udito, di indiscutibile autorità. Esitò un istante prima di sparire in casa. Debbie assunse un'aria terrorizzata.

«No, Meredith. Non apra quel cancello! Non sappiamo cosa c'è là fuori.»

«Non lo sappiamo, no, ma lo scopriremo», rispose l'altra calma e determinata.

Cinque minuti dopo, Jack tornò con la borsa del primo soccorso e la faccia ingrugnita. Meredith prese la chiave e aprì il cancello. Dopo una prima resistenza, le ante cedettero lentamente. Meredith oltrepassò la soglia e andò in strada seguita dalla coppia di domestici, contrariati da quello che stava succedendo. Ma per la prima volta da tantissimo tempo il timone era nelle mani di Meredith. I suoi occhi brillavano di vita.

2

ANDREW rincasò proprio mentre Tyla Johnson stava sfornando il polpettone. A lui non piaceva, ma la moglie lo aveva promesso ai bambini che adoravano la vecchia ricetta della nonna. Lo avrebbe servito con un contorno di purè di patate e pannocchie. Per Andrew, se l'avesse voluta, aveva pronta una bistecca in frigo.

«Pare di entrare in una bettola scadente» bofonchiò il marito, acido, prima di andare a lavarsi le mani. Tyla odiava vederlo rincasare di quell'umore. Forse al lavoro era andato storto qualcosa. Di solito indovinava. Lo aveva affiancato per tre anni come infermiera strumentista in sala operatoria prima che cominciassero a frequentarsi e decidessero di sposarsi. Aveva iniziato subito dopo il diploma. Adesso di anni ne aveva trentotto, contro i quarantasette di Andrew, chirurgo ortopedico presso uno dei migliori ospedali della città e alla testa di uno studio ben avviato.

Alto, biondo, atletico, affascinante e con le spalle larghe, era cresciuto nella California meridionale in una famiglia operaia della periferia di Los Angeles. In seguito, si era spostato a Venice, secondo lui la città balneare per eccellenza, dove aveva fatto strage di ragazze che lo trovavano irresistibile. Persino adesso, nonostante l'agenda fitta d'impegni, si teneva in forma ogni mattina con cinque chilometri di corsa prima di andare in ospedale.

Avevano due figli: Daphne di sette anni e Will di undici. Entrambi frequentavano costose scuole private, come Andrew non perdeva occasione di ricordare alla moglie. I suoi, non particolarmente agiati, avevano dovuto fare enormi sacrifici e chiedere prestiti per garantire al loro unico figlio la possibilità di diventare medico. Adesso era uno dei più famosi chirurghi ortopedici della città... una grande vittoria per uno che veniva dal basso.

Tyla, di Boston e irlandese di origine, non aveva un background migliore di quello del marito ed era riuscita a studiare scienze infermieristiche solo grazie a una borsa di studio. Ottenuto il diploma, si era trasferita a San Francisco. La sua vita era cambiata totalmente dopo il matrimonio con Andrew che, ossessionato dal denaro e dal successo, lavorava come un mulo.

Daphne aveva da poco compiuto due anni quando la coppia si era decisa a comprare la villetta in Washington Street. Alla nascita di Will, Tyla aveva smesso di lavorare, particolare che il marito non smetteva di rammentarle sottolineando quanto fosse stata fortunata ad avere qualcuno che provvedesse a lei e le assicurasse una vita agiata. Anche se Andrew era orgoglioso dei suoi guadagni e della casa per la quale aveva acceso un mutuo consistente, controllava sempre con attenzione le spese della moglie che, dal canto suo, era parca e di poche pretese. Tyla adorava la loro villetta e i vantaggi che quella vita poteva offrire ai loro figli, vantaggi che a lei, invece, erano stati negati. Sua madre gestiva i soldi con parsimonia, cuciva gli abiti da sé e portava il cibo a casa grazie al suo lavoro di cameriera presso una delle famiglie più in vista di Boston. Uno dei fratelli era idraulico e un altro elettricista. Entrambe le sorelle erano domestiche, come la mamma. Tyla era l'orgoglio e la gioia della famiglia. Sposata con un dottore e con una grande casa a San Francisco! Avrebbe continuato ad aiutarlo volentieri con il proprio lavoro, ma Andrew non glielo aveva permesso. Guadagnava abbastanza per tutti, come spesso sottolineava con orgoglio.

Dopo essersi lavato le mani, Andrew tornò in cucina, si tolse la giacca, allentò la cravatta e arrotolò le maniche della camicia bianca. Poco dopo si unirono a loro i bambini, ancora in divisa scolastica. Daphne, con due graziosi codini ai lati della testa, salutò il padre con un ampio sorriso sdentato. Will sedette serio al suo posto mentre la madre serviva tutti.

«Polpettone o bistecca?» chiese al marito.

«Il polpettone va bene», rispose lui senza neanche sorridere ai figli. Entrando, non aveva baciato la moglie. Cattivo segno. Tyla non gli chiese neanche come fosse andata la giornata. Lo vedeva benissimo. In altre occasioni, Andrew le faceva fare mezzo giro su se stessa e la baciava, ma non questa sera. Dopo aver riempito il piatto del marito e il proprio, sedette al solito posto. I bambini avevano già cominciato a mangiare il delizioso polpettone fumante, felici di poter gustare la loro pietanza preferita, quando il padre sferrò un pugno sul tavolo. La famigliola sobbalzò. «Vi sembra educazione, questa? Avete iniziato prima di noi. Che fine hanno fatto le buone maniere?»

«Scusa, papà», disse Will con un filo di voce fermandosi per un istante prima di riprendere a mangiare in silenzio, come la sorella che sembrava sull'orlo del pianto. Tyla disse qualcosa per stemperare la tensione senza però riuscire a far rilassare la figlia, che mangiò senza mai distogliere gli occhi dal piatto. Erano abituati a quelle sfuriate ma, quando accadeva, più che un piacere la cena diventava un tormento. E da qualche tempo succedeva sempre più spesso.

«Com'è andata oggi a scuola?» Andrew piantò lo sguardo sul figlio. Daphne, che frequentava la seconda elementare, non avrebbe sicuramente avuto un granché da raccontargli.

«Bene», rispose Will per entrambi. Evitò di incrociare gli occhi del padre.

«Che mi dici del compito di matematica?» Andrew non lo aveva dimenticato.

Il ragazzino esitò. Sapeva che non sarebbe potuto sfuggire all'interrogatorio paterno e che la situazione sarebbe peggiorata se avesse mentito. Tyla mal sopportava l'inflessibilità del marito nei confronti del figlio che, ultimamente, aveva cominciato a balbettare sempre più spesso e tanto da indurre un insegnante a suggerirle di rivolgersi a un logopedista. «Così così», rispose con un filo di voce. Will assomigliava al padre, stessi colori, stessa bellezza. Daphne, invece, aveva ereditato i capelli scuri e gli occhi verdi della madre.

«Che significa 'così così'? Quanto hai preso?»

«Ho preso 'insufficiente', papà.» Gli occhi di Will si riempirono di lacrime. «Non l'ho capito. Nel pomeriggio, dopo la scuola, devo vedermi con il signor Joppla.»

«E tu? Non te ne sei occupata?» Andrew guardò Tyla con occhi di fuoco. «Si può sapere come te ne prendi cura? È in prima media. La faccenda è seria.»

«Ci ho provato. Il problema è che non capisco il metodo con cui oggigiorno si insegna la matematica», rispose lei con pacatezza. «Ci abbiamo lavorato, Andrew, davvero. Forse avrebbe bisogno di ripetizioni», aggiunse cauta. Adesso era così tesa che, anche se avesse voluto, non avrebbe potuto toccare cibo. La cucina era luminosa e confortevole, la cena deliziosa, ma quando Andrew aveva la luna di traverso nessuno riusciva a buttar giù un solo boccone. Stava facendo di tutto per litigare.

«Anche noi abbiamo fatto matematica oggi», cinguettò Daphne nel tentativo di distrarre il papà e dare un attimo di requie al fratello. «E lettura.» Andrew non si prese neppure la briga di risponderle e continuò a tormentare la moglie, dicendole quanto fosse irresponsabile e aggiungendo che, molto probabilmente, più che Will era lei ad aver bisogno di un insegnante di sostegno, che era così stupida da non capire niente. Liquidò la faccenda con il figlio dicendogli che non doveva fare altro che prestare più attenzione in classe, che era abbastanza intelligente da gestire la materia e che, di conseguenza, quel fallimento non era altro che il risultato della sua pigrizia.

«Non è un bambino pigro, Andy. In inglese è il primo della classe. La scorsa settimana ha preso 'ottimo' per il tema. Non è portato per la matematica, tutto qui», tentò di difenderlo la madre.

«E cosa credi che possa dargli nella vita un voto alto in un tema? Un lavoro da insegnante? Deve padroneggiare la matematica e le scienze. Non pago fior di quattrini per la sua istruzione privata per vederlo prendere un brutto voto in un compito di matematica!» Sulla tavola calò un silenzio di tomba. Meglio non rispondere quando era così alterato.

I piatti erano ancora mezzi pieni quando Tyla sparecchiò. Per dessert aveva preparato dei brownie da accompagnare al gelato. Per tutta la cena, il cellulare di Andrew non aveva fatto che ricevere messaggi in modalità vibrazione. Li aveva guardati tutti, ogni volta, senza rispondere, come faceva sempre a tavola. L'unica eccezione erano le chiamate dall'ospedale per un'emergenza, ma almeno per adesso non ne erano arrivate. Will quasi sperò che accadesse. Se fosse rimasto a casa, il padre avrebbe continuato a tormentarlo tutta la sera con il compito di matematica.

Dopo aver chiesto e ricevuto dalla mamma il permesso di alzarsi, i bambini si precipitarono su per le scale sussurrando. Tyla vide Daphne baciare il fratello nel tentativo di risollevargli il morale.

«Devi smetterla di essere così duro con loro», disse piano, sedendosi accanto al marito dopo aver sparecchiato.

«Perché? Vuoi che tuo figlio sia un idiota? Vuoi che finisca a fare l'idraulico come tuo fratello?» replicò quello con cattiveria.

«È dislessico e guadagna più che bene», rispose Tyla in difesa del fratello minore. Andrew non aveva alcuna considerazione per la famiglia della moglie.

«Il tuo compito è di badare agli studi di tuo figlio e fargli ottenere voti decenti», continuò in tono di accusa e con un occhio ai messaggi.

«E lo faccio. La matematica non è una tra le sue materie preferite. È dotato in inglese e adora la storia.» Andrew la ignorò per rispondere a qualcuno, poi la fissò per un lungo istante. Nei suoi occhi Tyla vide brillare una luce che non le piacque. Sapeva come sarebbe andata a finire.

«A me spetta garantire loro le scuole migliori. A te di assicurarti che imparino qualcosa.» Tyla tacque. Meglio tenere la bocca chiusa ed evitare di ripetergli che forse sarebbe stato più produttivo trattare Will con maggiore delicatezza. La settimana prima era tornato a casa in anticipo per ben due volte con forti dolori di pancia e Daphne aveva cominciato a rosicchiarsi le unghie. In famiglia tutti conoscevano il temperamento focoso di Andrew. Sul lavoro e con i pazienti riusciva a controllarlo, ma con loro dava il peggio di sé. Tutta la rabbia accumulata durante la giornata si scatenava non appena era in famiglia.

Tyla stava quasi per dire qualcosa quando la casa iniziò a tremare, come se qualcuno l'avesse afferrata e la stesse scuotendo prima da un lato e dall'altro, e poi su e giù. Le luci lampeggiarono prima di spegnersi. Nell'aria riecheggiò un boato terrificante, simile a quello di una bestia sul punto di divorarli tutti. Tyla sentì Daphne urlare e scattò in avanti per precipitarsi verso le scale e raggiungerla. Andrew la trattenne per un braccio, strattonandola forte.

«Vai sotto il tavolo!» le gridò. Tyla però si era già liberata e stava salendo dai figli. La casa tremava ancora quando arrivò sul pianerottolo. Will, con la sorella urlante stretta tra le braccia, era in piedi sotto l'architrave di una porta. Tyla li raggiunse e li protesse col suo corpo fino a quando la villetta non smise di sussultare. Quando guardò il figlio, vide che anche lui aveva gli occhi pieni di lacrime. Per un lungo istante era stato come se la casa fosse sul punto di crollare. Dalla cucina si sentiva il rumore di piatti che cadevano dalle credenze e si frantumavano sul pavimento.

«Venite giù!» urlò Andrew. Cauti, mamma e figli scesero le scale. La casa aveva smesso di tremare, ma il rombo, seppur distante, si sentiva ancora.

«Odore di gas!» esclamò Tyla entrando in cucina. La casa era al buio ma Andrew aveva trovato una torcia e puntato il raggio di luce nella loro direzione. Fuori regnava l'oscurità più fitta. La vecchia casa di legno scricchiolava, sinistra, mentre tentava di riassestarsi dopo il sisma.

«Mi serve una chiave inglese per chiudere il gas. Dove hai messo gli attrezzi?» chiese Andrew alla moglie. Era sorpreso, ma non spaventato. «E tu smettila di frignare», disse alla figlia mentre la mamma la avvicinava a sé. Stava tremando.

«Non lo so. Credo che siano in garage, dove li hai messi tu.» Andrew aprì la porta di casa. Alcuni cavi dell'elettricità caduti in mezzo alla strada sprizzavano scintille. La gente munita di torce stava iniziando a radunarsi sui marciapiedi. Andrew ordinò al figlio di seguirlo in garage per aiutarlo e Tyla e Daphne uscirono dalla casa mano nella mano. Ovunque si sentiva un parlottare concitato. Erano tutti sconvolti dalla forza del terremoto. Un'ondata di panico scoppiò quando un altro filo elettrico cadde sulla carreggiata.

«Dove diavolo hai messo la chiave inglese?» sibilò Andrew alla moglie quando la raggiunse tallonato da uno spaventatissimo Will. Non sapeva cosa fosse peggio: suo padre, il terremoto, il buio pesto che avvolgeva il quartiere oppure i cavi tranciati sulla strada. «Senza non posso chiudere il gas!»

«Io non la uso», rispose lei cercando di calmare Daphne. «Magari non l'abbiamo mai avuta.»

«Be', sarà meglio trovarne una prima che la casa esploda o vada a fuoco!» La gente seguitava a sciamare dalle abitazioni e a camminare sulla via.

Il pianto di Daphne si trasformò in lamento. «La nostra casa s'incendierà e io ho lasciato Martha lì dentro!» Sebbene Martha fosse la bambola preferita della figlia, Tyla non se la sentiva di entrare in casa a recuperarla. Poteva caderle qualcosa addosso oppure la villetta sarebbe potuta esplodere per una fuga di gas.

«Torneremo a riprenderla appena sarà possibile», le disse stringendola a sé. «Vedrai che la casa non prenderà fuoco perché papà adesso andrà a chiudere la valvola del gas.»

«Per farlo ha bisogno di una chiave inglese e non riesce a trovarla», continuò a lamentarsi la bambina. Tyla guardò il marito avvicinarsi all'abitazione accanto alla loro e bussare risoluto alla porta. Nessuna risposta. Chi vi abitava era ferito oppure troppo spaventato per andare ad aprire. Mentre Andrew continuava a picchiare sul battente, determinato a non smettere finché qualcuno non gli avesse risposto e prestato una chiave inglese, Will si avvicinò alla mamma. Tremava tutto.

Come ogni sera, nella piccola camera della mansarda, Peter Stern era chino sulla vecchia macchina per scrivere. Di giorno lavorava nel reparto pubblicitario di un giornale locale e la sera, da circa un anno, si prendeva cura di Arthur Harriman. Era un onore essere impegnato con lui, e quel lavoro notturno gli aveva salvato la vita. In redazione guadagnava pochissimo e viveva perlopiù delle commissioni che riceveva vendendo inserzioni. I soldi, però, non bastavano per permettergli di pagare un appartamentino in un quartiere decente, e non voleva più vivere con mezza dozzina di coinquilini sconosciuti, soprattutto perché la notte, da due anni, si dedicava al suo romanzo. Non aveva un lavoro che gli piacesse, nonostante le trentadue primavere, ma era animato da una grande passione: la scrittura. Il suo sogno era scrivere romanzi, pubblicarli e, un giorno, diventare famoso.

In passato aveva diviso con cinque coinquilini un misero appartamento nel quartiere di Haight-Ashbury. Il posto se l'era procurato tramite *Craigslist*, un sito di annunci, ma con tutto quel continuo andirivieni, scrivere era praticamente impossibile.

Poi, un giorno, consultando il *Chronicle*, aveva letto l'annuncio di Arthur Harriman, in cerca di qualcuno che pernottasse da lui in caso di bisogno. La governante di Harriman, Frieda, arrivava alle sette del mattino e si tratteneva fino alle otto di sera, occupandosi di tutto, anche dei pasti. Nei fine settimana veniva sostituita da un signore. Adesso, Arthur aveva bisogno di qualcuno che restasse da lui sette giorni a settimana in cambio di un piccolo salario e di una stanza. Famoso concertista di pianoforte, era cieco dall'età di diciotto anni, quando era rimasto vittima di un incidente stradale. Adesso di anni ne aveva ottantadue e se la cavava egregiamente da solo. Aveva soltanto bisogno di sapere che in casa ci fosse qualcuno, per il resto era indipendente e autosufficiente. Quando si era presentato per il colloquio, Peter si aspettava di incontrare un fragile vecchietto, ed era rimasto stupefatto nel vederlo camminare senza problemi per casa, salire le scale senza sforzo e con più energia di molti con la metà dei suoi anni.

La presenza di Peter era richiesta solo in caso di emergenza, ma finora non era mai successo nulla. I due s'intrattenevano con lunghe discussioni filosofiche e spesso, di sera, Arthur si esercitava al pianoforte. Molto interessato al romanzo del suo giovane aiuto, era una persona vitale e attiva, ben informata e con a disposizione qualcuno che potesse accompagnarlo in macchina quando usciva o viaggiare con lui quando dava un concerto in un'altra città. In quelle occasioni, Peter era libero di occupare a piacimento il proprio tempo, sebbene di rado uscisse la sera, preferendo concentrarsi sul romanzo.

Peter sentì la scossa e, per un istante smise di scrivere. Poi, rendendosi conto di cosa stava accadendo, sfrecciò rapido dalla stanza in direzione delle scale. I gradini sussultavano letteralmente sotto i suoi piedi.

«Sto arrivando, signor Harriman!» gridò. «Sto arrivando!» Raggiunto come un fulmine il secondo piano, trovò Arthur riparato sotto il pianoforte. Era calmissimo. «Eccomi, signor Harriman. Sono qui. Tutto bene?»

«Tutto bene. È una gran bella scossa. Vieni a ripararti qua sotto con me!» Stava provando un pezzo quando la terra aveva tremato. «Sei ferito?»

«No. Non mi è successo niente.»

«Hai le scarpe ai piedi? Ci saranno vetri rotti ovunque.» Il rumore del sisma che scuoteva la terra sotto di loro era terrificante. D'istinto, Peter strinse il braccio all'anziano. Era arrivato a San Francisco dal Midwest un paio d'anni prima e non aveva mai vissuto un'esperienza così sconcertante. Di bell'aspetto, con i capelli scuri e gli occhi castani, aveva l'aria del ragazzo perbene dai modi educati. Aveva imparato ad apprezzare Arthur, da quando lavorava per lui. Gli ricordava il nonno, un gentiluomo pieno di dignità che svolgeva la professione di avvocato nel loro paese d'origine. Peter aveva frequentato la Northwestern University e per anni aveva sognato di trasferirsi a San Francisco. Era cresciuto in una famiglia esemplare: il padre dirigeva il giornale locale e la madre faceva l'insegnante. Purtroppo, la routine piatta e monotona di casa sua gli stava stretta. Il fratello e la sorella si erano trasferiti a Chicago, dopo gli studi, mentre il suo sogno era di trasferirsi a Ovest.

«Sì, le ho le scarpe», lo rassicurò. «Dalle mie parti siamo abituati agli uragani. Un'esperienza peggiore di questa. Investono una casa e un attimo dopo la trascinano via.»

«Non preoccuparti, ragazzo. Tra poco finirà», disse Arthur con voce gentile. «C'è ancora, l'elettricità?»

«No. È tutto buio dentro e fuori.»

«Davvero un gran brutto terremoto», commentò Arthur. Sentirono un tonfo. Qualcosa di pesante era caduto all'interno della casa che, con la sua vecchia struttura vittoriana di legno, era sopravvissuta al terremoto del 1906. Non c'era dunque da inquietarsi. «Bisogna fare attenzione agli oggetti frantumati e a quelli che potrebbero cadere durante le scosse di assestamento, come per esempio i vetri rotti. Tutto quello che è in bilico può cedere da un momento all'altro. Sai come chiudere il gas?»

«Non ne ho idea. Che devo fare?» La terra e la casa avevano smesso di tremare, il boato si stava allontanando come una bestia ferita che ritorna nella sua tana sotterranea.

«La valvola è sul retro. Avrai bisogno di una chiave inglese che troverai nell'armadietto degli attrezzi. Prima, però, usciamo da qui e controlliamo cos'è successo. Troveremo di sicuro qualcuno che ti darà una mano a chiudere il gas.» Ecco perché Arthur aveva bisogno di una persona come Peter. Il suo predecessore aveva dormito a casa sua per quattro anni e si era sposato poco prima che assumesse il ragazzo. Era in occasioni come quelle che la presenza di una seconda persona gli era utile, non soltanto per aiutarlo, di tanto in tanto, a mettersi a letto dopo un faticoso concerto, perché il più delle volte Arthur se la cavava da solo. L'importante era essere certo della presenza di Peter in casa. Per chiamarlo usava un citofono interno. Non era un datore di lavoro impegnativo e a Peter piaceva essere al suo servizio e vivere in quella stupenda casa antica. Il trasferimento da Arthur era stato una manna dal cielo per lui e l'atmosfera della dimora gli ricordava quella dell'infanzia nell'Illinois. Talvolta ne sentiva ancora la mancanza. Ci andava di rado ormai, non desiderando lasciare Arthur da solo. Si sentiva responsabile del suo benessere «Forza, usciamo», lo incoraggiò Harriman. «E attento a eventuali cavi elettrici liberi. Non metterci i piedi sopra!» Peter lo aiutò a uscire da sotto il pianoforte e lo guidò giù per le scale fino alla porta d'ingresso. Quando la aprì, si trovò di fronte un uomo e notò, davanti alla casa accanto, una donna con due bambini. Solo allora si rese conto che doveva essere stato lo sconosciuto a picchiare contro il battente, ma né lui né Arthur, nella concitazione del momento e quasi storditi dal rombo del sisma, lo avevano sentito.

«Perché ci ha messo così tanto?» A momenti Andrew alzava la voce.

«Eravamo occupati», rispose Peter, accompagnando Harriman verso un gruppetto di persone radunato davanti alla sua casa con le quali, estroverso e amante della compagnia, si mise subito a parlare. Di sicuro quella del sisma era un'esperienza da condividere.

«Ci serve una chiave inglese per chiudere il gas», disse Andrew abbassando il tono, dopo essersi accorto che l'anziano era cieco.

«Anche a noi. Penso che ce ne sia una nell'armadietto degli attrezzi. Torno dentro a vedere. Se vuole può venire con me. Ci servirebbe una chiave regolabile, ma non sono sicuro di sapere com'è fatta. Nel caso dovessimo trovarla, potrà usarla anche lei.» Andrew lo seguì in casa mentre Arthur chiacchierava con i vicini, ai quali si erano aggiunti anche Tyla e i bambini. Stava raccontando del terremoto del 1989.

Trovato l'armadietto degli attrezzi grazie alla torcia di Andrew, questi mostrò a Peter la chiave a pappagallo che stavano cercando. Il ragazzo gliela diede.

«Mi dica, quel signore è Arthur Harriman, il pianista? Non sapevo che fosse nostro vicino.» Andrew sembrava sorpreso e piacevolmente colpito. «Oppure è uno che gli assomiglia?»

«No, è proprio lui. È una persona piuttosto discreta e viaggia in continuazione per i suoi concerti. Ha fatto insonorizzare la casa per evitare di disturbare il vicinato con i suoi esercizi.»

«Lei è suo figlio?» volle sapere Andrew, curioso. Il suo tono di voce si era fatto gentile e gli stava sorridendo. Sapeva essere molto simpatico, quando lo desiderava. Non come prima, quando Peter gli aveva aperto la porta.

«Lavoro per lui.» Peter sorrise. «Dormo a casa sua, nel caso di notte abbia bisogno di qualcosa. In genere se la cava egregiamente da solo, tranne in occasioni come questa.»

«Immagino che stasera non vedremo l'altra nostra vicina famosa. I cancelli di casa sua si aprono di rado e ho sentito dire che non esce mai», fu l'enigmatico commento di Andrew.

«Di chi parla? Il signor Harriman non accenna mai ai suoi vicini.»

Andrew si sorprese che Peter non sapesse. La persona alla quale si riferiva era una leggenda nel quartiere e in città. Tutti la conoscevano. Il mondo intero sapeva chi era.

«Di Meredith White, la famosa diva del cinema. Vive come una reclusa da almeno dieci o quindici anni. Nessuno la vede mai. È come un ufo. La gente si aspetta sempre di incontrarla, ma senza successo. Non credo che verrà fuori da quella casa, a meno che non le crolli sulla testa, cosa improbabile.» Andrew indicò la villa all'angolo circondata da una siepe altissima. Peter, sorpreso, strabuzzò gli occhi. Arthur non gli aveva mai raccontato nulla dell'attrice. Forse non ne sapeva niente. Quanto a lui, non si chiedeva mai chi fossero i vicini.

«Non avevo idea che vivesse laggiù. Mia madre ha visto tutti i suoi film. Devo dirglielo.» Peter sorrise al pensiero.

Usciti dall'abitazione di Harriman, Peter accompagnò Andrew per aiutarlo a chiudere il gas e l'altro, subito dopo, ricambiò il favore. Sopra le loro teste sentirono gli elicotteri che, a volo radente, controllavano la città.

«Sembra di essere in una zona di guerra», commentò Andrew.

«Dove dormiremo questa sera?» disse Peter. «Non sono certo che le case siano sicure, anche se abbiamo chiuso il gas.»

«Personalmente, dovrò fare un salto in ospedale», rispose Andrew. «Così prevede il protocollo per le emergenze cittadine. Prima però devo trovare una sistemazione per mia moglie e i bambini.» Si fece pensieroso. «Forse la protezione civile ha allestito dei rifugi nelle scuole. Magari anche nell'auditorium dell'ospedale si farà lo stesso.» Avrebbe potuto portarli con sé. Seguitando a ragionare sulla questione, raggiunsero Arthur, Tyla e i piccoli.

Joel Fine e Ava Bates stavano facendo l'amore quando arrivò il terremoto. Per un istante, lui pensò di aver raggiunto nuove vette di piacere, ma quando compresero di cosa si trattava davvero saltarono fuori dal letto e, ancora nudi, si ripararono sotto la cornice di una porta dove seguitarono a baciarsi.

«Niente male, direi, baby!» scherzò Joel mentre Ava gli si stringeva contro, impaurita. Il rombo del terremoto riecheggiava tutto intorno. Ovunque era un precipitare di libri dagli scaffali. Joel, quarantadue anni, era il fondatore di due fortunatissime startup che gli avevano fruttato un patrimonio. La casa era stata arredata da un famoso architetto di interni e in garage erano parcheggiate una Bentley e una Ferrari. Da due anni Ava, di ventinove, si era trasferita da lui. La loro conoscenza risaliva a quando lei aveva posato come modella per la pubblicità della sua startup più recente. L'attrazione era stata immediata. Dopo un weekend con Joel a Las Vegas, non era più andata via. Adesso frequentava un corso universitario online per graphic designer. Joel era rimasto subito colpito dalla sua bellezza e nella loro relazione aveva applicato le stesse regole alle quali si atteneva da sempre: divertimento a gogò e niente impegni per il futuro. Non trascinava mai un rapporto quando smetteva di soddisfarlo e finora Ava era durata più a lungo di tante altre. Avendo già un matrimonio alle spalle, i legami di quel tipo non lo interessavano più. Gli era bastata la prima moglie per fargli passare la voglia, e l'amara esperienza dei suoi genitori. Figlio unico, era cresciuto a Filadelfia, ostaggio del padre e della madre che si odiavano, per poi lasciare il nido per frequentare l'università di Berkeley. Dopo gli studi da imprenditore si era sposato, e quando aveva sorpreso la moglie a tradirlo l'aveva lasciata per evitare di finire come i suoi. Joel aveva imparato subito la lezione. Il matrimonio non era fatto per lui e non aveva intenzione di ripetere l'esperienza.

Sempre sincero su ciò che aveva da offrire, non prometteva nulla tranne ottimo sesso e tanto divertimento. Non aveva figli e non ne voleva. La madre proveniva da una famiglia in vista nella sua città e il padre operava nel settore degli investimenti. Era cresciuto tra i privilegi e il benessere per poi trasferirsi in California, dove si era costruito una fortuna superiore alle sue stesse aspettative che aveva suscitato profonda ammirazione da parte dei suoi.

Terminata la scossa, accompagnato da Ava, Joel andò in

bagno dove prese due accappatoi e delle scarpe da tennis. Il pavimento era disseminato di vetri rotti.

«Sarà meglio portare il culo fuori di qui, prima che la casa salti in aria. Non ho idea di come chiudere la valvola del gas», le disse. Nell'aria se ne sentiva già l'odore. Ava infilò l'accappatoio senza niente sotto. Al buio era impossibile trovare la biancheria e Joel non aveva una torcia a portata di mano.

Lasciarono a tastoni la camera e scesero le scale. La casa era il prototipo di quella del perfetto scapolo, zeppa di costosi oggetti d'arte e arredi minimalisti selezionati da un architetto di interni. Aperta la porta d'ingresso, uscirono in strada e si avvicinarono a un capannello di gente nel quale spiccavano un uomo anziano con una folta chioma candida, simile a quella di Einstein, una donna con due bambini e due uomini più giovani che furono subito attirati dall'apparizione di Ava. Peter intuì immediatamente che sotto l'accappatoio non portava niente. Joel era un bell'uomo, che trasudava sicurezza e si comportava come se fosse il padrone del mondo. Forse, pensò Peter, stavano facendo la doccia quando era arrivato il sisma. La donna sembrava nervosa e scossa dall'esperienza, mentre lui pareva divertito. Un coraggio che Peter, timido per natura, quasi gli invidiò. Da bambino, a causa dell'asma, non aveva potuto praticare sport. Per compensare, si era buttato a capofitto nella lettura e solo quando aveva cominciato a scrivere gli era parso di vivere davvero. Scambiò con Ava un sorriso schivo mentre Joel, del tutto dimentico di lei, iniziava a parlare con i vicini. Si comportava come se per lui quella donna fosse una proprietà.

«Sarebbe fantastico se adesso qualcuno ci servisse un bel

drink», scherzò. Andrew rispose con un sorriso. Si passò alle presentazioni e la conversazione si spostò sugli eventuali danni alle case e su quello che gli occupanti stavano facendo al momento del terremoto. Mentre parlavano una donna bionda, in jeans, scarpe da tennis e camicia bianca, si avvicinò sorridente. La serata era afosa dopo la giornata di caldo umido. Non l'avevano vista aprire i cancelli né l'avevano notata attraversarli. Dietro di lei, a una certa distanza, c'erano un uomo e una donna. La signora in jeans teneva in una mano un kit di primo soccorso e nell'altra una potente torcia.

«Salve! State tutti bene? Qualcuno si è fatto male o ha bisogno di aiuto?» Dopo un istante di silenzio generale fu Tyla a rispondere. Non c'erano feriti, ma erano tutti un po' scossi. «Qualcuno desidera dell'acqua o del cibo?» Andrew la osservò con attenzione prima di riconoscerla. Non l'aveva mai vista di persona e non riusciva a smettere di fissarla. Mentre la signora parlava con Arthur, che rideva e rispondeva allegro, Andrew si accostò a Peter per sussurrargli nell'orecchio un nome: Meredith White. Il ragazzo sgranò gli occhi per la sorpresa e, nonostante non volesse farlo, la guardò con insistenza.

«Oh», sussurrò colpito. Anche Tyla, nel frattempo, aveva capito di chi si trattava. Era la stessa signora vista a lezione di yoga. Andrew non le aveva creduto quando glielo aveva raccontato.

«Mi chiamo Meredith», disse la donna con disinvoltura. «Avete tutto quello che vi serve per chiudere il gas?»

«Io no», rispose Joel, avvolto nel suo accappatoio. «Qualcuno per caso ha uno spinello? Lo preferirei a una chiave inglese. O magari anche un drink?» Risero tutti, tranne Ava, imbarazzata dalla nudità che nascondeva sotto la spugna. Non si vedeva nulla, ma lei lo sapeva e Joel si beava al pensiero. Meredith si rivolse poi ai bambini e Daphne le raccontò che Martha, la bambola, era rimasta nel suo lettino. Sembrava preoccupata mentre la guardava con la fronte corrugata e i codini che le pendevano ai lati della testa.

«Oh, se è nel tuo letto, allora è al sicuro», rispose Meredith con un sorriso gentile. «Probabilmente starà dormendo.» In disparte, Debbie e Jack stavano osservando cupi il gruppetto. Sembravano in imbarazzo, fuori posto, e non si mescolavano agli altri. Seguitavano a tenere lo sguardo fisso su Meredith, come se fosse scappata da una prigione e loro non vedessero l'ora di rimetterla in gabbia, senza però sapere come farlo evitando una scenata. Solo Arthur, che non poteva vederla, e la coppia formata da Joel e Ava non avevano idea di chi fosse. Andrew, Tyla e Peter erano stupiti di trovarsi lì, sul marciapiede, a parlare con Meredith White come se fosse una comune mortale. Non dava l'impressione di essere una reclusa. Si comportava come una persona normale alla quale Daphne continuava a sorridere. Andrew annunciò che molto presto li avrebbe dovuti lasciare per andare in ospedale. Si stava godendo la chiacchierata con Peter e Joel, che nel frattempo aveva riconosciuto come il re delle startup high-tech internazionali, e la compagnia della bellissima Ava, con i suoi lunghi capelli neri sciolti sulle spalle e quel corpo che neanche un accappatoio di spugna riusciva a nascondere. La ragazza seguitava a stringere la cintura intorno alla vita per evitare che l'indumento si aprisse rivelando troppo. Peter non riusciva a toglierle gli occhi di dosso ed era più affascinato da lei che non dalla famosa attrice. La serata si stava rivelando più eccitante del previsto.

«Per lo spinello non posso fare niente», rispose Meredith con un sorriso, «posso però offrirvi da bere e anche qualcosa da mangiare. Se lo desiderate, potrete trascorrere la notte da me. Ho parecchie camere da mettervi a disposizione. Dico sul serio. Potrebbero esserci altre scosse di assestamento, e casa mia è costruita proprio come una fortezza.» Era l'unico edificio in pietra di tutto il quartiere. «Siete più che benvenuti. Abbiamo pure un generatore di emergenza, così non saremo costretti a rimanere al buio.»

«Oh, ci piacerebbe molto», rispose Joel, divertito come se stesse per partecipare a una festa. L'idea di vedere la casa di Meredith lo intrigava parecchio. Anche Andrew accettò di buon grado. Daphne prese Meredith per mano e Tyla sorrise timidamente. Erano tutti grati e sollevati dalla sua offerta. Al contrario di Debbie e Jack, che si scambiarono un'occhiata inorridita. L'ultima cosa che volevano era un'orda di estranei da controllare per accertarsi che non rubassero nulla durante la loro permanenza o si permettessero di scattare delle foto. La privacy era importantissima per Meredith. I suoi fornitori dovevano firmare un accordo di riservatezza solo per oltrepassare il cancello. E adesso cosa faceva? Invitava gente sconosciuta? Debbie strabuzzò gli occhi fissando il marito. Meredith, dal canto suo, non sembrava preoccupata dalla presenza dei vicini e pareva addirittura godere della loro compagnia.

Joel e Ava si precipitarono a casa per prendere degli abiti. Tyla sparì nella sua villetta per ritornare, trionfante, con Martha e due iPad per i bambini. Andrew parve seccato ma evitò ogni commento. Chiusero tutti l'ingresso a chiave, sperando che durante la notte non si verificassero atti di sciacallaggio o di vandalismo, e raggiunsero Meredith davanti al cancello della sua proprietà, che oltrepassarono, in soggezione, preceduti da Debbie e Jack. Peter spiegò ad Arthur dove stessero andando e lo lasciò senza parole quando pronunciò il nome della padrona di casa.

Quando Harriman si presentò, anche Meredith rimase ugualmente stupefatta.

«Desideravo conoscerla da quando mi sono trasferito qui, ma ho sempre temuto d'intromettermi», le disse Arthur con calore. «È davvero un piacere incontrarla e un onore altrettanto grande approfittare della sua gentilezza. Comincio a pensare che questo terremoto sia stato più che altro un colpo di fortuna», aggiunse con entusiasmo. Divertita, Meredith li accolse in casa sua. Rimasero tutti senza parole da ciò che videro alla luce della torcia. La seguirono in cucina, dove alcune lampade erano accese grazie al generatore d'emergenza al quale erano collegati anche diversi elettrodomestici.

Meredith chiese a Jack e a Debbie di preparare qualcosa di semplice da mettere sotto i denti. «Panini e biscotti sarebbero molto graditi», suggerì. Si accorse subito della mancanza di entusiasmo dei domestici. Conosceva il loro senso di protezione nei confronti suoi e della casa e sapeva che diffidavano degli estranei. I vicini, però, erano persone rispettabili, uno addirittura famoso e tutti si presentavano più che bene. Peter era un ragazzo dolcissimo, le due donne molto gradevoli e i bambini adorabili. Lei e Daphne avevano già quasi fatto amicizia.

«Ho un lavoretto speciale per voi due», disse poi rivolgendosi a Will e a sua sorella. «Siamo rimasti senza luce e credo che nel giro di una settimana dovremo far fuori tutte le scorte del mio grande freezer. Che ne dite di cominciare con una scorpacciata di gelato? Se non sbaglio ne abbiamo di cinque o sei gusti.» Will ridacchiò e Daphne si lasciò sfuggire un gridolino di piacere. Meredith la sistemò su uno sgabello e riempì personalmente due coppe di gelato dei loro gusti preferiti, aggiungendo poi un piatto di biscotti mentre Debbie, con uno sguardo acido, si metteva al lavoro per preparare i tramezzini. Meredith chiese poi a Jack di occuparsi delle bevande. Joel domandò uno scotch con ghiaccio, Arthur un brandy, le signore un bicchiere di vino bianco. Andrew rifiutò la cortesia. Doveva andare in ospedale, anzi: sarebbe già dovuto essere lì, ma non aveva voluto perdersi la piccola riunione in casa della famosa diva. Anche Peter, come Tyla e Ava, chiese del vino bianco. Meredith se ne versò un dito, ne bevve un sorso e, per la prima volta dopo anni, diede il benvenuto a degli ospiti nella sua casa.

Poco dopo, Debbie servì un grande vassoio di sandwich. Aveva fatto la spesa grossa il giorno prima e se c'era una cosa che non mancava erano proprio le cibarie. Ne comprava sempre in grandi quantità, per evitare di uscire spesso. Unica eccezione: i prodotti caseari. Anche di quelli, però, al momento non c'era penuria.

Jack, nel frattempo, serviva drink come il barman del *Titanic* e si concesse addirittura uno shottino mentre nessuno lo stava guardando. Gli ospiti, riuniti intorno al tavolo della cucina a chiacchierare, sembravano a proprio agio. Andrew rimase qualche altro minuto prima di congedarsi. Dopo lo spuntino, Meredith accompagnò gli ospiti nelle varie stanze. Timorosi di tornare nelle proprie case, avevano tutti accettato l'invito con entusiasmo.

A Peter fu assegnata una camera spaziosa adiacente a quella di Arthur. Per sistemare Will insieme alla madre, Meredith chiese a Debbie di portare una brandina. Daphne avrebbe dormito nel letto a baldacchino con Tyla e Martha, data l'assenza di Andrew. La bambina la ringraziò a nome della bambola per la bella sistemazione e il letto comodo. Le stanze erano sullo stesso piano della suite padronale che però si trovava dal lato opposto della casa. Meredith s'intrattenne per qualche minuto nel salottino nel piano superiore con Ava e Tyla. Ad Ava e Joel aveva assegnato la camera più bella dopo che questi era andato a chiudere il gas di casa sua con Peter. Che felicità sentirsi circondata da tutta quella gente! All'improvviso la villa sembrava risuonare di chiacchiere e risate, come ai ricevimenti di un tempo. Il terremoto li aveva uniti in un vincolo di amicizia.

Era mezzanotte quando, dopo essersi assicurata che tutti avessero il necessario, Meredith entrò nella sua suite. I due bambini erano quasi addormentati, Daphne stringeva tra le braccia la sua bambola e Ava era ancora più bella con la t-shirt bianca che le lasciava scoperta la pancia e un paio di jeans aderenti. Lei e il compagno si erano vestiti subito dopo l'arrivo in casa.

Meredith si era appena ritirata quando alla porta bussò Debbie, con la scusa di chiederle se avesse bisogno di qualcosa. Sembrava scontenta.

«Sono a posto così. Grazie ancora per i panini. Erano deliziosi.» Meredith sorrise per risollevarle il morale. Con tutta probabilità, Jack si era già ritirato per la notte. La casa a quell'ora era controllata da una pattuglia di agenti di sicurezza che vigilavano affinché nessuno tentasse di entrare in giardino, di scavalcare un muro o di sgattaiolare dentro da una finestra. Una città completamente al buio era un invito a nozze per i malintenzionati. Grazie al generatore, tuttavia, la villa di Meredith non era nell'oscurità più totale. La sua, però, era l'unica casa del vicinato con le luci accese, il che la rendeva ancora più visibile.

«Non può permettere a quella gente di restare un'altra notte», disse coraggiosamente Debbie cogliendola di sorpresa. Meredith l'aveva creduta sconvolta a causa del terremoto, non degli ospiti.

«Perché no? Certo che posso. Le loro abitazioni non sono sicure e dovranno essere ispezionate prima che vi facciano ritorno. Nel frattempo potranno restare da me. E se gli cadesse qualcosa sulla testa? Se ci fossero dei pericolosi danni strutturali? Sono tutti senza elettricità. Noi almeno un po' di luce ce l'abbiamo e gli elettrodomestici funzionano. Almeno così ha detto Jack.»

«Meredith, quelle persone sono degli sconosciuti per lei. Potrebbero derubarla nottetempo, farle addirittura del male.»

«Non riesco a immaginare un famoso concertista di pianoforte cieco che mi punta una pistola addosso, e lo stesso vale anche per gli altri. Il giovane scrittore, il dottore con la moglie e i suoi due bambini, l'imprenditore di fama internazionale e la sua compagna.» Joel si era assicurato che tutti sapessero chi era. «Non mi pare che rappresentino un pericolo e intendo farli rimanere fino a quando ne avranno bisogno», aggiunse Meredith tanto per mettere le cose in chiaro. Aveva il pieno controllo della situazione. La compagnia era piacevole, così come il suono delle voci degli ospiti nelle stanze. La casa non era più silenziosa, ma brulicava di vita. Si domandò, per una frazione di secondo, se Jack e Debbie non fossero gelosi. Da anni erano abituati a essere al centro dell'attenzione, quasi come dei figli. Forse non volevano dividerla con degli estranei. Lei, però, stava passando degli splendidi momenti. Il terremoto aveva trasmesso nuove vibrazioni alla sua casa, l'aveva fatta sentire utile. Sapeva però che non sarebbe riuscita a convincere Debbie e il marito ad accogliere gli ospiti con il suo stesso entusiasmo. Si sentivano minacciati, una sciocchezza, un'inutile scortesia. Tutta quella gente le dava la possibilità di essere d'aiuto, anche se solo per pochi giorni o per tutto il tempo che avessero avuto bisogno di lei. Era felice di accoglierli e di sostenerli, indipendentemente dai commenti di Jack e della moglie.

Quella sera, tra le lenzuola, Meredith pensò alla bambina e alla sua bambola, al famoso pianista che era stata entusiasta di conoscere e a tutti gli altri. Aveva notato in Tyla una dolcezza e una vulnerabilità che risvegliavano in lei i suoi istinti materni. La coppia super figa in accappatoio era intrigante. Ava sembrava brillante, ma Meredith non aveva tardato a capire che Joel non l'apprezzava per la persona che era. Lui la usava come un giocattolo. Peter ne era rimasto affascinato e non riusciva a staccarle gli occhi di dosso. Sì, i suoi ospiti erano davvero un gruppetto interessante.

Rimasta da sola, mentre scivolava nel sonno, si sorprese dell'eccitazione che provò al pensiero di incontrarli di nuovo tutti a colazione, l'indomani. Avrebbe chiesto a Jack di aiutarli a controllare le condizioni delle rispettive case.

In cucina, Debbie stava dicendo al marito quanto le sarebbe piaciuto avvelenare tutti per sbarazzarsene. Meredith si era intestardita nella sua decisione! Dopo aver bevuto un ultimo bicchiere servendosi dal mobile bar della padrona di casa, meglio rifornito del loro, si ritirarono nel proprio appartamento, convinti che quegli inattesi ospiti avrebbero creato solo problemi, e determinati a toglierseli dai piedi il prima possibile.

Quello che non capivano era che, per la prima volta in quindici anni, Meredith si sentiva di nuovo viva e non avrebbe lasciato che nessuno interferisse con le sue decisioni. La casa era di nuovo piena di persone che avevano bisogno di lei. Percepiva un profondo senso di comunità, di cura reciproca, che li rendeva tutti più forti e coraggiosi di fronte alle avversità. Accoglierli li aveva fatti sentire al sicuro, li aveva confortati, aveva trasformato un trauma in un'opportunità di nuove amicizie. E lei intendeva continuare su quella strada il più a lungo possibile. Non avrebbe permesso a nessuno di rovinarle quel momento.

3

Il mattino dopo, gli ospiti di Meredith uscirono timidamente dalle loro stanze. Alcuni avevano riposato più di quanto non intendessero fare. Gli eventi della sera prima, lo shock del terremoto e il costante sciame di scosse di piccola e media intensità li avevano sfiniti. Le camere poi erano così confortevoli che, una volta precipitati nel sonno, avevano dormito per ore.

La mattinata era piuttosto fresca e il cielo grigio. L'andirivieni degli elicotteri sopra le loro teste e le sirene dei vigili del fuoco che squarciavano l'aria in lontananza erano un costante ricordo dello stato di emergenza e della situazione di caos nei quali era precipitata la città. La sera prima, il governatore era uscito per alcuni sopralluoghi e il presidente aveva promesso di farsi vedere al più presto, giacché al momento era nel Sud-est asiatico per una visita di stato. San Francisco si era fermata: uffici, scuole e negozi erano chiusi.

Meredith, alzatasi presto come al suo solito e pronta ad affrontare la giornata con un paio di jeans, una t-shirt e un vecchio paio di stivali da giardinaggio ripescati in fondo all'armadio, aveva trovato Daphne educatamente seduta su una poltroncina in corridoio, tutta sola e con la bambola tra le braccia. Sembrava in attesa di qualcuno e timorosa di muoversi. La villa era grande e incuteva una certa soggezione, così fu felice quando vide apparire la padrona di casa che la salutò con un sorriso.

«Mamma e Will stanno ancora dormendo», sussurrò. «Martha e io, invece, ci siamo svegliate.» Si era vestita da sola. Portava dei jeans rosa con piccoli cuori stampati sopra e una magliettina grigia al contrario, le poche cose che Tyla aveva preso da un cassetto quando era tornata a casa per un attimo. Ai piedi calzava lo stesso paio di sneaker rosa a led della sera prima, che Meredith aveva ammirato subito.

«Avete dormito bene tu e Martha?» le chiese con un sorriso amorevole. Daphne, che aveva spazzolato i lunghi capelli alla bell'e meglio, annuì.

«La tua casa è enorme. Hai figli?» volle sapere curiosa.

«Una femmina. È grande ormai e vive a New York.» Di nuovo la bambina fece di sì con la testa.

«Abiti da sola, qui?»

«Con Jack e Debbie che mi aiutano. Li hai visti ieri sera, in cucina.»

«Sai che prima di conoscerti mio padre diceva che sei una strega? Come quella di Hänsel e Gretel.» Meredith rimase un po' sorpresa, sulle prime, ma poi scoppiò a ridere. Dio solo sapeva le voci che circolavano sul suo conto, visto che nessuno la vedeva mai, e quando la incontravano non la riconoscevano. «Secondo me però sei una strega buona», aggiunse la bambina. «Anche Martha la pensa così. Me lo ha detto ieri sera.»

«Oh, vi ringrazio molto.» Meredith sorrise e tese una mano verso di lei. «Che ne direste, tu e Martha, di fare colazione?» Daphne non se lo lasciò ripetere due volte. Era seduta in corridoio da un'ora in attesa che qualcuno si alzasse.

«Ha molta fame, sai?»

«Anch'io», rispose Meredith. Insieme scesero la grande scalinata e poi una più piccola che portava in cucina, al pianterreno. Il generatore forniva sufficiente energia per preparare un pasto semplice e Jack aveva allacciato alla rete d'emergenza anche uno dei frigoriferi. Trovarono Debbie che stava guardando le notizie sul cellulare.

«I due ponti sono chiusi», annunciò vedendole entrare. «L'intensità del terremoto è stata di 8.2. I danni sono parecchi. C'è gente ancora bloccata negli ascensori. Un gran casino. Metà delle strade è impraticabile e nel quartiere di South of Market sono stati registrati parecchi casi di sciacallaggio. Gli ospedali sono intasati.» Meredith aveva sentito che i morti erano stati più di trecento, migliaia erano i feriti e molti altri ancora intrappolati o seppelliti sotto le macerie. I servizi d'emergenza lavoravano senza interruzione. Dagli altri stati stavano arrivando gruppi di personale specializzato, mentre volontari e civili davano una mano a scavare in cerca dei sopravvissuti. «Alla Guardia Nazionale è stato affidato il compito di prevenire lo sciacallaggio. Jack ha detto che dobbiamo tenere i cancelli chiusi a chiave», aggiunse Debbie con severità. La coppia temeva che, con il suo improvviso slancio di generosità nei confronti dei vicini, Meredith invitasse altri a unirsi alla comitiva o decidesse di tenere i cancelli spalancati.

«Papà non è tornato dall'ospedale, ieri sera», disse Daphne con la sua tenera vocina, i grandi occhi spalancati. «Mamma aveva paura che la casa potesse cadere. Will dice che poteva saltare in aria se papà non avesse chiuso il gas.» I notiziari avevano riportato numerosi casi di incendio e, con le condutture idriche principali rotte, i vigili del fuoco avevano vita dura. Gli incendi senza controllo erano quelli che, nel terremoto del 1906, avevano causato i danni maggiori, e non era escluso che il fatto potesse ripetersi.

«Il tuo papà deve avere molto lavoro in ospedale», disse Meredith.

«Aggiusta braccia e gambe rotte», replicò Daphne con orgoglio. In quel momento, in cucina entrarono la madre e il fratello. Erano ancora sonnacchiosi e spettinati. Indossavano abiti presi a caso, ma che almeno erano puliti. Tyla si era indispettita quando aveva visto che le uniche magliette prese per lei avevano le maniche corte. Di solito preferiva quelle lunghe. Quanto a Will, nella fretta, aveva afferrato la sua divisa da calciatore che stava sfoggiando per la colazione.

«Debbie, credi che sia possibile avere dei pancake?» chiese Meredith.

«Certo», rispose quella iniziando ad apparecchiare per quattro mentre Tyla e Meredith scambiavano due chiacchiere. Notò il brutto livido su un braccio della giovane donna, lasciato in vista dalla maglietta a maniche corte.

«Accidenti, che brutta contusione!» esclamò la padrona

di casa. Era grande quanto un piattino da insalata. «È di ieri sera?» No, troppo scuro per essere recente.

«Io... non lo so... Un paio di giorni fa sono caduta in garage, scivolando su una macchia d'olio. Potrebbe risalire ad allora», rispose Tyla in tono vago. In quel momento arrivò Ava, con un completino da fitness rosa acceso, fresca e sveglia come un grillo. Indossava una brassière che le lasciava scoperta la pancia, perfetta e tonica come tutto il resto.

«Posso prendere una tazza di caffè?» chiese con una certa timidezza, i capelli neri raccolti in cima alla testa. Era incredibilmente sexy. «In genere questa è la mattinata dello spinning, ma suppongo che per un po' la palestra resterà chiusa.» Debbie le diede una tazza di caffè mentre Meredith ne versava una per sé e una per Tyla, anche lei molto carina ma semplice.

Per i bambini Debbie aveva preparato una spremuta d'arancia. Will bevve subito la sua, mentre Daphne ne offrì un sorso a Martha prima di gustarla. Colpita dalla tenerezza di quel gesto, Meredith sorrise. Ava si riempì una ciotola di granola dopo che Meredith le aveva mostrato dove trovarla, mentre Tyla disse che le sarebbero bastati una fetta di pane tostato e una tazza di caffè. Per i pancake, Debbie aveva acceso il fornello elettrico.

Mentre i bambini facevano colazione, gli adulti parlavano dei danni in città. Fu allora che arrivò Andrew, ancora con la tenuta indossata in ospedale. Aveva l'aria esausta.

«Sono stato sveglio per tutta la notte», disse mentre Debbie gli porgeva una tazza di caffè. Sedette a tavola con le donne e i bambini.

«Colazione?» chiese la domestica. Lui fece di no con la testa.

«L'ho fatta alla caffetteria dell'ospedale, prima di rientrare. Mi sono fermato un attimo a casa. Una delle travi della sala da pranzo è caduta. Non credo che in cucina sia rimasto un piatto o un bicchiere intero e sul soffitto della stanza di Will c'è una bella crepa. Ho chiamato il perito dell'assicurazione, ma mi ha risposto la segreteria.» Andrew allungò le gambe, guardò il braccio della moglie e le scoccò un'occhiataccia alla vista del livido. «Perché hai la divisa da calcio?» chiese al figlio. «Non credo proprio che oggi giocherete.»

«È quello che mamma mi ha portato da mettere», rispose lui con un filo di voce. Il padre non sembrava di buon umore. Era stanco dopo la lunga nottata in ospedale e un turno di dodici ore filate.

«Devo ritornare alle tre. Stiamo facendo tutti il doppio turno. Metà della popolazione si è rotta qualcosa, ieri sera», e molti altri erano ancora sotto le macerie. A Sunset un condominio era crollato e i soccorritori stavano ancora cercando le vittime. Moltissima gente che si era attardata al lavoro era intrappolata negli ascensori del quartiere finanziario. «Si stima che ci vorranno cinque o sei giorni per raggiungere tutti, in centro. Uno dei ponti, quello di South Bay, è collassato. Ci sono ancora delle vittime in acqua, che però stanno portando allo Stanford Hospital a Palo Alto e all'Alta Bates di Oakland. Siamo oltre il limite delle nostre capacità.» Negli anni, l'ospedale non aveva mai smesso di fare esercitazioni in vista di possibili emergenze ma, quando i disastri accadevano sul serio, le cose non andavano mai lisce come si sperava o com'era stato pianificato. Si rivolse alla moglie. «Non vedo come tu e i bambini possiate rientrare», disse a bassa voce, «bisognerà prima sistemare tutto quel caos e poi riparare i danni. Adesso non ho tempo di occuparmene e immagino che le imprese edili siano chiuse. Gli alberghi sono intasati e molti ancora senza energia elettrica.»

L'ospedale era dotato di generatori di emergenza, ma anche lì c'erano delle aree al buio e, di conseguenza, inutilizzabili. L'ultima ondata di feriti era stata portata direttamente al San Francisco General Hospital e all'ospedale universitario. La loro struttura era arrivata al limite e i pazienti seguitavano ad arrivare. Il comparto sanitario della zona avrebbe avuto belle gatte da pelare per qualche settimana almeno. Gli stati vicini avevano mandato infermieri per rinforzare le file e un drappello di medici era in arrivo da Los Angeles.

Andrew stava ancora parlando della situazione quando in cucina entrò Joel Fine. I due uomini si scambiarono un'occhiata di apprezzamento. Si erano intesi sin dal primo istante. Joel non salutò nessuna delle signore né i bambini, sedette al tavolo e iniziò a chiacchierare con Andrew sotto gli occhi di Meredith. Jack era arrivato a dar man forte alla moglie. Lui e Debbie parevano ancora piuttosto imbronciati, e tutt'altro che felici di avere la casa piena di ospiti per colpa della generosità della loro signora, che aveva invitato dei vicini che non conosceva neppure. Le loro case non erano in condizioni di essere abitate e Dio solo sapeva quanto tempo ci sarebbe voluto per rimetterle in sesto.

Peter e Arthur Harriman arrivarono proprio mentre tutti gli altri stavano finendo di fare colazione. Debbie aveva già sparecchiato e stava sistemando i piatti nella lavastoviglie che, grazie al generatore, funzionava alla grande. Le pareva di stare in un ristorante gestito da una sola persona! Se fossero rimasti ancora, si sarebbero aspettati pranzo e cena. In città non c'era ristorante che fosse aperto, come la maggior parte dei negozi di alimentari. Fortunatamente era bravissima, per via del suo passato di stenti, a far durare il cibo il più a lungo possibile. Con scatolette e surgelati, derrate fresche e tanta pasta sarebbe stata in grado di sfamare il gruppo per settimane... non che desiderasse un soggiorno tanto lungo da parte loro. Se però fosse successo non ci sarebbero stati problemi. Tutti i ristoranti della città stavano offrendo cibo gratis prima che andasse a male e qualche supermercato particolarmente generoso faceva lo stesso con la merce deperibile e i surgelati.

Non appena Arthur sentì la voce di Meredith, si avvicinò per ringraziarla, avanzando con il suo bastone bianco. «Da anni non dormivo così bene. Grazie per la gentilissima sistemazione. In che modo posso rendermi utile?»

«In niente, signor Harriman», gli sorrise Meredith. «È un onore per me averla qui.» Sedettero, e Debbie domandò loro con aria cupa cosa volessero mangiare, mentre Jack andava alla porta secondaria, dove qualcuno stava bussando. Il campanello del cancello principale non funzionava e bisognava aprire con la chiave. Tornò in compagnia di un signore alto, con i capelli sale e pepe e l'uniforme militare, che nonostante l'aspetto severo sorrise alla vista dei bambini. Gli adulti lo guardarono sorpresi. Meredith si affrettò ad accoglierlo notando un certo numero di mostrine sulla sua uniforme. Che significava? La città era forse sotto la legge marziale? La situazione avrebbe avuto conseguenze anche su di loro?

«Vi prego di scusare la mia interruzione», disse l'uomo, cordiale. «Colonnello Charles Chapman, ufficiale in pensione dell'Air Force. Collaboro con la Guardia Nazionale e il Dipartimento Emergenze. Sono uno degli ufficiali in pensione che hanno il compito di girare per il quartiere e andare di casa in casa per accertarsi di eventuali situazioni di necessità. Al momento in città sono state dispiegate le truppe della Guardia Nazionale, per mettere fine allo sciacallaggio, ma ci vorrà un po' prima che il Dipartimento Emergenze vi raggiunga tutti. Di conseguenza le autorità stanno cercando di valutare l'entità dei danni nei quartieri residenziali. Vivete tutti in questa casa?» Guardò il gruppo di persone sedute a tavola. Tutti sembravano in perfette condizioni. Non mancò di notare l'abbigliamento di Andrew. A parte qualche vaso rotto sulla parte posteriore, non aveva visto danni significativi. C'erano vetri un po' dappertutto, alcune finestre erano andate in frantumi, ma Jack e Debbie avevano già provveduto a pulire all'alba, prima che gli ospiti si svegliassero, e avevano lasciato i vetri in un bidone affinché i netturbini li portassero via. Quel giorno però non si era presentato nessuno, e forse sarebbe stato lo stesso anche in quelli successivi.

«Grazie, colonnello», disse Meredith con gentilezza, avvicinandosi a lui e dandogli la mano. «Qui abito solo io. Loro sono i vicini di tre case adiacenti alla mia. Le loro abitazioni sono state danneggiate e al momento sono miei ospiti.»

«Entità dei guasti?» chiese il colonnello. Peter, Joel e Andrew fecero un rendiconto di ciò che avevano visto, ma ammisero di non essere capaci di una valutazione precisa. «Spero almeno che abbiate chiuso il gas», aggiunse l'ufficiale. Tutti annuirono.

«Abbiamo un generatore d'emergenza», gli spiegò Meredith, «che ci fornisce elettricità in quantità limitata.» Debbie stava cucinando su un fornello elettrico, grazie al cielo. Di certo il gas non sarebbe tornato prima di qualche settimana. «Il resto del vicinato ha trascorso la notte al buio, ieri», comunicò al colonnello, già informato della situazione.

«E andrà avanti per settimane, addirittura mesi.» La risposta provocò un coro di lamentele. Il colonnello sorrise e si rivolse a Meredith. «È gentile da parte sua ospitare i vicini. Anche altri hanno fatto come lei dove c'è gente rimasta bloccata dal crollo dei ponti, o le cui abitazioni sono troppo danneggiate per essere sicure. Qualcuno si è fatto male, qui, la notte scorsa?»

«Qualche taglietto, un paio di contusioni, ma niente di grave, colonnello», rispose Meredith. «Siamo stati molto fortunati. Vetri rotti quanti ne vuole... Credo che sarà necessario un ingegnere per valutare la solidità delle case prima di decidere se rientrarci.» La sua era solida e aveva resistito a meraviglia. A un'ispezione più accurata, Jack aveva scoperto una crepa nella facciata, più superficiale che strutturale. La villa di Meredith non correva rischi. «Le andrebbe una tazza di caffè?» gli propose. Il colonnello esitò. Il giro che lo aspettava era ancora lungo, ma l'offerta lo tentò. Il gruppo era simpatico, e la padrona di casa attraente e dai modi irresistibili.

«Uno rapido, grazie», rispose con un sorriso. Da ore stava eseguendo un sopralluogo dopo l'altro e la pausa era arrivata al momento giusto. «È medico?» chiese ad Andrew quando sedette a tavola. Quello annuì e ricambiò il sorriso. La sua famiglia lo conosceva bene, sapeva che poteva passare dal settimo cielo al gelo artico o alle sfuriate degne di un vulcano in eruzione. Visto da fuori, però, dava l'idea di una persona amichevole, con la testa sulle spalle. I suoi demoni erano acquattati appena sotto la superficie, attenti a non farsi notare da nessuno.

«Sì. Sono un chirurgo ortopedico. Siamo in stato d'emergenza e facciamo turni doppi e talvolta tripli. Tra un paio d'ore devo ritornare in ospedale. La notte è stata piuttosto impegnativa.»

«Il numero delle vittime è più alto di quanto ci aspettassimo.» Il colonnello bevve un sorso di caffè fumante. «Grazie al cielo, ci sono stati meno morti di quanto avrebbero potuto essercene in un terremoto di questa magnitudine.» La misurazione di 8.2 sulla scala Richter lo classificava tra i più forti rispetto a quello del 1906. Grazie alle regole edilizie antisismiche, però, era stato possibile evitare grosse perdite in termini umani e ridurre i danni strutturali. Nelle periferie più povere e nelle zone delle discariche, molti edifici erano crollati. «Le nostre unità cinofile si stanno dando da fare tra le macerie. Abitando da queste parti, mi è stato assegnato il vostro quartiere. È tutta la notte che busso di porta in porta.» Non sembrava stanco e aveva modi calmi e rassicuranti. «Sono andato in pensione un paio di anni fa, ma sono rimasto nella Guarda Nazionale per situazioni come queste. Ai tempi in cui ero in servizio sono stato testimone di terremoti molto brutti, in zone di guerra e in paesi sottosviluppati senza alcuna regola edilizia. La devastazione dopo una scossa come quella di ieri notte è terribile.» Parlava in tono tranquillo, disinvolto. Chiese a Will della sua squadra di calcio e a Daphne se la Fatina dei Denti le avesse fatto visita per quelli che le mancavano. Sì, aveva risposto lei. Per ognuno le era stato regalato un dollaro. Quando il colonnello Chapman si alzò per andarsene, Meredith l'accompagnò fino alla porta e al cancello principale, che aprì con la sua chiave personale. Lui le porse il biglietto da visita con il numero delle unità d'emergenza. «Porto sempre il telefono con me. Se mai dovesse avere un problema che possiamo aiutarla a risolvere, non esiti a contattarmi. È stato gentile da parte sua prendersi cura dei vicini», le disse con calore.

«Sarebbe stato terribile se non lo avessi fatto, vista la grandezza di questa casa», rispose lei, modesta.

«Ciò non toglie nulla al fatto. Lei non li conosce, e a quanto pare ama la privacy.» Indicò con un gesto il cancello, il muro intorno alla proprietà e la recinzione di verde talmente alta e fitta da impedire quasi la vista della casa dalla strada.

«Con i miei vicini ci siamo conosciuti soltanto ieri. Sono persone simpatiche. Quanto alla privacy, in tempi come questi non esiste.»

Il colonnello esitò un istante davanti al cancello. «So di dire una cosa ridicola, ma ho l'impressione di averla già incontrata.» C'era qualcosa in quel viso che suscitava in lui ricordi indistinti, che non riusciva a fissare. «Negli ultimi dieci anni sono stato in servizio a Washington, presso il Pentagono, prima di andare in pensione dall'Air Force, e mi sono trasferito qui due anni fa, alla morte di mia moglie. Avevo cinquantatré anni allora. Dovevo cambiare aria ed era arrivato il momento giusto. Non ricordo se ci siamo incontrati qui o a Washington, ma ho l'impressione che le nostre strade si siano già incrociate.»

«Non conduco una vita sociale attiva da molto tempo», rispose Meredith cauta. Non le andava di aprirsi con un perfetto sconosciuto. Probabilmente l'aveva vista in uno dei suoi film e la molla non era ancora scattata. Di certo non sarebbe stata lei a rinfrescargli la memoria.

«Bene, nel caso dovesse servirle qualcosa, non esiti a chiamare.»

«Credo di avere tutto sotto controllo», rispose Meredith, sorridente, «ma grazie.» Lo guardò oltrepassare il cancello, voltarsi per salutare con la mano, percorrere un tratto di strada di buon passo prima di attraversare la via all'angolo e bussare alla porta di una villa dove un'anziana signora lo invitò a entrare. Dopo un'ultima occhiata, rientrò dai suoi ospiti ancora radunati in cucina, che discutevano come organizzare la giornata. Volevano andare a controllare le rispettive abitazioni e valutarne i danni alla luce del giorno. Mentre Tyla saliva a prendere la borsa, sentì Andrew parlarle a bassa voce con cattiveria.

«Con quale degli uomini hai civettato mentre ero al lavoro?» Sulle prime Meredith pensò che stesse scherzando, ma dovette ricredersi per il tono, che trasudava malvagità, e per il fatto che le aveva artigliato il braccio proprio all'altezza del grosso livido. Tyla era una persona che non avrebbe mai flirtato con nessuno, che mai gli avrebbe dato occasione anche solo di farglielo pensare.

«Non essere sciocco, con nessuno. Ero con i bambini», gli rispose mentre sparivano nella loro camera. Meredith entrò nella propria dove, qualche minuto dopo, fu raggiunta da Debbie.

«Allora? Cosa devo servire per pranzo, visto che adesso gestisco un ristorante?» Avrebbe dovuto farsi bastare le scorte fino a quando fosse stato necessario. Non c'era modo di sapere fino a quando i supermercati sarebbero stati aperti e riforniti. Mentre parlava, la fissava acida e scocciata. Meredith si rifiutava però di cedere al malcontento della domestica per la presenza di ospiti, soprattutto in un momento così cruciale.

«Sandwich, insalata, pasta, qualunque cosa ti sia semplice da preparare. Per questa sera, potresti tirare fuori dal freezer del pollo. Non devono essere cose complicate. Cibo semplice che sazi tutti.» Meredith si meravigliò della cattiva volontà di Debbie che, di solito, era di un umore diverso. Anche Jack non si stava comportando come di consueto. Ogni volta che uno degli ospiti gli rivolgeva la parola, rispondeva con voce tesa e al limite della buona creanza. Non era da loro! L'ostilità inespressa della coppia era una faccia della medaglia che non aveva mai avuto occasione di vedere.

«Non mi aspettavo di gestire un hotel, dopo il terremoto. Potrebbero andare in uno dei tanti rifugi cittadini, per esempio. Che necessità hanno di stare qui? Si stanno solo approfittando di lei», rispose Debbie. Tentava di instillare paura e rabbia nella datrice di lavoro, ma non stava funzionando. Meredith non replicò. Le era venuta in mente un'idea e così andò a bussare alla porta di Andrew e Tyla che, quando la vide, trasalì e la guardò nervosa. Il marito era in piedi dietro di lei.

«Volevo proporvi di lasciare i bambini qui con me, mentre andate a controllare la casa», si offrì Meredith. Tyla aspettò che a rispondere fosse Andrew.

«No, vengono con noi. Will mi potrà aiutare a rimettere un po' d'ordine e a Daphne piace stare vicino alla sua mamma.» Sembrava non gradire l'idea di affidarle i propri bambini. Comprensibile. In fin dei conti, non la conosceva.

«Bene. Ditemi però se posso fare qualcosa per aiutarvi o se desiderate che Jack vi accompagni per darvi una mano», replicò Meredith sorridente.

«Ce la caveremo.» Andrew chiuse la porta e, subito dopo, mentre si allontanava, Meredith lo sentì interrogare Tyla con cattiveria. «Cosa le hai detto?»

«Niente. Sta solo cercando di essere gentile», fu la risposta supplichevole della donna.

«Tienila alla larga dai nostri affari e dai nostri bambini», rispose lui alzando il tono di voce mentre Meredith si allontanava in punta di piedi. Qualche minuto dopo, incontrò Peter e Arthur sulle scale. Era ancora impensierita dalle parole dette da Andrew alla moglie. Nascondevano qualcosa?

«Stiamo andando a controllare il pianoforte», la informò Arthur. «Voglio accertarmi che non abbia subito danni», aggiunse preoccupato seguitando a scendere i gradini con Peter alle spalle. Per essere un uomo di ottantadue anni era agile e sveglio e aveva più energia di tutto il gruppo messo insieme. «Peter dice che non dovrei esercitarmi in casa. C'è sempre la possibilità che qualcosa venga giù», aggiunse, vagamente seccato. In genere, nulla poteva trattenerlo dal suonare.

«Ho un piano, nel soggiorno piccolo. Se vuole può provare quello, anche se non è all'altezza dei suoi standard. È uno Steinway a mezza coda», propose Meredith.

«Oh, sono certo che è un ottimo strumento, ma sono abituato al mio. La nostra è una relazione che dura da trent'anni. Mia moglie e io ci suonavamo i duetti. Pianista eccellente anche lei, sa. Ci siamo incontrati alla Juillard, dove studiavamo entrambi. Avevamo diciassette anni al nostro primo incontro e siamo rimasti sposati per cinquantasette.»

«Ha figli, signor Harriman?» chiese Meredith sulla soglia di casa, commossa dalle sue confidenze.

«No, nessuno. Bastavamo a noi stessi. E poi c'era il nostro lavoro. Non ci siamo mai sentiti pronti a includere dei figli. Abbiamo preferito esserci reciprocamente devoti.»

«La sua sembra essere stata una meravigliosa storia d'amore», rispose Meredith con dolcezza.

«E lei? Ha dei figli?» Harriman era curioso. «Peter mi ha detto che la casa è enorme, e dubito che ci abbia sempre vissuto da sola.»

«Ho una figlia grande a New York. È sposata e ha una ragazza.» Non disse niente di Justin. Era una storia troppo triste e personale per condividerla con dei perfetti estranei. «La casa è grande, sì. Io l'adoro, ed esco pochissimo. Tra queste pareti c'è tutto il mio mondo privato.» Arthur puntò il suo sguardo vuoto in direzione della voce di Meredith e si accigliò.

«Non è mai una buona idea vivere isolati dietro delle mura. Il mondo ha bisogno di lei, signora White. Prenda noi, per esempio. In questo momento il suo aiuto ci è necessario. Non privi gli altri della sua compagnia o se stessa del mondo. Sì, è un posto complicato, oggigiorno, ma questa è una ragione in più, per lei, di farne parte. Ha molto da offrire.» Non poteva saperlo con certezza, ma conosceva il suo passato. Quanto a lui, conduceva una movimentata vita artistica, aveva l'agenda piena di impegni ed era costantemente in viaggio. Non c'era nulla dell'anziano solitario in Harriman. Meredith avvertì un debole senso d'imbarazzo nell'aver ammesso di fronte ad Arthur la propria debolezza. Qualche minuto dopo aver accompagnato lui e i Johnson fuori dal cancello, la casa precipitò nel silenzio. Approfittando della momentanea solitudine, Meredith si ritirò nella sua suite a controllare dei documenti bancari dei quali avrebbe voluto occuparsi il giorno prima.

Una volta terminato, incrociò Joel e Ava sul pianerottolo. «Dai, tesoro, torniamo a casa nostra e finiamo quello che avevamo cominciato prima del terremoto», lo sentì dire con una risata.

«E se la casa ci crollasse sulla testa?» ribatté Ava. Meredith provò un certo imbarazzo per aver inavvertitamente origliato la conversazione.

«Non sarebbe un modo stupendo per morire?» disse Joel, senza preoccuparsi di poter essere sentito. «Morire facendo sesso!» Si comportava come se non volesse nient'altro da lei e questo dispiacque alla padrona di casa. Per quell'uomo Ava era solo un oggetto sessuale. Non riusciva a tenere le mani a posto, l'accarezzava di continuo, le spalle, la vita, il collo, le natiche, e sempre con una sensualità ai limiti del lascivo. In loro presenza Meredith si sentiva una guardona. Non la sorprendeva che fossero fuggiti in strada indossando solo degli accappatoi! Joel si comportava come se volesse che tutti sapessero che faceva sesso di continuo con la compagna. Meredith provò un moto di irritazione perché sentiva che Ava aveva da offrire più di quanto Joel Fine non vedesse. Era una ragazza brillante che stava cercando di migliorarsi. La sera prima, a cena, aveva raccontato con orgoglio di frequentare un corso universitario online. Non poteva permettersi una scuola di design al top, ma si stava applicando con diligenza a farlo tramite computer. Parlando, aveva raccontato che i suoi erano entrambi morti quando era piccola, di essere stata cresciuta da una coppia di zii molto severi a Salt Lake City e di essere scappata a San Francisco al termine del liceo. In città aveva lavorato come modella nelle fiere e nei saloni. Si era rimboccata le maniche e lo aveva fatto per nove lunghi anni, cavandosela piuttosto bene. La sua vita aveva subito una svolta inaspettata quando aveva conosciuto Joel, che l'aveva introdotta in un mondo nuovo per lei, quello del lusso, affascinandola con la sua capacità di fare e ottenere tutto ciò che desiderava grazie al proprio successo. Joel pagava qualunque cosa volesse e la trattava come un oggetto di sua appartenenza, disinteressato alla sua mente brillante o a ciò che sognava.

Voleva la compagnia di Ava e il suo corpo ogni volta che lo desiderava, semplicemente alzando un dito. Nel frattempo, lei si era resa conto di essersi troppo abituata al lusso, di non poterne quasi più fare a meno. Si sentiva al sicuro nel mondo di Joel, anche se era consapevole che un giorno lui si sarebbe stancato e avrebbe chiuso la loro storia com'era successo con tutte le donne che l'avevano preceduta. Joel era un binario morto ma dorato. Ava non smetteva mai di ricordarlo a se stessa, senza però trovare il coraggio di andarsene. Restare era troppo facile, nonostante l'assoluta mancanza di futuro. Doveva farsi bastare la sua gentilezza, i divertimenti che le offriva e la generosità che mostrava nei suoi confronti.

La gente in mezzo alla quale era vissuta l'avrebbe invidiata. Ava però aveva sempre voluto di più per sé, e seguitava a desiderarlo: una carriera della quale essere orgogliosa, un uomo che non la considerasse soltanto decorativa o un oggetto sessuale. Voleva un marito e dei figli, a tempo debito, e Joel non glieli avrebbe mai dati. Non era quel genere di persona, e glielo aveva detto sin da subito. Prima o poi sarebbe dovuta scendere da quel treno. La vita di Joel però si muoveva a un ritmo talmente serrato ed era così dorata che non se l'era sentita di voltarle le spalle.

Voleva essere più di quanto non era adesso. Si rifiutava di abbandonare i propri sogni, ma non c'era modo di seguirli, mentre stava con lui. Era un uomo incapace di amarla davvero, di amare qualunque donna, e lei era solo una fantasia che Joel si era creato, non la realtà. Certo, l'amante aveva anche tante buone qualità e lei gli era grata per ciò che condividevano, sebbene sapesse che l'unica persona che amava davvero era se stesso. Lo sapeva, ma aveva sempre continuato a sperare che qualcosa potesse cambiare, che la vedesse come una persona e che, forse, potesse persino innamorarsi di lei.

Joel e Ava uscirono poco dopo essere stati visti da Meredith, accompagnati al cancello da Jack, che in quel momento si trovava in giardino per raccogliere alcuni cocci di vasi rotti. Meredith andò a controllare le rose. Qualche cespuglio aveva subito un brutto colpo ed era stato letteralmente sradicato. Era ancora affaccendata con i suoi fiori preferiti, tentando di rimediare dove possibile, quando all'una i suoi ospiti iniziarono a tornare. Daphne si era portata dietro altre due bambole e Will aveva lo zainetto pieno di libri e quaderni. Il padre voleva che facesse i compiti ogni giorno, nonostante la scuola chiusa. Tyla sembrava stanca e aveva una mano avvolta in una benda. Si era tagliata mentre smaltiva una montagna di vetri e stoviglie rotti. Si trascinava dietro un trolley con cambi d'abito per tutti. Andrew portava la sua borsa da medico, in caso di necessità. Era stato lui a occuparsi della mano della moglie, che aveva lo sguardo spento. Quando si sentì fissare da Meredith, si agitò, come se nascondesse un segreto.

Al suo arrivo, Arthur annunciò di essersi esercitato al pianoforte, ma aggiunse che, durante l'ispezione della casa, Peter aveva individuato parecchie fessurazioni e crepe su muri e soffitti. In alcuni punti l'intonaco si era addirittura staccato. Prima di ritornare a casa, sarebbe stato necessario l'intervento di un ingegnere per valutarne la solidità. Peter teneva arrotolato sotto un braccio il suo manoscritto, per salvarlo da un eventuale incendio.

Anche il rendiconto di Joel non fu dei più rassicuranti. La casa era un disastro. Erano caduti dipinti e un neon artistico, e metà dei mobili erano danneggiati. Ava aveva scoperto con tristezza che il computer portatile con tutti i suoi lavori, scivolato dalla scrivania, era andato in pezzi. Anche il loro alloggio sembrava aver bisogno di importanti interventi di ristrutturazione. Per quanto si fossero dati da fare, non erano riusciti a raccogliere tutti i vetri rotti e sparpagliati per ogni dove. Anche delle stoviglie non restava un granché. Joel aveva deciso di rivolgersi a un'impresa di pulizie. Meredith notò che ne avevano approfittato per cambiarsi i vestiti e si domandò se non avessero di nuovo fatto sesso. Anche Ava indossava un outfit da ginnastica diverso, questa volta turchese.

Riuniti in cucina, accolsero con gioia il buffet preparato da Debbie per l'occasione: insalatiere colme di verdure, un vassoio di panini, patatine fritte e biscotti. Di questo passo, aveva insinuato la domestica, avrebbero presto esaurito le scorte. Un'eventualità improbabile, Meredith lo sapeva bene. Frigo e dispense erano pieni.

«Se mai dovesse succedere, per allora i negozi saranno di nuovo aperti. Da quanto hanno appena detto gli ospiti, deduco che nessuna delle loro case sia sufficientemente sicura da ospitarli ancora per un bel pezzo», tagliò corto Meredith. L'atteggiamento poco ospitale di Debbie la disturbava. Conosceva la vera indole della coppia e quel lato del loro carattere seguitava a stupirla.

Alle due avevano quasi finito di pranzare, quando alla porta bussò di nuovo il colonnello Chapman. Sulla via di casa, aveva deciso di fermarsi un attimo a parlare con Meredith. Gli ospiti gli fecero il rendiconto dei danni più consistenti. Da un punto di vista strutturale, tanto l'abitazione di Arthur quanto quella degli altri non sembravano aver avuto problemi, ma in ogni caso era meglio affidare la valutazione a professionisti, in modo da poter poi trasmettere la pratica alle compagnie assicuratrici.

«Questa volta il terremoto si è fatto sentire per tutti», commentò il colonnello. Sembrava sfinito dopo quattordici ore in giro. Dopo un caffè e qualche brownie in compagnia di Meredith, chiese, con un certo imbarazzo, di poterle parlare a quattr'occhi.

«Problemi?» volle sapere lei. Aveva forse scoperto qualcosa sui vicini di cui pensava dovesse essere informata? Forse Jack e Debbie avevano ragione?

«No, niente. Volevo solo scusarmi per la mia idiozia. Alla fine del turno, rientrando in centrale, ho raccontato di come abbia generosamente accolto i suoi vicini. Sono molte le persone che ospitano gli amici, ma lei ha aperto le porte a otto sconosciuti. Un gesto ammirevole, che non tutti sarebbero disposti a fare, indipendentemente dalla grandezza del loro alloggio. In fin dei conti, sono sempre degli estranei, quelli che lei sta accogliendo e addirittura sfamando.»

«Mi sembrava il minimo che potessi fare, date le circostanze. La nostra casa ha riportato danni lievissimi. Qualche cornice che si è rotta cadendo, un paio di oggetti antichi piuttosto fragili. Sono anche preoccupata per i lampadari, di cui desidero fare controllare la solidità quando riusciremo a far venire un ingegnere. Probabilmente, se quello che dice lei è vero, dovremo aspettare un bel po'.»

«Tutte le imprese di costruzioni saranno piuttosto indaffarate nel prossimo futuro», confermò il colonnello. «Non era di questo, però, che volevo parlarle. Quando ho fatto il suo nome, il mio collega è rimasto a bocca aperta. È un patito del cinema e anch'io ho visto tutti i suoi film. Non ho fatto il collegamento quando l'ho conosciuta e mi ero completamente dimenticato che viveva nel quartiere.» Il collega gli aveva raccontato a grandi linee la sua storia: un brutto divorzio e la tragica morte del figlio che aveva segnato la fine della sua carriera. Charles sapeva che Meredith viveva da anni come una reclusa, ma non era mai stato interessato ai pettegolezzi hollywoodiani e, la mattina precedente, davanti a quella donna affascinante, garbata e dai modi gentili la sua mente non aveva fatto *clic*. Era rimasto di stucco quando il collega gli aveva rinfrescato la memoria. «*Quella* Meredith White?» era riuscito a dirgli. A quel punto lui stesso si era reso conto del perché il suo volto gli era sembrato familiare. L'aveva vista decine di volte al cinema, prima che sparisse dagli schermi. L'amico gli aveva chiesto cosa facesse adesso e lui aveva risposto di non averne idea, che sapeva soltanto che viveva in una grande casa e che ospitava dei vicini dopo il terremoto. Meredith si era comportata con tanta modestia e discrezione che l'idea che fosse una diva del cinema non lo aveva neanche sfiorato. Ora che la vedeva per la seconda volta, era più che evidente che si trattava di lei.

«Deve aver pensato che sono uno stupido, quando le ho detto che credevo che ci fossimo già incontrati. Mia moglie era una sua ammiratrice e anch'io. Averla conosciuta però era improbabile, salvo che lei non fosse stata uno dei miei piloti di caccia o comandasse una squadriglia di aerei.» Quando il colonnello arrossì, Meredith stemperò il momento d'imbarazzo con un sorriso.

«Non si preoccupi. Non è successo nulla e del resto è passato tanto tempo. Sono fuori dai giochi da quattordici anni.» Charles adesso sapeva anche il perché. Non si era posto il problema, prima, quando all'improvviso era scomparsa dalle scene. «È probabile che sia cambiata molto, da allora. Non esco spesso, e quando lo faccio, è raro che le persone mi riconoscano.»

«Esce forse con una coperta in testa o un cappello e un paio di occhiali scuri sul naso? Ora che so chi è, la riconoscerei subito.»

«Sa cosa diceva Audrey Hepburn? Che senza contatto visivo con la gente in strada, nessuno ti conosce. Ed è vero. Comunque, come le dicevo, esco poco. Di tanto in tanto m'intrufolo in qualche lezione di yoga o mi concedo lunghe passeggiate sulla spiaggia, niente di più.»

«E sua figlia? Non va a trovarla a New York? Lei non viene qui?» La sera prima gli aveva accennato a Kendall. Meredith esitò prima di rispondere. Il colonnello era un uomo così pieno di dignità, rispetto e distinzione che meritava di sapere più di quanto normalmente si sarebbe concessa di dire. I suoi modi gentili e calorosi l'avevano conquistata.

«In verità, non ci vediamo spesso. È piuttosto impegnata e io non viaggio da quando ho... da quando mi sono ritirata dal set.»

«Non deve essere facile per lei girare senza essere assalita dai suoi ammiratori.»

«La situazione è un po' più complicata di così. Mia figlia e io ci parliamo al telefono. Uno di questi giorni la raggiungerò a New York.» Meredith però non sembrava convinta e aveva gli occhi velati di tristezza. Sentendola mettersi sulla difensiva, Chapman temette di averla turbata. Il collega gli aveva raccontato della morte del secondogenito e non riusciva a capire perché la figlia non andasse a trovarla. Lui e i suoi ragazzi si vedevano ogni volta che era possibile. Non era però una star del cinema che aveva scelto di ritirarsi dalle scene e non era neanche stato colpito da un'immane tragedia. La moglie era morta prematuramente, ma aveva affrontato la malattia con dignità e lui aveva fatto del suo meglio per continuare a vivere dopo, e rimanere in contatto con il mondo.

Meredith, al contrario, aveva deciso di rifuggirlo e di nascondersi. Chissà chi erano i suoi amici, e se ne aveva. Si era mostrata generosa con i vicini. Era sempre così? L'unico neo della situazione era la coppia che lavorava per lei. Non gli parevano due tipi a posto e facevano di tutto perché chi oltrepassava la soglia di casa, incluso lui, si sentisse a disagio e se ne andasse il prima possibile. Che storia c'era sotto? E come mai li aveva presi con sé? In genere le persone si confrontavano con lui senza problemi, per via del suo rango militare o per la sua natura aperta e amichevole. Meredith lo aveva accolto con calore spalancandogli la porta di casa, nonostante la sua notorietà, ma i due sottoposti parevano ostili e sgarbati.

«Volevo scusarmi per non averla riconosciuta. Mi sono sentito mortificato quando nel mio cervello è scattata la molla. Così, tornando a casa, ho sentito la necessità di passare a dirglielo.»

«Mi ha fatto molto piacere che non mi abbia riconosciuta», sorrise Meredith. «Non voglio essere trattata come una specie di reliquia storica, anche se credo che ormai è proprio quello che sono.» Aveva sessantatré anni, non un secolo, e sembrava persino più giovane senza un filo di trucco e con quei suoi bei capelli biondi.

«Lei non è una reliquia, ma una leggenda», le rispose il colonnello leggermente intimorito.

«Oddio! Questo sì che mi fa paura! Sono solo una persona che un tempo girava dei film e che ora si dedica al giardinaggio, alla lettura e alle lunghe passeggiate. Conduco una vita tranquillissima.» Una vita che a lui pareva vuota e triste, anche se non gli sembrava che Meredith fosse infelice. Nei suoi occhi, però, si leggeva l'inferno vissuto prima di rifugiarsi nel suo porto sicuro. Era questa la meta raggiunta in tutti quegli anni dopo aver smesso di recitare?

«Be', i suoi vicini hanno avuto una gran fortuna a essere ospitati da lei. E io a conoscerla. Se non le dispiace, ripasserei volentieri a farle una visita, di tanto in tanto. Mi piace il gruppetto che è riuscita a radunare. Sono un grande ammiratore di Arthur Harriman. È un onore averlo incontrato. È un fenomeno per la sua età e possiede uno straordinario talento. Sì, i suoi ospiti sono davvero interessanti. Joel Fine è il re indiscusso delle startup high-tech.» Meredith lo sapeva. «Ho letto diversi articoli su di lui. Un uomo affascinante. Proviene da una famiglia agiata, ha frequentato l'università di Harvard, ha concluso un master in economia e direzione aziendale a Berkeley e si è costruito una fortuna con le sue startup. Non ha fallito un colpo, finora.»

Charles Chapman stava per andarsene quando arrivò Joel, piuttosto turbato dopo l'ispezione di casa sua. Qualcosa era caduto nel garage e gli aveva rovinato la Ferrari. Sentendo il nome dell'auto, Will gli chiese se fosse possibile vederla, e l'altro rispose di sì.

«Mi chiami, se ha bisogno di qualcosa», ripeté il colonnello prima di congedarsi. Guardandolo uscire, Meredith ripensò alla loro conversazione e si chiese se non avesse parlato troppo. Era facile aprirsi con quell'uomo. Di solito non ammetteva con nessuno che lei e Kendall non si vedevano da anni. Erano diventate due estranee, si parlavano solo al telefono, di tanto in tanto, senza che nulla le accomunasse. Kendall era più vicina al padre e non era più riuscita a ricucire il rapporto con la madre.

Non ci aveva neanche provato e San Francisco non era più una meta dei suoi viaggi. Anche Meredith, alla fine, si era rassegnata alla situazione. Il cuore le si era spezzato per tre volte. La prima quando Scott l'aveva lasciata per Silvana, la seconda alla morte di Justin e la terza quando Kendall aveva mostrato una netta preferenza per il padre, incolpando la madre di tutto e tagliandola fuori dalla sua vita. Jack e Debbie l'avevano aiutata a navigare in quei mari in tempesta e si sentiva in debito per sempre con loro, anche se adesso la stavano mettendo in difficoltà con gli ospiti. Insistevano perché li dirottasse in uno dei tanti centri per terremotati, ma lei non lo avrebbe fatto. Non erano più degli sconosciuti. Stavano diventando amici.

Andato via Charles, dopo un po' anche Andrew uscì di casa per tornare in ospedale. Joel portò Will a vedere la sua Ferrari e lo fece sedere alla guida. Non era una cattiva persona, ma aveva poco rispetto per le donne che considerava oggetti sessuali. Anche il padre si era comportato in quel modo, rovinando il suo matrimonio. A Meredith non era sfuggito che Ava fosse una persona più matura di quanto Joel pensasse. La trattava bene, era generoso, ma gli importava soltanto del suo corpo. Meredith non sarebbe mai stata capace di stare con un uomo come quello. Ava, però, sembrava essergli devota e non faceva caso al suo comportamento. Agli occhi di Meredith, aveva venduto l'anima per la vita che Joel riusciva a garantirle. Forse come molte altre donne! Quanto a Joel, era abituato a essere considerato come una specie di premio, un mezzo per il raggiungimento di un obiettivo. Ma sebbene non fosse ricca, Ava non stava con lui per ciò che avrebbe potuto offrirle o darle l'opportunità di fare. Teneva davvero al compagno e certe volte arrivava a credere di amarlo. Non era cinica e, come traspariva da ogni sua parola, aveva la tendenza a pensare sempre il meglio di tutti.

Chi del gruppo la preoccupava era Tyla, che nel giro di sole ventiquattro ore le aveva dato l'impressione di essere indifesa e vulnerabile. Adorava i figli ed era devota al marito e ansiosa di compiacerlo, mentre lui la trattava con crudeltà quando credeva che nessuno li sentisse. Era un uomo bello, intelligente, di successo e affascinante, ma Meredith avvertiva in lui qualcosa che non andava, che non riusciva a identificare, una rabbia silenziosa, profonda, latente. Era circondato da un'aura di pericolosità, e anche i bambini, come più volte le era capitato di osservare, non erano a proprio agio con il padre vicino. Will addirittura balbettava, in certe occasioni, quando si rivolgeva a lui. Quella di Andrew era una calma ingannatrice. Purtroppo le cose non erano sempre come apparivano.

Quel pomeriggio, Joel andò in centro nella speranza che la polizia lo lasciasse passare e gli permettesse di controllare le condizioni del suo ufficio. Data la pericolosità della situazione, non aveva chiesto ad Ava di accompagnarlo. Peter e la ragazza s'incontrarono per caso in cucina, dove erano scesi per una tazza di tè. Lei indossava un paio di pantaloncini cortissimi e una t-shirt che evidenziava il seno prosperoso. Peter arrossì alla sua vista, quasi come se potesse leggergli nella mente. Sotto un braccio teneva il dattiloscritto. Arthur era andato a schiacciare un sonnellino e così lui aveva deciso di approfittarne per proseguire con il suo romanzo scrivendo a mano. La macchina per scrivere vintage era rimasta a casa del pianista, troppo ingombrante da portare e da sistemare. Peter non scriveva mai al computer.

«Da quanto ci stai lavorando?» chiese Ava quando le parlò del libro. Sembrava dedicarcisi con una passione e una determinazione che la commuovevano. Amante della scrittura sin da piccolo, Peter era deciso più che mai a rendere la famiglia orgogliosa di lui.

«Due anni. Di giorno lavoro in una redazione pubblicitaria e la sera, quando Arthur si esercita al pianoforte o dopo che va al letto, mi metto a scrivere. La maggior parte delle volte non ha bisogno di me. Spero di terminarlo tra qualche mese. Lavorare per Arthur mi ha dato l'opportunità di consacrarmi alla scrittura e di fare progressi.»

«Anch'io sognavo di entrare nella produzione cinematografica, ma non è successo», confessò Ava con una certa timidezza. «Lavoravo come modella nelle fiere e Joel mi ha offerto un posto come receptionist in una delle sue startup. Poi, quando abbiamo cominciato a uscire insieme, mi ha fatto mollare per stargli sempre accanto. Dopo quasi due anni senza un lavoro, ho cominciato a studiare graphic design online. È una materia che adoro e spero mi aiuti a trovare un'occupazione migliore quando...» La voce le mancò, ma Peter aveva capito lo stesso. La relazione tra lei e Joel non aveva un futuro, Ava lo sapeva bene. Si domandò se stesse con lui per il suo stile di vita e tutte le comodità che le offriva o perché lo amava. Non conoscendola a sufficienza, non osò chiedere. Sembrava una donna sincera, ma quante persone sarebbero state capaci di resistere alla ricchezza e agli agi che garantiva Joel?

«Avere sogni è una bella cosa», continuò Ava. I loro

sguardi s'incrociarono e Peter fu percorso da una scossa elettrica. Tutto in lei lo affascinava, non soltanto il fisico, ma anche la sua mente, la sua volontà di voler fare qualcosa per migliorarsi. Sembrava molto empatica e parlare con lei era un piacere. E Joel? Conversava mai con Ava? Si vedeva lontano un miglio che ci stava insieme per il suo aspetto, al punto che Peter si sentiva in imbarazzo per lei. Non aveva alcun diritto, ma non poteva fare a meno di sentirsi protettivo nei confronti di quella donna che conosceva a malapena.

«Anche tu hai dei sogni», le rammentò Peter, «altrimenti non seguiresti quelle lezioni.» Ava sorrise. La comprendeva. Il suo tempo insieme a Joel era limitato. Non stava mai con una donna per più di due anni, come le aveva detto all'inizio, e loro avevano superato di un po' quel confine. La sabbia nella clessidra stava per esaurirsi. Joel non la amava. Gli piaceva la sua compagnia, ma per lui le donne erano come le macchine: intercambiabili. Uno di questi giorni avrebbe incontrato una nuova modella più interessante, le avrebbe dato un ricco benservito, o un appartamento, e non si sarebbe fatto più vedere. Negli ultimi tempi Ava ci pensava spesso. E più ci rifletteva sopra, più studiava duramente nella speranza di laurearsi presto. Ora avrebbe dovuto comprarsi un nuovo computer per proseguire le lezioni e completare i lavori assegnati dai professori, molti dei quali avevano già lodato il suo talento.

«Meglio che torni al lavoro», disse Peter alzandosi. «Vale a dire prima che Arthur si svegli dal pisolino. In genere non sto con lui di giorno, solo di notte. Non si ferma mai.» Le sorrise. Parlarle gli aveva fatto piacere.

Salirono insieme le scale, si separarono sul pianerottolo

ed entrarono ciascuno nella propria camera. Seduto alla scrivania, con le pagine del libro davanti a sé e la penna in mano, Peter fissava i fogli e pensava ad Ava. Non era mai stato ossessionato da nessuna donna e con lei non valeva neanche la pena tentare un approccio. Apparteneva a un altro. Come avrebbe potuto competere con uno come Joel Fine? Non aveva soldi, svolgeva due lavoretti di poco conto, stava scrivendo un romanzo che probabilmente non sarebbe mai stato pubblicato e viveva in una casa non sua. Non aveva niente da offrirle, niente che potesse abbagliarla. Ava, con la sua bellezza, la sua intelligenza e la sua gioventù, era come la Ferrari di Joel, fuori dalla sua portata. Un sogno che sarebbe rimasto tale. Se da un lato adorava stare sotto il suo stesso tetto, dall'altro sperava di ritornare presto a casa di Arthur, e di farlo prima di impazzire per quell'ossessione. Solo pensare a lei gli faceva desiderare un futuro che non sarebbe stato neanche lontanamente possibile.

4

Le visite di Charles Chapman diventarono un appuntamento giornaliero durante il quale raccontava il progredire dei lavori in città per le riparazioni dei danni provocati dal terremoto. Tre giorni dopo la devastante prima scossa si scavava ancora tra le macerie in cerca di vittime. Durante una delle sue puntatine per una tazza di caffè, Peter gli chiese di poter fare parte dei volontari del Dipartimento Emergenze. Desiderava rendersi utile e non limitarsi solo a tenere compagnia ad Arthur che, grazie al suo bastone, non aveva problemi a cavarsela tra le mura tranquille della casa di Meredith, dove non gli mancava la possibilità di scambiare quattro chiacchiere. Naturalmente, prima di proporsi, aveva chiesto il permesso ad Harriman, che ne aveva sostenuto l'iniziativa. Per le piccole necessità, in attesa del ritorno del suo assistente, si sarebbe potuto appoggiare agli altri membri della casa.

La proposta di Peter sorprese tutti e conquistò l'approvazione di Charles, che gli diede alcune dritte sulle persone a cui rivolgersi. In situazioni come quella attuale, ogni aiuto era benaccetto. Due ore dopo, in jeans e stivali e con un paio di guanti da giardinaggio prestati da Meredith, il ragazzo uscì di casa accompagnato dagli incoraggiamenti dei nuovi amici. Avrebbe dovuto lavorare sodo e prepararsi a vivere esperienze umanamente toccanti. Da sotto le macerie, purtroppo, non si recuperavano solo corpi in vita, sebbene circolassero voci sorprendenti su bambini piccoli e anziani illesi dopo giorni. La maggior parte di chi era rimasto intrappolato durante i crolli era riuscito a cavarsela.

«Dovremo fare qualcosa anche noi», suggerì a tavola Ava parlando con Meredith e Tyla.

«Estrarre persone dalle macerie? Non credo di essere abbastanza forte», rispose quest'ultima, preoccupata.

«Non mi riferivo a quello. Potremmo aiutare a servire pranzo e cena in uno dei tanti rifugi o dare una mano in un'infermeria. Le possibilità di rendersi utili sono infinite.» La vita protetta e priva di disagi della lussuosa villa di Meredith aveva risvegliato in loro un vago senso di colpa. Oltre quel cancello, i loro concittadini erano messi a dura prova dagli eventi e avevano perso ogni cosa.

«Non è una cattiva idea, la tua», commentò la padrona di casa. «Facciamolo, che ne dite? Andiamo in uno dei centri a offrirci volontarie.» Si rivolse a Tyla. «Tu sei un'infermiera. Io potrei fare la vivandiera, oppure occuparmi della distribuzione di abiti.» Ava annuì, concorde.

«Non pratico più da tanto tempo», rispose timidamente Tyla prima di accettare e di presentarsi, con Meredith e Ava, al rifugio allestito in una scuola pubblica del distretto Marina per chiedere informazioni. «E i bambini? Chi potrebbe occuparsi di loro?»

«Li affideremo a Debbie», propose Meredith che, subito dopo pranzo, parlò alla domestica. Come c'era da aspettarsi, quella non fece salti di gioia.

«Non sono pratica di bambini. Non è il mio mestiere», replicò scocciata.

«Non è necessario esserlo. Non sono certo dei neonati. Mettili davanti alla tv, lasciali giocare con i loro iPad. Sapranno da soli come occupare il tempo.» Debbie non ci mise molto a riferire a quattr'occhi in cucina la notizia al marito.

«Dobbiamo liberarci di quella gente. Hanno invaso la casa stravolgendole la vita. Dopo quindici anni di duro lavoro mi secca vedere i nostri progetti andare in fumo così.» Il cambiamento di Meredith non era passato inosservato neanche a lui. Bisognava incoraggiare gli ospiti ad andarsene in fretta.

«Ho qualche idea in mente.»

«Sì, ma nel frattempo la sottoscritta deve fare la baby sitter.»

«Stringi i denti. Ci sbarazzeremo degli intrusi in men che non si dica», replicò Jack con uno sguardo che avrebbe intimorito Meredith, se lo avesse visto. La coppia scalpitava per riprendere il controllo non soltanto della casa ma anche della sua proprietaria.

«Non sarà mai troppo presto», borbottò Debbie a denti stretti e con lo sguardo truce.

Joel, con il permesso della polizia, era riuscito a entrare nel suo ufficio dove, con alcuni collaboratori, si era dato da fare per recuperare il recuperabile. Andrew era in ospedale e Peter si era presentato al Dipartimento Emergenze. Meredith avvisò Arthur che lei e le altre due sarebbero uscite per qualche ora e che, in caso di bisogno, si sarebbe potuto rivolgere a Jack o a Debbie. Il pianista si offrì di occuparsi dei bambini, magari distraendoli con una lezione di pianoforte.

«In bocca al lupo, allora», commentò Tyla con un sorriso. «Riesco a stento a far fare loro i compiti per casa.»

«Suonare, però, è un'attività divertente», le rispose.

Meredith, Tyla e Ava uscirono mezz'ora dopo con l'auto della padrona di casa, l'unica a non essere rimasta bloccata in garage. Nel vederle a bordo del suv, Jack ammutolì. Di solito era lui a guidare, ma in quell'occasione Meredith si era rifiutata. All'improvviso, aveva ritrovato la propria indipendenza e si era fatta degli amici. Le preoccupazioni della coppia raddoppiarono e la notizia fu accolta da una Debbie ancora più acida, che aveva appena finito di sistemare i bambini di Tyla davanti alla tv. Tra non molto i due fratellini avrebbero raggiunto Arthur nel salottino con il pianoforte, dove il concertista avrebbe cercato di intrattenerli. Approfittando dell'assenza di Meredith, Debbie bevve una birra lontana dagli occhi di Will e Daphne, mentre Jack si fece un bourbon che lo mise subito di buon umore e gli sciolse la lingua riguardo a un progetto che aveva in mente.

«In che condizioni sarà il quartiere?» chiese Ava durante il tragitto verso Marina. Il traffico si muoveva al rallentatore, molte strade erano chiuse, parecchi edifici erano crollati. Il terremoto era stato uno dei peggiori dal 1989. «Dobbiamo aspettarci scene da brivido?» Nonostante l'eccitazione al pensiero di rendersi utili, era nervosa.

Parcheggiarono in mezzo ad ammassi di detriti. La situazione era caotica. Si fecero largo tra la folla di uomini, donne e bambini radunati di fronte alla scuola. Dentro c'erano più di un migliaio di persone. Nelle sale più grandi erano stati allestiti i punti di distribuzione di cibo e una grande caffetteria. Il resto dell'edificio era stato trasformato in dormitorio. Ai tavoli dell'improvvisata reception, mezza dozzina di persone davano indicazioni ai nuovi arrivati. Era stata approntata un'infermeria per la cura dei feriti meno gravi. I casi più seri erano dirottati negli ospedali locali.

Meredith spiegò a una delle addette al ricevimento di essere interessata a dare una mano e quella s'illuminò.

«Un'idea davvero meravigliosa!» rispose squadrandole con soddisfazione. Erano pulite, in buona salute, serie e volenterose. «Siete specializzate in qualcosa?»

«Io sono un'infermiera», disse Tyla, che fu subito indirizzata al centro di primo soccorso. Lasciò le altre due col sorriso e l'espressione eccitata.

«Io sono disponibile a qualsiasi cosa», disse Ava. «Posso occuparmi dei bambini o della caffetteria.» La receptionist le indicò il bar principale, mentre Meredith fu indirizzata in una stanza piena di bambini. Avevano bisogno di qualcuno che leggesse loro delle storie e potesse intrattenerli concedendo ai genitori stravolti una breve parentesi di tranquillità.

Così Meredith si ritrovò a badare, insieme a un'altra signora, a circa venticinque ragazzini di sei anni. Lesse una storia dopo l'altra, pulì nasi gocciolanti, accompagnò i piccoli in bagno, li fece sedere sulle sue gambe. A fine turno, alle sette, le pareva di aver partecipato a una maratona. Seguita da un coro di ringraziamenti da parte dei bambini, andò in caffetteria per raggiungere Ava che, per tutto il giorno, non aveva fatto che servire panini, yogurt, succhi di frutta e acqua. Congedatesi dai colleghi, le due andarono in cerca di Tyla che trovarono impegnata a medicare graffi e tagli e che aveva appena finito di visitare un bambino con un trauma cranico, indirizzandolo all'ospedale del marito. Finito di sistemare le ultime cose, le tre lasciarono il centro poco dopo le sette di sera. Si erano trattenute più a lungo del previsto e, se avessero voluto, sarebbero potute restare tutta la notte. La scuola era affollata di gente rimasta senza casa o costretta a pernottare altrove per i danni subiti dalle abitazioni. Tutti avevano bisogno di cibo, abiti e un tetto sopra la testa.

«È stata una giornata incredibile», commentò Ava sulla via di casa, commossa da ciò che aveva sentito e visto.

«Spero che i bambini non abbiano fatto impazzire Debbie», disse Tyla, eccitatissima per aver ripreso la sua attività professionale.

«Io non ho fatto che leggere storie tutto il pomeriggio. In realtà, ho trascorso più tempo ad accompagnare i bambini al bagno che a leggere, ma mi sono passati per le mani moltissimi libri. Mi sento come Mary Poppins.» Meredith ridacchiò divertita. Sarebbero tornate il giorno seguente. Il ritorno fu più rapido dell'andata, ora che sapevano quali strade evitare. Parcheggiata la macchina, andarono direttamente in cucina. Debbie, impegnata con la cena, la accolse con un'occhiataccia. Erano rientrate più tardi del previsto.

«Com'è andata?» chiese Ava a Peter, radioso in volto.

«Abbiamo trovato una famiglia: padre, madre e un bambino di tre mesi. Il piccolo stava bene, la mamma era piuttosto scossa e l'uomo aveva una brutta ferita alla testa, ma si riprenderanno. E voi dove siete state?»

«Al rifugio del quartiere Marina.» Le tre donne erano eccitate quanto Peter. Un attimo dopo, Daphne, accortasi del ritorno della madre, le corse incontro per abbracciarla.

«So suonare il pianoforte!» le annunciò. «Arthur mi ha insegnato *Brilla, brilla la stellina*.» Tyla, sorridente la baciò, sotto lo sguardo gelido del marito.

«Hai lasciato i bambini a casa e sei uscita? E se ci fosse stata un'altra scossa?»

«Sarei rientrata subito, come avresti fatto tu» gli rispose Tyla, meno intimorita dal solito e decisa a non farsi rovinare la meravigliosa giornata. Era stata produttiva, si era riappropriata delle proprie capacità professionali.

Joel sembrava ferito quando baciò Ava. «Tesoro, se vuoi renderti utile puoi farlo accompagnandomi in ufficio. Non c'è bisogno di andare in mezzo a tutti quei senzatetto sudici. Lascia che ci pensino gli altri.»

«In ufficio hai tutto il tuo staff pronto a darti una mano», rispose lei ricambiando il bacio. Joel aveva l'espressione di un bambino offeso.

«I vostri figli hanno talento», disse Arthur a Tyla e Andrew. «Se la sono cavata piuttosto bene per una prima lezione.»

«Mi è piaciuto un sacco, mamma», intervenne Will.

«Pure a me», ridacchiò Daphne.

Si accomodarono tutti a tavola per la cena a base di hamburger che Debbie servì una decina di minuti dopo. Andrew, che aveva avuto una giornata estenuante, non rivolse una sola parola alla moglie durante il pasto. Terminato di mangiare, si alzò subito facendo segno a

Tyla di seguirlo. Lei, dopo aver ringraziato Debbie per la cena, salì in camera accompagnata dai bambini, un po' recalcitranti ad abbandonare la compagnia. Peter, Ava e Meredith si scambiarono le rispettive esperienze per poi ritirarsi per la notte. Era stata una dura giornata per tutti e Joel sembrava impaziente di rimanere solo con Ava. Meredith s'intrattenne ancora un po' con Arthur prima di accompagnarlo al piano superiore dove lo attendeva Peter per aiutarlo a mettersi a letto.

«Sembra che abbia avuto una splendida giornata», le disse mentre salivano le scale.

«Erano anni che non mi sentivo così viva», ammise lei. «Lo so, è terribile da dire, ma questo terremoto è stata la cosa migliore che potesse capitarmi. Mi sento di nuovo utile.»

«Un ottimo motivo per riflettere sulla questione, non trova?» le disse lui, saggio, congedandosi con un bacio sulla guancia.

Sì, aveva ragione, pensò Meredith, seduta in camera sua, fisicamente stanca ma lucida e soddisfatta del pomeriggio trascorso al centro terremotati. Un tarlo, però, le rodeva la mente: era preoccupata per Tyla. Quando era salito di sopra facendole cenno di seguirlo, Andrew l'aveva guardata in un modo che non le era piaciuto, come si guarda un bambino che ha combinato qualcosa e deve essere punito in privato. Pregò il cielo che non la trattasse con troppa durezza. C'era qualcosa in quell'uomo, e nel comportamento verso la moglie, che la turbava. Tyla però non si era lamentata. Era il terrore che leggeva nei suoi occhi a preoccupare Meredith.

Mentre rifletteva angosciata sull'amica, aprì l'armadio dal quale prese una pila di maglioni e jeans, qualche giaccone e delle scarpe. Li avrebbe portati l'indomani al centro per darli a chi ne aveva più bisogno.

Al pianterreno, nel loro appartamentino privato, Jack stava illustrando alla moglie il piano che aveva in mente. «Ottimo. Mi piace. Dovremmo ottenere l'effetto desiderato», rispose lei con un sorriso beffardo.

«Certo che sì!» Il marito sembrava sicuro di sé. «Sono stufo di occuparmi di questo e di quello. Da quando è arrivata quella gente, la signora non ci parla quasi più. Dopo aver messo in pratica la mia idea, vedrai che vorrà liberarsi degli ospiti.» Jack guardò la moglie negli occhi e brindò con la fiaschetta di bourbon che teneva tra le dita e che tracannò in pochi sorsi. Una fiaschetta d'argento appartenuta al padre di Meredith, che aveva trovato in una scatola nel ripostiglio poco dopo il suo arrivo alla villa. Meredith non si era mai accorta della sua sparizione né gli aveva chiesto se l'avesse vista. Ormai, dopo quindici anni, come molti altri oggetti della casa era diventata sua.

In camera, Andrew aveva dato gli iPad ai bambini e, dopo avergli ordinato di mettere gli auricolari, li aveva chiusi in bagno. Poi aveva colpito la moglie con tanta forza da catapultarla dall'altro lato della stanza. Tyla era stata colta di sorpresa. Mai si sarebbe aspettata tanta violenza in una casa altrui, dove qualcuno avrebbe potuto sentirli. Cadde sulla brandina di Will, batté forte la testa e per qualche istante non capì più nulla. Daphne avrebbe dormito su un materasso gonfiabile portato da casa visto che, come il fratello, non voleva rimanere sola di notte e la camera non era sufficientemente grande per tutti.

Senza darle neanche il tempo di reagire, Andrew la picchiò di nuovo. Questa volta Tyla si rannicchiò per terra, le braccia sopra la testa per ripararla. Aveva imparato come proteggersi, aveva imparato a non gridare per evitare che i bambini, di solito in una camera accanto, potessero sentire il padre malmenarla. Quando guardò il marito, sanguinava da entrambe le narici e aveva la vista appannata e velata di odio. Niente, però, era paragonabile alla furia incontrollata che dardeggiava negli occhi di lui.

«Come hai osato andare in quel lurido posto senza il mio permesso? Probabilmente hai preso i pidocchi e Dio sa cos'altro!»

«Sono un'infermiera, ho fatto il mio lavoro», rispose lei con un filo di voce.

«Tu non sei niente. Ti sarai persino dimenticata come mettere un cerotto. Non lavori da undici anni. Hai lasciato i nostri figli in compagnia di una governante da quattro soldi e di un cieco. Ti rendi conto della tua avventatezza?» Tyla non rispose. Andrew voleva il controllo totale di ogni secondo della sua giornata, e tutto quello che avrebbe potuto darle un minimo di piacere o farla sentire meglio le era proibito. «Non devi fare un cazzo senza il mio permesso! Hai capito?» Lei annuì. Nel punto in cui aveva sbattuto, le stava già spuntando un bernoccolo. Quando si trattava di picchiare, Andrew sapeva il fatto suo. Sapeva dove colpirla senza lasciare segni, a meno che non desiderasse il contrario. Capitava che le facesse male al seno o che le procurasse lividi sulle braccia e sulle gambe. Una volta, colpendola con una pedata, le aveva lasciato l'impronta della scarpa sulla schiena, che non si era fratturata per puro miracolo. Se fosse accaduto, sarebbe potuta restare storpia a vita. Di solito, però, si premurava di non toccarle la faccia. Tutto il resto del corpo poteva essere coperto da pantaloni e maniche lunghe.

Erano quasi dieci anni ormai che la picchiava. All'inizio, Tyla si era detta che la situazione sarebbe migliorata, ma adesso era rassegnata al suo destino. Dopo la nascita di Daphne la situazione era peggiorata. Avrebbe voluto lasciarlo, ma non vedeva alcuna via d'uscita. Non lavorava da quando aveva partorito il primo figlio. Andrew non aveva voluto. Così, adesso, senza soldi, non poteva andare da nessuna parte, né cercare di fuggire. Di chiedere aiuto alla famiglia non se ne parlava neanche. I suoi non avevano mai navigato nell'oro e quel poco che avevano gli era necessario per far fronte ai propri bisogni. L'unico denaro di cui Tyla disponeva era quello che il marito le dava per mandare avanti la casa. Un paio di volte aveva visitato un centro di accoglienza per donne abusate, ma senza un lavoro si sarebbe dovuta affidare alla previdenza sociale. No, non poteva far questo ai suoi figli, che grazie ad Andrew vivevano in una bella casa, frequentavano una scuola privata, avevano attività extracurriculari e un futuro garantito. Quando fosse arrivato il momento, li avrebbe mandati all'università. Lo avrebbe lasciato quando Daphne sarebbe entrata al college, tra undici anni... se per allora fosse stata ancora viva.

La sua famiglia era modesta, non avrebbe potuto accoglierla. Aveva due fratelli, uno idraulico e l'altro elettricista. Se la passavano discretamente, ma avevano anche quattro e sei figli da mantenere. Le sorelle erano ragazze madri e si guadagnavano la vita a servizio. Lei era l'unica ad aver avuto la fortuna di sposare un dottore ricco, come lo definivano i suoi. Andrew in realtà non lo era, ma guadagnava più che bene, si era fatto da solo e risparmiava ogni centesimo possibile. A ogni occasione, non mancava di offendere la moglie rinfacciandole le proprie origini di irlandese squattrinata. La insultava dandole della stupida, della madre inetta, la accusava di andare a letto con altri uomini. Tyla però non lo aveva mai tradito, neanche una volta. Poteva dire la stessa cosa di lui? Che l'avesse cornificata o meno, Andrew la trattava con brutalità. Non aveva mai toccato i bambini perché, se lo avesse fatto, lo avrebbe lasciato, povera o meno, e sospettava che i figli avessero ormai capito tutto. Se restava con quell'uomo era solo per garantire loro un futuro e mai una volta l'aveva sfiorata l'idea che una scuola privata e l'università non valessero il suo sacrificio. Li stava massacrando tutti. Non riusciva a credere che avesse il coraggio di picchiarla in casa altrui. Andrew l'afferrò per i capelli, la sollevò da terra e la scaraventò sul letto incurante del fatto che il sangue che le usciva dalla bocca e dal naso avrebbe macchiato le lenzuola. Dopo averle mollato un altro schiaffone, aprì la porta del bagno, ridendo, come se fosse accaduto qualcosa di divertente.

«Vostra madre è caduta sulla brandina e ha battuto il naso. Non trovate che sia una stupidaggine?» Quando Tyla li superò di corsa per andarsi a lavare la faccia, Will e Daphne si accorsero che sanguinava.

Will entrò in uno stato di panico, nonostante l'avesse già vista in condizioni anche peggiori. «Stai bene, mamma?» le sussurrò avvicinandosi al lavandino e guardandola addolorato.

«Certo che sta bene», rispose Andrew tirandolo via per il colletto, sotto gli occhi sgranati di Daphne. Tyla si pulì la faccia e finse che non fosse accaduto nulla. Sapeva però di aver bisogno di un po' di ghiaccio e non ne aveva a portata di mano. Di scendere in cucina non se ne parlava. Nessuno doveva vederla in quelle condizioni. Si guardò allo specchio, una guancia si stava già gonfiando. Avrebbe nascosto i segni con il trucco. Ormai era un'esperta.

Aiutati da Tyla, i bambini andarono a letto in un silenzio tombale. «Mamma, come ti senti veramente?» le sussurrò Will dalla sua brandina quando il padre si chiuse in bagno per una doccia.

«Sto bene», rispose lei con voce ferma. «Sono inciampata, tutto qui.» Un giorno o l'altro glielo avrebbe detto. Doveva farlo, per evitare che accadesse anche a loro, soprattutto a Daphne che, con le sue bambole strette tra le braccia, era rannicchiata sotto le coperte con aria triste.

«Ti fa male il naso, mamma?» le chiese.

«No, tesoro. Sto bene», mentì Tyla come sempre. Ora, come se non bastasse, avrebbe dovuto farlo anche con i vicini ospiti a casa di Meredith.

Uscito Andrew dal bagno, Tyla si precipitò sotto la doccia. Avvertiva l'urgenza di ripulirsi dal contatto con quell'uomo che la faceva sentire sporca ogni volta che la picchiava e ancora peggio quando, dopo, faceva all'amore o la violentava, come talvolta accadeva, ma non di fronte ai figli. Quando i bambini non lo sentivano, le dava della puttana. Da quando la madre aveva tradito il padre ed era fuggita lasciandosi dietro Andrew di appena sette anni, nutriva un odio profondo verso le donne. Spesso Tyla si chiedeva se anche il suocero avesse maltrattato la moglie, e se non fosse stato quello il motivo della sua fuga con un altro. Andrew non l'aveva mai perdonata di essere sparita senza più dare notizie di sé. Se il figlio aveva preso dal padre, la poveretta non poteva essere biasimata per aver scelto di scappare. Ed era proprio questo che sperava di fare anche lei un giorno, di andarsene, ma non con qualcuno, da sola. Non avrebbe mai lasciato i suoi bambini, specialmente non con lui. Will e Daphne stavano crescendo in una casa piena di odio e paura. Lei, però, avrebbe continuato a ripetersi che con il proprio sacrificio avrebbe garantito loro scuole private e un'istruzione d'eccellenza.

Il suo stesso padre, un ubriacone, era venuto a mancare quando lei aveva soltanto tre anni. Non lo ricordava neanche. Era morto mentre tornava a casa in macchina, gonfio di alcol, durante una tempesta di neve, lasciandosi dietro una vedova con cinque figli. Anche sua madre era stata picchiata? Non aveva mai detto nulla in proposito, ma si era data da fare rimboccandosi le maniche come domestica, imitate poi dalle altre due figlie. Una storia che si ripeteva ma che non avrebbe dovuto ripetersi con Will e Daphne. Così, per salvare i figli, Tyla aveva imparato a vivere nel terrore.

Rimase sveglia a lungo, quella notte, rannicchiata sul bordo del letto, il più lontano possibile da Andrew, che l'indomani sarebbe uscito prima delle sei. Grazie al cielo, al risveglio non lo avrebbe visto. E un giorno, forse, non lo avrebbe veduto mai più.

5

COME di consueto, il mattino seguente, alzatasi di buon'ora Meredith si sorprese nel ritrovare Daphne in corridoio, con ancora indosso la camicia da notte rosa e con le sue tre bambole in braccio.

«Sei di nuovo in piedi prestissimo», la salutò con un sorriso. Daphne annuì in silenzio. Non sembrava felice come il giorno prima. «Hai fame?»

«Un pochino. Posso avere dei cereali?»

«Niente pancake?» La bambina scrollò la testa. «Che ne diresti di metterti le pantofole, prima?»

«Non voglio svegliare la mamma. Papà è andato al lavoro, lei e Will stanno ancora dormendo.» Meredith la prese per mano e insieme scesero al pianterreno, la casa ancora immersa nel silenzio. Nessuno si era ancora alzato. In cucina, Meredith prese una ciotola, la riempì con i cereali e vi versò il latte sopra. Poi piegò una salvietta, vi appoggiò un cucchiaio accanto e lasciò che la bambina iniziasse a mangiare mentre lei si preparava del caffè.

«Mamma è caduta, ieri sera. Le è uscito sangue dal

naso», disse Daphne di punto in bianco. Meredith la fissò. Quale parte della storia era vera?

«Come ha fatto?» chiese con finta noncuranza. Non sapeva perché, ma non credeva alla caduta.

«È inciampata sulla brandina di Will e ha battuto il naso.» Dal tono di voce della bimba si capiva che anche lei era scettica e che si aspettava altre domande. Meredith, dal canto suo, era incerta. Come comportarsi davanti a un bambino che aveva assistito a una violenza sulla madre?

«Accidenti, deve essersi fatta molto male.» Daphne annuì e seguitò a fissarla per poi sussurrare: «Certe volte la picchia». Abbassò lo sguardo sulla ciotola. Tacquero entrambe per qualche secondo. Ecco la conferma che Meredith si era aspettata e aveva temuto.

«Mi dispiace», sussurrò di rimando. «E a voi ha mai fatto del male?»

Daphne fece un cenno di diniego. «Ci urla dietro, ma non ci ha mai dato le botte. Lo fa solo con la mamma.» Meredith non riusciva neanche a immaginare come doveva sentirsi un bambino sapendo che il papà picchiava la mamma ed era impotente. Doveva essere terribile. Come poteva aiutarla? Non aveva idea del modo in cui intervenire, ma era imperativo fare qualcosa. Non poteva chiamare un centro antiviolenza per bambini, perché non erano i figli che Andrew picchiava, ma *solo* la moglie. Sedette accanto alla bambina, la prese in grembo e la tenne stretta tra le braccia. Daphne si rilassò immediatamente e solo in quel momento Meredith si accorse di quanto fosse stata tesa.

«Se sei una strega buona, puoi fare qualcosa?» Di fronte a quella domanda innocente, gli occhi di Meredith si riempirono di lacrime.

«Non so che genere di strega sono. Posso provarci però.»

«Gli farai un incantesimo?» A Daphne l'idea sembrava piacere.

«Devo pensarci.» La piccola annuì, tornò sulla sua sedia e fissò Meredith con intensità.

«Perché hai soltanto una femmina e non anche un maschio?» volle sapere. «Come Will e me», aggiunse. Per Meredith fu come ricevere un colpo in pieno petto, ma decise di dirle la verità.

«Avevo anche un figlio. Ora è con gli angeli.» Daphne sgranò gli occhi.

«Si è ammalato? Pure la nonna della mia amica Stephanie è andata in cielo. Ha avuto il cancro.»

«No. Per lui è stato un incidente.»

«È molto triste», rispose la bambina, con aria solenne.

«Sì, lo è. Si chiamava Justin. Mia figlia invece si chiama Kendall. Ho anche una nipote: Julia.» Kendall, pensò Meredith aveva all'incirca la stessa età della mamma di Daphne. Quaranta contro trentotto. Strano come continuasse a incrociare donne coetanee della figlia. Come Debbie, per esempio.

Meredith e Daphne rimasero sedute in silenzio per qualche minuto, ciascuna a riflettere sulle confidenze dell'altra, quando entrarono Will e Tyla. Il bambino era molto pallido e la mamma esausta. Si era truccata. Guardandola con attenzione, si notava il naso leggermente gonfio. Il figlio, però, sembrava in condizioni peggiori. Tyla gli preparò del tè per cercare di lenirgli il mal di pancia.

«Talvolta ha dei brutti attacchi», disse a Meredith. Non era difficile immaginarne il motivo, pensò quella, evitando di commentare. Finse di non vedere l'occhiata che le scoccò Daphne.

«Non sarebbe meglio che restasse a letto?» chiese con sollecitudine.

«No, tra un po' si riprenderà», rispose la madre preparandogli anche una fetta di pane tostato.

Dopo qualche istante, al gruppetto si unirono Peter e Arthur, che promise una nuova lezione di musica. Quando arrivarono anche Ava e Joel, le tre donne decisero di andare di nuovo al centro terremotati, per ripetere l'esperienza positiva del giorno prima.

«Sicura di voler venire anche tu?» chiese Meredith a Tyla. «Ho avuto l'impressione che Andrew non abbia gradito.» Tyla la guardò negli occhi, determinata.

«Vengo. Hanno bisogno di noi», rispose con fermezza.

«Sì, hai ragione», concordò Meredith.

«Quello che fate è meraviglioso», commentò Arthur. Peter sarebbe tornato al Dipartimento Emergenze mentre Joel avrebbe fatto ritorno in centro, nel suo ufficio. C'erano ancora vetri da raccogliere, computer da smaltire e parti di soffitto crollate da portare via. Evitò di commentare la decisione di Ava.

«Puoi venire con me, se lo desideri», aggiunse subito dopo. Lei fece un cenno di diniego con la testa e confermò la decisione di ritornare al rifugio, dove si sarebbe resa più utile. Pur evitando di discutere, Joel parve seccato.

Terminata la colazione, salirono tutti nelle proprie stanze a eccezione di Arthur e Meredith. «La conosco appena», le disse il concertista, «ma sono fiero di lei. È da molto che si nasconde dietro le mura di casa, ma forse era di questo che aveva bisogno. Il mondo la chiama.»

«Ci ho messo un po' per ritrovarmi, ma credo di essermi isolata troppo a lungo. Anni fa mio marito mi ha lasciato per un'altra... una batosta che non mi aspettavo affatto. Mio figlio è morto qualche mese dopo. Ho avuto troppe cose da affrontare in una volta, così ho raccolto armi e bagagli, ho detto addio alla carriera e mi sono ritirata a vita privata. Troppo, troppo a lungo.» Lo capiva soltanto adesso che aveva la casa piena di persone che conosceva appena, ma che avevano bisogno di lei. Kendall l'aveva esclusa così a lungo che Meredith si era dimenticata la sensazione di essere desiderati.

«A star senza compagnia, la vita è solitaria», commentò Arthur garbatamente. L'età avanzata gli permetteva di parlare con sincerità e non voleva nascondere l'orgoglio che aveva imparato a nutrire verso Meredith in quei pochi giorni. Era una donna generosa, gentile, affidabile. Solo una persona così avrebbe spalancato le porte di casa a dei perfetti estranei prendendosene cura con tanta gentilezza.

«Non ero sola. C'erano Jack e Debbie con me.» Arthur scrollò la testa.

«Anch'io ho una governante, Frieda, e Peter. Non è la stessa cosa. Lavorano per me. Con loro i rapporti sono diversi, più complicati. Lei ha bisogno di uno scopo nella vita, ha bisogno di amici. Ha mollato la sua brillante carriera, quella che un tempo ha fatto felici milioni di persone. Sono molto più vecchio di lei, e ho avuto un matrimonio meraviglioso, mi creda. I ricordi mi scaldano il cuore e non m'importa di essere rimasto da solo fintanto che potrò continuare a suonare. Lei però è troppo giovane per un'esistenza così.»

«Non così giovane, mi creda!»

«Mi permetta di dirle che è troppo giovane per isolarsi per sempre. Deve ritornare nel mondo, farlo con qualcosa che ritiene importante, qualunque cosa. Non è mai troppo tardi per ricominciare.»

Peter e Ava entrarono in cucina nello stesso istante. Lui teneva un fascio di carte in mano, che le consegnò. Il manoscritto. Ava aveva promesso di leggerlo e non perse tempo a risalire svelta in camera per riporlo al sicuro. Qualche minuto dopo, Peter uscì per andare al Dipartimento Emergenze. Arthur sorrise alla sua ospite. Erano diventati amici e Meredith aveva accolto di buon grado i suoi consigli.

«Sarò anche cieco», sussurrò, «ma sento odore di romanticismo nell'aria», aggiunse riferendosi a Peter e ad Ava.

«Potrebbe avere ragione», rise Meredith. «In linea di massima sono concorde, anche se lei e Joel sembrano abbastanza presi. Non so come potrebbe funzionare.»

«Le persone sono imprevedibili. Peter non ha mai fatto leggere a nessuno il suo manoscritto.»

Meredith accompagnò Arthur nella sua stanza e fece una capatina nello studio dove, poco dopo, si presentò Debbie che, seria, disse di doverle parlare.

«Qualcosa non va?» La domestica annuì con aria sconvolta, come se l'umanità stesse per estinguersi. Negli ultimi tempi si era comportata in maniera insolita, drammatica. Era palese che non gradisse la presenza degli ospiti. Anche il marito non era lo stesso di sempre e spesso rispondeva ai limiti dell'educazione. Era la prima volta in quindici anni che Meredith aveva ospiti e il loro comportamento l'aveva lasciata senza parole.

«Questa mattina stavo pulendo il salone principale»,

attaccò Debbie. Meredith si preparò ad ascoltare la notizia della rottura di qualche oggetto costoso per colpa del terremoto. «Oh, non so neanche come dirglielo, ma la scatola di smalto rosa a forma di cuore di Fabergé è sparita.»

«È sparita oppure si è rotta?» L'aveva pagata una fortuna, anni addietro, ed era uno dei suoi oggetti preferiti. Sullo smalto erano incastonati diamanti e perle e all'interno si leggeva una dedica dello zar alla madre. Un pezzo da collezione di grande valore e troppo voluminoso perché qualcuno lo facesse scivolare in una tasca.

«Detesto doverlo dire, ma credo che lo abbia preso uno dei suoi ospiti. Un paio di giorni fa ho visto la bomba sexy guardarlo. Non so se sia stata lei o uno degli altri. Quello che so è che si tratta di un oggetto di grande valore, uno dei suoi preferiti.» Impossibile pensare che fosse stato preso da qualche collaboratore esterno, considerato che nessuno di loro aveva messo piede in casa dal giorno del terremoto e che, in ogni caso, in tutti quegli anni la sua fiducia non era mai stata tradita.

«Quand'è stata l'ultima volta che l'hai vista?» chiese Meredith. Cercava di parlare con calma, seppur dispiaciuta alla prospettiva di una possibile perdita.

«Il pomeriggio del terremoto ero in quella stanza e mi ci sono caduti gli occhi sopra. Adesso non c'è più. Ho guardato dappertutto, nel caso qualcuno l'avesse presa e appoggiata altrove. Può essere stato solo uno dei nostri ospiti», rispose Debbie seria. Meredith la fissava sconvolta, sentiva però che qualcosa non quadrava in quella storia, pur non riuscendo a identificare la nota stonata. «Desidera che Jack e io controlliamo le stanze di tutti, quando se ne andranno, oggi?» aggiunse speranzosa.

«Certo che no! Sono persone rispettabili con belle case. Non hanno bisogno di rubare oggetti di valore. Non capisco solo come sia potuto accadere. Vedrai che prima o poi il cofanetto spunterà fuori.»

«Non se qualcuno ha in mente di portarlo via. Non dovremmo chiamare la polizia?»

«Direi che non è ancora il momento», fu la replica di Meredith.

«Sarebbe meglio che lei domandasse a tutti di andarsene se non vuole controllare i loro effetti personali.» Debbie sembrava delusa. Lei e il marito erano convinti che, dopo la sparizione del cofanetto Fabergé, Meredith non avrebbe esitato a mettere quegli estranei alla porta.

«E dove dovrebbero andare, secondo te? Metà degli alberghi sono chiusi, gran parte della città è senza corrente e non intendo mandarli in un centro di accoglienza. A sentire il colonnello Chapman, sono molte le persone che ospitano gente meno fortunata nelle case rimaste intatte.»

«Non dei perfetti sconosciuti, però.»

«Non può essere stato nessuno di loro», disse Meredith ragionando con la domestica. «Andrew Johnson è uno stimato medico e sua moglie una donna deliziosa. Arthur Harriman è uno dei concertisti più famosi del mondo. Peter non è ricco, ma sembra un giovanotto di sani principi. Joel ha guadagnato milioni di dollari con le sue due startup e non ha certo bisogno di rubare a me un cofanetto che potrebbe benissimo comprare con i suoi soldi.»

«E la sua ragazza?»

«No, non credo affatto», disse Meredith con fermezza.

«Di chi sospetta, allora? Di Jack e di me?»

«Certo che no! Lavorate alle mie dipendenze da quindici anni e siete i migliori amici che io abbia mai avuto. Non so dove sia finito il cofanetto, ma deve essere qui, da qualche parte. Forse qualcuno l'ha messo in un cassetto per evitare che si rompesse durante lo sciame sismico, dopo il terremoto, e si è dimenticato di riferirmelo. Chiederò questa sera. I nostri ospiti sono amici, Debbie, e dubito che ruberebbero anche un solo spillo alla sottoscritta.»

«Lei, signora, è una perfetta ingenua», replicò Debbie arrabbiata. «Ha vissuto isolata troppo a lungo e ha dimenticato di cosa è capace la gente. Uno dei suoi nuovi amici ha rubato un oggetto prezioso, e se avesse un minimo di buon senso li caccerebbe prima che prendano altro.» Meredith non gradì il tono della domestica e soprattutto la presunzione di volerla obbligare a fare qualcosa. I legami che per tanti anni le avevano unite si erano dissolti nel momento in cui Debbie aveva dimenticato chi era la padrona di casa, prendendo iniziative che non le competevano. Meredith si alzò per farle capire che poteva andarsene. Il discorso era chiuso. Non li avrebbe mai mandati via. Al contrario, desiderava che Tyla restasse più a lungo, fino a quando non le fosse venuto in mente un modo per aiutarla con Andrew. Dopo il racconto di Daphne, la sua preoccupazione si era moltiplicata.

Debbie se ne andò sbattendo la porta. Fumava di rabbia quando, al pianterreno, trovò Jack nel soggiorno del loro appartamentino. Gli raccontò tutto per filo e per segno.

«Ti rendi conto? Le ho detto che uno degli ospiti ha rubato qualcosa e non soltanto non mi crede, ma non gliene importa neppure. Credo che sia impazzita.»

«O che stia reclamando la propria indipendenza. Personalmente preferivo quando si comportava da anziana demente. Quel vecchio, poi, non fa che ripeterle di spalancare le porte al mondo. L'ho sentito con le mie stesse orecchie. Se dovesse accettare il suo consiglio, non avremo più la stessa influenza di prima su di lei. Per quindici anni siamo state le uniche voci della casa, i suoi unici amici. Che ingrata! E adesso, cosa ci facciamo con quel cofanetto?»

«Possiamo conservarlo oppure venderlo. Sarebbe inutile nasconderlo nella stanza di uno degli ospiti, perché mi ha proibito di perquisirle. Si fida ciecamente di loro. Merda! Una settimana fa non li conosceva neanche, e adesso sono i suoi migliori amici.» Jack bevve un lungo sorso dalla fiaschetta che, subito dopo, porse alla moglie.

«Voglio quei bastardi fuori di qui», seguitò Jack, col dente avvelenato. «Non ci darà più ascolto fintanto che gironzoleranno sotto questo tetto.» Meredith stava sfuggendo loro di mano, ormai era chiaro. Dopo una lunga parentesi di controllo, ecco che all'improvviso, un passo dopo l'altro, si stava riaffacciando al mondo. Una volta che lo avesse fatto, per loro sarebbe stata la fine e addio a tutti i vantaggi di quella fruttuosa occupazione.

Meredith era ancora furiosa quando Debbie lasciò la stanza. Rimase seduta a riflettere qualche istante, chiedendosi se davvero uno dei suoi ospiti fosse stato capace di un gesto simile. No, non riusciva a immaginarlo. Non credeva che qualcuno avesse allungato le mani, ma d'altro canto non riusciva a immaginare chi altri avrebbe potuto essere. Dal terremoto, in casa non era entrato più nessuno tranne loro e la coppia di domestici. Il cofanetto doveva essere stato messo nel posto sbagliato, conservato per sicurezza. Era l'unica spiegazione. Quanto a Jack e a Debbie nutriva in loro una fiducia incondizionata.

Stava ancora rimuginando sulla questione quando il telefono sulla scrivania squillò. Di solito a rispondere era Debbie ma, vedendo che non si affrettava a farlo, Meredith, distratta, alzò la cornetta. Si stupì nel sentire la voce della figlia. Non si parlavano da almeno due mesi. Kendall non rispondeva mai alle sue chiamate e non la ricontattava neanche quando Meredith le lasciava un messaggio in segreteria, oppure lo faceva dopo un mese. L'aveva sentita prima del terremoto e, dopo, le sue ultime due telefonate erano andate a vuoto. In generale, Kendall chiamava quando le faceva più comodo.

«Sei tu?» chiese Meredith, sorpresa. I telefoni, a eccezione dei cellulari, avevano smesso di funzionare subito dopo la scossa di terremoto. Evidentemente le linee fisse erano state ripristinate.

«Mamma! Perché non mi hai chiamato per dirmi che stavi bene?» Kendall pareva seccata di non aver ricevuto notizie prima.

«Eravamo senza internet e le linee erano interrotte. Avrei potuto chiamarti sul cellulare, ma in genere non rispondi mai.»

«Be', avresti almeno potuto mandarmi un messaggio», fu la risposta pratica della figlia.

«Sì, hai ragione. E tu avresti potuto fare il mio numero. Rispondo sempre, quando sul display vedo che sei tu.»

«Se prima non lo fanno Jack e Debbie. Ho spesso avuto il sospetto che non ti riferiscano i miei messaggi.»

«Perché non dovrebbero, scusa?»

A Kendall la coppia di domestici non era mai stata simpatica. Forse per gelosia, per il legame che li univa alla madre. A differenza di Kendall, Debbie e Jack erano sempre disponibili nel momento del bisogno.

«Stai bene? E la casa?»

«Un sacco di vetri rotti, ma per il resto la struttura è solida. Non ci sono stati danni rilevanti, a parte qualche quadro che si è staccato dalle pareti. Siamo senza energia elettrica, ma si spera sarà ripristinata tra una o due settimane. La scossa è stata piuttosto forte e non ti nego che abbiamo avuto paura. Al momento, ospito sei vicini di casa e due bambini piccoli. Le loro abitazioni sono momentaneamente impraticabili.»

«I tuoi vicini? Li conoscevi già?» Kendall sembrava incredula. Sua madre, reclusa sotto il proprio stesso tetto, aveva aperto le porte di casa ai vicini?

«Prima del terremoto non li avevo mai neanche visti. Sono persone carinissime e io ho sufficienti stanze per accoglierle. Vuoi sapere il nome di uno di loro? Arthur Harriman, il concertista di pianoforte.»

«È cieco, se non ricordo male.» Kendall sembrava stupefatta dal racconto della madre.

«Sì, infatti. Con lui abita un ragazzo che lo aiuta nelle piccole incombenze ma, fra tutti noi, è il più impegnato e attivo nonostante i suoi ottantadue anni.»

«Ero preoccupata per te. Le scene dei reportage televisivi erano terribili. Incendi fuori controllo, ponti danneggiati e chiusi, gente sepolta sotto le macerie.»

«Non preoccuparti, sto bene. E voi? È un po' che non ci sentiamo.»

«Noi tutti okay. Sono preoccupata per Julia, che ha lasciato la scuola e sta tentando la carriera di attrice a Los Angeles. Papà l'ha incontrata un paio di volte. Si è impuntata su quel lavoro perché penso che voglia seguire le tue orme.» Kendall non sembrava compiaciuta. La colpa di tutto ricadeva sempre sulla madre, mai su Scott.

«O quelle di tuo padre.» La figlia non biasimava mai la carriera del genitore, solo quella della mamma.

«Uno di questi giorni voglio andare a trovarla.»

«Se ti decidi, passa da San Francisco. È un sacco che non ci vediamo.» Kendall non la frequentava da secoli e non desiderava neanche farlo. Vederla la deprimeva. La stanza del fratello era ancora come l'aveva lasciata lui, la madre si nascondeva agli occhi del mondo, Jack e Debbie parevano essere diventati i padroni di Meredith. Era troppo da sopportare.

«Non potremmo incontrarci a Los Angeles?»

Seguì un lungo silenzio da parte di Meredith. «Perché no? Magari. Mi piacerebbe rivedere Julia.»

«Ti assomiglia molto, sai.» Come Kendall, che però si rifiutava di ammetterlo. «Bene, felice di sapere che non hai problemi. Non avendo avuto tue notizie, temevamo che ti fosse successo qualcosa.» Eppure, nonostante la preoccupazione, le ci erano voluti diversi giorni prima di decidersi a chiamarla. Come sempre, la sua non era stata una reazione istintiva.

«È stata una brutta esperienza, ma grazie al cielo non ho un graffio. Mi sono presentata volontaria in un centro per senzatetto o per chi non riesce a tornare a casa propria per via dei danni. La città subirà parecchi stravolgimenti per un po'.»

«Ti farò sapere se andrò a Los Angeles», rispose Kendall con un tono più gentile. «Julia dice di non essere ancora pronta a vedermi. Personalmente, credo che tema che io voglia ostacolarla.»

«E lo vuoi?»

«Ho cercato di farlo, sì, ma è l'unica cosa che le interessa. Avrei preferito saperla qui, a New York, magari a scuola, o con un lavoro degno di questo nome, ma niente. Papà è convinto che abbia talento e le ha procurato qualche audizione.»

«Gentile da parte sua», fu la replica gelida di Meredith. Non le piaceva sentire parlare dell'ex. «I suoi ultimi due film sono andati molto bene», aggiunse con generosità.

«È stato addirittura premiato con due Oscar. Sorprendente davvero», aggiunse Kendall. Meredith ne aveva vinto uno, all'apice della carriera, ma la figlia non se ne era mai mostrata orgogliosa. Non aveva avuto la madre che desiderava, una borghese come tante, non una star del cinema. Erano state entrambe sfortunate. Come poteva definirsi una madre la cui figlia si rifiutava di parlarle? Grazie al cielo, si era sforzata di chiamarla per sapere se era viva o morta. «Abbi cura di te, mamma. La situazione potrebbe ancora essere pericolosa... caduta di oggetti o di detriti. Ci sono stati parecchi feriti, da quanto ho letto.»

«Non ho mai corso pericoli», replicò cortese Meredith. Debbie e Jack si erano presi buona cura di lei, anche se evitò di sottolinearlo.

«Ottimo. Ci sentiamo presto.» Quando riagganciò, Kendall era ancora sconvolta per il fatto che alla madre non era neanche venuto in mente di chiamarla per tranquillizzarla. D'altro canto, neanche lei si era precipitata ad afferrare la cornetta. Era un peccato che, col passare degli anni, la loro relazione si fosse deteriorata a tal punto. Avevano entrambe nostalgia dei tempi andati, di quando Kendall era ragazza e Justin ancora vivo, prima che tutto cambiasse e il mondo di Meredith venisse stravolto. Meredith era ancora seduta alla scrivania, con gli occhi fissi nel vuoto a ripensare alla conversazione con la figlia, quando Ava fece capolino per chiederle se fosse pronta a uscire, riportandola così con i piedi per terra.

«Oh, scusami. Ha chiamato mia figlia da New York. Ho dimenticato di telefonarle per dirle che stavo bene. Non mi è neanche passato per la testa», ammise con un pizzico di rimorso. Si erano allontanate parecchio in quei quindici anni, al punto da non conoscere quasi la nipote, Julia. La colpa è anche un po' mia, confessò Meredith a se stessa. Aveva staccato la spina, si era isolata da tutti e da tutto, persino dalla figlia. Forse Arthur aveva ragione. Forse era arrivato il momento di ritornare in pista. Era quasi pronta farlo.

Afferrò al volo un giubbotto di jeans, infilò un paio di scarpe da ginnastica ai piedi, prese la pila di vestiti che intendeva donare e si diresse nell'atrio, dove trovò Ava e Tyla in attesa.

«I bambini?» chiese a quest'ultima.

«Con Debbie. Ha detto che si sarebbe fatta aiutare a cucinare dei biscotti e Arthur ha promesso un'altra lezione di pianoforte», le annunciò Tyla suscitando in lei qualche preoccupazione. Valeva la pena rischiare la rabbia del marito per lavorare in un centro di accoglienza? Tyla sembrava convinta tanto delle proprie idee quanto della propria posizione.

Trascorsero l'intera giornata nel punto di raccolta, ciascuna impegnata nei propri compiti. Meredith si occupò di nuovo dell'intrattenimento dei bambini leggendo storie, mettendo i piccoli a letto per un riposino e dando loro da mangiare a pranzo con altri volontari. Tyla andò direttamente al centro di pronto soccorso e Ava in cucina per aiutare a rimestare giganteschi pentoloni di zuppa e poi lavare le stoviglie. Rientrarono esauste in disordine.

«Sono sfinita», ammise Meredith. Più volte nella giornata aveva pensato al cofanetto Fabergé, tentando di immaginare chi dei suoi nuovi amici avesse potuto rubarlo. E aveva fallito. Non potevano essere stati loro. Neanche Peter, senza il becco di un quattrino. Sembravano persone oneste e rubare qualcosa di un simile valore trascendeva i loro caratteri. Il cofanetto, prima o poi, sarebbe saltato fuori provando che aveva ragione, specialmente a Debbie, convinta che gli ospiti fossero dei ladri e degli approfittatori. Apprezzava i modi protettivi della domestica ma, per quanto riguardava il suo nuovo gruppo, ogni preoccupazione era fuori luogo.

Poco dopo il loro arrivo, giunsero anche gli uomini, altrettanto stanchi. Peter, prima di rincasare, era passato per un saluto da Charles Chapman, nel suo ufficio, e lo aveva invitato a cena con la speranza che Meredith non se la prendesse a male, e lei lo accolse felicissima e a braccia aperte. Anche Andrew quella sera sembrava più calmo. In ospedale si era occupato di un'emergenza dopo l'altra e non commentò quando Tyla disse di essere stata di nuovo al centro.

Per cena, Debbie aveva preparato pasta al sugo con basilico fresco del giardino e scongelato delle bistecche per chi le desiderasse. Meredith non mancò di notare che Arthur e Charles erano impegnati in una lunga conversazione e che quest'ultimo e Peter sembravano aver stretto amicizia. Poi, durante il caffè, il colonnello si spostò per sedersi accanto a Meredith, che per tutta la cena aveva parlato con Tyla e Ava del loro volontariato. Erano esauste, ma al tempo stesso rinvigorite all'idea di rendersi utili.

«Come vanno le cose nel suo albergo casalingo?» chiese Charles con un caloroso sorriso. «Lo sa che Arthur sta cercando di convincermi ad assistere al suo concerto di novembre a Shanghai? E che quasi c'è riuscito? Lei ha in mente di andarci?»

Meredith scoppiò a ridere. «Shanghai è un po' lontana per una donna che ha vissuto gli ultimi quindici anni come un'eremita.»

«Potrebbe farle bene. Essere interessante. Suonerà in una nuova sala da concerto. Tutto si può dire tranne che Arthur abbia rallentato i ritmi. Quest'inverno si esibirà anche a Parigi, Hong Kong e Sydney. A paragone della sua, la mia è una vita scialba. A proposito, ho sentito che fa la volontaria al rifugio nel quartiere Marina.»

«È bello aiutare gli altri.»

«Sta già facendo tantissimo qui», rispose sorridente il colonnello. «Quelli del Dipartimento Emergenze sperano di rimettere in sesto la rete elettrica per la prossima settimana.»

«Grazie al cielo abbiamo un generatore e tutta la casa è dotata di lampade a batteria.»

«Ci saranno zone, in città, che resteranno al buio almeno per altri sei mesi», le comunicò Charles.

«Sarà una ricostruzione lunga e difficile», rispose lei

pensierosa. «Ci sono persone, al rifugio, che hanno perso le loro case e non sono assicurati contro le calamità naturali. Costa una fortuna e tanti non possono permetterselo.»

«La città risentirà a lungo del terremoto», fu il commento di Charles. «Noi siamo sommersi di lavoro.» Si stavano ancora estraendo persone dalle macerie, il quartiere finanziario era un ammasso di detriti e molti erano ancora imprigionati nei loro uffici. Le squadre di soccorso lavoravano a ritmi serrati per tirarli fuori prima che accadesse l'irreparabile. Ogni giorno portava nuove notizie drammatiche. «Mi piacerebbe portarla a cena fuori, quando i ristoranti riapriranno. Crede che sia compatibile con la sua vita da 'reclusa ufficiale'?» scherzò il colonnello.

Meredith rise. «Una settimana fa le avrei detto di no, ma a quanto pare la situazione è cambiata. I miei vicini sono riusciti a liberarmi dalle mura della mia stessa casa.»

«Un gran colpo di fortuna per il sottoscritto.» Mentre parlavano, a Meredith non era sfuggito che Charles seguitava a guardare Debbie impegnata a pulire la cucina. Non le aveva quasi più rivolto la parola dalla loro conversazione sul cofanetto. Quando Meredith l'accompagnò al cancello principale, l'ospite ne approfittò per dirle due parole. «Mi spiace affrontare l'argomento, ma la sua governante mi dà da pensare. Non mi piace come la guarda. Non sembra molto contenta della presenza dei suoi vicini.»

«Infatti, e anche il marito non fa salti di gioia. Non sono abituati ad avere ospiti e devo dire che il gruppo è piuttosto nutrito, anche se particolarmente educato. Will e Daphne sono adorabili e sanno come comportarsi. In verità, questa mattina ho avuto una discussione con la mia governante. È convinta che uno di loro abbia rubato un oggetto di valore. Personalmente non lo credo possibile e propendo più per un'altra ipotesi: l'oggetto in questione è stato sicuramente riposto in qualche cassetto. I miei domestici sono molti protettivi. Mi hanno aiutato nei momenti più critici. Sono con me da quindici anni. Sono il punto fermo della mia esistenza, i miei unici amici. Si preoccupano che gli ospiti si approfittino di me o che vogliano sfruttare la situazione. Ancora una volta, le ho detto che non è questo il caso. Quella gente ha bisogno di me, ha bisogno di un posto dove stare, e si è sempre comportata con il massimo rispetto e la più assoluta discrezione. Ciò non esclude, naturalmente, che per Debbie e Jack il lavoro sia più che raddoppiato rispetto a prima.»

«Quello che dico può sembrare strano, ma in alcuni casi chi vive in casa di qualcuno tende a prendere il controllo della sua vita, a isolarlo. Si cambiano le carte in tavola e tutto a un tratto a comandare i padroni di casa sono i sottoposti. È bizzarro, lo so, ma è successo a molta gente capace e sveglia. Faccia attenzione, Meredith. Quella donna mi lancia occhiate di fuoco ogni volta che mi vede e schiuma di rabbia quando guarda alcuni dei suoi ospiti. Si fida di quella coppia?»

«Mi fido ciecamente», rispose lei senza esitare.

«Potrebbero essere stati loro a far sparire l'oggetto di cui mi ha parlato per puntare il dito contro qualcuno dei suoi ospiti», suggerì Charles lasciandola di stucco.

«No, non farebbero mai una cosa del genere. Le loro referenze erano impeccabili quando li ho assunti e non hanno mai fatto nulla che potesse destare la mia preoccupazione.»

«Tenga gli occhi aperti», le raccomandò il colonnello

con maggior garbo possibile. Qualcosa in Debbie gli dava i brividi. Meredith era più vulnerabile di quanto non pensasse e alla mercé di chi lavorava per lei. Potevano influenzarla, isolarla senza che se ne rendesse conto, derubarla con astuzia o persino nuocerle fisicamente. Non sarebbe stata la prima persona famosa a cadere in una trappola del genere. Sì, c'era qualcosa in Debbie e nel marito che lo aveva colpito sin dal primo istante in cui aveva messo piede in quella casa. Era come se quella proprietà appartenesse tanto a loro quanto a Meredith.

«Sono sicura che, una volta partiti gli ospiti, si rilasseranno.»

«E quando pensa che accadrà?»

«Quando le case di tutti saranno agibili in sicurezza. Hanno subito danni considerevoli, anche se le strutture non hanno ceduto. È da una settimana che cercano di contattare delle imprese edilizie. Se non sbaglio, lunedì Joel ha appuntamento con un appaltatore e in settimana ci sarà un sopralluogo anche da Arthur.» Meredith esitò un istante prima di riprendere a parlare: «Vorrei tenere Tyla e i bambini ancora per un po'. Poco fa abbiamo parlato di seguire i nostri istinti e credo che Andrew sia un uomo diverso dall'affascinante dottore che incontriamo ogni sera a cena. Si comporta con molta durezza verso la moglie. Gli ho sentito dire cose che non mi sono piaciute e la bambina mi ha riferito che la picchia. Se ha bisogno di aiuto, mi piacerebbe averla sott'occhio ancora per un po', il più a lungo possibile.» Charles annuì con tristezza e commozione al pensiero delle preoccupazioni che Meredith nutriva verso la sua nuova amica. E concordava con lei.

«Le sembrerà strano, ma anch'io ho avuto la stessa

sensazione. Sotto quella maschera inappuntabile si nasconde un uomo irascibile.» Meredith aprì il cancello e Charles l'abbracciò. «Per essere una reclusa, ha buon occhio quando si tratta delle persone di cui circondarsi.»

«Lo avevo un tempo, il buon occhio. Magari sono un po' fuori esercizio, ma Debbie e Jack non mi preoccupano. Sono delle brave persone, mi creda. Metterei la mia vita nelle loro mani.»

«Spero che abbia ragione.» Charles era preoccupato per lei. Quella donna le piaceva, e Meredith era troppo sola. La figlia abitava a cinquemila chilometri di distanza e non si vedevano quasi mai. Non aveva nessuno al di fuori della coppia di domestici.

Rifletté su di lei per tutto il tragitto verso casa. Avrebbe accettato il suo invito a cena? Gli sarebbe piaciuto trascorrere del tempo insieme senza tutta quella gente intorno. Voleva approfondire la loro conoscenza, sapere cosa l'aveva spinta a isolarsi. Ora che la vita le aveva offerto un nuovo impegno, non restava che sperare che continuasse, per il suo bene e per il proprio.

Quella sera, in camera, Tyla scorse negli occhi del marito una scintilla che ormai conosceva. Andrew stava per dirle qualcosa sul centro quando lei si girò guardandolo come non aveva mai fatto prima. Will e Daphne erano in bagno a lavarsi i denti.

«Se mi tocchi di nuovo», sibilò come un serpente, «se mi picchi ancora, chiamerò la polizia e dirò a tutti come ti comporti.» Andrew alzò un braccio per colpirla, ma capì all'istante che la moglie era seria.

«Hai parlato con qualcuno?» Minaccioso, avanzò di un passo nella sua direzione, ma con il braccio abbassato.

«Non ho bisogno di parlare con nessuno. Non ti permetterò più di farmi del male», rispose lei gelida mentre i bambini uscivano dal bagno. Andrew non disse una parola. Andò a letto, le voltò le spalle e per quella notte non la sfiorò con un dito.

6

Il primo a ottenere un appuntamento da un appaltatore edile per la valutazione dei danni della casa fu Arthur, una decina di giorni dopo il sisma. Giocando astutamente con il fattore età, insistendo sulla propria cecità ed evidenziando la necessità di prepararsi per un concerto che avrebbe dato nel giro di un paio di settimane, era riuscito nell'impresa. I danni erano parecchi: c'erano diverse crepe in varie parti dei soffitti, due dei quali dovevano essere abbattuti e rinforzati; la vasca da bagno si era lesionata al centro, i mobiletti della cucina si erano staccati dal muro mandando in frantumi tutto quello che contenevano; in alcuni punti il pavimento si era rialzato e alcuni lampadari erano letteralmente appesi a un filo. In mezzo a tutti quei disastri, il meraviglioso pianoforte era rimasto, per chissà quale miracolo, illeso. Attempata ma efficiente, la governante Frieda, avvalendosi per alcune sere anche dell'aiuto di Peter, aveva ingaggiato un'impresa di pulizia per la rimozione dei vetri rotti e compilato una lista dei mobili da riparare o sostituire.

Ci sarebbero volute all'incirca due o tre settimane di lavoro per riparare ogni cosa ma, una volta rimpiazzate le finestre e la vasca da bagno, Arthur si sarebbe potuto ritrasferire ed esercitarsi finalmente al suo pianoforte per l'imminente concerto in programma a San Francisco al quale aveva invitato i nuovi amici.

Grazie all'intervento del costruttore, i vetri furono sostituiti a tempo di record, così come la vasca, e due settimane dopo il terremoto Arthur annunciò a Meredith, seppur a malincuore, che sarebbe tornato a casa il mattino seguente. Due giorni prima era stata ripristinata l'energia elettrica in tutta la strada, mentre tre isolati dopo i residenti erano ancora al buio. La compagnia del gas aveva eseguito un controllo meticoloso di tutte le condutture e rilevato l'assenza di danni. Con gas ed elettricità ormai a disposizione, era arrivato il momento di togliere il disturbo. Così, tristemente, Arthur lasciò quella che per lui era diventata una famiglia.

La sera prima del trasloco, Meredith organizzò una cena in suo onore, pianificando il menu con molta cura. La maggior parte dei negozi, ormai, aveva riaperto i battenti. Debbie aveva continuato con i suoi modi freddi da quando Meredith si era rifiutata di credere che uno degli ospiti avesse rubato il cofanetto Fabergé, che non era ancora stato ritrovato. Inutile preoccuparsene, si era detta. Al momento aveva cose più importanti da fare.

La festicciola per Arthur e Peter fu allegra e divertente, innaffiata dai vini migliori della cantina di casa e da champagne, una decisione che irritò Jack. Sembrava quasi che gli ospiti avessero intaccato le sue riserve personali. Lui e la moglie, in tutta discrezione, vi attingevano occasionalmente e con gli anni erano diventati conoscitori dei Bordeaux francesi. Jack preferiva il Lynch-Bages, lei lo Château Margaux.

Arthur si commosse per la cura riservata da Meredith alla cena in suo onore che, grazie al ripristino dell'elettricità, era stata servita in sala da pranzo con eleganza e opulenza, sebbene tutti si fossero presentati con il consueto abbigliamento casual delle settimane precedenti. Debbie superò se stessa. Meredith aveva organizzato il menu in base ai gusti di ognuno e scelto le portate preferite da Arthur. Il mattino seguente, Meredith, Jack e Peter aiutarono l'anziano concertista a trasferirsi nella casa piena di operai. Appena varcata la soglia e incurante del trambusto, Arthur andò difilato a sedersi al suo amato pianoforte a coda.

Ava visse male l'allontanamento di Peter e ogni sera, quando rientrava, spariva per andare da Arthur con la scusa di aiutarlo. Cinque giorni dopo, anche lei e Joel ritornarono nella propria abitazione per renderla nuovamente presentabile. Dopo tre settimane, da Meredith rimanevano soltanto Tyla, Andrew e i bambini. Non erano ancora riusciti a trovare un'impresa di ristrutturazione. Solo sette giorni dopo il trasloco degli altri, finalmente, ricevettero la risposta positiva di un piccolo appaltatore e anche loro fecero le valigie.

Meredith aiutò Tyla con i figli, ma quando tornò nella sua villa le parve di entrare nel vuoto e nel silenzio più assoluto. Quella sera, cenò nel suo studio, su un vassoio, e mangiò pochissimo. Debbie si offese quando declinò l'invito di sedersi a tavola con loro. Meredith aveva ormai perso quell'abitudine. I suoi pensieri erano tutti per Will e

Daphne, e le preoccupazioni per Tyla. Di giorno, Andrew aveva ripreso la normale routine lavorativa. L'umore era migliorato, ma Meredith non aveva idea di come avrebbe potuto comportarsi da solo con la moglie, la sera. La confessione della bambina sulle violenze nei confronti della madre l'aveva gettata in uno stato di terrore, tanto più che l'amica non aveva mai ammesso nulla.

L'unica cosa che la rallegrava era il concerto di Arthur presso la Davies Hall, il giorno dopo il trasloco dei Johnson. Al termine della performance sarebbero andati a cena insieme. Meredith aveva esteso l'invito a Charles Chapman, che aveva accettato con entusiasmo. Il Dipartimento Emergenze era ancora sotto pressione, ma pian piano anche lì la situazione stava migliorando. Ora la priorità era aiutare le persone a trovare una sistemazione a lungo o a breve termine. I rifugi avevano pian piano cominciato a chiudere, le scuole avevano riaperto, alcune temporaneamente presso qualche sede governativa, e Meredith era ritornata alla sua vita tranquilla. Di tanto in tanto faceva una capatina da Arthur, dove più di una volta le era capitato di incontrare anche Ava, quando Joel era impegnato o fuori città. La sera del concerto, la sua fu un'apparizione che lasciò tutti senza fiato, in particolar modo Peter. Ava era una visione in quel tubino nero sexy e corto che ne evidenziava la scollatura prosperosa e le gambe lunghissime.

La performance di Arthur fu superba e la cena, in un ristorante greco amato da tutti, si svolse con giovialità. L'allegra comitiva fu l'ultima a lasciare il locale. Charles, Peter, Arthur, Joel e Ava decisero di bere un drink a casa di Meredith, mentre Andrew e Tyla rientrarono per via della baby sitter. Alle due del mattino, Arthur annunciò di essere sfinito e si fece accompagnare a letto da Peter, che poi ritornò dagli amici per continuare la serata. Il mese trascorso insieme li aveva trasformati in un gruppo ben affiatato. Per sdebitarsi, seppur in minima parte, Tyla si era ripromessa di invitare Meredith a cena da loro, quando Andrew glielo avesse permesso.

Il giorno dopo il concerto, e per tastare il polso della situazione, Tyla annunciò al marito che quella sera avrebbero avuto Meredith a tavola.

«Di nuovo? Perché?»

«Abbiamo vissuto da lei per quasi un mese. È sola, adesso. Il minimo che possiamo fare è invitarla qui di tanto in tanto.»

«Non l'hai già vista abbastanza? Perché non le proponi di trasferirsi da noi, visto che ci sei?» Andrew sbatté con forza la porta della stanza da letto quando andò a prepararsi per il lavoro. La giornata non era cominciata col piede giusto, ma almeno non le aveva detto di no. La sera, al suo arrivo, Meredith avvertì subito una forte tensione nell'aria. A cena Tyla era un fascio di nervi. Andrew diede in escandescenze quando bruciò il riso e rimproverò aspramente il figlio ordinandogli di togliere i gomiti dal tavolo. Daphne teneva Martha stretta tra le braccia, come faceva sempre quando era in ansia. Il giorno dopo che il padre aveva picchiato la madre non se ne era separata un istante. Sempre nella stessa occasione, Will aveva accusato uno dei suoi brutti mal di pancia, che gli permettevano di restare a casa da scuola per non staccarsi dalla mamma.

Meredith si era presentata con un ritardo di una ventina

di minuti dai Johnson per via di un piccolo diverbio con Debbie prima di uscire.

«Di nuovo? Perché non me lo ha detto? Ho cucinato la sua cena preferita.» Meredith si era sentita in colpa per averne urtato la suscettibilità quando l'aveva vista con le lacrime agli occhi.

«Ti ho lasciato un biglietto in cucina, questa mattina», aveva risposto.

«Non l'ho visto.» A quel punto la domestica aveva cominciato con molta teatralità a buttare le pietanze preparate e così Meredith, dopo essersi scusata mille volte, era uscita e aveva coperto di buona lena il breve tragitto che la separava dai vicini, con in mente l'espressione mortalmente offesa di Debbie. Senza più padrona di casa tra i piedi, Jack si era sentito libero di stappare una bottiglia di Château Margaux per innaffiare quello che la moglie aveva per lui nel forno.

«Vedrai che prima o poi si stancherà», aveva detto a Debbie per rassicurarla, «oppure saranno loro a stufarsi di lei. Sai che gioia avere una vecchia tutto il giorno che ti ronza intorno! Peter e Ava non saranno entusiasti di vederla gironzolare a casa di quell'ottantenne, impegnati come sono a incontrarsi senza che nessuno se ne accorga. Joel ha un unico chiodo in testa: farsi la sua ragazza… e di certo non la vuole tra le scatole.»

«E del colonnello che mi dici?» gli aveva chiesto Debbie preoccupata, mentre mangiavano e bevevano. «Sembra piuttosto interessato a Meredith.» La faccenda la disturbava, soprattutto perché si era accorta del sospetto con cui Chapman osservava lei e il marito.

«Meredith è sicuramente più vecchia. Quanto credi che

potrà durare un'eventuale storia?» era stata la risposta cinica di Jack. «Non hai visto che ha messo gli occhi su Ava? Gli piacerebbe assaggiare quel bocconcino.»

«E lei vuole Peter!» aveva sghignazzato la moglie. «Sono davvero tutti fuori di testa. Sì, hai ragione, si stancheranno l'uno dell'altro in men che non si dica e tornerà strisciando da noi.» Questa era la conversazione dei due mentre si ubriacavano con il vino della loro signora, ospite a cena dai Johnson.

Una cena che per Meredith fu piuttosto pesante, al punto da spingerla a ritornare subito a casa una volta che i bambini erano stati messi a letto. L'atmosfera tra Andrew e Tyla era così tesa che si tagliava con il coltello. Nell'atrio della villa, Meredith fu accolta dal silenzio. Venendo dal giardino, aveva visto le luci accese nell'appartamentino dei domestici. Sperò che Debbie l'avesse perdonata. Detestava contrariarla e sapeva che il mese dopo il terremoto era stato un momento di duro lavoro per loro, tanto che, rimasta sola, per ringraziarli gli aveva concesso alcuni giorni extra di riposo. Quelle quattro settimane erano state un toccasana per lei ma una sfida per la coppia, che aveva reagito come se avesse subito l'invasione del proprio territorio. Ripensò alle parole di Charles che, a parer suo, aveva esagerato. Sì, avevano dimostrato di avere un umore ballerino durante le ultime impegnative settimane, ma non erano cattive persone.

Stava ancora pensando a loro quando sentì squillare il telefono. Chi poteva chiamarla alle nove di sera? Era Charles. Voleva sapere come stava e ringraziarla per averlo invitato al concerto di Arthur.

«Come se la passa senza i suoi ospiti?»

«Mi mancano. Sono appena rientrata da una cena a casa di Tyla.»

«È andata bene?»

«L'atmosfera era molto tesa», sospirò Meredith. «Sono preoccupata per lei e per i bambini. È come vivere alle falde di un vulcano. Tyla continua a dire che va tutto bene, ma io so che non è così. Ha bruciato il riso e lui ha avuto uno scatto di nervi. Daphne è terrorizzata quando il padre le sta vicino. Vorrei soltanto prenderli e portarli qui con me.»

«Prima di mettere in pratica la sua idea, che ne direbbe di cenare in mia compagnia, domani? Potrebbe portare il sottoscritto a casa sua», propose Charles. Meredith rise. Non avevano mai mangiato da soli e quel pensiero la rendeva nervosa. La proposta del colonnello sembrava un appuntamento. Era pronta? Non usciva con nessuno da prima di sposare Scott e le pareva ridicolo cominciare a farlo alla sua età, soprattutto con un uomo più giovane di otto anni. Meglio restare amici, lasciare le cose come erano. Doveva vincere l'imbarazzo e dirglielo apertamente. «Le va di andare al ristorante oppure pensa di essere riconosciuta?»

«Non saprei. Non esco spesso. Quasi mai, in verità.» La sera prima, al concerto e dopo al ristorante, Charles aveva notato parecchie teste voltarsi, ma nessuno si era permesso di disturbarla. La gente si era limitata a fissarla per qualche istante e a sussurrarsi qualche parola nell'orecchio quando aveva capito chi era. Non era cambiata molto da quando aveva smesso di recitare ed era facilmente riconoscibile, soprattutto quando si vestiva con eleganza come aveva fatto per l'occasione. Aveva sfoggiato un tubino nero, acconciato i capelli sopra la testa, e indossato degli orecchini di diamante. Tutto era semplice, elegante e poco appariscente in lei. Per un istante, Charles si era sentito sopraffatto. Si accompagnava a Meredith White! Lei, però, era così aperta e conviviale da far dimenticare la propria fama di diva, il suo essere un'icona. La vita ritirata e misteriosa condotta per anni l'aveva paradossalmente resa ancora più famosa.

«Conosco un ristorantino italiano in zona Avenues dove nessuno la disturberà. O preferisce qualcosa di più elegante?»

«Adoro la pizza e gli hamburger», si limitò a rispondergli Meredith.

«Lei mi rende la vita semplicissima. Se vuole, posso invitarla a mangiare a casa mia. Sono diventato un cuoco discreto negli ultimi due anni.»

«Oppure potremmo farlo da me», suggerì lei. Charles rifiutò. Voleva godersi la sua compagnia lontana dagli sguardi di Jack e Debbie e offrirle un vero appuntamento.

«Mi inventerò qualcosa. Passo a prenderla alle otto?»

«Perfetto.» Meredith si pentì della sua risposta non appena riagganciò. Era ridicolo andare a un appuntamento con un uomo più giovane. Quel genere di cose se le era lasciate alle spalle, o almeno lo aveva fatto nei passati quindici anni. Charles, però, la stava pian piano tirando fuori dal suo isolamento e lo stava facendo contro ogni buon senso.

Il mattino seguente, Meredith avvisò Debbie che sarebbe uscita a cena, per la terza volta di seguito. Pensarlo le procurò un brivido. Non avrebbe dovuto accettare l'invito di Charles. Quella sera stessa avrebbe messo in chiaro il loro rapporto. Potevano essere amici ma nulla di più. Non era interessata a un'avventura sentimentale, non alla sua età. Era questo che stava pensando quando d'impulso entrò in un drugstore per comprare del dentifricio e del solvente per unghie. Aveva appena trovato quello che le serviva quando quasi si scontrò con Tyla in cerca di un fondotinta e di ghiaccio sintetico. Meredith rimase sconvolta nel vedere il livido su un lato della faccia. Non c'era la sera prima! Tyla, imbarazzata, si girò in modo da nascondere il volto ferito.

«Ho battuto contro la porta del bagno, ieri notte. Non ricordavo più dove mi trovavo e Andrew l'aveva lasciata aperta a metà», disse subito per scusarsi.

«Stai bene?» domandò Meredith avviandosi alla cassa con lei.

«Sì. Mi spiace per la cena di ieri sera. Ho dimenticato come si cucina dopo essere stata viziata un mese intero.» Sorrise. Anche il labbro era leggermente gonfio.

«La cena era buona, ti avrei chiamata tra non molto. La verità, Tyla, è che sono preoccupata per te.»

«Non devi, stiamo bene. Sì, so di avere un aspetto orrendo! Il fatto è che mi capitano spesso questi piccoli incidenti. Sbatto, oppure inciampo sui miei stessi piedi.» Meredith la ascoltava con il cuore in gola, certa di condividere lo stesso stato d'animo dei bambini.

«Tyla, non devi tollerare che qualcuno ti faccia del male», disse cercando di non dare l'impressione di volerla giudicare.

«Andrew non mi tocca», rispose l'altra, schierandosi subito in difesa del marito. Sapeva che, se avesse raccontato a qualcuno della sua sventura, avrebbe potuto ucciderla, come spesso minacciava di fare. D'altronde, anche se lo avesse lasciato, dove sarebbe potuta andare? Non poteva privare i bambini del proprio padre. Avevano bisogno di lui. Anche loro.

Dopo un rapido scambio di battute, Tyla si congedò con la scusa di dover andare a prendere i figli a scuola.

Quella sera, mentre si preparava per uscire a cena, Meredith era ancora preoccupata. Sul tragitto verso il ristorante italiano, Charles si accorse subito che qualcosa non andava. Quando gli raccontò ogni cosa durante la cena, anche lui si accigliò. Nessuno, le aveva risposto, difendeva il proprio carnefice come la vittima.

«Non so che fare per aiutarla. Non ha mai detto che è lui a picchiarla.»

«Non puoi fare niente, se non sarà lei a parlartene.» Avevano incominciato a darsi del tu. Cambiarono argomento e passarono a qualcosa di più leggero. Charles era un cinefilo e aveva visto tutti i suoi film. Quando era un ufficiale dell'aeronautica, ammise persino di essersi preso una cotta per lei. «Ero un ragazzino, allora, e anche tu. Non mi sarei immaginato che, un giorno, ti avrei portata fuori a cena.» Le parlò delle sue missioni, disse di aver lavorato per l'intelligence militare e per il Pentagono. Si era fatto strada e aveva avuto successo. Il figlio, seguendo le sue orme, aveva frequentato l'accademia di West Point e adesso era nell'esercito. La ragazza lavorava come pilota per una importante azienda e viveva in Texas, insieme al marito, pilota di linee commerciali, e a due bambini. «Suppongo di averle trasmesso la passione per il volo», concluse, orgoglioso.

«Forse è ereditaria, sì. Anch'io ho una nipote, ma

purtroppo la conosco appena. So che sta cercando di fare carriera nel cinema», gli confessò Meredith con un filo di voce.

«Ti manca il set?»

«A volte. Non più moltissimo. Era un momento diverso della mia vita. Mi piaceva quando lavoravo. Era eccitante. Poi ho smesso. Si è fermata ogni cosa... alla morte di mio figlio.» Quando lo guardò, i suoi occhi raccontavano una storia di lutto e dolore infiniti. Charles evitò di incoraggiarla ad andare avanti.

«Torneresti a recitare?»

Meredith scosse la testa. «Non adesso. È troppo tardi.» Le tornarono in mente le parole di Arthur: non era mai troppo tardi. «Non so se sarei ancora capace di farlo. È passato troppo tempo e in giro non ci sono bei ruoli per donne della mia età.»

«Potresti di nuovo tornare sul set, se lo volessi. Sei nota persino ai bambini che non hanno mai visto uno dei tuoi film.»

«È l'unico lavoro che abbia mai voluto fare. L'ho adorato.» Lo sguardo di Meredith si era fatto brillante. Era la prima volta da anni che lo ammetteva, persino a se stessa. «Ma dopo la morte di Justin, non sono più stata capace di riprendere. Mi pareva tutto così insignificante rispetto alla sua perdita.»

«La maggior parte dei lavori è insignificante, a meno che non salvi vite o curi il cancro. Personalmente adoravo volare, e mia figlia ha preso da me. Di certo però non cambieremo il mondo. Ci piace solo fare quello per cui siamo pagati.» Charles parlava con pacatezza, esponendo il suo punto di vista, e Meredith lo apprezzava molto. Ammirava il suo volontariato al Dipartimento Emergenze, il coraggio che aveva dimostrato scegliendo di trasferirsi in una città, quella di San Francisco, dove non conosceva nessuno, per cominciare una nuova vita e una nuova attività. Mentre lei si era rifugiata tra le quattro mura di casa, lui aveva reagito al dolore per la perdita della moglie cercando di fare qualcosa di diverso. Il suo coraggio era ineguagliabile. Aveva messo in piedi un'agenzia di sicurezza privata per gente in vista come lei e si occupava solo di una ristretta cerchia di clienti.

La serata trascorse in un batter d'occhio e la cena fu buona come Charles aveva promesso. Ciò che colpiva di più Meredith era il sentirsi a proprio agio in sua compagnia, come se fosse un vecchio amico e non una persona conosciuta da poco. Con lui non aveva fatto mistero della sua vita. Già la conosceva e il resto era facilmente intuibile, soprattutto per uno che stava bene nella propria pelle e possedeva un forte senso dell'empatia verso il prossimo. Era andato tutto così bene che, mentre l'accompagnava a casa, ripensò al discorso sull'amicizia che si era preparato e che aveva dimenticato di fargli. Sorrise.

«Cosa c'è di così divertente?» chiese il colonnello fermandosi a un semaforo.

«Intendevo dirti che non volevo uscire più con te, che sono troppo vecchia per ricominciare e, soprattutto, troppo vecchia per te», gli confessò con un sorriso.

«E? Lo trovi divertente?» Lui non sembrava averla presa bene.

«Il fatto è che, avendo gradito enormemente la tua compagnia, mi sono dimenticata di dirtelo.»

Il colonnello scoppiò a ridere. «E adesso?»

«Sono sempre troppo vecchia, ma sono stata benissimo. Mi piace frequentarti.» Charles non nascose la sua soddisfazione.

«Piace anche a me. E se lasciassimo la questione in sospeso ed evitassimo di prendere decisioni importanti? Quanto all'età, non sono d'accordo. Non mi importa sapere che differenza c'è, se per te va bene. Mia moglie era cinque anni più grande di me ma non è mai stato un problema. Non capisco perché otto dovrebbero fare la differenza. Sei splendida. Possiamo depennare questo punto dalla lista?»

«A quanto pare sì», concordò Meredith.

«Altre obiezioni degne di nota? Perché credo che il tuo status di reclusa sia a rischio. Due giorni fa siamo andati insieme al concerto di Henry e questa sera ti ho invitata al ristorante. La scusa di rifugiarsi sotto il tetto di casa ormai non regge più. Prendiamo le cose come vengono e vediamo dove ci portano. Che te ne pare della mia proposta?»

«La trovo interessante.» Meredith lo guardò intrigata, aprì con il telecomando il cancello di casa davanti al quale si erano fermati e si lasciò condurre sino alla fine del viale d'ingresso. Spento il motore, Charles si protese a baciarla. Superato il primo attimo di smarrimento, Meredith fu stupita dalla sensazione che la pervase e all'improvviso si sentì di nuovo giovane, con la speranza di un futuro. Non le accadeva da anni. Era convinta di essersi lasciata la parte migliore della sua vita alle spalle, e solo adesso si accorgeva quanto si fosse sbagliata.

«Adoro la tua compagnia, Meredith», sussurrò Charles.

«Anch'io.» Si baciarono di nuovo, sotto gli occhi discreti di un custode notturno avvicinatosi in attesa che la macchina lasciasse la proprietà. Chissà perché, si chiese il colonnello, la presenza di una guardia non gli aveva dato così fastidio subito dopo il terremoto.

«Non so quanto ci metterò ad abituarmi alla tua fama», le disse seguendola in casa prima di salutarla nell'atrio. «A domani», promise. Lo avrebbe fatto, Meredith ne era certa e se lo aspettava. Quell'attesa sarebbe stata la parte migliore. Salì le scale sorridente, più leggera a ogni gradino, libera dai pesi che per anni le avevano gravato sulle spalle. Le pareva di vivere una seconda giovinezza. Forse, dopotutto, Arthur aveva ragione. Non era mai troppo tardi. Lo capiva soltanto ora.

7

La sera della cena di Meredith e Charles, Ava fece una capatina a casa di Arthur per restituire il manoscritto a Peter ed esprimergli il proprio gradimento. La storia era avvincente e i protagonisti profondi. La lettura l'aveva presa così tanto che ogni volta che per un motivo o l'altro non poteva continuare, non vedeva l'ora di riprenderla. Peter la ascoltò con entusiasmo.

«Sei l'unica ad averlo visto», confessò con un certo nervosismo. Nel frattempo, avendo sentito suonare alla porta, Arthur dal piano superiore gli chiese chi fosse.

«Ava», replicò Peter, sperando che quella visita non lo disturbasse. L'amica non aveva chiamato prima di passare.

«Dille di salire.» Ava seguì Peter su per lo scalone e raggiunse Arthur nello studio in mezzo al quale troneggiava l'immenso pianoforte. Era la prima stanza che aveva chiesto a Peter di rimettere in ordine e quella dove trascorreva la maggior parte del tempo. Ava lo salutò calorosamente, scusandosi per essere passata senza avvisare. «Sei sempre la benvenuta», fu la replica gentile del padrone di casa.

Per ringraziarlo, lo baciò su una guancia avvolgendolo nell'aroma esotico del suo profumo. Pur senza vederla, Arthur ne avvertiva la sensualità, che Peter subiva in maniera triplicata. Era il modo in cui parlava, il timbro leggermente arrochito della voce, i lunghi capelli serici che gli avevano sfiorato la guancia e che Peter ammirava con occhi colmi di desiderio, insieme al fisico attraente che il suo datore di lavoro non poteva vedere.

«Perché voi due non andate in soggiorno ad ascoltare un po' di musica o a fare quello che vi pare?» Peter parve imbarazzato dalla proposta. Avrebbe voluto portare Ava nella sua stanza in mansarda ma non osava.

Il tempo per i due passò in fretta tra una chiacchiera e l'altra col sottofondo musicale delle esercitazioni di Arthur. Erano trascorse due ore quando Ava guardò l'orologio.

«Sarà meglio che rientri», disse dispiaciuta. «Joel aveva una riunione, questa sera, ma sono certa che è già a casa e so che gli piace trovarmi ad aspettarlo.» Non era una persona irragionevole o eccessivamente possessiva, ma Ava stava insieme a lui per un motivo ben preciso, che Joel non mancava di ricordarle in continuazione. Se viveva sotto il suo stesso tetto era perché gradiva la sua compagnia e il suo corpo. In genere, facevano l'amore appena varcava la soglia di casa. Ora, però, Ava reagiva in maniera diversa rispetto agli inizi, quando si era sentita lusingata. In realtà, ciò che lo spingeva verso di lei non erano i sentimenti, ma il puro desidero fisico. Le relazioni di Joel duravano al massimo un paio d'anni e la loro stava per arrivare a scadenza.

Le aveva spalancato nuovi orizzonti, era stato generoso. Tutto ciò che le offriva e che le dava compensava il salario perso quando le aveva domandato di dare le dimissioni. La voleva sempre disponibile. Non avendo l'abitudine di dormire con i propri impiegati, perlomeno non a lungo, le aveva imposto di non lavorare più alle sue dipendenze.

Joel era stato chiaro sin da subito: il matrimonio non faceva parte dei suoi programmi e lui era un uomo «a breve termine», come di solito si definiva. Gli era bastato un matrimonio per bruciarsi e imparare la lezione. Gli piacevano «i rapporti senza complicazioni», quelli che quando si facevano troppo pressanti, noiosi o sdolcinati si lasciava alle spalle senza troppi rimorsi. Ava non stava con lui per i soldi, ma perché era divertente, eccitante, affascinante e sexy, e la differenza di età la intrigava. Era un adulto, non un ragazzino che l'avrebbe presa in giro. Joel non lo faceva mai, manteneva sempre le promesse. Nell'ultimo anno, però, Ava aveva cominciato a sentirsi un oggetto che il compagno aveva acquistato. Non voleva nulla di strano, ma si comportava come se lei gli appartenesse. E non mancava mai di farle capire, anche velatamente, che il loro continuava a essere un rapporto usa e getta.

Più volte Ava aveva pensato di lasciarlo, senza però mai decidere quale fosse il momento giusto. O erano impegnati in un viaggio fantastico, oppure lui era nel bel mezzo di un complicatissimo affare che le impediva di sollevare il problema, oppure c'era di mezzo qualche compleanno o le feste comandate come il Natale. E quand'anche lo avesse lasciato, cosa avrebbe fatto? Viveva in una casa splendida, e non lavorava da due anni… difficile spiegarlo su un curriculum. Joel le aveva promesso una lettera di referenze quando si fossero lasciati, indicando la sua esperienza di assistente personale, ma il legame che li univa era cosa nota a tutti. Insieme all'amante aveva un'intensa vita sociale e spesso lei stessa veniva sfoggiata per concludere qualche affare. La sua bellezza era tale che ogni uomo gliela invidiava. Ava sosteneva Joel in ogni sua attività, apprezzava qualunque cosa il compagno facesse per lei, era solare e non incline alle esagerazioni. Più volte lui aveva considerato che, se mai fosse stato un uomo da fede al dito, l'avrebbe sposata.

Ma preferiva la vita da single e cambiare le donne. Sapeva che, se le avesse offerto il matrimonio, avrebbe avuto la costante sensazione di essersi perso qualcosa. Era certo che la sua curiosità avrebbe avuto la meglio e che lo avrebbe spinto a tradirla. Poi la situazione sarebbe precipitata, lui le avrebbe ceduto una casa e pagato gli alimenti e avrebbero finito con l'odiarsi proprio come era successo tra i genitori e con la ex moglie. No, quella era una strada che non voleva più percorrere, un comportamento che si rifiutava di adottare perché convinto che avrebbe rovinato ogni cosa. Ava non credeva che lui la tradisse, sebbene non potesse neppure esserne certa. Se lo faceva, stava molto attento a non essere scoperto. Sulle prime aveva pensato di esserne innamorata, ma adesso non avrebbe saputo cosa rispondere. Era un accordo che funzionava per entrambi, o che almeno aveva funzionato in passato. Il tempo però scorreva veloce e a ventinove anni sentiva di essere arrivata a un bivio. Le sarebbe piaciuto, un giorno, sposarsi e avere dei figli e una casa tutta sua.

Joel non era l'uomo che avrebbe voluto per sempre al suo fianco, ora lo sapeva con certezza. Dall'istante in cui aveva incontrato Peter, il suo cuore si era sentito legato a lui. Più giovane di Joel di una decina d'anni, sembrava un ragazzino in confronto a lui, uno che sognava di diventare uno scrittore di successo e che nel frattempo tirava avanti con lavoretti mediocri. Peter era consapevole che la scrittura non gli avrebbe permesso per molti anni ancora una libertà economica, forse addirittura mai. A stento riusciva a mantenersi. Non sarebbe mai riuscito a fare lo stesso anche per Ava che, però, sembrava non dar peso a questo stato di fatto. Desiderava stare con lui ogni istante della giornata. Di notte lo sognava e ogni volta che lo vedeva entrare in una stanza le mancava il fiato. Era l'uomo più bello e più sexy che avesse mai visto. L'unica cosa che non sapeva, era come la loro storia si sarebbe potuta evolvere. Lui aveva bisogno del lavoro con Arthur per continuare a scrivere. Di quello e dei pochi soldi che guadagnava pubblicando qualche articolo da freelance su riviste letterarie poco conosciute. La carriera non era ancora neanche lontanamente decollata e quella di lei come modella si era fermata quasi due anni prima. Quanto agli studi da designer grafico, dovevano ancora essere completati. Li aspettavano anni di magra, se avessero deciso di perseguire i loro obiettivi.

Nessuno dei due aveva un'abitazione propria. Lei viveva con Joel, e Peter in una angusta stanza nella mansarda di Arthur, che non avrebbe acconsentito ad avere un'ospite fissa. A quel punto, Ava non sapeva se aspettare che Joel rompesse la loro relazione, un fatto inevitabile, o liberarsi di ogni remora, lasciarlo, far mollare a Peter la sua sistemazione sicura con Arthur, trovare un posto insieme e mettersi a caccia di un lavoro migliore. Col passare del tempo, però, Peter si era molto affezionato ad Arthur e non gli andava giù l'idea di lasciarlo. E Ava temeva di commettere un errore mollando Joel.

Peter la baciò e, dopo, la strinse tra le braccia. «Come dobbiamo comportarci?» chiese, gli occhi traboccanti di lacrime. «Detesto l'idea di farti tornare da lui.» A casa di Meredith non avevano fatto l'amore. Ava si rifiutava di dormire con due uomini contemporaneamente. Era innamorata di Peter, ma viveva con Joel. Prima del terremoto, la sua situazione era stata tollerabile, talvolta addirittura divertente, ma adesso... Di giorno, quando vedeva Peter, le sembrava che tutto andasse bene. Ma la notte, a letto con Joel, Peter le mancava e fantasticava su di lui. Ora non ce la faceva più a stargli lontano, a due villette di distanza sulla stessa strada. E lui impazziva pensandola. «Forse dovrei presentare le mie dimissioni ad Arthur», le disse scoraggiato. Lo amava quasi come un padre e sapeva quanto avesse bisogno di lui, o di qualcuno che gli rimanesse accanto nei momenti di difficoltà, per semplificargli la vita. Al tempo stesso però voleva stare con Ava. E si vedeva già sposato con lei, un giorno, se un altro uomo con la Ferrari non le avesse messo gli occhi addosso prima.

«Riflettiamo prima di agire», rispose lei tentando di calmarlo. Si conoscevano da un mese, ma era come se si frequentassero da una vita. Peter detestava l'idea di saperla con Joel, ma era consapevole di non avere nulla da offrirle. Era uno scrittore morto di fame che viveva in una soffitta. Un quadro pittoresco per un libro, ma non nella vita reale.

Scesero le scale insieme e si intrattennero ancora qualche minuto nell'atrio. Rimasto da solo, Peter raggiunse Arthur nel suo studio per controllare che tutto fosse a posto. Lo trovò a leggere alcuni documenti in Braille, seduto alla scrivania. Sentendolo entrare, Harriman alzò la testa. Aveva un udito finissimo, a dispetto dell'età, che lo aiutava a compensare la cecità. A volte ci scherzava pure e ringraziava il Signore di non essere Beethoven, notoriamente sordo nell'ultima parte della sua vita. Tutto sommato, l'aver perso la vista in giovane età gli aveva regalato la possibilità di sapere come fosse fatto il mondo.

«Tutto bene?» chiese Peter. Arthur avvertì una nota di tristezza nella sua voce, nonostante il tentativo di apparire allegro. Intuiva che il ragazzo era tormentato da un problema del quale aveva accennato anche a Meredith.

«Entra, entra pure», gli rispose invitandolo a sedersi. «Io sto bene. E tu che mi dici di te? Cosa bolle in pentola tra voi due?» Era chiaro che si riferisse ad Ava. Al momento era il chiodo fisso di Peter, prevaleva persino sul suo romanzo non ancora terminato. Ne aveva immaginato la fine, da quando l'aveva incontrata, gliel'aveva persino raccontata, ma senza ancora metterla nero su bianco.

«Niente», rispose l'altro abbassando il tono di voce, come Arthur non mancò di notare. «La situazione è impossibile. Troppo complicata per entrambi. Non ho niente da offrirle mentre la situazione con Joel è ideale.»

«Lo ama?» Arthur andò subito al punto.

«Lei dice di no», rispose Peter, esitante. «Noi due ci amiamo, ma questa storia non ci porterà da nessuna parte. Non posso, in tutta coscienza, incoraggiarla a lasciarlo. Quell'uomo può fare un sacco di cose per lei, cose che io non potrei neanche sognarmi di darle.»

«Ma non la ama», fu la replica decisa di Arthur.

«Come fai a saperlo?» Peter parve intrigato. Arthur

possedeva un sesto senso innato con le persone, che andava al di là della capacità visiva.

«Lo sento. È solo un divertimento. Ava è intercambiabile. Un giorno se ne sbarazzerà, forse anche prima di quanto lei creda. Joel è il tipo d'uomo che tratta le donne come se fossero giocattoli. Neanche Ava lo ama. Quella di farsi coinvolgere è stata una follia che probabilmente ha commesso perché abbagliata dal suo benessere. La loro non è una storia destinata a durare. Voi invece avete possibilità, speranze, sogni che meritano di essere esplorati, se riuscirete a trovare un modo accettabile di farlo. Non vorrei ritrovarmi con un proiettile in corpo sparato da un amante geloso e furibondo, ma se hai bisogno di passare del tempo con lei e desideri che di tanto in tanto rimanga, fallo pure. Ho piena fiducia nella tua capacità di gestire la situazione e di continuare a tenere le orecchie aperte per aiutare il sottoscritto. Puoi farla venire quando lo desideri.» Il volto di Peter s'illuminò come quello di un bambino davanti all'albero di Natale, Arthur lo avvertì subito. «Spero che Ava sia una giovane intelligente ed equilibrata. Niente drammi in questa casa.» Lo scopo dell'anziano concertista era offrire loro una opportunità. Senza perdere Peter. La mossa più intelligente da fare era proprio quella di permettergli di passare ogni tanto la notte con lei, che avrebbe dovuto prendere presto in mano le redini del suo rapporto con Joel. «Spero che sistemi la situazione in tempi ragionevoli. Cose del genere non vanno tirate troppo per le lunghe. Potrebbero trasformarsi in situazioni negative, diventare il famoso cerino che dà fuoco alle polveri.»

«Non credo che succederà. Ho piena fiducia in Ava.»

«Bene. Mi fido del tuo giudizio. E ricordati che qui la Ferrari non c'entra niente. Sei una brava persona, Peter, con un profondo senso dell'onore. Ava sarà fortunata ad averti al suo fianco.»

«Grazie», rispose Peter, commosso e pieno di gioia. Non vedeva l'ora di comunicare ad Ava la notizia, dirle che poteva passare la notte con lui, se si fossero impegnati a trovare una soluzione al loro problema.

Mentre Ava copriva il breve tragitto che separava la casa di Arthur da quella di Joel, seguitava a pensare a Peter. Non aveva idea di cosa fare con l'amante. Da settimane ormai si tormentava. Da Meredith, almeno, si vedevano sempre ma, ora che erano rientrati nelle rispettive abitazioni, il suo cuore era sempre a casa di Arthur, mentre il corpo apparteneva a Joel. L'amante, nel frattempo, era tornato a casa e stava sistemando alcuni documenti sulla scrivania del suo studio. La casa era un cantiere, con i lavori appena iniziati e polvere dappertutto.

«Dove sei stata?» chiese Joel guardandola entrare. Qualche drink bevuto durante il meeting lo aveva messo di buon umore. In generale, era una persona equilibrata, posata, che amava divertirsi, uno dei motivi che lo portavano a opporsi al matrimonio. Odiava le tragedie, i litigi, e i cuori infranti. Di momenti come quelli ne aveva già vissuti troppi con la ex moglie, per divorziare dalla quale aveva dovuto sborsare una fortuna. Grazie al cielo non avevano figli. I bambini non erano cosa per lui. Non aveva alcuna voglia di lasciarsi alle spalle una nuova generazione. Viveva il momento, non gli interessavano le vite sentimentali degli amici che andavano a rotoli perché si impegnavano con delle ragazzine, o che la notte restavano svegli perché i figli strillavano come aquile.

«Dovevo portare una cosa a Meredith», mentì Ava. Si detestò nell'istante in cui pronunciò quelle parole. Non aveva mai detto bugie, era sempre stata sincera nella loro relazione. Lo stato di confusione nel quale era piombata a causa di Peter, però, la stava lentamente trasformando in una persona diversa, nuova, spinta dalla necessità di proteggere ciò che provava nei confronti di Peter e nasconderlo a Joel. «Com'è andata la tua riunione?» Era sempre interessata agli affari del compagno e colpita dalla sua creatività. Era un genio del mondo informatico.

«Benissimo!» Le sorrise. «Stiamo per comprare tre nuove compagnie Internet per poi assorbirle ed evitare che ci facciano concorrenza. Sono tutti più che soddisfatti dell'accordo. A proposito, partiamo per Londra e Berlino, la prossima settimana e, al ritorno, faremo una puntatina a New York.» Joel non le chiedeva mai un parere, decideva e basta. Ava non aveva voce in capitolo e lo seguiva sempre. Per sdebitarsi, l'amante le dava carta bianca con lo shopping. Per sua natura Ava non esagerava, ma non si tirava neanche indietro. In fin dei conti, dovevano pur esserci dei vantaggi ad accompagnarsi a lui. Prima o poi la festa sarebbe finita, lo sapeva bene. Nel sentire del viaggio, il cuore iniziò a batterle forte. Una scusa! Doveva trovare una scusa per non andare, per passare del tempo con Peter e, magari, decidere il da farsi.

«Non credo che sia ragionevole, con i lavori in corso in casa. Uno di noi deve restare, per tenere d'occhio gli operai, altrimenti non finiranno più.»

«È molto gentile da parte tua, ma non devi sacrificarti. Ci penserà l'appaltatore.»

«Preferirei rimanere.» Sorridente, Joel la baciò e la portò al piano di sopra, in camera. La situazione stava diventando sempre più insostenibile per Ava. Si sentiva una bugiarda, una traditrice. Il suo cuore e la sua mente erano colmi di Peter, e Joel non meritava di essere preso in giro. Non avrebbe resistito ancora a lungo.

«Stai bene?» le chiese lui. Negli ultimi tempi gli pareva stranamente silenziosa, distratta. Stava forse pensando di fargli il solito discorsetto sulla serietà della loro relazione? In genere, le donne si dimenticavano del suo avvertimento, del fatto che non le avrebbe mai sposate. E accadeva sempre quando la donna in questione raggiungeva all'incirca l'età di Ava. Sperò che non fosse questo il caso. Ava gli piaceva più di qualunque altra avesse frequentato in precedenza, ma non abbastanza da volere un futuro con lei. Se lo avesse pressato, se la sarebbe data a gambe.

«Solo un po' di stanchezza», gli rispose vaga. «Tutta questa polvere e questo disordine mi fanno venire il mal di testa.»

«I lavori finiranno presto. Magari dovremmo andare a Parigi per un fine settimana, prima di fermarci a New York.» Joel era sempre molto attento anche se, alla fine, tutto ruotava intorno a lui. Del resto, Ava era lì per intrattenerlo col sesso e in ogni altra maniera possibile. In cambio le offriva una vita lussuosa.

«Vediamo come proseguiranno i lavori per allora», replicò lei aggrappandosi disperatamente all'unica scusa che le era venuta in mente per non accompagnarlo. Joel non rispose, andò a fare una doccia e tornò a letto. Rimasta da sola, Ava pianse mentre il compagno era in bagno, per poi stamparsi un sorriso forzato sulla faccia quando ritornò da lei, nudo. Aveva un corpo favoloso, era alto, possente, in forma smagliante. Lavorava sodo col suo personal trainer e si sforzava di trascorrere tutto il tempo necessario in palestra per mantenere il fisico in perfetto ordine. Peter era più umano. Quello che adorava di lui non erano la fisicità o i muscoli, sebbene fosse attraente. Peter era reale. La relazione con Joel era stata soddisfacente per due anni, ma adesso le pareva superficiale, finta e basata sul tradimento, ora che aveva cominciato a mentirgli. Sì, era una traditrice. Joel era sempre stato sincero su quello che non avrebbe potuto mai offrirle. Credeva nell'onestà, esponeva sin da subito i propri intenti e non prometteva mai ciò che non voleva concedere. C'era però una differenza sostanziale tra Peter e Joel. Il primo aveva un cuore, il secondo no.

A letto, Joel tacque qualche istante prima di farle una domanda che, sulle prime, Ava tardò a comprendere.

«È possibile che io senta un orologio ticchettare?» Ava guardò sul suo comodino. La sveglia elettronica non faceva rumore. «Non mi riferivo a quello, ma al tuo.» Conosceva le donne abbastanza bene da sapere cosa si aspettavano.

«Oh...» Ava tacque per un istante. Le stava offrendo una opportunità che aveva paura di cogliere. Era troppo presto. Non era neanche andata a letto con Peter. «Non lo so... forse...»

«Non credevo che tu fossi arrivata a quel punto», commentò lui con un fondo di tristezza nella voce. Entrambi sapevano cosa significava.

«Infatti era così. Non so perché, ma credo che il terremoto abbia cambiato le carte in tavola. Mi ha scosso.» Joel non sospettava neanche il suo interesse per Peter. Non lo considerava una minaccia. Niente soldi, un lavoretto come badante notturno di un anziano non vedente, un libro che probabilmente non avrebbe mai pubblicato. Non vedeva nient'altro in lui per i suoi standard, né cuore né cervello. Andrew lo avrebbe preoccupato di più. Era più affascinante di Peter, ma neanche lui rappresentava una minaccia in quello che Joel considerava il mondo reale. Era convinto che lo strano umore di Ava dipendesse da lei stessa, non da un altro uomo.

«Sai, anche se stai diventando sentimentale riguardo al matrimonio, anche se troverai un uomo e resterete sposati per cinquant'anni, alla fine uno di voi due morirà e l'altro resterà da solo. Vale la pena farlo?»

«Vale la pena farlo per i cinquant'anni che precedono la fine, per la compagnia», rispose lei con dolcezza.

«Noi ci facciamo compagnia, non è necessario essere sposati, a meno che tu non voglia dei bambini. E ormai la gente non si sposa più per quello. Non che io voglia un figlio, intendiamoci.» Lui voleva soltanto una donna. Joel si voltò a guardarla. «È questo che sta succedendo? Vuoi sposarti e avere dei bambini?»

«Credo di sì. Un giorno. L'ho sempre pensato.» Joel annuì. Già altre gli avevano parlato in quella maniera, ed era grato che Ava non stesse facendo scenate. Era una persona ragionevole, con la quale si poteva parlare.

«Siamo arrivati alla fine, dunque?»

«È possibile», rispose lei con un filo di voce. Le pareva di essere sulle montagne russe, tremava di paura per quello che stava facendo. Conosceva Peter a malapena. Forse rischiare di perdere Joel per lui era una follia. «Non lo so.»

«Magari dovremmo lasciarci subito. Sai, non mi ero accorto che stava per succedere», disse lui rammaricato.

«Neppure io», replicò lei riferendosi a Peter. Non se lo sarebbe mai aspettato, fino a quando, su quel marciapiede, lui l'aveva fissata incantato. Amore a prima vista, ecco cosa era stato. Le quattro settimane a casa di Meredith non avevano fatto che rafforzare i loro sentimenti. E ora stava mettendo a rischio la sua splendida relazione con Joel. Aveva proprio perso la testa, e tra non molto avrebbe perso anche la sua sicurezza economica. Non aveva neanche cominciato ad accantonare qualcosa in previsione dell'addio.

«Detesto trascinare una storia finché non si deteriora. Quando si arriva al capolinea è meglio dirsi addio. Non voglio ripetere l'esperienza dei miei genitori. Al punto in cui siamo adesso non c'è più niente da fare. È per questo che non vuoi accompagnarmi in Europa?»

«Forse. Non lo so. Restando qui avrei il tempo di riflettere.»

«Non farlo, Ava. La nostra relazione è stata meravigliosa. Non abbiamo mai creduto che durasse per sempre. Mi assenterò due settimane. Avrai tutto il tempo di decidere dove andare. Trovati un bell'appartamento. Pagherò i primi sei mesi di affitto e il deposito cauzionale.» Non era la prima volta che Joel si occupava di quel genere di sistemazioni, e le avrebbe pagato un anno intero, se glielo avesse chiesto, ma Ava non lo fece. Era già stato sufficientemente generoso e non le andava di approfittare.

«Preferisci che traslochi durante la tua assenza?» gli

chiese. Tremava all'idea di ciò che stava per fare. Se ne sarebbe pentita? Prima o poi, comunque, la loro storia sarebbe finita. Non le aveva mai detto di amarla, al contrario di Ava che aveva parlato con sincerità. Adesso non provava più lo stesso sentimento. Era innamorata di Peter e non si era mai sentita legata a un uomo come era accaduto con lui.

«Non sarebbe una cattiva idea», concordò Joel. La cinse con un braccio. «Mi mancherai», aggiunse come se fosse una vecchia amica in procinto di partire. «Non avrei mai pensato che il tetto caduto durante il terremoto sarebbe stato il nostro, anche se prima o poi ce lo saremmo ritrovati sopra la testa. La vecchia data di scadenza. Un giorno eccola là, che ti fissa negli occhi.» Per lui era così che funzionava. Nessuna donna lo avrebbe mai preso al laccio. E poco importava quanto spendesse in ogni relazione; almeno non era sua moglie e dopo non avrebbe dovuto pagare fior di alimenti o trovare un costoso accordo. Niente impicci, niente problemi, niente figli, zero scocciature. Grazie per i bei momenti passati insieme e non sbattere la porta quando esci. Era così che vedeva una relazione. Ava lo aveva sempre saputo. Solo non si era aspettata che finisse così, senza tanti giri di parole. Joel era un uomo d'affari. Per lui un progetto funzionava o non funzionava.

Quando spensero le luci, si avvicinò a lei per fare l'amore, ma Ava si rifiutò. Troppe cose le frullavano per la mente. Grazie al cielo, Joel non si mostrò insistente. Per lui era un po' come prendere un vasetto di maionese dal frigo e scoprire che era scaduta. Pazienza... e via nel secchio della spazzatura! Quando se ne fosse ricordato, ne avrebbe comprato uno nuovo. Sapevano che la fine della loro relazione non li avrebbe feriti più di tanto, ma la tristezza era inevitabile. Ava sentì una lacrima rotolarle sul viso e bagnare il cuscino, mentre fissava il buio con gli occhi spalancati. Joel si addormentò subito e il mattino seguente, quando Ava si svegliò, era già andato in palestra. Cercò di ricordare cosa fosse accaduto, cosa si fossero detti. Era finita? Erano rimasti d'accordo così? Tra una settimana Joel sarebbe partito per Londra e al suo ritorno lei non si sarebbe dovuta far trovare. Non aveva idea di dove andare. Se da un lato sentiva l'urgenza di comunicarlo a Peter, dall'altro aveva bisogno di tempo per digerire la questione. Doveva elaborarla, come un lutto, anche solo per un minuto.

Si accorse di una chiamata persa da parte di Peter verso mezzogiorno, in pausa lavoro. Le ritelefonò solo dopo le cinque, mentre tornava da Arthur. Ava era andata a fare una lunga passeggiata. Quando rispose, lo fece in tono serio. L'amato le diede immediatamente la buona notizia.

«Arthur dice che puoi stare qui quando vuoi!» Sembrava fuori di sé dalla gioia. Ava sorrise per l'ironico tempismo. Quando voleva? Quante notti si sarebbe potuta fermare? Ora doveva trovare un appartamento e un lavoro e aveva tre settimane.

«Ieri sera Joel e io abbiamo rotto», gli comunicò atona per mascherare la sensazione di panico strisciante che provava. Aveva barattato il benessere per un perfetto sconosciuto, ma lo aveva fatto anche per potersi definire una donna onesta. Dopo un mese di menzogne nei confronti di Joel, non se la sentiva più di continuare.

«Voi *cosa*?»

«Ci siamo lasciati. È finita. Mi trasferisco.»

«Gli hai detto di me? Devo temere che mi spari?»

Quelle parole le strapparono una risata. «L'ha presa benissimo. La nostra era una storia temporanea, come aveva sempre tenuto a specificare.»

«Ti dispiace?»

Ava rifletté un secondo prima di rispondere. Non voleva mentire anche a lui. Non era questo il modo giusto per cominciare una nuova relazione. «No. Ho soltanto una paura tremenda per quello che mi aspetta. Devo trovare un posto dove vivere e sono due anni che non lavoro. Spiegarlo sarà difficile. Vorrei evitare che la gente pensasse che sono stata in una clinica di recupero o addirittura in galera.»

«Mi rincresce. So che la situazione ti terrorizza, ma sappi che io ti amo, Ava. In un modo o nell'altro ce la faremo.» Avrebbe trovato un lavoro più remunerativo di quello attuale alla rivista. I suoi sogni e le sue speranze erano concentrati sul libro, ma adesso bisognava anche essere pratici, proprio per amore di quella donna.

«Quello che mi consola è che iniziamo la nostra storia senza sotterfugi. Non volevo più mentirgli. Non è giusto. Per quanto mi riguarda, non devi preoccuparti. Posso prendermi cura di me stessa. La cosa più pazzesca di tutta questa situazione è che, nonostante io ti conosca solo da un mese e non abbia fatto neanche l'amore con te, anch'io sento di amarti», gli rispose sorridente. Erano due folli bambini innamorati. Le pareva di essere sulle montagne russe. Erano saliti, e saliti ancora, sino al punto più alto, e adesso stavano sfrecciando giù a tutta velocità, urlanti, pieni di terrore, stretti l'uno all'altra… se però fossero sopravvissuti, sarebbe stato fantastico. «Siamo due folli, ma ti amo», aggiunse Ava col cuore in gola. «Ti va se passo a trovarti più tardi?» L'indomani mattina, per prima cosa, si sarebbe messa a caccia di un appartamento. Il giro sulle montagne russe era cominciato e, mentre iniziavano a salire, si sentiva follemente felice e con la coscienza pulita. Era così che doveva sentirsi.

8

Un paio di giorni dopo la loro prima cena insieme, Charles telefonò a Meredith per invitarla a trascorrere il sabato nella Napa Valley, dove aveva affittato un cottage in un vigneto attraversato da un fiume.

«Ci vado quando ho bisogno di stare solo e rinfrescare le idee.»

«Interessante.»

«Sembra di stare in Italia o in Francia e nelle vicinanze ci sono anche degli ottimi ristoranti.» Meredith non si lasciò sfuggire l'occasione, allettata dal programma. Dopo essere passato a prenderla, alle nove del mattino, avrebbero trascorso l'intera giornata fuori per poi rientrare dopo una bella cenetta al *Bouchon*, un localino che il colonnello pensava potesse piacerle.

Si presentò all'appuntamento con un maglione a collo alto di cachemire bianco e un caldo parka. Avrebbe fatto freddo, l'aveva avvertita lui. L'ora e mezza di tragitto passò tra chiacchiere e risate. Arrivati a Yountville mangiarono un panino e raggiunsero la casa di Charles, circondata da vigneti a perdita d'occhio. Sistemati i bagagli, si concessero una passeggiata lungo il fiume, un giro in bicicletta attraverso le vigne e un picnic seduti fuori dal cottage, con vista stupenda della vallata. Per tenerla calda durante il pasto all'aperto, Charles aveva accesso il camino esterno.

«Sto davvero benissimo», disse lei rilassata come non mai. «Ogni volta che usciamo insieme mi ricordi tutto quello che mi sono perduta negli anni. Mi sembra di essere in paradiso. Qualche volta, Scott e io siamo venuti da queste parti, agli inizi, quando eravamo a San Francisco da poco tempo, ma spesso eravamo separati dal lavoro, lui su una location e io su un'altra. Le nostre vite erano complicate, avevamo gente che ci seguiva ovunque andassimo. Ecco perché abbiamo acquistato quella grande villa in città, sicuri che ci avrebbe garantito la privacy, come poi è successo. Kendall non sopportava la gente che ci fermava per chiedere autografi, che voleva scattarci delle foto, o i paparazzi che ci immortalavano nei momenti più privati. Crescere così deve essere stato difficile per lei. Detestava tutto quello che aveva a che fare con le nostre carriere ed ecco perché ha preso male l'intenzione della figlia di lavorare nel cinema. Personalmente ero contenta che Kendall non avesse voluto seguire le nostre orme. Con il nostro lavoro, condurre una vita normale è difficilissimo. Immagino anche che i genitori dei suoi amici, a scuola, non facessero che parlare di noi.

«Quando Scott mi ha lasciata, lei era già sposata e viveva a New York, ma è stato un incubo. I giornalisti ci seguivano ovunque. Lui andò al festival di Cannes con Silvana, per presentare il film girato insieme, e dopo quell'apparizione è stato il diluvio universale. Ai tempi,

Kendall mi ha accusata dicendo che, se avessi passato più tempo a casa e meno sul lavoro, Scott non mi avrebbe lasciata, sebbene io sia convinta che, prima o poi, sarebbe accaduto lo stesso. Era annoiato e sentiva troppo il peso del mio successo, lei era giovane, io spesso assente... Anche se non fosse esplosa la bomba di Silvana, mi avrebbe tradita con un'altra. Ho chiesto il divorzio dopo la morte di Justin, della quale l'ho sempre ritenuto colpevole. Kendall crede che io abbia distrutto il padre con quella richiesta e non me l'ha mai perdonata. Per lui e Silvana invece le cose sembrano essere andate bene. In fondo, anche se sono passati quindici anni, stanno ancora insieme. Dopo il primo film, lei ha smesso di lavorare. Immagino che le bastasse essere la moglie di Scott Price. Io ho lasciato per via di mio figlio, ma anche perché ero stanca della vita di Hollywood, della pressione del botteghino. La verità non la conosce nessuno. Con o senza Silvana, a un certo punto il nostro matrimonio sarebbe naufragato. Non c'era più nulla ad alimentarlo. Ci ho messo anni per capirlo. La morte di Justin ha semplicemente reso tutto più drammatico, più tragico, e ci ha condotti al limite della sopportazione. Sia io sia Scott siamo quasi morti dal dolore. Lui ha cominciato ad annegare nell'alcol e a farsi di droga per due anni, dopo la tragedia. Io sono sparita. Non si può uscire da una situazione come quella restando insieme. Erano successe troppe cose. Dopo una cura disintossicante, Scott ha ricominciato con il cinema. Devo ammettere che negli ultimi anni ha fatto dei film davvero buoni. È un regista di talento. Una leggenda di Hollywood, oserei dire.» Meredith parlava senza il minimo risentimento. Era la storia della sua vita, una storia che aveva accettato, come aveva accettato la perdita del figlio. Scott era ormai un capitolo chiuso.

«Non deve essere facile portare avanti un buon matrimonio e crescere i figli in un ambiente come Hollywood, circondati da tanta fama», replicò Charles comprensivo. Voleva capire cosa le era successo, sapere perché si era isolata per così tanto tempo. Quanto diverse erano state le loro vite!

«È stato questo il motivo del trasferimento a San Francisco. Purtroppo il circo ci ha seguito, non soltanto lì ma ovunque ci spostavamo. Il successo è impegnativo. Il prezzo da pagare è oneroso. Abbiamo tentato di proteggere noi stessi e i nostri figli. Kendall ha sposato un giovane affarista tutto d'un pezzo, originario di una dinastia ricca da generazioni, e se n'è andata il più lontano possibile. Non la biasimo. E adesso la figlia vuole tutto quello che avevamo noi un tempo. Talvolta ho l'impressione che le famiglie di Hollywood siano come quelle dei circhi. Amano danzare sulla corda, senza rete di protezione. Ce l'hanno nel sangue.» Charles sorrise al paragone.

«La gente vi invidia, ma non ha idea di quello che c'è sotto, o di quanto vi costi», commentò con saggezza.

«Ti invidiano quando diventi troppo famoso e poi ti odiano perché lo sei. L'amore che provano verso di te dura solo un battito di ciglia.»

Rientrati in casa, Charles accese il fuoco. Meredith, che adorava l'odore del legno bruciato, si accoccolò contro il compagno. L'abitazione, piccola e confortevole, aveva un soggiorno con un grande caminetto, tre camere e una invitante cucina in stile country. Il posto ideale per un weekend in libertà, o per godersi la visita dei figli quando, raramente, andavano a trovarlo. Di solito era lui a raggiungerli.

Il sole di ottobre tramontò sulla giornata fredda. Meredith aveva portato con sé una gonna da indossare al ristorante, ma Charles le consigliò di non cambiarsi. Così, rimase sul divano accanto a lui, rilassata, lasciandosi poi baciare e ammirare.

«Come fai a essere così splendida?» Non si ritrasse quando Charles le posò una mano sul seno.

«Daphne dice che sono una strega buona», gli rispose sorridente.

«Allora è questo che mi hai fatto… mi hai stregato.» Nel soggiorno in penombra, Charles le sbottonò la camicia, le sganciò il reggiseno e si chinò a baciarle il décolleté. Fare l'amore era un ricordo lontano per Meredith ma, desiderandolo con altrettanta intensità, si lasciò condurre in camera dove il compagno la spogliò. Poi, stretti l'uno nelle braccia dell'altra, caddero sul letto e si amarono come se tutto fosse nuovo e il passato non esistesse più. Spenta la fiamma, appagati e felici, restarono allacciati.

Charles tentò di non pensare alla fama di Meredith, di vederla soltanto come la donna che lo aveva conquistato, ma nell'istante in cui la guardò, rimase di nuovo senza fiato. Aveva appena fatto l'amore con Meredith White, entrambi si sentivano come in un sogno.

«Voglio dimenticarmi di ciò che sei», le disse con voce arrochita dopo l'amore.

«Che significa?» Meredith si sentiva soddisfatta, contenta. Era nel posto giusto con l'uomo giusto. Stentava ancora a capacitarsi di come si fossero trovati, ma era al settimo cielo che fosse accaduto.

«Significa che voglio dimenticarmi che sto facendo l'amore con una delle più famose star del cinema di tutti i tempi. Questa cosa mi intimidisce.»

«Non ci credo. Tu sai chi sono. Non importa nient'altro.» Erano sullo stesso livello, si piacevano allo stesso modo. Nessuno era più famoso, migliore o più potente o importante dell'altro. Erano solo un uomo e una donna che si stavano innamorando.

«Continuo a pensare che non ti avrei mai incontrata se non fosse stato per il terremoto. Vivresti ancora nel tuo isolamento e io sarei ancora in giro a perder tempo.»

«Be', non mi sembra proprio che nella tua vita tu abbia 'perso tempo'.» Meredith sorrise. La sua agenzia vantava basi solide e una clientela importante, senza contare che continuava a collaborare con altri organismi, come il Dipartimento Emergenze. «Sono felice di non vivere più come una reclusa», gli sussurrò con un filo di voce. Fecero di nuovo l'amore prima di alzarsi, andare insieme sotto la doccia e rivestirsi. Meredith non smetteva di sorprendersi di quanto bene si sentisse in compagnia di Charles. Le pareva di conoscerlo da una vita.

«Hai mai girato scene di nudo?» volle sapere lui uscendo dalla doccia. Meredith sembrava a proprio agio con il suo corpo. Rise. Quanto tempo era passato dall'ultima volta che si era sentita così!

«Ho sempre preferito avere una controfigura, al contrario di Scott. Forse è per questo che è finito con Silvana. Lei non aveva problemi a girare scene senza veli. Per quanto mi riguardava, non volevo mettere in imbarazzo i miei figli, nel caso, quando fossero stati più grandi, avessero avuto modo di vedere uno dei miei film, così nei contratti era sempre prevista una sostituta. Forse dovrei averne una anche adesso per te», scherzò Meredith. Era ancora in perfetta forma fisica. Una vita di esercizi e dieta accurata avevano dato i loro frutti. Anche Charles era snello e atletico, grazie alla sua passata carriera militare.

«Sei splendida. Non hai bisogno di una controfigura, Meredith.»

Lo accarezzò prima di dargli un bacio. «Se ricomincerai, non faremo in tempo per la cena», lo ammonì. Charles scoppiò a ridere, ci pensò su un attimo, ritornò a letto e cancellò la prenotazione. Passarono una notte meravigliosa e romantica e ritornarono in città sotto la luna piena, splendida come su un set cinematografico. Meredith stava diventando pian piano solo la donna che amava, non una star o una leggenda hollywoodiana.

Rientrarono a San Francisco verso l'una a trenta del mattino. Meredith lo invitò a entrare, infischiandosene di essere ripresa dal sistema di videosorveglianza della casa.

«Ti va di dormire qui, stanotte?» Charles non se lo fece ripetere e la seguì in camera, dove si coricarono abbracciati nel grande letto a baldacchino per poi addormentarsi come due bambini nel giro di pochi minuti.

L'indomani, di buon'ora, scesero in cucina per la colazione. Erano soli. Jack e Debbie avevano il giorno libero. Meredith gli passò il *New York Times* che l'agente di guardia aveva appoggiato sul tavolo e Charles iniziò a leggerlo mentre la compagna preparava uova con la pancetta e caffè.

«È perfetto, non trovi?» sorrise Meredith, seduta di fronte a lui con una tazza fumante in mano.

«Assolutamente sì», rispose Charles, altrettanto serafico.

Dopo la colazione, fecero una lunga passeggiata sulla spiaggia sferzata dal vento, tornarono a mezzogiorno per mettere qualcosa sotto i denti e finirono di nuovo a letto. Fu a malincuore che Charles si congedò, la sera. Doveva andare. Il mattino seguente aveva una riunione di lavoro, ma soprattutto non gli andava l'idea di sentirsi addosso lo sguardo sarcastico di Jack e Debbie.

«Li stai tenendo d'occhio?» chiese a Meredith quando venne sollevato l'argomento.

«Non ho bisogno di farlo», rispose lei sorridente. «Sono persone oneste, proprio come me.»

«Spero proprio che tu abbia ragione.» Charles non la pensava allo stesso modo, ma non valeva la pena discutere su questo punto. Avevano trascorso due giorni stupendi insieme. Inutile rovinare l'atmosfera. Niente avrebbe potuto intaccarla. Erano fatti l'uno per l'altra e sì, proprio come aveva detto Charles, gli otto anni di differenza che li separavano non importavano.

«Figlio di puttana!» sbottò Debbie entrando in soggiorno dove Jack stava guardando una trasmissione di calcio. Sorpreso dalla veemenza del commento, alzò lo sguardo. «Ho parlato con Harvey, la guardia notturna. Il colonnello ha dormito qui, ieri notte. Sono rincasati all'una e mezzo del mattino e se ne è appena andato. Merda, adesso non ce lo leveremo più dalle scatole!»

«Non ci posso credere.» Jack sembrava scioccato. «Non è più andata a letto con nessuno da quando Scott l'ha lasciata.»

«Sì, e adesso è amica di mezzo quartiere, passa da una festicciola all'altra e ha un compagno. Che facciamo?»

Jack rifletté sulla questione per poi stringersi nelle spalle. «Quello che abbiamo sempre fatto. Ci prendiamo qualcosina qui, qualcosina là... Seguiteremo a esserci quando avrà bisogno e un giorno, grata, ci lascerà un bel gruzzoletto.»

«La faccenda non è così semplice», rispose la moglie versandosi ciò che rimaneva dello Château Margaux posato sul tavolo. Bevevano da tutto il giorno. «Se quel tipo gironzolerà per casa, ci controllerà. Ha una specie di agenzia di sicurezza e Meredith non sarà più sola come un tempo. Non è poi tanto vecchia. Potrebbe volerci un bel po' prima che tiri le cuoia.»

«Oh, vedrai che quell'uomo non rimarrà tra i piedi a lungo. Lei è più vecchia, e conduce una vita molto scialba.»

«Stiamo parlando di Meredith White», gli ricordò Debbie. «Mi dici quale uomo non vorrebbe farsi vedere con lei? E se si sposassero?»

«Alla sua età? Non penso proprio. Perché dovrebbe farlo? Prima o poi troverà una donna della sua età con la quale divertirsi. L'effetto diva non durerà in eterno», concluse Jack sventolando una mano.

«Quell'uomo non mi piace. Ho uno strano presentimento», replicò la moglie, seria.

«Non piace neanche a me, ma è troppo impegnato per fare attenzione a noi. Teniamo il profilo basso per un po'.» Jack pareva più ottimista della moglie, che invece non gradiva la piega presa dalla situazione. Era stato tutto molto più semplice quando Meredith non aveva amici, un compagno, dei figli, la famiglia. Sapeva però che era una donna leale e che non avrebbe dimenticato il tempo passato con loro. Esercitavano un forte ascendente su di lei, e spesso Meredith chiedeva il loro consiglio. Il fatto però che stesse allargando gli orizzonti non le piaceva. Sarebbe potuta scivolar loro tra le dita e tutto il castello truffaldino costruito con attenzione, scientemente, giorno per giorno, sarebbe potuto crollare. Quel pensiero le diede i brividi.

Quella sera, Ava cenò in compagnia di Peter e Arthur. Avevano ordinato da un ristorante vietnamita del quartiere e stavano mangiando in cucina. Nonostante le proprie limitazioni, il concertista manovrava le bacchette con abilità. Appena qualche istante prima aveva buttato lì un suggerimento che aveva ammutolito la coppia.

Peter gli aveva comunicato la rottura tra Ava e Joel e aggiunto che lei stava cercando una sistemazione. Arthur si era dichiarato d'accordo con la decisione presa. Non era giusto tenere il piede in due scarpe per sempre. La risolutezza della ragazza aveva accresciuto il rispetto che provava per lei.

«Vuoi che venga a vivere con noi?» aveva chiesto a Peter quando erano rimasti da soli. «Sono disposto a provare, se seguirà le tue stesse regole. Mi sembra una soluzione più sensata di quella di prendere un appartamento che non può permettersi e poi di passare le notti qui, con te.» Arthur era disposto a qualunque tipo di concessione pur di non perdere Peter. Conosceva Ava piuttosto superficialmente ma, da quel poco che aveva potuto intuire durante il soggiorno a casa di Meredith, gli sembrava una persona a posto. E Peter ne era innamorato pazzo. Coetanei, formavano una coppia ben assortita. Ora che Ava si era sbarazzata di quel compagno narcisista, Arthur era più che disponibile a darle una mano.

Ava e Peter erano rimasti sbalorditi dalla proposta. Sembrava quasi un sogno che si avverava. «Puoi trasferirti quando lo desideri», aveva aggiunto Arthur mentre Peter lo abbracciava sorridente. Ava conosceva già le regole di casa: non invadere gli spazi di Arthur, non disturbarlo durante le esercitazioni o nei momenti che dedicava alla creatività, non fare rumore quando suonava. In genere, Peter restava quasi tutto il tempo in camera sua, disponibile per ogni eventuale necessità.

Fu subito dopo cena che Arthur li lasciò di stucco con una seconda sorpresa.

«Sai, Ava, stavo pensando a una cosa. Ho bisogno di qualcuno che mi aiuti a organizzare i viaggi, che si occupi della corrispondenza non in Braille, che risponda al telefono in modo che io abbia più tempo per esercitarmi. È da un po' che ho in mente di assumere qualcuno. Volevo fare la proposta a Peter, ma lui deve finire il romanzo e di giorno ha già un lavoro. Tu, invece, al momento sei libera. Ti interesserebbe diventare la mia assistente?» La paga che le propose era leggermente più alta di quella che guadagnava ai tempi con Joel. Ammutolita, Ava fece di sì con la testa. Arthur aveva risolto tutti i suoi i problemi. Sembrava che il destino avesse voluto premiarla per aver fatto la scelta giusta con Joel.

«Non hai risposto», disse Arthur dopo un lungo silenzio. «È un no?»

«Sta annuendo», intervenne Peter. «E ha la faccia di chi sta per svenire.»

«Svenire non è permesso. E per comunicarmi la sua decisione, deve parlare», disse Arthur suscitando l'ilarità di tutti.

«Non so che dire, signor Harriman. Mi piacerebbe. Potrei anche imparare il Braille e darle una mano a rispondere a tutta la sua corrispondenza.»

«Davvero un'ottima idea», rispose Arthur, soddisfatto. Gli piaceva l'idea di aiutarli, di alimentare quel giovane amore. Aveva un animo romantico, era senza figli, aveva preso Peter sotto la sua ala ed era disposto a concedere ad Ava la possibilità di mostrare a tutti, loro compresi, quanto valeva. «Quando puoi cominciare?» Si alzò da tavola e allungò una mano per prendere il bastone che Ava gli porse.

«Domani», rispose lei senza esitare. Tutto stava andando nel migliore dei modi. Aveva un lavoro e un posto dove stare, era con Peter e lui non avrebbe dovuto lasciare Arthur per trasferirsi a casa sua. Se ogni cosa fosse andata come doveva, avrebbero potuto trarne giovamento tutti e tre e, in caso contrario, almeno avrebbero saputo di averci provato.

Terminato di sparecchiare, Peter e Ava salirono in mansarda per parlare e programmare il da farsi. Ava avrebbe traslocato durante l'assenza di Joel, ma ci sarebbe voluto ancora qualche giorno prima che partisse. Nel frattempo poteva dormire con Peter e fare i bagagli una volta che la casa fosse stata libera. Si sarebbe risparmiata un bel po' di imbarazzo, tanto più che neanche Joel amava i saluti melodrammatici. Quando si lasciava una storia alle spalle andava avanti, e molto presto avrebbe trovato una sostituta.

Peter e Ava parlarono a lungo della generosità di Arthur, della sua offerta di lavoro e della possibilità che le aveva dato di trasferirsi sotto il suo stesso tetto. Era seduta sul piccolo divano della mansarda quando lui le andò accanto con un sorriso.

«C'è una cosa alla quale non abbiamo ancora lavorato. Ci siamo occupati delle faccende pratiche, del tuo lavoro, della paga che riceverai, del trasferimento da casa di Joel, delle lezioni di Braille.» Lei lo guardò senza capire. La lista le sembrava completa. In un certo senso stava passando da un letto all'altro, un pensiero che la metteva a disagio, ma in fin dei conti avevano trascorso quasi un mese sotto lo stesso tetto, un tempo più che sufficiente per farli innamorare.

«Cos'ho dimenticato?»

«Noi», le rispose lui guardandola con aria innocente.

«Che significa, noi?» Per tutta risposta, Peter la baciò e fece scivolare con delicatezza una mano sotto la felpa. «Oh», sorrise Ava. «Quello...» Avevano un evento da festeggiare e nulla ormai che li trattenesse. La storia con Joel si era chiusa senza drammi e lei e Peter, nonostante i progetti futuri, non avevano ancora fatto l'amore. Il compagno la condusse con delicatezza sul letto, e la spogliò in quella soffitta semplice dove avrebbero vissuto insieme, quasi come marito e moglie. Fecero l'amore per la prima volta, iniziando piano, continuando poi con sempre maggiore passione, alla quale Ava si lasciò andare come se non fosse mai stata con nessuno prima di lui. Si presero con dolcezza, con semplicità, innocenza e onestà. Qualcosa che né lei né Joel avevano mai posseduto.

Ava si fermò a dormire da Peter, non prima però di aver inviato un messaggio a Joel, avvertendolo che non sarebbe rientrata, per evitare che si preoccupasse. Come si era aspettata, non ricevette risposta. Si era chiusa una porta alle spalle. Joel era il passato e Peter il futuro.

Rimase con il compagno fino alla partenza di Joel per l'Europa e solo dopo andò a riprendere le sue cose, lasciando la casa dell'ex in ordine perfetto. Era sola quando chiuse la porta per l'ultima volta dopo essersi gettata uno sguardo intorno. Non le sarebbe mancato nulla. La sua vita con Joel non era mai stata reale. Si era sempre sentita un'estranea.

Con l'ultima valigia in mano, si avviò verso la casa di Arthur, verso il suo futuro. Peter la stava aspettando. Le prese il bagaglio e insieme salirono in mansarda. Il Paradiso le aveva spalancato le porte.

9

Il mattino dopo il weekend con Charles, Meredith avvertì Debbie della sua intenzione di invitare sabato a cena il gruppo «terremoto». In quasi un mese di convivenza si erano molto affezionati e non vedevano l'ora di scambiarsi notizie e novità, discutere dei progressi nelle ristrutturazioni delle rispettive case e farlo in convivialità, seduti di nuovo intorno a un tavolo.

Charles si sarebbe assentato per tre giorni. Aveva un importante cliente da vedere a Seattle, ma sarebbe rientrato venerdì. Meredith e Tyla si sentivano quasi ogni giorno e quest'ultima aveva accettato l'invito insieme al marito e ai bambini. Lo stesso fecero Arthur, Peter e Ava. Joel, comunicò quest'ultima, sarebbe stato a Londra. Durante l'incontro avrebbe spiegato la situazione. Non le sembrava opportuno comunicarlo con lo stesso messaggio con il quale confermava la presenza non soltanto sua ma anche di Arthur e Peter. Sarebbero stati nove, specificò la padrona di casa alla domestica, e avrebbero mangiato in cucina per semplificarle le cose.

Debbie riportò la notizia al marito durante la pausa pranzo.

«Ci mancava solo l'ennesima cena per tutti. Non ce ne sbarazzeremo mai più, soprattutto se è vero che adesso va a letto con il colonnello. Mi sembra di non smettere mai di sfaccendare per gli ospiti. L'abbiamo persa, Jack», concluse amareggiata.

«Stai calma. Porta pazienza. Te l'ho detto. Tra non molto si stancheranno. Non sono persone così interessanti, dopotutto, e lo stesso accadrà anche con il colonnello.»

«L'unica cosa buona è che non devo fare da baby sitter a quei mocciosi. Che però si presenteranno a cena.»

Dal punto di vista di Meredith, la coppia di domestici sembrava aver ritrovato il buonumore da quando gli ospiti erano andati via. Non erano sovraccarichi di lavoro, non dovevano rifare letti su letti, servire pasti, preoccuparsi di eventuali furti. Assumevano un atteggiamento vagamente gelido e distaccato ogni volta che lei accennava a uno del gruppo, ma quella settimana Debbie aveva fatto del suo meglio per comportarsi in modo piacevole, aveva cucinato i suoi piatti preferiti ed era segretamente contenta di non vedere il colonnello in giro per casa. Meredith era tutta per loro, come ai vecchi tempi. Ignoravano che Charles fosse a Seattle. Debbie era semplicemente grata di non averlo tra i piedi: sarebbe stato bello se si fosse già stancato di Meredith e se nessuno dei vicini si fosse fatto vedere. La domestica e la sua signora si perdevano in lunghe chiacchierate la mattina a colazione. Durante una di queste Meredith annunciò, senza entrare nei dettagli, di pensare a un progetto di ricerca. Quel chiodo le era entrato in testa da quando aveva parlato con la figlia, che non sentiva più da allora, sebbene Kendall avesse promesso di rifarsi viva. Come al solito non aveva mantenuto la parola.

Debbie s'illuse che si fossero avvicinate di nuovo. Al congedo degli ospiti il cofanetto Fabergé non era saltato fuori, ma Meredith era sicura che prima o poi sarebbe accaduto, che fosse stato messo da qualche parte al sicuro. Lo sciame sismico era stato forte e dalle pareti si erano staccati molti altri quadri che Jack aveva portato a risistemare facendoci sopra una sostanziosa cresta.

Aveva trovato, tra le altre cose, un ingegnere per valutare la solidità dei lampadari di cui uno soltanto era in condizione precaria. Considerata la forza del terremoto, la loro casa non aveva subito danni considerevoli, al contrario di molte altre sotto le cui macerie si trovavano ancora cadaveri e non più sopravvissuti.

Per le riparazioni, purtroppo, si doveva aspettare settimane, se non addirittura mesi, tanto era il lavoro in quel periodo. L'intera città stava tentando di rimettersi in piedi. Nel frattempo, senza più quadri, la casa sembrava vuota. Non c'era niente da fare, però. Debbie e il marito avevano riparato moltissimi piccoli oggetti fragili con cura e meticolosità, guadagnandosi così la gratitudine di Meredith, che teneva molto a tutti quei piccoli tesori.

Ci vollero diversi giorni e parecchie notti perché, dopo aver passato al setaccio Internet, Meredith trovasse l'agente che cercava. Si finse la direttrice del casting di un film indipendente e chiese di esaminare tutti i provini e i lavori girati dalla nipote, che le furono inviati in formato digitale o tramite corriere. Al giovedì aveva tutto il materiale richiesto: le audizioni dell'impresaria di Julia, due spot pubblicitari girati a New York, uno a Los Angeles per una ditta di blue-jeans, un altro per una marca di shampoo e qualche ruolo minore in serie tv e film.

Esaminò tutto con attenzione, e alcuni spezzoni li guardò più e più volte. La conclusione fu che la nipote aveva talento. Conosciuta da tutti come Julia Price, aveva scelto il cognome del nonno e della madre da nubile, abdicando sulle scene a quello vero, Holbrook, il nome da sposata di Kendall, che Meredith avrebbe preferito al posto di quello di Scott.

Le audizioni erano eccellenti, come anche le piccole parti nelle due serie che aveva girato. Il venerdì sera ne parlò a Charles, reduce dal viaggio a Seattle, e gli fece vedere addirittura alcuni spezzoni. La nipote era alta, come Scott, e splendida come la nonna, con i suoi lunghi capelli fulvi. Aveva solo diciannove anni ma era stata in grado di girare parti non soltanto di adolescenti ma anche di donne sofisticate. Era un'attrice nata, come lei.

«Che ci vuoi fare con tutto quel materiale?» chiese Charles, curioso.

«Niente. Desideravo avere un'idea del suo lavoro, sapere se ha talento o se sta perdendo tempo a Los Angeles. È brava. Potrebbe eccellere, un giorno, se si rimbocca le maniche per affinare le proprie doti. C'è una cosa, però, che mi preme: incontrarla. Potrò incoraggiarla ad andare avanti, presentarla a qualcuno. Kendall mi ha detto che Scott la sta aiutando, ma vorrei tentare anch'io, se accettasse di vedermi. Mi conosce a malapena. L'ultima volta che l'ho vista aveva dieci anni. Potrebbe negarmi un incontro.»

«Vuoi invitarla qui?»

«In un secondo momento, magari. Preferirei andare

direttamente a Los Angeles. Non so neanche se risponderà a una mia chiamata o a una email. Ho l'impressione che Kendall non le abbia mai parlato bene di me in tutti questi anni.»

«Provaci. La cosa peggiore che può fare è dirti di no.» Non aveva idea di quanto Meredith ci avrebbe sofferto, ma valeva la pena di tentare. Era bellissimo vederla protendersi verso la vita reale e smettere di nascondersi. Più i giorni passavano, più il suo coraggio si moltiplicava. «Posso accompagnarti, se ti fa piacere», si offrì Charles. «Tu vedrai tua nipote e io unirò l'utile al dilettevole: incontrare qualche cliente e godermi la tua compagnia.» Voleva trascorrere più tempo possibile con lei, farla tornare nel mondo che aveva abbandonato, senza pressarla troppo, ma incoraggiandola con gentilezza.

«Al momento ci sto ancora pensando», ammise Meredith. «Non mi sento pronta per scriverle, ma lo farò presto.» Cosa stava aspettando? Forse solo di trovare la forza di incontrare la nipote. Non era facile dopo tutto quel tempo, come non era semplice spiegarle la situazione.

Il viaggio di Charles a Seattle era stato un successo, ma ancora più grande era stata la sua felicità nel ritornare. Aveva ideato un massiccio piano di protezione individuale per un importantissimo amministratore delegato che da mesi riceveva minacce di morte a causa della politica aziendale della compagnia presso la quale lavorava, poco favorevole alla protezione dell'ambiente. L'uomo aveva chiesto la sua consulenza preoccupato anche per l'incolumità della moglie e dei figli. Chi lo minacciava aveva già fatto esplodere la casa di qualcun altro. Charles era la persona giusta alla quale rivolgersi, un'eccellenza. La sua agenzia si occupava anche di controspionaggio industriale, una branca che Meredith trovava affascinante. Il colonnello era sempre molto modesto quando parlava del suo lavoro, ma era accreditato presso i più alti vertici del governo e molto rispettato. Nelle settimane precedenti le aveva proposto nuove soluzioni per migliorare il sistema di sorveglianza. Ne aveva più bisogno di quanto immaginasse e sottovalutava il pericolo al quale era esposta. Charles aveva addirittura cercato di parlarne con Jack che, accantonando la proposta, aveva risposto che la casa era più sicura.

Arrivato il sabato tanto atteso, Meredith abbellì la villa con i fiori del suo giardino e scelse personalmente il menu con Debbie: bisque di aragosta, polli della Cornovaglia e soufflé al cioccolato con panna montata e crema inglese, una delle preparazioni nelle quali la domestica eccelleva.

Anche se, come aveva detto al marito, non le andava di sprecare i suoi talenti per quei ficcanaso degli ospiti, Debbie si era beata dei ringraziamenti e della gratitudine che la sua signora le aveva mostrato e così, alla fine, aveva deciso che era meglio riprendere a rafforzare il legame che le univa.

«Devi cercare di riguadagnare terreno», l'aveva giustamente ammonita il marito. Infatti, non appena si diede da fare per il menu, Meredith tornò contenta come sempre. Era chiaro che voleva impressionare i nuovi amici. O almeno questo era ciò che Debbie pensava. In realtà voleva soltanto trascorrere il suo tempo in loro compagnia, abbinando il divertimento al buon vino e al buon cibo.

Per Will e Daphne era stato pensato un menu a misura di bambino: pizza Margherita, patatine fritte e gelato alla crema. Meredith si mostrò subito entusiasta delle proposte di Debbie, e Charles rimase colpito dalla bellezza della tavola apparecchiata dalle magiche mani dell'amata, che per l'occasione aveva scelto un servizio di porcellana decorata e candele, il tutto mescolato armoniosamente e con l'intento di creare un'atmosfera briosa.

Con l'arrivo degli ospiti iniziò la festa. Furono offerti Martini, Margarita e champagne, accompagnati da antipasti preparati personalmente da Debbie. Riuniti tra il soggiorno e la biblioteca, Tyla non mancò di notare quanto intimi sembrassero Ava e Peter: erano l'ombra l'uno dell'altra e si parlavano con voce sussurrata.

«C'è qualcosa fra quei due?» chiese a Meredith.

Quella sorrise misteriosa prima di rispondere piano: «Arthur le ha chiesto di diventare la sua assistente personale. Ora vive sotto il suo stesso tetto e ha rotto con Joel».

«Caspita! Che cambiamento! Quando è successo?»

«La settimana scorsa, se non sbaglio.»

«È per questo che Joel non è venuto?»

«Ava dice che è in Inghilterra, ma forse non si sarebbe presentato. Ha aggiunto anche che la loro rottura è stata civile e senza spargimento di sangue.» Tyla pensò a quanto sarebbe stato deluso il marito di non incontrare Joel. Infatti, non appena arrivò, leggermente in ritardo, chiese subito di lui. Ava rispose che era a Londra per affari e tacque sul resto. Lei e Peter non erano ancora pronti ad annunciare nulla, ma preferivano che gli amici immaginassero l'accaduto. Secondo Ava sarebbe stato di cattivo gusto annunciare una cosa importante come il loro rapporto subito dopo la rottura con Joel.

«Che troia», sibilò tra i denti Andrew alla moglie. «Joel non fa in tempo ad allontanarsi dalla città che quella tizia si struscia di nuovo su Peter.»

Tyla, che non tollerava sentirlo parlare in quel modo dell'amica, lo raddrizzò subito. «Non stanno più insieme. Credo che adesso Ava e Peter facciano coppia.» Evitò di riferirgli che abitavano nella stessa casa, anche se Andrew lo immaginò quando Arthur comunicò di averla assunta come assistente personale. Gli occhi del dottore brillarono di odio e invidia alla notizia.

A cena, molto lodata dai commensali, si diffuse l'impressione che Meredith e Charles avessero cominciato a frequentarsi. Il colonnello sembrava radioso ogni volta che la guardava e lei tranquilla e felice. Il cibo riscosse successo da parte di tutti, persino di Daphne, che dichiarò di non aver mai mangiato una pizza più buona. Will, dal canto suo, spazzolò un intero piatto di patatine e fece fuori il gelato alla crema con lo stesso gusto con cui gli adulti assaporarono il soufflé.

Meredith ringraziò pubblicamente Debbie per la cena deliziosa e lei, come era giusto che fosse, si godette i più che meritati complimenti generali.

Terminato di mangiare, il gruppetto si spostò in biblioteca dove trovò ad attenderli un vassoio d'argento con una selezione di liquori. Charles aiutò Meredith a servire il caffè mentre Debbie e Jack rigovernavano la cucina. La domestica si era addolcita un po', rallegrata dai complimenti per la cena e lodata persino con un giro di applausi. Tutta orgogliosa lo raccontò al marito, aggiungendo che

Meredith l'aveva abbracciata per la prima volta dopo settimane. Pian piano stavano ritornando quelle di prima.

Gli ospiti si congedarono dopo la mezzanotte. L'indomani nessuno avrebbe dovuto lavorare. Charles e Meredith, invece, si intrattennero per discutere della serata. Come un tempo, quando era sposata, amava chiacchierare del dopo festa. E che felicità vedere Peter e Ava insieme e così innamorati. Poi, esaurito l'argomento, andarono a letto a guardare un film alla tv, mezzi addormentati ma soddisfatti dalla gradevolissima serata.

Il comportamento di Andrew, invece, fu diametralmente opposto. Tyla mise a letto i bambini già in ritardo per la nanna. Daphne si era addormentata prima ancora che la mamma le rimboccasse le coperte. Terminato di sistemare i figli, raggiunse il marito che, sotto le lenzuola, stava guardando la tv. Si girò verso di lei con un ghigno. Aveva bevuto parecchio durante la cena e in biblioteca si era fatto servire un Martini e un cognac.

«Quella Ava è una vera poco di buono», commentò. «Trasferirsi con Peter! Probabilmente si scopa sia lui sia Joel e si diverte a fare pompini ad Arthur.» Tyla odiava sentirlo parlare in quel modo. Ava era sua amica, si sentiva obbligata a difenderla... cosa che con Andrew era sempre un errore.

«Ha rotto con Joel prima che Arthur le chiedesse di trasferirsi da loro», ci tenne a precisare. «Non l'ha più rivisto da quando si sono lasciati.»

«Non ci credo. Sembra una puttana e come tale si comporta. Cazzo, te lo sei scordato che la notte del terremoto era nuda sul marciapiede?»

«Portava un accappatoio», lo corresse la moglie.

«Sì, e che credi che stessero facendo prima? Cosa che non posso dire di noi!» Tyla si guardò bene dal rispondere, soprattutto in considerazione del fatto che Andrew aveva alzato il gomito. Era capace di farsi trascinare da un'ira sfrenata in situazioni normali, figurarsi quando era ubriaco. «È solo una troietta, come te.» Scattò verso la moglie con un gesto rapido e imprevedibile, la afferrò per la gola e la inchiodò sul materasso, soffocandola. La prima cosa che Tyla pensò fu che, se fosse sopravvissuta, l'indomani avrebbe dovuto nascondere i segni delle sue dita sul collo. «Ti stai scopando Joel, adesso? È per questo che non è venuto? Perché aveva paura di affrontarmi? È per questo?» Andrew serrò la stretta, la trascinò verso la testata del letto e cominciò a picchiarle il capo contro il mobile. Ogni colpo produceva un rumore terribile. Tyla lottava per difendersi, ma temeva di svegliare i bambini se avesse gridato.

Fece l'unica cosa che le venne in mente: lo colpì con una ginocchiata al basso ventre. Andrew si piegò in due per il dolore e, per tutta risposta, le mollò uno schiaffone che le fece rimbalzare il capo sulla testiera con ancora maggior violenza, per poi trascinarla fuori dal letto, scaraventarla per terra e iniziare a prenderla a calci. «Non farlo mai più, puttana!» le gridò. Tyla, annebbiata dal dolore, sentì un sapore metallico in bocca. Il naso le sanguinava. Di nuovo Andrew le picchiò la testa contro il pavimento. Per la poveretta fu come trovarsi sott'acqua, poi capì che era il sangue ad appannarle la vista. Il marito continuò a prenderla a calci e pugni e a sprofondarla nell'incoscienza dalla quale, a tratti, si riprendeva. Questa volta sarebbe morta, ne era certa, ma non gliene importava. Non aveva modo di fermarlo o di difendersi. Non c'era nessuno che potesse aiutarla. Voleva soltanto che i bambini non si accorgessero di ciò che stava accadendo. Ma quando perse i sensi dimenticò anche quello. All'improvviso, tutto piombò nel buio e lei fu trascinata via da un fiume di sangue. L'unico modo in cui poteva sfuggirgli.

Gli ospiti si erano congedati all'incirca da un'ora quando qualcuno suonò al citofono della villa. Charles e Meredith si erano addormentati davanti alla tv. Fu lo squillo dell'interfono in camera a svegliarla. Era la nuova guardia di sicurezza.

«Spiacente per il disturbo, signora», esordì educata. «C'è una bambina, qui al cancello. Dice di abitare in fondo alla strada e che ha bisogno del suo aiuto. La madre non sta bene o qualcosa di simile.»

«Come si chiama?» Meredith saltò giù dal letto.

«Daphne. È molto turbata. Vuole che chiami il pronto intervento?»

«No... sì... le dica che sto arrivando. Le dica che sto scendendo.» Meredith scrollò Charles, subito vigile. «Charles... svegliati... ho bisogno del tuo aiuto... c'è Daphne, giù. Dev'essere successo qualcosa a Tyla. Forse Andrew l'ha picchiata di nuovo. Devo telefonare alla polizia?»

«Certo!» Il colonnello afferrò il cellulare posato sul comodino, chiamò il pronto intervento, riferì di una persona ferita da un intruso, diede l'indirizzo dei Johnson e si vestì con gli abiti che indossava a cena. Meredith, nel frattempo, si era già infilata un paio di jeans, le scarpe e un pullover, e stava scendendo. Insieme al compagno, trovarono la bambina nell'ingresso, incapace di parlare, a piedi scalzi e con la camicia da notte. Meredith la afferrò per una mano e corse fuori. La guardia di sicurezza spalancò il cancello e li guardò allontanarsi lungo il marciapiede.

«Dimmi: cos'è successo?» chiese Meredith a Daphne senza smettere di correre.

«Credo che l'abbia uccisa... l'ha presa a botte, tante botte. Mamma è morta.» In quell'istante il silenzio della notte fu squarciato dalle sirene e due macchine della polizia arrivarono di fronte alla casa dei Johnson da due direzioni diverse. I poliziotti smontarono con le armi spianate. Charles li aveva avvisati della presenza di un intruso, ma se avesse parlato di violenza domestica ci avrebbero messo il doppio del tempo per arrivare, come sapeva fin troppo bene.

«In casa c'è un bambino di undici anni», li avvisò subito Meredith. Impossibile entrare. La porta, dopo l'uscita di Daphne, si era chiusa. Gli agenti, tutti giovani e ben piazzati, sfondarono senza problemi il battente, seguiti da Charles che ordinò a Meredith di restare sul marciapiede con la bambina. La tenne stretta a sé e ringraziò il cielo di avere fatto in tempo ad avvisare le autorità.

«Spareranno al mio papà?» singhiozzò Daphne. Meredith non seppe cosa rispondere. Nel frattempo altri due ufficiali erano entrati in casa con le ricetrasmittenti. Uscirono tutti un paio di minuti dopo. Andrew era ammanettato dietro la schiena e aveva la camicia e le mani sporche di sangue. Per un istante, Meredith temette che la bambina potesse avere ragione, che la mamma fosse morta. I poliziotti fecero entrare a forza l'uomo in macchina e partirono a tutta velocità. Andrew se ne andò senza neanche lanciare un'occhiata alla figlia. Era come se non l'avesse vista. Urlava in faccia agli agenti, si dibatteva, e quelli rispondevano ai suoi assalti con altrettanta violenza, mentre la piccola nascondeva il volto contro il corpo di Meredith. Subito dopo arrivò un'ambulanza e tre paramedici entrarono correndo in casa. Non si conoscevano ancora le condizioni di Tyla, né se fosse viva. Daphne non smise un istante di singhiozzare. Infine, dalla porta di casa uscirono Charles e Will. Il ragazzino era pallido come un cencio. Si era nascosto sotto le coperte, in camera sua, ma aveva sentito le urla della madre mentre Andrew la massacrava di botte.

«Vostra mamma è viva», disse il colonnello ai due bambini, prima di rivolgersi a Meredith, cupo. «Io torno a casa tua con loro. Tu accompagnala in ambulanza.» Meredith annuì. Avrebbe voluto chiedergli come stava l'amica, ma non osava farlo davanti ai ragazzini. Qualche istante dopo i paramedici uscirono con Tyla sdraiata sulla barella, il volto imbrattato di sangue e irriconoscibile. Era solo un inerme mucchietto insanguinato. Priva di conoscenza, aveva una maschera per l'ossigeno sul volto e una flebo al braccio. Meredith affidò la bambina a Charles e seguì l'amica. L'ambulanza partì a sirene spiegate e con i lampeggianti accesi. Si girò un'ultima volta. Charles e i bambini erano vicino alla porta di casa. Poi si concentrò solo su Tyla.

«È grave?» chiese a uno dei paramedici. Quello scrollò

la testa. Il polso era debolissimo e respirava a malapena. Meredith sentì uno dei soccorritori dire che sospettava un grave trauma cranico. Tyla fu portata nel reparto di traumatologia dell'ospedale più vicino. Meredith non la lasciò un istante, diede ai paramedici tutte le informazioni che conosceva e mentì spudoratamente quando affermò di essere la madre, per evitare di restare fuori.

I medici impiegarono circa mezz'ora per una visita superficiale. Nel frattempo la pressione sanguigna era leggermente migliorata. Seguirono poi una Tac cranica, una risonanza magnetica e tutta una serie di radiografie. Alle quattro del mattino arrivò la diagnosi: il cranio era intatto ma c'erano segni di una forte commozione cerebrale. Il naso, uno zigomo, la mascella e un braccio erano fratturati. A livello addominale era in corso un'emorragia interna, causata dai calci del marito, ma era viva e ce l'avrebbe fatta. Un chirurgo plastico si occupò delle rotture facciali, il braccio fu riallineato. Quando uscì dalla sala operatoria, Tyla era avvolta nelle bende come una mummia. Il personale medico comunicò a Meredith di aver fotografato le lesioni. Un'aggressione come quella sarebbe finita direttamente in tribunale. Tyla era stata fortemente sedata. La «figlia», conclusero, avrebbe dormito diverse ore di seguito. Le suggerirono di tornare a casa e ripresentarsi verso mezzogiorno, ma le anticiparono che per giorni la paziente sarebbe stata molto confusa e assonnata, per via della morfina somministrata per lenire i dolori.

Solo in quel momento Meredith si accorse di non avere con sé né il telefono né la borsa, e di non poter chiamare nessuno per farsi portare a casa. Telefonò a Charles dalla reception e lui le mandò un taxi.

Lo trovò ad attenderla in giardino per pagare la corsa. Finalmente riuniti, Meredith gli fece il quadro della situazione. I bambini stavano dormendo nel suo letto, con la tv accesa. Li lasciarono lì, e andarono nello studio a parlare a bassa voce. Poi Charles tornò a casa e Meredith si sdraiò sul divano.

Al mattino, quando i bambini si svegliarono, diede loro una versione modificata delle ferite riportate dalla madre, promettendo che si sarebbe ripresa.

«Possiamo vederla?» domandò Will, già visibilmente tormentato dai dolori di pancia.

«Papà finirà in prigione?» volle sapere Daphne. Meredith non rispose che era già dietro le sbarre e che sperava ci rimanesse per sempre.

«Non sono sicura che oggi si possa fare visita alla mamma. Hanno detto che avrebbe dormito per un bel po'. Magari domani.»

Li portò in cucina per la colazione e preparò pane tostato e cereali. Arrivò Charles, e prima di entrare in cucina dov'erano i bambini comunicò a Meredith che, una volta che la polizia avesse lasciato il luogo del crimine, avrebbe chiamato qualcuno per pulire il sangue sparso ovunque. Nel pomeriggio fece un paio di telefonate per informarsi quale fosse la situazione di Andrew. Sarebbe stato citato in giudizio il giorno seguente e per lui sarebbe stato richiesto il massimo della pena prevista per i casi gravi come quello in cui versava Tyla. Sarebbe stato processato per percosse in base al codice penale dello stato della California, con due capi d'accusa: per aver inflitto «gravi danni fisici» e per «comportamento doloso risultante in una condizione traumatica», oltre che per le minacce agli agenti. Se fosse stato condannato, avrebbe potuto scontare fino a quattro anni di galera. Il giudice avrebbe fissato una cauzione e, in seguito, sarebbe stato celebrato il processo, a meno che non si fosse dichiarato colpevole. Charles aggiunse che rischiava di perdere anche l'abilitazione alla professione. Con molta probabilità sarebbe stato anche emesso un ordine di restrizione per proibirgli di avvicinarsi a Tyla e ai figli. «Voglio che mamma e bambini restino con me», gli disse Meredith.

Dopo aver badato ai piccoli, li portarono al parco un'oretta. La giornata trascorse tranquilla. Meredith si occupò del pranzo e Charles rimase con loro quando, nel pomeriggio, la compagna andò brevemente a far visita alla poveretta ancora sedata. Impossibile riconoscerla, bendata com'era. Le condizioni erano gravi ma stabili, i parametri vitali si erano normalizzati.

Il giorno seguente, come promesso, Charles fece ripulire la casa da una ditta specializzata, e solo dopo Meredith e i bambini vi tornarono per prendere alcune cose. Nel frattempo, li aveva sistemati nella stessa stanza, con due lettini singoli e una grande tv. Il giorno dopo ancora li aveva accompagnati a scuola e poi era andata a riprenderli. Arrivò infine anche l'atto di citazione di Andrew che, rappresentato da un noto avvocato penalista, si era dichiarato non colpevole. Il giudice lo aveva rilasciato sulla parola, trattandosi di un illustre medico al primo arresto. L'avvocato aveva fatto un lavoro egregio. Essendo previste altre udienze, venne spiccato un ordine restrittivo a tutela di Tyla, dei bambini e della casa coniugale. Il successivo incontro in tribunale si sarebbe tenuto entro quattro settimane. Più Meredith ascoltava le parole di

Charles, più si sentiva nauseata. Grazie al cielo Daphne era venuta ad avvisarla perché, se così non fosse stato, la madre sarebbe sicuramente morta.

I bambini si abituarono subito alla nuova routine. Solo mercoledì Tyla fu abbastanza in sé da riconoscere Meredith e parlarle, seppur con grande difficoltà a causa della mandibola bloccata per ricomporre la frattura.

«Starete a casa mia», le disse Meredith. La poveretta tentò di sorridere e non oppose resistenza.

«I bambini? Bene?» chiese.

«Sì.» Per tutto il resto di ciò che aveva da dirle, avrebbe aspettato fino a quando non fosse stata meglio.

Ava, Arthur e Peter furono informati della situazione dell'amica e mostrarono tutto il loro rincrescimento e la loro comprensione. «Spero che quell'uomo finisca in prigione», commentò Ava, risentita. Nel weekend andarono tutti a trovarla. Tyla fu dimessa una settimana dopo e portata direttamente a casa di Meredith. La prognosi era sciolta, ma avrebbe dovuto comportarsi con cautela fino a quando la commozione cerebrale non fosse migliorata. Nel frattempo doveva continuare ad alimentarsi di liquidi con una cannuccia. Meredith si occupò di lei come una madre e, pian piano, Tyla iniziò a riprendersi e i figli a rasserenarsi.

Meredith l'aveva incoraggiata a rivolgersi a un avvocato per un consiglio legale, anche se lo stato aveva già sporto denuncia per il suo caso. Il legale consultato presentò una richiesta al tribunale civile per attingere a uno dei conti bancari di Andrew per il mantenimento temporaneo di Tyla e dei figli fino a quando il tribunale non avesse disposto diversamente. Il giudice minorile acconsentì all'istante. Il legale che Meredith aveva trovato per lei suggerì anche di avviare una causa civile per gli alimenti permanenti, nel caso il marito fosse finito in prigione, e aggiunse che sarebbe stato anche il caso di fargli causa per l'abitazione coniugale, dando per scontato che, indipendentemente da quello che sarebbe accaduto, Tyla avrebbe chiesto il divorzio.

«Gesù benedetto!» esclamò Debbie al marito il giorno in cui Tyla fu dimessa dall'ospedale. «Adesso siamo diventati un ospizio! Non bastava accogliere tutto il vicinato dopo il terremoto, pure questo! Può soltanto bere liquidi molto nutrienti. E abbiamo di nuovo quei due mocciosi tra i piedi.»

«Non farti sentire da Meredith», le consigliò lui. «Questa è una bellissima opportunità per dimostrarle quanto vuoi bene a lei e ai suoi amici.»

«Devo proprio farlo?» chiese Debbie quasi implorando. Non le erano mai piaciuti bambini.

«Certo, a meno che non vogliamo finire dietro le sbarre con Andrew.» Negli anni avevano sottratto di straforo un bel gruzzolo dai conti di casa, e rubato oggetti preziosi e contanti ogni volta che se ne era presentata l'occasione. Debbie poteva anche fingere di non ricordarlo, ma Jack no. La prigione non faceva più parte dei suoi progetti. Con quel suo modo di comportarsi, la moglie stava giocando col fuoco. L'unica cosa da fare era riconquistarsi la fiducia di Meredith, ricordarle quanto tenessero a lei e sperare che si stancasse presto dei suoi nuovi amici, in modo tale che loro potessero riprendere a fare il bello e il cattivo tempo.

10

La convalescenza di Tyla fu più lunga del previsto. La commozione cerebrale seguitava a provocarle mal di testa quando leggeva, guardava la tv, tentava di rispondere alle email o fissava lo schermo del computer. Il continuo sfinimento di cui soffriva le impediva di giocare a lungo con i bambini. Il braccio rotto la impicciava in ogni attività, per non parlare della mandibola bloccata. L'unico vantaggio di tutta quell'esperienza fu che, tolte le bende e guardatasi allo specchio, sussurrò a Meredith di adorare il nuovo naso.

«Felice di sentirtelo dire», rispose quella, strabuzzando gli occhi. «La prossima volta che te lo vuoi rifare, che ne diresti di limitarti a chiamare un chirurgo plastico e chiedergli un appuntamento?» Sapevano tutti che era sfuggita alla morte per un pelo e che, se ci fosse stata una prossima volta, poteva non essere così fortunata.

Più volte aveva raccontato all'amica che lo scoppio d'ira del marito era stato scatenato dall'eccesso di alcol a cena e che di solito non era così violento.

«Cosa intendi con 'così violento'? Credi che una violenza meno brutale sia accettabile? Tyla, devi lasciarlo. È troppo pericoloso. Devi chiedere il divorzio. Non puoi più rischiare. E se dovesse far male ai bambini?»

«Non accadrà! È un padre splendido.» Ma un uomo terribile.

«È pericoloso!» Meredith non sapeva come altro dirlo. Andrew chiamava la moglie diverse volte al giorno supplicandola di concedergli una seconda opportunità. Voleva che ritirasse le denunce. Se fosse stato condannato, avrebbe perso l'abilitazione. I capi d'accusa, tuttavia, erano partiti dallo stato, non da Tyla. Lei avrebbe solo dovuto cercare di convincere la polizia a lasciar cadere tutto.

Will non parlava mai del padre, al contrario di Daphne che chiedeva sempre dove fosse e se stesse bene. Ogni volta, Meredith rispondeva che di sicuro non aveva problemi.

La casa di Meredith era per loro un porto sicuro. Più volte aveva ripetuto a Tyla che potevano restare quanto lo desideravano e in cuor suo sperava che lo facessero davvero. Gli assistenti sociali per l'infanzia erano già venuti a parlare con Tyla, Meredith e i bambini e si erano dichiarati soddisfatti, fintanto che la famigliola fosse rimasta dov'era. Non potevano esserci mani migliori di quelle dell'attuale padrona di casa. Ad Andrew era stato proibito di rivederli prima di nuovi interrogatori e di una valutazione psichiatrica.

Meredith si premurava di lasciare la stanza ogni volta che Andrew chiamava la moglie ma, quando non accadeva, lo sentiva piagnucolare, pregarla, supplicarla e chiederle scusa. Le ricordava che era un medico, le giurava che avrebbe seguito dei corsi di gestione della rabbia. E ogni volta Meredith schiumava di rabbia all'idea che stesse cercando di manipolare Tyla, e pregava il cielo che non vi riuscisse.

Poi cominciarono le prime ripercussioni negative della situazione. Will picchiò un ragazzino che lo aveva offeso. Era la prima volta che manifestava tendenze violente, ma purtroppo non bisognava guardare molto lontano per avere un esempio di come ciò fosse possibile. L'inconsulta reazione gli valse tre giorni di sospensione. Nel frattempo, Jack lamentò la scomparsa del suo coltellino svizzero militare, che Debbie trovò sotto il cuscino del ragazzino. Will giurò di non essere stato lui a prenderlo, e Meredith gli avrebbe volentieri creduto, se la prova della sua colpevolezza non fosse stata schiacciante. Come se non bastasse, un giorno la domestica le annunciò di aver trovato a pezzi, in biblioteca, un meraviglioso cavallo di avorio appartenuto ai genitori della padrona di casa, che sembrava essere stato rotto intenzionalmente. Tutti sapevano quanto Meredith lo adorasse, al punto che a Debbie non era neanche concesso di spolverarlo. Quella volta Meredith fu colta da un dubbio, alimentato dall'affermazione della cameriera che giurava e spergiurava di aver visto Will commettere il fatto, nonostante questi, singhiozzante, ripetesse di non saperne nulla.

Meredith parlò dell'incidente a Tyla con molta diplomazia, una mattina, mentre erano sole, sottolineando che negli ultimi tempi c'erano stati parecchi incidenti violenti riguardanti Will, ed esprimendo la sua preoccupazione in merito.

«Vuoi che ce ne andiamo?» Tyla sembrava annientata.

Credeva al figlio e seguitava ad affermare con convinzione che Will non aveva mai avuto tendenze distruttive.

«Non ha mai neanche visto o sentito la madre che veniva picchiata fin quasi a farla morire dal padre. Non voglio che ve ne andiate, certo che no, ma forse Will avrebbe bisogno di una terapia, di parlare con qualcuno al di sopra delle parti.»

«Non è un bambino mentalmente disturbato», insistette Tyla.

«È sofferente, è questa la differenza», replicò Meredith. Avevano tutti vissuto un trauma indicibile, fisico nel caso specifico di Tyla, ed emotivo per tutti e tre.

Meredith parlò della questione con Charles e anche lui concordò sul fatto che non soltanto Will ma anche la sorella avrebbero dovuto parlare con uno specialista. Avevano vissuto un'esperienza ai limiti dell'umano e che ancora non era finita. Se Andrew fosse stato condannato, sarebbe finito per molti anni in prigione e questo li avrebbe segnati ulteriormente. «Lascia però che ti esprima i miei dubbi riguardo all'affidabilità del racconto di Debbie», ci tenne a precisare.

«Non ti fidi ancora di lei?» Meredith sembrava scioccata.

«Non mi fido, no. Le farebbe comodo se Tyla e i bambini se ne andassero. E se dare una spinta alla faccenda potesse tornarle utile, perché no?» La compagna lo guardò intristita.

«Non la conosci», replicò. Charles evitò di discutere sull'argomento, consapevole del fatto che Meredith aveva un debole per loro e si fidava totalmente.

«Voglio ricordarti soltanto una cosa. Sappi che molte

donne che hanno subito abusi da parte dei mariti o dei compagni spesso tornano da loro, anche se sono separati. È una tragedia, me ne rendo conto, e sovente non sopravvivono a una seconda aggressione.» Meredith, terrorizzata dall'idea, sperò che non fosse quello il caso, sebbene Andrew telefonasse troppo spesso alla moglie e Tyla si dimostrasse troppo comprensiva verso di lui, persino dopo quello che aveva dovuto subire. Talvolta aveva persino l'impressione che le mentisse, ma credeva alla professata innocenza di Will. Neanche Debbie, tuttavia, era una bugiarda. In quel periodo la casa vibrava di emozioni molto forti.

Una settimana dopo si verificò un ennesimo incidente. Una costosa statuetta di giada sparì dal soggiorno, come Debbie non mancò subito di riferire. La perquisizione della camera di Will non portò alcun frutto. L'oggetto si era letteralmente volatilizzato. Charles, scettico, dichiarò senza mezzi termini di non credere alla domestica.

«Nessun ragazzino prenderebbe una cosa del genere. Non ci puoi fare niente.» Insospettito più che mai, quel pomeriggio stesso Charles andò in cucina, prese dei sacchetti a chiusura ermetica e vi ripose dentro oggetti di uso comune: la saliera che Debbie usava spesso per cucinare, una tazza da caffè, un paio di forbici e un bicchiere che poco prima aveva visto usare a Jack e che ancora non era stato lavato. Depose il tutto in una grossa busta di carta e andò via. Quando un'ora dopo tornò, Debbie si stava già lamentando della sparizione delle forbici e della saliera. Charles fece finta di niente. Nessuno si era accorto della sua piccola caccia al tesoro. Aveva chiesto a uno dei suoi sottoposti di portare tutto al laboratorio scientifico della polizia per il rilevamento delle impronte digitali.

Il giorno seguente, ricevette una chiamata che non lo sorprese. Si era aspettato una risposta simile, ma si dispiaceva di doverla condividere con Meredith, che si sarebbe resa conto di essere stata tradita da chi le stava più a cuore.

Le raccontò della sua iniziativa. Lei lo guardò stravolta quando aggiunse di aver mandato gli oggetti alla polizia. Le impronte rilevate erano state incrociate con la banca dati dell'intero paese e dello stato della California.

«Mi rincresce dirtelo, ma Debbie e Jack sono stati in prigione per furto di carte di credito, frodi, borseggio e possesso di droga per spaccio. Hanno entrambi una fedina penale lunga un braccio. Tra le altre accuse, sono sospettati di aver rubato soldi ai due precedenti datori di lavoro. Entrambe le coppie, purtroppo, sono decedute prima che si potesse provare il reato e le loro famiglie hanno deciso di non denunciare la faccenda. Le due persone alle quali sei tanto legata e che reputi i tuoi migliori amici non sono altro che dei criminali. E sono certo che, se controllerai con attenzione i conti di casa, ti accorgerai che hanno derubato anche te. Non sono chi tu credi che siano. Mi dispiace davvero tanto, Meredith.» Vederla provata da una così brutta notizia lo rattristò immensamente.

«No, non è possibile», replicò Meredith con le lacrime agli occhi. «Avevano ottime referenze.»

«Referenze che con molta probabilità sono state scritte di loro pugno. Hai fatto degli accertamenti?» Lei scrollò la testa.

«Erano così buone che non l'ho reputato necessario.»

«Da quello che ho visto e da quanto mi hai detto, credo che ti abbiano manipolata, isolata, che ti abbiano controllata o abbiano tentato di farlo fino a quando non sono arrivato io, hai stretto nuove amicizie e hai abbandonato la tua consueta vulnerabilità. Ecco perché non hanno gradito la presenza dei tuoi vicini né la mia. Vogliono che tu stia da sola, che nessuno possa tenerli d'occhio. Non mi sono piaciuti sin dal primo istante in cui li ho visti e adesso, con il tuo aiuto, c'è una cosa che vorrei fare. Sai dove sono, in questo momento?»

«Non ne ho idea. Credo che Jack sia andato dal ferramenta e che Debbie sia uscita a comprare il latte che i bambini hanno finito.»

«Voglio che tu entri nel loro appartamento e guardi in giro.»

«Non posso farlo!» Solo il pensiero la inorridiva. «Ho il massimo rispetto della loro privacy. Sono persone perbene», seguitò a difenderli. Le erano stati fedeli per quindici anni.

«Hanno la fedina penale sporca», le ricordò lui. «Sono dei criminali. Con un passato piuttosto turbolento alle spalle.» Impossibile negare i fatti, sebbene Meredith fosse sicura che non le avessero mai rubato nulla. Era pronta a giurarlo. Bisognava provare a Charles che aveva torto.

Riluttante, si alzò e lo seguì fuori dal suo studiolo. Arrivati al pianterreno, Meredith prese la copia di una chiave da un armadietto, quella che teneva di scorta in caso di emergenza. Aprì la porta dell'appartamento dei due domestici scossa da un brivido. Nutriva piena fiducia in loro ed era certa che non avrebbe trovato nulla di ciò che mancava in casa. Non soltanto stava violando la loro privacy, ma anche tradendo quindici anni di gentilezza verso di lei.

Entrarono nel soggiorno dove non aveva mai messo piede e mai lo avrebbe fatto, se fosse dipeso da lei, troppo educata e rispettosa. La statuetta di giada era su un tavolino da caffè, in mezzo a una pila di giornali, delle forbicine per le unghie e un pacchetto di sigarette. Il cofanetto Fabergé, mancante dal terremoto, era in bella mostra su un comò della camera. Meredith trattenne il respiro mentre, con lo sguardo, scandagliava la stanza. Appesi sulla testiera del letto, notò i piccoli e preziosi dipinti francesi acquistati da lei e dall'ex marito a Parigi.

Charles aprì un'anta dell'armadio e vide quattro borse di coccodrillo che Meredith si era persino scordata di avere da almeno una dozzina di anni. Messa di fronte all'evidenza, si domandò se la coppia non avesse volutamente mandato in frantumi il cavallo d'avorio per incolpare Will e nascosto il coltellino svizzero di Jack sotto il suo cuscino. Erano persone cattive, crudeli, e l'avevano presa in giro. Forse Charles aveva ragione, l'avevano isolata volutamente, avevano cercato di influenzarla e controllarla, oppure avevano solo tratto beneficio dal fatto che lei aveva scelto di vivere come un'eremita, senza amici se non loro, due criminali che l'avevano sfruttata senza scrupoli.

«Mi dispiace molto, Meredith. Se mi dai il permesso, farò delle ricerche presso i tuoi fornitori che si saranno prestati al giochetto della cresta. È così che fanno in molti. I negozianti non lo ammetteranno ma, se ad accusarli sarà la polizia, vuoteranno il sacco. Sei stata una gallina dalle uova d'oro per Jack e Debbie, più di quanto non te ne sia resa conto.» Lei annuì. «Scommetto che ti hanno derubato in molte altre maniere.» Meredith pensò alla Mercedes nuova che la coppia aveva acquistato da poco e a come si era stupita che fossero stati in grado di risparmiare tutto quel denaro.

«Mi piacerebbe conoscere la verità», gli disse con voce strozzata. Sedettero in soggiorno in attesa del rientro dei due delinquenti e rimasero immobili come statue fino a quando non li sentirono entrare in casa allegri e ciarlieri. Debbie si lasciò sfuggire un urlo quando li vide e si guardò intorno, come indecisa da che parte scappare. I suoi occhi si appuntarono prima sulla statuetta di giada e poi sul volto di Meredith. Corse in camera e ritornò subito dopo.

«Il gioco si chiude qui», annunciò Charles, pacato. «Avete messo su un giro d'affari niente male, nevvero?»

«Che diavolo ci fa nel nostro appartamento?» gridò Jack. Minaccioso si avvicinò al colonnello che, per nulla turbato, non si mosse di un millimetro.

«Se fossi in lei non lo farei. Ho condotto una piccola ricerca negli archivi della polizia. Hanno trovato le vostre impronte digitali. Siete entrambi avanzi di galera. Stileremo una lista degli oggetti rubati e la porteremo alle autorità. In seguito, faremo un controllo incrociato con l'inventario in mano alla compagnia assicuratrice della signora White per scoprire tutto ciò che è scomparso negli anni. Suppongo che molti oggetti li abbiate già venduti. Vi circolava parecchio contante tra le mani, giusto? Due dei miei uomini stanno arrivando per buttarvi fuori di casa non appena avrete terminato di fare i bagagli. Avete finito qui. La signora White sporgerà denuncia e chiederà che siano eseguiti controlli accurati dei conti per le spese domestiche.» Meredith gli aveva appena confessato che

Debbie aveva facoltà di emettere assegni per tutto ciò che era indispensabile alla casa. Quanto alle serrature, le avrebbe fatte cambiare all'istante.

«Non può permettergli di farci questo», gridò Debbie rivolgendosi a Meredith. Lei seguitava a fissare immobile la donna che per anni aveva finto di essere la spalla su cui piangere. «Siamo gli amici migliori che abbia mai avuto.» Meredith non la degnò neanche di una risposta. Non avrebbe saputo cosa dire. Era ammutolita e addolorata.

«Gli amici non rubano, non tradiscono, non mentono e non manipolano», intervenne Charles. «Avete mezz'ora per raccattare le vostre cose. Sotto la nostra sorveglianza. Andremo alla polizia oggi stesso. La decisione di denunciarvi o no spetta solo ed esclusivamente alla signora White. Io le suggerirò di farlo, come consiglio a voi di non lasciare la città», concluse in tono glaciale.

«Fottiti!» gli sibilò Debbie in faccia, come se stesse parlando a un secondino. Ormai non avevano più nulla da perdere. Si erano trasformati in persone che Meredith non riconosceva più. Erano tornati a essere quelli di sempre, ora che il loro gioco era saltato.

Jack sparì in camera, tirò fuori una valigia e cominciò a riempirla sotto gli occhi vigili di Charles, che aveva spostato il cofanetto Fabergé sul tavolino di fronte a Meredith perché potesse controllarlo, e si assicurò che i due quadri rimanessero dov'erano. Sull'appartamento era piombato un silenzio surreale. Una decina di minuti dopo, due vigilantes dell'agenzia del colonnello bussarono alla porta. Meredith li fece entrare e con la loro presenza il poco spazio parve ancora più angusto. Uno si piazzò accanto a Debbie e l'altro fece lo stesso con Jack. Qualsiasi tentativo di furto era ormai impossibile. Charles aveva ragione. Il gioco era finito. Meredith, intontita come se fosse morto qualcuno, li osservò chiudere i bagagli, guardarsi intorno e fissarla. Non una parola di scuse o di ringraziamento uscì dalle loro labbra, non un'ombra di pentimento velò i loro volti. Erano solo due sociopatici malvagi e crudeli, che l'avevano presa in giro e avevano sfruttato a proprio vantaggio i drammi della sua vita per quindici anni.

I due uomini di Charles li accompagnarono in strada, alla macchina. Meredith non accennò neanche a salutarli. Non riusciva a profferire parola, mentre il compagno chiedeva a uno dei suoi di chiamare un fabbro e lei radunava gli oggetti rubati sul letto.

«Te li riporterò a casa tra un po'», promise Charles, accompagnandola al piano di sopra. L'aria nel piccolo appartamento si era fatta irrespirabile. Mai in tutta la sua vita Meredith si era sentita così triste e a disagio. Le illusioni sull'umanità della coppia erano crollate miseramente davanti ai suoi occhi. In silenzio, seguì il compagno in casa sua. «Grazie», riuscì a dire prima di andare in camera di Tyla e parlarle in piedi accanto al letto, mentre Charles la attendeva in corridoio.

«Devo le mie scuse a te e a Will. Sarò io stessa a porgergliele. Abbiamo trovato la statuetta di giada, il cofanetto Fabergé e molte altre cose ancora. Sono certa che non è stato lui a rompere il cavallo d'avorio o a prendere il coltellino svizzero. Charles ha scoperto che Jack e Debbie avevano la fedina penale macchiata e abbiamo trovato molta refurtiva nel loro appartamento, oggetti spariti anche da molto tempo. Se ne sono appena andati.» Le pareva di essere morta dentro. Tyla annuì. Ritiratasi poi nel suo studio, Meredith rifletté su quanto era appena accaduto, con Charles seduto accanto a lei a consolare le lacrime di dolore e delusione che le bagnavano il viso. Disperata, si lasciò stringere tra le sue braccia e, col cuore a pezzi, iniziò a singhiozzare.

Dopo essersi ripresa, andò a chiedere solennemente scusa a Will per aver messo in dubbio la sua onestà. Il ragazzino la abbracciò giurandole che mai e poi mai le avrebbe fatto del male. Quel pomeriggio stesso, Charles prese le debite informazioni da tutti i fornitori della casa e, malauguratamente, scoprì di aver visto giusto anche per loro. Per anni Jack e Debbie, da bravi artisti della truffa, avevano gonfiato le spese.

«Mi spiace di aver avuto ragione, mia cara», le disse porgendole una lista di commercianti che negli anni avevano guadagnato un bel gruzzoletto alle sue spalle.

«Dispiace anche a me», rispose lei sorridendogli con tristezza. «Ma ti sono anche grata per avermi tolto questo velo dagli occhi. Non so come abbia potuto accoglierli in casa mia, della gente così fuori posto.» Il risveglio era stato duro.

Charles la strinse di nuovo tra le braccia, ma questa volta Meredith non versò una lacrima. Voleva cancellarli dalla memoria. Non aveva più lacrime per chi non se le meritava.

Dopo averci riflettuto a lungo, contro il parere di Charles, decise di non denunciarli. Sarebbe stato troppo complicato fare un quadro dettagliato di tutto quello che le avevano preso. La polizia la informò che, a causa del tempo di prescrizione di tre anni previsto per alcuni reati, non avrebbe potuto denunciarli per tutti i quindici trascorsi al suo servizio. Impossibile poi trovare prove a sostegno delle mazzette pagate in contanti. La faccenda si sarebbe chiusa lì. Meredith non se la sentiva di rivangare il passato cercando di riavere indietro i suoi soldi e facendoli chiudere in gattabuia. Era sufficiente che se ne fossero andati, che fosse stata in grado di salvare qualcosa e di averli fermati grazie a Charles. Non valevano né il denaro né il tempo che sarebbe stato necessario per ricompensarla solo di una frazione di quello che le avevano preso. Impossibile fermare gente come quella. Probabilmente avrebbero trovato qualche altra povera vittima altrove. Intentare una causa non sarebbe servito a farle riavere indietro tutto ciò che le avevano rubato. Sentiva che la sua fiducia era stata tradita, sapeva di essere stata vittima delle loro bugie. Niente di quello che avevano detto o fatto era vero, la loro presunta amicizia era stata solo un modo per manipolarla. Ora, nonostante il cuore a pezzi, voleva voltare pagina e andare avanti. Non si potevano far tornare indietro le lancette dell'orologio. Per sempre le sarebbero rimasti impressi nella mente quell'esperienza orribile e il ricordo del tradimento. L'agenzia alla quale si era rivolta per assumere la coppia non aveva fatto i debiti accertamenti sulla fedina penale. Persone come Jack e Debbie conoscevano a menadito il funzionamento del sistema, erano maestri nel trovare vittime innocenti, aiutati anche dalle circostanze. Il colpo subito per la sua credulità e per la loro cattiveria era stato terribile.

11

CHARLES attese qualche giorno dopo la partenza di Jack e Debbie prima di toccare di nuovo l'argomento con Meredith, dalla quale si fermava ormai a dormire quasi tutte le notti. Aveva già affrontato problemi come quelli dell'amata con i suoi clienti, ma mai nella sua vita personale, per questo l'esperienza, in un certo senso, era inedita anche per lui.

Una sera si trovarono da soli nello studio di lei, dopo aver augurato la buonanotte a Tyla e ai bambini. La casa era silenziosa. Quel pomeriggio Meredith aveva avuto un colloquio con una nuova coppia, con referenze vere e accertate dal compagno. Lei veniva dal Guatemala e aveva un carattere dolce, il marito era peruviano. Entrambi avevano prestato servizio in ambienti raffinati e da ultimo si erano spostati a Los Angeles. Puliti, educati, cercavano un nuovo impiego a causa del trasferimento a Londra dei precedenti datori di lavoro. Il tempo di trasferirsi a San Francisco e avrebbero incominciato il servizio.

«Meredith, devo parlarti del tuo sistema di sicurezza», esordì Charles in tono tranquillo. «La casa è dotata di un ottimo impianto, ma la tecnologia corre veloce. Per questo vorrei aggiornarne alcune componenti. Niente di esorbitante, ma quel tanto che basta per renderle più mirate. C'è un'altra cosa che mi preoccupa. Anche se tu tendi a non pensarlo, la tua fama fa di te un bersaglio su cui criminali disonesti potrebbero mettere gli occhi. Non devi essere paranoica, ma voglio che presti più attenzione. Ti amo e non desidero che ti sia torto un capello.» Evitò di pronunciare i nomi di Jack e Debbie, ma lei capì ugualmente.

«Grazie», gli rispose con un sorriso. Era bello sentirsi amata ed esprimergli ciò che provava. «Ti sembrerò una stupida, ma sei mesi dopo l'arrivo di Jack e Debbie la mia vita ha cominciato a sgretolarsi. Per un paio d'anni sono stata assente, fuori di me. Non riuscivo a pensare. Non mi importava di nulla. Sì, mi sono trasformata in un bersaglio perfetto. Ma ora non lo sono più. Dio solo sa quanti soldi mi hanno rubato e quante volte mi hanno tradito. Ho aperto gli occhi. Mi hanno colpita nel momento di maggiore fragilità ed è stato questo il loro colpo di fortuna.»

«Nella mia esperienza lavorativa ho visto alti dirigenti di grosse aziende diventare inconsapevolmente vittime e prigionieri dei loro stessi dipendenti. Determinate circostanze, un lutto in famiglia, la perdita di un coniuge, una malattia, un rovescio di fortuna, un momento di debolezza, un periodo difficile ed ecco che sul tavolo le carte cambiano. Voglio che tu sappia che ti sono accanto e che non lascerò che ti succeda mai più una cosa del genere, fintanto che sarò al tuo fianco.»

«Lo so, e so anche che avevi ragione per quanto riguardava quei due. All'inizio ho creduto che fossi pazzo, invece la folle ero io.»

«No, erano soltanto delle cattive persone dal cervello molto fino. In genere, un progetto semplice è quello che dà maggiori frutti. Gli altri, la gente come noi, non arrivano neanche a pensare in quella maniera. So che è triste doversi guardare le spalle, ma nella tua posizione non hai scelta.» Meredith annuì. A letto, tra le sue braccia, si sentiva al sicuro. Era alto, possente, determinato, e questo le dava la sensazione di essere protetta. Mai più con lui accanto le sarebbe successo qualcosa di male. Pervasa da quella magnifica certezza, si rallegrò dell'uscita di scena di Jack e della moglie e fu ancora più felice al pensiero che Tyla e i bambini avessero deciso, almeno per il momento, di vivere da lei.

Il mattino seguente, la scuola chiamò Meredith chiedendole di riportare Will a casa. Aveva avuto di nuovo un attacco di mal di pancia. Rientrato, il ragazzino corse subito in camera. Era la prima volta che stava male dalla notte in cui il padre aveva quasi ucciso la mamma. In macchina, mentre tornavano, le aveva fatto tutta una serie di strane domande.

«Credi che mamma tornerà a stare con papà? O che possa incontrarlo?» le aveva chiesto.

«Spero di no. Non fino a quando tuo papà non si farà aiutare in modo serio. Vederlo adesso sarebbe una follia.» Will aveva annuito e, dopo, era sparito nella sua stanza. Mentre gli parlava, Meredith aveva cercato di non malignare sul conto del genitore per evitare di avvelenare oltremisura la situazione.

«Vado a fare un sonnellino», le disse Will prima di

chiudere la porta della camera. Salita al piano superiore, Meredith passò a dare un'occhiata a Tyla, trovandola di ottimo umore, come non succedeva da tempo. Le comunicò del malessere del figlio e lei si mostrò sorpresa.

«Forse ha mangiato qualcosa che gli ha fatto male.»

«Non credo», rispose Meredith con un sorriso. «Sai, il mio Justin soffriva di mal di pancia quando qualcosa lo agitava. Ogni tanto, però, fingeva di non stare bene per tornare a casa ed evitare un compito in classe.»

«Sì, ti capisco, lo ha fatto anche Will», ammise Tyla. «È un bravo studente, ma debole in matematica. Andrew è sempre molto duro con lui in fatto di voti. Forse oggi aveva paura di prenderne uno cattivo.»

«È possibile», rispose Meredith prima di tornare nello studio dove, sulla scrivania, la attendeva una montagna di documenti. Adorava portare i dolcissimi figli di Tyla a scuola. Le ricordava i tempi felici in cui lo faceva con i suoi. Con un sospiro, si augurò che presto la famigliola risolvesse i propri problemi.

Meredith era ancora seduta alla scrivania quando Tyla uscì di casa. Di tanto in tanto si concedeva una passeggiata per una boccata d'aria fresca. Era più forte, adesso, le ferite stavano guarendo. Purtroppo seguitava a sentire il marito più di quanto Meredith pensava che avrebbe dovuto fare. A parer suo, non avrebbe dovuto rivolgergli la parola. Andrew le aveva raccontato di frequentare un corso per la gestione della rabbia, e aveva aggiunto di voler vedere lei e i bambini. Gli mancavano terribilmente ed era dispiaciutissimo per l'accaduto. L'aveva pregata di riprenderlo con sé, o almeno di incontrarlo, di parlarle. E Tyla si sentiva dispiaciuta per lui. Non aveva neanche una foto dei bambini, stava in una spoglia camera d'albergo, aveva nostalgia della loro casa. Per il momento gli era stato proibito di esercitare la professione medica, in attesa che le accuse rientrassero, e questo lo deprimeva ancora di più. Tyla e i bambini ricevevano con regolarità gli alimenti stabiliti dal tribunale e Andrew era terrorizzato da ciò che gli sarebbe potuto accadere se non avesse mai più potuto esercitare la professione. Come si sarebbe mantenuto? E se fosse finito dietro le sbarre?

Will stava guardando fuori dalla finestra quando la madre uscì di casa diretta alla loro villetta. Già altre volte aveva notato che, quando andava a passeggiare, svoltava in quella direzione. Forse anche a lei mancava la loro casa, come a lui mancavano i giocattoli che aveva lasciato lì, a parte i pochi che aveva portato con sé. Tyla però si rifiutava di andargliene a prendere altri, per evitare di ingombrare troppo la stanza messa a disposizione da Meredith.

Quando Meredith bussò alla porta di Tyla, qualche minuto dopo, per chiederle una cosa, si sorprese di non trovarla. Non aveva detto di essere stanca nonostante l'ottimo umore? Andò a dare un'occhiata a Will per chiedergli come stava e vedere se si fosse addormentato. Lo trovò davanti alla finestra.

«Ehi, tesoro, come ti senti?» chiese con un sorriso.

«Sto bene.» Si voltò a guardarla con occhi pieni di tristezza.

«Sai per caso dov'è la tua mamma?»

«È uscita per una passeggiata e ha preso per di là.» Indicò la sua casa.

Meredith lasciò la stanza, pensierosa e tormentata da una strana sensazione alla bocca dello stomaco. Perché Tyla era stata così euforica? Era una coincidenza o aveva qualcosa in mente? Aveva forse in programma un incontro con Andrew?

Arrivata al pianterreno, aprì il guardaroba e prese un cappotto. Non sapeva perché, ma voleva assicurarsi che l'amica non avesse problemi. La giornata era grigia e nebbiosa. Raggiunse la casa dei Johnson qualche minuto dopo. Alla vista delle luci accese nel soggiorno, fu assalita dal panico. Tyla aveva accettato di vedere il marito, ne era certa. Forse era stato lui a chiederle l'appuntamento lì. Sperò di sbagliarsi. Perché allora quella luce? Oppure era semplicemente lei che aveva deciso di passare del tempo a casa propria per cercare di esorcizzarne i fantasmi?

Suonò il campanello e ad aprirle fu proprio Andrew. Aveva l'aria trasandata, gli occhi cerchiati, i capelli bisognosi di un taglio, non si era sbarbato e indossava una tuta da ginnastica. Gli occhi emanavano rabbia e cattiveria.

«Tyla è qui?» chiese Meredith glaciale, tentando di non apparire sorpresa dalla sua presenza.

«Perché non controlla lei stessa?» Andrew la afferrò per un braccio e la tirò dentro. Meredith vide Tyla rannicchiata su una sedia. Un filo di sangue le colava dalle labbra lungo il mento. L'espressione folle di Johnson non lasciava dubbi: l'aveva picchiata di nuovo, come aveva fatto almeno una volta.

«Andrew, perché non lasciamo perdere per oggi?» disse calma Meredith. «Nessuno, nella vostra famiglia, ha bisogno di altri guai. Ne avete già abbastanza.»

«Oh, ma sentitela, la Signora Perfettina! Non avrei

problemi se non le avesse riempito la testa di cazzate. Prima sapeva come comportarsi. Se non lascerà cadere le accuse, non potrò più esercitare. Di cosa vivrò, se dovesse succedere?» Gli occhi che fissavano Meredith riflettevano il terrore che lo stava divorando: quello di ritornare a essere povero.

«Allora non peggiori la situazione», replicò Meredith. Voleva portare in salvo Tyla e uscire lei stessa da quella casa prima che Andrew esplodesse e perdesse il controllo.

«Non sono venuto qui per piantare grane», rispose lui. «Voglio solo delle fotografie dei miei bambini e lei ha detto che me le avrebbe date. Non ne ho neanche una e vivo in un hotel di merda per colpa sua!» Furente, puntò il dito contro Tyla. Era un folle, Dio solo sapeva cosa aveva promesso alla moglie per incontrarla o cosa le avesse detto per farla sentire in colpa, come accadeva tutte le volte che le telefonava. Seguitava a ripetere che la colpa era sua e sua soltanto. E lei, come la maggior parte delle donne maltrattate, gli credeva. Meredith arrivò a chiedersi se Charles non avesse ragione sul fatto che le vittime quasi sempre tornavano dal loro carnefice.

«Sono certa che avrà altre cose da fare», gli disse, «e anche noi.» Fece segno a Tyla di avvicinarsi, ma quella era troppo impaurita per muoversi. Era terrorizzata da ciò che il marito avrebbe potuto farle quando gli fosse passata accanto per uscire. Sapeva di cosa era capace. Lo sapevano tutti.

Nel frattempo Will, subito dopo aver visto Meredith uscire di casa, aveva chiamato Charles, il cui numero portava sempre in tasca. Agitato, tentò di fargli un quadro della situazione.

«Credo che mamma sia andata a casa nostra per incontrare papà e che Meredith l'abbia seguita.» Parlava in fretta, affannato.

«Te lo hanno detto loro?» domandò Charles, preoccupato dal suo tono concitato.

«No, è un'idea mia. Le ho viste uscire.» Il colonnello non esitò un istante. Promise a Will di farsi risentire e chiamò la polizia digitando un numero interno per le emergenze, come faceva in caso di estrema necessità. Raccontò la situazione, sottolineò la pericolosità di Andrew, sottoposto a un ordine restrittivo nei confronti della famiglia e in attesa di processo per gravi maltrattamenti nei confronti della moglie, e aggiunse che molto probabilmente teneva due donne in ostaggio in quella che un tempo era stata la sua casa coniugale.

«Andiamo, Tyla», la incoraggiò di nuovo Meredith, avvicinandosi alla porta per aprirla, prima che Andrew perdesse il controllo e le malmenasse. Aveva appena accennato a muoversi quando l'uomo, dopo averla afferrata per la gola, la scaraventò contro un muro facendole picchiare la testa contro la parete.

«Sei stata tu, brutta troia, a dare fuoco alle polveri», le disse. «Tu le hai riempito il cervello di idee sulla libertà, sull'indipendenza, sul fatto che non doveva darmi ascolto e adesso non vuole più farmi tornare a casa mia. Nonostante non viva neanche più qui, ma con te, e con quel fascista del tuo compagno che pensa di comandare il mondo!»

Meredith evitò di rispondere, troppo concentrata a riflettere su come uscire da quella casa, quando vide due poliziotti avvicinarsi cauti alla porta d'ingresso. Un vetro esplose all'improvviso spargendo frammenti ovunque. I due agenti fecero irruzione. Uno saltò dentro dalla finestra del pianterreno, l'altro spalancò la porta, afferrò Andrew e lo immobilizzò nel giro di qualche secondo con l'aiuto del collega, ammanettandolo dietro la schiena. Tyla corse verso Meredith e le gettò le braccia al collo. Mentre lo trascinavano via, Johnson urlava oscenità contro la moglie, minacciandola di fare le cose più terribili quando le avesse rimesso le mani addosso. Meredith guardò l'amica e si strofinò la testa dolorante.

«Come hai fatto a sapere che ero qui?» Tyla, sorpresa, si pulì il sangue dal volto. Non aveva parlato con nessuno delle sue intenzioni.

«Will mi ha detto che eri uscita per una passeggiata e che sei venuta da questa parte. Ti stava osservando. Credo che lo sapesse. E quando me lo ha detto ne ho avuto la certezza pure io. Per questo mi sono precipitata a controllare.»

«Hai chiamato tu la polizia prima di uscire?»

Meredith fece di no con la testa. «Forse è stato lui. Tyla, non devi più rivedere tuo marito. Rischi di finire ammazzata.» Lo sapevano e ci credevano tutti tranne lei.

Tyla chinò il capo. «Adesso l'ho capito. Ero dispiaciuta per lui. Per questo ho accettato di incontrarlo.»

«Non puoi più permetterti di farlo. Hai due bambini che hanno bisogno di te. La prossima volta ti ucciderà!»

«Non lo vedrò mai più.» Tyla spense le luci del soggiorno, chiuse la porta a chiave e uscì. La polizia l'aspettava fuori. La serratura e la finestra erano rotte. Avrebbero chiamato qualcuno per ripararle. Quante volte avevano visto questa scena? Gli agenti informarono Meredith che si sarebbero presentati a casa per una dichiarazione.

Rientrate nella villa di Meredith, furono raggiunte poco dopo da Charles, che alla chiamata di Will era fortunatamente nelle vicinanze. «State bene?» Annuirono entrambe. Tyla aveva un labbro spaccato e Meredith un bernoccolo in testa grosso come un uovo.

«Sei stato tu a chiamare la polizia?» gli chiese quest'ultima. Come aveva fatto a sapere così in fretta?

«Will mi ha avvertito subito. Mi ha detto che pensava che foste andate a casa, così ho chiamato il numero d'emergenza. Avete incontrato Andrew?»

Tyla, imbarazzata e piena di rimorsi, annuì. «Ho accettato di vederlo per dargli alcune fotografie. Aveva un aspetto terribile.» La polizia lo aveva portato in prigione.

«La cauzione adesso non gli servirà a niente», la informò Charles. «Lo sottoporranno a una visita psichiatrica, in un ospedale per malati di mente con regime di stretta sorveglianza. È lì che merita di stare. È probabile che non lo facciano uscire fino al processo.» La notizia fu di grande sollievo per tutti.

Arrivati in casa, Tyla andò subito dal figlio per rassicurarlo. Quando, qualche minuto dopo, uscì dalla sua stanza, teneva tra le mani un foglio di carta sul quale Will aveva scritto qualcosa a matita.

«Mio Dio!» Porse il biglietto agli amici con le lacrime agli occhi. *Impeditegli di uccidere mia mamma*. In camera non c'era traccia del bambino. «Credo che sia scappato», disse Tyla, in preda al panico.

«Ha paura che torni con il padre e che lui possa ucciderti. Me lo ha confessato l'altro giorno», intervenne Meredith. «Ho l'impressione che abbia sentito le tue conversazioni con Andrew.»

Tyla si accasciò su una sedia, quasi sul punto di svenire. «E adesso che facciamo?» Era terrorizzata.

«Gireremo nel quartiere con la macchina per cercarlo», rispose Charles, comprensivo e sempre molto calmo in situazione di crisi. Tornarono in cortile dove aveva posteggiato il suv. «Non può essere andato lontano. Lo troveremo», la rassicurò. Quell'incontro con Andrew aveva scatenato un altro tipo di tempesta.

«Vengo con te», disse Tyla, montando dal lato del passeggero.

«Darò anch'io un'occhiata in giro», replicò Meredith prima di andare a prendere le chiavi della sua auto. Uscirono in fila indiana, perlustrarono il quartiere separatamente e si ritrovarono di nuovo nel giardino di casa, un paio d'ore dopo, a qualche minuto di distanza. Niente. Meredith andò a prendere Daphne a scuola e la riportò a casa.

«Non dovremmo chiamare la polizia?» chiese Tyla a Charles.

«Sarebbe meglio, sì. Non mi va di saperlo in giro da solo, tra poco sarà notte.» Aveva undici anni ed era sempre vissuto in un ambiente protetto, a parte le violenze paterne. Non sapeva nulla della vita di strada e si sarebbe potuto trasformare in una facile preda per qualunque malintenzionato.

«Com'è vestito?» chiese Charles, sorpreso che non fossero riusciti a trovarlo, mentre chiamava la polizia.

«Con l'uniforme di scuola. Pantaloni grigi, giacca e cravatta blu, camicia bianca», rispose Meredith col cuore in gola. E se non lo avessero individuato? Se gli fosse accaduto qualcosa? La madre aveva fatto male a incontrare Andrew. Per il bambino lo shock era stato tale che aveva preferito fuggire. O forse aveva già pianificato tutto in precedenza. Erano accadute così tante cose negli ultimi tempi, cose sulle quali il poveretto non aveva alcun controllo.

La polizia arrivò mezz'ora dopo, prese tutte le informazioni del caso e fece circolare una segnalazione. Molte aree erano ancora chiuse per la mancanza di elettricità, ma la maggior parte della città aveva ripreso a funzionare. I ponti erano aperti. Se qualcuno lo aveva rapito, avrebbe potuto allontanarsi facilmente. La centrale operativa assegnò alla scomparsa del ragazzino un codice giallo e avvisò le pattuglie della possibilità di un rapimento. Tutte le strade e le autostrade da quel momento in poi sarebbero state controllate con attenzione.

«E ora?» chiese Meredith al compagno dopo che la polizia se ne fu andata.

«Ora aspettiamo.» E preghiamo, pensò senza parlare a voce alta.

12

L'ATTESA di notizie di Will dalla polizia sembrò interminabile. Tyla si scervellò senza riuscire a immaginare dove si fosse potuto nascondere. Studiò gli orari delle lezioni del figlio e chiamò le mamme di tutti i suoi amichetti. Nessuno lo aveva visto dopo la scuola. Alcuni genitori avevano sentito voci di qualche problema, riguardo ai Johnson, e sapevano che Tyla e i bambini erano ospiti da amici. Will aveva attribuito il trasferimento ai danni provocati alla casa dal terremoto, ma già si sussurrava che i suoi fossero separati. Nessuno conosceva ancora i dettagli della faccenda che, miracolosamente, non era finita sulle pagine di qualche quotidiano.

Alle sette, Tyla aveva esaurito la lista dei contatti. Di Will nessuna notizia. Il cellulare che talvolta gli dava da portarsi appresso era rimasto nella cameretta che, nel frattempo, Meredith e Charles avevano perquisito alla ricerca, purtroppo vana, di qualche indizio utile.

Will aveva dovuto affrontare situazioni pesantissime: la costante e prolungata tensione tra le mura domestiche nel timore di un'esplosione di rabbia da parte del padre, i maltrattamenti fisici sopportati dalla madre, lui e la sorella sempre consapevoli di ciò che stava accadendo. Segreti che erano costretti a mantenere. Da ultimo, le botte brutali ricevute da Tyla, che lui non era riuscito a proteggere. Il terrore che la mamma potesse ritornare a vivere con il padre e che l'incubo ricominciasse. Ma, cosa peggiore, che Andrew uccidesse la mamma, come aveva quasi fatto.

Charles e Meredith si erano ritirati a parlare nello studio di lei mentre Tyla attendeva notizie del figlio in camera insieme a Daphne, che cercava di rassicurare.

«Situazioni come questa, purtroppo, sono spesso motivo di profonda contraddizione», disse Charles, in tono serio. «Le donne che subiscono maltrattamenti restano in famiglia per amore dei figli, per non spezzare i legami, e quello che i bambini devono attraversare è peggio di qualunque divorzio, perché i traumi che subiscono sono più profondi di quelli della fine di un matrimonio. Le statistiche al riguardo parlano chiaro e talvolta registrano casi di suicidio infantile. I bambini si sentono impotenti verso la madre che non possono aiutare, e non sanno gestire la situazione. Se già per un adulto l'esperienza è traumatica, immaginiamoci cosa può significare per dei ragazzini travolti da circostanze sulle quali non hanno alcun controllo.»

«Stai forse tentando di dirmi che Will potrebbe farsi del male?» Meredith era terrorizzata.

«Non lo conosco a sufficienza per giudicare il suo caso», fu la replica sincera dell'altro. «Spero di no. Credo che sia più probabile che gli accada qualcosa per strada, che abbia a che fare con situazioni a lui non familiari, come l'incontro con ragazzini più grandi, piccole bande, drogati, spacciatori. Là fuori quel bambino è un'anima pura e innocente. A peggiorare le cose c'è anche l'uniforme della scuola privata che di certo non lo farà passare inosservato.» Will, inoltre, sembrava molto più piccolo della sua età. Il colmo della sfortuna sarebbe stato se avesse incrociato la strada di un pedofilo che avrebbe anche potuto tentare di rapirlo. Quello là fuori era un mondo pericoloso, brutto quasi quanto quello in cui Will stava crescendo, dove la persona sulla quale avrebbe dovuto contare di più, il padre, era quella più letale e tossica. «Se Will era davvero convinto che Tyla stava andando a incontrare Andrew, o se glielo aveva addirittura sentito dire, potrebbe aver immaginato che questa volta il padre avrebbe tentato di ucciderla e, considerato che non sarebbe riuscito a fermarla o a proteggerla, è scappato in preda ai sensi di colpa o alla paura. Secondo Tyla non dovrebbe avere più di una decina di dollari in tasca. Non andrà lontano con quelli. A quest'ora avrà già freddo, sarà stanco e affamato. Se dovesse rivolgersi a un rifugio per senzatetto, o a una mensa per i poveri, i responsabili chiamerebbero subito i servizi sociali. Non lasciano che bambini di quell'età ritornino sulla strada. A tredici o quattordici anni chiudono un occhio, ma con quelli più piccoli sono molto scrupolosi.» Meredith ascoltava il compagno parlare e ringraziava il cielo che fosse con loro. Da quando si erano conosciuti, non aveva fatto che migliorare le loro vite, la sua in particolare. Era una persona solida, responsabile, intuitiva, piena di risorse, proprio quella che ci voleva in una situazione di crisi. E in tempi normali faceva in modo che tutto scorresse liscio.

Purtroppo, però, da quando c'era stato il terremoto, i problemi sembravano non finire mai. Ed erano già passati quasi due mesi! Ava e Joel si erano lasciati, la vita di Peter aveva subito un rivoluzionamento positivo e Arthur adesso viveva in buona compagnia con due persone giovani. Andrew aveva perso il controllo ed era in prigione per tentato omicidio, Tyla ci aveva quasi rimesso la vita, Meredith aveva avuto un flusso costante di ospiti dalla sera del sisma, e scoperto che quelli che credeva essere i suoi migliori amici, le persone delle quali si era fidata per quindici anni, in realtà non erano che ladri e truffatori. Persino i bambini stavano risentendo di una situazione terribile e adesso Will era scappato e Dio solo sapeva cosa gli sarebbe potuto succedere. Si potevano sopportare così tante sventure in una volta? Per loro e il resto della popolazione di San Francisco, che aveva perso i propri cari e le proprie case durante il terremoto, quello era un periodo di caos e rivolgimenti. Per Meredith, invece, quel terremoto era stato una mano santa, nonostante il terribile bagaglio che si era dovuta trascinare appresso. Grazie al cielo, però, il peso era stato condiviso con Charles e, insieme, avevano superato ogni sfida e ogni prova a testa alta. Sì, Meredith poteva dirsi fortunata. Era però anche molto preoccupata per i suoi amici. Con il processo di Andrew alle porte, Tyla e i bambini si sarebbero dovuti preparare ad affrontare più di un momento pesante.

Alle otto, Meredith era allo stremo della pazienza. Il bernoccolo riportato nel tentativo di dare aiuto a Tyla pulsava dolorosamente, ma non era quello a inquietarla. «Non possiamo fare proprio niente?» chiese a Charles. Tutto pur di non restare seduta lì a immaginare le orrende cose che sarebbero potute succedere a Will. Charles aveva chiamato svariate volte i suoi contatti nella polizia, senza fino a quel momento ricevere alcuna risposta positiva. Le pattuglie stradali erano state allertate, ma nessuno lo aveva visto. Erano stati passati al setaccio rifugi per senzatetto, mense per i poveri e gli accampamenti dei baraccati a South of Market.

«Se vuoi, possiamo fare un altro giro in macchina, ma non siamo certo più intelligenti della polizia. Prima o poi qualcuno lo vedrà. Non può essere scomparso nel nulla.» Purtroppo, come sapevano fin troppo bene, erano tanti i bambini che sparivano ogni giorno per non essere ritrovati mai più, se cadevano nelle mani sbagliate. Se Will era salito sulla macchina con qualcuno, sarebbe potuto essere ovunque, in grave pericolo o addirittura morto.

La notizia della sua scomparsa e la sua foto di scuola sarebbero state diffuse dai telegiornali della notte. Inutile diramarle troppo presto. C'era ancora la possibilità che il ragazzino fosse andato a casa di qualche amico, di qualcuno che Tyla non aveva contattato, o che magari rientrasse spontaneamente. Charles lo sperava di cuore, pregava il cielo che tutto fosse solo il frutto di un fraintendimento, ma in fondo in fondo non ci credeva. Anche lui come Meredith e Tyla era tormentato dai pensieri più funesti. Si ostinava però a non peggiorare lo status quo ammettendolo. «Potremmo fare un giro a South Market», suggerì a Meredith. «E magari avere un colpo di fortuna. Potrebbe aggirarsi intorno a un fast food, nella speranza di ricevere qualcosa da mangiare.» Il pensiero di Will affamato e che frugava nella spazzatura di un McDonald's le era intollerabile. Uno dei pericoli maggiori, a San Francisco, era la vicinanza dei quartieri alti con quelli malfamati, i cui confini spesso erano marcati soltanto da una strada. L'altolocato quartiere dello shopping di Union Square, con i suoi negozi d'alta moda, era a un solo isolato di distanza da quello di Tenderloin, dove pullulavano spacciatori e drogati, e c'erano topaie d'ogni genere e grado. I centri commerciali di Market Street erano a soli due isolati di distanza dalle vie più pericolose della città, quelle dove ogni giorno qualcuno riceveva una pallottola in corpo. I quartieri della borghesia o di nuova costruzione sorgevano fianco a fianco con quelli dove gironzolavano cricche di giovani delinquenti sempre in cerca di guai. E tutto in un'area ristretta. Se Will ci avesse messo piede, quella gente non avrebbe tardato a notarlo per la sua innocenza e avrebbe potuto correre gravi rischi o addirittura rimetterci la pelle.

Dopo aver indossato felpe pesanti e comodi jeans, Meredith e Charles annunciarono a Tyla la loro intenzione di uscire. Daphne si era addormentata nel letto accanto a quello della madre, che guardava la tv senza vederla. Era stata una sciocca ad accettare di incontrarsi con il marito da sola nella loro casa coniugale. Dio solo sapeva il terrore che Will aveva provato quando lo aveva sospettato, o addirittura sentito. Grazie al cielo prima di scappare era riuscito a chiamare Charles. Altrimenti lei sarebbe stata già morta. Probabilmente temeva che fosse successo proprio questo e temeva di conoscere la verità.

Meredith disse che si sarebbero assentati per un po'. «Grazie», sussurrò Tyla, accarezzando i capelli della figlia. Da quando era rientrata, non faceva che pensare all'udienza che il marito avrebbe dovuto affrontare il giorno seguente, alla sua seconda denuncia, e al fatto che, come le aveva preannunciato Charles, questa volta non gli sarebbe stato concesso di uscire su cauzione. Un bene, per lei. Andrew era diventato troppo pericoloso per stare a piede libero o nascondere la sua natura violenta sotto un velo e visitare i suoi pazienti. Il dottor Johnson era un uomo molto malato, Tyla lo aveva capito solo adesso.

Fino all'ultimo episodio si era sempre sentita colpevole della sua rabbia e una parte di lei era convinta di essere la fonte di quel malessere. Ora non era più così. Ora capiva che Andrew l'avrebbe picchiata in ogni caso, indipendentemente da quanto fosse perfetta. Quell'uomo provava il desiderio patologico di punirla per crimini che non aveva commesso, forse per i peccati della sua stessa madre che lo aveva abbandonato da piccolo. Di qualunque cosa si trattasse, Tyla adesso sapeva che il problema e il pericolo per tutti loro era ancora più grande, più grande ancora di Andrew stesso. Quell'uomo era posseduto da un demone che niente poteva fermare. Forse Will lo aveva capito prima di lei, nonostante fosse solo un bambino.

Meredith e Charles uscirono dalla villa a bordo del suv della donna, un'auto meno vistosa di quella del colonnello, che non avrebbe attirato l'attenzione a South Market, dove si aggiravano spacciatori e senzatetto, dove la gente dormiva nei portoni, dove la feccia rubava alla feccia e la speranza aveva smesso di esistere. Il pensiero che Will potesse trovarsi coinvolto in tutto ciò era un tormento.

«Hai una pistola?» gli chiese di punto in bianco, mentre si dirigevano a sud della città. Non ci aveva mai pensato prima, ma considerato il lavoro di Charles non si sarebbe stupita se le avesse risposto di sì.

«Non siamo in Texas e io non sono un cowboy», scherzò lui. «Alcuni dei miei uomini ce l'hanno, nel caso in cui i clienti vogliano una sorveglianza armata, ma io preferisco di no. Non dico di non averla mai avuta, ma è anche vero che scelgo di fare affidamento più sulle mie capacità mentali che non su un'arma. Perché? Vorresti che ne avessi una?» aggiunse Charles sorpreso. Meredith era una persona pacifica.

«No, sono felice che tu non l'abbia. Chiedevo, semplicemente.» Nei sobborghi della città, nei quartieri dove viveva gente disperata, molti giravano armati, persino i bambini dell'età di Will. A dodici o tredici anni era possibile procurarsi una pistola rubata per venticinque dollari, se si aveva la disponibilità economica. Will non avrebbe saputo cavarsela con ragazzini come quelli, era una preda, con il suo taglio di capelli curato e gli abiti lindi.

Attraversarono Market Street, affollata di gente dedita allo shopping serale e vagabondi. La Tenderloin correva parallela, piena di spacciatori acquattati davanti a ogni portone e a ogni angolo. Superarono Mission Street. Charles si muoveva secondo una griglia a zig-zag, percorrendo una strada in un senso e quella successiva nell'altro, avanti e indietro. Ovunque vi erano cumuli informi di spazzatura ed esseri umani accucciati sulle soglie dei portoni, simili a rifiuti che ogni tanto si muovevano svelando la loro vera natura, ubriachi e tossici privi di conoscenza sui marciapiedi. Un tempo la polizia ne raccoglieva un paio da portare in ospedale o in prigione, ma ormai ce n'erano così tanti che li lasciavano stare. Alcuni avevano tirato su dei ripari con scatole e cartoni. Di tanto in tanto passava qualche cane rognoso o una coppia di gatti. Meredith osservava tutto col cuore a pezzi. Era difficile persino capire l'età o il genere di quella gente lurida, rannicchiata su se stessa, i capelli arruffati, vestita di qualunque cosa avesse raccattato in giro.

«È terribilmente deprimente», commentò. Charles annuì. «Spero che sia altrove.» Will non sarebbe riuscito a sopravvivere una sola notte in un posto simile.

«Potremmo proseguire il giro a Panhandle, e dare un'occhiata al Golden Gate Park, se lo desideri. È lì che si riuniscono tutti i ragazzini tossici e quelli scappati di casa, anche se credo che neanche quello sia un posto adatto a lui.» La località si trovava nei pressi di Haight-Ashbury, la casa dei figli dei fiori negli anni Sessanta. Nel tempo la zona, sporca e malmessa, si era degradata, ed era frequentata solo da drogati, poveri disperati e scappati di casa che avevano preferito rischiare il destino della strada pur di non rimanere tra le proprie mura domestiche. Come diceva Charles, i giovani tendevano a mettersi insieme, e potevano diventare violenti se si sentivano minacciati. In genere la polizia li lasciava in pace, fin tanto che non disturbavano la quiete pubblica o non si facevano male reciprocamente. Molti di loro consumavano droghe pesanti.

Charles si fermava davanti a ogni locale in cui si vendeva cibo, e Meredith correva dentro, controllava i bagni e mostrava la foto di Will. Ogni volta la risposta era un no.

Alla quinta sosta vennero accostati da una macchina della polizia che chiese informazioni su ciò che stavano facendo. Charles mostrò le sue credenziali, compreso il tesserino del Dipartimento Emergenze e quello del Pentagono, che l'agente gli restituì con deferenza. «Cosa vi porta da queste parti?»

Il colonnello spiegò la situazione, facendola passare più per una disavventura o un fraintendimento. Meredith mostrò la foto di Will.

«In genere chiamiamo i servizi sociali quando troviamo un bambino di quell'età», li tranquillizzò il poliziotto. «Non se la passano bene qui. La maggior parte dei ragazzi di questa zona sono senzatetto a lungo termine. Delinquenti e fattoni di ogni genere che non vogliono bambini tra i piedi. Talvolta sono loro stessi a segnalarci qualche ragazzino in fuga o che non è della zona. Qui siamo nella giungla. Se mai dovesse capitare da queste parti, vi garantisco che il bambino tornerebbe a casa da solo», aggiunse con un sorriso e restituendo la foto a Meredith. «Ho un figlio di quell'età. Gli ho fatto fare un giretto nei paraggi, perché si rendesse conto che a casa le cose non vanno così male come pensa. Bisogna solo sperare che non cada nelle mani sbagliate, nel giro del commercio di droga, sesso o cose del genere.» Meredith tremò al pensiero di Will drogato e rapito per poi essere gettato sul mercato della pornografia. Charles porse al poliziotto il suo biglietto da visita con i recapiti telefonici e lo pregò di chiamarlo non appena avesse avuto qualche novità.

Due isolati più in là, l'agente stava controllando il battito a un ubriaco riverso a faccia in giù sul marciapiede quando un ragazzo in sella a una bici malconcia lo accostò. D'istinto, il poliziotto gli domandò se avesse visto un ragazzino dell'età di Will. Il ciclista e l'agente si conoscevano di vista, ma non si erano mai parlati prima.

«Ce n'è uno davanti a un portone da qualche parte a Mission, uno fresco fresco, a Pac Heights. So che avevano intenzione di chiamare i servizi sociali per evitare che gli succedesse qualcosa ma, non volendo sentirsi sul collo il fiato dei poliziotti, hanno deciso di proteggerlo per la notte.» In genere, gente come quella bivaccava di fronte a negozi, banche e uffici per poi andarsene la mattina prima dell'orario di apertura.

«Grazie, controllerò.» Il giovane ciclista si defilò di gran carriera e il poliziotto rimase in attesa del mezzo che avrebbe portato via l'ubriaco privo di coscienza ma che respirava ancora. Terminato il suo compito, qualche minuto dopo, montò in macchina diretto verso Mission Street, una strada ben illuminata e leggermente meno pericolosa di quelle laterali o dei grandi viali più a sud. Avrebbe controllato prima dalla macchina e poi, se necessario, a piedi. I senzatetto erano dappertutto, sotto mucchi di coperte e dentro sacchi a pelo. Contattò telefonicamente Charles, nel caso anche lui avesse voluto dare un'occhiata. Di solito la polizia pattugliava l'area in coppia, ma a causa dei tagli al personale, spesso gli agenti si ritrovavano a fare il turno da soli esposti a rischi anche maggiori. In caso di necessità, chiamavano i rinforzi.

«Chi era?» volle sapere Meredith quando Charles riagganciò.

«L'agente incontrato poco fa. Gli è stato segnalato un ragazzino in Mission Street che non c'entra niente con questo quartiere. Per evitare che la polizia si interessi a loro non lo hanno segnalato. Sta andando a dare un'occhiata. Raggiungiamolo anche noi.» Charles si avviò verso la parte più popolata di Mission e la percorse a passo d'uomo mentre Meredith aguzzava la vista controllando ogni portone. Poi, all'improvviso, chiese al compagno di fermarsi.

«Aspetta! In mezzo a quel gruppo potrebbe esserci un

bambino!» Spalancò la portiera dell'auto per uscire ma fu bloccata da Charles che volle accendere i lampeggianti d'emergenza, prima di scendere con lei. Si avviarono insieme al portone di un negozio di souvenir e oggettistica elettronica a poco prezzo. Quattro uomini e una donna erano sdraiati vicini nei loro sacchi a pelo. Accanto alla donna c'era un ragazzino con un cappellino di lana in testa. Aveva il viso sporco e sembrava infreddolito. Per tenerlo caldo, non avendo un altro sacco a pelo, i senzatetto lo avevano riparato sotto un cartone. Quando il bambino alzò lo sguardo verso di loro, gli occhi di Meredith si riempirono di lacrime. Era lui, era Will. Nel vederli, il bambino si spaventò. Un uomo ancora sveglio si girò verso di lui. In mano teneva una bottiglia di vino da quattro soldi ma non sembrava minaccioso, e quando gli parlò lo fece con gentilezza.

«Sono i tuoi genitori?» Will fece di no con la testa. Indossava ancora l'uniforme della scuola. «Li conosci?» Il bambino annuì e il vecchio ubriacone scoccò un sorriso sdentato ai nuovi arrivati. «È un bravo ragazzo. Non siate troppo severi. Coraggio, figliolo, torna a casa», disse poi a Will. «Non farti più vedere da queste parti. Ubbidisci sempre. Non vorrai diventare per caso uno come me, vero?» Sollevò la bottiglia per salutare Charles e Meredith. Will si alzò, lo ringraziò a bassa voce per non svegliare gli altri e fece lo stesso anche con la donna. Lasciò lo scatolone e le porse il cappellino di lana. La sconosciuta ringraziò con un sorriso sdentato. Impossibile dare un'età a quella gente. Trentacinque o settanta anni, chissà. Charles cinse le spalle di Will con un braccio, ringraziò i senzatetto che lo avevano ospitato e, seguito da Meredith, felicissima di averlo ritrovato, ritornò alla macchina. Stavano giusto per montare in auto quando furono accostati dall'auto del poliziotto che Charles salutò sillabando un «grazie». Quello alzò un pollice e rise soddisfatto.

«Chiamo io in centrale per dire che è tutto a posto», gridò dal finestrino. Charles annuì. Erano le dieci e mezzo di sera. La foto di Will non era ancora stata diramata. Nel frattempo, però, la sua scomparsa era stata denunciata ai servizi sociali, che l'indomani avrebbero fatto visita alla famiglia per assicurarsi che il bambino non fosse scappato per maltrattamenti e non dovesse essere trasferito altrove. In ogni caso, Tyla sarebbe stata controllata con regolarità per via dell'arresto del dottor Johnson e del tentato omicidio. Pur se poco probabile, non era neanche esclusa la possibilità che Will e Daphne fossero dati in affidamento. Will avrebbe dovuto comunque spiegare il motivo della fuga. Il bambino, sul sedile posteriore, li guardò triste, infreddolito, con indosso solo la camicia bianca e sporca e la giacca della divisa. Era sangue quello che spiccava sul tessuto candido?, si chiese Meredith prima di capire che era ketchup.

«Mamma sta bene?» furono le prime parole di Will.

«Sì, ma è preoccupata per te. Lo eravamo tutti», rispose Charles. Nonostante fosse infinitamente sollevato, non voleva rendere subito facile la situazione a Will. Il ragazzino li aveva spaventati a morte e l'ultima cosa che voleva era che prendesse l'abitudine di scappare come accadeva con altri bambini. Dopo la prima volta, reiterare il fatto era sempre più facile. Meredith, nel frattempo, stava già parlando al telefono con Tyla per comunicarle la buona notizia.

«Credevo che papà l'avrebbe uccisa e non sapevo cosa

fare», confessò Will, sfinito. Quella notte aveva visto un mondo che non sapeva che esistesse e nel quale sperava di non rimettere mai più piede.

«Scappare non è mai una soluzione. Grazie al cielo prima di farlo mi hai chiamato», rispose Charles, serio. «Tuo papà era a casa con la mamma. Avevi ragione. Ma non le ha fatto del male. Non ne ha avuto il tempo. Subito dopo la tua telefonata, mi sono messo in contatto con la polizia che è arrivata qualche minuto dopo. Questa volta l'hai salvata.» Will lo ascoltava con gli occhi sgranati.

«Mi dispiace di essere fuggito», disse con sincerità prima di rivolgersi a Meredith: «Eri lì anche tu?» Lei fece di sì con la testa. Non voleva dirgli più di quanto la madre desiderava che sapesse, che il padre era finito di nuovo in prigione con altre accuse. «Mi hanno dato da mangiare. Un Big Mac preso direttamente dal bidone della spazzatura di McDonald's!» Charles tentò di non sorridere. Ecco perché aveva la camicia macchiata di ketchup. Il pensiero di lui che mangiava un rifiuto gli diede una stretta allo stomaco.

Will rimase zitto per tutto il tragitto verso casa, dove Tyla lo stava aspettando in giardino. Tenendolo forte tra le braccia, pianse insieme a lui, contagiando con le sue lacrime anche Charles e Meredith. Andarono in cucina per mangiare qualcosa. Will disse di non avere fame, solo un gran freddo. Tyla lo portò al piano di sopra per un bagno caldo, lasciando Charles e la compagna seduti intorno al tavolo, sfiniti. Era la prima volta che affrontavano un'avventura simile. Nessuno dei loro figli era mai scappato. Nessuno di loro, però, aveva vissuto le esperienze drammatiche di quel ragazzino, il cui padre aveva tentato di uccidere la mamma.

«Non riesco a smettere di pensare a quello che gli sarebbe potuto succedere», disse Meredith. Era stravolta, come se fosse stata investita da un autobus ora che la tensione era scemata.

«Anch'io», ammise Charles. «Dio solo sa a cosa sarebbe potuto andare incontro, là fuori. Grazie al cielo non è successo niente.»

«Avevi ragione. Sapeva dell'intenzione di Tyla di incontrare Andrew e non è riuscito a sopportare quello che credeva sarebbe potuto accadere.»

Spensero le luci della cucina e salirono al primo piano. Meredith avrebbe volentieri fatto un bagno caldo, ma era troppo stanca, così si limitò a indossare la camicia da notte e a crollare sul letto. Charles fece una rapida doccia e, quando raggiunse la compagna, questa era quasi addormentata.

«Dio santo, che giornata!» sospirò. L'incidente con Andrew, il suo arresto, la fuga di Will, la sua ricerca in preda all'ansia di quello che sarebbe potuto succedere. «A proposito, come va la testa?» Erano entrambi così preoccupati per il ragazzino che se ne erano dimenticati.

«Bene», rispose lei sonnolenta. «Fa male, ma sono felice che Will sia di nuovo a casa sano e salvo.» Abbracciò Charles e gli posò la testa su una spalla. Due minuti dopo sprofondò nel regno dei sogni. Anche Will dormì tranquillo con la madre nel grande letto caldo e confortevole. Poco prima di addormentarsi, rivolse un pensiero alla gente incontrata sulla strada, gente che non avrebbe dimenticato mai.

13

«Sapevo che eri una strega buona! Sei riuscita a trovarlo!» gridò saltellando Daphne il mattino seguente, entrando in cucina.

Meredith scoppiò a ridere.

«Anche grazie all'aiuto di Charles e della polizia.»

I bambini erano rimasti a casa in attesa dell'arrivo dei servizi sociali e Tyla era tesissima. E se l'avessero giudicata inadeguata e le avessero portato via i figli?

«Stai tranquilla, non lo faranno», l'aveva rassicurata l'amica. «Charles e io siamo qui per testimoniare che madre splendida sei.»

«Li ho fatti vivere in un clima di violenza», le aveva risposto Tyla, piena di rimorso. La sera precedente, quando era tornato a casa, Will le aveva confidato di non voler vedere mai più il padre e, anzi, che sperava che sarebbe finito in prigione. «Daphne ha paura di lui. Tutti noi ne abbiamo.»

«È in galera ormai, non è più un problema», l'aveva tranquillizzato Meredith. Un giorno però sarebbe tornato a esserlo. Dubitava che Andrew cambiasse. Era profondamente malato. Era un bene, però, che la moglie fosse arrivata alla stessa conclusione e avesse capito che non era colpa sua.

«Quando le acque si saranno calmate, voglio riprendere gli studi infermieristici, fare un aggiornamento che mi rimetta in pista, e non occuparmi più soltanto dei ferri in sala operatoria, come in passato, ma diventare un'infermiera specializzata.» Era proprio in sala operatoria che aveva conosciuto il marito. «Avrei dovuto lasciarlo molti anni prima», aggiunse avvilita. «Non so come ho fatto a resistere così a lungo. Seguitavo a ripetermi che la situazione sarebbe migliorata, e lui faceva promesse su promesse. Gli credevo. Ora però anch'io non voglio rivederlo più.»

Quella mattina, dopo colazione, Charles era andato in ufficio per controllare la situazione in agenzia, ma era tornato non appena Meredith gli aveva comunicato che l'assistente sociale desiderava parlare anche con lui.

Alla porta suonò Jane Applegate, una giovane afroamericana brillante, intelligente e molto cordiale con i bambini. Con gli adulti fu più diretta, come Tyla ebbe modo di apprezzare mentre le faceva un quadro onesto della loro situazione. Ammise che forse più di una volta i bambini avevano visto qualcosa, nonostante avesse cercato di proteggerli. Jane non si meravigliò che avesse scelto di restare nella casa coniugale tanto a lungo e che avesse permesso al marito persino di incontrarla il giorno prima per offrirgli l'ultima possibilità di un incontro civile, che lui non era riuscito a sostenere.

«Allontanarsi dalla violenza domestica è una delle

cose più difficili al mondo. Forse anche peggiore delle droghe. Si sceglie di rimanere per convincere chi ti fa del male che non sei una cattiva persona.» Nel sentire quelle parole, Tyla parve sollevata. Era esattamente il suo caso. «Non si può far ragionare una persona violenta. Bisogna soltanto avere il coraggio di tagliare i ponti e andarsene senza voltarsi indietro. È sempre meglio per i bambini, per lei stessa e per tutti quelli che la circondano.» Jane si era laureata alla UCLA di Los Angeles e da quindici anni lavorava nei servizi sociali per i minori. Ne aveva viste di tutti i colori. «Questa mattina ho contattato il tribunale. Suo marito è ancora in custodia cautelare. Al momento il giudice non intende esprimersi in merito a una cauzione. Il signor Johnson potrebbe restare in prigione fino al processo, anche se sono sicura che un buon avvocato potrebbe cambiare le carte in tavola. Almeno per il momento, però, non dobbiamo preoccuparci delle visite.»

«Non ha mai torto un capello ai bambini», intervenne Tyla in difesa del marito.

«Ciò non significa che prima o poi non possa accadere», replicò Jane senza peli sulla lingua. «Se gli dovessero accordare il diritto di visita, chiederemo che gli incontri avvengano in presenza di un osservatore accreditato.» Tyla parve più sollevata.

«Mio figlio non vuole vederlo mai più.»

«Vedrò che mi dice quando parlerò con lui», rispose Jane. Si trovava lì per fare gli interessi dei bambini, non quelli dei genitori. Si informò riguardo ai motivi per i quali vivessero in casa di una terza persona. Una casa magnifica, senza dubbio, si affrettò ad aggiungere.

«La nostra è in riparazione, dopo il terremoto. Stavamo lì, ma c'era troppa confusione e adesso suscita in noi solo cattivi ricordi. Ai bambini manca. Quando chiederò il divorzio voglio venderla. Non potrei mai più viverci. Meredith è stata così gentile da permetterci di rimanere e prendersi cura di me dopo... quando...»

«Dopo l'aggressione», concluse Jane al posto suo.

«Esatto. È il nostro angelo, adora i bambini e noi adoriamo stare con lei.»

«La loro permanenza qui non è un problema», intervenne l'assistente sociale in tono professionale. «Anche a me piacerebbe abitare in questa villa», aggiunse con un sorrisetto divertito. «Ci sono altre persone?» C'era spazio per un esercito e moltissime camere.

«Nessun altro. Solo Meredith. Vive da sola. Di tanto in tanto si ferma il suo compagno. Sono loro che, la notte scorsa, hanno ritrovato mio figlio. Lui è il titolare di una agenzia di servizi di sicurezza per vip e celebrità. Oltre a Meredith, in un appartamentino a parte, vive una coppia di domestici.»

«La signora non ha figli?»

«Ha una figlia che vive a New York, all'incirca della mia età», rispose Tyla mentre Jane pensava a quanto ci si dovesse sentire soli a vivere in una casa così grande. Quella di Tyla e dei suoi figli era una circostanza molto fortunata.

Tyla le parlò della sua intenzione di diventare infermiera specializzata e Jane prese nota.

Terminato il colloquio con la madre passò a Will, che confermò le parole di Tyla: non voleva rivedere mai più il padre, e lo detestava per come aveva trattato la mamma.

«Le faceva male di continuo. Pensavano che non lo sapessimo, ma noi sentivamo tutto.»

«Lo avete mai visto picchiarla?»

«Qualche volta, sì. Lei cercava sempre di non farlo innervosire in nostra presenza.»

«Deve essere stata una situazione molto stressante», rispose Jane comprensiva, chiedendosi se il ragazzino le avrebbe confidato qualche altro segreto. Will non si sbottonò, ancora non la conosceva a sufficienza. «Ti ha mai messo le mani addosso?»

«Qualche volta. Di solito però lo faceva con la mamma. È un dottore, non dovrebbe comportarsi in questa maniera.»

«Nessuno dovrebbe far male agli altri, medico o non medico. E dimmi, ti piace vivere a casa della signora White?»

«Oh, tantissimo!» Will sorrise. «Si sta meglio che da me, dove non voglio più tornare. Papà potrebbe trovarci e picchiare di nuovo la mamma.»

«Perché sei scappato, ieri sera?»

Will abbassò la testa ed evitò di guardarla negli occhi. «Ho sentito che lo avrebbe incontrato e ho pensato che l'avrebbe presa a botte. Sarei dovuto andare per fermarlo, ma non l'ho fatto. Avevo paura. Come quella notte che l'ha picchiata tantissimo. Mi sono nascosto nella mia stanza.»

«Sei un ragazzino, non potresti mai fermare un uomo di quella stazza», gli fece notare Jane. «Nessuno si aspetta che tu protegga la tua mamma fisicamente. Sono gli adulti a doverlo fare.»

Will scrollò la testa. «Avrei dovuto provare. Anche ieri ero terrorizzato, e così sono fuggito.»

«Non vi farà più alcun male, Will. Tuo papà è in prigione.»

«Uscirà, prima o poi, e cercherà di nuovo di picchiare la mamma. Lo odio!» Il ragazzino avrebbe dovuto sottoporsi a qualche terapia psicologica, ma niente di quello che aveva detto era stato in grado di sorprendere Jane. Era normale per la situazione che aveva vissuto da sempre.

«Prendi. Questo è il mio biglietto da visita con sopra il numero di telefono. La prossima volta che ti viene in mente di scappare, voglio che tu mi chiami. Verrò a prenderti, se lo desideri. Sappi, però, che la fuga potrebbe essere pericolosa, che potresti farti male, che potrebbero rapirti. Sei stato molto fortunato, ieri, ma non ci provare più. Okay?» Will annuì, prese il biglietto e lo fece scivolare nella tasca dei jeans.

Parlarono ancora un po' prima di cedere il turno alla sorella, che entrò nella stanza con Martha stretta tra le braccia.

«E lei chi è?» chiese Jane, rilassata.

«Martha. Oggi le fa male la testa.»

«Cosa è successo?»

«È caduta e l'ha battuta.» Poteva essere una scena che aveva vissuto, o una scusa inventata per giustificare le ferite della mamma.

«Mi dispiace molto. Cade spesso?»

«Un po', sì. Una volta si è rotta il naso.»

«Ahi, quello deve fare tanto male.» Jane aveva letto nel rapporto che, in una delle aggressioni più recenti, Tyla aveva riportato la frattura del setto nasale.

«Anche la mia mamma si è rotta il naso. Quello nuovo le piace di più», aggiunse Daphne. Jane dovette sforzarsi per non ridere. Doveva averlo sentito dire dalla diretta interessata.

«Be', buon per lei, anche se non è bello farsi male. Mette tanta paura.» Daphne annuì.

«Ieri mio fratello è scappato», le disse. «Ha mangiato un Big Mac preso dal bidone della spazzatura di McDonald's e si è sporcato la camicia della divisa con il ketchup.» Era un pozzo senza fondo di informazioni e una bambina molto divertente. Appuntò lo sguardo sulle Converse rosa di Jane. «Mi piacciono le tue scarpe. Io ne ho un paio che si illuminano quando corro. Le uso per ballare. Frequento anche una scuola di danza.» Era molto ciarliera e sembrava a proprio agio nonostante le brutte esperienze vissute. Will ne aveva risentito maggiormente e si sentiva più responsabile verso la madre.

«Che mi dici di questa casa? Ti piace viverci?»

«Oh, sì. Molto. Anche Martha ci sta bene. Meredith è una strega buona, ma senza la bacchetta magica. Quando la mamma si è fatta male, sono venuta da lei che ha chiamato la polizia. Poi è arrivato un ambubus con le luci accese e la sirena e se l'è portata via.» Jane capì che stava parlando dell'ambulanza.

«Sei venuta tutta sola a casa di Meredith?» le chiese, colpita dal coraggio di una creatura così piccola.

«È come una nonna, anche se è una strega. Ho suonato il campanello vicino al cancello e una persona è andata a chiamarla.» Era possibile che il fratello si sentisse in colpa perché si era nascosto in camera sua, mentre la sorellina era corsa in cerca di aiuto.

«Perché dici che Meredith è una strega?» domandò Jane, incuriosita.

«Papà la chiamava così e quando gliel'ho detto mi ha risposto di essere una strega buona, ma senza la bacchetta. So che è una strega perché riesce sempre a sistemare le cose, e ci aiuta. È stata lei a trovare Will, ieri sera.»

«Sembra un'ottima amica. Cosa ne pensa Martha?» Per tutta risposta, Daphne le scoccò un sorriso sdentato. «Le vuole bene. È anche sua nonna.»

Terminato il colloquio, Jane accompagnò Daphne dalla madre e seguitò l'incontro scambiando quattro rapide chiacchiere con Charles e Meredith.

«Ha proprio un bel fan club, non c'è che dire!» esordì rivolgendosi a Meredith con un sorriso. «I tre Johnson e Martha! A quanto pare è una strega buona.»

Meredith scoppiò a ridere. «Non oso pensare a come mi chiamava il padre di Daphne, se mi dava della vecchia strega... comunque sia, ho fatto del mio meglio per conquistarmi una buona immagine!» Scoppiò una risata generale.

«Sembra che abbia fatto grandi cose per loro.»

«Li amo profondamente e hanno attraversato dei momenti davvero neri.»

Meredith rispose alle domande di Jane sui bambini come meglio poté, e disse che tutto sommato se la stavano cavando più che bene. Tyla era una madre splendida, aggiunse appoggiata da Charles, il quale espresse le proprie preoccupazioni sulla pericolosità di Andrew. Sperava che quell'uomo non avrebbe più avuto l'opportunità di nuocere né alla moglie né ai bambini.

«A quanto pare rimarrà in prigione fino al processo», commentò Jane soddisfatta dall'incontro. A stento si trattenne dal confessare a Meredith che sua madre era una delle sue ammiratrici più fervide. Non sarebbe stato professionale, così come non avrebbe potuto rivelare alla madre di averla incontrata, di quanto fosse ancora splendida e gentilissima.

Jane annunciò che di tanto in tanto sarebbe passata per una visita cercando di arrecare il minor disturbo possibile.

«Sarà sempre la benvenuta», rispose Meredith. Non avevano niente da nascondere.

L'assistente sociale si congedò poco dopo, soddisfatta dal quadro generale della situazione. Tyla era una madre responsabile, i bambini, ben accuditi, se la cavavano egregiamente, avevano due nonni adottivi e vivevano in una casa da sogno. Sperava solo che Andrew Johnson non riuscisse a cavarsela e rimanesse in prigione per i crimini commessi.

«Come credi che sia andata?» chiese Meredith a Tyla.

«Non lo so, ma mi è sembrata una brava persona. Pensavo che mi avrebbe fatto paura, invece no. Temevo che mi avrebbe portato via i bambini per darli in affidamento.»

«Questo è un problema di cui non devi preoccuparti.»

Subito dopo l'uscita di scena di Jane, anche Charles, dopo aver baciato frettolosamente la compagna, tornò in ufficio per affrontare un'impegnativa giornata di lavoro.

Quel pomeriggio, Peter chiamò Meredith. «Abbiamo visto la polizia davanti alla casa dei Johnson, ieri, passando, e Ava si è accorta che una delle finestre del soggiorno è rotta. C'è stato per caso un tentativo di furto?»

«No», sospirò Meredith. «Si è trattato di Andrew. Tyla ha accettato di incontrarlo, commettendo un errore, e lui ha perso di nuovo il controllo. Ora è in prigione, in custodia cautelare, senza possibilità di cauzione.»

«Le ha fatto del male?» Peter sembrava inorridito.

«Fortunatamente no. La polizia è intervenuta prima che la situazione gli sfuggisse di mano, ma se così non fosse stato... Gli agenti sono entrati dalla finestra.» Che sarebbe stata riparata quella mattina. «Credo che adesso Tyla abbia imparato la lezione. Non può avvicinarsi a quell'uomo. L'ha ingannata strappandole il consenso per un incontro e poi, quando l'ha vista, ha cominciato a dare di matto.»

«Spero che questa volta lo tengano dietro le sbarre», commentò Peter certo che, quando avesse dato la notizia ad Arthur e Ava, sarebbero rimasti scioccati anche loro.

«Tutto bene, lì da voi?»

«Tutto benissimo!» rispose Peter in tono allegro. «Ava ha trasformato la mia stanza in un armadio e il resto della sua roba l'abbiamo sistemato in un magazzino. Arthur adora avere un'assistente personale, lei ama il suo lavoro e io sono l'uomo più felice della Terra. Voi?»

«Tutti bene.» Non si vedevano da qualche settimana, da quando Tyla era stata ricoverata. «Perché domani sera non venite a cena qui? Abbiamo una nuova cuoca. Una coppia, in verità. Lei è bravissima ai fornelli, esperta in cibo messicano, ed entrambi sono proprio simpatici.» Dopo aver vissuto con Peter per quasi un mese, sapeva che quella era la sua cucina preferita.

«Ci piacerebbe, sì», rispose per tutti e tre, sicuro che anche Arthur sarebbe stato felicissimo di rivederli. «Debbie e Jack se ne sono andati?» chiese con una certa sorpresa.

«Sì. È una lunga storia, ma abbiamo fatto delle scoperte poco piacevoli.»

«Credevo che fossero con te da una vita.»

«Proprio così, e in tutti quegli anni non hanno fatto che derubarmi. È stato uno shock.»

«È terribile, mi dispiace. A domani, allora», si congedò Peter prima di informare Arthur e Ava di quanto accaduto con Andrew.

Quella sera, di ritorno a casa, Charles comunicò a Meredith di aver parlato con la polizia dell'udienza preliminare di Andrew; il signor Johnson sarebbe stato mandato in un ospedale psichiatrico per una valutazione di trenta giorni, per stabilire se fosse in grado di affrontare un processo.

«È una buona o una cattiva notizia?» chiese Meredith, incerta.

«Entrambe le cose. Significa che nel prossimo mese non sarà libero di girare per le strade della città, ma potrebbe anche significare che, se le accuse dovessero decadere, verrebbe inviato in una struttura per la cura delle malattie mentali e non in prigione. Dipende tutto da ciò che verrà deciso. Se ha un buon avvocato, tenteranno di giocare la carta dell'infermità mentale per toglierlo d'impaccio e farlo poi uscire dalla clinica in un secondo momento, sostenendo che è guarito.» Una prospettiva che turbava entrambi.

Il mattino seguente, quando Meredith andò in cucina per la colazione, vide ciò che Tyla aveva temuto sin dall'inizio. La storia delle accuse contro Andrew e i particolari dell'aggressione nei confronti della moglie troneggiavano sui giornali in prima pagina, corredati da una vecchia fotografia che ritraeva un uomo distinto, brillante e molto attraente. L'articolo decantava la sua fama, elencava le accuse a suo carico e parlava del secondo incidente accaduto appena il giorno prima. Molte testate giornalistiche e un canale tv avevano chiamato Tyla sul cellulare già a partire dalle nove per chiederle un commento. Ora che il polverone era stato sollevato, i genitori dei compagni di scuola di Daphne e Will erano al corrente degli atti di violenza di Andrew e del suo tentato omicidio. Altri sordidi dettagli si andavano ad aggiungere al dolore che già tormentava le loro vite.

«Mi dispiace», le disse Meredith dopo aver accompagnato i bambini a scuola.

«Mi dispiace per i miei figli», sospirò Tyla, «ma sapevo che prima o poi la faccenda sarebbe venuta a galla. Mio marito è un medico molto conosciuto. La storia non era destinata a rimanere un segreto.»

Altri due furgoncini si andarono ad aggiungere alle vetture parcheggiate davanti alla villetta dei Johnson. Grazie al cielo, nessuno sapeva dove alloggiassero i bambini e Tyla che, nel frattempo, per evitare di parlare con la stampa, lasciava scattare la segreteria telefonica.

Quella sera, dopo che Will e Daphne andarono a letto, gli adulti discussero della situazione con Peter, Ava e Arthur, ancora stravolto all'idea che un uomo così istruito, intelligente, dalla conversazione briosa e interessante, avesse quasi potuto uccidere la moglie.

«Meriterebbe l'impiccagione!» commentò con severità. Ava aveva appena confidato a Tyla e a Meredith di aver visto Joel, qualche giorno prima, insieme a una graziosa biondina dal fisico da modella che portava dentro casa sua una montagna di valigie.

«Sono stata rimpiazzata», disse stranquillamente.

«Te ne importa?» chiese Tyla, gentile.

«Non più di tanto», sorrise l'altra. «Anche se fa un po' strano. Joel non ci mette mai molto a trovare una sostituta. Quella ragazza avrà circa vent'anni. Trovo un po' imbarazzante vivere accanto a loro, ma probabilmente non li incontreremo mai.»

«Ti ha salutato?» volle sapere Meredith.

«Non mi ha vista. Ero in macchina... Lo stavo spiando!» Scoppiò a ridere. «La ragazza è davvero carina.»

«Lo sei anche tu, anzi: molto meglio», rispose Meredith con convinzione. «Sei bella, intelligente, interessante e troppo per quello che si merita.»

«Non mi sto lamentando. Se non avessi vissuto con lui, non avrei mai incontrato né Peter né nessun altro di voi durante il terremoto», rispose Ava con un sorriso. Era bello ritrovarsi, anche se senza due membri del gruppo, Joel e Andrew. Erano bastati un paio di mesi perché le loro vite cambiassero in modo radicale.

Durante la serata, la comitiva parlò dei progetti di ciascuno per il Ringraziamento. Peter, Ava e Arthur sarebbero rimasti a casa, come Tyla e i bambini. Meredith da anni non incontrava la figlia per le ricorrenze. Kendall non la invitava mai e per dieci anni aveva rifiutato le proposte della madre che, alla fine, aveva smesso e passava le feste, Natale e compleanno compresi, con Debbie e Jack.

«E se lo festeggiassimo insieme?» suggerì Meredith. «Potreste venire tutti da me!» La proposta fu accolta con entusiasmo e, giacché nessuno aveva l'abitudine di spostarsi, concordarono tutti che sarebbe stato bello ritrovarsi. Di solito, Charles partiva per raggiungere la figlia in Texas, ma quest'anno le aveva chiesto il permesso di rimanere con la compagna, grato che Pattie fosse contenta per lui e Meredith.

Come sempre, fu una meravigliosa serata al termine della quale Tyla parve sentirsi rinvigorita dall'appoggio degli amici. Cercò di non pensare ad Andrew, che quell'anno sarebbe stato da solo, in un ospedale psichiatrico o in prigione. Ricordò le parole dell'assistente sociale – le vittime di abusi avevano grandi difficoltà a staccarsi dal loro carnefice – e si sforzò di concentrarsi sul presente. Aveva i suoi bambini, gli amici, viveva in una casa da sogno e, miracolosamente e a dispetto del marito, era viva!

Il mattino seguente, al risveglio dopo la cena conviviale, Charles e Meredith ammisero di essere esausti. Quella appena trascorsa era stata una settimana lunga e stressante, con Andrew a un passo dal rendersi responsabile di una tragedia, la fuga di Will, le ore trascorse a cercarlo, la visita di un'assistente sociale, il normale lavoro di Charles, i nuovi domestici di Meredith e la presenza di Tyla e dei bambini.

«E se ti proponessi una puntatina nel mio castello nella Napa Valley?» propose il colonnello, scherzoso. La confortevole casetta aveva un significato speciale per loro da quando ci avevano fatto l'amore per la prima volta.

«Un suggerimento davvero paradisiaco», sorrise Meredith. Il bernoccolo le doleva ancora, ma era grata che non fosse successo nulla di irreparabile. «Ho bisogno di stare un po' sola con te.»

«Credevo che le persone recluse conducessero una vita noiosa e inattiva. Noi non ci siamo fermati un attimo.» Ed erano passati da una tragedia all'altra. «Dichiaro ufficialmente scaduta la tua certificazione da eremita. Quanto ci metti a fare i bagagli per il fine settimana?» chiese Charles.

«Dammi una ventina di minuti e ti raggiungo in macchina», rispose lei contenta. Le previsioni per il weekend davano maltempo, ma solo il pensiero del cottage in mezzo alle vigne la attraeva come un'oasi di pace lontana dalla vita cittadina e dai problemi che affrontavano da tutta la settimana.

Fedele alla promessa, Meredith fu pronta nel tempo previsto. Avvisò Tyla della partenza, montò in auto con il compagno e partirono in direzione del Golden Gate.

Il tragitto fu piacevole e alla meta trovarono ad accoglierli un clima gelido ma limpido e soleggiato. Sistemati i bagagli, fecero una lunga passeggiata per i vigneti, riempiendosi i polmoni di aria frizzante e dell'odore di legna bruciata.

«Adoro questo posto!» Meredith inspirò a fondo l'aria di campagna che sapeva di terra e pioggia. «Sono felice che tu abbia questa casa.» Nel frattempo aveva visitato anche quella che Charles possedeva in città, piccola e spartana, fatta apposta per un single che non aveva perso troppo tempo ad abbellirla. Viaggiava parecchio e preferiva mangiare al ristorante da quando non era più sposato. Meredith adorava quando il compagno si fermava a dormire da lei. Il suo appartamento era poco più grande di un armadio e da qualche tempo fungeva solo da ufficio. Difficilmente ci trascorreva la notte. Il cottage nella Napa Valley emanava un fascino particolare ed era un piacevole cambiamento rispetto al lusso della villa di Meredith, sempre piena di gente che andava e veniva, gli addetti alla sicurezza, l'impresa di pulizia, gli operai, e adesso la nuova coppia di domestici.

«Stavo pensando, la settimana dopo il Ringraziamento, di fare una capatina a Los Angeles», gli annunciò rientrati dalla passeggiata. Charles accese il camino e le porse un bicchiere di vino. «Avrei voluto andarci un po' prima, ma con tutto quello che è successo…»

«E se ti accompagnassi?» le chiese il colonnello con un sorriso.

«Mi piacerebbe. Sappi però che vorrei trascorrere un po' di tempo con mia nipote. Hai qualcosa da fare da quelle parti?»

«Potrei approfittarne per vedere due clienti e incontrarli mentre sei con lei.»

«Ottima idea.» I loro progetti si incastravano alla perfezione. «Non so se vorrà vedermi. La mia idea è di chiamarla quando sarò lì e parlarle come se ci fossi capitata per caso. Se tentassi di organizzare il tutto in anticipo potrebbe dirmi di no. Se ha preso dalla madre non sarà un tipo espansivo. L'ultima volta l'ho vista a San Francisco, una decina d'anni fa, ma mi piacerebbe conoscerla meglio. Ha un talento eccezionale e sembra una ragazza molto interessante.»

Charles la ascoltava con un velo di tristezza. Gli sembrava assurdo che per vedere la nipote dovesse muoversi con i piedi di piombo. I suoi rapporti con Pattie erano tranquilli e disinvolti, mentre la figlia di Meredith pareva sempre brandire l'ascia di guerra, avere un'ossessione maniacale nei confronti della madre, che era quasi sempre lasciata a se stessa e si aspettava lo stesso trattamento anche dalla nipote. Meredith invece non vedeva l'ora di incontrare i figli del compagno che con lui avevano un rapporto totalmente diverso e gli telefonavano almeno un paio di volte alla settimana, per sentirlo o chiedergli un consiglio. Ogni famiglia però era diversa, e alcune avevano membri con i quali era più difficile confrontarsi che con altri. Kendall era stata distante, fredda, anche da bambina, persino prima del divorzio dei genitori e dell'incidente del fratello. Sebbene Meredith provasse grande simpatia per il genero, non aveva mai l'opportunità di parlargli. Per questo adesso puntava a salvaguardare la relazione almeno con la nipote, l'unica famiglia che le restava.

Il paio di giorni trascorsi nei vigneti furono esattamente ciò di cui entrambi avevano bisogno. La domenica fecero una lunga passeggiata in bicicletta, un'altra camminata, comprarono formaggi e pasticcini al supermercato di Oakville. Il rilassamento fu tale che la domenica sera, quando rientrarono in città, Meredith aveva l'impressione di ritornare da una vacanza di due settimane. La mattina si erano alzati sempre tardi, avevano fatto l'amore al risveglio, senza interfoni che suonavano ogni cinque minuti o qualcuno che avesse bisogno della loro attenzione.

Nel frattempo, Meredith si era resa conto di quanto fosse facile gestire la casa senza Debbie e Jack, che si erano sempre lamentati di un sovraccarico di impegni soltanto per rendersi importanti ed essenziali ai suoi occhi. Partiti loro, non solo tutto si era semplificato, ma anche le spese erano diminuite, senza le loro continue ruberie. Più i giorni passavano, più Meredith capiva quanto fossero stati furbi e come fosse stata sciocca a non accorgersene prima. Per fortuna la nuova coppia non creava problemi.

«Com'è andato il fine settimana?» chiese Tyla vedendoli rientrare.

Sembravano ancora più coloriti, in perfetta forma e rilassati, vestiti con felpe e jeans.

«È stato perfetto», rispose Meredith sorridente.

«Sapevo di avere affittato quel cottage per un motivo», commentò Charles poco più tardi, impegnato nella preparazione di qualche panino per la cena. «Ultimamente, però, credevo che non l'avrei mai usato.»

«E il tuo fine settimana?» volle sapere Meredith rivolgendosi a Tyla, che iniziava a mostrare i primi segni di miglioramento.

«Bello, la stampa ha levato l'assedio e io ho portato i bambini al museo delle scienze e poi a vedere un film.» Era meraviglioso non doversi preoccupare del ritorno a casa di Andrew e temere una delle sue sfuriate. Anche i ragazzi erano più sereni. Nessuno più si sarebbe arrabbiato con loro o avrebbe picchiato la mamma.

* * *

Un'altra settimana volò e fu subito giorno del Ringraziamento. Arthur, Peter e Ava si presentarono a cena come previsto, facendo sfoggio di eleganza. Il pasto fu servito dalla nuova coppia di domestici in sala da pranzo. Per la preparazione delle portate, Meredith si era rivolta a uno chef. Il tacchino era delizioso e la conversazione a tavola briosa e divertente. Presto Arthur sarebbe partito per un nuovo concerto e, avendo già un accompagnatore, Peter e Ava si sarebbero potuti godere una pausa dal lavoro. Peter aveva comprato alla compagna dei biglietti per il teatro con l'intenzione di sorprenderla. Vivevano con un budget risicato, a differenza di quando Ava stava con Joel, ma entrambi si rallegravano dei piccoli piaceri, e a lei non mancava di potersi sedere a bordo di una Ferrari. Di tanto in tanto la sua mente andava a Joel, si chiedeva se anche lui la pensava. La loro era una storia chiusa. Con Peter era come se stessero insieme da una vita, una coppia perfetta, a differenza di Joel che amava esporla come un oggetto senza accordare alcun valore alla sua persona e alle sue capacità.

Charles e Meredith partirono il lunedì dopo il Ringraziamento. Lui avrebbe sfruttato il soggiorno presso il *Beverly Hills Hotel*, dove avevano prenotato un bungalow, per far visita a un paio di clienti. L'albergo emanava l'affascinante aura della Hollywood degli anni Cinquanta ed era frequentato da gente importante e star del cinema. Anche Meredith e Scott spesso vi avevano pernottato. Non c'era più tornata, però, da quando si erano separati, per evitare i paparazzi e la loro spietata caccia alla notizia.

Dopo, non aveva più avuto motivo di soggiornare a Los Angeles.

Al check-in il receptionist la trattò come una personalità di sangue reale che finalmente aveva deciso di farsi rivedere. Charles, bello come un attore, non sfigurava accanto a lei con la sua folta chioma di capelli candidi, i vividi occhi azzurri e il fisico atletico.

«Wow! Non mi hanno mai riservato un trattamento simile, in passato», scherzò quando, entrati in camera, trovarono ad accoglierli una magnum di champagne, tre enormi vasi colmi di rose rosse a stelo lungo, le riviste preferite di Meredith, pasticcini, petit four, cioccolatini e, nel frigo, del caviale. Tutto omaggio della direzione.

«Questa è la Mecca delle vecchie star del cinema», ridacchiò lei. «Vengono tutti qui a morire, come gli elefanti anziani», aggiunse suscitando l'ilarità del compagno.

Prima che Charles la lasciasse per il suo primo appuntamento, pranzarono al *Polo Lounge*, dove videro due attori importanti e un gruppetto di impresari altrettanto noti.

Rimasta sola, Meredith era ritornata nel bungalow dove si era messa a sfogliare una grossa cartella piena di articoli e foto di Julia, informazioni sulla sua agente e una biografia trovata su Internet. Aveva dato anche un'occhiata alle pagine Instagram, rimanendone più che soddisfatta. Mentre osservava il materiale provò un moto di inquietudine. E se Julia non avesse risposto alle sue chiamate o lo avesse fatto per poi chiuderle il telefono in faccia. Era una piccola diva oppure la copia carbone della madre?

Dopo qualche titubanza decise di mettersi in contatto prima con l'agente della nipote, una donna giovane che aveva messo in piedi la propria attività dopo aver lavorato per una grossa agenzia e si occupava principalmente di nuovi talenti.

Rispose una centralinista con la quale Meredith sfoggiò il suo tono più hollywoodiano, quello che da anni aveva chiuso in un cassetto. Sarebbe stato divertente!

Chiese il numero di Julia Price come se fosse un suo diritto. Il vero spasso arrivò quando la receptionist le domandò con chi stese parlando.

«Meredith White», rispose con sussiego. «Sono sua nonna.»

«Meredith White? Meredith *White*?» La poveretta sembrava essere stata colpita da un fulmine. «Certo... oh, sì, subito, signora White. La prego di aspettare un istante. Sarò rapida.» Meredith restò in compagnia di un sottofondo musicale rap e tre minuti dopo sentì nella cornetta una voce giovane, chiara ed efficiente.

«Salve, sono Sarah Gross, l'agente di Julia Price. Con chi parlo?» Non c'era da stupirsi che non avesse creduto alle parole della centralinista. Gli attori ricevevano spesso telefonate da gente svitata e opportunista. Quello che lasciò Meredith senza parole fu che a risponderle era stata proprio la rappresentante della nipote e non una segretaria.

«Grazie per aver risposto alla mia chiamata», cinguettò Meredith, sempre più calata nella sua parte da diva. «Sono Meredith White, la nonna di Julia Price. Trovandomi in città per qualche giorno, mi sarebbe piaciuto incontrare mia nipote, ma non ho il suo numero», aggiunse semplice e diretta. L'agente, una donna brillante, intuì che stava dicendo la verità.

«Buon Dio! È davvero lei! Pensavo che si trattasse di uno scherzo. Che onore parlarle. Avevo dimenticato che era la nonna di Julia, nonostante fosse scritto da qualche parte nel suo fascicolo. Le do subito il numero.» La mise in attesa per qualche secondo. «Se dovesse avere problemi a contattarla, si rivolga pure a noi. Sa come sono i giovani d'oggi, viaggiano soltanto a messaggi e non rispondono mai alle chiamate.» Un particolare al quale Meredith non aveva pensato. «Si appunti anche l'indirizzo di posta elettronica.» Meredith eseguì, la ringraziò dell'amichevole benvenuto a Hollywood e di occuparsi della carriera della nipote. Quella donna le piaceva. Dalla voce sembrava giovane, piena di vigore e molto impegnata.

Dopo le parole di Sarah Gross, Meredith digitò il numero della nipote, aspettandosi di sentire la segreteria telefonica. A risponderle, invece, fu una voce giovane e sexy, tanto perfetta da essere scambiata per un messaggio registrato. Meredith attese il bip per dire ciò che voleva. Invece, Julia salutò di nuovo.

«Julia? Sei tu?» chiese Meredith tutta rossa in viso. «Sono tua nonna. Non sai da quanto volevo sentirti.» Che altro avrebbe potuto dire come frase d'esordio se non la verità?

«Nonna?» Julia l'aveva vista soltanto una volta, ai funerali della suocera di Kendall.

«Sono io, sì.» Meredith si sentiva una stupida. Era strano riapparire nella vita della nipote dopo nove anni di silenzio. «Sto seguendo la tua carriera, e ho guardato tutto quello su cui ho potuto mettere le mani. Sei bravissima e volevo dirtelo di persona.»

«Dove ti trovi? A San Francisco?» Julia sembrava emozionata.

«No, sono qui, a Los Angeles. E approfittando dell'occasione volevo sentirti.» Per evitarle di metterle pressione, Meredith omise di confessare che era lei la vera ragione di quel viaggio. «Speravo che ci potessimo incontrare, se non sei troppo presa.»

«Mi piacerebbe moltissimo! E no, non sono troppo presa. Dove sei?»

«Al *Beverly Hills Hotel.*» Meredith era sopraffatta dalla calorosa reazione della nipote.

«Posso venire adesso? Avrei voluto chiamarti, ma la mamma ha detto che non parli mai con nessuno e così ho pensato che era meglio non disturbarti.»

«In verità sono qui solo per vedere te», rispose Meredith scegliendo l'onestà. «Vieni, ti aspetto.» Non riusciva a capacitarsi di quanto tutto fosse stato facile, come programmato dal destino.

«Vivo a West Hollywood. Un quarto d'ora e sono da te. Giusto il tempo di chiamare un Uber. Sono felice che tu mi abbia telefonato!»

«Anch'io. A presto.» Meredith riagganciò e si guardò allo specchio. I capelli ancora biondi la facevano sembrare più giovane, ma all'improvviso le parve di sentire il peso degli anni. Avrebbe dovuto cambiarsi? Vestirsi con eleganza? Oppure restare in jeans, maglioncino di cachemire nero e mocassini Hermès? Mai si sarebbe aspettata di vedere la nipote così presto. Non c'era tempo per cambiarsi né per giocare alla gran signora e, in ogni caso, non era così che voleva presentarsi. Voleva che la nipote la vedesse come una donna vera, con i piedi piantati per terra, accessibile.

Nell'attesa di Julia, camminò nervosamente avanti e indietro nel bungalow sistemando qua e là ciotole di noccioline, snack e petit four dono dell'albergo. Si era già spazzolata i capelli due volte e aveva messo un filo di rossetto sulle labbra quando il campanello suonò. Aperta la porta, si ritrovò davanti alla meravigliosa nipote, alta, sexy, con una spettacolare chioma fulva e senza un velo di trucco. Era vestita come lei a eccezione delle scarpe, che erano da tennis. Prima che Meredith potesse pronunciare anche solo una parola, Julia l'abbracciò forte. Scoppiarono a piangere travolte dall'emozione e con la sensazione di essersi viste appena il giorno prima.

«Ho ancora le bambole che mi hai regalato. Le ho tenute. Volevo che tu sapessi che anch'io sono un'attrice, o meglio, che sto provando a esserlo.»

«E stai facendo davvero un ottimo lavoro. La seconda serie che hai girato era splendida.»

«È prevista un'altra stagione dove avrò un ruolo più importante.» Avevano così tante cose da dirsi dopo nove anni di silenzio. Meredith prese la cartella con tutto il materiale sulla nipote e gliela mostrò, un gesto che la commosse. «Sei la stessa di sempre», commentò poi dopo averla scrutata a lungo.

«Oh, niente affatto, ma ti ringrazio. E ti chiedo scusa per non essermi fatta sentire prima.»

«Sì, anch'io.»

«Colpa mia.» Meredith si addossò tutta la responsabilità, ma Julia conosceva bene la situazione.

«No, non è vero. Non del tutto. C'entra la mamma. Rende tutto più difficile. Con lei niente si muove in linea retta. Ogni cosa deve essere complicata, intricata, oscura, e per arrivare a lei devi saltare attraverso cerchi di fuoco. Ecco perché sono qui. Non ne potevo più di stare a casa. Detesta il mio desiderio di essere un'attrice, odia tutto quello che ha a che fare con Hollywood. Il nonno mi ha procurato qualche lavoretto, e lei ha fatto una scenata. Senza alcun risultato, visto che lui fa comunque di testa sua. Papà è un angelo. Certe volte mi chiedo come possa andarci d'accordo. Mamma, al contrario, è una che rimugina su tutto, una persona amara. Che tristezza! Con questo suo modo di fare ha avvelenato il nostro rapporto», le confidò Julia, la cui esperienza era esattamente quella di Meredith con la figlia.

«Non risponde mai alle mie chiamate», ammise Meredith. «Passano mesi senza che ci sentiamo. È ancora arrabbiata per cose accadute quindici anni fa, o quando era bambina. Non so perché, ma dopo la morte di suo fratello ha deciso che io lo amavo più di lei. È difficile smantellare questo suo modo di pensare e avvicinarla. Così ho lasciato che mi chiamasse solo quando lo desiderava davvero e la sento di tanto in tanto, sperando nel meglio. Nel frattempo, però, in tutto questo ho perso te», concluse triste.

«Quando sono venuta qui, le ho detto di volerti vedere e a quel punto si è comportata come se la stessi abbandonando. Credo che sotto quella superficie di ghiaccio si nasconda una persona molto gelosa. Ce l'ha con me per essere andata via di casa, perché sa che sto bene. Non fa che ripetermi che sono come te, come se fosse un crimine, mentre io lo prendo come un complimento.» Julia sorrise. «Il nonno dice che sei l'attrice migliore mai esistita e che è un peccato che tu abbia smesso di lavorare. Sai qual è il mio sogno? Recitare al tuo fianco, un giorno», sbottò Julia all'improvviso. Meredith sapeva che non sarebbe mai successo, ma ora come ora voleva soltanto sapere tutto il possibile sulla nipote e la confortava l'idea che anche lei avesse lo stesso tipo di problemi con Kendall.

«Mi incolpa del divorzio, quello però che se ne è andato non sono stata io, ma tuo nonno. E mi accusa di essere stata troppo dura con Scott quando è morto tuo zio.» Era strano pensare a Justin in quel modo, considerato che all'epoca aveva soltanto quattordici anni, ma era pur sempre lo zio di Julia.

«Non so che dire», rispose la nipote. «Mamma è sempre stata arrabbiata e papà si è dimostrato sempre molto paziente nei suoi confronti. Devo ringraziare lui per essere qui. Non ha esitato a sopportare le sue sfuriate. Dice di aver sempre odiato Hollywood e di non volerci avere più niente a che fare.»

«Ai tempi ero spesso assente per lavoro, ma Scott e io giravamo sempre in modo che tua mamma non fosse mai da sola. Sembra che questo lo abbia dimenticato.»

«Come al solito ha una memoria selettiva per tutto. Niente di quello che accade è colpa sua, anche se devo ammettere che, quando un paio di anni fa stavamo parlando di te e le ho chiesto perché non si sforzasse di riprendere i contatti, mi ha confessato che era troppo tardi, che si era comportata in modo orribile nei tuoi confronti e che tu non avresti potuto fare nulla per ristabilire la situazione.»

«Mio Dio! Ha detto così?» Julia annuì e prese un petit four. «Sono sorpresa.»

«A quanto pare preferisce star male ed essere arrabbiata che impegnarsi per sistemare le cose. È ancora furiosa con me perché me ne sono andata via. Considera un tradimento che io non sia più a New York, che abbia lasciato l'università, che non frequenti chi vuole lei, vale a dire i figli dei suoi amici. Morire di noia. Quella vita non è fatta per me. Così ora non mi chiama più. E quando lo faccio io mi sembra di parlare con un iceberg.»

«Dimentica che anche lei ha preso le stesse decisioni», disse Meredith con un sorriso nostalgico. «Subito dopo aver conosciuto tuo padre a Firenze, ha abbandonato l'università. Ho fatto di tutto per dissuaderla, ma niente. Ha mollato e si è sposata, anche se devo ammettere che il matrimonio è stato un successo. Non capisco come faccia a comportarsi così duramente per le tue scelte. Possiedi un vero talento, Julia», commentò Meredith con orgoglio.

«È dura con tutti, nonna. O si fa come dice lei, o niente. Papà è un santo, mentre lei è capace di tenere il broncio per secoli.» Meredith lo sapeva fin troppo bene. Kendall non le aveva perdonato nulla. «Non so perché sia così inflessibile, ma questo suo modo di fare ha rovinato il nostro rapporto già traballante. Il nonno è l'unico a passarci sopra, quando la mamma supera i limiti. Forse sono fatti della stessa pasta, perché non mi sembra che tu abbia quel carattere, altrimenti oggi non saremmo sedute qui.»

Meredith sorrise. «A proposito, come sta il nonno?»

«Benissimo, lavora da matti. Ha avuto qualche problema di salute, l'anno scorso, ma si è ripreso. Credo che si annoi quando non è impegnato. Così, dopo cinque minuti di riposo, si butta di nuovo in altre attività.»

«Come sempre», rispose Meredith.

«Silvana è di una noia mortale. Trascorre molto tempo in Italia, dove il nonno le ha comprato una casa. Mangia pasta ogni volta che si siede a tavola e sta diventando una grassona», seguitò Julia con cattiveria. Meredith scoppiò a ridere. Silvana era quasi coetanea di Kendall e troppo giovane per lasciarsi andare. «Tu sei mille volte meglio», aggiunse Julia. Meredith aveva almeno vent'anni più di lei. Lo ricordava benissimo.

«Il nonno e io non ci parliamo da tanto tempo.» Era strano come Kendall avesse perdonato il padre nonostante avesse sfasciato la famiglia per sposare una donna più giovane ma non avesse mai fatto lo stesso con la madre per nessuno dei suoi supposti «crimini». La figlia si era sempre schierata dalla parte di Scott e continuava a farlo. Quello che però l'aveva colpita era che avesse confessato a Julia di essersi comportata in modo «orribile» con lei. La nipote le aveva dato molte cose sulle quali riflettere.

Mentre chiacchieravano, Julia si sdraiò per terra. Erano insieme da tre ore quando Charles tornò, guadagnandosi dall'ospite un'occhiata sorpresa. Si illuminò quando la vide alzarsi in tutta la sua bellezza per salutarlo.

«Sei sposata, nonna?» La madre non ne aveva mai parlato.

«No. Questo è un mio amico specialissimo. Charles Chapman.» Si strinsero la mano mentre Julia ridacchiava, ammantata dalla bellezza delle sue chiome fulve.

«Fantastico. Hai un compagno! Sei fortissima!» La risata fu generale, ma Meredith arrossì leggermente.

«Ci siamo conosciuti durante il terremoto.»

«Buon per voi. Voglio venire a San Francisco a farvi visita!»

«Sarai sempre la benvenuta. C'è una camera che ti aspetta e potrai venire e andare a piacimento. E portare anche un ragazzo, se lo desideri», rispose Meredith.

Julia inclinò pensierosa la testa da un lato. «La mamma penserà che stiamo cospirando contro di lei. Mi dispiace solo per questo. Non riuscirà a gioire del fatto che ci siamo ritrovate, ma la prenderà come una specie di tradimento. Sai che ti dico? Non me ne importa un fico secco. Verrò a farti visita.»

«Quando vuoi», ripeté la nonna.

Charles si versò un bicchiere di vino e i tre chiacchierarono per un'altra ora circa, prima che Julia si congedasse per partecipare a una cena con amici.

«Quanto ti fermi?» le domandò prima di salutarla.

«Altri due giorni.» Meredith ne aveva programmati tre, nel caso ci fosse voluto più tempo a contattarla. Invece tutto si era svolto in un istante. Meredith aveva adorato la nipote fin da piccola, trovandola brillante e con tante idee ma ora, crescendo, era ancora migliorata. E avrebbero potuto approfondire la loro conoscenza da adulte. Julia era piena di sorprese.

«E se domani andassimo a mangiare insieme?» chiese la ragazza. «In mattinata ho un'audizione e di sera dovrò presenziare a un evento fashion. Ma sono libera all'ora di pranzo e per tutto il pomeriggio. Volevano sistemarmi i capelli... mi sono rifiutata. Sono il mio marchio di fabbrica.»

«Buon per te!» La nonna l'abbracciò e la baciò prima di lasciarla andar via. Si accordarono per pranzare insieme, il giorno seguente, al *Polo Lounge*. Meredith stava sorridendo quando la nipote uscì dal bungalow.

«Be', mi pare che le cose siano andate alla grande. Nessuno avrebbe mai neanche lontanamente pensato che non vi vedevate da quasi dieci anni.»

«È stato un successone, sì», ammise Meredith prima di tornare seria. «Ha gli stessi problemi con la madre che ho avuto io. A quanto pare, Kendall ha ammesso di avermi trattato in maniera 'orribile', ma come sua abitudine non ce la fa a risistemare le cose. Ha detto che è troppo tardi. Personalmente trovo che non sia mai troppo tardi. Come se non bastasse, adesso si è messa la figlia contro come ha fatto con me. Se non presterà attenzione, perderà anche lei. Kendall è una donna troppo dura, una che non perdona, i suoi standard sono eccessivi, irraggiungibili.»

«Provo molta tristezza per lei», commentò Charles. Meredith annuì e lo baciò.

«È meravigliosa, non trovi?» gli chiese poi, riferendosi a Julia.

«È stupenda. E ti somiglia un po'. Ci si distrae per quei capelli rossi, ma i tratti del viso delicati sono molto simili ai tuoi. Potresti essere sua madre.»

«Spero che verrà San Francisco a trovarmi, come ha detto di voler fare.»

«Sembrava molto emozionata per aver ripreso i contatti con te.»

«Come lo sono io.» Gli occhi di Meredith brillavano. Il suo viaggio a Los Angeles era stato un successo. Rimpiangeva solo di non averlo fatto prima. Lo disse al compagno, che le fece notare come Julia non sarebbe stata sufficientemente adulta. Ora aveva l'età giusta per costruire una relazione personale con la nonna e avevano anche una carriera in comune a legarle.

Meredith e Charles cenarono da *Giorgio Baldi* a Santa Monica, quella sera, dove la presenza della diva non passò inosservata. Tutti sapevano chi era. Nessuno l'aveva dimenticata. Uno dei camerieri di vecchia data quasi pianse quando si avvicinò per salutarla.

«Bentornata! Ha ripreso a girare?»

«No.» Meredith sorrise e scrollò la testa. «Ma mia nipote sì», aggiunse con orgoglio.

«Deve fare un altro film. È ancora splendida!»

«Concordo con lui», commentò Charles quando si sedettero. «Sei favolosa.»

«E tu sei cieco, ma ti amo lo stesso», gli rispose Meredith accantonando il complimento.

Julia e la nonna si incontrarono il giorno seguente a pranzo e trascorsero altre tre ore a parlare, accordandosi per la colazione dell'indomani. Meredith sarebbe partita per San Francisco alle cinque e avrebbe lasciato la città alle tre. Il loro ultimo giorno insieme si concessero una lunga passeggiata al termine della quale Julia le mostrò il proprio appartamentino. Guardandolo, Meredith ricordò gli esordi della sua carriera, esplosa in tutta la sua magnificenza quasi subito. Era tutto diverso, un tempo. Si «scopriva» qualcuno, lo si faceva recitare affiancato da grosse star e si spendeva una fortuna in pubblicità. A comandare, allora, erano gli studios. Le cose andavano diversamente, adesso, ma col tempo Julia sarebbe riuscita a farsi strada. Già aveva cominciato a muovere i primi passi e, col talento che possedeva e tanto duro lavoro, sarebbe presto riuscita ad arrivare in cima e a restarci.

Meredith lasciò l'appartamento della nipote con un moto di dispiacere. L'abbracciò a lungo. «Non sai quanto ti voglio bene, Julia. Vieni a trovarmi quando vuoi. A proposito, hai un ragazzo?» Aveva dimenticato di chiederglielo, sebbene si fossero intrattenute su un'infinità di argomenti: le rispettive carriere, Kendall, Scott, Silvana ma, soprattutto, sui sogni di Julia per la sua carriera. Sogni che puntavano in alto.

«No. Ne avevo uno l'anno scorso, ma ci siamo lasciati. Era un idiota. Per il momento esco con un attore, ma anche lui sembra un coglione.»

«Ce ne sono parecchi in giro, sì. Be', per adesso divertiti e rimboccati le maniche. E mi raccomando, non abbandonare le speranze con tua madre. Non ancora. So quanto sia dura, ma di mamma ce n'è una sola.»

«Lo so, nonna. Ti voglio bene.» Quelle parole furono musica per le orecchie di Meredith. Era il genere di relazione che avrebbe voluto instaurare con la figlia, un desiderio inesaudito e che probabilmente sarebbe sempre rimasto tale. Lo aveva accettato, però. Ora c'era Julia, una stella brillante nel firmamento, un dono caduto dal cielo.

«Ti voglio bene anch'io», ripeté Meredith.

Terminata la visita dalla nipote, ritornò in albergo. Il viaggio a Los Angeles era stato un enorme successo. E fu proprio quello l'argomento che lei e Charles sviscerarono durante il viaggio di ritorno. Erano appena atterrati quando Julia la chiamò per ringraziarla di nuovo. Meredith riagganciò sorridente. C'era voluto del tempo, aveva dovuto aspettare che crescesse, ma ne era valsa la pena.

14

MEREDITH raccontò a Tyla del viaggio a Los Angeles e del tempo passato con Julia.

«Sembra una ragazza fantastica. Non riesco a credere che tu non l'abbia vista per così tanto tempo. Sei bravissima con i bambini. Tua figlia è stata una stupida a non fartela frequentare.»

«Kendall è una donna molto dura. Ricorda tutto e non perdona niente. Vede le cose solo secondo il suo punto di vista, giusto o sbagliato che sia. Mi dispiace che mia nipote abbia una madre che neanche il tempo è riuscita ad ammorbidire. Per il momento se ne tiene alla larga. Quanto a Kendall, non considera neanche l'idea di chiedere scusa o di ammettere di aver sbagliato.» Ogni volta che pensava al matrimonio della figlia, si meravigliava di come avesse resistito. George doveva essere proprio un santo, come diceva Julia.

Per giorni, Meredith si cullò nella felicità provata durante la sua visita a Los Angeles, ricordando le chiacchiere con la nipote e sorridendo al suo pensiero. La ragazza l'aveva già chiamata due volte per raccontarle i suoi progetti e mantenere il legame nato fra loro, un'attenzione che Kendall non aveva mai imparato a mettere in pratica. Forse qualcosa le era morto dentro alla scomparsa del fratello. Ai tempi, però, aveva già ventisei anni ed era lei stessa madre. Sarebbe dovuta essere più amorevole, più compassionevole e incline al perdono. Sembrava quasi che in lei mancasse un pezzo, proprio quello che le permetteva di connettersi emotivamente con gli altri.

Meredith ripensò alla figlia per tutta la settimana dopo aver visto la nipote e, nel weekend, prese una decisione. Era quasi certa che non avrebbe fatto differenza, ma voleva tentare lo stesso. Kendall non avrebbe mai compiuto il primo passo. Lo aveva ammesso persino con la figlia. Era arrivato il momento di mostrarle che non era mai troppo tardi, che i cuori infranti potevano essere incollati. Ci sarebbero state delle ferite, ma non era necessario che rimanessero spaccati per sempre. La vita era come un incastro di pezzi e frammenti rotti che potevano essere magnificamente intrecciati insieme. La bellezza stava nelle lacrime e nel ricamo che si riusciva a ottenere. Sono i pesi emotivi, le lacrime e i dolori che ci rendono quello che siamo. Kendall purtroppo non lo aveva mai compreso.

La domenica sera parlò della sua intenzione con Charles.

«Ho deciso di andare a New York per qualche giorno», gli comunicò.

«Vorrei poterti accompagnare, ma mi è impossibile», si rammaricò lui. Con il Natale alle porte, i suoi impegni si facevano più pressanti, con la necessità di trovare i giusti addetti alla sicurezza per accompagnare la clientela vip durante le vacanze. «È un viaggio di svago? Un po' di shopping natalizio?» Aveva l'impressione che sotto ci fosse qualcosa di più importante e non si sbagliava.

«Sì, potrei fare anche quello.» Meredith sorrise e lo baciò. «Preferisco parlartene al mio ritorno.»

«Sento aria di mistero!» Nonostante la curiosità, Charles non insistette. Aveva capito che non desiderava parlarne. Sarebbe partita martedì per ritornare giovedì o venerdì, a seconda degli avvenimenti, oppure avrebbe potuto varcare la soglia di casa nel giro di ventiquattr'ore.

Rifletté per tutto il volo su come affrontare la situazione, per poi distrarsi concentrandosi sulla sorpresa che aveva promesso di portare a Daphne. L'atmosfera natalizia stava cominciando a elettrizzare la piccola famiglia che quell'anno non si sarebbe dovuta preoccupare che il padre rovinasse le feste. Andrew si rifiutava di dichiararsi colpevole ed era ancora in un istituto psichiatrico per la valutazione del suo stato mentale.

Arrivata a destinazione e raggiunto l'hotel *Four Seasons*, Meredith fece la telefonata che aveva in mente. Quanti giorni ci sarebbero voluti per mettersi in contatto solo con lei? Le bastarono tre tentativi. Kendall parve sorpresa di sentire la voce della madre. Non si parlavano da tre mesi. Dopo la prima chiamata seguita al terremoto, non si era fatta sentire. Meredith non se ne stupiva più, ormai. Quando comunicò alla figlia di trovarsi a New York, dall'altro lato della cornetta calò il silenzio. Una reazione opposta a quella entusiasta di Julia a Los Angeles.

«Ti andrebbe di vederci a pranzo o a cena, compatibilmente con i tuoi impegni?» le chiese. La figlia era un animale selvatico. Non ci si poteva avvicinare troppo in fretta o farla sentire in trappola. Come una pantera o un leopardo pronto ad attaccare al primo gesto inconsulto. O a rifugiarsi nella vegetazione e sparire.

«Potremmo fare domani a pranzo», le rispose gelida. «Fammi controllare e ti manderò un messaggio. Cosa ci fai a New York?» Non ci veniva più da quindici anni e non sembrava molto felice di sentirla.

«Ho alcune faccende da sbrigare.»

Un'ora dopo, Kendall le comunicò con un sms che si sarebbero potute vedere l'indomani a mezzogiorno da *Harry Cipriani* allo *Sherry-Netherland*. L'intimità non era uno dei punti forti di Kendall che aveva preferito scegliere un posto affollato, dove parlare sarebbe stato difficile.

Meredith trascorse una notte tranquilla in albergo, ripensando a quello che avrebbe avuto da dire alla figlia. Chiamò Charles per assicurargli di essere arrivata senza problemi e inviò un messaggio a Julia per salutarla, ricevendone subito un altro altrettanto affettuoso.

Era già seduta a tavola, il mezzogiorno seguente, quando arrivò Kendall. Indossava un sobrio abito nero, un filo di perle e un cappotto di visone che la invecchiava. Sembrava però avere raggiunto il suo obiettivo: essere una signora dell'alta società. E così come un tempo aveva rifiutato la madre, adesso stava rifiutando la figlia. Era il corso della vita. Meredith la salutò con un abbraccio nel quale Kendall s'irrigidì imbarazzata.

La madre aspettò di essere a circa metà del pranzo per affrontare l'argomento che l'aveva portata fin lì.

«Sono venuta per dirti che ti voglio bene. Che per quanto difficile sia stato per noi avere un rapporto, indipendentemente dagli errori che tu mi attribuisci, veri o presunti, io ti voglio bene. Nient'altro. So che sei arrabbiata con me per aver dato la colpa della morte di Justin a tuo padre. Non lo odio per questo. Penso solo che non avrebbe dovuto lasciarlo salire su quella barca senza di lui. Il resto è stato opera del destino. E so anche che sei arrabbiata per il divorzio, ma che potevo fare?»

«Avresti potuto riprenderlo a casa», replicò la figlia, gli occhi fiammeggianti.

«Non c'è mai voluto ritornare, a casa, Kendall. Voleva sposare Silvana. Me lo ha detto prima di andarsene. E una volta morto tuo fratello, non era più così importante. Quanto a farlo ritornare, no, non lo avrei accettato. La storia con Silvana era diventata pubblica. Tuo padre ha voluto tagliarsi i ponti dietro le spalle e lo ha fatto. E considerato che stanno ancora insieme, non può essere infelice. Forse tu desideravi che tornasse, ma lui non ne ha mai avuto l'intenzione.»

«Magari, se fossi stata più presente, non sarebbe andato con un'altra.» Ecco che ritornava all'attacco con un argomento vecchio di quindici anni. Persino lei e Scott ci erano passati sopra. Kendall, invece, mai. Si trascinava dietro un grosso sacco pieno di dolori del passato dentro il quale non c'era più spazio per il perdono o l'amore. Meredith voleva aiutarla a svuotarlo, quel sacco, se fosse stato possibile, per amore di Kendall, di Julia e di se stessa.

«È probabile che tu abbia ragione, ma la relazione con Silvana, il modo in cui l'ha portata avanti, era una sua responsabilità, non mia. Nonostante tutto, non avrei voluto divorziare, ma quando Justin è morto ho capito che non avrei potuto perdonarglielo e così ho avviato le pratiche. Non potevo stare con un uomo al quale non riuscivo a offrire la mia indulgenza. Non sarebbe stato giusto nei suoi confronti.»

«Saresti rimasta sposata con lui, altrimenti?» chiese Kendall, piccata.

«Non lo so. Non credo che si sia mai pentito del divorzio e adesso io sto bene. Non è mai stata la tua battaglia, quella. Eri una donna sposata, già madre, quando abbiamo messo fine al nostro matrimonio. Non ti abbiamo rovinato la vita. Hai avuto il meglio di noi, da bambina.»

«Se così si può dire! Non c'eri mai. Eri una grande star del cinema!»

«Pure lui. Ma ci alternavamo in modo che uno di noi fosse sempre presente. Perché hai assegnato a me questo punto negativo e non a entrambi? Perché io?»

«Volevo che fossi diversa», le rispose con sincerità la figlia aprendosi per la prima volta. «Volevo che fossi come tutte le altre madri, non diversa e speciale, circondata sempre di gente a caccia di autografi ovunque andassimo.» Meredith annuì. Non avrebbe potuto cambiare nulla, adesso, come non avrebbe potuto farlo allora. «Poi, quando hai mollato tutto e ti sei chiusa in casa, non me ne importava più. Per me era troppo tardi.»

«Ho smesso di lavorare per via di tuo padre e di tuo fratello, non per te. Non voglio convincerti di quanto duramente mi sia impegnata nei tuoi confronti quando lavoravo, non ci provo neanche. Non ti è bastato? Bene, lo accetto. Hai il diritto di sentirti come ti senti.»

«Perché stai facendo questa cosa, adesso?» Kendall era ancora arrabbiata. «Stai forse male?» Meredith la fissò, sconvolta.

«Non sono malata, no. Volevo mettere la faccenda in

chiaro, offrire a entrambe la possibilità di essere amiche o qualsiasi altra cosa desideri diventare. Non siamo obbligate, però. Possiamo lasciare tutto così come sta. Mi manca mia figlia, mi manca avere un vero rapporto con lei. E forse a te manca una madre. Volevo darci questa possibilità.» Kendall non avrebbe mai fatto il primo passo. Meredith sapeva che tutto dipendeva da lei e voleva provarci, davvero.

«Ho Julia e George», fu la replica tagliente di Kendall. «Non ho bisogno di te. Non mi sei stata accanto quando ero giovane, e non ho bisogno di te adesso.» Parole crudeli, che Meredith ascoltò guardandola negli occhi. Quella era sua figlia, era sempre stata così sin da bambina, con una vena di cattiveria e crudeltà, tranne che con il fratello.

«Bene. Abbiamo chiarito, allora. Attenta a non fare con Julia quello che hai fatto con me, vale a dire eliminarla dalla tua vita.»

«Se non sarà all'altezza dei miei standard, lo farò», rispose Kendall imperturbabile.

«Non costruisci automobili. Stai parlando di una madre e di una figlia. Di un rapporto speciale.» Le stava offrendo tutte le opportunità di riappropriarsi dei suoi legami affettivi ma all'improvviso comprese che quello che Kendall aveva detto a Julia corrispondeva al vero: era troppo tardi. Per Meredith però no. Kendall non desiderava ricostituire il loro rapporto. Aveva chiuso quella porta in faccia alla madre anni prima. La guardò senza provare alcun senso di sconfitta o di disperazione. Solo la pietà le riempiva il cuore. Kendall, chissà perché, non riusciva a perdonare e ad amare. E per amare bisognava essere capaci di perdonare. Non era nella sua natura. Aveva il cuore di pietra. La madre le aveva offerto la possibilità di riaggiustare le cose, ma solo adesso capiva che la figlia non lo voleva. Meredith non significava nulla per lei. Chissà, forse, quando Justin se ne era andato via per sempre, anche una parte di lei era morta. O tutto ciò che aveva dentro.

Non terminarono neanche di pranzare. Meredith pagò il conto. Adesso sapeva contro cosa lottava la nipote, perché aveva deciso di andare a Los Angeles e perché il padre l'aveva incoraggiata a farlo. Stava salvando la figlia dalla moglie. Provò compassione per tutti e tre.

Lasciarono il ristorante insieme. «Forse per te sarà insopportabile sentirtelo dire, ma io ti voglio bene», disse Meredith guardandola amorevolmente. La sofferenza patita per la perdita del marito e del figlio aveva moltiplicato la sua capacità di amare, mentre il cuore di Kendall, con quella sua mancanza di compassione e l'incapacità di perdonare, si era ristretto. Kendall guardò la madre e scrollò la testa.

«Non posso, mamma. Mi dispiace.» Le voltò le spalle e si avviò per la sua strada. Era una donna inacidita, ormai. L'avrebbe mai più anche soltanto sentita? In tutti quegli anni i loro contatti erano stati forzati. Kendall non aveva mai voluto davvero una relazione con lei. Tornò in albergo stranita ma non dispiaciuta di essere venuta a New York. Era un po' come trovarsi davanti a una bara poco prima che il coperchio fosse chiuso. Il corpo che custodiva non era quello della persona amata, ma un guscio vuoto.

Rientrata in camera, cambiò la prenotazione di venerdì con l'ultimo volo della giornata. Voleva tornare a San Francisco. Mandò un messaggio a Charles per comunicarglielo. Era stata via solo un giorno e di fare shopping non aveva voglia. Poi spedì un messaggio di sole quattro parole a Julia: *Ti voglio bene. Nonna*. Era l'unica cosa che doveva sapere, l'unica che aveva bisogno di sentirsi dire. Con il loro incontro a Los Angeles avevano costruito un ponte tra generazioni. Kendall non era capace di farlo, con nessuna delle due. Non era nella sua natura. Un male per se stessa, non per nonna e nipote che adesso si erano ritrovate. Aveva perso la figlia, ma recuperato Julia.

All'aeroporto, fu sorpresa di trovare Charles. Non se l'aspettava. Al colonnello bastò guardarla negli occhi per capire che era successo qualcosa, ma era determinato a non chiedere nulla, a meno che non fosse stata lei a parlargliene.

«Viaggio breve», commentò prendendole la borsa e accompagnandola al ritiro bagagli.

«Sono andata a vedere Kendall», gli disse lungo il tragitto verso casa.

«Ho pensato che potesse essere questo il motivo della tua assenza. Com'è andata?» L'idea di domandarglielo lo metteva in ansia. Meredith però sembrava tranquilla, forte. Forse il tentativo era andato a buon fine.

«Come lei voleva che andasse e forse come volevo anch'io. Avevamo bisogno di una chiusura.» Charles annuì ed entrambi restarono in silenzio. Meredith aveva ormai capito di aver perduto Kendall molti anni prima e non provava alcun dolore. Si sentiva finalmente libera dal tormento che per anni la figlia le aveva inflitto.

15

Il mattino seguente quando scese per la colazione, Daphne trovò due orsetti rosa ad attenderla accanto al suo posto.

«Cos'è?» chiese tutta sorridente.

«Ti avevo promesso o no, di portarti una sorpresa da New York?» le ricordò Meredith. «Quello grande è per te e il piccolino per Martha.»

«Oh, lo adorerà!» Daphne li strinse tra le braccia e la ringraziò, subito imitata da Will felice del nuovo cappellino da baseball degli Yankees. Meredith aveva pensato solo a loro, in aeroporto, per non deluderli.

Il resto dello shopping natalizio lo aveva già portato a termine prima della partenza da San Francisco.

Lei e il compagno avrebbero anticipato i festeggiamenti in modo da lasciarlo libero di partire per il Texas, dove lo attendeva la famiglia della figlia. Meredith aveva scelto di non intromettersi in quelle festività e di aspettare ancora qualche mese per le presentazioni, magari durante un fine settimana. Poi, nel corso dell'anno, sarebbero andati a trovare il figlio del colonnello, trasferito di recente in

Germania. Charles sarebbe rientrato a San Francisco in tempo per festeggiare la notte di San Silvestro nel cottage nella Napa Valley.

Julia avrebbe visto il padre ad Aspen per qualche tranquillo giorno di sci senza Kendall, che detestava il posto, le feste e gli sport invernali. Meredith non le aveva raccontato nulla del viaggio a New York né intendeva farlo. Era una faccenda tra sé e la figlia.

Prima della partenza di Charles, fu organizzata una cena per il solito gruppo. Il giorno dopo Natale, Arthur sarebbe partito per un concerto in Giappone. Peter e Ava avrebbero approfittato della sua assenza per andare a Tahoe, Tyla e i bambini avrebbero trascorso le festività con Meredith.

A tavola brindarono al terremoto che li aveva fatti incontrare e si scambiarono dei pensierini.

Meredith passò un Natale stupendo con Tyla e i suoi figli, tranquillo e amorevole. Alla vigilia andarono tutti insieme a messa e il 25 si divertirono a pattinare sul ghiaccio a Union Square e a mangiare dei gustosissimi *s'more*. Tyla e Meredith prepararono il tacchino insieme e si congratularono reciprocamente per l'ottima riuscita. Poi, nel pomeriggio, guardarono qualche film natalizio insieme ai bambini sgranocchiando popcorn.

A Natale, Charles chiamò l'amata ripetendole quanto le mancasse e come non vedesse l'ora di stringerla nuovamente tra le braccia. Tutto sommato, le feste furono positive e più belle di quelle trascorse negli anni con Jack e Debbie.

Il 31 dicembre, al rientro di Charles, la coppia partì direttamente per il cottage per fare lì il brindisi di mezzanotte. Il colonnello aveva confessato alla figlia di essere seriamente innamorato di Meredith e lei aveva accolto con gioia la notizia, aggiungendo che li aspettava quanto prima nel nuovo anno. Il Texas le sarebbe piaciuto, assicurò Charles all'amata che non faticò a credergli. Finora tutto quello che le aveva detto era stato vero ed era emozionata alla prospettiva di conoscere i suoi figli.

Julia fece una capatina da Los Angeles la seconda settimana di gennaio, dopo il ritorno da Aspen, e si stupì nel vedere che in casa della nonna abitavano Tyla e i suoi due bambini. Meredith, con la quale la nipote andava più d'accordo che con la madre, le spiegò la situazione della famigliola. A febbraio, Tyla avrebbe cominciato un corso di aggiornamento presso la facoltà di scienze infermieristiche dell'Università di San Francisco e avrebbe proseguito a settembre per conseguire il diploma d'infermiera professionale.

Julia sprofondò nelle comodità della nonna come in un gigantesco letto di piume. Giocò a baseball con Will nel giardino sul retro e si divertì con Daphne a vestire le bambole. Con Charles si era intesa sin da quando lo aveva conosciuto. Le ricordava la gentilezza del padre.

Meredith era al settimo cielo per la presenza della nipote, che rimase un fine settimana lungo e promise di ritornare presto. Nonostante con gli altri non vi fossero legami di parentela, si sentiva in famiglia. Anche Peter, Ava e Arthur erano andati a conoscerla e avevano fatto breccia nel suo cuore. Adorava la cerchia creata dalla nonna, dove ci si sentiva benvoluti e a proprio agio. Da quando Debbie e Jack non erano più lì, era come se la casa si fosse trasformata in un caldo abbraccio.

Una settimana dopo la visita di Julia, aprendo il solito giornale del mattino, Meredith restò scioccata nel leggere un articolo su una coppia di custodi di una nota tenuta di Woodside, vicino a San Francisco. I due avevano architettato una rapina di opere d'arte e gioielli, assoldando una piccola banda di delinquenti che aveva legato tutti gli abitanti della casa, portando via più di venti milioni di manufatti preziosi, gioielli ed effetti personali. La notizia era stata spifferata alla polizia da un informatore, la refurtiva era stata recuperata e i due principali responsabili chiusi in galera senza cauzione. Incredula, Meredith lesse i due nomi: erano Debbie e Jack! Evidentemente spinti da un eccesso di ambizione o dalla disperazione, avevano tentato il colpaccio che era fallito e adesso si ritrovavano dietro le sbarre, dove meritavano di stare. Quella sera, mentre mostrava l'articolo a Charles, non fece che rallegrarsi di quanto fosse stata fortunata a non subire un furto così importante, sebbene, con molta probabilità, non avrebbe avuto mai un quadro completo di tutto ciò che nel tempo le era stato sottratto.

La telefonata di Sarah Gross, l'agente di Julia, arrivò nella prima settimana di febbraio. La donna si scusò per averla chiamata direttamente, ma dopo qualche ricerca aveva scoperto che Meredith non solo non aveva un impresario che la rappresentasse, ma non era neanche più iscritta al sindacato del settore, la Screen Actors Guild.

«È stata Julia a chiedermi di mettermi in contatto con

lei. È al settimo cielo per aver appena avuto una parte in un film che sarà un passo molto importante per la sua carriera. Vuole che le invii il copione.»

«Mi piacerebbe leggerlo, sì», rispose Meredith, felice per la nipote. «Mi sa dire chi altri fa parte del cast?» Sarah snocciolò una lista di nomi vip, di quelli da incassi record al botteghino. «Dovrà recitare il ruolo di una giovane innocente?» Era questo che ci si aspettava da un'attrice della sua età.

«È la coprotagonista», replicò Sarah orgogliosa. «Ha fatto scintille al provino. Se l'è meritato. Fantastica! I corsi di recitazione l'hanno aiutata moltissimo ed è cresciuta davvero tanto.»

«Sì, non esiti a inviarmi la sceneggiatura. Darò volentieri un'occhiata.» La regista era un'attrice con la quale anni prima Meredith aveva lavorato e che adesso era passata con successo dietro la macchina da presa.

«Voglio essere onesta con lei» rispose diplomaticamente Sarah. «C'è un altro motivo che ci spinge a chiederle di leggere il copione. Nel film c'è una parte per una signora più anziana, il personaggio chiave di tutta la storia. C'è bisogno di un'attrice in grado di mettere il ruolo in risalto.» Aggiunse una rosa di probabili candidate, tutte molto note, che diedero subito a Meredith l'idea di quanto fosse importante la parte. «Il personaggio non sarà presente per tutto il film, le riprese dureranno all'incirca tre settimane. Questo non toglie però che le sue siano scene chiave. E qui entra in gioco sua nipote: vuole che quell'attrice sia lei. Ha l'età giusta, il look giusto, e Dio solo sa che non le manca il talento. Non lavora da moltissimo tempo, ne sono consapevole, ma il sogno di Julia è di recitare insieme, almeno in un film, e questa potrebbe essere un'occasione. Se accetterà, le garantisco che sarà una parte degna di lei. Un ruolo altamente drammatico. E se non ha un agente, sarei più che felice di negoziare nel suo interesse. Considerata la sua statura professionale, credo che riuscirò a far mettere il suo nome al primo posto nei titoli di coda, o come partecipazione straordinaria. Questo film rappresenterebbe un ritorno fantastico sul set, un cameo che i suoi fan non dimenticheranno mai.» Meredith era rimasta senza parole al discorso di Sarah e alla proposta di Julia. Le ci volle un po' prima di rispondere.

«Non lavoro da anni, non ho più potuto farlo. Non sono neanche sicura se sono ancora in grado di ricordarmi le battute. Dopo quindici anni, non posso certo dire che le mie armi siano affilatissime.»

«Ci penserà?»

«Non saprei... Mi sono chiusa quella porta alle spalle da anni.»

«Sarebbe incredibilmente bello vedere lei e Julia nello stesso film.» Meredith rise al pensiero.

«Julia entra nel mondo dello spettacolo e io ne esco.»

«Non deve essere un addio. Potrà ritornare sul set quando lo vorrà. I suoi ammiratori andrebbero in visibilio.»

«Non voglio più farlo», replicò Meredith con fermezza. «Mi mandi il copione per far contenta Julia e per il piacere di leggerlo. Le farò sapere cosa ne penso, ma non alimenti le speranze di mia nipote, perché dubito che accetterò.»

«Grazie», rispose Sarah con gratitudine, affrettandosi a spedire la sceneggiatura per email qualche minuto dopo. Meredith la guardò nel pomeriggio. La parte della nipote rappresentava una fantastica opportunità e quella che la riguardava era intrigante, una sfida, un ruolo che le sarebbe piaciuto interpretare. Purtroppo non si rivedeva più davanti all'obiettivo, nemmeno per amore di Julia. Lasciò il dattiloscritto sulla scrivania e fu proprio lì che, quella sera, Charles lo notò.

«Cos'è?»

Meredith lo guardò con tristezza. «Un film al quale Julia parteciperà e io no. Le servirà per fare un balzo in avanti. Brillerà come una stella, dopo, o sarà a un passo dal farlo.»

«E tu che c'entri, scusa?» Il colonnello sembrava confuso.

«Hanno offerto una parte anche a me», gli rispose con voce strozzata. «Un ruolo interessante, tra l'altro. Personalmente, però, non sono interessata. Non voglio tornare sulle scene come una vecchia patetica che si aggrappa alla fama di un tempo.»

«Tu non ti aggrappi a nulla, tu quella fama ce l'hai. Dovresti girare in una location particolare?»

«A Los Angeles, per tre o quattro settimane.» Quel pomeriggio, dopo essere stata informata dell'invio del copione, la nipote le aveva mandato una email pregandola di accettare la parte.

«Credo che dovresti farlo», disse lui, eccitato all'idea. Meredith, al contrario, sembrava dubbiosa.

«Ho chiesto del tempo per rifletterci su, anche se a me non sembra una buona idea, nonostante la parte fantastica. I critici lo vedrebbero come un tentativo da parte mia di tornare. Non intendo fare la figura della sciocca agli occhi di nessuno, neppure per mia nipote.»

«Posso leggerlo?» Meredith glielo porse. Quella notte stessa il colonnello lo divorò.

«Meredith, *devi* farlo. È un film fantastico. Con un cast stellare. C'è tua nipote. Voglio vederti recitare.»

«Sei pazzo», rispose lei ridendo. Charles la baciò. «Non ci penso neanche ad accettare», aggiunse con cocciutaggine. Il colonnello ignorò la sua risposta e si astenne dal commentare. Nella propria testa, Meredith non era più un'attrice.

Le ci vollero tre giorni di lunghe passeggiate, tanti bagni caldi, molto rimuginio e intense riflessioni sul perché non avrebbe dovuto accettare. Alla fine, a fare la differenza fu Julia. Se il sogno della nipote era girare un film con la nonna, perché negarglielo? Il quarto giorno inviò un messaggio a Sarah Gross. *Lo farò. Voglio essere in cima alla lista dei titoli di coda o con il mio nome da solo sullo schermo. Niente dicitura «partecipazione straordinaria».* Non intendeva tornare davanti alla macchina da presa per un cameo. Non era ancora morta. Quando lo disse a Charles, quello scoppiò a ridere. Scelse Sarah Gross come sua agente. Quella donna le piaceva, e sarebbe stato più semplice rivolgersi a lei che non cercare un nuovo rappresentante che prendesse il posto del suo, morto da qualche anno.

I produttori la trattarono come una principessa quando Sarah confermò la sua partecipazione al film. Il ruolo era perfetto per lei e Charles orgoglioso che l'amata avesse avuto il coraggio di rientrare in gioco. Julia gridò per la gioia nel sentirle dire che avrebbero lavorato insieme.

Una volta compiuto il gran passo, anche Meredith iniziò a provare una certa emozione. Avere un obiettivo era meraviglioso. Le riprese per lei sarebbero cominciate a giugno, a Los Angeles. Il film sarebbe uscito nelle sale a fine anno con un battage pubblicitario senza pari. Ma, in particolar modo, stava esaudendo il sogno di Julia. Daphne aveva ragione. Dopotutto era una strega buona.

Tre mesi prima dell'inizio delle riprese a Los Angeles, Meredith ingaggiò un famoso insegnante di recitazione. Voleva affinare di nuovo le proprie capacità, trovare sfumature inedite per l'interpretazione della sua parte. Alla fine, lei e la regista si trovarono talmente in accordo sul personaggio che Meredith ebbe l'impressione che avrebbe offerto una delle migliori performance della sua carriera. Terminò le riprese in tre settimane e recitò con la nipote per tre giorni. Fu un'enorme soddisfazione vederla crescere e progredire, mentre la guardava da dietro le quinte. Quello appena girato era il film più soddisfacente della sua carriera, nel quale, con grande orgoglio, aveva dato tutta se stessa.

A luglio, lei e Charles partirono per l'Europa per tre settimane e ne approfittarono per fare una puntatina in Germania da Jeff. Sulla via del ritorno in America, poi, si fermarono in Texas da Pattie e dalla sua famiglia. Ovunque Meredith fu accolta con simpatia.

Terminarono le piacevolissime vacanze, che erano state prolungate fino ad agosto, nel cottage della Napa Valley.

* * *

Il processo di Andrew si tenne a settembre, undici mesi dopo il primo arresto. Era responsabile di ben due casi di reato e per difendersi aveva assunto un legale di grido, conosciuto per la sua abilità nel seminare dubbi nella mente dei giurati.

Proprio come Tyla aveva temuto, Johnson era stato giudicato in grado di presentarsi in aula. L'udienza si sarebbe trasformata in un circo. Tutti sapevano che non avrebbe fatto che snocciolare bugie.

La selezione della giuria iniziò il giorno dopo il Labor Day. Il pubblico ministero aveva reiterato la proposta di una pena meno pesante, se l'imputato si fosse dichiarato colpevole. Due anni di prigione, più la revoca della licenza professionale. Andrew rifiutò. Per adesso era solo sospeso dall'attività, non aveva perso l'iscrizione all'albo e non sarebbe accaduto prima dell'eventuale condanna. Si era sempre comportato con arroganza durante tutte le udienze ma, se fosse stato dichiarato colpevole dalla giuria, avrebbe potuto rischiare otto anni di prigione. Il rischio era altissimo, al punto che Charles si sorprese della strategia adottata dal suo avvocato. Il suo era un caso che nessuno avrebbe sgomitato per difendere. Picchiare la moglie fino a quasi ammazzarla e terrorizzare i figli non erano azioni che avrebbero potuto conquistare la simpatia di una giuria.

Tyla si era incontrata più volte, ad agosto, con la vice-procuratrice distrettuale. Era la testimone principale e avrebbe dovuto deporre. La tensione per ciò che l'aspettava era stata tale da farle perdere circa sei chili durante l'estate. Meredith l'avrebbe accompagnata in tribunale e anche Peter, Arthur e Ava avevano promesso di essere presenti per sostenerla.

Tyla dormiva poco e niente, la notte. A giugno, l'avvocato di Andrew riuscì a farlo liberare su una cauzione di 500.000 dollari garantiti dalla casa. Essendo l'abitazione intestata a suo nome, e non avendo la moglie ancora chiesto il divorzio, aveva potuto sfruttare quell'opzione. Per tagliare i ponti col marito, Tyla avrebbe dovuto aspettare fin dopo la sentenza. Il suo avvocato aveva affermato che avrebbe potuto raggiungere un accordo più vantaggioso, se il coniuge fosse stato condannato, così aveva aspettato. Nel frattempo continuava a ricevere gli alimenti mensili per sé e per i figli, considerata l'entità dei risparmi di Andrew e nonostante le spese legali gli stessero a mano a mano rosicchiando il capitale.

La licenza per l'esercizio della professione gli era stata sospesa, così non aveva niente da fare, neanche visitare i pazienti. Dopo essere stato rilasciato, il tribunale gli aveva garantito quattro colloqui con i figli, sempre sotto osservazione di una terza parte, ma quelli si erano rifiutati di andare e avevano pregato la madre di non mandarli. A fine agosto erano passati dieci mesi dall'ultima volta che li aveva visti... e naturalmente secondo lui la colpevole era Tyla.

Due giorni prima dell'inizio della selezione della giuria, Meredith e Charles stavano facendo colazione con Tyla in cucina. Will e Daphne erano tornati a scuola dopo le vacanze. Tyla era pallida come un cencio mentre beveva il suo caffè e leggeva il giornale, quando il suo cellulare squillò. Era Angela Luna, la viceprocuratrice distrettuale. La giovane rispose in preda all'ansia. L'imminente processo la stava letteralmente mangiando viva. Non desiderava altro che vedere la fine di quella brutta storia.

La funzionaria chiese di vederla.

«Adesso? Stiamo facendo colazione.»

«Ho già preso una macchina e sono a cinque isolati di distanza da dove abita lei.» Tyla non aveva molta simpatia nei confronti di quella donna, che però era furiosa con il capo – che voleva solo liberarsi di quel caso – per l'accordo offerto ad Andrew, due soli anni di prigione. Lei, al contrario, desiderava che venisse condannato e ad almeno una ventina d'anni. Era una specie di bulldog, ma con il cuore d'oro.

Tyla comunicò la notizia ai due amici.

«Vuoi che ti lasciamo sola?» chiese Meredith. L'altra fece di no con la testa.

«Non c'è nulla che non conosciate di questo caso.» Il campanello suonò proprio in quell'istante. Charles andò ad aprire e accompagnò Angela in cucina. Le offrì una tazza di caffè che la donna rifiutò. Con l'espressione grave, sedette di fronte a Tyla.

«È finita, signora Johnson. Sono venuta a dirglielo di persona.» Tyla la stava fissando come se avesse visto un fantasma.

«Cosa significa 'finita'? Lo hanno assolto? Oppure ha accettato l'accordo?»

«Né l'una né l'altra cosa», rispose solenne il vice procuratore. «La possibilità di un accordo è venuta a decadere esattamente due ore fa. Sembra che dal mese di giugno, vale a dire da quando è uscito di galera, il dottor Johnson abbia intrecciato una relazione con un'insegnante della Marin County, insieme alla quale è andato a vivere. Due settimane fa la donna gli ha chiesto di lasciare la casa per maltrattamenti e ubriachezza. Lunedì scorso le ha fatto un occhio nero. Poi, non contento, ha cominciato a tempestarla di minacce per posta elettronica e messaggi. Infine ha imbrattato un lato della casa con una bomboletta spray scrivendo 'puttana'. Era convinto che lei lo tradisse. La notte scorsa ha fatto irruzione in casa sua e l'ha picchiata fino a renderla incosciente. La donna è stata portata al Marin General Hospital grazie all'intervento di un vicino che era passato per caso e l'ha trovata. Suo marito non c'era già più. Lo hanno appena preso. Le sue impronte erano dappertutto. La poveretta è morta due ore fa. Lui ha confessato. Considerate le minacce fatte alla donna, gli è stato contestato l'omicidio di primo grado, che potrebbe costargli dai venticinque anni di pena al massimo della reclusione. Il procuratore distrettuale gli ha fatto un'offerta di dodici, dieci per l'omicidio dell'insegnante e due per lei, più la perdita dell'abilitazione alla professione medica. Non potrà più esercitare. Ha accettato. La giustizia non ha interamente seguito il suo corso, ma non potrà più farle male per i prossimi dodici anni e lei non dovrà più sopportare il tormento di un processo.» Tyla l'ascoltò sino alla fine, scioccata, confusa, proprio come Meredith e Charles.

«L'ha ammazzata? Come potrò raccontare una cosa simile ai miei figli del loro padre?»

«Avrebbe potuto essere lei, signora Johnson. È terribile quello che suo marito ha fatto, ma sarebbe potuto venire qui e uccidere lei, o averla uccisa lo scorso ottobre. Il suo posto è in prigione. Al momento è in custodia cautelare. Verrà trasferito in galera tra qualche giorno.»

Meredith sedette accanto all'amica e l'abbracciò. Tyla sembrava non aver capito. Andrew aveva ucciso una donna. Forse era davvero pazzo. Non aveva idea di come spiegarlo ai bambini, anche se loro avevano paura di lui. Grazie al cielo, almeno ai piccoli non aveva torto un capello.

Il vice procuratore distrettuale si alzò per andarsene. Tyla la ringraziò. La donna disse che l'avrebbe contattata presto per ulteriori dettagli. Il caso era stato risolto con la confessione e l'accettazione del patteggiamento. Si dichiarava soddisfatta della sentenza di dodici anni e sperava che lo fosse anche lei. Non era una pena particolarmente lunga, ma almeno le avrebbe evitato il tormento di comparire in aula. Adesso non le restava che chiedere il divorzio. Il suo avvocato le aveva suggerito di puntare al rimanente dei risparmi del consorte e alla casa. La sua richiesta sarebbe stata soddisfatta e le avrebbe garantito la sicurezza finanziaria per sé e per i figli.

Andata via Angela, nella cucina calò il silenzio. Meredith ricordò quando Andrew l'aveva afferrata per la gola battendole la testa contro il muro e le condizioni in cui era stata trovata Tyla quando l'aveva quasi uccisa. Le dispiaceva per l'insegnante, ma era grata che quell'orrenda fine non fosse toccata alla sua amica.

«Vuoi andare un po' di sopra a sdraiarti?» le chiese.

«No. Sono molto sollevata di non dover affrontare il processo, di sapere che Andrew non è più a piede libero e che non uscirà di galera per molto tempo.» Di lì a dodici anni, Daphne ne avrebbe avuti diciannove e Will ventitré. Adesso sarebbero potuti crescere in santa pace, senza più il pensiero che qualcuno potesse nuovamente far male alla madre. Lei, Meredith e Charles, tuttavia, erano scioccati per la poveretta che ci aveva rimesso la vita.

Che storia terribile per tutti loro! Ora però era finita. Non lo avrebbero rivisto mai più. Lei e i ragazzi, tuttavia, avrebbero risentito del loro violento passato. Potevano però cominciare di nuovo, iniziare a guarire. Miracolosamente, Tyla e i suoi bambini erano sopravvissuti, al contrario dell'insegnante. Si erano liberati per sempre di quell'uomo. Non chiedeva di più. Giustizia era stata fatta.

16

I PRODUTTORI avevano mandato un jet privato a San Francisco per prelevare Meredith e il compagno. A bordo del G500 la attendevano un parrucchiere e un make-up artist. Meredith aveva portato con sé un abito nero lungo di Dior con scarpe abbinate a tacco alto. Si sarebbe vestita sull'aereo per andare direttamente dall'aeroporto alla prima del film, seguita poi da una conferenza stampa. Charles, già in smoking, era pronto per accompagnarla sul red carpet. Julia avrebbe partecipato con un attore di sua conoscenza. Il padre l'avrebbe raggiunta appositamente da New York, mentre Kendall, adducendo come spiegazione un'influenza, le aveva mandato le sue scuse per giustificare la propria assenza. In realtà, come la figlia ben sapeva, non aveva mai avuto intenzione di partecipare alla serata. Ma poco importava. Sarebbe stata un po' come la strega cattiva di una favola, considerata l'avversione che nutriva verso Hollywood. Julia, invece, quella sera sarebbe stata la principessa, e per lei Meredith sprizzava orgoglio da tutti i pori.

Meredith sfruttò il breve viaggio per farsi acconciare i capelli e truccare. Aveva scelto una pettinatura semplice, uno chignon, per mettere ancora più in risalto lo splendido abito. I tacchi la rendevano alta quasi quanto il compagno. Ad attenderli ai piedi della scaletta del velivolo trovarono una Rolls nera con autista che li accompagnò a destinazione. Tutto come ai vecchi tempi.

«Sei splendida», le sussurrò Charles in un orecchio durante il tragitto in auto. Avrebbero trovato i bagagli nel bungalow riservato a loro nome presso il *Beverly Hills Hotel*, dove avrebbero trascorso la notte per poi ripartire con lo stesso mezzo il mattino seguente dopo la colazione con la nipote. La stampa si era premurata di mettere in risalto l'aspetto multigenerazionale del film, esattamente il motivo per il quale la diva aveva accettato di accontentare la nipote.

Meredith percorse il red carpet sottobraccio a Charles, fermandosi a posare per i fotografi, più di duecento, che la abbagliarono con i loro flash, sotto i quali però lei non smise mai di sorridere. Le pareva di vivere un déjà-vu a lungo dimenticato. Vide la nipote andarle incontro, le chiome rosse appuntate in cima alla testa con una clip di diamanti, il fisico perfetto avvolto in uno splendido abito di raso bianco di alta sartoria firmato Chanel, accompagnata da uno splendido cavaliere. I quattro posarono per altre foto, cui ne seguirono molte altre di Meredith e Julia senza gli accompagnatori. Poi, sorridenti, le due coppie si avviarono verso la sala della proiezione, dove furono accolte da un'altra schiera di reporter armati di macchine fotografiche.

«È sempre così?» le chiese Charles quando finalmente raggiunsero i loro posti.

«Per un film importante, sì.» Il colonnello si stava godendo la serata. Meredith era radiosa. Era nata per essere una stella, una diva del cinema come sarebbe diventata anche la nipote.

Charles aveva già assistito alla proiezione privata con la compagna, ma rivedere il film fu un piacere. Terminato l'evento, si avviarono pian piano verso la lobby. Fuori li attendeva una folla di ammiratori, curiosi e fotografi che li spingevano e li tiravano da una parte e dall'altra. Meredith non perse mai i suoi modi garbati e accettò sempre di posare con Julia da un lato e il suo accompagnatore dall'altro.

Erano quasi arrivati sulla soglia della sala dove sarebbe stata servita la cena di gala e si sarebbe tenuto il ricevimento finale, quando un uomo si fermò di fronte a Meredith. Accanto a lui, una signora in sovrappeso, un po' tarchiata, con i capelli tinti male, strizzata nell'abito che indossava. L'uomo la guardò dritto negli occhi, come se la conoscesse. Meredith ci mise qualche istante per capire chi fossero: l'ex marito, Scott Price, e sua moglie, Silvana. Non lo vedeva dal funerale del figlio e adesso erano faccia a faccia. Dall'espressione della compagna, Charles comprese subito chi fossero, e quasi scoppiò a ridere alla vista di Silvana. Quando si diceva scommettere sul cavallo sbagliato a lungo termine! Meredith era snella, splendida, elegante e aggraziata come sempre. Silvana assomigliava a una cameriera da quattro soldi con un abito preso in prestito, che le aderiva come la seconda pelle... di un'altra persona. Scott non la guardava neanche.

«Sei stata bravissima», si complimentò l'ex. «Come sempre. Nell'istante in cui ho letto il copione, sapevo che era la parte adatta a te. Sono felice che tu l'abbia accettata.»

«È Julia la nostra star», si schermì Meredith come d'abitudine. «Ho visto i tuoi ultimi due film. Davvero eccellenti. Da Oscar», aggiunse con sincerità. Le sembrava strano, tuttavia, averlo davanti, guardarlo negli occhi. Lui, l'uomo che le aveva spezzato il cuore per un'altra donna, che aveva messo in pericolo la vita del figlio e il cui ricordo l'aveva perseguitata e tormentata per quattordici anni. E adesso eccolo lì, a chiacchierare come se fossero amici. In realtà non erano più niente, né innamorati né amici. Due conoscenze che non avevano più nulla in comune. Quell'uomo ormai non poteva più ferirla o provocarle dolore. Non aveva più alcun potere su di lei. Scott le sfiorò con delicatezza un braccio e, d'istinto, Meredith si ritrasse, prima che la folla li separasse e non lo vedesse più.

«Tutto bene?» le sussurrò Charles mentre la calca li portava via con sé.

«Tutto bene. È stato come se non ci fossimo mai conosciuti.» Lo aveva amato ardentemente per molto tempo. Dopo, in cuor suo, si era trasformato nell'uomo che aveva ucciso il figlio. Ora non era più nulla. «Siamo due estranei.» Charles annuì e le strinse forte il braccio per ricordarle che le sarebbe stato sempre accanto e che l'avrebbe protetta.

Fu una lunga serata. La festa pareva non finire mai, la cena sofisticata. La stampa si trattenne più a lungo del consueto. La ricomparsa di Meredith in un film con la nipote era l'argomento del giorno, tanto più che entrambe avevano offerto una performance splendida. Meredith era più bella che mai, forse anche più di quanto lo fosse stata in passato.

Stranamente era come se nessuno si ricordasse del suo matrimonio con Scott. Gli anni avevano lasciato il segno su quell'uomo invecchiato male. Nessuno chiedeva una foto di lui con Silvana, ma soltanto da solo. La coppia lasciò la festa piuttosto presto, senza neanche salutare Julia. Quella sera, a Meredith parve di aver rotto un altro incantesimo. Scott non aveva più alcuna importanza per lei. Finalmente.

Meredith e il compagno erano arrivati alla prima verso le sei di sera, per il red carpet. Era quasi l'una del mattino quando lasciarono il ricevimento, ancora preso d'assalto dalla stampa. L'evento era uno dei più importanti di Hollywood. Meredith aveva seguitato a ripetere che il suo era stato un breve ritorno di fiamma, solo per accontentare la nipote, ma tutti insistevano per sapere se, adesso che era tornata, avrebbe girato un altro film.

Charles le pose la stessa domanda mentre tornavano in albergo.

«Non lo so», gli rispose con dolcezza, seduta come una regina accanto a lui sul sedile posteriore della Rolls, e poi lasciandosi andare nel suo abbraccio. «Non penso che mi interessi. Ho tutto quello che desidero. Mia nipote, tu, gli amici...» Will e Daphne erano i suoi nipotini adottivi... Tyla si era appena trasferita in un appartamento poco lontano dalla villa e aveva venduto la casa concessale in piena proprietà dal tribunale. Lei e i figli non avrebbero più avuto problemi finanziari e sarebbero stati al sicuro.

Andrew era stato trasferito nella prigione di San Quintino, dove meritava di stare. Peter e Ava presto si sarebbero sposati. A breve si sarebbero riuniti tutti in occasione del concerto che Arthur avrebbe tenuto a New York, alla Carnegie Hall. Le due persone che l'avevano ferita di più, Scott e Kendall, avevano perso il loro potere su di lei. Era felice con Charles. Difficile immaginare una vita migliore.

«Non so se ho bisogno di un altro film. Mi sono divertita con questo.» La verità era che ormai non aveva più paura neanche di riprendere a lavorare. Se avesse trovato un altro copione degno di essere preso in considerazione non ci avrebbe pensato due volte. Poteva fare quello che voleva ed era incredibile pensare che tutto fosse cominciato con un terremoto.

Della stessa autrice

Fine dell'estate
Palomino
Una perfetta sconosciuta
Stagione di passione
Una volta nella vita
Un amore così raro
Due mondi due amori
Incontri
La tenuta
Ritratto di famiglia
Svolte
Promessa d'amore
Menzogne
Ora e per sempre
L'anello
Giramondo
Amarsi
Amare ancora
Cose belle
Il cerchio della vita
Il caleidoscopio
Zoya
Star
Daddy-Babbo
Messaggio dal Vietnam
Batte il cuore
Nessun amore più grande
Gioielli
Le sorprese del destino
Scomparso
Il regalo
Scontro fatale
Cielo aperto
Fulmini
La promessa
Cinque giorni a Parigi
Brilla una stella
Perfidia
Silenzio e onore
Il ranch
Un dono speciale
Il fantasma
La lunga strada verso casa
Immagine allo specchio
Dolceamaro
Forze irresistibili
Le nozze
La casa di Hope Street

Il viaggio

Granny Dan-La ballerina dello zar

Aquila solitaria

Atto di fede

Un uomo quasi perfetto

Il bacio

Il Cottage

Tramonto a Saint-Tropez

Una preghiera esaudita

Un angelo che torna

Appuntamento al buio

Un porto sicuro

La casa

Il miracolo

La stagione delle emozioni (Scomparso, Forze irresistibili, Il bacio)

Sua Altezza Reale

Sorelle

Ricominciare

Una grazia infinita

Una volta ancora

Irresistibile

Gli inganni del cuore

Una donna libera

Le luci del Sud

Una ragazza grande

Happy Birthday

44 Charles Street

Legami di famiglia

Una notte da ricordare

Hotel Vendôme

I peccati di una madre

Un giorno per volta

Al primo sguardo

Piccola Minnie a Parigi

Fino alla fine dei giorni

Tradita

Pegaso-Le ali del destino

Gioco di potere

Ogni istante di felicità

Una vita perfetta

L'appartamento

L'eredità segreta

L'amante

Doni preziosi

Una magia a Parigi

La duchessa

Il momento giusto

Come una favola

Oltre ogni ostacolo

Più forte di prima

Beauchamp Hall
Lo spettacolo
Sulle orme di un padre
A ogni svolta
La spia
Una notte silenziosa
Il gioco della vita
Tesori di papà
La principessa perduta
L'abito da sposa
Tutto ciò che brilla
Vicini di casa

DISSERTATIONES BOTANICÆ

BAND 79

Vegetational and Climatic History of the High Plain of Bogotá, Colombia: A Continuous Record of the Last 3.5 Million Years

by

HENRY HOOGHIEMSTRA

1984 · J. CRAMER
In der A.R. Gantner Verlag Kommanditgesellschaft
FL-9490 VADUZ

Printed in Germany
by Strauss & Cramer GmbH, 6945 Hirschberg 2
ISBN 3-7682-1404-4

VEGETATIONAL AND CLIMATIC HISTORY OF THE HIGH PLAIN OF BOGOTA, COLOMBIA:

A CONTINUOUS RECORD OF THE LAST 3.5 MILLION YEARS

ACADEMISCH PROEFSCHRIFT

TER VERKRIJGING VAN DE GRAAD VAN DOCTOR IN DE WISKUNDE EN NATUURWETENSCHAPPEN AAN DE UNIVERSITEIT VAN AMSTERDAM, OP GEZAG VAN DE RECTOR MAGNIFICUS, DR. D.W. BRESTERS, HOOGLERAAR IN DE FACULTEIT DER WISKUNDE EN NATUURWETENSCHAPPEN, IN HET OPENBAAR TE VERDEDIGEN IN DE AULA DER UNIVERSITEIT (TIJDELIJK IN DE LUTHERSE KERK, INGANG SINGEL 411, HOEK SPUI) OP WOENSDAG 27 JUNI 1984 TE 15.00 UUR PRECIES

DOOR

HENRY HOOGHIEMSTRA

geboren op 21 november 1948 te Eindhoven

Promotor: Prof.Dr. T. van der Hammen

Aan de nagedachtenis van mijn moeder

Aan mijn vader

This study was carried out at the Hugo de Vries Laboratory, Department of Palynology and Palaeoecology, University of Amsterdam, Amsterdam, The Netherlands.

This thesis is also published as:
Vol. 10 in the series "The Quaternary of Colombia" (editor T. van der Hammen, Amsterdam), and as
Vol. 79 in the series "Dissertationes Botanicae" (J. Cramer Verlag, Vaduz).

THE COVER (thesis edition)

From the top downwards the mean annual temperature curves of the major climatic cycles nos. 3 to 25 (see fig. 15, and table 9; simplified) are illustrated, covering the period from c. 125,000 yr. B.P. to c. 3,370,000 yr. B.P. Data are derived from pollen analysis of the 357 m long Funza core (Colombia).
The length of the horizontal axis of each cycle is proportional to the duration. The different lengths of duration of the major climatic cycles and their amplitudes through time, and the distinct change in the cyclicity after the 15th cycle (dated c. 2.7 million years B.P.) are evident. The horizontal axis distinguish in each cycle an open period (with relatively low altitudinal forest lines: corresponding with relatively cold climatic conditions), and a shaded period (with relatively high altitudinal forest lines: corresponding to relatively warm climatic conditions). The horizontal axes are, in contrary to fig. 15, not drawn in a standardized way.

Contents

List of Tables

LIST OF TABLES

1. Introduction

The study of the climatic history of the Quaternary of Colombia, as expressed by vegetational changes , started about 25 years ago. Numerous sections of lake sediments, peats and, more recently, also soils were palynologically analyzed and the accumulated evidence, together with information from other disciplines, made it possible to obtain an overall view of the evolution of the páramo ecosystem (Van der Hammen & Cleef, in press).
An important historical study about the Quaternary of Colombia was published by Van der Hammen & González (1960 and 1963) and the most recent insights (Van der Hammen & Cleef, in press), enabled the treatment of the last 0.4 million years. Van der Hammen *et al.* (1973), dealing with the stratigraphy and palynology of the Pliocene and Lower Quaternary formations of the central part of the Colombian Eastern Cordillera, came to the provisional zonation of the Pliocene and Lower Quaternary sediments of the high plain of Bogotá (Sabana de Bogotá), *viz.*, the zones I to VI. The zones IV, V and VI were considered to belong to the Quaternary period. The 195 m deep bore hole Bogotá (Ciudad Universitaria) CUY illustrates zone V and the transition from zone V to zone VI, characterized by the appearance of the genus *Alnus* (alder). A lack of dated horizons rendered a correlation with other long records difficult. The central part of the basin of Bogotá was expected to provide the highest rate of sedimentation and the longest record. A first drilling of 150 m near the village of Funza in the centre of the high plain of Bogotá was palynologically analyzed by O.K. Hulshof. The main diagram of this analysis has been used in several publications (Van der Hammen, 1979; Van der Hammen & Cleef, in press) but the complete results were never published. In 1976 a successive boring in the same location provided undisturbed sediments from a depth of 140 m down to 357 m. With the available drilling equipment it was not possible to collect more deeply situated samples. The palynological analysis of this second part (140-357 m) of the Funza core, supplemented by the results of the first part (0-150 m) of this core, form a unique historical document for the reconstruction of former vegetation types and climates of the high plain of Bogotá and, in a more general sense, of the northern Andes. The presence of volcanic ash layers in the sequence opened the possibility of direct, absolute datings by different methods (potassium-argon dating and fission-track dating), so that a direct comparison with dated sequences of ocean sediments became possible. For the time being it seems that this sequence of over 3.5 million years at Funza is the longest continuous climatic record of the world, at least with so much detail.

A geo-electric survey for subterranean water supplies in the high plain of Bogotá (C.A.R., 1975) learned that near Funza about 800 m of unconsolidated sediments are present. A third boring down to the bottom of the basin of Bogotá will be of considerable interest and importance and it is to be expected that the entire Pliocene will be included in that range.

The identification of palynomorphs encountered in the Funza core was a time-consuming task. As many palynomorphs as possible are distinguished, described and illustrated. This method resulted in a great number of (newly) distinguised pollen types, spores, and other palynomorphs, many of which had not been especially recorded in the earlier analysis of the upper 150 m. This suggests an apparent level of disappearance of some types in the diagrams which is simply the result of the history of the analytical procedure. Rarely occurring types are also illustrated, because these types may conceivably be more frequent in other sections in the area or in the lowermost part of the Funza section, which has to be drilled in the near future. As far as the types illustrated in the publications of Van der Hammen & Gonzālez (1960 and 1963) and Van der Hammen *et al.* (1973) are also present in the Funza core, they are illustrated in this study again so as to provide a complete atlas of fossil palynomorphs of the Funza core.

The present study was made possible by research grants from the Netherlands Foundation for the Advancement of Tropical Research (WOTRO), The Hague (W 75-168 and W 75-11) and was carried out at the Hugo de Vries-laboratory of the University of Amsterdam.

2. *Material and Methods*

COLLECTION AND PREPARATION OF THE SAMPLES

The core was drilled near the village of Funza (lat. 4°50'N, long. 74°12'W) on the high plain of Bogotá (see fig. 1) by a drilling equipment of the Instituto Nacional de Investigaciones y Recursos Geológico-Mineras (Ingeominas), Bogotá. A special core device was used consisting of a dismountable brass tube with a cutting edge connected to a piece with a valve which permits the water to escape when the core is being drilled and closes when the core tube is brought up. The tube with the core is then dismounted and the core is pushed out of the tube by a special device and stored in plastic. Core diameter: 2½ inch.

At that location the high plain lies at 2547 m above sea level and represents the former bottom of a large Pleistocene lake (Van der Hammen, 1973). This former lake is surrounded by Tertiary and Cretaceous rocks. The bore hole Funza is situated almost in the centre of the basin (see fig. 2) and a geo-electric study about water supplies in the Bogotá basin provided (extrapolated) data of about 800 m of unconsolidated sediments in that location. This study concerns the palynological analysis of the upper 357 m of sediments. A continuous drilling up to the bottom of the basin is planned. The sediment was sampled in cores of 50 cm length and transported to the Hugo de Vries-laboratory of the University of Amsterdam where the samples for palynological analysis were taken. Nearly all cores were compressed and varied in length between (50)48-34(25) cm. For the collection of the actual samples to be analyzed (about 1 cm^3) every core was regarded as representing originally a length of 50 cm and the sample distances were taken by ratio. The samples were stored in sealed plastic bags.

For the range 0-150 m the sample distance was 12.5 cm. However, especially in the lower part of this interval not all pollen slides have been analyzed. In the range 140-357 m the sample distance was 10 cm, but only the samples at the successive distances 140.00 m, 140.20 m, 140.40 m, 140.60 m, etc. were used in this study, whereas all interjacent samples (140.10 m, 140.30 m, 140.50 m, etc.) were not used and remain available for further study. As indicated before, the very time-consuming nature of this study prevented the analysis of all samples. In the ranges 140-155 m and 250-357 m all samples at distances of 20 cm have been palynologically analyzed, whereas in the interjacent range 155-250 m the sample distances were in every range of one metre successively 40-40-20 cm: *e.g.*, 155.00 m, 155.40 m, 155.80 m, 156.00 m, 156.40 m, 156.80 m, 157.00 m, etc. Volcanic ash layers were sampled for dating purposes (see table 10). The lithological sequence was described at a scale 1:10 and is presented in detail in the appendix (fig. 33 A-F). For the preparation of the pollen slides the samples were treated for 5 minutes with a boiling 5% aqueous KOH solution, followed by acetolysis (Erdtman, 1952) and a gravity separation by means of a bromoform-alcohol mixture. Nearly all samples consisted of a clayic sediment and provided rather clean pollen slides with abundant, well preserved and uncorroded grains. Some samples had to be treated in an ultrasonic water bath to obtain a better separation. Samples from fossil peats were first decarbonized with HNO_3. The pollen

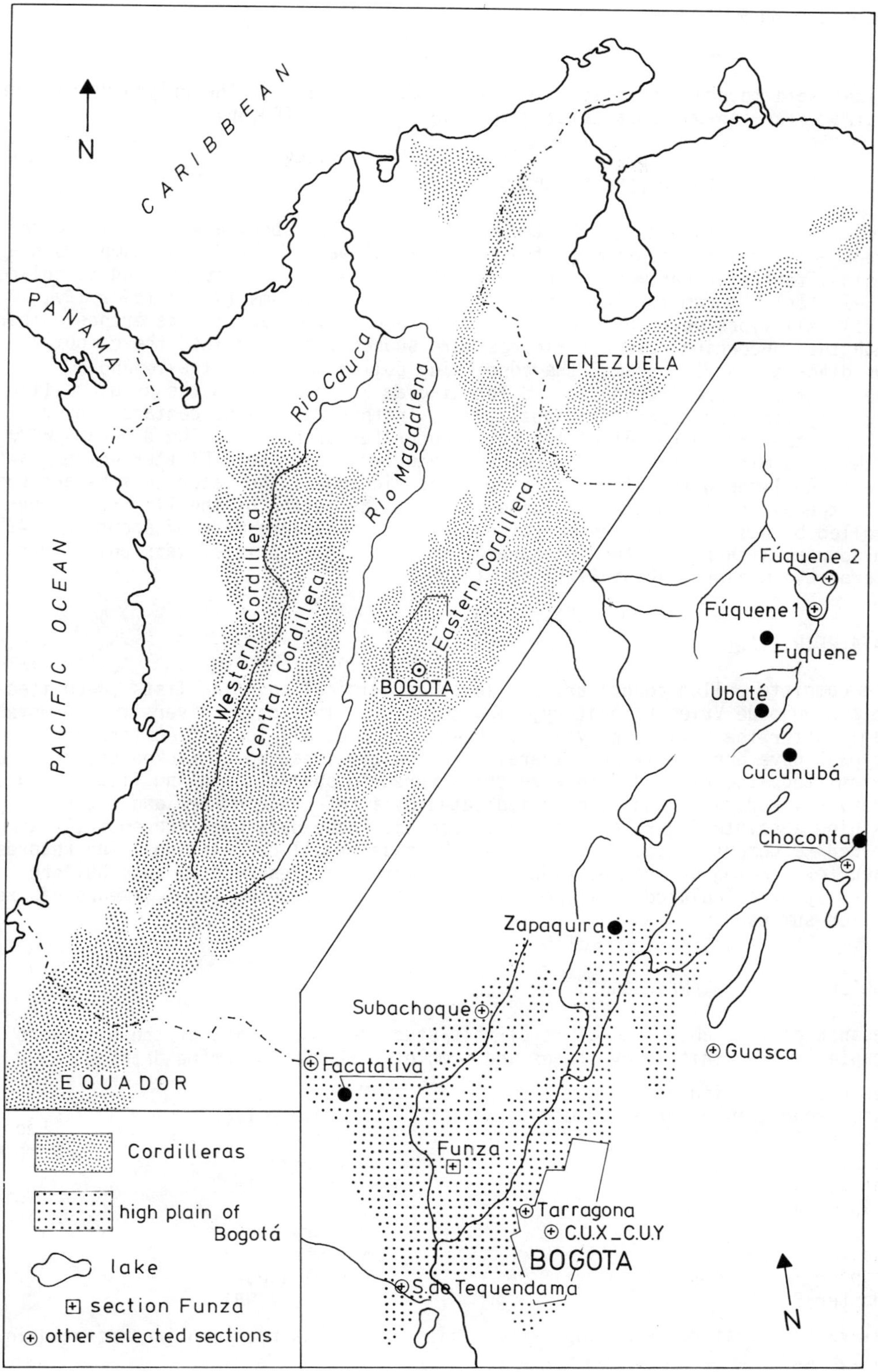

Fig. 1: Location of the high plain of Bogotá and the section of Funza. Other important sections in and around the high plain of Bogotá are also indicated.

slides were mounted in silicone oil with glycerine jelly. The palynological analysis was carried out on a Leitz Orthoplan microscope (PO 46).

CONSTRUCTION OF THE POLLEN DIAGRAMS

The amount of data provided by the about 1230 pollen spectra was too large to produce the pollen diagrams in the conventional way. Mr. A.C. Veldkamp, Mathematical Centre, Department of Computer Science, Amsterdam was so kind to enlarge an existent program for laser plotting of pollen diagrams (Veldkamp *et al.*, 1981). All types were supplied with a reference number and the reference numbers with the concerning absolute figures were subsequently fed into the computer. For diagram 1 and diagram 2 the concerning pollen sums (see the legend of the diagrams) were introduced and for diagram 3, in addition the R-values (t/p factors) for each taxon (Grabandt, 1980). In this way the percentages in each pollen spectrum were calculated by computer for each taxon. The diagrams were drawn on a microfiche of 10x15 cm by a Cambridge Laser Beam Plotter which draws very fine lines with extreme accuracy. Positioning of the laser beam is achieved with the aid of a system of movable mirrors. The motion of the mirrors is controlled by computer. Of the microfiche enlargements were made of about 100x140 cm to work with during the interpretation. The final, printed version, of each microfiche measures about 67x85 cm.

DATA RETRIEVAL

The complete pollen counts are available as original counting lists (deposited at the Hugo de Vries Laboratory, Department of Palynology, University of Amsterdam). After the pollen analyses had been completed all identified taxa and "types" have been verified. Several taxa and types had to be linked up, split up or omitted. The revised data were transferred to special counting lists on which every revised taxon and type is indicated by a reference number and the pertaining absolute figure (deposited as above). These data were subsequently transferred to computer tape and served as the base of all calculations. The records used for drawing up the individual curves were not preserved as such but can directly be calculated from the basic data on the computer tape by means of the pollen sum used.

COMPLETION OF THE MANUSCRIPT

Because of the laborious nature of this study the manuscript of the different chapters were finished by stages and completed at the following dates:

Laser-scan drawing of diagram 1-3	March 1982
Laser-scan drawing of diagram 4	September 1982
Chapter 1	May 1982
Chapter 2	May 1982
Chapter 3	September 1982
Chapter 4	July 1983
Chapter 5	January 1984
Chapter 6	November 1982
Chapter 7	August 1983
Chapter 8	December 1981

Relevant literature, published after these dates, has not been incorporated in this study.

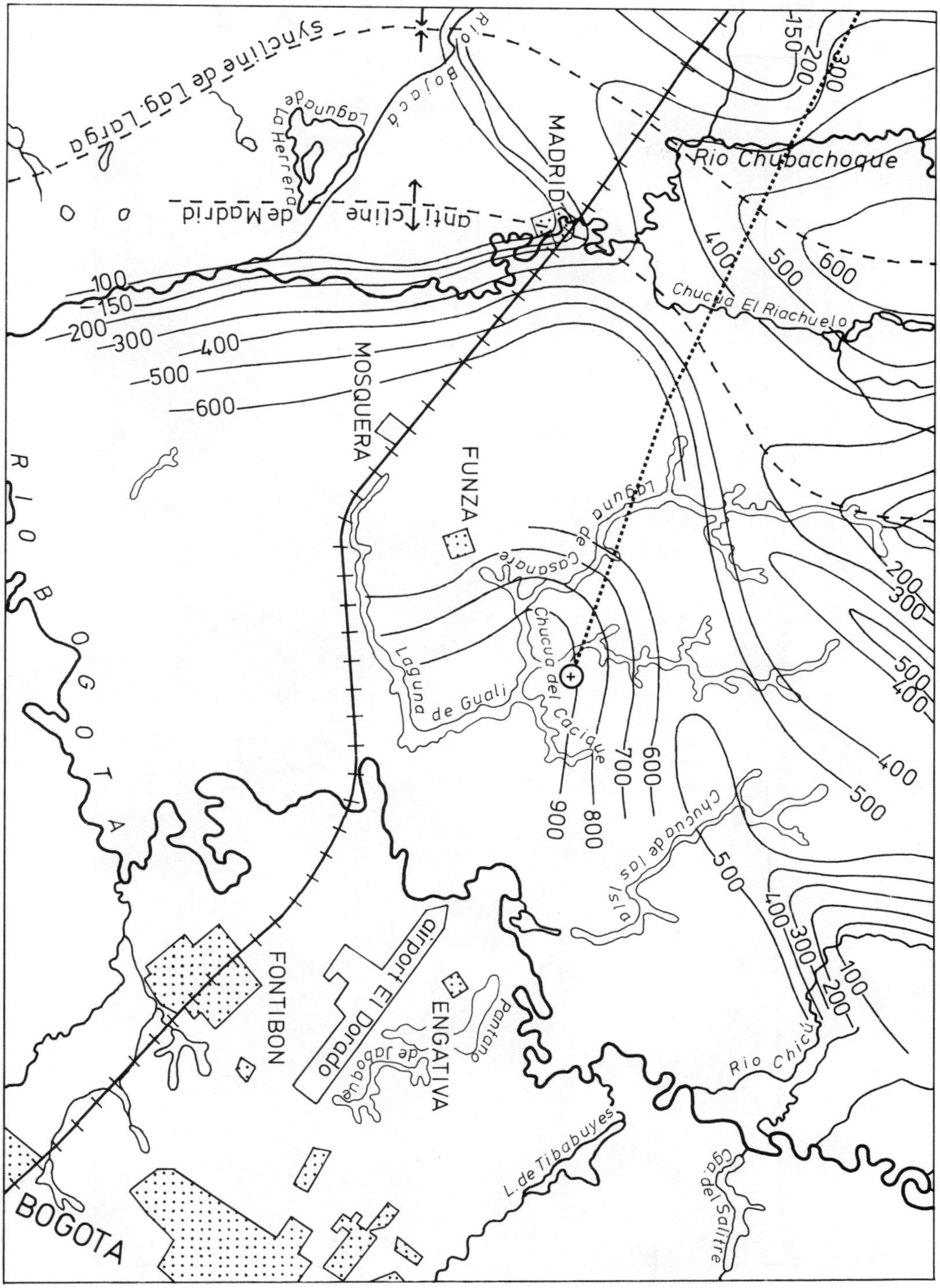

Fig. 2: Map of the area around Funza with isobaths lines, indicating the thickness of the unconsolidated Quaternary and Pliocene lake sediments. The location of the section of figure 3 is indicated by a dotted line.

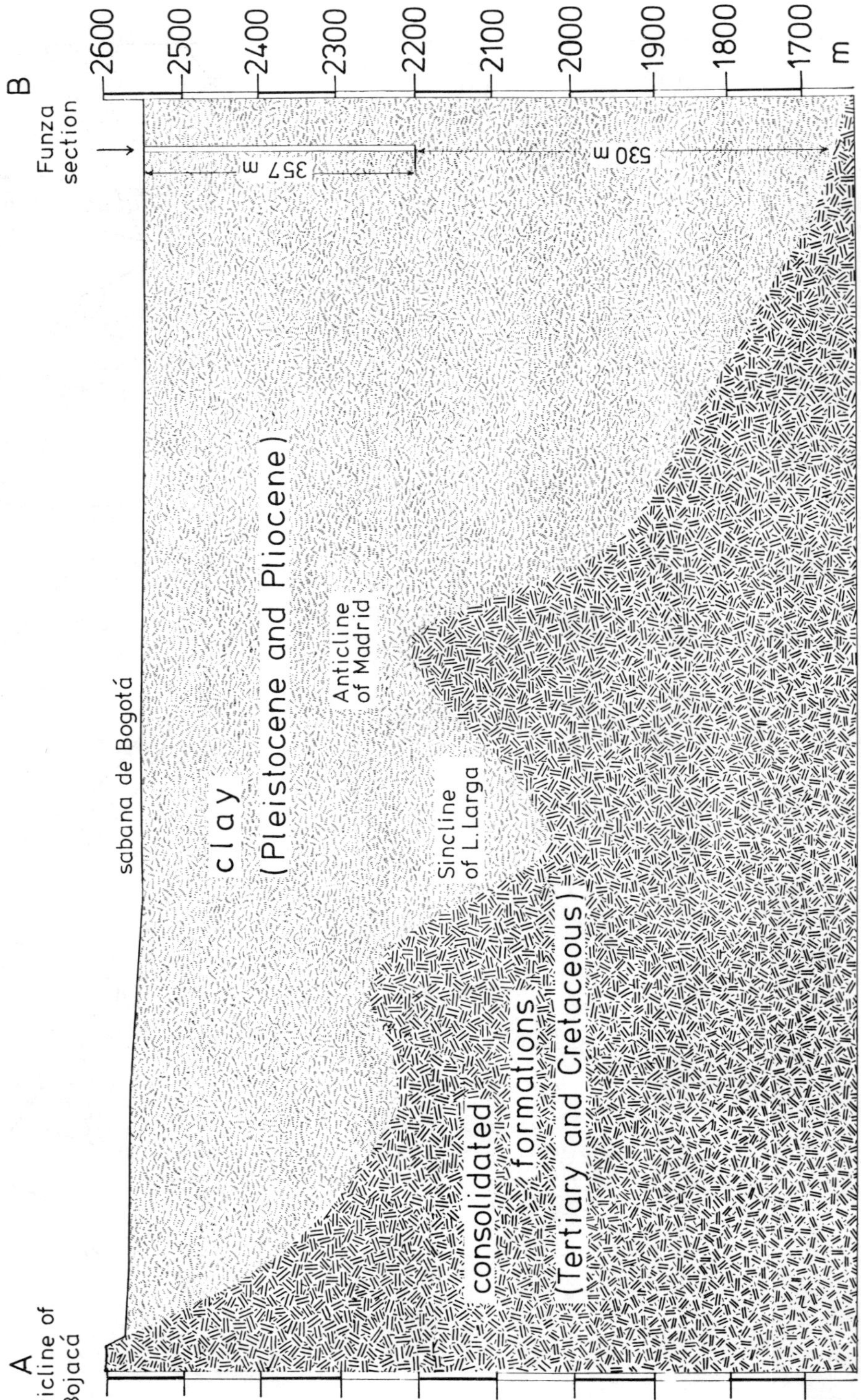

Fig. 3: Section through a part of the high plain of Bogotá (after a geo-electric study about subterranean water supplies, C.A.R., 1975) indicating the thickness of unconsolidated Quaternary and Pliocene lake sediments around Funza. The location of section A - B is indicated in figure 2. Top of the section of Funza c. 2547 m alt.

3. The Pollen Diagrams

GENERAL REMARKS

In diagram 1, 2 and 3 the results of the palynological analysis of the 357 m deep section of Funza are shown. The section consists of two parts: one core from a borehole which reached down from 0 m to 150.00 m below the surface and was analyzed by O.K. Hulshof and a core from a second drilling in the same location which reached down from 140.00 m to 357.00 m and was analyzed by the present author. The 10 m overlap, *viz.* from 140.00 m to 150.00 m made it possible to link-up the two parts: the individual curves and the general diagram are highly conformable so that a reliable linking-up of both sections was possible (see below). Since the present author's analyses were more extensive than those done by O.K. Hulshof, the author's results were used for the stretch between 140.00 m and 150.00 m. For the same reason many newly identified taxa have not been recorded from the 0-140.00 m core. On the other hand, some curves (monoletes div., triletes div., Monocotyledonae) which each comprise groups of different taxa are used only between 0-140.00 m. The author identified individual types as much as possible. The frequency of occurrence of 178 types of pollen, spores and other palynomorphs is so low (present in fewer than about 10 pollen spectra) that they are not inserted in the diagrams. The depths at which they occur are indicated after their individual description (see chapter 8).

In order to achieve a high resolution it was tried to make the sample distance as small as practicable. A sample distance of 20 cm was used from 357.00-250.00 m and from 155.00-140.00 m. The intermediate range (250.00-155.00 m) was analyzed at every metre and subsequently at 40 cm and 80 cm. Between 140.00 m and 0 m the sample distance used was mostly 25 or 50 cm (with extremes of 12.5 cm and 100 cm). The pollen sum necessitated special attention because of the abundant presence of *Alnus* (alder). *Alnus jorullensis* occurs on the humid parts of the high plain of Bogotá and along streams in the mountains. In the Cocuy (Eastern Cordillera) *Alnus* was observed up to c. 3550 m altitude (Van der Hammen *et al.*, 1980/1981). In addition *Alnus* occurs in forests, *e.g.*, on the hills around the high plain of Bogotá. In the Central Cordillera *A. jorullensis* forms local stands on hills which do not seem to have wet soils (these places do have a humid climate). The relatively excessive pollen production of *Alnus*, attributable to the fact that *Alnus* formed extensive swamp forests around the former lake of Bogotá, in combination with the relatively low pollen production of other forest elements, possibly forms a disturbing factor in the calculation of shifts of the forest limit (Janssen, 1959). This led to the decision to construct also a diagram in which *Alnus* is excluded from the pollen sum (pollen sum II, diagram 2). It has to be borne in mind that *Alnus* does not occur above the forest limit, so that in alternations between páramo and forest vegetation on and above the high plain of Bogotá *Alnus* to an appreciable extent helps to sharpen this boundary.

Pollen sum I has a conventional composition for the sake of comparability with previously published diagrams and has been used for diagram 1, sheet 1 (front side): curve 1-91, and sheet 2 (front side): curve 92-203 . Pollen sum I includes

Acalypha. Alchornea, Cecropia (subandean forest elements), *Alnus, Quercus, Podocarpus, Hedyosmum, Weinmannia, Vallea* type, *Rapanea, Symplocos, Drimys, Ilex, Styloceras, Daphnopsis, Juglans, Bocconia,* Melastomataceae, *Miconia,* Urticaceae-Moraceae, *Pilea, Eugenia,* Myrtaceae, *Dodonaea, Gaiadendron, Myrica* (Andean forest elements; partly to be found also in the subandean belt), *Polylepis-Acaena,* Ericaceae, *Hypericum,* Compositae tubuliflorae, Compositae liguliflorae, *Loricaria* type (subpáramo shrubs) and Gramineae (páramo elements). Some of these elements may occur also in another zone (*Myrica* and *Miconia* in the subpáramo; *Polylepis* in the páramo and *Loricaria* proper at the limit of the grass páramo and superpáramo etc.) and this must be taken into account when the interpretation of the diagram depends heavily on the records of these elements. Pollen sum II includes all taxa of pollen sum I minus *Alnus*, and has been used for diagram 2 (sheet 2, back side: curve 1-57). Pollen sum I varies between about 200-330 within the range 0-140 m, and between about 300-380 in the range 140-357 m. It is obvious that pollen sum II is considerably lower in the range 0-250 m because of the exclusion of the great pollen producer *Alnus* (see pollen sum curve). Diagram 1 and 2 are each accompanied by two general diagrams ("Iversen diagrams"): for the right-hand one pollen sum I was used, and for the left-hand one pollen sum II. General diagrams show changes in the contribution of the above-mentioned four groups of taxa in time. In the general diagrams the percentage of arboreal pollen is plotted from the left to the right and the percentages of the herbaceous pollen from the right to the left.
Diagram 3 (sheet 1, back side: curves 1-34) is constructed after application of the R-values (t/p values) of Grabandt (1980) to the counting data. By means of this value it proves to be possible to obtain a better insight into the composition of the stand of vegetation. The following t/p values are used: see Grabandt (1980), table IV:

Table 1: Applied t/p values to diagram 3

Gramineae	1.0	(b)	Urticaceae-Moraceae	1.0	(b)
Alnus	0.2		*Pilea*	1.0	(b)
Quercus	0.5		*Eugenia*	1.0	(b)
Podocarpus	1.0	(b)	Myrtaceae	1.66	
Hedyosmum	0.4		*Dodonaea*	5.58	(a)
Weinmannia	2.0		*Gaiadendron*	0.73	(a)
Vallea	4.13	(a)	*Myrica*	0.4	
Rapanea	2.0		*Polylepis-Acaena*	2.0	(a)
Symplocos	1.0	(b)	Ericaceae	3.56	(a)
Drimys	3.0		*Hypericum*	1.0	
Ilex	1.5		Compositae tubuliflorae	0.6	
Styloceras	1.0	(b)	Compositae liguliflorae	0.6	
Daphnopsis	1.0	(b)	*Loricaria* type	0.6	
Juglans	1.0	(b)	*Acalypha*	0.5	
Bocconia	1.0	(b)	*Alchornea*	0.5	
Melastomataceae	1.0		*Cecropia*	4.0	
Miconia	0.78	(a)			

(a): t'/p' values with a less reliable correlation with the stand of vegetation (see Grabandt, 1980; table IV)
(b): no t/p or t'/p' values known; no factor applied

Only the curves of the taxa included in pollen sum I are recalculated in this way. Separate diagrams, with curves based on the pollen sums I and II, respectively, were constructed, but only the diagram based on pollen sum I is published here. Also diagram 3 is accompanied by two general diagrams: the right-hand one based on pollen sum I and the left-hand one on pollen sum II (see also the remarks relating to the diagrams 1 and 2 in the appendix). It must be borne in mind that the t/p values, as provided by Grabandt (1980), concern the relation between recent stands of arboreal vegetation and the present pollen rain within a forest. This means that the t/p values used in diagram 3 may be expected to provide reliable results for those periods in history in which close stands of forests surrounded the lake of Bogotá (see fig. 15). Since a study on t/p values for (open) páramo vegetation types is still in preparation (Grabandt), no values are available at this moment; for the time being the values used are the best approximation possible.

THE ZONATION

A perusal of the general diagram shows in the first place that periods in which tree pollen dominates (representing closed vegetation types) alternate with periods during which pollen of open vegetation types are relatively more important. The bulk of the tree pollen is provided by *Hedyosmum*, *Myrica*, *Podocarpus* and *Vallea* type in the pollen zones 55-31, by *Alnus*, *Podocarpus*, *Hedyosmum*, *Myrica* and *Weinmannia* in the pollen zones 30-13 and by *Alnus*, *Quercus*, *Podocarpus*, *Weinmannia*, *Hedyosmum* and *Myrica* for the pollen zones 12-2. In periods in which pollen of more open vegetation types are dominating, the principal constituents of the pollen rain are Gramineae, Compositae, *Hypericum* and *Polylepis-Acaena* type.

The general diagram and the individual curves enable the reconstruction of a zonation in the pollen sequence. All zonal boundaries are drawn where a transition is found from a period dominated by pollen of an open vegetation type, representing cold (glacial) climatic episodes, to one in which the percentages of closed vegetation types, representing warm-temperate (interglacial) climatic episodes, were relatively more important. Zone 29 is characterized by intermediate conditions prevailing during a relatively long period. The above-mentioned criteria serve for the following more detailed description of the pollen zones. These have been numbered, from top to bottom, from 1 to 55, in order to be able to continue the sequence downward, once still deeper parts of the sequence will have been sampled and studied.

Pollen zone 55:
zone 55 A: 357.00 m - 354.40 m. Spectra no. 2100-2074.
zone 55 B: 354.40 m - 350.20 m. Spectra no. 2074-2032.

This zone is characterized by relatively high percentages of arboreal pollen. Low percentages of *Hedyosmum* and *Polylepis* in the lower part and low percentages of *Myrica* in the upper part permit a subdivision into a lower part (A) and an upper part (B). A lignite layer between 354.00 m and 354.20 m corresponds with high maxima of *Myrica* (25-50%) and *Jamesonia* (25%). Of the most important contributors the percentages in subzones A and B are, respectively: *Podocarpus* c. 2/5%; sum other forest elements c. 3-6/8-10%, *Hedyosmum* c. 2/4-10%, *Weinmannia* c. 2.5-3.5%; *Myrica* decreases from c. 10% to c. 6.5%; *Polylepis* c. 1% only in the upper part; Gramineae fluctuate between c. 45-55%; *Hypericum* c. 3-4%; Compositae c. 15-22%; *Plantago* shows 3 maxima of, respectively, c. 20%, c. 15% and 30-80%; Cyperaceae fluctuate in the same way as *Plantago*; *Myriophyllum* c. 1.5-2/15% and *Botryococcus* c. 10/30-70%.

Pollen zone 54: 350.20 m - c. 347.00 m. Spectra 2032-2011.

This zone is characterized by relatively low percentages of arboreal pollen and a marked dominance of pollen of the Gramineae and Compositae. The interval without core recovery between 348.00 m and 346.00 m prevents a more precise establishment of the upper limit of zone 54. Because of the largely sandy character of neighbouring parts of the stratigraphical column this gap in core recovery most probably represents pure sands which fell out of the core tube and only a short time interval. This zone is separated from the previous zone by a rapid increase of Gramineae and *Isoetes*, and a rapid decrease of *Hedyosmum*, *Myrica*,

Umbelliferae, *Plantago, Myriophyllum,* monoletes psi. and *Botryococcus*. Of the most important contributors the average percentages are: Gramineae c. 60-80%, *Hypericum* c. 0.5-1%, Compositae c. 25-30%, *Valeriana* c. 1-2%, *Plantago* c. 1%, *Podocarpus* c. 1-2.5%, sum other forest elements c. 2.5-3.5%, *Myrica* c. 2.5-6%, Cyperaceae c. 2.5-4%, *Isoetes* c. 30-40% and *Botryococcus* c. 2.5%.

Pollen zone 53: c. 347.00 m - 339.80 m. Spectra no. 2010-1998.

This zone was greatly taken up by two gaps in core recovery, *viz.*, between 348.00-346.00 m and from 345.00-340.00 m and is, therefore, badly defined. As the intermediate part of the section 346.00-345.00 m and also the neighbouring part 340.00-339.00 m consists of pure sands, most probably these two gaps mainly represent pure sands which fell out of the core tube and only a short time interval. The percentages of most curves between 346.00 m and 345.00 m rather closely correspond with the percentages found in pollen zone 52 and suggest the presence of a period with relative high percentages of arboreal pollen. It is uncertain whether this period has to be considered a continuation of zone 52, or if the gap from 345.00 m - 340.00 m hides a period with relatively low percentages of arboreal pollen. In the last-mentioned case glacial cycle 26 would represent two glacial cycles instead of only a single one. This zone is separated from the previous one by a rapid increase of *Vallea* type, *Miconia* and *Myrica* and a rapid decrease of Gramineae, *Valeriana, Lycopodium* fov. and *Isoetes*. Of the most important contributors the percentages are: Gramineae c. 10-40%, *Podocarpus* c. 4%, sum other forest elements c. 20-40%, *Hedyosmum* c. 2-4%, *Vallea* type c. 7-25%, *Ilex* c. 1-3%, *Miconia* c. 3-7%, *Myrica* c. 7-16%, *Hypericum* c. 1-5%, Compositae c. 30-60% and Cyperaceae c. 5%.

Pollen zone 52: 339.80 m - 337.00 m. Spectra no. 1998-1970.

This zone is characterized by relatively high percentages of arboreal pollen. The lower limit is bordered by a gap in core recovery, but the trend in the general diagram suggests that this gap does not influence the position of the lower limit. This zone is separated from the previous one by a rapid increase of Gramineae, *Hedyosmum, Myrica,* Umbelliferae, *Plantago, Myriophyllum, Sphagnum* and *Botryococcus,* and a rapid decrease of the Compositae. Of the most important contributors the percentages are: *Podocarpus* c. 3.5%, sum other forest elements c. 7.5-12%, *Hedyosmum* c. 5%, *Vallea* type c. 2-6%, *Myrica* c. 13-25%, Gramineae c. 25-50%, *Hypericum* c. 1.5-5%, *Plantago* c. 1.5-10% and *Botryococcus* c. 5-20%.

Pollen zone 51: 337.00 m - 331.00 m. Spectra no. 1970-1910.

This zone is characterized by relatively low percentages of arboreal pollen and high percentages of Compositae. Between 335.20 m and 334.00 m a thick lignite layer is present, indicating the presence of a peat marsh or peat bog at this site (*i.e.*, a very low lake level). In this interval pollen types produced by the *in situ* stand of peat bog vegetation dominate in the diagram and cause in several curves abberant percentages in comparison to the rest of zone 51. This zone is separated from the previous one by a rapid increase of Compositae, *Lycopodium* fov. and *Isoetes,* and a rapid decrease of *Myrica, Plantago* and *Borreria*. Percentages outside the lignite layer had the following values: Gramineae c. 50-60%, *Podocarpus* c. 2.5%, sum other forest elements c. 6.5-11%, *Hedyosmum* c. 5%, *Myrica* c. 5%, *Hypericum* c. 2.5-7%, Compositae c. 18-30%, *Plantago* c. 2.5% in the first part and c. 30% in the last part of the zone, Cyperaceae c. 6-20% and *Lycopodium* fov. c. 1-3.5%. Percentages in the lignite layer are: Gramineae c. 70-80%, Ericaceae c. 10%, *Hypericum* c. 7-18%, Compositae c. 8-60%, Umbelliferae c. 10-80%, Rubiaceae c. 30-45%, Solanaceae types c. 20-30%, *Lycopodium* fov. c. 40-70% and *Sphagnum* c. 40-120%.

Pollen zone 50: 331.00 m - 325.00 m. Spectra no. 1910-1850.

This zone is characterized by relatively high percentages of arboreal pollen and separated from the previous zone by a rapid increase of *Podocarpus,*

Hedyosmum, Myrica, Borreria, Cyatheaceae, *Jamesonia* and *Botryococcus*, and a rapid decrease of *Plantago* and Compositae. Of the most important contributors the percentages are: Gramineae c. 45-55%, *Podocarpus* c. 6-10% and showing a distinct increase in the average percentages from zone 50 onward, sum other forest elements c. 9-16%, *Hedyosmum* c. 6%, *Vallea* type c. 2.5-5%, *Myrica* c. 5-15%, *Hypericum* c. 3%, Compositae c. 15-20%, Umbelliferae c. 2.5%, *Plantago* c. 2.5%, Cyperaceae c. 8-15%, first appearance of a fair amount of *Borreria* (c. 2.5-4%) and of Cyatheaceae (c. 2.5-9%), a distinct increase of *Jamesonia* to 5-15%, and a first continuous presence of the algae *Coelastrum* and *Pediastrum*.

Pollen zone 49: 325.00 m - 321.00 m. Spectra no. 1850-1810.

This zone is characterized by relatively low percentages of arboreal pollen. From 324.00 m - 323.00 m a gap in core recovery is present. Because this gap is bordered at 323.00 m by pure sands it is most probable that this gap represents pure sands which fell out of the core tube and only a short time interval. Between 322.75 m and 322.40 m a lignite layer is present, indicating that peat marshes or peat bogs occurred at this location (low lake level) and coincides with higher percentages for *Hedyosmum, Rapanea, Hypericum, Myriophyllum* and monolete psilate spores as compared with the other part of zone 49. Zone 49 is separated from the previous one by a rapid increase of Gramineae and Compositae, and a rapid decrease of *Myrica, Plantago,* monolete psilate spores and *Coelastrum.* Of the most important contributors the percentages are: Gramineae c. 50-58%, *Podocarpus* c. 2.5-6%, sum other forest elements c. 6-10%, *Hedyosmum* c. 2.5-5%, *Miconia* c. 2.5%, *Myrica* c. 3-6%, *Hypericum* c. 2.5-5%, Compositae c. 17-28%, Cyperaceae c. 6-10% and *Jamesonia* c. 4-13%.

Pollen zone 48: 321.00 m - 319.20 m. Spectra no. 1810-1792.

This zone is characterized by relatively high percentages of arboreal pollen. The zone starts with a 33 cm thick lignite layer, indicating that peat bogs occurred at this location (low lake level). Pollen samples of this lignite layer contained only fungal spores and *Botryococcus* and did not yield reliable pollen spectra. Zone 48 is separated from the previous one by a rapid increase of *Podocarpus, Hedyosmum, Myrica,* Umbelliferae, Cyatheaceae, monolete psilate spores and monolete verrucate spores, and a rapid decrease of Compositae and *Isoetes*. Of the most important contributors the percentages are: Gramineae c. 50%, *Podocarpus* c. 3.5-6.5%, sum other forest elements c. 12%, *Hedyosmum* c. 7.5-10%, *Vallea* type c. 1.5%, *Myrica* c. 8.5%, *Hypericum* c. 2-5%, Compositae decrease from c. 22% to c. 16%, Umbelliferae c. 3.5-7%, *Plantago* c. 2.5%, Cyperaceae decrease from c. 15% to c. 6.5%, *Jamesonia* c. 6-10%, *Isoetes* nearly absent and *Botryococcus* shows a maximum of c. 130%.

Pollen zone 47: 319.20 m - 317.80 m. Spectra no. 1792-1778.

This zone is characterized by relatively low percentages of arboreal pollen and is separated from the previous one by a rapid increase of *Polylepis,* Compositae and *Isoetes*, and a rapid decrease of *Hedyosmum, Myrica,* Umbelliferae, *Borreria,* monolete psilate spores, monolete verrucate spores and *Botryococcus*. Of the most important contributors the percentages are: Gramineae c. 50-58%, *Podocarpus* c. 4%, sum other forest elements c. 7.5-11%, *Hedyosmum* c. 6%, *Myrica* c. 3.5%, *Polylepis* c. 2%, *Hypericum* c. 1.5-2.5%, Compositae c. 22%, Cyperaceae c. 5%, there is a distinct decrease of *Jamesonia* to c. 3.5-6%, a distinct maximum of *Isoetes* of c. 15% and a distinct minimum of *Botryococcus* of c. 2.5%.

Pollen zone 46: 317.80 m - 316.00 m. Spectra no. 1778-1760.

This zone is characterized by relatively high percentages of arboreal pollen and is separated from the previous one by a rapid increase of *Podocarpus, Hedyosmum, Myrica,* monolete psilate spores and monolete verrucate spores, and a rapid decrease of Gramineae, Compositae and *Isoetes*. Of the most important contributors the percentages are: Gramineae c. 40-48%, *Podocarpus* c. 7.5-11%, sum other forest elements c. 17-22%, *Hedyosmum* c. 10%, *Miconia* c. 2%, *Myrica* c. 7.5-10%, *Hypericum* c. 3-4%, Compositae c. 16%, *Plantago* c. 2.5%, *Borreria* c. 1-2.5%, *Jamesonia* c. 4% and *Isoetes* shows a minimum of c. 3%.

Pollen zone 45: 316.00 m - 310.00 m. Spectra no. 1760-1700.

This zone is characterized by relatively low percentages of arboreal pollen and is separated from the previous one by a rapid increase of Gramineae and *Isoetes*, and a rapid decrease of *Podocarpus, Hedyosmum* and monolete psilate spores. Of the most important contributors the percentages are: Gramineae c. 45-55%, *Podocarpus* c. 2.5-5%, sum other forest elements c. 6-16%, *Hedyosmum* c. 5-6%, *Vallea* type c. 2.5-8%, *Miconia* c. 1-2.5%, *Myrica* shows here a minimum of c. 3%, *Polylepis* c. 2.5-5%, *Hypericum* c. 2.5-6%, Compositae c. 15-22%, Umbelliferae c. 1-2.5%, *Plantago* c. 1-2.5%, Cyperaceae c. 5-10%, *Borreria* c. 1%, *Jamesonia* c. 3.5-9% and *Isoetes* shows a maximum of c. 10%.

Pollen zone 44:
zone 44 A: 310.00 m - 307.00 m. Spectra no. 1700-1670.
zone 44 B: 307.00 m - 305.60 m. Spectra no. 1670-1656.

This zone is characterized by relatively high percentages of arboreal pollen. Very high percentages of *Podocarpus* in the upper part of the zone permit a subdivision into a lower part (A) and an upper part (B). This zone is separated from the previous one by a rapid increase of *Podocarpus, Hedyosmum, Vallea* type and *Myrica*, and a rapid decrease of Gramineae, Compositae, *Isoetes* and *Pediastrum*. Of the most important contributors the percentages are: Gramineae c. 38-50%, *Podocarpus* shows a maximum of c. 10% in the lower part and of c. 22% in the upper part, sum other forest elements c. 15-20%, *Hedyosmum* c. 7.5-14%, *Vallea* type c. 8% in the lower and c. 3% in the upper part, *Miconia* c. 1-2.5%, *Myrica* c. 5-10%, *Polylepis* c. 1-2.5%, *Hypericum* c. 2.5-3.5%, Compositae c. 15% in the lower part and c. 7.5% in the upper part, Umbelliferae c. 2.5%, *Plantago* c. 1%, Cyperaceae c. 3% in the lower part and c. 8% in the upper part, *Borreria* c. 1.5%, *Jamesonia* c. 4-6%, *Isoetes* shows a minimum of c. 2-5% and *Botryococcus* shows a maximum of 20-70%.

Pollen zone 43: 305.60 m - 302.00 m. Spectra no. 1656-1620.

This zone is characterized by relatively low percentages of arboreal pollen and is separated from the previous one by a rapid increase of Gramineae, *Polylepis*, Compositae and *Isoetes*, and a rapid decrease of *Podocarpus, Myrica* and *Botryococcus*. Of the most important contributors the percentages are: Gramineae c. 45-52%, *Podocarpus* c. 3-6.5%, sum other forest elements c. 10-16%, *Hedyosmum* decreases from c. 10% to c. 4%, *Vallea* type c. 1.5-6%, *Miconia* c. 1.5%, *Myrica* increases from c. 5% to c. 12%, *Polylepis* c. 2.5-5%, *Hypericum* c. 2.5-4%, Compositae c. 12-20%, *Plantago* c. 1.5-4%, Cyperaceae c. 3.5-6.5%, *Jamesonia* c. 2.5-5%, *Lycopodium* fov. shows a minor maximum of c. 1.5-4%, *Isoetes* shows a maximum of c. 8-40% and *Botryococcus* shows a minimum of c. 5%.

Pollen zone 42: 302.00 m - 298.00 m. Spectra no. 1620-1580.

This zone is characterized by relatively high percentages of arboreal pollen and shows a distinct two-topped maximum. The zone is separated from the previous one by a rapid increase of *Podocarpus, Hedyosmum, Botryococcus* and *Coelastrum*, and a rapid decrease of Gramineae, *Myrica,* monolete psilate spores and monolete verrucate spores. Of the most important contributors the percentages are: Gramineae c. 38-45%, *Podocarpus* c. 5-11%, sum other forest elements c. 14-17%, *Hedyosmum* c. 7-10%, *Vallea* type c. 4-5%, *Miconia* c. 1-2.5%, *Myrica* increases from c. 8% in the lower part to c. 20% in the upper part, *Polylepis* c. 2-4%, *Hypericum* c. 2-3%, Compositae c. 10-16%, Umbelliferae c. 1%, *Plantago* c. 1-3%, Cyperaceae c. 6-8%, *Borreria* shows a minor maximum of c. 2-3%, *Jamesonia* c. 2-3.5%, *Isoetes* shows a minimum of c. 2.5-8% and *Botryococcus* shows a maximum of c. 150%.

Pollen zone 41: 298.00 m - 294.00 m. Spectra no. 1580-1540.

This zone is characterized by relatively low percentages of arboreal pollen and separated from the previous one by a rapid increase of Gramineae, *Polylepis*, Compositae, *Hydrocotyle*, *Lycopodium* fov. and *Isoetes*, and a rapid decrease of *Myrica*, *Botryococcus* and *Coelastrum*. Of the most important contributors the percentages are: Gramineae c. 40-50%, *Podocarpus* c. 2-3%, sum other forest elements c. 15-20%, *Hedyosmum* c. 4-8%, *Vallea* type c. 2.5-6.5%, *Miconia* c. 2-3.5%, *Myrica* increases from c. 2.5% in the lower part to 6% in the upper part, *Polylepis* c. 3.5-8%, *Hypericum* c. 2.5-5%, Compositae c. 13-20%, *Alchornea* reaches for the first time values of c. 1-2%, *Valeriana* c. 1%, Umbelliferae c. 1-6%, Cyperaceae c. 4-12%, *Hydrocotyle* c. 1.5-2.5%, *Jamesonia* c. 2.5-6%, *Lycopodium* fov. shows a maximum of c. 2-4%, *Isoetes* shows a maximum of c. 50-160% and *Botryococcus* shows a minimum of c. 5%.

Pollen zone 40:
zone 40 A: 294.00 m - 291.20 m. Spectra no. 1540-1512.
zone 40 B: 291.20 m - 289.20 m. Spectra no. 1512-1492.
zone 40 C: 289.20 m - 286.20 m. Spectra no. 1492-1462.

This zone is characterized by relatively high percentages of arboreal pollen and is separated from the previous one by a rapid increase of *Podocarpus*, *Hedyosmum*, *Rapanea*, *Myrica*, *Botryococcus* and *Pediastrum*, and a rapid decrease of Gramineae and *Polylepis*. A decrease of the arboreal pollen takes place in two steps which permits a subdivision into a lower zone (A), a middle zone (B) and an upper zone (C). Subzone A is mainly based on maxima of *Podocarpus* (c. 15%), *Hedyosmum* (c. 15-20%) and *Myrica* (c. 15-25%), subzone B is mainly based on maxima of *Weinmannia* (c. 5%) and *Miconia* (c. 15%), whereas subzone C is mainly based on a maximum of Gramineae (c. 50%). Of the most important contributors the average percentages for subzone A, B and C, respectively, are: Gramineae c. 30/40/50%, *Podocarpus* c. 15/7/5%, sum other forest elements c. 20/30/10-15%, *Hedyosmum* c. 15/10/5-12%, *Weinmannia* c. 0/5/1%, *Vallea* type c. 2/4/1%, *Miconia* c. 2/15/3%, *Myrica* c. 25/7/15%, *Polylepis* c. 2/10/4%, *Hypericum* c. 4/5/5%, subandean forest elements c. 1.5-3%, *Plantago* c. 2/0/2%, Cyperaceae c. 5/3/16% and *Isoetes* c. 10/150/10%.

Pollen zone 39: 286.20 - 279.40 m. Spectra no. 1462-1394.

This zone is characterized by relatively low percentages of arboreal pollen and is separated from the previous one by a rapid increase of *Polylepis*, *Isoetes* and *Botryococcus*, and a rapid decrease of *Hedyosmum* and Cyperaceae. Around 384.50 m and 381.20 m phases with very low arboreal pollen percentages are present. The transition from zone 40 C to 39 shows an increase of the contribution of the subpáramo elements at the cost of the arboreal elements, whereas the Gramineae percentages hardly change. Of the most important contributors the percentages are: Gramineae c. 40-45%, *Podocarpus* c. 2.5-7%, sum other forest elements c. 11-25%, *Hedyosmum* c. 7-14%, *Weinmannia* c. 1-2%, *Vallea* type c. 2-5%, *Miconia* c. 1-4%, *Myrica* c. 2.5-9%, *Polylepis* c. 5-10%, *Hypericum* c. 4-7%, Compositae increase from c. 11% in the lower part to c. 18% in the upper part, Umbelliferae c. 1-3%, *Plantago* c. 1-3%, Cyperaceae c. 7-16%, *Hydrocotyle* c. 1-2.5%, *Isoetes* shows two maxima of c. 35% and c. 60%, respectively, with a minimum in between of c. 3% coinciding with the first above-mentioned, extremely cold phase at 384.50 m.

Pollen zone 38: 279.40 m - 276.20 m. Spectra no. 1394-1362.

This zone is characterized by relatively high percentages of arboreal pollen and separated from the previous one by a rapid increase of *Podocarpus*, *Myrica*, *Botryococcus*, *Coelastrum* and *Pediastrum*, and a rapid decrease of Gramineae, Cyperaceae and *Isoetes*. Of the most important contributors the percentages are: Gramineae c. 29-35%, *Alnus* starts in this zone a more or less continuous curve with low percentages, *Podocarpus* c. 6-10%, sum other forest elements c. 18-25%, *Hedyosmum* c. 11-15%, *Weinmannia* c. 0.5-1.5%, *Vallea* type c. 1-6%, *Miconia* c. 1-2.5%, *Myrica* shows a maximum of c. 14%, *Polylepis* shows a minimum of c. 2%, *Hypericum* c. 2-4%, Compositae c. 13-16%, Umbelliferae c. 2.5-4%, Cyperaceae show a distinct minimum of c. 3-4%, *Isoetes* shows a minimum of c. 10-20% and *Botryococcus* 50-100%.

Pollen zone 37: 276.20 m - 272.20 m. Spectra no. 1362-1322.

This zone is characterized by relatively low percentages of arboreal pollen and is separated from the previous one by a rapid increase of Gramineae, Cyperaceae, Cyatheaceae, *Sphagnum* and *Isoetes*, and a rapid decrease of *Podocarpus*, *Hedyosmum* and *Myrica*. Of the most important contributors the percentages are: Gramineae c. 35-40%, *Alnus* fluctuates between 0% and c. 11%, *Podocarpus* c. 2.5-4%, sum other forest elements c. 16-25%, *Hedyosmum* c. 7.5-12%, *Weinmannia* c. 1-2.5%, *Vallea* type c. 3-6%, *Miconia* c. 2.5-6%, *Myrica* c. 3-9%, *Polylepis* c. 3.5-6%, *Hypericum* c. 3.5-7%, Compositae c. 15-20%, subandean forest elements c. 1-2% with a short maximum of c. 6%, Umbelliferae c. 1.5-2.5%, Cyperaceae c. 7-10%, *Hydrocotyle* c. 1-2%, Cyatheaceae show a strong increase to c. 2.5-5%, *Jamesonia* c. 2-3.5%, *Isoetes* shows a maximum of c. 100-250% and *Botryococcus* a minimum of c. 50%.

Pollen zone 36: 272.20 m - 270.00 m. Spectra no. 1322-1300.

This zone is characterized by very high percentages of arboreal pollen and is separated from the previous one by a rapid increase of *Podocarpus*, *Hedyosmum*, *Myrica*, monolete psilate spores and *Botryococcus*, and a rapid decrease of Gramineae, *Isoetes* and *Pediastrum*. It shows a two-topped maximum of the arboreal pollen caused by a sharp and short rise to 42% of the Gramineae curve. Of the most important contributors the percentages are: Gramineae c. 25%, *Alnus* 0% to c. 10%, *Podocarpus* decreases from 9% to 5%, sum other forest elements c. 30-36%, *Hedyosmum* c. 14-20%, *Weinmannia* c. 1-3.5%, *Vallea* type c. 2.5-10%, *Miconia* c. 2-3.5%, *Myrica* c. 10-15%, *Polylepis* c. 1-2.5%, *Hypericum* c. 1.5-3%, Compositae c. 11-15%, subandean forest elements c. 1-2%, Umbelliferae c. 1-5%, Cyperaceae c. 8%, *Hydrocotyle* c. 1-2.5%, Cyatheaceae c. 3-4.5%, *Jamesonia* c. 3.5-4.5%, *Isoetes* shows a minimum of 25-50% and *Botryococcus* shows a maximum of c. 250%.

Pollen zone 35: 270.00 m - 268.80 m. Spectra no. 1300-1288.

This zone is characterized by relatively low percentages of arboreal pollen and is separated from the previous one by a rapid increase of Gramineae, Compositae, Cyatheaceae, *Jamesonia*, *Isoetes* and monolete psilate spores, and a rapid decrease of *Podocarpus*, *Hedyosmum*, *Vallea* type and *Myrica*. Of the most important contributors the percentages are: Gramineae c. 40%, *Podocarpus* c. 3%, sum other forest elements c. 18%, *Hedyosmum* c. 8%, *Weinmannia* c. 1%, *Vallea* type c. 5%, *Miconia* c. 3%, *Myrica* c. 8%, *Polylepis* c. 2%, *Hypericum* c. 3.5%, Compositae c. 18%, subandean forest elements c. 3%, Cyperaceae c. 6%, *Hydrocotyle* c. 2%, *Borreria* shows a maximum of c. 1.5%, Cyatheaceae c. 8%, *Jamesonia* c. 7% and *Isoetes* shows a maximum of c. 200%.

Pollen zone 34:
zone 34 A: 268.80 m - 267.00 m. Spectra no. 1288-1270.
zone 34 B: 267.00 m - 265.00 m. Spectra no. 1270-1250.

This zone is characterized by relatively high percentages of arboreal pollen and is separated from the previous one by a rapid increase of *Weinmannia*, *Vallea* type and *Myrica*, and a rapid decrease of Gramineae, Compositae, *Jamesonia*, *Isoetes* and *Coelastrum*. It shows a two-topped maximum for the arboreal pollen, *viz.*, of 45% and 40%, which permits a subdivision into a lower zone (A) and an upper zone (B). Of the most important contributors the average percentages in subzones A and B, respectively, are: Gramineae c. 30/35%, *Podocarpus* c. 3/10%, sum other forest elements c. 25/20%, *Hedyosmum* 7-11%, *Weinmannia* c. 5/1%, *Vallea* type c. 7/3%, *Miconia* c. 3-4%, *Myrica* c. 15/7%, *Polylepis* c. 4%, Compositae c.

4/6.5%, subandean forest elements c. 2-3%, Umbelliferae c. 3%, Cyperaceae c. 6/3%, *Borreria* c. 1/0%, Cyatheaceae c. 5/6.5%, *Jamesonia* c. 3/6%, *Isoetes* c. 100%.

Pollen zone 33: 265.00 - 263.20 m. Spectra no. 1250-1232.

This zone is characterized by relatively low percentages of arboreal pollen and separated from the previous one by a rapid increase of *Hypericum*, Compositae, Cyperaceae and *Coelastrum*, and a rapid decrease of *Podocarpus*, *Hedyosmum*, *Weinmannia*, *Jamesonia* and monolete verrucate spores. Of the most important contributors the percentages are: Gramineae c. 35-45%, *Alnus* absent, *Podocarpus* c. 2-3.5%, sum other forest elements decreases from c. 25% to c. 15%, *Hedyosmum* c. 8-11%, *Weinmannia* c. 2-4%, *Vallea* type decreases from c. 5% to 1%, *Miconia* decreases from c. 4% to 1.5%, *Myrica* shows a minimum of c. 4%, *Polylepis* shows a maximum of c. 8%, *Hypericum* decreases from c. 9% to c. 5%, Compositae c. 10-15%, Umbelliferae show a minimum of c. 1%, Cyperaceae increase from c. 5% to 8%, *Hydrocotyle* c. 2%, Cyatheaceae and *Jamesonia* show minima of c. 1% and 4%, respectively, *Isoetes* c. 70-120%, *Botryococcus* shows a minimum of c. 40%.

Pollen zone 32: 263.20 m - 259.50 m. Spectra no. 1232-1196.

This zone is characterized by relatively high percentages of arboreal pollen and is separated from the previous one by a rapid increase of *Podocarpus*, *Hedyosmum*, *Myrica*, Cyatheaceae, *Jamesonia* and monolete psilate spores, and a rapid decrease of Gramineae, Cyperaceae and *Isoetes*. Of the most important contributors the percentages are: Gramineae c. 35-45%, *Alnus* 0% to c. 10%, *Podocarpus* c. 5-10%, sum other forest elements decreases from c. 25% to 15%, *Hedyosmum* decreases from c. 15% to 6%, *Weinmannia* c. 3-5%, *Vallea* type c. 1.5-3%, *Miconia* c. 2-3%, *Myrica* c. 7-10%, *Polylepis* decreases from c. 5% to 2%, *Hypericum* c. 3-6%, Compositae c. 10-14%, subandean forest elements c. 2.5%, Cyatheaceae c. 7%, *Jamesonia* shows a maximum of c. 10%, *Isoetes* c. 50-60%, *Botryococcus* shows a maximum of c. 400%.

Pollen zone 31:
zone 31 A: 259.50 m - 258.80 m. Spectra no. 1194-1188.
zone 31 B: 258.80 m - 257.40 m. Spectra no. 1188-1174.
zone 31 C: 257.40 m - 256.20 m. Spectra no. 1174-1162.
zone 31 D: 256.20 m - 251.00 m. Spectra no. 1162-1110.

The establishment of the boundaries of this zone was the most problematical of the whole sequence. This is partly caused by a rather broad gap in core recovery of 2.5 m length from 256.00 m to 253.50 m and partly by the fact that the difference between phases, as expressed by the percentages of arboreal pollen, in this part of the diagram is less pronounced than in other parts of the sequence. The interval between 259.50 m and 251.00 m, however, shows in the left part of the general diagram (*Alnus* out of the pollen sum) almost everywhere percentages of arboreal pollen lower than those of the neighbouring pollen zones 32 and 30, which suggests the proposed delimitation of this zone. Beneath the gap, the zone shows two minima in the arboreal pollen percentages, separated by a steep maximum, formed by the high percentages of *Hedyosmum* and of *Alnus*. This permits a subdivision into 4 subzones, *viz.*, a subzone A with relatively low percentages of arboreal pollen, a subzone B including the maxima of *Hedyosmum* and *Alnus* (relatively high percentages of arboreal pollen), a subzone C with relatively low percentages of arboreal pollen and a subzone D which includes the gap in core recovery and possibly represents a period with relatively high percentages of arboreal pollen. Zone 31 is characterized especially by the fact that *Alnus* is from here onward continuously represented , with maxima of c. 30-60% and minima of c. 3-10%. Since the periodically high percentages of *Alnus* mask to a high degree contemporaneous maxima of other taxa in diagram 1 (such as *Myrica*, Umbelliferae, Cyperaceae, *Hydrocotyle*, *Myriophyllum* and *Ludwigia*) the results of diagram 2 will from here onward also be used in the description of the following pollen zones. The presented percentages are still derived from diagram 1. Zone 31 is separated from the previous one by a rapid increase of Compositae,

Cyperaceae and *Isoetes*, and a rapid decrease of *Weinmannia*, *Myrica* and monolete verrucate spores. Of the most important contributors in subzones A, B, C and D the percentages are, respectively: Gramineae c. 40/30/50/35%, *Alnus* c. 1/15/1/25%, *Podocarpus* c. 2/6/4/7%, sum other forest elements c. 13/35/15/15%, *Hedyosmum* c. 7/25/7/8%, *Weinmannia* c. 1/10/2/2%, *Vallea* type c. 1-2%, *Miconia* c. 1/3/1/2%, *Myrica* c. 3%, *Polylepis* c. 2/5/2/1%, *Hypericum* c. 10/3/10/5%, Compositae 28/12/16/8%, subandean forest elements c. 0/2/1/2%, Umbelliferae c. 1/5/1/3%, Cyperaceae c. 6-12% and *Botryococcus* c. 30/200/30/450%.

Pollen zone 30: 251.00 m - 233.00 m. Spectra no. 1110-930.

This zone is characterized by relatively high percentages of arboreal pollen. *Alnus*, *Myrica* (see diagram 2) and *Coelastrum* show the same distinct 3-topped maximum. Between 239.00 m and 238.00 m there is a gap in core recovery. It is separated from the previous zone by a rapid increase of *Hedyosmum*, *Weinmannia*, *Miconia*, *Myrica* and monolete verrucate spores, and a rapid decrease of *Alnus* and *Coelastrum*. Of the most important contributors the percentages are: Gramineae decrease from c. 40% to c. 16%, *Alnus* shows a 3-topped maximum of c. 40%, c. 45% and c. 55%, respectively, *Podocarpus* c. 3.5-10%, sum other forest elements decreases from c. 20% to c. 10%, *Hedyosmum* decreases from c. 8% to c. 3%, *Weinmannia* c. 3-8%, *Vallea* type c. 1-5%, *Miconia* c. 2.5-5%, *Myrica* decreases from c. 8% to c. 3%, *Polylepis* c. 1-3%, *Hypericum* c. 3-6%, Compositae c. 3-10%, Cyperaceae c. 2.5-6%, *Hydrocotyle* c. 1-2.5%, Cyatheaceae and *Jamesonia* c. 1-5%, *Isoetes* shows a 3-topped minimum of c. 40%, c. 40% and c. 20%, respectively and *Botryococcus* shows a 3-topped minimum of c. 250%, c. 250% and c. 50%, respectively.

Pollen zone 29: 233.00 m - 216.00 m. Spectra no. 930-760.

This zone is characterized by intermediate values of the arboreal pollen percentages in diagram 1 and by low percentages in diagram 2. It is separated from the previous zone by a marked increase of *Hypericum* and Compositae, and a considerable decrease of *Alnus* and *Podocarpus*. Of the most important contributors the percentages are: Gramineae c. 30-40%, *Alnus* c. 20-30% with a sharp maximum of 45% on c. 227.00 m, *Podocarpus* c. 2-8%, sum other forest elements c. 6-12%, *Hedyosmum* c. 2-5%, *Weinmannia* c. 1-5%, *Vallea* type c. 0.5-1.5%, *Miconia* c. 1.5-3%, *Myrica* c. 2-5%, *Polylepis* c. 1.5-3.5%, *Hypericum* c. 5-9%, Compositae c. 7-16%, *Plantago* c. 0.5-1.5%, Cyperaceae c. 2-7%, *Hydrocotyle* c. 1-3%, Cyatheaceae c. 1-3%, *Jamesonia* c. 1.5-4%, *Sphagnum* shows a maximum of c. 1-3.5% and *Isoetes* shows a maximum of c. 50-100%.

Pollen zone 28: 216.00 m - 208.00 m. Spectra no. 760-680.

This zone is characterized by relatively low percentages of arboreal pollen. It is separated from the previous one by a rapid increase of the Compositae, *Hydrocotyle*, *Lycopodium* fov. and *Isoetes*, and by a rapid decrease of *Alnus*. At c. 212.00 m depth there is a short period with relatively higher percentages of Cyperaceae, *Myriophyllum*, *Botryococcus* and *Alnus*. Of the most important contributors the percentages are: Gramineae c. 40-50% with a sharp minimum of c. 30%, *Alnus* c. 6-14% with a sharp peak of c. 25%, *Podocarpus* c. 3-6% with a sharp peak of c. 10%, sum other forest elements c. 5-10%, *Hedyosmum* c. 2-5%, *Weinmannia* c. 0-1,5%, *Miconia* c. 1-2.5%, *Myrica* c. 1-2.5%, *Polylepis* c. 2-5%, *Hypericum* c. 3.5-10%, Compositae c. 15-25%, Umbelliferae c. 0.5-2%, *Plantago* c. 1.5%, Cyperaceae c. 5-10% with a peak of c. 35%, *Hydrocotyle* c. 1-3.5%, *Myriophyllum* is intermittently represented in percentages of 0-1% with a peak of c. 10%, Cyatheaceae c. 0.5-2%, *Jamesonia* shows a maximum of c. 8%, *Lycopodium* fov. shows a maximum of c. 5%, *Isoetes* c. 30-100% and *Botryococcus* shows a maximum of c. 150-400%.

Pollen zone 27: 208.00 m - 197.40 m. Spectra no. 680-574.

This zone is characterized by relatively high percentages of arboreal pollen and is separated from the previous one by a rapid increase of *Alnus*, *Podocarpus*, *Myriophyllum* and *Ludwigia*, and a rapid decrease of Gramineae, Compositae, *Lycopodium* fov., *Isoetes* and *Botryococcus*. *Alnus* and *Podocarpus* (see diagram 2) show a two-topped maximum. Of the most important contributors the percentages are: Gramineae c. 25% with a steep maximum of 40%, *Alnus* c. 30-45% with a sharp minimum of c. 15%, *Podocarpus* c. 8-15% with a steep maximum of c. 25%, sum other forest elements c. 4-10%, *Hedyosmum* c. 1.5-5%, *Weinmannia* c. 0.5-2%, *Vallea* type c. 0.5-2%, *Miconia* c. 1-3%, *Myrica* c. 2-4%, *Polylepis* c. 1.5-6%, *Hypericum* c. 2-4%, Compositae c. 5-10%, Umbelliferae show a minimum of c. 1%, *Plantago* shows a minimum of c. 0.5-1%, Cyperaceae c. 9-17%, *Hydrocotyle* c. 1-3%, *Myriophyllum* shows a distinct maximum of 3-10%, *Ludwigia* shows with an almost continuous curve a distinct maximum of 0.5-3% and disappears almost at the end of the zone, *Dicliptera* starts a rather consistent curve of c. 0.5% up to the middle of zone 25, Cyatheaceae c. 0.5-2.5%, *Jamesonia* c. 1-4%, *Lycopodium* fov. shows a minimum of c. 0.5-1%, *Isoetes* shows a minimum of 5-10% with a short maximum of 35%, *Coelastrum* shows a distinct maximum of 50-300% after having been almost entirely absent during the last 30 m.

Pollen zone 26: 197.40 m - 184.40 m. Spectra no. 574-444.

This zone is characterized by relatively low percentages of arboreal pollen. It shows, as a continuation of the previous pollen zone, a gradual decrease of the arboreal pollen, leading to a minimum in the last part of this pollen zone. The lower boundary is, therefore, less sharply defined than the upper one which shows a sudden increase of *Alnus*, *Podocarpus* and *Myrica*, and a sudden decrease of Compositae. The maximum of *Plantago* and the almost complete absence of *Myriophyllum* delimite zone 26 more clearly from the neighbouring zones. A gap in core recovery is present between 186.00 m and 185.00 m. Of the most important contributors the percentages are: Gramineae increase from c. 45% to c. 65% with a sharp minimum of c. 35%, *Alnus* decreases from c. 16% to c. 8% with a sharp peak of c. 30%, *Podocarpus* c. 2-5%, sum other forest elements c. 5-9%, *Hedyosmum* c. 3-5%, *Weinmannia* c. 1-2.5%, *Vallea* type c. 0.5-1%, *Miconia* c. 0.5-2.5%, *Myrica* shows a minimum of c. 1-3%, *Polylepis* c. 3-7.5%, *Hypericum* c. 2-4%, Compositae increase from c. 10% to c. 25%, *Valeriana* and Caryophyllaceae show maxima of c. 1.5%, Umbelliferae c. 1.5-4%, *Plantago* shows a distinct maximum of c. 2-5%, Cyperaceae c. 7-20%, *Hydrocotyle* c. 1-4%, *Myriophyllum* is nearly absent, *Jamesonia* c. 1-6%, *Lycopodium* fov. shows a maximum of c. 2-5%, *Isoetes* shows a maximum of c. 20-50% and *Coelastrum* is nearly absent.

Pollen zone 25:
zone 25 A: 184.40 m - 177.00 m. Spectra no. 444-370.
zone 25 B: 177.00 m - 171.00 m. Spectra no. 370-310.

This zone is characterized by relatively high percentages of arboreal pollen and is separated from the previous one by a rapid increase of *Alnus*, *Podocarpus*, *Hedyosmum*, *Rapanea*, *Myrica*, Umbelliferae, Cyperaceae, *Myriophyllum* and *Ludwigia*, and a rapid decrease of Gramineae, Compositae, *Plantago*, *Lycopodium* fov. and *Isoetes*. The lower part shows maxima of *Alnus*, *Podocarpus*, *Myrica*, *Botryococcus* and *Pediastrum*, whilst the upper part shows maxima of *Weinmannia*, *Miconia* and *Isoetes*, which permits a subdivision into a lower subzone (A) and an upper subzone (B). Of the most important contributors the percentages are, in subzones A and B, respectively: Gramineae c. 22-30/35-45%, *Alnus* c. 35-40/15-25%, *Podocarpus* c. 6-13/2-6%, sum other forest elements c. 5-11%, *Hedyosmum* c. 2-7/2-3.5%, *Weinmannia* c. 0-1/1-5%, *Miconia* c. 0-1/1-4%, *Myrica* c. 4-15/2-5%, *Polylepis* c. 2-4%, *Hypericum* c. 0.5-1.5/2-5%, Compositae c. 5-8/7-15%, Umbelliferae c. 1.5-5/0.5-2%, *Plantago* c. 1-2.5%, Cyperaceae c. 10-25%, *Hydrocotyle* c. 0.5-2.5/1-6%, *Myriophyllum* shows a maximum of c. 5-25% in subzone A and c. 5-15% in subzone B, *Ludwigia* is continuously present with c. 0.5%, *Jamesonia* c. 1-4%, *Lycopodium* fov. shows a minimum of c. 0.5-1%, *Isoetes* c. 3-7/25-40%, *Botryococcus* c. 20-40/5-15%.

Pollen zone 24: 171.00 m - 161.00 m. Spectra no. 310-210.

This zone is characterized by relatively low percentages of arboreal pollen and is separated from the previous one by a rapid increase of the Compositae, a rapid decrease of *Alnus, Miconia, Myrica, Polylepis* and Cyperaceae, and a sudden decline to an almost complete absence of *Myriophyllum*. Some curves, such as that of the Compositae, *Myriophyllum, Isoetes* and fungi plead in favour of a boundary at 172.00 m depth. Between 170.00 m and 168.50 m there is a gap in core recovery. The thin clay horizons at depths of c. 167.50 , and 166.50 m represent short phases with relatively high percentages of arboreal pollen. Of the most important contributors the percentages are: Gramineae c. 45-65%, *Alnus* c. 3-10% with some maxima of c. 30-60%, *Podocarpus* c. 1.5-5%, sum other forest elements c. 2-5%, *Hedyosmum* c. 1-3%, *Weinmannia* shows a minimum of 0-1%, *Myrica* shows a minimum, *Polylepis* c. 0-4%, *Hypericum* c. 1-3%, Compositae c. 15-32%, *Valeriana* shows a maximum, Umbelliferae show a minimum, *Plantago* c. 1-4%, Cyperaceae c. 6-15%, *Hydrocotyle* c. 1-2%, *Jamesonia* c. 1-3% with 2 maxima of c. 12%, *Isoetes* decreases from c. 45% to c. 10% and *Botryococcus* shows a minimum of c. 0-10%

Pollen zone 23: 161.00 m - 157.00 m. Spectra no. 210-170.

This zone is characterized by relatively high percentages of arboreal pollen. In the lower part there is a 2 m long gap in core recovery between 161.00 m and 159.00 m which renders the interpretation of this zone more speculative. The high percentages of arboreal pollen in four spectra and the tendency noticeable in the last part of the preceding zone 24 are indicative of 'interglacial' conditions in zone 23. Of the most important contributors the percentages are: Gramineae c. 25-50%, *Alnus* c. 15-30%, *Podocarpus* c. 5-15%, sum other forest elements c. 5-10%, *Hedyosmum* c. 2-5%, *Weinmannia, Vallea* type and *Miconia* all c. 1-1.5%, *Myrica* c. 1-4%, *Polylepis* c. 4%, *Hypericum* c. 1-2%, Compositae c. 8-15%, *Aragoa, Valeriana* and *Geranium* show minima, Cyperaceae c. 5-20%, *Myriophyllum* shows a (minor) maximum of c. 6% and Cyatheaceae show a maximum of c. 1.5-5%.

Pollen zone 22: 157.00 m - 151.40 m. Spectra no. 170-114.

This zone is characterized by intermediate values of the percentages of the arboreal pollen because of rather high percentages for *Alnus, Podocarpus* and *Hedyosmum*. Diagram 2 (left general diagram), on the other hand, suggests that zone 22 represents a relatively cold phase in the sequence. The zone is separated from the previous one by a rapid increase of Gramineae and *Isoetes*, and a rapid decrease of *Alnus* and *Podocarpus*. From 154.00 m to 153.00 m there is a gap in core recovery. Of the most important contributors the percentages are: Gramineae c. 30-50%, *Alnus* shows a maximum of c. 35%, *Podocarpus* shows a maximum of c. 15%, sum other forest elements c. 4-6%, *Hedyosmum* c. 2-3%, *Weinmannia, Vallea* type and *Miconia* all c. 1%, *Myrica* shows a minimum of c. 1%, *Polylepis* shows a maximum of c. 3-5%, Compositae c. 10-15%, *Valeriana* and Caryophyllaceae show maxima, Umbelliferae c. 1-2.5%, *Plantago* c. 1-3%, Cyperaceae c. 5-12%, Cyatheaceae c. 1-3%, *Myriophyllum* and *Ludwigia* are almost absent, *Jamesonia* c. 1-3%, *Isoetes* shows a maximum of c. 40% in the lower part and a minimum of c. 5% in the upper part, *Botryococcus* c. 5-12%.

Pollen zone 21: 151.40 m - 143.20 m. Spectra no. 114-32.

This zone is characterized by relatively high percentages of arboreal pollen. At the 149.45 m and 143.50 m levels lignite layers are present 2 cm and 7 cm thick, respectively, indicating that peat marshes or peat bogs occurred at this location (low lake level). It is separated from the previous zone by a rapid increase of *Myrica*, Cyperaceae, *Myriophyllum* and *Ludwigia*, and a sharp decrease of the Gramineae. Of the most important contributors the percentages are: Gramineae show a minimum of c. 20-30%, *Alnus* shows a maximum of c. 40-55%, *Podocarpus* c. 6-15%, sum other forest elements c. 3-15%, *Hedyosmum* c. 1-4%, *Weinmannia* c. 0.5-2%, *Miconia* c. 0.5-2.5%, *Myrica* decreases from c. 10% to c. 4%, *Polylepis* shows a minimum of c. 0-2%, *Hypericum* c. 0.5-3%, Compositae show a minimum of c. 4-15%, subandean forest elements show a maximum of c. 1-3%, Umbelliferae c. 1-2%, *Plantago* c. 1-2%, Cyperaceae show a maximum of c. 15-40%, *Hydrocotyle* shows a maximum of c. 1-3%, *Myriophyllum* and *Ludwigia* show maxima of 4-10(20)% and 1-4%, respectively, and disappear abrubtly at the end of the zone, *Jamesonia* shows a minimum, and *Isoetes* and *Botryococcus* are almost completely absent.

Pollen zone 20
zone 20 A: 143.20 m - 140.00 m. Spectra no. 32-0
Zone 20 B: 140.00 m - 137.00 m. Spectra no. 0-274.4.

This zone is characterized by relatively low percentages of arboreal pollen. The lower part shows high percentages of *Alnus, Podocarpus, Hedyosmum* and *Polylepis*, whereas the upper part shows high percentages of Gramineae, Compositae and Cyperaceae, which permits a subdivision into a lower subzone (A) and an upper subzone (B). Zone 20 is separated from the previous one by a rapid increase of Gramineae, *Polylepis*, Compositae and *Isoetes*, and a rapid decrease of *Alnus, Podocarpus, Symplocos*, Cyperaceae, *Myriophyllum* and *Ludwigia*. In subzone A there are two small gaps in core recovery, *viz.*, between 143.00 m and 142.00 m, and between 141.50 m and 140.50 m. Of the most important contributors the percentages are, in subzone A and B, respectively: Gramineae c. 32-45/46-55%, *Alnus* c. 15-30/5-15%, *Podocarpus* c. 4-9/1-5%, sum other forest elements c. 3-7.5%, *Hedyosmum* c. 2.5-3.5/0.5%, *Weinmannia* c. 0.5-1/0%, *Miconia* shows a minimum of c. 0.5-1%, *Myrica* shows a minimum of c. 1-5%, *Polylepis* c. 1-4%, *Hypericum* c. 1-3/2-7%, Compositae c. 15-18/15-30%, *Plantago* shows a maximum at the transition from subzone A to B of c. 10%, Cyperaceae c. 2-10/10-30%, Cyatheaceae c. 0.5-2%, *Jamesonia* c. 1-4/0-1%, *Isoetes* shows a two-topped maximum of c. 6% and *Pediastrum* shows a maximum of c. 40-100%.

Pollen zone 19: 137.00 m - 123.00 m. Spectra no. 274.4-246.4.

This zone is characterized by relatively high percentages of arboreal pollen in diagram 1 and average percentages of arboreal pollen in diagram 2. A considerable increase of the shrub element *Hypericum* (which is from this zone onward present in much higher percentages than in the preceding 8 zones), which is not obscured by the high maximum of *Alnus* in diagram 2, seems to cause these average percentages of arboreal pollen in diagram 2. The zone is separated from the previous one by a rapid increase of *Alnus* and *Hypericum* a rapid decrease of the Gramineae, and an almost single representation of *Symplocos, Ilex* and *Borreria*. Between 137.00 m and 135.50 m and between 127.00 m and 125.00 m lignite layers are present, indicating peat marshes or peat bogs (a low water level). Of the most important contributors the percentages are: Gramineae c. 20-30% with a steep maximum of 50%, *Alnus* c. 30-50%, *Podocarpus* c. 1-7%, sum other forest elements c. 5-11%, *Hedyosmum* c. 1-5%, *Weinmannia* c. 1-4%, *Rapanea* (discontinuous) c. 1-3%, *Miconia* c. 1-3%, *Myrica* c. 2-6%, *Polylepis* c. 1-5%, *Hypericum* c. 3.5-8%, Compositae c. 8-15%, *Plantago* c. 1-3%, Cyperaceae c. 5-15% with a steep maximum of c. 30%, *Hydrocotyle* c. 1-2% with a steep maximum of c. 9%, *Myriophyllum* (discontinous) c. 1-2.5%, Cyatheaceae and *Jamesonia* show minima, *Isoetes* shows a minimum of c. 1-5% and *Botryococcus* is almost completely absent in the lower part to attain c. 50% in the upper part.

Pollen zone 18: 123.00 m - 118.00 m. Spectra no. 246.4-236.4.

This zone is characterized by relatively low percentages of arboreal pollen and is separated from the previous one by a rapid increase of Gramineae, *Polylepis*, Compositae and *Isoetes*, and a rapid decrease of *Alnus*. Of the most important contributors the percentages are: Gramineae show a maximum of c. 42-50%, *Alnus* shows a minimum of c. 8-15%, *Podocarpus* c. 1.5-4%, sum other forest elements c. 6-9%, *Hedyosmum* c. 1-2,5%, *Weinmannia* c. 1-2%, *Miconia* c. 1-3%, *Myrica* shows a minimum of c. 1%, *Polylepis* shows a maximum of c. 9%, *Hypericum* shows a maximum of c. 10%, Compositae show a maximum of c. 15-25%, Umbelliferae c. 0.5-2%,

Valeriana shows a maximum, *Plantago* c. 1-1.5%, Cyperaceae c. 5-9%, Cyatheaceae c. 0.5-1.5%, *Jamesonia* c. 1-4%, *Lycopodium* fov. shows a maximum of c. 2% and *Isoetes* shows a maximum of c. 15%.

Pollen zone 17: 118.00 m - 114.00 m. Spectra no. 236.4-228.4.

This zone is characterized by relatively high percentages of arboreal pollen and shows a distinct maximum at 116.80 m. This maximum consists of a sequence of maxima of pollen of different species, *viz.*, first of *Podocarpus, Juglans, Alchornea* and Cyperaceae, followed by maxima of *Weinmannia, Symplocos, Miconia, Myrica* and *Hypericum*. This zone is separated from the previous one by a rapid increase of *Alnus, Myrica* and Cyperaceae, and a rapid decrease of Gramineae, Compositae and *Isoetes*. Between 117.25 m and 115.80 m a lignite layer is present, indicating that peat marshes or peat bogs occurred at this location (low lake level). Of the most important contributors the percentages are: Gramineae show a minimum of c. 10%, *Alnus* shows a maximum of c. 40%, *Podocarpus* decreases from c. 12% to c. 4%, sum other forest elements shows a maximum of c. 20%, *Hedyosmum* c. 3-4%, *Weinmannia* c. 1-2% with a steep maximum of c. 7%, *Miconia* shows a maximum of c. 5%, *Myrica* shows a maximum of c. 18%, *Polylepis* c. 3-4.5%, *Hypericum* c. 3-12%, Compositae show a minimum of c. 8-12%, subandean forest elements show a minimum of c. 1-2%, *Geranium* and *Valeriana* are absent, Cyperaceae decrease from c. 70% to c. 15%, *Lycopodium* fov. shows a minimum and *Isoetes* shows a minimum of c. 2%.

Pollen zone 16:
zone 16 A: 114.00 m - 111.00 m. Spectra no. 228.4-222.4.
zone 16 B: 111.00 m - 110.00 m. Spectra no. 222.4-220.4.
zone 16 C: 110.00 m - 107.00 m. Spectra no. 220.4-214.4.

This zone is characterized by relatively low percentages of arboreal pollen and is separated from the previous one by a rapid increase of Gramineae, *Polylepis, Hypericum*, Compositae and *Isoetes*, and a rapid decrease of *Alnus* and Cyperaceae. After a minimum representation of arboreal pollen at c. 112.00 m there is a slight increase with a maximum at 111.00 m depth, compounded of maxima of *Alnus, Podocarpus* and *Myrica*. At c. 108.00 m depth the arboreal percentage is the lowest, coinciding with maxima of Gramineae, *Polylepis* and Compositae. This permits a subdivision into a lower subzone (A), a middle subzone (B) and an upper subzone (C). Of the most important contributors the percentages are, in subzones A, B and C, respectively: Gramineae c. 35/30/50%, *Alnus* c. 15/30/10%, *Podocarpus* c. 3/7/1%, sum other forest elements c. 5-14%, *Hedyosmum* c. 4/4/1%, *Weinmannia* c. 1-3%, *Rapanea* c. 1-4%, *Miconia* shows a minimum of c. 1%, *Myrica* c. 1/3/1%, *Polylepis* c. 6/4/11%, *Hypericum* decreases from c. 10% to c. 5%, Compositae c. 18/9/15%, *Geranium* and *Valeriana* are again represented continuously with c. 0.5-1%, Umbelliferae show a minimum of c. 1-1.5%, Cyperaceae increase from c. 1% to c. 10%, Cyatheaceae c. 1/4/1%, *Jamesonia* c. 2-4%, *Isoetes* c. 20/6/15% and *Botryococcus* increases from c. 15% to c. 50%.

Pollen zone 15: 107.00 m - 101.00 m. Spectra no. 214.4-202.4.

This zone is characterized by relatively high percentages of arboreal pollen in diagram 1 and intermediate values of tree pollen in diagram 2 and is separated from the previous zone by a rapid increase of *Alnus, Myrica* (especially in diagram 2) and Umbelliferae (especially in diagram 2), and a rapid decrease of Gramineae, *Polylepis, Hypericum* and *Isoetes*. Maxima of *Alnus* and *Myrica* contribute largely to the distinct maximum at 104.00 m. Of the most important contributors the percentages are: Gramineae show a minimum of c. 10%, *Alnus* shows a maximum of c. 55%, *Podocarpus* c. 3-5%, sum other forest elements c. 5-12%, *Hedyosmum* c. 2-4%, *Weinmannia* c. 1-3.5%, *Rapanea* decreases from c. 2.5% to c. 1%, *Myrica* shows a maximum of c. 5%, *Polylepis* c. 1-3.5%, *Hypericum* shows a minimum of c. 0.5%, Compositae c. 6-20%, Umbelliferae show a maximum of c. 1-4.5%, Cyperaceae c. 3.5-9%, *Hydrocotyle* c. 0.5-1.5%, *Myriophyllum* (discontinous) c.

0.5-2.5%, *Plantago*, Cyatheaceae, *Jamesonia*, *Lycopodium* fov. and *Isoetes* all show minima.

Pollen zone 14:
zone 14 A: 101.00 m - 96.00 m. Spectra no. 202.4-192.4.
zone 14 B: 96.00 m - 92.00 m. Spectra no. 192.4-184.4.

This zone is characterized by relatively low percentages of arboreal pollen and is separated from the previous one by a rapid increase of Gramineae, *Polylepis*, *Valeriana* and *Isoetes*, and a rapid decrease of *Alnus*. The lower part shows higher percentages of Gramineae, Ericaceae, *Hypericum*, subandean forest elements, *Sphagnum* and *Botryococcus*, whereas the upper part of the zone shows higher percentages of *Alnus*, *Rapanea*, *Polylepis* and Caryophyllaceae, which permits a subdivision into a lower subzone (A) and an upper subzone (B). Of the most important contributors the percentages are, in subzones A and B, respectively: Gramineae c. 40-46/35-40%, *Alnus* c. 10-15/15-20%, *Quercus* shows a discontinuous curve of c. 0.5%, *Podocarpus* c. 1-6%, sum other forest elements c. 5-11%, *Hedyosmum* and *Weinmannia* c. 1-3%, *Rapanea* c. 0.5-1/2-3%, *Miconia* c. 0.5-2.5%, *Myrica* shows a minimum of c. 1%, *Polylepis* shows a maximum of c. 5-7/9-12%, *Hypericum* c. 6-11/5-7%, Compositae c. 8-20%, *Valeriana* c. 0.5-2%, Caryophyllaceae c. 0-1/1-2%, Umbelliferae c. 1-2%, *Plantago* c. 1-2.5%, Cyperaceae c. 4-8%, *Myriophyllum* is almost completely absent, *Jamesonia* c. 1-2.5%, *Lycopodium* fov. shows a maximum, *Isoetes* shows a maximum of c. 10-25% and *Coelastrum* is absent.

Pollen zone 13:
zone 13 A: 92.00 m - 90.00 m. Spectra no. 184.4-180.4.
zone 13 B: 90.00 m - 85.50 m. Spectra no. 180.4-171.4.
zone 13 C: 85.50 m - 82.50 m. Spectra no. 171.4-165.4.
zone 13 D: 82.50 m - 80.00 m. Spectra no. 165.4-160.4.

This zone is characterized by relatively high percentages of arboreal pollen and is separated from the previous one by a rapid increase of *Alnus*, *Myrica* and *Myriophyllum*, and a rapid decrease of Gramineae, *Polylepis*, *Valeriana* and *Isoetes*. It is subdivided into 4 subzones, *viz.*, subzones A, B, C and D. The lowest (subzone A) is characterized by maxima of *Podocarpus*, *Myrica* and *Myriophyllum* and a minimum of *Weinmannia*. Subzone B is characterized by maxima of *Alnus* and *Weinmannia* and minima of *Podocarpus*, *Hedyosmum*, *Rapanea* and *Botryococcus*. Subzone C is characterized by maxima of *Polylepis*, Cyatheaceae and *Isoetes* and a minimum of *Alnus*. The upper subzone D is characterized by maxima of *Alnus*, *Myrica*, Cyperaceae and *Myriophyllum* and minima of *Polylepis*, *Plantago* and *Isoetes*. Between 88.00 m and 87.75 m a lignite layer is present, indicating that peat marshes or peat bogs were present *in situ* (low lake level). Of the most important contributors the percentages are, in subzones A, B, C, and D, respectively: Gramineae c. 15-30%, *Alnus* c. 25/50/25/45%, *Quercus* c. 0.5-1%, *Podocarpus* c. 10/4/12/12%, sum other forest elements c. 6-13%, *Hedyosmum* c. 3/1/5/3%, *Weinmannia* c. 1/6/2/2%, *Rapanea* c. 2/1/3/3%, *Miconia* c. 0.5-2%, *Myrica* c. 6/4/3/10%, *Polylepis* c. 5/1/5/1%, *Hypericum* c. 6/3/1/3%, Compositae decrease from c. 15% to c. 5%, subandean forest elements show a maximum of c. 1-2.5%, Cyperaceae c. 6/7/4/15%, *Hydrocotyle* c. 1-3%, *Myriophyllum* reappears in quantities up to c. 2/1/1/2%, Cyatheaceae c. 2/0.5/5/2% and *Isoetes* c. 4/1/15/1%.

Pollen zone 12: 80.00 m - 74.00 m. Spectra no. 160.4-148.4.

This zone is characterized by relatively low percentages of arboreal pollen and is separated from the previous one by a rapid increase of Gramineae, *Polylepis* and *Isoetes*, and a rapid decrease of *Alnus* and *Myrica*. Of the most important contributors the percentages are: Gramineae c. 30-45%, *Alnus* c. 8-30%, *Quercus* increases from c. 1% to c. 3.5%, *Podocarpus* shows a minimum of c. 3.5%, sum other forest elements c. 5-11%, *Hedyosmum* c. 1.5-5%, *Weinmannia* c. 0.5-2%, *Rapanea* c. 0.5-2.5%, *Miconia* c. 0.5-2%, *Myrica* c. 1-2%, *Polylepis* shows a maximum of c. 10%, *Hypericum* c. 2-6%, Compositae c. 6-15%, Umbelliferae c. 1-1.5%, *Geranium*, *Valeriana* and Caryophyllaceae show maxima; *Plantago* c. 0.5-1.5%,

Cyperaceae c. 8-15%, *Hydrocotyle* and *Myriophyllum* show minima, Cyatheaceae c. 2%, *Jamesonia* shows a maximum of c. 1-3.5%, *Lycopodium* fov. shows a maximum of c. 0.5-3% and *Isoetes* shows a maximum of c. 20-40%.

Pollen zone 11:
zone 11 A: 74.00 m - 69.00 m. Spectra no. 148.4-138.4.
zone 11 B: 69.00 m - 62.00 m. Spectra no. 138.4-124.4.

This zone is characterized by relatively high percentages of arboreal pollen and is separated from the previous one by a rapid increase of *Alnus* and Cyperaceae, and a rapid decrease of Gramineae, *Polylepis* and *Isoetes*. The lower part shows higher percentages of *Alnus*, *Podocarpus* and Cyperaceae, whereas the upper part shows higher percentages of Gramineae, *Quercus*, *Weinmannia*, *Miconia*, *Hypericum* and *Isoetes*, which permits a subdivision into a lower subzone (A) and an upper subzone (B). Of the most important contributors the percentages are, in subzones A and B, respectively: Gramineae c. 15-22/18-30%, *Alnus* c. 35-50/20-32%, *Quercus* c. 1-3.5/3-9%, *Podocarpus* c. 5-14/2-5%, sum other forest elements c. 7-14/10-20%, *Hedyosmum* c. 2-5%, *Weinmannia* c. 0.5-4/2-8%, *Rapanea* c. 1-3%, *Miconia* c. 0.5-1.5/2-5%, *Myrica* c. 2-5%, *Polylepis* c. 2-3%, *Hypericum* c. 2-3/5-10%, Compositae c. 7-15%, Umbelliferae c. 1-2.5%, Cyperaceae c. 12-25/3-8%, *Hydrocotyle* c. 0.5-2%, *Myriophyllum* c. 0.5-1.5%, Cyatheaceae c. 1-4%, *Jamesonia* c. 0.5-4%, *Isoetes* c. 1-3/15-40% and *Botryococcus* increase to 50-70%.

Pollen zone 10:
zone 10 A: 62.00 m - 60.25 m. Spectra no. 124.4-121.2.
zone 10 B: 60.25 m - 59.75 m. Spcetra no. 121.2-120.2.
zone 10 C: 59.75 m - 58.50 m. Spectra no. 120.2-117.4.

This zone shows two distinct minima of the arboreal pollen percentages, with a distinct maximum of arboreal pollen in between, which permits a subdivision into a lower subzone A, a middle subzone B and an upper subzone C. Subzone A is characterized by maxima of Gramineae, *Weinmannia*, *Miconia*, *Hypericum* and *Isoetes*, and minima of *Alnus*, *Podocarpus*, *Myrica*, Cyperaceae and *Borreria*. Subzone B is characterized by maxima of *Alnus*, *Weinmannia*, *Myrica* and *Borreria*, and minima of Gramineae, *Hypericum*, *Myriophyllum*, Cyatheaceae and *Isoetes*. Subzone C is characterized by maxima of Gramineae, *Rapanea*, *Myrica*, *Hypericum*, Compositae, *Rumex*, Cyperaceae, *Myriophyllum*, Cyatheaceae and *Isoetes*, and minima of *Alnus*, *Weinmannia*, *Miconia*, *Borreria*, *Lycopodium* fov. and *Botryococcus*. Zone 10 is separated from the previous one by a rapid increase of Gramineae, *Miconia*, *Hypericum* and *Isoetes*, and a rapid decrease of *Alnus* and *Myrica*. Of the most important contributors the percentages are, in subzones A, B and C, respectively: Gramineae c. 35/16/45%, *Alnus* c. 7/35/4%, *Quercus* c. 3/8/5%, *Podocarpus* c. 1/5/1-3%, sum other forest elements c. 15/20/9-12%, *Hedysomum* c. 1-3%, *Weinmannia* c. 5/7/1-2%, *Rapanea* c. 1/2/5%, *Miconia* decreases from c. 8% to c. 2%, *Myrica* c. 1/6/2-6%, *Polylepis* c. 2/1/2.5%, *Hypericum* c. 23/5/14%, Compositae c. 11/10/17%, Umbelliferae c. 1-1.5%, Cyperaceae c. 2/6/30%, *Myriophyllum* c. 1.5/0/1.5%, *Isoetes* c. 40/3/30% and *Coelastrum* c. 70/200/10%.

Pollen zone 9:
zone 9 A: 58.50 m - 51.40 m. Spectra no. 117.4-103.3.
zone 9 B: 51.40 m - 48.80 m. Spectra no. 103.3-98.3.

This zone is characterized by relatively high percentages of arboreal pollen and is separated from the previous one by a rapid increase of *Alnus* and *Quercus*, and a rapid decrease of Gramineae, *Hypericum*, *Plantago*, Cyperaceae, *Isoetes* and *Coelastrum*. The lower part shows higher percentages of *Alnus*, *Quercus*, *Polygonum*, and *Myriophyllum*, whereas the upper part shows higher percentages of *Polylepis*, *Hypericum*, Cyperaceae, *Lycopodium* fov., *Sphagnum*, *Isoetes* and *Coelastrum*, which permits a subdivision into a lower subzone (A) and an upper subzone (B). Of the most important contributors the percentages are, in subzones A and B, respectively: Gramineae c. 10-15/15-25%, *Alnus* c. 35-45/35%, *Quercus* c. 12-18/6-11%, *Podocarpus* c. 2-6%, sum other forest elements c. 10-16%, *Hedyosmum* c. 2-4%,

Weinmannia c. 2-5%, *Rapanea* c. 1-3.5%, *Miconia* c. 2-3.5%, *Myrica* c. 2-4.5/1-3%, *Polylepis* c. 0.5-1/3-7%, *Hypericum* c. 2-5/3-7%, Compositae c. 6-11%, Umbelliferae c. 0.5-2/1%, Cyperaceae c. 3.5-12%, *Hydrocotyle* c. 0.5-2%, *Myriophyllum* c. 1-1.5/0.5%, *Jamesonia* c. 0.5-2%, *Isoetes* c. 0-2/3-15% and *Coelastrum* c. 3-6/10-25%.

Pollen zone 8: 48.80 m - 43.60 m. Spectra no. 98.3-88.1.

This zone is characterized by relatively low percentages of arboreal pollen and is separated from the previous one by a rapid increase of Gramineae, *Polylepis*, Compositae, *Plantago* and *Isoetes*, and a rapid decrease of *Alnus*, subandean forest elements, Cyperaceae, *Borreria* and *Coelastrum*. Of the most important contributors the percentages are: Gramineae show a two-topped maximum of c. 42%, *Alnus* c. 10-14%, *Quercus* c. 6-13%, *Podocarpus* c. 2-4%, sum other forest elements c. 7-12%, *Hedyosmum* c. 2-4%, *Weinmannia* c. 1.5-3%, *Rapanea* c. 1-2.5%, *Miconia* c. 1-3%, *Myrica* c. 0.5-2%, *Polylepis* shows a maximum of c. 5-7.5%, *Hypericum* c. 5-10%, Compositae show a maximum of c. 18%, subandean forest elements and *Borreria* are absent, *Geranium* and *Valeriana* show maxima, *Plantago* c. 0.5-2%, Cyperaceae show a minimum of c. 2.5% and *Isoetes* shows a maximum of c. 20-35%.

Pollen zone 7: 43.60 m - 38.00 m. Spectra no. 88.1-76.4.

This zone is characterized by relatively high percentages of arboreal pollen and is separated from the previous one by a rapid increase of *Alnus*, *Podocarpus*, *Weinmannia*, Urticaceae-Moraceae, subandean forest elements and Cyperaceae, and a rapid decrease of Gramineae, *Polylepis*, *Hypericum*, Compositae and *Isoetes*. Of the most important contributors the percentages are: Gramineae c. 6-16%, *Alnus* c. 35-50%, *Quercus* c. 4-7% with a steep maximum of c. 20%, *Podocarpus* increases from c. 6% to c. 13%, sum other forest elements decreases from c. 20% to c. 12%, *Hedyosmum* c. 1-4%, *Weinmannia* decreases from c. 5% to c. 0.5%, *Rapanea* c. 0.5-2%, *Miconia* c. 1-3%, *Myrica* c. 1-3% with a steep maximum of c. 11%, *Polylepis* c. 1-2% with a steep maximum of c. 9%, *Hypericum* decreases from c. 6% to c. 2%, Compositae c. 3-10%, subandean forest elements show a maximum of c. 3-5%, *Plantago* c. 0.5-1.5%, Cyperaceae c. 7-14%, Cyatheaceae increase from c. 1% to c. 3%, *Isoetes* shows a minimum of c. 2% and *Coelastrum* shows a maximum of c. 600%.

Pollen zone 6: 38.00 m - 28.00 m. Spectra no. 76.4-56.4.

This zone is characterized by intermediate percentages of arboreal pollen, which are considerably higher than in the preceding pollen zones with relatively low percentages. This is due to a less pronounced fluctuation of *Alnus* from this zone onward and remains represented by rather high percentages in the 'glacial' phases. Also *Quercus*, *Weinmannia*, subandean forest elements and *Myrica* attain, as compared to previous 'glacial' phases, relatively high percentages. The 'glacial' phases, represented by pollen zones 6, 4 and 2, are, therefore, of a different character than the previous ones. The zone is separated from the preceding one by a rapid increase of Gramineae, *Weinmannia*, *Hypericum*, *Hydrocotyle*, *Myriophyllum*, *Jamesonia* and monolete verrucate spores, as against a rapid decrease of *Alnus* and *Podocarpus*. Of the most important contributors the percentages are: Gramineae c. 10-25%, *Alnus* c. 22-30%, *Quercus* shows a maximum of c. 20%, *Podocarpus* decreases from c. 7% to c. 3%, sum other forest elements shows a two-topped maximum of c. 20%, *Hedyosmum* c. 2-6%, *Weinmannia* shows a two-topped maximum of c. 9%, *Rapanea* shows a two-topped maximum of c. 2.5%, *Miconia* shows a two-topped maximum of c. 4%, *Myrica* c. 2-5%, *Polylepis* c. 0.5-1% in the lower part and 2-5% in the upper part, *Hypericum* shows a two-topped maximum of c. 10%, Compositae increase from c. 6% to c. 14%, subandean forest elements decrease from c. 3% to c. 1%, Cyperaceae decrease from c. 15% to c. 6%, *Hydrocotyle* decreases from c. 3% to c. 0.5%, *Myriophyllum* decreases from c. 2% to c. 0%, Cyatheaceae c. 2-6%, *Jamesonia* c. 1-4%, *Lycopodium* fov. increases from c. 0% to c. 1.5% and *Isoetes* increases from c. 1% to c. 18%.

Pollen zone 5:
zone 5 A: 28.00 m - 25.00 m. Spectra no. 56.4-50.4.
zone 5 B: 25.00 m - 22.50 m. Spectra no. 50.4-45.4.

This zone is characterized by relatively high percentages of arboreal pollen which form a two-topped maximum. The lower peak includes maxima of *Quercus*, Cyatheaceae, *Jamesonia, Lycopodium jussiaei, L. clavatum, Isoetes* and *Botryococcus,* whereas the upper maximum includes peaks in the *Alnus, Miconia, Myrica,* subandean forest elements and Cyperaceae curves and permits a subdivision into a lower subzone (A) and an upper subzone (B). It is separated from the previous zone by a rapid increase of *Quercus,* Cyatheaceae, *Jamesonia* and monolete psilate spores, and a rapid decrease of Gramineae. Of the most important contributors the percentages are, in subzones A and B, respectively: Gramineae c. 7.5-18/7.5-10%, *Alnus* c. 16-25/28-35%, *Quercus* c. 25-40/10-17%, *Podocarpus* c. 3-9%, sum other forest elements c. 5-12/15-20%, *Hedyosmum* c. 2-5%, *Weinmannia* c. 2-5%, *Rapanea* c. 0.5-2/2-5%, *Melastomataceae, Miconia* and Urticaceae-Moraceae all c. 0.5-1/1.5-2.5%, *Myrica* c. 2-4/5-11%, *Polylepis* c. 2-4/0.5-2.5%, *Hypericum* c. 4-7/3%, Compositae c. 5-16%, Cyperaceae c. 1-3/10%, Cyatheaceae c. 6-20/4%, *Jamesonia* c. 5-8/0.5-2% and *Isoetes* c. 12-20/3%.

Pollen zone 4: 22.50 m - 9.50 m. Spectra no. 45.4-19.4.

This zone is characterized by intermediate percentages of arboreal pollen and rather closely resembles the conditions of pollen zone 6 (compare the note at that place). It is separated from the previous zone by a rapid increase of Gramineae, *Weinmannia* and *Coelastrum,* and a rapid decrease of *Myrica* and *Botryococcus*. Of the most important contributors the percentages are: Gramineae increase from c. 20% to c. 30%, *Alnus* decreases from c. 30% to c. 20%, *Quercus* c. 5-14%, *Podocarpus* c. 3-14%, sum other forest elements c. 12-20%, *Hedyosmum* c. 2-6%, *Weinmannia* c. 4-9%, *Rapanea* c. 1-3%, Melastomataceae, *Miconia* and Urticaceae-Moraceae all 1-3%, *Myrica* c. 1-5%, *Polylepis* c. 0.5-2%, with a maximum of c. 5% towards the very end of the zone, *Hypericum* c. 3-8%, Compositae c. 7-12%, subandean forest elements c. 0.5-2%, Cyperaceae c. 5-10%, Cyatheaceae c. 1.5-3.5%, *Jamesonia* c. 1-3%, *Lycopodium* fov. (dicontinuous) c. 0.5-1.5%, *Isoetes* shows a minimum of c. 3-8% and *Botryococcus* shows a minimum.

Pollen zone 3: 9.50 m - 8.20 m. Spectra no. 19.4-17.2.

This zone is characterized by relatively high percentages of arboreal pollen and is separated from the previous one by a rapid increase of *Quercus, Podocarpus, Jamesonia,* monolete psilate spores and monolete verrucate spores, and a rapid decrease of *Alnus, Weinmannia,* Melastomataceae, *Miconia, Hypericum* and Compositae. Of the most important contributors the percentages are: Gramineae show a maximum of c. 25%, *Alnus* shows a minimum of c. 10%, *Quercus* shows a maximum of c. 25-30%, *Podocarpus* shows a maximum of c. 13%, sum other forest elements show a minimum of c. 4-6%, *Hedyosmum* shows a maximum of c. 5%, *Polylepis* shows a maximum of c. 4-7%, Compositae show a minimum of c. 3%, Cyperaceae c. 1-6%, *Jamesonia* shows a maximum of c. 10%, *Lycopodium* fov. c. 3-4%, *Isoetes* c. 15%, whereas *Weinmannia,* Melastomataceae, *Miconia* and *Hypericum* are absent.

Pollen zone 2:
zone 2 A: 8.20 m - 3.00 m. Spectra no. 17.2-6.4.
zone 2 B: 3.00 m - 2.10 m. Spectra no. 6.4-5.1.

This zone is characterized by average percentages of arboreal pollen (see note at pollen zone 6) and is separated from the previous one by a rapid increase of *Alnus, Weinmannia, Miconia, Hypericum,* Compositae, Cyperaceae and *Botryococcus,* and a rapid decrease of *Quercus, Podocarpus, Jamesonia,* monolete psilate spores and monolete verrucate spores. The lower part shows maxima of Gramineae, *Miconia, Polylepis, Hypericum,* Compositae and *Isoetes,* whereas the upper part shows maxima of *Alnus, Myrica* and Cyperaceae, which permits a subdivision into a lower subzone (A) and an upper subzone (B). Strong fluctuations of some curves

Table 2: Taxa included in the pollen sum of relevant sections and the manner of grouping in the general diagram

	[1]Funza record	[2]Bogotá sect. CUX	[3]Bogotá sect. CUY	[4]Fúquene I	[5]Fúquene II	[6]Fúquene III	Grabandt (1980)
Acalypha	sfe			fe	fe	fe	x
Alchornea	sfe			fe	fe		x
Cecropia	sfe			fe	fe		x
Alnus	afe	fe	fe	fe	fe	fe	x
Quercus	afe	fe	fe	fe	fe	fe	x
Podocarpus	afe	fe	fe	fe	fe	fe	
Hedyosmum	afe	fe	fe	fe	fe	fe	x
Weinmannia	afe	fe	fe	fe	fe	fe	x
Vallea	afe	fe		fe	fe		
Rapanea	afe	fe	fe	fe	fe	fe	x
Symplocos	afe	fe	fe				
Drimys	afe	fe					x
Ilex	afe	fe	fe	fe	fe	fe	x
Styloceras	afe	fe	fe	fe	fe		
Daphnopsis	afe			fe	fe	fe	
Juglans	afe	fe	fe	fe	fe	fe	
Bocconia	afe	fe		fe	fe		
Melastomataceae (excl. *Miconia*)	afe			fe	fe	fe	x
Miconia	afe	fe	fe	fe	fe	fe	x
Urticaceae-Moraceae	afe	fe		fe	fe	fe	
Pilea	afe						
Eugenia	afe		fe	fe	fe	fe	x
Myrtaceae	afe		fe	fe	fe	fe	x
Dodonaea	afe			fe	fe	fe	x
Gaiadendron	afe						
Myrica	afe	fe	fe	fe	fe	fe	x
Palmae type				fe	fe		
Polylepis/Acaena	spe(PA)	PA	PA	PA	fe	fe	x
Ericaceae	spe			fe	fe	spe	x
Hypericum	spe			fe	fe	spe	x
Compositae	spe			fe	C	spe	x
Gramineae	G	G	G	G	G	G	
C_3P_3 type 1			fe				
Proteaceae			fe				
Polygalaceae			fe				
Clusia type			fe				x
Hesperomelis							x
Clethra							x
Viburnum							x
Cyatheaceae							x
Hieronyma							x
Cordia							x
Brunellia							x
Billia							x
Heliocarpus							x
Cestrum							x

sfe: subandean forest elements; afe: andean forest elements; G: Gramineae; spe: subpáramo elements; fe: trees and shrubs; PA: *Polylepis/Acaena*; C: Compositae; x: pollen sum as used by Grabandt (1980); 1) this present study; 2) Van der Hammen & González, 1960 and 1963; 3) Van der Hammen *et al.*, 1971, Van der Hammen & Cleef, in press; 4) Van Geel & Van der Hammen, 1973; 5) Van der Hammen & Noldus, in prep.

(Gramineae, *Alnus* and *Quercus*) cause the wide ranges of the percentages. Of the most important contributors the percentages are, in subzones A and B, respectively: Gramineae c. 20-40/8%, *Alnus* c. 10-25/45%, *Quercus* c. 10-20/10%, *Podocarpus* c. 1-2(15)/3%, sum other forest elements c. 9-16/5%, *Hedyosmum* c. 1-3/2%, *Weinmannia* c. 2-5/2%, *Rapanea* c. 1-5/2%, *Miconia* c. 1-3/0%, *Myrica* c. 1-3/10%, *Polylepis* c. 2-12/2%, *Hypericum* c. 2-10/2%, Compositae c. 6-11/3%, Cyperaceae c. 2-8/30%, Cyatheaceae c. 1-3% (with a sharp maximum of c. 6%)/2%, *Jamesonia* c. 1-3% (with a sharp maximum of c. 9%)/2%, *Lycopodium* fov. c. 1-2% (with a short maximum of c. 7%)/0.5%, *Isoetes* shows a two-topped maximum of c. 18%.

Between 2.10 m and 0.00 m no usable cores were recovered. This interval represents the last phase of the last glacial (the Fúquenian, or, in the European terminology, Weichselian) and the Holocene (for which the qualification "pollen zone 1" is reserved; see the correlated diagram of section Bogotá CUX).

As the pollen zones 2-5 are better represented in the pollen diagram of section Bogotá CUX (Van der Hammen & González, 1960 and 1963), these zones are chiefly based on their diagram. For a complete record of the pollen zones 1 and 2, the reader is referred to the Fúquene diagrams (Van Geel & Van der Hammen, 1973 and Van der Hammen & Noldus, in prep.). A description of the pollen zones 1-5 of the section Bogotá CUX (Van der Hammen & González, 1960 and 1963) will be given here to present a complete set of "type pollen zones" for the high plain of Bogotá. The percentages in diagram CUX are not given here because a direct comparison of the percentages of the Funza diagram and the CUX diagram is not possible. For the two diagrams slightly different pollen sums were used (see table 2), whereas the mode of grouping of the general diagrams also differed slightly.

Pollen zone 5 (section CUX; see fig. 24): 24.00 m - 20.30 m.
zone 5 A: spectra no. 156-151.
zone 5 B: spectra no. 151-146.
zone 5 C: spectra no. 146-143.

This zone is characterized by relatively high percentages of arboreal pollen and shows a two-topped maximum. The lower peak includes maxima of *Alnus*, *Myrica*, *Weinmannia*, *Miconia* and Compositae, and the upper one maxima of *Myrica*, *Weinmannia*, *Alnus* and Compositae. In between the above-mentioned arboreal maxima there are maxima of *Podocarpus*, Urticaceae, Gramineae, Cyperaceae and monolete psilate spores. This permits a subdivision of pollen zone 5 into a lower subzone A, a middle subzone B and an upper subzone C. It is separated from the previous zone by a rapid increase of *Podocarpus*, *Myrica*, *Weinmannia*, Compositae and monolete psilate spores, and a rapid decrease of *Quercus*, Gramineae, *Jamesonia*, and *Isoetes*. The most important contributors are: Gramineae, *Alnus*, *Podocarpus*, *Hedyosmum*, *Weinmannia*, *Rapanea*, *Symplocos*, *Miconia*, Urticaceae, *Myrica*, Cyperaceae and monolete psilate spores.

Pollen zone 4 (section CUX; see fig. 24): 20.30 m - 11.50 m. Spectra no. 142-70.

This zone is characterized by intermediate percentages of arboreal pollen and rather closely resembles the range 29 m - 24 m, which is correlated to pollen zone 6 of the Funza record. It is separated from the previous zone by a rapid increase of *Quercus*, *Hedyosmum*, Gramineae, *Polylepis*, *Jamesonia* and *Isoetes*, and a rapid decrease of *Myrica*, *Alnus* and Compositae. The most important contributors are: Gramineae, *Alnus*, *Quercus*, *Podocarpus*, *Hedyosmum*, *Weinmannia*, *Rapanea*, *Miconia*, Urticaceae, *Myrica*, *Polylepis*, Compositae, Cyperaceae, *Jamesonia*, *Isoetes* and monolete psilate spores.

Pollen zone 3 (section CUX; see fig. 24): 11.50 m - 10.30 m. Spectra no. 69-63.

This zone is characterized by relatively high percentages of arboreal pollen and is separated from the previous one by a rapid increase of *Podocarpus* and *Myrica*, and a rapid decrease of Gramineae and *Isoetes*. The most important contributors are: Gramineae (minimum), *Alnus* (maximum), *Quercus, Podocarpus, Hedyosmum, Polylepis* (minimum), *Myrica, Weinmannia* (maximum), *Rapanea, Miconia,* Urticaceae (maximum), Cyperaceae, Compositae, *Jamesonia,* Cyatheaceae, *Isoetes* (minimum) and monolete psilate spores.

Pollen zone 2 (section CUX; see fig. 24): 10.30 m - 2.30 m. Spectra no. 62-1n.

This zone is characterized by moderate arboreal percentages in the beginning (a), low arboreal percentages near the end (b), and followed by relatively high (interstadial) arboreal percentages (c) and relatively low (stadial) arboreal percentages (d) at the end. It is separated from the previous one by a rapid increase of Gramineae, Ericaceae, and *Isoetes,* and a rapid decrease of *Weinmannia.* The most important contributors are: Gramineae (gradually increasing with a maximum in b), *Alnus* (gradually decreasing with a maximum in c), *Quercus* (relatively high percentages in a), *Podocarpus* (relatively high percentages in the first part of a), *Hedyosmum, Myrica* (maximum in c), *Weinmannia, Rapanea, Miconia,* and Urticaceae (in a), *Polylepis, Geranium, Valeriana, Jamesonia, Lycopodium* fov., Compositae, Ericaceae (maximum in b).

Pollen zone 1 (section CUX; see fig. 24): 2.30 m - 0 m. Spectra no. 1n-1.

This zone is characterized by relatively high percentages of arboreal pollen and is separated from the previous one by a rapid increase of *Myrica* (and *Alnus*), and a rapid decrease of Gramineae, *Geranium, Valeriana,* Compositae, *Jamesonia,* and monolete psilate spores. The most important contributors are: Gramineae, *Alnus, Myrica,* Cyperaceae, *Myriophyllum*, Compositae, and monolete psilate spores.

ADDITIONAL COMMENTS

As stated before, the 10 m overlap of the stretch from 150.00 m to 140.00 m of both parts of the Funza section (see chapter 2), here referred to as Funza I (0-150 m) and Funza II (140-357 m), aid to check the linking-up of both cores. Descriptions of the lowermost two pollen zones of Funza I, *viz.,* from 150.00 m to 145.00 m and from 145.00 m to 137.50 m are provided here and give evidence for a reliable correlation with pollen zone 21 (151.40 m - 143.20 m) and pollen zone 20 (143.20 m - 137.00 m) of Funza II. (The percentages given are from the original diagram of Funza I, as calculated by O.K. Hulshof and published, although only as a general diagram, by Van der Hammen (1979) and Van der Hammen & Cleef, (in press). For this diagram a slightly different pollen sum was used as compared to the present study, *viz.,* the taxa *Vallea* type, *Symplocos, Drimys, Ilex, Styloceras, Daphnopsis, Juglans, Bocconia, Dodonaea* and *Gaiadendron* were not included in the pollen sum, whereas the taxa *Rumex* and Umbelliferae were. This resulted in slightly different percentages between the correlated pollen zones of the Funza I/Funza II overlap.)

Pollen zone 150.00 m - 145.00 m (Funza I). Spectra no. 300.4-290.4. Correlated to pollen zone 21 (151.40 m - 143.20 m) of Funza II.

This zone is characterized by relatively high percentages of arboreal pollen and ends at the 150.00 m level at the end of section Funza I. The zone seems to be incomplete: only the upper part of an 'interglacial' phase is shown. Of the most important contributors the percentages are: Gramineae increase from c. 20-25% to c. 30-40%, *Alnus* decreases from c. 40% to c. 20%, *Podocarpus* c. 5-10%, sum other forest elements decreases from c. 15% to c. 9%, *Hedyosmum* c. 1-4%, *Weinmannia* c. 1.5-4%, *Polylepis* shows a minimum of c. 1-3%, *Hypericum* c. 4-8%, Compositae c. 10-16%, Cyperaceae decrease from c. 30% to c. 8%, *Plantago* c. 2%, with a steep maximum of c. 8% at the end of the zone, *Isoetes* shows a minimum of c. 1-6%, monolete psilate spores decrease from c. 16% to c. 10%.

Pollen zone 145.00 m - 137.50 m (Funza I). Spectra no. 290.4-275.4. Correlated to pollen zone 20 (143.20 m - 137.00 m) of Funza II.

This zone is characterized by relatively low percentages of arboreal pollen and is separated from the previous one by a rapid increase of Gramineae, *Polylepis*, *Hypericum*, *Hydrocotyle* and *Isoetes*, and a rapid decrease of *Alnus*, *Podocarpus*, *Myrica*, Ericaceae and *Symplocos*. Of the most important contributors the percentages are: Gramineae show a maximum of c. 45-60%, *Alnus* shows a minimum of c. 4-11%, *Podocarpus* c. 1-3%, sum other forest elements c. 3-6%, *Hedyosmum* c. 1-3%, *Weinmannia* c. 1-2%, *Polylepis* shows a maximum of c. 10%, *Hypericum* c. 5-12%, Compositae increase from c. 15% to c. 30%, Cyperaceae show a minimum of c. 5-15%, *Plantago* shows a maximum of c. 15% and *Isoetes* shows a two-topped maximum of c. 15-22%.

VERTICAL DISTRIBUTION OF TAXA AND 'TYPES'

Fig. 4 gives the stratigraphical range of taxa and 'types' of the interval Upper Pliocene - Recent (from c. 3.5 million years B.P. to c. 30,000 years B.P.) for the high plain of Bogotá and shows the presence or absence of taxa in relation to the pollen zonation. It can be considered an addition to and amendation of the chronostratigraphical diagram of the Pliocene and Lower Quaternary sediments of the high plain of Bogotá as published by Van der Hammen *et al.* (1973), and coincides with the zones V and VI of that diagram. The results as published by Van der Hammen *et al.* (1973) for the zones V and VI were based on the records from the section Bogotá CUY and, after the results of the Funza record became available, now appear to be partly incomplete, but the same restriction (albeit to a lesser degree) applies to the diagram presented here.

The ranges of all taxa were plotted in such a sequence that taxa which occur continuously throughout the Funza record are placed at the left and taxa which only appeared more recently are placed more to the right. In this way a possible, sequential enrichment of the high-andean flora becomes illustrated. An inverse picture, *viz.*, a sequence illustrating the most recent occurrence of all taxa causes some problems because of the fact that of a number of the rarer taxa no record is available in the range 140-0 m. Fig. 5 shows the number of newly appearing taxa in the Funza record for each pollen zone in time. Taxa occurring only at a single depth level (37 records or 11.7% of the total number recognized) are ommitted because it is questionable whether that level indeed represents the first appearance in the area. It appears that 162 taxa (or 51.1% of the total number of records recognized) are present in pollen zone 55, whereas in the successive pollen zones the number of newly appearing taxa varies between 0 and 17; in all 118 taxa (or 37.2% of the total number of records recognized) appear after pollen zone 55. It has to be borne in mind that the reliability of the date of first appearance of the additonal taxa is lower in the high-numbered pollen zones (52, 51 and 50) than in those with a later start.

Most identifications are at the genus level, so that many species at present occurring in the páramo ecosystem may have evolved at a much later point in time. This is an important aspect in connection with the understanding of the process of evolution of the páramo ecosystem. The presence of many páramo taxa in pollen zone 55 yields evidence for a considerably longer history of the high Andean (páramo) flora and vegetation at the time of deposition (c. 3.5 m.y. B.P.).

Taxa occurring in pollen zone 55 are easily traceable in pollen diagram 1 and not enumerated here (note that taxa occurring in fewer than about 10 pollen spectra are not included in any diagram: they are mentioned in chapter 8). Taxa which appear for the first time at a later (more recent) moment will be dealt with here, with the exception of those that (a) occur in only a single pollen spectrum, (b) do not have a separate record, (c) have no reliable record, or (d) are types consisting of a group of similar but not necesarily taxonomically

Fig. 4: Stratigraphic range of taxa and 'types' in the interval Upper Pliocene - Recent for the high plain of Bogotá, Colombia.

(1) Taxa with a continuous range from 357.00 m to 0 m (type numbers are indicated).

10	59	116	169	235-236	307
13	60	120	172	244	311
15	63	129	191	247	322
16 x	65	134	192	249	325
17	66+68 x	135	200	254	326
18	70	141	201	256	328
27	70+71	142	205	260	329
29+32	73	145	208-210	263	359
34	78	147	211-214	279	361
50+51	90-93 x	148	217	280	393
52	94	150	222	284	397
53 x	101	159	223	291	416-417
54	102	160 x	226	300	420
55 x	114	161	228	301	422
57	115	162	233	303-304	

(2) Taxa without a record in the range 140.00 m to 0 m, but probably more or less continuously present in the range 357.00 m to 0 m (type numbers are indicated).

151	163	281	315	352	406-407
154	182	283	324 x	353 x	421
156	183	288 x	337	382 x	
157 x	238	296	340	401-402	
158	269-270	297-298	350	403 x	

(3) Possibly re-deposited.

x: Taxa with a more or less continuous record; some minor interruprions present.

Legend:

solid bars : present in almost each pollen spectrum
densely pointed bars: present in many pollen spectra
thinly pointed bars : present every now and then.

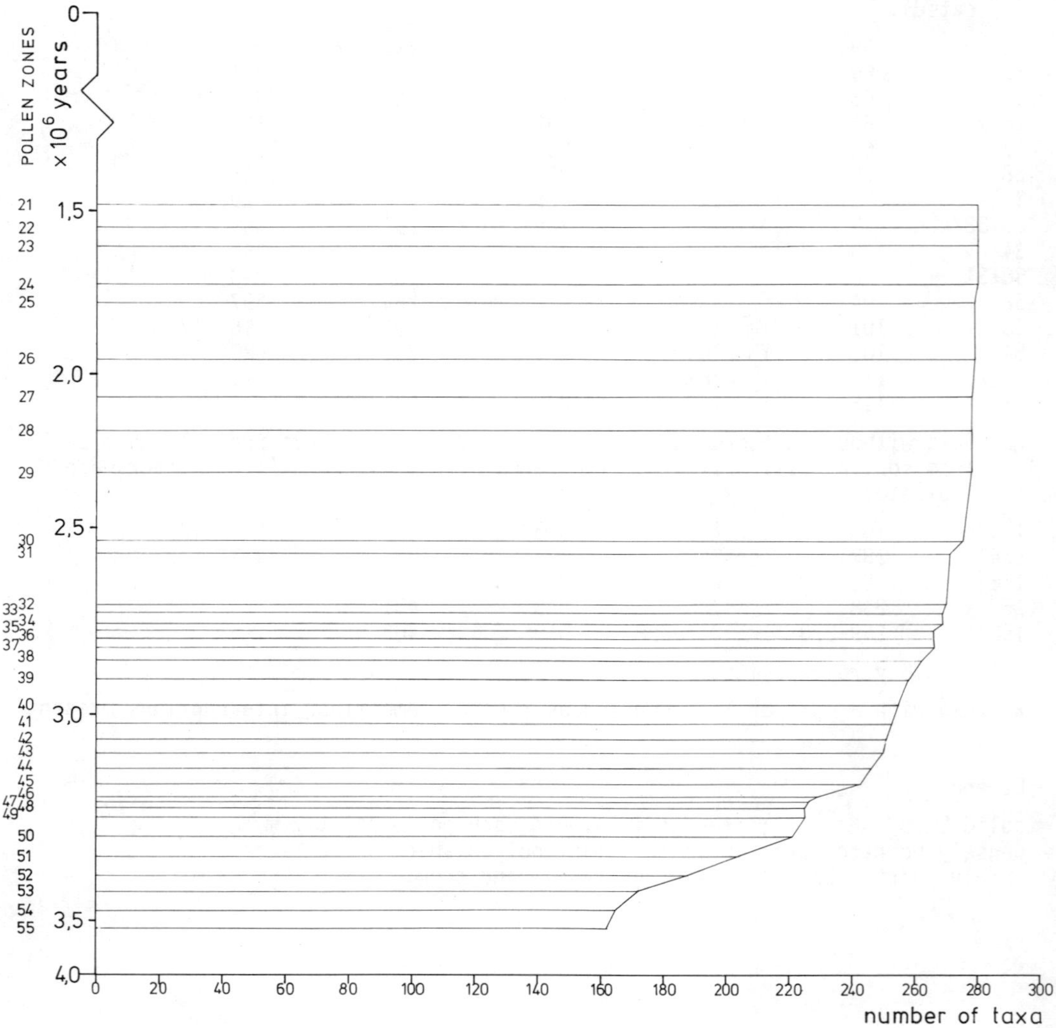

Fig. 5: Number of newly appearing taxa in the Funza record for each pollen zone in time. Age according to the most reliable estimated ages (table 5, chapter 6). See additional explanation in the text.

identical grains. In this way we hope to present a possibly most reliable list. In table 3 newly appearing taxa in the Funza record are mentioned per pollen zone and a subdivision has been made into four geographical floral elements (data for this last-mentioned grouping kindly provided by Dr. A.M. Cleef, Utrecht). For the establishing of the phytogeographical origin the generic level is the most suitable because most palynological identifications are at the genus level and, moreover, taxonomic studies of many vascular taxa still continue at the species level. In some cases additional information for the identification at the species level is provided and placed in brackets in table 3. The following four floral elements are recognized: (1) cosmopolitan elements, (2) austral-antarctic elements, (3) holarctic elements and (4) pantropical or tropical-American elements (see Cleef, 1979).

Table 3 permits the following conclusions. The appearance of pantropical and tropical-American elements is evently distributed over the concerning pollen zones. As regards the relative climatic conditions of the concerning pollen zones, table 3 contains ten relatively cold climatic periods and eight relatively warm climatic periods (pollen zone 53 has been left out of consideration because of its indistinct character) and during the relatively cold climatic conditions 34 new taxa (52%) and during the relatively warm climatic conditions 31 taxa (48%) appeared on the scene.

The genera *Alnus* and *Quercus* need further discussion. *Alnus* is abundantly present from pollen zone 31 (c. 2.7 m.y. B.P.) onward, but its range seems to have commenced already in pollen zone 55 (c. 3.6 m.y. B.P.) and indicates a more or less continuous representation by low percentages from pollen zone 38 (c. 3.0 m.y. B.P.) onward. Although long-distance dispersal may theoretically be a possible explanation of the discontinuous presence of *Alnus* pollen beneath pollen zone 38 (which, especially in the range 295 m - 320 m, is often corroded), the presence of these few grains is probably attributable to contamination.
Quercus starts as a gradually increasing curve from the base of pollen zone 14 (c. 1.0 m.y. B.P.), but its record seems to begin already in pollen zone 50 (c. 3.5 m.y. B.P.). Between these two pollen zones *Quercus* is present discontinuously with one or two grains at a time and conceivably these occurrences are likewise caused by contamination. The levels between 265 m and 357 m in which grains of *Quercus* have been found contained also some *Alnus* grains.
No relation could be established between the presence of scattered *Alnus* or *Quercus* grains on one hand and the presence of clearly redeposited pollen grains volcanic ashes or coarse material (sands) on the other hand. The *Alnus* record is regarded as having started by about pollen zone 38 (c. 2.9 m.y. B.P.) and the *Quercus* record is regarded as having started at the base of pollen zone 14 (c. 1.0 m.y. B.P.)

Legend for table 3:

(1): cosmopolitan elements
(2): austral-antarctic elements
(3): holarctic elements
(4): Pantropical or tropical-American elements
x : indicates information at the generic level
(x): indicates information at the species level

Table 3: Newly appearing taxa in the Funza record, mentioned per pollen zone, and a subdivision into 4 phytogeographical flora elements (continued on next page)

(1)	(2)	(3)	(4)	
				pollen zone 53:
				Tetraploa (type 372)
				Gaeumannomyces (type 369)
			x	*Mauritia* (type 84)
				cf. *Stemphylium* (type 364)
			x	*Dicliptera* (type 97)
	x			*Muehlenbeckia* (type 199)
				pollen zone 52 (relatively warm):
				type 388
			x	*Relbunium* type (type 167)
				type 360
			x	*Saccoloma elegans* type (type 266)
		x		*Sericotheca argentea* (type 122, 146)
			x	*Paepalanthus* - *Eriocaulon* type (type 87)
x			(x)	*Lobelia tenera* type (type 126)
x				*Utricularia* (type 96)
	x			*Calandrinia* (type 56)
				Hiospira (type 367)
				pollen zone 51 (relatively cold):
				type 387
				cf. *Leskea* (type 376)
				Histrichosphaeridae (type 415)
				woodvessel fragment (type 405)
x				*Thelypteris* (type 327)
				Mougeotia laetevirens type (type 400)
		x		Ulmaceae (type 76)
				cf. *Athelia* (type 371)
	(x)		x	*Tristerix* (type 179, 180)
			x	Malpighiaceae (type 23)
			x	*Selaginella sellowii* type (type 278)
				type 42
				pollen zone 50 (relatively warm):
				Amaranthaceae - Chenopodiaceae (type 48)
			x	cf. *Urvillea* (type 75)
				type 173
		x		*Salvia* (type 106, 107)
				type 347, 348, 349
			x	*Lysipomia* (type 124)
				type 89
			x	cf. *Astronium* (type 190)
			x	*Calliandra* (type 176)
				type 321
				pollen zone 49 (relatively cold):
			x	*Borreria laevis* type (type 71)
			x	*Croton bogotense* type (type 204)
			x	*Cedrela* (type 219)
				pollen zone 47 (relatively cold):
			x	*Guarea* (type 216)

Table 3: Newly appearing taxa in the Funza record, mentioned per pollen zone and a subdivision into 4 phytogeographical flora elements (continued)

(1)	(2)	(3)	(4)	
				pollen zone 46 (relatively warm):
x			(x)	*Lycopodium cuatrecasassii* type (type 257)
	x		(x)	*Paesia viscosa* (type 338)
				pollen zone 45 (relatively cold):
x			(x)	*Pteris grandifolia* type (type 286)
			x	*Cordia lanata* type (type 74)
			x	*Saccoloma domingensis* (type 265)
				Crassoretitriletes vanraadshoovenii (type 273)
			x	*Dodonaea viscosa* (type 203)
		x		*Lathyrus* (type 184)
				pollen zone 44 (relatively warm):
x				*Anthoceros* (type 252)
				pollen zone 43 (relatively cold):
			x	*Pleopeltis (Microgramma) ciliata* (type 334)
			x	*Histiopteris incisa* type (type 330)
	x		(x)	*Drimys granadensis* (type 105)
			x	*Croton* (type 206)
				pollen zone 42 (relatively warm):
	x		(x)x	*Hymenophyllum myriocarpum* type (type 242)
				pollen zone 39 (relatively cold)
			x	*Tournefortia* (type 95)
		x	(x)	*Satureja nubigena* type (type 109)
				pollen zone 38 (relatively warm):
		x		*Alnus jorullensis* (type 22)
			x	*Cyathea (Nephelea) cuspidata* type (type 268)
				Tilletia sphagni (type 385)
			x	*Rhizocephalum candollei* (type 132)
				pollen zone 37 (relatively cold):
			x	*Cecropia* (type 25)
			x	cf. *Eriosema* (type 189)
				pollen zone 34 (relatively warm):
				type 39
				Echitriporites trianguliformis (type 37)
				pollen zone 30 (relatively warm):
x			(x)	*Polypodium aureum* type (type 335)
				type 375
				pollen zone 29 (relatively cold):
				type 149
				cf. *Cosmarium* (type 399)
				pollen zone 26 (relatively cold):
		x	(x)	*Oenothera multicaulis* (type 21)
				pollen zone 14 (relatively cold):
		x		*Quercus* (type 215)

4. *Present Vegetation of the Area of the High Plain of Bogotá*

A.M. Cleef & H. Hooghiemstra

INTRODUCTION

The present vegetation belts in the Colombian Andes were studied by Cuatrecasas (1934 and 1958), Van der Hammen & González (1960 and 1963), Lozano & Schnetter (1976), Sturm (1978), Van der Hammen *et al.* (1980/1981), Cleef (1981) and Van der Hammen & Cleef (in press).
Cuatrecasas (1934 and 1958) provided an useful altitudinal zonation of the Colombian tropical Andean vegetation and distinguished (1) a "selva neotropical inferior", (2) a "selva subandina", (3) a "selva andina" and (4) a "páramo". This roughly corresponds with the lowland rainforest or equatorial forest, lower montane forest, upper montane (including subalpine) forest and tropicalpine vegetation, respectively (Grubb, 1974; Smith, 1977).

Only a concise survey will be given here, which is based on the above-mentioned studies as far as they are relevant to the present study. (For authors' names of plant species the reader is referred to Cleef, 1981.)

The Eastern Cordillera of the northern Andes rises from warm tropical lowlands where rainforests, savannas or xerophytic vegetation types dominate (see fig. 6). To the NE of this Cordillera lies the savanna area of the Llanos Orientales and the Orinoco, to the SE the rain forest and Amazonia. West of the Cordillera lies the Magdalena valley, the northern part of which bears rain forest and the southern part tropical xerophytic vegetation. In the Eastern Cordillera the tropical belt extends from these lowlands to approximately 1000 m alt. At about this altitude several tropical taxa, such as the Bombacaceae, disappear, whereas several other ones are restricted to this belt or to a part of it (*e.g.*, *Byrsonima*, *Iriartea*, *Mauritia* and *Spathiphyllum*).

The next altitudinal zone is that of the subandean forest, between c. 1000 m and c. 2300(2500) m. Such genera as *Acalypha*, *Alchornea* and *Cecropia*, good pollen producers, are of frequent occurrence in this zone and do not extend beyond its upper limit. The same holds mostly for many Palmae, *Hieronima*, *Ficus*, *Croton*, *Turpinia*, *Billia*, Malpighiaceae and Meliaceae.

From 2300(2500) m to 3200 - 3500 m the Andean forest belt is present. There are considerable differences between the eastern and western side of the Cordillera and for that reason they will be discussed separately (see fig. 7).

The open páramo belt, between 3200(3500) m and 4250 m alt. extends from the upper forest line to the highest peaks attaining 4000 to 4250 m in the Sumapaz area. A patchy snow cover may be only observed temporarily here, but this is of rare occurrence. Cuatrecasas (1958) distinguished three clear-cut altitudinal zones: (1) the subpáramo, (2) the grass páramo and (3) the superpáramo. Cleef (1979, 1981), who also based his zonation on the physiognomy and floristics,

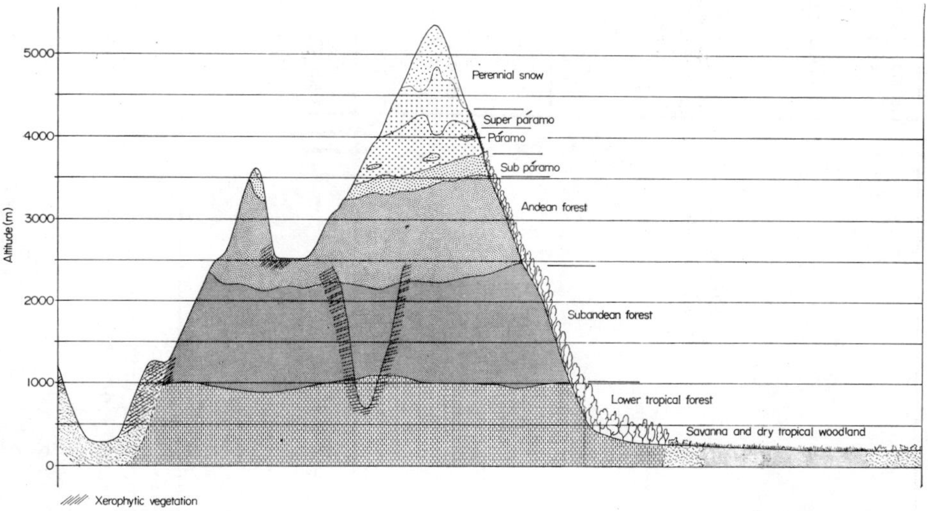

Fig. 6: Diagrammatic representation of the vegetation belts in the Eastern Colombian Cordillera, as they are at present (interglacial situation)(After Van der Hammen, 1974).

subdivided each of them into a lower and an upper subzone (see fig. 7). True trees are lacking in the páramo, which in principle contains only open vegetation types and shrub. Bunchgrasses (*Calamagrostis*) and bamboos (*Swallenochloa*) are most characteristic as are also an array of herbaceous and woody genera, *e.g.*, *Espeletia*, *Espeletiopsis*, *Aragoa*, *Colobanthus*, *Diplostephium*, *Draba*, *Polylepis* and *Senecio*.

A snow belt is no longer present in the Bogotá area, and today this belt is limited to the highest peaks of the Sierra Nevada del Cocuy in the northern part of the Eastern Cordillera.

For the present scope it is most useful to recognize in more detail present-day vegetation types bordering the high plain of Bogotá, in other words, those zonal vegetation types which cover large areas today and which might have been important at a given moment for the vegetational aspect of the high plain of Bogotá in the past. Therefore, the different communities in the upper part of the subandean forest belt are treated in this way here, and also the Andean forest belt and the belts of the lower zonal páramos. Less attention was paid to the humid forest communities on the eastern Orinoco slope of the Eastern Cordillera, because in view of the orographic conditions they are of less importance for the reconstruction of the past vegetation cover of the high plain of Bogotá.

Cuatrecasas (1934) described some forest and páramo communities from near Bogotá, and his relevés as well as some 20 unpublished ones of mainly different forest types taken by Van der Hammen & Jaramillo (in 1967) were studied and formed the basic material for the descriptions of the forest types given below. For the description of the eastern side of the Cordillera forest zonation unpublished relevés of the Ecoandes 1981 expedition (Cleef *et al.*, in prep.) were used.

Pertinent information on azonal vegetation types in the forest and páramo belt of the high plain of Bogotá and surroundings is scarce and only a reference can be made to Cuatrecasas (1934, 1958), Van der Hammen & González (1960 and 1963), Lozano & Schnetter (1976), Cleef (1978, 1981) and Rangel & Aguirre (in press). The last two authors studied aquatic plant communities of the Tota lake at about 3000 m elevation, NE of Bogotá. Recently Cleef in collaboration with S. Salamanca studied aquatic communities in the Fúquene lake, north of Bogotá, situated at about 2550 m elevation, which lake was earlier palynologically studied by Van Geel & Van der Hammen (1973). Relevé data of stands of hydrosere vegetation of

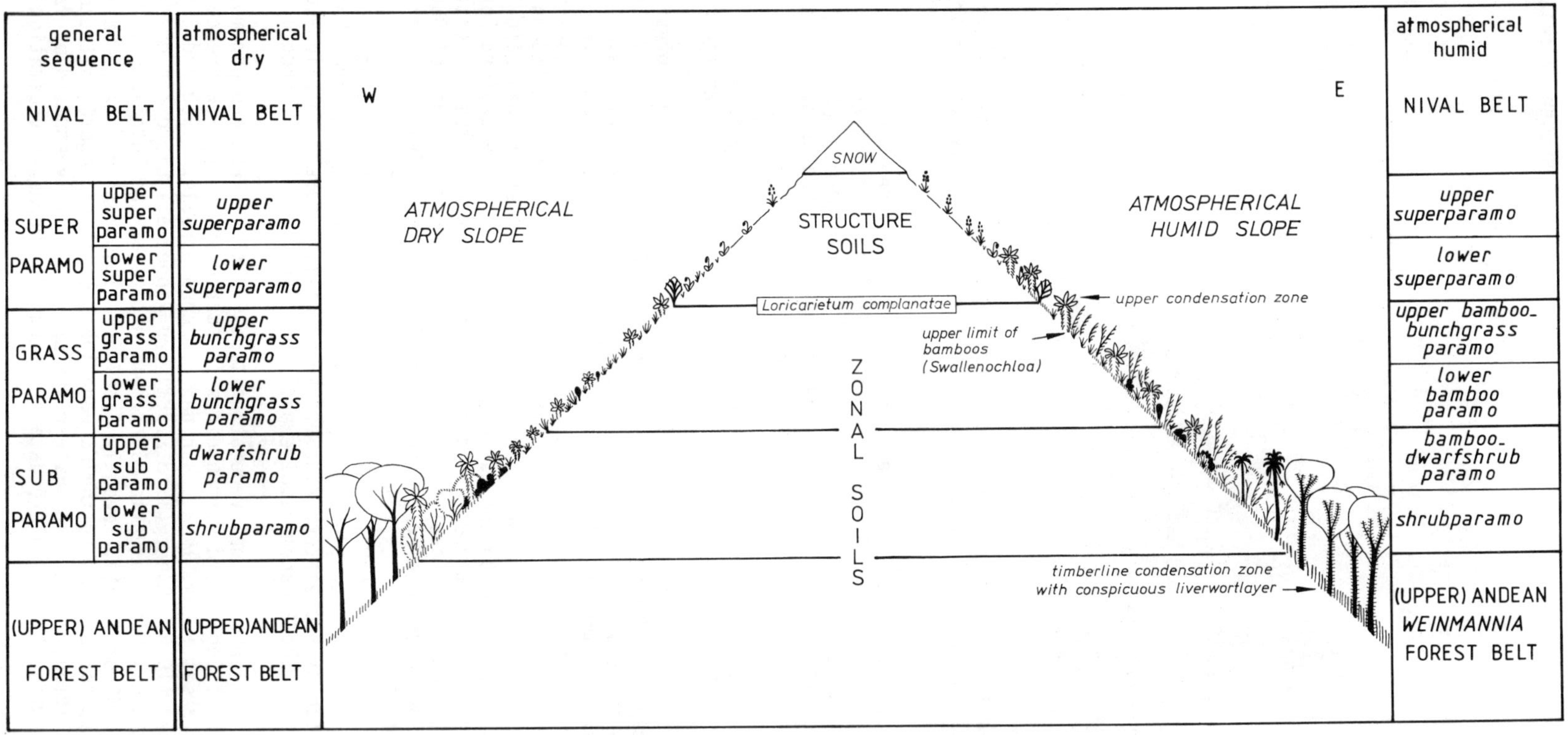

Fig. 7: Physiognomical altitudinal zonation of the páramo vegetation in a schematic cross-section through the Eastern Colombian Cordillera. General sequence, and the sequences on an atmospherically dry and atmospherically humid slope, respectively, are indicated. (After Cleef, 1981, adapted.)

lake Tota (Rangel & Aguirre, in press) and of lake Fúquene (Cleef & Salamanca, in prep.) will, together with information on páramo hydroseres (Cleef, 1981), be used as a principal source of information for the present situation and the reconstruction of past local hydroseres in the former lake of Bogotá.
The composite genera *Pentacalia* respectively *Ageratina* and *Lourteigia* formerly belonged to *Senecio* respectively *Eupatorium*.

ZONAL VEGETATION

I Forests

Common taxa in the subandean and Andean forest belt on the west slope (1500-3200 m) of the Cordillera Oriental near Bogotá include, *e.g.*, *Asplenium*, *Blechnum*, Bromeliaceae, *Cedrela* (not in *Quercus* forests), *Cestrum*, *Clusia*, *Elaphoglossum*, *Hydrocotyle*, *Hymenophyllum*, Lauraceae, *Miconia*, *Oreopanax*, *Palicourea*, *Passiflora*, *Peperomia*, *Piper*, *Polypodium*, *Prunus*, *Psychotria*, *Rapanea*, *Rhamnus*, *Smilax*, *Solanum*, *Viburnum* and *Weinmannia* (from c. 2200 m upwards).
When comparing the relevés from the subandean and Andean forest belt, one may accept that *Billia*, *Cecropia*, *Croton*, *Ficus*, *Inga*, *Turpinia*, most Malpighiaceae and Meliaceae are found in the subandean forest and in general do not enter the Andean forest belt. *Bidens*, arborescent *Blechnum*, *Daphnopsis*, *Diplostephium*, *Dryopteris*, *Eugenia*, *Hesperomeles*, *Jungia*, *Relbunium* and *Vallea*, among other taxa, were only recorded from Andean forests.

Subandean *Inga-Vismia-Croton* forest (.. 1540 - 1820 m ..)

Description based on relevés of Van der Hammen & Jaramillo 176, 177.
A 15-25 m tall, mainly mesophyllous (range: microphyllous - macrophyllous) forest rich in species, which extends between about 1500 m and 1800 m near Sasaima, NW of the high plain of Bogotá. Its lowermost and uppermost limits may be somewhat lower or higher. Dominant species are lacking. The forest canopy cover is about 85-90%, the herb layer coverage is between 5-20% and terrestrial bryophytes are almost absent, except on tree trunks, stones and outcropping rocks. A number of characteristic taxa, which are absent or nearly so at higher altitudes, include: *Acalypha*, *Alchornea*, *Coussapoa*, *Croton*, cf. *Cupania*, *Elaeagia*, *Erythrina*, *Geonoma* (in tree-layer), *Inga*, *Neea*, *Sickingia cordifolia*, *Swartzia*, *Trema micrantha*, *Vismia*, *Syzygium jambos*, in addition to representatives of the following families: Apocynaceae, Commelinaceae, Meliaceae, Olaceae, (arborescent) Urticaceae and Zingiberaceae. Characteristic lianas species belong to the following families: Amaranthaceae, Aristolochiaceae, Bignoniaceae, Leguminosae, Malpighiaceae, Marcgraviaceae and Sapindaceae. Palms hardly attain more than 10% cover, but Cyatheaceae may attain a coverage of 20% in the upper subandean levels.

Saurauia-Quercus humboldtii forest (.. 2300 - 2800 m ..)

Description based on relevés of Van der Hammen, Jaramillo and Murillo 167, 168, 169, 170.
This 25-35 m tall forest type is found just to the W of the high plain of Bogotá near La Merced and spans altitudes between about 2300 and 2800 m. It is characterized by the presence of the mesophyllous *Quercus humboldtii*, which contributes about 10% of the trees in the lowermost parts and up to 35% in the uppermost reaches. The canopies are well developed and cover between 70-90%, the herb layer covers 2-10% and terrestric bryophytes between 1-10%. These stands belong to the "*Quercetum humboldtii*" referred to by Lozano & Torres (1974). In some places these forests may at one time have extended also to the western inner slopes of the high plain of Bogotá. The present distribution of *Quercus* forests is discontinuous on the Magdalena slope W of the high plain of Bogotá (Lozano & Torres 1974; Rangel, pers.comm., Ecoandes Sumapaz transect 1981). SW of the high plain of Bogotá patches of *Quercus* forest occur at about 1900 m near Arbelaez, between

1900 and 2300 m near Cabrera, and even at 1200-1500 near Nilo. Low altitudinal levels of occurrence of *Quercus* forests are also locally reported for the Magdalena slope NW of the high plain of Bogotá, *viz.*, 1000-1800 m (*e.g.*, between Guaduas and Villeta, Pacho - Rio Negro, S. Francisco). In the llanos facing the slopes E of the high plain of Bogotá till now no *Quercus* forests have been recorded. On the opposite, eastern slope of the Cordillera Central *Quercus* forests occur between about 2500 and 3100 m (Cuatrecasas, 1934; Cleef *et al.*, 1983). Further north, in Boyacá, *Quercus* forests may be found at altitudes as high as 3500 m.

The *Saurauia-Quercus humboldtii* forests just west of the high plain of Bogotá stand out by the presence of *Abatia parviflora, Cyathea mettenii, Hedyosmum* sp., *Hydrocotyle* sp., *Lophosoria quadripinnata, Myrica* sp., *Pteris muricata, Saurauia* sp., *Thelypteris pteroidea* and *Viburnum lasiophyllum*.
In addition a number of taxa appear which have not been recorded from the altitudinal lower *Inga-Vismia-Croton* subandean forest, *e.g.*, *Brunellia* sp., *Chusquea, Cissus,* Ericaceae, *Fuchsia, Hedyosmum, Lippia hirsuta, Oreopanax, Oxalis, Palicourea angustifolia, Prunus, Rubus, Smilax* and *Weinmannia* spp. Curiously *Cedrela, Rapanea guianensis* and *Solanum* and some other taxa which are found at both higher and lower elevations, seem to be absent here.

Floristically two types of *Saurauia-Quercus humboldtii* can be recognized, *viz.*,
a) An altitudinally lower type (2340-2500 m) with a low coverage of *Quercus* in combination with the exclusive presence of *Weinmannia pinnata*, pinnate-leaved species of *Brunellia*, a small-leaved species of *Viburnum*, and *Elaphoglossum scolopendrifolium*. Palms are present with low coverages. The coverage of tree ferns (Cyatheaceae) and terrestrial bryophytes is between 5-10%. A number of subandean elements reach their upper limit in this zone, *e.g.*, *Billia colombiana, Cecropia, Chamaedorea, Croton, Ficus* (inclusive of other moraceous genera), Meliaceae, *Panopsis* and *Sapium*. Also *Rhus* and *Turpinia* were recorded at higher elevations.
b) In the upper *Saurauia-Quercus humboldtii* forests (2700 - 2800 m) the coverage of *Quercus* increases to about 30-35%. *Weinmannia tomentosa* replaces *Weinmannia pinnata* of the lowermost zone. Additional characteristic elements include *Cuphea dipetala, Dryopteris parallelogramma, Hemitelia* and Lauraceae, and for the first time a number of Andean elements appear such as *Castilleja, Hesperomeles, Relbunium* and *Vallea*. Subandean elements which reach their upper limit in the lowermost *Quercus* forests and in addition Araceae, *Clusia, Elaphoglossum, Hydrocotyle, Siparuna* and *Turpinia* are absent. The bryophytic ground layer is poorly developed and hardly attains 15% coverage.

Xylosma-Duranta-Vallea forests (2600 - 2750 m)

Description based on relevés of Van der Hammen, Jaramillo and Murillo 160, 161, 162, 163, 164, 165.
Rather dry forests of low stature (8-15 m) apparently originally covering the drier parts (with about 700-900 mm annual precipitation) of the high plain of Bogotá, and now found on the lowermost slopes on the high plain proper.
The predominant microphyllous canopy coverage is between 60 and 90%; the herb layer coverage ranges from 10% to 20% and the terrestric bryophytes coverage is between (5-)15 and 30%. A characteristic feature is the almost exclusive occurrence in these forests of *Eugenia (E. foliosa), Duranta mutisii, Vallea stipularis* and *Xylosma spiculiferum*, each with an average coverage of 5%. Other characteristic woody taxa include: *Barnadesia spinosa, Blechnum occidentale, Cordia* sp., *Ilex kunthiana, Piper bogotense, Psychotria boqueronensis, Rapanea guianensis* and *Solanum caripense*. Constantly represented taxa also found in adjacent downslope and upslope forests include: *Cedrela* sp., *Cestrum, Hesperomeles,* Lauraceae, *Miconia* spp., *Oreopanax, Rapanea ferruginea, Smilax, Viburnum* spp. and *Weinmannia tomentosa*. Palms and tree ferns (*Dryopteris parallelogramma* excepted) are completely absent and only bamboos (*Chusquea*) may be occasionally present. *Bocconia frutescens* is common at sites with a higher coverage of *Miconia* and *Weinmannia*. Locally, where grazed, degraded vegetation on the proper

clay soils of the high plain is present (*e.g.*, near Suba), *Eugenia, Ilex* and *Vallea* may attain a high coverage and quite a number of more hygrophytic species are absent. Van der Hammen & González (1960 and 1963) in association with J. Hernandez report an "*Ilieto Valleetum Eugenietoso*" from level soil near Suba and provided a list of species; *Ilex* and *Vallea* are dominant.
In contrast, at other more westernly situated locations near Subachoque, *Miconia* spp. and *Weinmannia tomentosa* are predominant in the high plain forests. Van der Hammen & González (1960 and 1963) consider these high plain forests to be edaphically determined communities derived from the *Weinmannietum tomentosae* Cuatrecasas 1934 slope forests. Indeed most taxa are shared with the *Oreopanax-Cordia lanata* forests at the base of the eastern inner slopes, which are transitional to the *Weinmannietum* upslope. *Xylosma* and *Lippia*, for example, are shared with the *Saurauia-Quercus* forests at the western outer escarpments of the high plain of Bogotá.

Opuntia-Dodonaea xerophytic bush (c. 2250 - 2650 m)

Only one relevé covers this interesting dry vegetation type, which in recent times probably increased in area by the degradation of the original dry type of high plain-forest. At present this type is confined to the driest areas in the SW and S of the high plain of Bogotá, where the annual rainfall is less than 600 mm. Relevé 171, taken by Van der Hammen, Jaramillo and Murillo at 2560 m between La Herrera and Fute, indicates 80% coverage by two up to 4 m tall species of *Opuntia* (Cactaceae), which are intertangled with a 2 m tall shrub layer made up of *Salvia bogotensis, Dodonaea viscosa* and *Ageratina leyvense*. Other characteristic elements are *Solanum lycioides, Stevia lucida, Lantana* sp. and Agavaceae such as *Furcraea* and *Agave*. *Selaginella sellowii* (25% coverage) and acrocarpic mosses (50% coverage) constitute an impressive groundlayer. Other characteristic herbaceous taxa cover about 10% in this dry habitat and include: Aizoaceae, Amaranthaceae, *Artemisia* cf. *sideroi, Castilleja*, a number of Compositae (belonging to *Heterospermum, Chaptalia, Achyrocline* and *Conyza*), *Dichondra, Echeveria, Epidendrum, Euphorbia, Evolvulus, Ipomoea, Lepidium, Lupinus*, Malvaceae, *Oxalis, Peperomia, Plantago sericea* ssp. *sericea, Tillandsia* and *Tradescantia*. Among the ferns xerophytic species of *Arachnioides, Cheilanthes, Notholaeana, Pellaea* and *Polypodium* are conspicuous. In this area the endemic *Melocactus vorwerkianus* (Cactaceae) is conspicuous by being half to almost completely subterraneous and often only noticed when flowering. The strikingly large number of true xerophytic elements (including some endemic species) accounts for the primacy and long isolation of this dry zone.

Plantago sericea-Dodonaea-Puya xerophytic vegetation

At about 3000 m between Villa de Leyva and Tunja (N of Bogotá) a related open type of xerophytic vegetation has been observed on dry rocky hills. Apart from low shrub vegetation of *Dodonaea viscosa*, also *e.g.*, *Puya nitida* and the low and woody dwarf shrub *Plantago sericea* ssp. *sericea* were common. The presence of the ssp. *sericea* of *Plantago sericea* is remarkable, because it represents the northernmost station of this originally puna element (Rahn, 1974; Hooghiemstra, 1983). Rahn (l.c.) listed this subspecies from the dry hills bordering the high plain of Bogotá and it seems as if similar xerophytic vegetation as reported for the dry Tunja mountains is also present there.

Alnus jorullensis forests (2550 - c. 3100 m)

In the Andean forest belt of the southern part of the Colombian Cordillera Oriental locally there are stands of marshy *Alnus jorullensis* forests. In the past such azonal *Alnus* forests were quite common and they may have covered large, ill-drained areas of the high plain of Bogotá. At present the last remaining stands are found in the Subachoque valley, and along water courses on sloping ground up to 3100 m in the *Weinmannietum tomentosae* slope forests, *e.g.*, near Neusa. In areas with a high atmospheric humidity, *e.g.*, at about 3000 m near Pamplona and at about 3250 m on the humid southern slope of the volcano Tolima (Van der Hammen, pers.comm.), well-developed *Alnus jorullensis* forests have been recorded. Van der Hammen & González (1963) provide an inventory (made up together with J. Hernandez) of an *"Alnetum jorullensis"* north of Funza. Apart from the canopy-dominating *Alnus*, this list contains the following palynologically mostly well identifiable understory taxa: *Blechnum, Borreria, Calceolaria, Cestrum,* Compositae, *Cynanchum, Cuphea,* Cyperaceae, *Dryopteris, Epilobium, Equisetum, Galium, Geranium, Lachemilla, Ludwigia, Lythrum, Miconia, Nertera, Oxalis, Polygonum, Polypodium, Prunus, Rubus, Solanum, Stachys, Stellaria* and *Verbena.*

Oreopanax-Cordia lanata forests (2650 - 2750 m)

Description based on relevés of Van der Hammen and Jaramillo 125, 126.
The up to 15 m tall, mixed forests with mainly microphyllous canopies are characteristic for the eastern border of the high plain of Bogotá. At Torca, N of Bogotá canopies cover up to 80%. Understory layers are very well developed: a dense, tangled mass of low shrubs, lianas and vines is present with about 20% and 50%, respectively, coverage of the herbaceous layer and the bryophytic groundlayer. The greatest floristic affinity is exhibited with the *Weinmannietum tomentosae* Cuatrecasas (1934), but *Oreopanax-Cordia lanata* forests also contain a number of taxa in common with the high-plain forests, *e.g., Bocconia frutescens, Cordia, Duranta mutisii, Phyllanthus salviaefolius, Vallea stipularis* and *Xylosma spiculiferum.* Characteristic taxa are: *Botrychium, Chusquea, Cordia lanata, Daphnopsis, Eugenia, Miconia buxifolia, Mutisia, Myrica, Smilax* and *Verbesina.* Common and constant taxa include: *Blechnum* and an array of polypodiaceous ferns, *Chusquea, Clusia, Hesperomeles,* Lauraceae, *Miconia* spp., *Oreopanax, Oxalis, Palicourea angustifolia, Piper bogotense, Rapanea* spp., *Rhamnus goudotiana, Smilax* and *Viburnum.* The presence of *Clusia* (large leaved species) and of *Eugenia* sp. (other than *E.foliosa*) is differential against the high-plain forests. The presence of *Berberis* sp., *Cordia, Eugenia* sp. and the absence of *Befaria, Gaiadendron, Drimys, Gaultheria, Hedyosmum, Macleania, Macrocarpaea* and *Ungi* are differential against the upslope *Weinmannietum tomentosae.*

Cuatrecasas (1934) first described these forests as the "consocietas de *Cordia lanata*" and provided a full list of species (his Table 6) taken at 2750 m, above Bogotá. *Oreopanax-Cordia* forests are indeed transitional between the high plain-forests and the *Weinmannietum tomentosae*, but they are distinct in that they take a proper position with respect to physiognomy, floristics and habitat. Human influence on these forests must have been strong and dates back at least 3000 years when agriculture was practiced or perhaps even about 12,000 years, when man apparently first settled down in the high plain of Bogotá (Correal U. & Van der Hammen, 1977; Schreve Brinkman, 1978). At the opposite western side of the high plain of Bogotá at 2700 m, near Mosquera, a similar stand (rel. 166) was studied by Van der Hammen & Jaramillo, which is probably transitional to *Saurauia-Quercus* forests. It differs floristically from the eastern border forest by the presence of *Aegiphila bogotensis, Citharexylum, Fagara, Hieronima, Picramnia* and *Siparuna.*

Weinmannietum tomentosae Cuatrecasas 1934 (2800 - 3200 m)

Description based on relevés of Van der Hammen, Jaramillo and Murillo 156, 157, 158, 159.
The 15-20 m tall forests are widely distributed on the eastern and northern inner slopes of the high plain of Bogotá and are to be referred to the *Weinmannietum tomentosae*, originally described by Cuatrecasas (1934, Table 7) from Guasca. The data mainly used here are from four relevés near Torca by Van der Hammen, Jaramillo and Murillo. The Torca forests are rather drier than those east of Guasca and thus contain less hygrophytic elements. The microphyllous and nanophyllous canopies cover 70-90%, a dwarf shrub layer covers more than 50%, the herb layer 5-20% and the coverage of the eye-catching bryophytic

groundlayer ranges from 40-100%. The pinnate-leaved *Weinmannia tomentosa* may attain about 25% of the canopy cover. Other characteristic woody taxa include: *Befaria, Clusia* spp., *Culcita* (occasionally), *Drimys, Duranta, Eugenia, Gaultheria, Hedyosmum, Macleania, Macrocarpaea, Ugni*. *Xylosma* is absent, whereas Lauraceae are hardly represented. In the upper levels, where *Cedrela, Chusquea, Psychotria, Palicourea* and *Oreopanax* are not or less frequently represented, *Gaiadendron* and *Ugni* appear. Constantly present with a coverage under 10%: *Hesperomeles*, Lauraceae, *Miconia, Piper, Rapanea, Rhamnus* and *Viburnum*. At the upper forest line above Bogotá, Lauraceae and *Vallea* are prominent together with such heliophytic genera as *Bucquetia, Gynoxys, Hypericum* and *Pentacalia*. *Drimys granadensis* especially, and also to some extent *Hedyosmum* sp. (which is lacking in Guasca), are hygrophytic taxa. Also the epiphytic coverage and, in Andean forests especially, the ground cover of the bryophytes is indicative of the quantity and frequency of moisture (Van Reenen & Gradstein, 1983).

At 2800 m alt, near the Alto de S. Miguel on the SW ridge of the high plain of Bogotá, a humid *Hedyosmum-Brunellia* forest is present, which shares quite a number of taxa with the *Weinmannietum tomentosae*, including *Weinmannia tomentosa* and *Drimys granadensis*. Because of an apparently greater amount of precipitation and a longer duration of misty periods, this *Hedyosmum-Brunellia* forest is much more humid than the *Weinmannietum tomentosae* at the opposite side of the high plain. However, the bryophytic ground cover is reduced (8%), whereas the tree fern coverage (Cyatheaceae, Dicksoniaceae) is about 10% (relevé 98, by Van der Hammen & Jaramillo).

Dwarf forests of *Polylepis quadrijuga* (2900 - 4200 m)

The nanophyllous *Polylepis quadrijuga* occurs from near the upper forest line at 2900-3300 m up to the lower limit of the superpáramo at 4200 m (Cuatrecasas, 1958). *P.quadrijuga* dwarf forests are common on the western Magdalena slopes of the Cordillera Oriental and rather scarce on the eastern side. It is present as isolated patches in the grass páramo (coverage of *P.quadrijuga* 30-35%) or is found as Andean timberline forest (coverage *P.quadrijuga* 75-100%). It has been located in the Páramo de Chisacá (W of Chisacá according to Guhl, 1982) and recently also in the páramos NW of Neusa (c. 3550 m). Here a stand was observed even in contact with *Sphagnum* bog.

Characteristic vascular species in isolated *P.quadrijuga* stands in the grass páramo are: *Ageratina glyptophlebia, Ageratina theaefolia, Berberis* spp., *Cerastium* sp., *Echeveria* spp., *Galium canescens, Gynoxys albivestita, Luzula gigantea, Miconia andina, Miconia salicifolia, Niphogeton ternata, Oreopanax* sp., *Oxylobus glanduliferus, Peperomia* sp., *Polystichium* sp., *Rapanea dependens, Ribes* spp., *Senecio formosus* and *Stachys* cf. *elliptica*. Timberline stands of *P.quadrijuga* include species of the Upper Andean forest and shrub páramo, *e.g., Ageratina tinifolia, Brachyotum* spp., *Escallonia myrtilloides, Greigia* sp., *Gynoxys* spp., *Hesperomeles* spp., *Hypericum* sp., *Miconia* spp. and *Weinmannia fagaroides*.

I Forests - The east (Orinoco) slope (data based on unpublished relevés of the ECOANDES 1981 expedition)

The forest zonation on the eastern Orinoco slope, SE of the high plain of Bogotá was studied by the ECOANDES 1981 expedition in the area between Acacias (520 m), the Nevado de Sumapaz (4250 m) and Nazareth (2700 m). A first interpretation of the relevés of the vegetation taken by S. Salamanca, O. Rangel and A.M. Cleef permits the following preliminary zonation.

- Humid subandean forests with Bombacaceae, Euphorbiaceae (*Acalypha, Alchornea, Hieronima*), Meliaceae and Rubiaceae - c. 1000 - 2250 m.
  c. 1000-1600 m Transitional forest with Moraceae, Sapotaceae, etc.
  c. 1600-2000 m cf. *Matisia-Alchornea-Isertia* forest with *Chamaedorea* palm understory.
  c. 2000-2250 m *Clusia-Hieronima*-(pinnate-leaved) *Weinmannia* forest.

- Very humid Andean *Clusia-Weinmannia rollottii* forests with tall bamboos (*Neurolepis aperta*, *Chusquea* sp.) - c. 2250 - 3200 m.
  2250-2450 (?) m *Weinmannia rollottii-Drimys-Clusia* forest (above Acacias).
  c. 2700 m *Myrica pubescens-Weinmannia* cf. *microphylla* forest (near Nazareth).
  c. 2800-3200 m *Weinmannia* cf. *fagaroides-Weinmannia rollottii* with broad-leaved *Neurolepis aperta* (Buque valley, Sumapaz).
  The *Clusia-Weinmannia rollottii* forests are probably continuous on the outer slopes. The relevé with *Weinmannia* cf. *microphylla* near Nazareth is located in the rain-shadow on an inner W-exposed slope. The *Clusia-Weinmannia rollottii* forests are physiognomically and floristically quite similar to those reported by Van der Hammen *et al.* (1980/1981) from between c. 2550 m and 3300 m on the upper Casanare slope SE of the Sierra Nevada del Cocuy.
- Humid upper Andean *Miconia-Diplostephium fosbergii* dwarf forests with *Buddleia*, *Rapanea dependens* and the bamboo *Neurolepis aristata*. *Ageratina tinifolia* and an increased coverage of *Rapanea dependens* are characteristic at lower levels - c. 3200 - 3500 m.

II Páramo

A. Subpáramo

shrubpáramo (or lower subpáramo)

The subpáramo is dominated by Ericaceae, Compositae and Melastomataceae. In the southern part of the Cordillera Oriental *Bucquetia glutinosa* is the most characteristic species. In general, Melastomataceae are present with a higher coverage in the shrubpáramo at the most humid side of the mountains. Other characteristic shrub species are: *Ageratina tinifolia*, *Aragoa lycopodioides*, *Gaultheria ramosissima*, *Symplocos theiformis*, *Tibouchina grossa*, *Ugni myricoides* and a number of shrub species of *Hypericum*.

The following communities were recognized by Cleef (1981), who provided more detailed descriptions:

Shrubpáramo with *Espeletiopsis corymbosa* (2850)3000 - 3400(3790) m.

The *Befaria resinosa-Macleania rupestris* shrub ((3000)3200-3400 m), recorded by Vargas & Zuluago (1981) in the area, belongs here. This zonal ericaceous shrub is dominated by the nanophyllous *Befaria resinosa* and the microphyllous *Macleania rupestris* and is present along the relatively dry upper forest line on Monserrate at about 3200-3300 m alt., but it is also recorded from other locations in the Eastern Cordillera (*e.g.*, at the atmospherically dry sides of the Páramo de Palacio and Páramo de Guantiva). Accompanying constant species include: *Arcytophyllum nitidum*, *Brachyotum strigosum*, *Bucquetia glutinosa*, *Clethra fimbriata*, *Gaiadendron punctatum*, *Gaultheria anastomosans*, *Gaylussacia buxifolia*, *Ugni myricoides*, *Vaccinium floribundum*, and such herbacious species as *Calamagrostis effusa*, *Epidendrum chioneum*, *Paepalanthus* cf. *columbiensis*, and *Lycopodium complanatum*. The cover of cryptogams may attain up to half of the ground layer in which lichens and mosses are equally represented.

Pentacalia vaccinioides subpáramo shrub (3400 - 3550 m)

Although present on the humid side of the mountains, most of this type of vegetation is located on the dry side, where it may be up to 2.5 m high and is generally present on steep, well-drained slopes of valleys and also on moraines.

Ageratina tinifolia shrub and dwarfforest (3200 - 3450 m)

Stands of *Ageratina tinifolia* dwarf forest are a common feature in the atmospherically humid, upper forest line (Cleef, 1981). The microphyllous to mesophyllous treelet layer attains a height of 5-7 m, the herb layer may cover up to half of the area and the coverage of the bryophytic ground layer is commonly 100%. In the Bogotá area these *Ageratina* dwarf forests have been observed and

locally studied in the páramos of Palacio, Chuza, Chingaza (Franco, in prep.), Chisacá and Nazareth, and in the headwaters of the Río Nevado and Q. Sitiales, which drain the E slopes of the Páramo de Sumapaz.
Van der Hammen *et al.* (1980/1981) report an "*Ageratinetum tinifoliae*" (ined.) from the upper Casanare, where, depending on the position of the local upper forest line, these dwarf forests may occur between c. 3100 m and 3500-3600 m. Associated species are: *Baccharis prunifolia, Escallonia myrtilloides, Gynoxys* sp., *Hypericum lycopodioides, H.laricifolium, Miconia salicifolia, Oreopanax* sp., *Pentacalia* spp., *Ribes* sp. and *Vallea stipularis*.

Shrub and dwarf forest of the "*Vaccinion floribundi*" Cuatrecasas 1934 (3200 - 3600(3800) m)

Most common on the humid side of the Cordillera Oriental and rich in bryophytes. Consists of stands with a dominance of *Swallenochloa* and a subdominance of *Bucquetia glutinosa, Hypericum lycopodioides* and *Vaccinium floribundum* (coverage 15-20%). Low trunks of *Blechnum loxense* in the dwarf shrub layer cover about 30% whilst bryophytes and *Hydrocotyle gunnerifolia* are subdominant in the ground layer. There are many hygrophytic species, some of which belong to the upper Andean forest element.

dwarfshrubpáramo (or upper subpáramo)

The zonal vegetation of the upper subpáramo is best characterized by dwarfshrub of *Arcytophyllum nitidum*. The local stand of vegetation consists of a dwarfshrub layer, a herb-graminoid layer and a ground layer of bryophytes with some low herbs. Characteristic species are: *Achyrocline lehmannii, Baccharis rupicola, Diplostephium* spp., *Epidendrum chioneum, Gaultheria anastomosans, Gaylussacia buxifolia, Lourteigia microphylla, Lycopodium complanatum, Lycopodium contiguum, Masdevallia coriacea, Miconia parvifolia, Paepalanthus* spp., *Pernettya hirta, Spiranthes* spp., *Sporobolus lasiophyllus, Tofieldia falcata* and *Verbesina baccharidea*.
The following communities were recognized by Cleef (1981), who provided more detailed descriptions:

Dense *Arcytophyllum nitidum* dwarfshrub (3100 - 3600(3900) m)

Dense *Arcytophyllum nitidum* dwarfshrub, up to 1.2 m high, poor in species and covering 60-80% of the surface. *Bryum* sp. and *Lycopodium contiguum* attain a high coverage under the nearly closed dwarfshrub layer. Mainly found at the dry side of the mountains.

Dwarfshrub of *Arcytophyllum nitidum* with *Sporobolus lasiophyllus*, and *Achyrocline lehmannii* (2925 - 3630 m)

The *Arcytophyllum nitidum* cover is about 30% in this open dwarfshrub vegetation. Locally, other woody species are present, *e.g.*, *Gaylussacia buxifolia, Hypericum juniperinum, Sporobolus lasiophyllus* and *Valeriana triphylla*, and to a lesser degree *Achyrocline lehmannii, Gaultheria rigida, Lobelia tenera* and *Verbesina baccharidea*. *Paepalanthus paramensis* (a cushion plant) is most frequent and *Castratella piloselloides* is generally present. Community on well-drained and exposed steep slopes, stony ridges, and summit areas.

Dwarfshrub of *Arcytophyllum nitidum* with *Diplostephium phylicoides* (3275 - 3550 m)

Community of climatologically dry to humid subpáramos on sloping to moderately steep ground. It covers at least half of the dwarfshrub páramo area. *Arcytophyllum nitidum* covers 30-70% and *Diplostephium phylicoides*, which is absent in other *A.nitidum* communities, may contribute up to 30% of the coverage. Common elements are: *Castratella piloselloides, Gentianella corymbosa* and *Rhynchospora paramorum*. *Blechnum loxense* and *Oreobolus obtusangulus* indicate more mesic conditions.

Fig. 8 A (top), 8 B (middle), and 8 C (bottom).

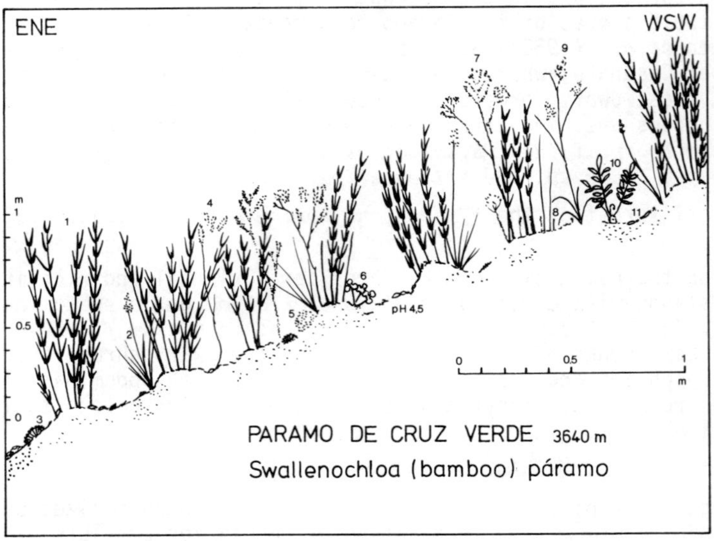

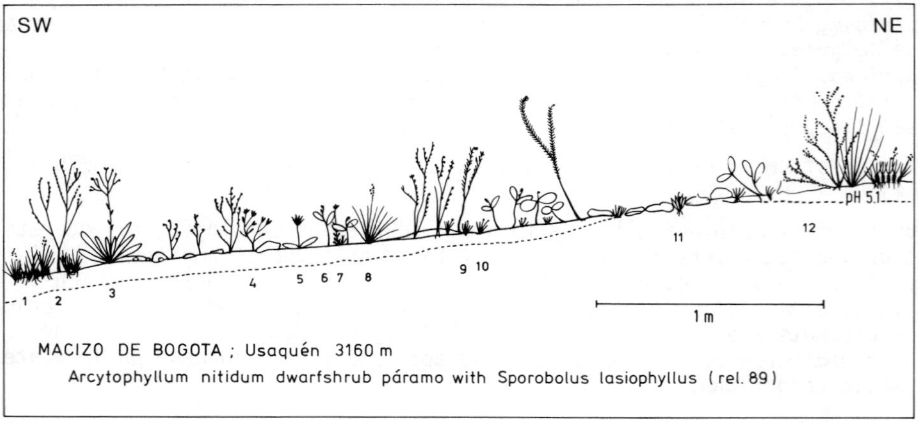

Fig. 8: Schematic representation of subpáramo (C), grass páramo (B), and bamboo páramo (A) communities.

A. *Swallenochloa*-bamboo páramo with *Arcytophyllum nitidum*. Bamboo patches (in the transition of subpáramo to grass páramo) at the humid NW side of Alto La Viga, Páramo de Cruz Verde, E of Bogotá, at 3640 m alt.

1. *Swallenochloa* sp.
2. *Calamagrostis effusa*
3. *Paepalanthus karstenii*
4. *Arcytophyllum nitidum*
5. *Cladonia polia*
6. *Geranium multiceps*
7. *Aragoa abietina*
8. *Lycopodium contiguum*
9. *Rhynchospora ruiziana*
10. *Blechnum loxense*
11. bamboo litter

B. Lower *Calamagrostis effusa* bunchgrass páramo with *Espeletia grandiflora*, *Oreobolus obtusangulus* ssp. *rubrovaginatus* and *Castratella piloselloides* at 3475 m alt. in the Páramo de Cruz Verde, E of Bogotá.

1. *Espeletia grandiflora*
2. *Calamagrostis effusa*
3. *Castratella piloselloides*
4. *Rhynchospora paramorum*
5. *Oreobolus obtusangulus* ssp. *rubrovaginatus*
6. *Rhynchospora macrochaete*
7. *Arcytophyllum nitidum*
8. *Gentianella corymbosa*
9. *Hypochoeris sessiliflora*
10. *Carex* sp.
11. *Paepalanthus andicola* var. *villosus*
12. *Azorella* aff. *cuatrecasasii*

(after Cleef, 1981: fig. 23)

C. Dwarfshrub of *Arcytophyllum nitidum* with *Sporobolus lasiophyllus* and *Achyrocline lehmannii* (6). Dry, stony subpáramo with *Espeletiopsis corymbosa* and *Gaultheria rigida* at 3160 m alt. near Bogotá.

1. *Sporobolus lasiophyllus*
2. *Arcytophyllum nitidum*
3. *Espeletiopsis corymbosa*
4. *Niphogeton glaucescens*
5. *Hypochoeris taraxacoides*
6. *Gaultheria rigida*
7. *Achyrocline lehmannii*
8. *Calamagrostis effusa*
9. *Hypericum strictum*
10. *Bulbostylis tropicalis*
11. *Paepalanthus paramensis*
12. *Baccharis tricuneata*

(after Cleef, 1981: fig. 15)

Communities of *Arcytophyllum nitidum* in bamboo dwarfshrub páramos (2900 - 3650 m)

Present on the (per)humid side of the mountains. *Swallenochloa tesselata, Xyris acutifolia* and a bryophytic layer are well developed and the coverage of mosses and liverworths increases up to 100% towards the upper perhumid cloudforest line. The open *Arcytophyllum nitidum-Swallenochloa* community is characterized by: *Diplostephium huertasii, Kurzia verrucosa, Oritropium peruvianum, Pinguicula elongata, Rhacocarpus purpurascens, Sphagnum* spp., *Spiranthes coccinea* and *Tofieldia falcata,* which are nearly absent in other *A.nitidum* communities. *Castratella* spp., *Oreobolus obtusangulus* and *Rhynchospora paramorum* are opulent in the moderately humid páramos.

B. Grass páramo

The grass páramo contains the zonal graminoid communities associated with species of the *Espeletiinae* These communities are found in a zone limited below by the dwarfshrub-dominated subpáramo and above by the lower limit of the superpáramo. *Calamagrostis effusa* is the most prominent páramo bunchgrass. In the climatologically humid páramos this species may be partly or entirely replaced by dwarfed *Swallenochloa tesselata* bamboo.
The number of species in the grass páramo increases considerably towards the lower parts. Important taxa are: *Bartsia, Calamagrostis bogotensis, Calamagrostis effusa, Espeletia, Espeletiopsis, Halenia, Oreobolus obtusangulus, Pernettya prostrata* and *Vaccinium floribundum.*

bamboo páramo

The bamboo páramo comprises all open zonal graminoid vegetation types with *Swallenochloa.* Bunches of *Calamagrostis,* sometimes of *Festuca* or *Cortaderia,* are usually associated. Bamboo is generall predominant, but under less humid environmental conditions *Calamagrostis effusa* becomes predominant. Bamboos are common on the slopes, but do not reach the highest parts or the driest places in a less humid climate. Accordingly, *S.tesselata* may only be found in azonal, boggy valley floor communities in the bunchgrass páramo. There is a gradual transition between bamboo and bunchgrass páramo. Characteristic and common taxa of the bamboo páramo proper are: *Arcytophyllum muticum, Bartsia* spp., *Breutelia* spp., *Calamagrostis effusa, Carex pichinchensis, Espeletia* spp., *Halenia* spp., *Hypericum lancioides, Lepidoza* spp., *Nertera granadensis, Oreobolus obtusangulus, Oritrophium peruvianum, Pernettya prostrata, Rhynchospora macrochaeta, Riccardia* spp. and *Swallenochloa tesselata.*

Community of *Swallenochloa* with *Sphagnum* and/or *Breutelia* (3425 - 4000 m)

This peatmoss-bamboo vegetation occurs on boggy and sloping valley floors and is common to all humid páramos. Frequently occurring species are *Eriocaulon microcephalum, Festuca dolichophylla, Niphogeton lingula, Oreobolus obtusangulus, Senecio subruncinnatus, Sphagnum cuspidatum* and *Sphagnum magellanicum.* Generally speaking, the *Breutelia* coverage is larger in higher places, while that of *Sphagnum* is proportionally less. In the upper reaches, at 4000 m alt., several species of the upper condensation zone may be found in boggy, dense *Swallenochloa-Breutelia* slope vegetation with *Espeletia summapacis, e.g., Bartramia angustifolia, Diplostephium alveolatum, Herbertus subdentatus, Lachemilla nivalis, Luzula gigantea, Montia* cf. *meridensis, Pentacalia vernicosa* and *Valeriana plantaginea.*

Community of *Swallenochloa* with *Eryngium humile* and *Jensenia erythropus* (3450 - 3850(4000) m)

Bamboo bunchgrass páramo, usually with *Espeletia* stem rosettes, on sloping ground and on moderately to very steep slopes. *Calamagrostis effusa* and *Swallenochloa tesselata* each may cover up to about 70%. Common taxa are:

Eryngium humile, Espeletia spp., *Gentiana sedifolia, Jensenia erythropus* and *Rhynchospora ruiziana.*

Community of *Swallenochloa* with *Rhynchospora paramorum/Castratella piloselloides* and *Oreobolus obtusangulus* ssp. *rubrovaginatus* (3270 - 3875 m)

Community found on well-drained or the driest places in the lower bamboo pāramo. Generally speaking, *Calamagrostis effusa* dominates over *Swallenochloa tesselata.* Characteristic species are: *Bartsia* sp., *Halenia* spp., *Hypericum strictum, Oreobolus obtusangulus, Oritrophium peruvianum, Pernettya prostrata, Rhynchospora* spp. and *Vaccinium floribundum.* Slope vegetation may further include: *Aragoa cupressina, Castilleja integrifolia, Castratella piloselloides, Sisyrinchium pusillum,* and at lower levels *Lysipomia muscoides, Paepalanthus* spp. and *Xyris* spp. Boggy stands include *Sphagnum* spp.

Community of *Swallenochloa* with *Oreobolus obtusangulus* ssp. (3300 - 4150 m)

Humid bamboo-bunchgrass pāramo of *Swallenochloa* and *Oreobolus obtusangulus,* in combination with the absence of *Castratella* spp., *Eryngium humile, Gentiana sedifolia, Jensenia erythropus, Rhynchospora paramorum, Sphagnum* spp. and *Xyris acutifolia.* Additional taxa may be *Blechnum loxense,* Eriocaulaceae, *Hypericum laricifolium* and *Orithropium peruvianum.*

bunchgrass pāramo

This pāramo grassland is dominated by tussocks or bunches of *Calamagrostis effusa* with stem rosettes of *Espeletia* or *Espeletiopsis.* Other species common throughout the bunchgrass pāramo are *Bartsia* sp., *Castilleja integrifolia, Gnaphalium antennarioides, Halenia* sp., *Hieracium avilae, Hypericum strictum, Hypochoeris sessiliflora, Pernettya prostrata, Polytrichum juniperinum, Sisyrinchium pusillum* and *Vaccinium floribundum.*

a. Lower bunchgrass pāramo

Lower *Calamagrostis effusa* bunchgrass pāramo with *Espeletiopsis corymbosa* ((2935)3500 - 3750(3760) m)

Open tussock grassland dominated by *Calamagrostis effusa* (65-95% coverage) with characteristic stem rosettes of *Espeletiopsis* spp. Common on moderately to very steep slopes in dry pāramos. Characteristic species are: *Acaena cylindristachya, Achyrocline lehmannii, Geranium sibbaldioides, Hypericum* spp., *Lobelia tenera, Luzula racemosa* and *Polytrichum juniperinum,* and furthermore some scattered constituents of the dry dwarfshrub pāramo: *Arcytophyllum nitidum, Brachyotum strigosum, Bucquetia glutinosa, Gaultheria* spp. and *Siphocampylus columnae.*

Lower *Calamagrostis effusa* bunchgrass pāramo with *Espeletia grandiflora, Oreobolus obtusangulus* and *Castratella* (3070 - 3700 m)

Open grassland in the dry pāramos (3450-3750 m) dominated by *Calamagrostis effusa* (or occasionally by *Cortaderia sericantha*) or low cyperaceous meadow in the atmospherically humid pāramos (3070-3700 m) with few *Calamagrostis* bunches (coverage up to 35%), *Rhynchospora paramorum* (coverage up to 75%), *Oreobolus obtusangulus* (coverage up to 50%), *Pilopogon laevis, Rhacocarpus purpurascens, Sphagnum compactum, Tofieldia falcata* and *Xyris acutifolia.* Characteristic taxa are a number of sessile rosette and tufted species, which are nearly absent in the previously mentioned community, *e.g., Altensteinia leucantha, Azorella cuatrecasasii, Castratella* spp., *Gnaphalium antennarioides, Oreobolus obtusangulus, Orithophium peruvianum* and *Rhynchospora* spp. Stem rosettes belong to *Espeletia* spp. *Arcytophyllum nitidum* has a low coverage (1-5%).

Lower *Calamagrostis effusa* bunchgrass pāramo with *Oreobolus obtusangulus* ssp. *rubrovaginatus* (3450 - 3900 m)

Open, *Calamagrostis effusa* dominated vegetation characterized by tufts or low

RECENT forest line ± 3300 m alt.

Fig. 9

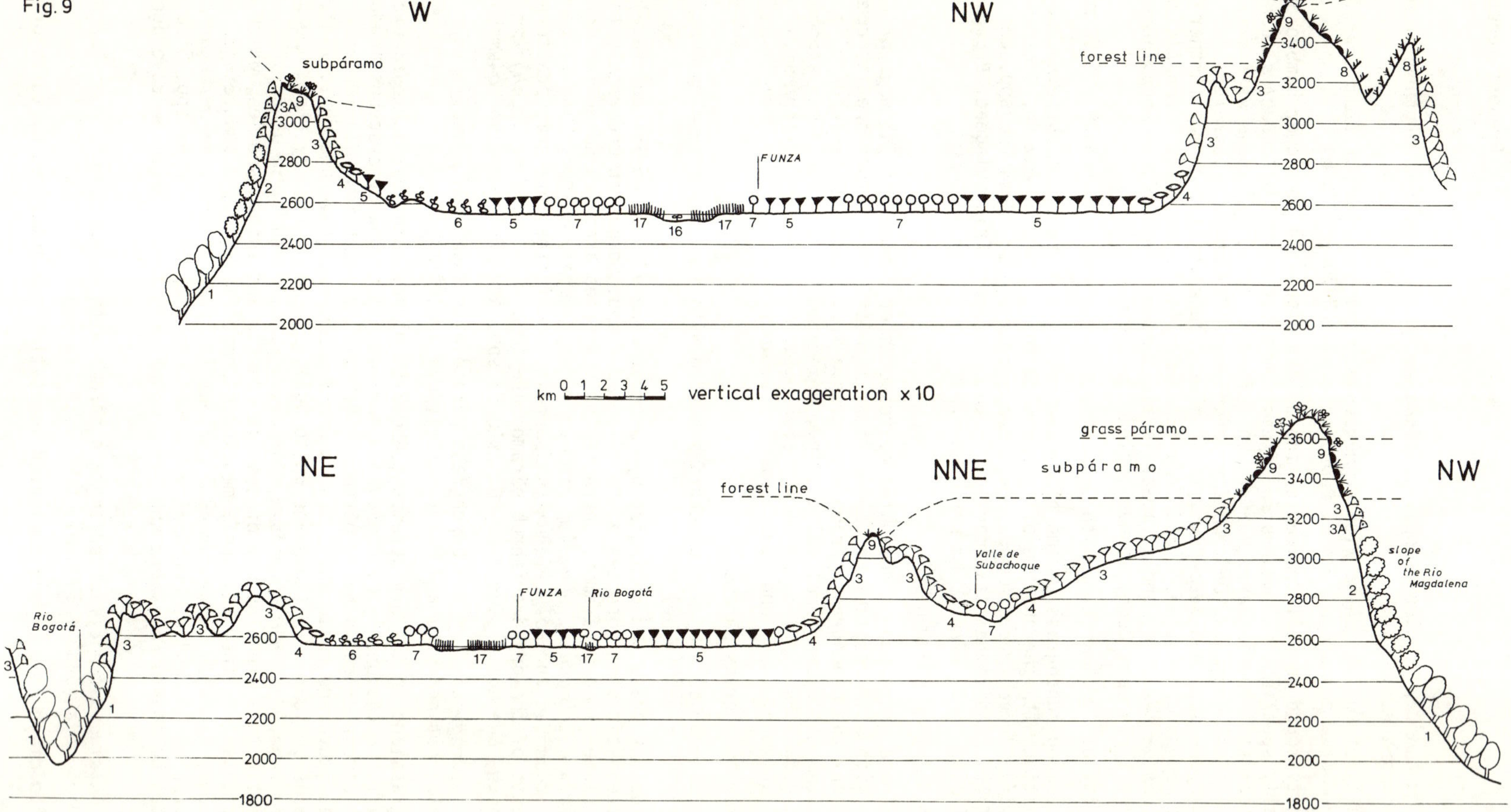

Fig. 9: Tentative schematic present-day climax vegetation of the high plain of Bogotá, Colombia (alt. c. 2550 m)(under natural conditions). Altitudinal position of the forest line c. 3300 m. Depth of the lake has not been drawn on scale. Location of the transects through the high plain of Bogotá is indicated in fig. 12 (chapter 5).

Legend

1. *Inga-Vismia-Croton* subandean forest
2. *Quercus* forest (*Saurauia-Quercus* forest("*Quercetum humboldtii*"))
3. *Weinmannia* forest

3A. *Hedyosmum-Brunellia* forest

4. *Oreopanax-Cordia lanata* forest
5. *Xylosma-Duranta-Vallea* 'high-plain' forest
6. *Opuntia-Dodonaea* xerophytic bush
7. *Alnus jorullenis* forest (= *A.acuminata* ssp. *acuminata*)
8. *Ageratina tinifolia* shrub and dwarf forest
9. subpáramo vegetation
10. grass páramo vegetation

Espeletiinae (Espeletia, Espeletiopsis) are present in the modern páramo vegetation around the high plain of Bogotá. There is some palynological evidence (based on proportions in the pollen spectra) that *Espeletiinae* might have reached the studied area during pollen zone 28 (dated about 2.2 m.y. B.P.). From this time onwards *Espeletiinae* are supposed to be represented in the former páramo vegetation. It is not possible to support this evidence pollenmorphologically so that only in the present-day vegetational reconstruction *Espeletiinae* are illustrated in the páramo.

cushions of *Oreobolus obtusangulus* (coverage 1-10(40)%). Frequently associated species are: *Cladia aggregata, Gentianella corymbosa, Oritrophium peruvianum, Rhynchospora macrochaete* and *Sisyrinchium pusillum*. A zonal type of this community covers dry slopes between 3600-3900 m alt., whereas a more azonal one is found at gently sloping sites in dry pāramos, which is transitional to *Sphagnum* bogs (alt. 3450-3700 m). The latter is marked by a number of additional species: *Blechnum loxense, Carex pichinchensis*, Cyperaceae, *Sphagnum* spp., and *Xyris acutifolia* may cover up to 35%.

Lower *Calamagrostis effusa* bunchgrass pāramo with *Espeletia argentea* ((3450) 3600 - 3800(3865) m)

Dry *Calamagrostis effusa* bunchgrass pāramo with characteristic, almost sessile rosettes of *Espeletia argentea*. The tussocks cover 30-90%. Characteristic species are: *Acaena cylindristachya, Arcytophyllum muticum, Geranium sibbaldioides, Luzula racemosa* and *Polytrichum juniperinum*. Dwarfshrubs such as *Arcytophyllum nitidum* and *Brachyotum strigosum* attain a coverage of 25-30% in stands near the dwarfshrub pāramo zone.

b. Xerophytic (*Plantago sericea* and *Acaena cylindristachya*) ground-rosette vegetation (c. 3400 - 4000 m)

Dry and open low herbaceous pāramo, completely dominated by either *Plantago sericea* ssp. *argyrophylla (Acaena cylindristachyae-Plantaginetum sericeae* Cleef 1981) or *Acaena cylindristachya (Acaenetum cylindristachyae* Cleef & Rangel, in press) is at present mainly confined to the northern pāramos of the Cordillera Oriental, and to the Sierra Nevada de Santa Marta and Mērida (Venezuela), respectively. Possibly these xerophytic communities might have been of importance in the past pāramo type of vegetation of the high plain of Bogotā.

c. Upper bunchgrass pāramo

Spaced bunches of *Calamagrostis effusa* with up to 50% coverage make up the main vegetation and are usually associated with stem rosettes of the *Espeletiinae (Espeletia grandiflora)*. Common species in the gravelly spaces between the tussocks are: *Agrostis boyacensis, Bartsia* spp., *Campylopus* spp., *Castilleja* spp., *Grammitis moniliformis, Hypochoeris sessiliflora, Luzula racemosa, Pernettya prostrata* and a number of hygrophytic bryophytes. Dwarfshrubs of *Diplostephium colombianum, Lachemilla polylepis* and *Loricaria complanata* are locally common. Frost heaving occurs almost every night in open barren places.

Upper *Calamagrostis effusa* bunchgrass pāramo with *Espeletia grandiflora* (3800 - 4320 m)

This open bunchgrass community is common on the cloudy and misty side of the mountains and it differs from that of the opposite, dry side of the Cordillera by the presence of species of *Cerastium, Espeletia, Halenia* and *Poa*. Other hygrophytic species are: *Carex pichinchensis, Elaphoglossum* spp., *Oreobolus obtusangulus*, and a number of hygrophytic bryophytes. This community is patchy-like found along the watershed areas in the Pāramo de Sumapaz (alt. 3850-4050 m) and in the Pāramo de Palacio (alt. 3800-3950 m).

c. Lower superpāramo ((3850)4100 - 4250)

Humid zonal lower superpāramo vegetation is presently only known from some high peaks in the Pāramo de Sumapaz, where it is best developed on the Nevado de Sumapaz (alt. 4050-4250 m). Characteristic taxa are: *Cerastium imbricatum, Draba* spp., *Erigeron chionophilus, Loricaria complanata, Ourisia muscosa, Senecio* spp. and *Valeriana plantaginea*. The increased coverage of *Cerastium, Draba* spp., *Erigeron, Senecio* and *Valeriana* accounts for humid atmospherical conditions. The lower superpāramo zone includes some zonal communities described by Cleef (1981), which are present on the Nevado de Sumapaz, *viz.*, (a) *Loricarietum complanatae:* low shrub rich in hygrophytic bryophytes (alt. c. 4050 m), (b) community of *Lachemilla nivalis* (alt. c. 4100 m). Small herbaceous patches on deeper soil adjacent to the *Loricarietum complanatae* (Cleef, 1981; community 28), and (c) community of *Senecio niveo-aureus* and *Valeriana plantaginea* (alt. 4100-4250 m). Only found in limited areas on gravely thin soil in the upper reaches of the Nevado de Sumapaz (Cleef, 1981, community 26, 27; Zander & Cleef, 1982).

AZONAL VEGETATION WITH SPECIAL REFERENCE TO LAKE ZONATION

III Andean forest belt lake zonation

In the Andean forest belt, lake zonation was studied by Rangel & Aguirre (in press) in the Lago de Tota at about 3000 m alt. and by Cleef & Salamanca (in prep.) in the Laguna de Fúquene at 2550 m alt. situated to the NE and the N of Bogotá, respectively. The following submerged stands, which phytosociologically may be referred to the following alliances or classes, respectively, are recognized:

1. *Nitellion clavatae-flexilis* Rangel & Aguirre (in press)(Charetea): Tota.
2. *Myriophyllo brasiliensis-Potamion illinoiensis* Rangel & Aguirre (in press) (Potametea): Tota, Fúquene.

For their spatial distribution in the Fúquene lake, see figs. 10C and 11C. It should be noted that the lake bottoms are mainly sandy to gravelly in the parts of Lake Tota studied, but very muddy to clayey in Lake Fúquene.

Depending on the substrate and the depth the following syntaxa and communities were recognized:

ad 1: *Nitelletum flexilis* Corillion 1957
Characeous deepwater (-12 to 22 m) community in Lake Tota.
Nitelletum clavatae Corillion 1957
Characeous community mainly between 8 and 12 m depth in Lake Tota. *Najas* and *Potamogeton* are occasionally represented here.
Najado guadalupensis-Elodeetum canadensis Rangel & Aguirre (in press).
Submerged (0 to 8 m) elodeid community in Lake Tota. Probably *Elodea* was introduced with trout breeding, and may form a dense layer. Common associates are *Myriophyllum* spp., *Najas* (characteristic) and *Potamogeton*.

ad 2: *Myriophyllo-Potametum illinoiensis* Rangel & Aguirre (in press).
Submerged (to 12 m depth) myriophyllid-elodeid community made up of *Potamogeton illinoiensis*, occasionally (Fúquene) or always (Tota) associated with *Myriophyllum brasiliense*. On the muddy bottom (2-3 m depth) of Lake Fúquene no other species have been recorded (see figs. 10C and 11C). In Lake Tota to the contrary, species of *Isoetes, Elodea* and *Najas* were frequently associated, even on a gravelly substrate.

The different heliophytic and/or reed swamp communities thus far recognized in Andean forest belt lakes belong to the *Polygono punctatae-Scirpion californici* Rangel & Aguirre (in press) of the Phragmitetea, which include the following associations:

● *Junco-Scirpetum californici* Rangel & Aguirre (in press)
Up to 2 m tall, cyperaceous reed swamp community (figs. 10C amd 11C), common along the shores of Lake Tota and Fúquene in which *Scirpus californicus* is dominant. Common associates include *Juncus, Polygonum* and *Tillaea* in Lake Tota and *Bidens, Cuscuta,* Gramineae, *Hydrocotyle ranunculoides, Ludwigia* and *Polygonum* in the Fúquene reed swamps. In drier habitats in Fúquene it was observed that *Hydrocotyle* and *Galium* (probably *G.cuatrecasasii*) were flowering in the dry season when the water table was at its lowest level.

● *Epilobio-Typhetum latifoliae* Rangel & Aguirre (in press)
Up to 2.5 m tall, sparganiaceous-cyperaceous reed swamps (figs. 10C and 11C) are apparently present on more stable thicker peat layers. The *Typha* coverage is between 40-80%, *Scirpus* is subdominant. So far *Cotula, Elatine, Epilobium, Gratiola* and *Tillaea,* present in the Tota swamps, did not turn up in the Fúquene

Fig. 10 A (top), 10 B (middle), and 10 C (bottom).

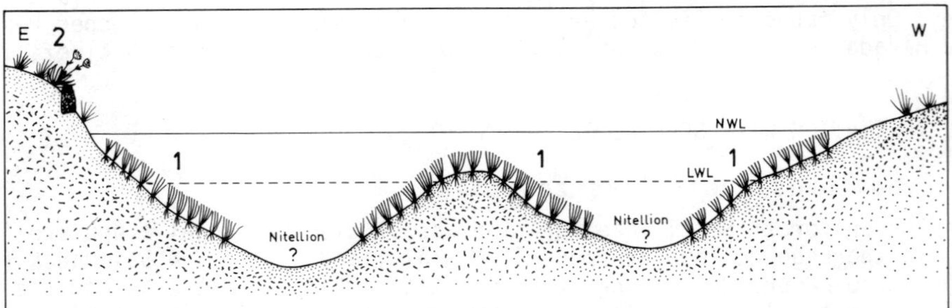

SIERRA NEVADA DEL COCUY; Laguna Cuadrada, 4060 m alt.
Schematic zonation of the Isoetetum glacialis prov.
NWL Normal waterlevel
LWL Approximate extremely low waterlevel of March 1973

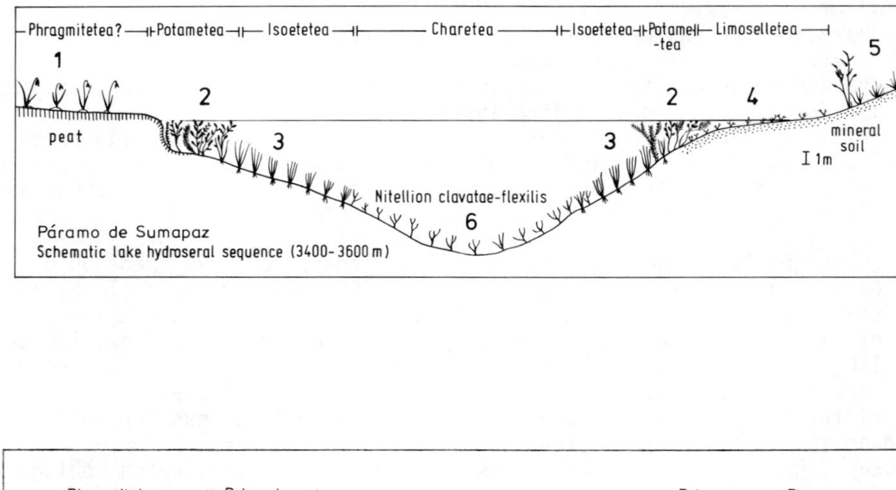

Páramo de Sumapaz
Schematic lake hydroseral sequence (3400-3600 m)

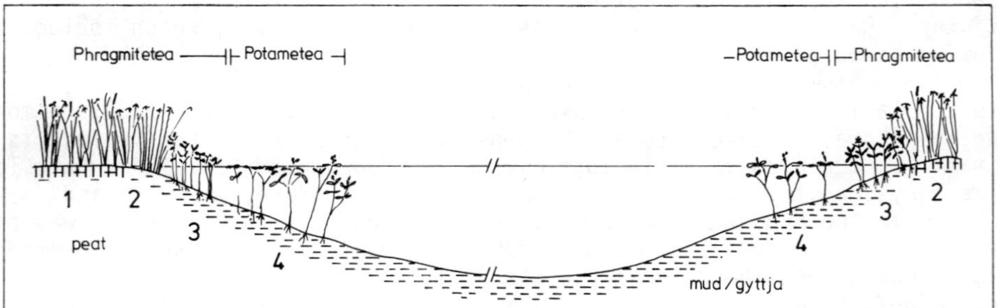

Laguna de Fuquene, 2550 m alt.
schematic lake hydroseral sequence

Fig. 10: Schematic representation of hydrosere zonation in high Andean páramo lakes (A and B) and an Andean forest belt lake (C).

A. *Isoetetum glacialis* prov. in the Laguna Cuadrada at 4060 m alt. in the Sierra Nevada del Cocuy; schematic zonation.

1. *Isoetetum glacialis* prov. Cleef 1981
2. Upper *Calamagrostis effusa* bunchgrass páramo with *Espeletiopsis*

(after Cleef, 1981: fig. 34)

B. Schematic zonation of vegetation in a lake in the lower páramos of the Páramo de Sumapaz.

1. *Caricetum pichinchensis* Cleef 1981
2. communities of *Potamogeton* spp. and *Scorpidium scorpioides*
3. *Isoetetum glacialis* prov. Cleef 1981
4. *Tillaeetum paludosae* Cleef 1981
5. communities of *Swallenochloa* with *Oreobolus obtusangulus* ssp. *rubrovaginatus*
6. *Nitellion clavatae-flexilis* Rangel & Aguirre, in press

(after Cleef, 1981: fig. 41)

C. Schematic zonation of vegetation in the Laguna de Fúquene at 2550 m alt. Floating communities are omitted.

1. *Epilobio-Typhetum latifoliae*
2. *Junco-Scirpetum californici*
3. *Ludwigia* cf. *peruviana* community
4. *Myriophyllo-Potametum illinoiensis*

stands, which contain similar associates as indicated for the *Junco-Scirpetum* (of Lake Fúquene).

• *Verbeno-Scirpetum gigantei* Rangel & Aguirre (in press)
This cyperaceous reed swamp has only been described from Lake Tota, where it is adjacent to the previous association.

Along the swampy shores of Lake Fúquene the following additional taxa were recorded by Cleef & Salamanca (in prep.):

• *Ludwigia* aff. *peruviana* (or *L.* cf. *inclinata*) community
This herbaceous *Ludwigia* species roots in about 1 m deep water and has a mean coverage of c. 50% (25-95%). With *Myriophyllum brasiliense* and occasionally *Polygonum* spp. and *Utricularia* spp. (very sparse). In the hydroseral sequence it takes up an intermediate position between open water with the *Myriophyllo-Potametum illinoiensis* and the heliophytic *Junco-Scirpetum californici* community (figs. 10C and 11C).

In addition some other hydrosere communities of interest in the Andean forest belt are to be mentioned. *Ludwigia peruviana* var. *peruviana*, which is indicative of a climax of lakelet succession at 2800 m alt. in the Sierra Nevada del Cocuy, is there associated with *Carex acutata* reed swamp. Cleef (1981) provided a relevé of this stand. Generally speaking the heigth of the different cyperaceous reed swamps in lake zonation increases with decreasing altitude. Also other *Carex* reed swamp species do so, *e.g.*, *Carex pichinchensis* in the páramo belt, *C.jamesonii* near the upper forest line and *C.acutata* in the Andean forest belt. *Polygonum* reaches into the *Carex jamesonii* reed swamp bordering Lake Chingaza, its upper limit at about 3200 m alt. (P. Franco, oral comm.), but *Ludwigia* apparently only just reaches Lake Tota at about 3000 m alt.

Finally there are also floating communities (moving freely on the water surface, only under the influence of currents and/or wind):

páramo lakes:	*Lemno-Azolletum filiculoides* (Br.Bl.) Segal 1965 (Lemnetea) *Azolla filiculoides* is almost the only species present and may form reddish floating carpets on lakes up to 3900 m alt. It is dominant on the Laguna de Pedro Palo (c. 2000 m alt.) on the western (Magdalena) slope of the Eastern Cordillera.
Lake Tota :	*Lemno Azolletum filiculoides* (Br.Bl.) Segal 1965. *Azolla filiculoides* prominent, with such associates as *Lemna minor*, *Wolffia colombiana*, *Ludwigia repens* and *Ricciocarpus natans*. Whether or not floristic elements of this community were introduced with trout breeding remains uncertain.
Lake Fúquene:	different communities, *e.g.*, the *Lemno-Azolletum* (which is poorly represented), and furthermore the recently introduced, *Eichhornia crassopes*-dominated community (very abundant), and a community of *Limnobium stoloniferum*, an original "Sabana" element, is locally common.
Laguna de la: Herrera	The *Limnobium stoloniferum* community is locally well-developed in this laguna on the high plain of Bogotá (c. 2550 m alt.) and moreover in ditches and dikes in the lower parts of the high plain.

IV Páramo belt lake zonation

In the páramo belt Cleef (1981) distinguished a number of different vegetation types in the lake (hydrosere) zonation, both submerged communities and cyperaceous reed swamps and grass mires along the unstable peaty shores being represented.

In the páramo lakes of the Bogotá area a number of submerged syntaxa and other communities were distinguished by Cleef (1981), who provided full descriptions.

1. *Nitellion clavatae-flexilis* Rangel & Aguirre (in press) (Charetea)
2. *Ditrichio-Isoetion* Cleef 1981 (Isoetea)
3. *Potameto-Myriophyllion elatinoides* Cleef 1981 (Potametea)
4. *Tillaeion paludosae* Cleef 1981 (Limoselletea prov.)

For their spatial arrangement, see figs. 10C and 10B.

ad 1: Characeous communities dominated by *Nitella clavata* have now been found on subpáramo lake bottoms at about 3450 m alt. in the Páramo de Sumapaz (Ecoandes 1981 expedition), and *Nitella flexilis* is present at a depth of 15 m in the Laguna de Otún at 3920 m alt., a grass páramo lake in the Cordillera Central about 120 m above the local upper forest line (Cleef *et al.*, 1983).
ad 2: Six associations dominated by communities with different species of *Isoetes* are recognized in the southern páramos of the Cordillera Oriental between about 3200 and 4100 m alt. They occur on different substrates in shallow up to 5 m deep páramo lakes. They also differ in their ecology and altitudinal distribution (see Cleef, 1981; fig. 87). The fossil macrospores of *Isoetes* allow the identification to the species level (Dr. H.P. Fuchs, pers.comm.), and thus conclusions as to the former ecological conditions.
ad 3: Submerged communities dominated by species of *Potamogeton* and/or *Myriophyllum elatinoides* are common in lake zonations in the lower páramos. These communities are present in 0.5-3 or 4 m deep water between *Isoetes* or *Nitella* communities and the shore (fig. 10B). Generally speaking, *Myriophyllum elatinoides*-dominated stands reach up into the upper grass páramo, while communities with *Potamogeton* are only prominent in the lowermost part of the páramo belt.
ad 4: Amphiphytic communities on mineral soil of ponds and lake shores mainly dominated by *Tillaea paludosa*, a tiny autogamous Crassulacea, are present between c. 3200 and 4000 m alt. in the southern páramos of the Cordillera Oriental. Species of *Isoetes* (common) and *Pilularia* (rare) may be associated. *Limosella australis* is rare and only locally common.

In a similar way also the emerged and shore communities of páramo lakes were studied. Phytosociologically they were referred to different alliances of (possibly) the Phragmitetea:
5. *Junco ecuadoriensis-Eleocharition macrostachyae* Cleef 1981 (fig. 11B)
6. *Galio cuatrecasasii-Gratiolion peruvianae* Cleef 1981 corr. Cleef (fig. 11A)
7. *Calamagrostion ligulatae* Cleef 1981 (fig. 11A).
The following associations and communities belong to each of these alliances. For full descriptions the reader is referred to Cleef (1981).
ad 5: Heliophytic cyperaceous and juncaceous reed swamps are common in muddy shallow water near the lake shores (fig. 11B). The *Eleocharitetum macrostachyae* may reach up to the upper grass páramo, while *Juncus ecuadoriensis* stands only attain the 3600-3700 m level in the southern páramos of the Bogotá area. Analyses of the recent pollen influx indicate that such communities are hardly detectable by their pollen (Grabandt, in prep.).
ad 6: Cyperaceous reed swamp dominated by various tall *Carex* species occur along the marshy shores of páramo lakes and on wet glacial valley bottoms. Locally near the upper forest line, *Cyperus* reed swamp replaces the *Carex* communities. Composite thickets may mark the end of succession in the southern páramos, *e.g.*, of *Pentacalia reissiana* and of *Diplostephium revolutum*. The *Diplostephietum revoluti* has also been observed as successional to the *Plantago rigida* cushion bogs in the Páramo de Sumapaz (fig. 11A).
Some six associations and communities are presently recognized in the southern páramos around the high plain of Bogotá up to about 3900-4000 m alt. The *Caricetum pichinchensis* is the most common association of the open páramo.
ad 7: Grass mire communities on unstable ground are frequently adjacent to cyperaceous reed swamps, *Sphagnum* bogs or *Plantago rigida* cushion bogs in páramo lake hydroseres, and are present at the sites of former lakes and on wet glacial valley floors. *Calamagrostis ligulata*, may be associated with, *e.g.*, many herbaceous species, or aquatic and/or peat mosses depending on the prevailing ecological condition (fig. 11A). Up to about 4000 m alt. two associations and three communities have been described from the southern parámos of the area of the high plain of Bogotá. The *Geranio confertae-Calamagrostietum ligulatae* is the most common association in páramo lake hydroseres here.

Fig. 11 A (top), 11 B (middle), and 11 C (bottom).

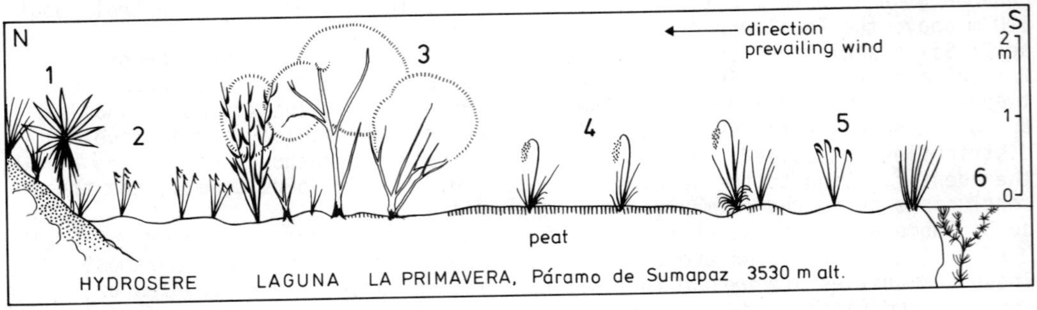

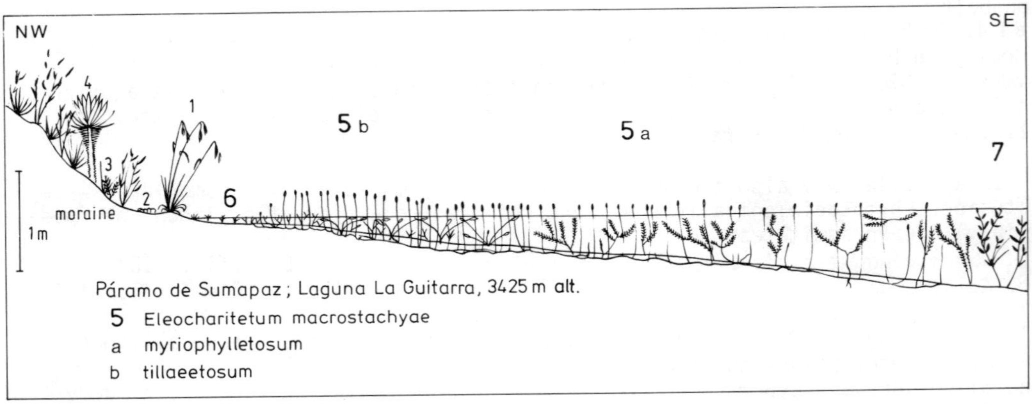

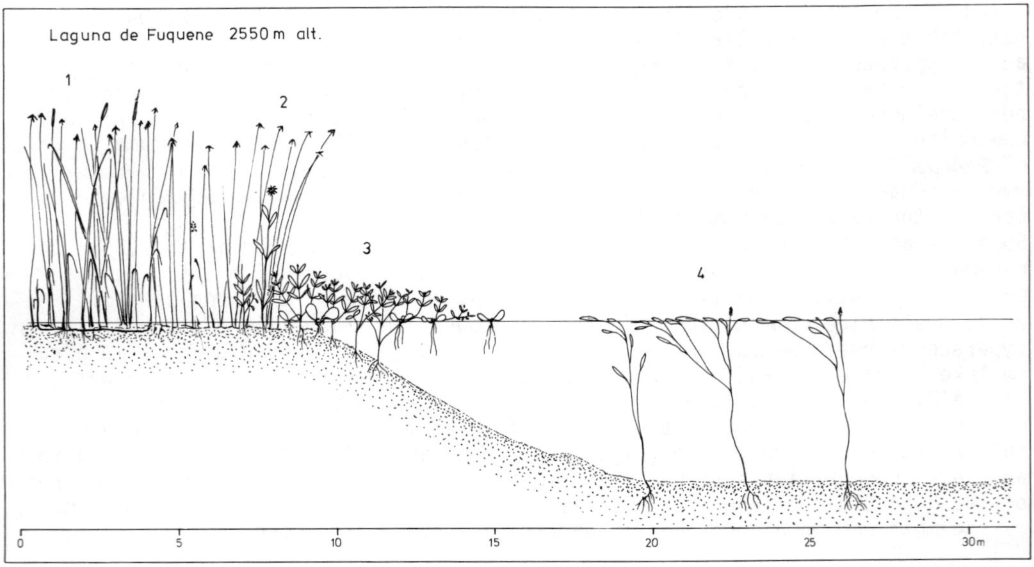

Fig. 11: Schematic representation of shore communities (reed swamps and grass mires) of páramo lakes (A and B) and of an Andean forest belt lake (C).

A. Vegetational zonation in the Laguna La Primavera at 3530 m alt. in the Páramo de Sumapaz.

1. Lower *Calamagrostis effusa* páramo with *Espeletia grandiflora* and *Oreobolus obtusangulus* spp. *rubrovaginatus*
2. *Caricetum pichinchensis*
3. *Diplostephietum revoluti*
4. community of *Calamagrostis ligulata* with *Sphagnum sancto-josephense*
5. community of *Carex acutata*
6. *Potameto-Myriophyllion elatinoides*

(after Cleef, 1981: fig. 50)

B. *Eleocharitetum macrostachyae* (5) in the Laguna La Guitarra at 3425 m alt., Páramo de Sumapaz, showing the location of the variant *myriophylletosum* (a) and of the variant *tillaeetosum* (b).

1. *Cortaderia nitida*
2. *Plantago rigida*
3. *Blechnum loxense*
4. *Potamogeton asplundii*
5. *Eleocharitetum macrostachyae*
6. *Tillaeetum paludosae*
7. communities of *Potamogeton* spp. and *Scorpidium scorpioides*

(after Cleef, 1981: fig. 43)

C. Vegetational zonation in the Laguna de Fúquene at 2550 m alt,

Polygono-Scirpion californici

1. *Epilobio-Typhetum latifoliae*
2. *Junco-Scirpetum californici* (rel. Cleef 765)
3. *Ludwigia* cf. *peruviana, Eichornia crassipes* (rel. Cleef 763, 764)

Myriophyllo-Potamion illinoiensis

4. *Potamogeton illinoiensis* (rel. Cleef 762)

Other shore communities present along páramo lakes in the area of the high plain of Bogotá commonly include *Sphagnum* peat bog (c. 2600-3750 m alt.), and cushion bogs of the *Hyperico lancioides-Plantaginetum rigidae* (3800-4100 m alt.), and the rare *Floscaldasio hypsophilae-Distichietum muscoides* (c. 3950 m alt.), now only known from a shallow upper grass páramo lake at Cerro Torquita in the Páramo de Sumapaz (Ecoandes 1981 expedition). (Earlier Cleef (1981) had reported that *Distichia muscoides* was virtually absent in the Páramo de Sumapaz.)

Among shrub vegetation on humid ground special reference may be made to the *Myricetum parvifoliae*, provisionally described and summarized below.

Myricetum parvifoliae Van der Hammen & Cleef (prov.) (3650 - 3750 m)

At present the *Myricetum parvifoliae* is rare in the area. Up to 2.5 m high, dense microphyllous gale thickets have been described only from the atmospherical dry slope of the Sierra Nevada del Cocuy at 3700 m alt. with a coverage up to 95%. *Rapanea dependens*, woody Compositae, *Befaria*, *Symplocos*, *Berberis* and *Sericotheca* are commonly associated in the shrub layer here. The coverage of the moss layer is about 80%.

The *Myrica* shrubs are in contact here with shrub páramo and *Arcytophyllum* dwarf-shrub páramo. The stands occur on sloping humid ground along streams in protected valleys. For further details see Cleef (1981).

Myrica pubescens was recently observed as an important canopy element (coverage of the tree layer about 30% or more) in *Weinmannia* cf. *mycrophylla/fagaroides* forest near Nazareth at the atmospherical humid E slope of the Cordillera (Ecoandes 1981 expedition). Probably this *Myrica* species marks Andean forests on unstable, steep slopes, where fallen trees give rise to light gaps.

Note: After the finishing up of the typescript, we came across the systematic treatment of American *Alnus* by Furlow (Furlow, J.J., 1979. Rhodora, 81(825): 1-121, and (826): 151-248).

The correct name for the present-day Colombian *Alnus* is *Alnus acuminata* H.B.K. ssp. *acuminata*. *Alnus acuminata* extends from Mexico to northern Argentina; the range of the nominal subspecies is limited to South America (Venezuela to northern Argentina). The nearest relatives are *Alnus jorullensis* (Mexico, Guatemala), *Alnus oblongifolia* (Mexico, U.S.A.) and *Alnus rhombifolia* (western U.S.A.).

5. Development of Vegetation and Climatic Sequence of the Area of the High Plain of Bogotá

H. Hooghiemstra & A.M. Cleef

RECENT POLLEN RAIN

The pollen rain which fell into the former lake of Bogotá or was carried to it by small streams, was provided principally by the vegetation cover of the surrounding mountains. These mountains rise up to an altitude of 3000 m to 3200 m in the near vicinity (20-25 km from the site of the borehole) and to an altitude of 3600 to 3800 m in more distant mountain chains (35-40 km from the site of the bore hole; see fig. 12). Accordingly, low percentages of pollen of open vegetation (Gramineae and scrub* elements; see the general diagrams) indicate that the slopes of the surrounding mountains were entirely or almost entirely covered with forest (corresponding to the present-day situation under natural conditions; see fig. 9). When the percentage of pollen of plants of open vegetation rises slightly above the "background" value, open vegetation types must have made their appearance on the tops of the mountains and when it increases progressively, the altitudinal forest line must have come farther down.

Following Van der Hammen & González (1960 and 1963) we define the (altitudinal) forest line as the uppermost and mainly continuous limit of the uppermost, about 5 m or more high zone of the forest and dwarf forest belt, isolated stations of forest or dwarf forest found at higher altitudes in small, wind-protected valleys etc., not being taken into account.

The highest forest line in the Colombian Andes in recent time lies at 3900 (3800) m alt. and the lowest at 3200(3000) m alt. (desert or semidesert conditions are not taken into account). Local differences in altitude of the forest line, between those two values, depend on local temperature conditions and the annual precipitation and the distribution of the precipitation during the year. If the annual precipitation reaches maximum values and there is no marked dry season, the forest line may reach its highest limit (3800-3900 m alt.), but where it is low and there are one or two pronounced dry seasons, the forest line generally lies at the lowest level (3200-3000 m alt.). An aberrant situation determined by higher temperature on certain dry slopes may also occur and has been described by Cleef (1981) from the southern Sierra Nevada del Cocuy, Cordillera Oriental. The first-mentioned variations may be due to the fact that areas with a higher annual precipitation and no pronounced dry season attain higher average annual temperatures. In such places the predominance of overcast skies prevents heat losses by ground radiation, which more than compensates for the lower rate of insolation (Van der Hammen & González, 1960 and 1963). In one way or another, directly or indirectly, the locally prevailing temperature, therefore, seems to be the main determining factor for the location of the altitudinal forest line.

As isolated patches of (dwarf) forest (see for the communities concerned: Cleef, 1981) are still present above the continuous, closed forest line and the

* See note on page 133

Fig. 12: Map of the high plain of Bogotá and surroundings with altitudinal intervals of 200 m. The location of section Funza (circle), transects 1 and 2 (see figs. 13 and 15) and the sample sites for pollen rain (see fig. 13) are indicated.

Number relevé	Author	Altitude	Forest type/principal elements
125	vdH., Jar.	2650 m	*Oreopanax-Vallea-Miconia*
126	vdH., Jar.	2750 m	*Weinmannietum tomentosae*
156	vdH., Jar.	2865 m	*Weinmannietum tomentosae*
157	vdH., Jar.	2960 m	*Weinmannietum tomentosae*
158	vdH., Jar., Mur.	3000 m	*Weinmannietum tomentosae*
159	vdH., Jar., Mur.	3125 m	*Weinmannietum tomentosae*
160	vdH., Jar., Mur.	2660 m	*Weinmannietum tomentosae*
161	vdH., Jar., Mur.	2600 m	*Miconia-Phyllanthus-Cordia*
162	vdH., Jar., Mur.	2580 m	*Ilex-Vallea-Eugenia*
163	vdH., Jar., Mur.	2700 m	*Weinmannietum*
164	vdH., Jar., Mur.	2750 m	*Weinmannia-Rapanea-Xylosma*
165	vdH., Jar., Mur.	2670 m	*Weinmannietum*
166	vdH., Jar., Mur.	2715 m	*Weinmannia*-Araliaceae-*Cytharexylum*
167	vdH., Jar., Mur.	2800 m	*Quercetum*
168	vdH., Jar., Mur.	2700 m	*Quercetum*
169	vdH., Jar., Mur.	2500 m	*Quercetum*
170	vdH., Jar., Mur.	2340 m	*Quercetum*
171	vdH., Jar., Mur.	2565 m	*Dodonaea-Opuntia-Salvia*
176	vdH., Jar.	1820 m	Meliaceae-*Croton-Rhus*
177	vdH., Jar.	1540 m	*Syzygium jambos-Sickingia-Inga*
57	Cleef	3460 m	upper dwarfshrub páramo
58	Cleef	3475 m	lowermost bunchgrass páramo
60	Cleef	3325 m	dwarfshrub páramo
62	Cleef	3365 m	dwarfshrub páramo
64	Cleef	3355 m	dwarfshrub páramo
71	Cleef	3560 m	lower bunchgrass páramo
72	Cleef	3590 m	lower bunchgrass páramo
74	Cleef	3275 m	dwarfshrub páramo
76	Cleef	3365 m	lowermost bunchgrass páramo
212	Cleef	3680 m	lower bunchgrass páramo
218	Cleef	3660 m	lower bunchgrass páramo
221	Cleef	3150 m	lowermost dwarfshrub páramo

(vdH.: T. van der Hammen, Jar.: R. Jaramillo, Mur.: M.T. Murillo)

(I): transect NW - W; (II): transect NE - NNE - NW

slopes of the surrounding mountains facing the high plain with its many small valleys have many sheltered sites, the percentage of pollen of open vegetation can only in extreme cases have reached a percentage approaching 100 per cent. The closest forest line lay in that case far below the altitude of the high plain of Bogotá. It will be clear that in the general diagrams the curve formed by the boundary between the two left-hand (subandean and Andean) forest elements and the two right-hand groups of taxa (scrub elements and Gramineae) is a reliable indicator of the relative fluctuations of the altitudinal forest line (and for the average annual temperature, after an eventual correction for the influence of humidity).

On the basis of the recent pollen rain at different altitudes, Van der Hammen & González (1960 and 1963) calculated that the forest line corresponds with a percentage of gramineous pollen of 35-40%, whereas every 100 m of displacement of the forest line corresponds with a change in representation of the Gramineae by approximately 5%. Since Van der Hammen & González used a different pollen sum than used in this study (see table 2) it seems reasonable, after correction of their percentages, to correlate the 20% gramineous pollen level with the level of the altitudinal forest line. Grass pollen percentages between 55-80% correspond with recent conditions in the (upper) bunchgrass páramo and superpáramo, *i.e.*, with conditions prevailing recently from about 3800-3900 m alt. to the nival belt (Van der Hammen & González, 1960 and 1963; Grabandt, in prep.).

The altitudinal position of the forest line is also deducable from the percentage of arboreal pollen. Studies of Grabandt (1980 and in prep.) concerning the relation between pollen rain and vegetation coverage, and pollen diagrams of the Holocene from neighbouring areas (*e.g.*, from Lake Fúquene; see Van Geel & Van der Hammen, 1973) indicate that the altitudinal forest line is characterized by an arboreal pollen percentage of about 40%, on the basis of the pollen sum as used in the present study. In other words, at about the 40% arboreal pollen level and the 20% gramineous pollen level the forest line passed through the high plain of Bogotá, and at the about 40-45% gramineous pollen level the boundary between the subpáramo and grass páramo passed this elevation. These percentages need a correction when, going back in time the great pollen producers *Quercus* and *Alnus* had not yet appeared on the scene. For *Alnus*, with an average representation of about 25% in its total range , the correction is about 15% and for *Quercus*, with an average representation of about 10% in its total range, the correction is about 5%.

A discontinuity in the above-mentioned relation may be expected when the forest line rose above 3200-3300 m alt. (the elevation of the summits of most of the hills surrounding the high plain), or descended below the level of the high plain (the surrounding hills of the high plain prevent a direct connection with forest vegetation on the outer slopes, facing the Río Magdalena and the headwaters of the Río Orinoco). (See later.)

To ascertain the approximate moments at which the altitudinal forest line just passed the high plain of Bogotá the following percentage levels are calculated, and indicated in the general diagram (see diagram 4):

a) as regards the arboreal pollen:

In the right-hand general diagram (*Alnus* included in the pollen sum):
- for the pollen zones 1-10 at the 40% level
- for the pollen zones 14-30 at the 35% level (*Quercus* absent)
- for the pollen zones 32-55 at the 20% level (*Quercus* and *Alnus* absent)
- for the pollen zones 11-13 and 31 a gradual transition has been aplied.

In the left-hand general diagram (*Alnus* excluded from the pollen sum):
- for the pollen zones 1-10 at the 25% level
- for the pollen zones 14-55 at the 20% level (*Quercus* absent)
- for the pollen zones 11-13 a gradual transition has been applied.

b) as regards the gramineous pollen:

In the right-hand general diagram (*Alnus* included in the pollen sum):
- for the pollen zones 1-10 at the 20% level
- for the pollen zones 14-30 at the 25% level (*Quercus* absent)
- for the pollen zones 32-55 at the 40% level (*Quercus* and *Alnus* absent)
- for the pollen zones 11-13 and 31 a gradual transition has been applied.

In the left-hand general diagram (*Alnus* excluded from the pollen sum):
- for the pollen zones 1-10 at the 35% level
- for the pollen zones 14-55 at the 40% level (*Quercus* absent)

The times at which the forest line would theoretically have passed the high plain of Bogotá, as assigned by the arboreal pollen curve on one hand and by the gramineous pollen curve on the other, are often not coetaneous. This is not surprising because the vegetational history is not a simple vertical displacement of vegetation belts without any major change of pre-existing vegetation types, but such shifts also resulted in, sometimes considerable, differences in the floral composition and distribution of the vegetation types making up the displaced páramo zones (Van der Hammen & Cleef, in press). As indicated by Van der Hammen (1981) and Van der Hammen & Cleef, in press), during its history the páramo belt has varied considerably in width, *viz.*, from a minimum of about 0-200 m broad to a maximum of about 1800 m, which may explain the above-mentioned difference.
As the curve of the arboreal pollen percentages seems to be most directly related to the forest line, this curve provides the best starting-point to estimate the altitudinal position of the forest line. The curve of the gramineous pollen percentages, which is more indirected related to the altitudinal position of the forest line, may provide evidence about the width of the scrub zone (subpáramo) and the grass páramo belt, which may be considerably (see chapter 7).

Fig. 13 shows the recent pollen rain (pollen-analytical data kindly provided by R.A.J. Grabandt) at relevés from the area of the high plain of Bogotá. It has to be borne in mind that especially the high plain itself was and still is under heavy human influence so that only small remnants of the original climax vegetation (see fig. 9) are still extant. The amount of pollen of plants of the open vegetation types (mainly grasses) are over-represented in the actual pollen rain of the high plain. The following information may be deduced from the recent pollen rain in the concerning relevés and serves for the interpretation of the diagrams:
- The subandean forest elements are represented by low percentages nearly everywhere. Below 2300 m alt. the percentage increases gradually to reach 7-30% at 1800 to 1500 m alt., respectively.
- The Andean forest elements on the high plain show percentages of about 30-50 (70)% and at the present forest line (c. 3200 m) from about 20% at Cruz Verde, to 35% at San Cayetano and to 60% at Torca.
- At the present forest line the gramineous percentages are about 20% at Torca, 40% at San Cayetano and 40-45% at Cruz Verde, whereas they are about 60% at 3700 m altitude (Neusa).
- The elements of the open dwarf forest and scrub vegetation contribute between 3200 and 3500 m with a representation of 20-30% increasing to 20-40% at c. 3600 m alt.

SHIFTING VEGETATION BELTS

The history of vegetation and climate of the Eastern Colombian Cordillera during the last glacial period and its transition to the present-day interglacial phase is rather well-known: Van Geel & Van der Hammen (1973), Van der Hammen *et al.* (1980/1981), Van der Hammen & Cleef (in press), Schreve-Brinkman (1978), Van der Hammen & Noldus (in prep.). A general sequence of the shifting vegetation belts in and around the high plain of Bogotá during the last 50,000 years has been

Fig. 14: Diagrammatic representation of the vegetation belts in the high plain of Bogotá, Colombia, under different conditions (after Van der Hammen, 1981).

A. Present-day situation
The forest line lies at about 3200 m.

B. Situation between 21,000 and 14,000 years B.P. (Upper Pleniglacial)
There was a moderate extension of the glaciers and a broad and relatively dry páramo belt was present. The forest line was about 1200 to 1500 m lower than it is at present. Low water levels prevailed in the mountain lakes. During the Late Glacial the climate became more humid.

C. Situation between 45,000 and 25,000 years B.P. (Middle Pleniglacial)
Greatest extension of the glaciers. The climate was rather humid and the mountain lakes had relatively high water levels. The forest line was about 800-1000 m lower than at present, and the páramo belt was narrow and wet with abundant *Polylepis* dwarf forests in the lower parts. During maximum ice extensions locally glaciers and forests may have been in direct contact between 2200 and 2700 m alt.

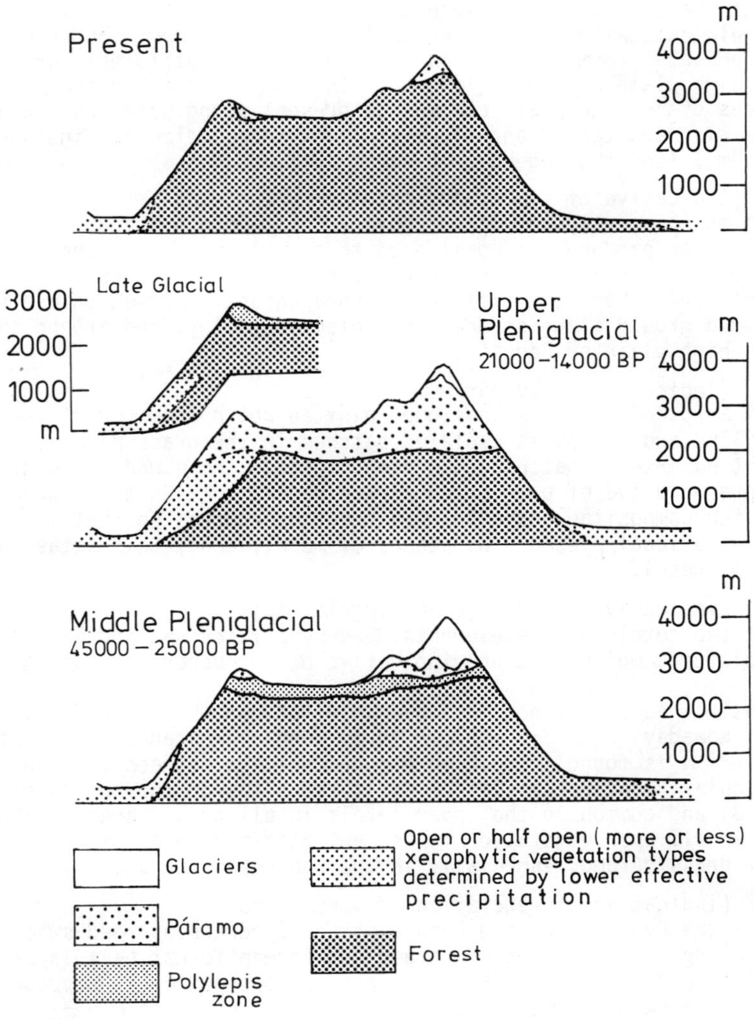

described by Van der Hammen (1981) and Van der Hammen & Cleef (in press) and is summarized in fig. 14. For details the reader is referred to the last-mentioned paper.

COMPILATION OF SOME INDICATOR TAXA

In diagram 4 some prominent indicator taxa useful for the reconstruction of the vegetational history of the area of the high plain of Bogotá are shown together to serve as an additional diagram to diagram 1 and 2.
The columns 1 to 7 correspond with those of pollen diagram 1 (see the legend of diagram 1 in the appendix). Colums 8 to 13 will be discussed here in more detail (see also chapter 4).

• Column 8 (indicative of forest):
To the left *Borreria* has been plotted, a herb which occurs at present near Bogotá in clearings of the upper Andean forest belt and in anthropogenic subpáramo-like vegetation replacing the uppermost forest (Van der Hammen & Cleef, in press).
To the right the climax forest elements (hatched) have been plotted, on which the forest elements with pioneer tendencies, *viz.*, *Hedyosmum* and *Alnus*, are superposed. *Hedyosmum* forms, with *Brunellia* and *Drimys* wet forests on ridges around the high plain of Bogotá, whereas *Alnus* may form extensive stands on marshy places of the high plain and may be present along water courses on sloping ground (see also chapters 3 and 4). The climax forest elements include all trees of pollen sum I (see the legend of diagram 1) minus *Hedyosmum* and *Alnus*.

• Column 9 (indicative of forest and scrub on wet ground):
To the left the percentage of *Alnus* above 20% has been plotted. The first 20% of this great pollen producer is considered to be mainly a background effect, so that this curve is indicative of the presence of *Alnus* forests *in situ*.
To the right *Myrica* has been plotted, which apparently formed thickets on sloping, humid ground along streams in protected valleys and around the former lake of the high plain of Bogotá.

• Column 10 (indicative of subpáramo):
To the left *Polylepis (Acaena)* has been plotted which forms dwarf forests along the forest line and occurs as isolated patches in the grass páramo.
To the right *Hypericum* (hatched) has been plotted; the abundance of this pollen type is representative of open scrub-páramo vegetation. On this curve the percentage of the Compositae above 10% has been superposed, so that this curve is indicative of a local presence of stands of mainly woody Compositae (Grabandt, 1980, and in press).

• Column 11 (indicative of open páramo vegetation):
To the left the totals of the elements *Geranium*, *Valeriana* and Caryophyllaceae have been plotted, which taxa are indicative of the upper part of the páramo belt.
To the right *Plantago* (hatched) has been plotted, on which the Gramineae are superposed. Nowadays *Plantago sericea* forms open, low stands on dry stony slopes, whereas *P. rigida* is found in cushion bog communities between 3400 and 4200 m alt., particularly characteristic of sheltered sites on the bottom of valleys (Cleef, 1978) and common in the upper levels in all grass páramos. The Gramineae are common in all open vegetation types, but attain an optimum of representation in the grass páramo, especially in the bunchgrass páramo.

• Column 12 (indicative of vegetation of marshy shores):
To the right the Cyperaceae have been plotted. Cyperaceous reed-swamp communities occur along marshy shores of páramo and Andean forest belt lakes and on wet glacial valley bottoms. The bulk of the cyperaceous pollen is supposed to be produced by such swamp vegetation, especially by species of *Carex*.

Diagram 4: Compilation of important indicator taxa. See the discussion in the text. Percentages of curves (8) to (13) are based on pollen sum I (*i.e., Alnus* is included in the pollen sum). Numbers between quotation marks indicate the curve number of diagram 1. Presented, from left to right:

(1) The pollen zones (2-55).
(2) A general diagram, based on pollen sum II (*Alnus* excluded). The left-hand graph is placed at the 25% arboreal pollen (= A.P.) level in pollen zones 1-10, and at the 20% A.P. level in the pollen zones 14-55, with a gradual transition in between. (The total width of the general diagram amounts to 100%; the percentage of A.P. are measured from left to right, whereas the percentages of the Gramineae are measured from right to left. See further: the legend of diagram 1.) It indicates the approximate intervals (black), based on pollen sum II, with open (páramo) vegetation on the high plain of Bogotá. The right-hand graph is situated at the 40% gramineous level in pollen zones 1-10, and at the 45% gramineous level in pollen zones 14-55, with a gradual transition in between. It indicates the approximate intervals (black) with open (páramo) vegetation on the high plain of Bogotá. See text for an explanation.
(3) *Polylepis (Acaena)* curve, based on pollen sum II.
(4) General diagram, based on pollen sum I (*Alnus* included). Graph is situated at the 40% A.P. level in pollen zones 1-10, at the 35% A.P. level in pollen zones 14-29, and at the 20% A.P. level in pollen zones 31-55, with gradual transitions in between. It indicates the approximate intervals (black), based on pollen sum I, with open (páramo) vegetation on the high plain of Bogotá.
(5) *Polylepis (Acaena)* curve, based on pollen sum I.
(6) Depth (m).
(7) A scale indicating the relative position of the pollen spectra.
(8) FOREST DIAGRAM
plotted to the left: *Borreria* '83'
plotted to the right: a) a group of climax forest elements, *viz., Quercus* '3', *Podocarpus* '4', *Weinmannia* '7', *Vallea* type '8', *Symplocos* '10', *Drimys* '11', *Styloceras* '13', *Daphnopsis* '14', *Juglans* '15', Melastomataceae '17', *Miconia* '18', and Myrtaceae '22', and b) a superposed group of trees with pioneer qualities, *viz., Hedyosmum* '6' (second curve) and *Alnus* '2' (third curve).
(9) FOREST DIAGRAM
plotted to the left: *Alnus* >20% '2'
plotted to the right: *Myrica* '25'.
(10) SUBPARAMO DIAGRAM
plotted to the left: *Polylepis (Acaena)* '26'
plotted to the right: *Hypericum* '28' and superposed the Compositae tubuliflorae >10% '29'.
(11) OPEN VEGETATION DIAGRAM
plotted to the left: the sum of *Geranium* '36', *Valeriana* '37', and Caryophyllaceae '38'
plotted to the right: *Plantago* '55', on which the Gramineae '1' curve is superposed.
(12) SHORE VEGETATION DIAGRAM
plotted to the right: Cyperaceae '57'.
(13) AQUATIC VEGETATION DIAGRAM
plotted to the left: *Myriophyllum* '74'
plotted to the right: *Isoëtes* '157'.

• Column 13 (indicative of aquatic vegetation):
To the left *Myriophyllum* has been plotted, which aquatic forms submerged communities near the shore in lakes found from the Andean forest belt to the upper grass páramo.
To the right *Isoëtes* has been plotted, which forms proper communities on shallow, up to 4-5 m deep, páramo lake bottoms, in the Bogotá area chiefly between about 3000 m and 4100 m alt.

TEMPERATURE AND LAKE LEVEL CURVES

In fig. 15 the curve of the arboreal pollen percentages, representing the altitudinal position of the forest line has been transformed into a tentative temperature curve.
When the intervals, during which an open vegetation type was present on the high plain of Bogotá, are determined (as outlined before) by the curve of the arboreal pollen percentages in the left-hand general diagram (pollen sum II: *Alnus* excluded) and in the right-hand general diagram (pollen sum I: *Alnus* included), it is evident that these intervals are practically coetaneous. This does not only demonstrate the justifiability of the construction of a diagram based on pollen sum II (*Alnus* excluded), but also indicates that, even if the principally local (azonal) occurrence of most of the stands of *Alnus* in the area is accepted, they are limited to the forest belt (upper forest line), and do not disturb the main picture, but only accentuate it.
Starting from the previously discussed relation "40% arboreal pollen (*Alnus* included) corresponds with a forest line at c. 2550 m alt." (and accordingly, "25% arboreal pollen (*Alnus* excluded) likewise corresponds with a forest line at c. 2550 m alt."), and using the already indicated relations between the gramineous pollen percentages and the local vegetation type, we arrive at the following (tentative) relations between the upper part of the general diagram and pollen sum II (*Alnus* excluded):

15% arboreal pollen corresponds with a forest line at c. 2000 m alt.
25% arboreal pollen corresponds with a forest line at c. 2550 m alt.
35% arboreal pollen corresponds with a forest line at c. 2700 m alt.
45% arboreal pollen corresponds with a forest line at c. 2900 m alt.
55% arboreal pollen corresponds with a forest line at c. 3100 m alt.
65% arboreal pollen corresponds with a forest line at c. 3300 m alt.

There is a more or less direct correlation between the percentage of arboreal pollen on the high plain and the vertical distance from the altitudinal high plain level to the forest line, when the forest line fluctuates between the level of the high plain (c. 2550 m alt.) and the summits of the immediately surrounding hills (c. 3200-3300 m alt.). When the forest line moves to a still higher elevation, the additional area which then becomes forested lies at a rather great distance from the high plain and the influence on the (arboreal) pollen rain on the high plain is considerably lessened. A discontinuity in the above-mentioned relation is therefore to be expected at any time when the forest line reaches above c. 3200-3300 m alt. A discontinuity is to be expected also when the forest line drops below the surface of the high plain. The surrounding hills prevent a free acces of pollen from the outer slopes of the high plain to the high plain proper. This would result in a less accurate registration below the surface of the high plain of changes in the altitudinal position of the forest line by the local (arboreal) pollen rain. It follows that when the forest line shifts towards elevations above c. 3200-3300 m alt., or below c. 2550 m alt., the estimated altitudinal position may be less accurate than is the case in the interval 2550 m to 3200/3300 m alt.
The present-day average temperature on the high plain of Bogotá (at c. 2550 m alt.) is 13-14°C, the temperature rising or falling off by 2/3°C for every 100 m

lower or higher elevation, respectively. For a description of the present climate of the area of the high plain of Bogotá the reader is referred to Van der Hammen & González (1960: p.268-270), Van Geel & Van der Hammen (1973: p.11-12), Cleef (1981: p.17-20), Sturm (1978) and Weischet (1969). When the humidity is not taken into account these altitudinal positions of the forest line correspond in turn with the following average temperatures:

forest line at c. 2000 m alt. corresponds with c. 6.2°C at 2550 m alt.
forest line at c. 2550 m alt. corresponds with c. 9.9°C at 2550 m alt.
forest line at c. 2700 m alt. corresponds with c. 10.9°C at 2550 m alt.
forest line at c. 2900 m alt. corresponds with c. 12.2°C at 2550 m alt.
forest line at c. 3100 m alt. corresponds with c. 13.5°C at 2550 m alt. (present situation)
forest line at c. 3300 m alt. corresponds with c. 14.8°C at 2550 m alt.

Assuming that the forest line during the period described here has continuously corresponded with the 9.5°C isotherm, and that the limits of associated vegetation belts (Andean forest, subpáramo belt, grass páramo belt, and superpáramo belt) were also continuously defined by present isotherms, the forest line curve in the general diagram indicates: (a) the altitudinal position of the forest line, (b) the type of vegetation which covered the high plain of Bogotá, and (c) the prevailing average temerature on the high plain. It has to be noted, however, that the above-mentioned assumptions might be less reliable, especially as regards the lower part of the record.
The relatively cold climatic conditions, as read from the diagram, prevailing during the oldest 11 pollen zones, might theoretically have various or several causes:

a. the absolute temperatures were indeed relatively low,
b. the Eastern Cordillera was slightly higher than it is today (because of the, at that time recently ended, last phase of Andean orogenesis), and the high plain of Bogotá was situated at a slightly higher elevation, and
c. the altitudinal position of the vegetation belts in the, at that time still rather young and not yet fully developed, ecosystems of the Andean forest belt and the páramo belt differed from the present-day situation: vegetation belts may not have reached the same altitude as they do today, because of a less advanced evolutionary adaptation to the climatic night frost level and ecological conditions prevailing at that altitude. Under the same temperature conditions the vegetational aspect in the lower part of the diagram would then appear to be "colder" than in the upper part of the diagram (Van der Hammen *et al.*, 1973; Van der Hammen & Cleef, in press).

For the following reconstruction of the vegetational history of the high plain of Bogotá it is assumed here that the items b. and c. influenced the curves only to a minor extent and that temperature changes constituted the main factor which changed the vegetational aspect of the high plain of Bogotá during the last 3.5 million years.

The location of bore hole Funza is more or less in the centre of the present high plain of Bogotá (see fig. 12). It is, therefore, supposed that this location also lies more or less in the centre of the former lake. Lignite layers indicate that the lake level must have been very low at times, whereas sediments at the foot of the surrounding hills up to c. 2600 m alt. indicate that the lake (during its later history) reached depths of up to about 50 m. The sequence of facies suggests that this depth was never exceeded, the sedimentation rate keeping up with the subsidence (Van der Hammen & González, 1964). Generally speaking, the former lake has been of a rather shallow type most of the time.

An almost perfect alternation of marshy shore vegetation (as indicated by cyperaceous reed swamp and vegetation with *Myriophyllum*) with aquatic vegetation of deeper water (as indicated by *Isoëtes* communities) indicate that curves 12 and 13 of diagram 4 form a reliable base for a curve of the relative position of the lake level. Additional evidence is provided by the curve of *Alnus*, which formed sometimes very extensive marshy dwarf forests (carr) around the lake. The lake level must at that time have been rather low in order to provide a sufficient surface area for the development of these extensive forests, which probably were mainly restricted in their occurrence to the flats surrounding the lake. In order to estimate the relative position of the lake level, the curve of *Isoëtes* has been used as a starting-point, and corrected when indicated by other evidence. Figure 15 shows the sequence of the estimated relative positions of the lake level.

A perusal of the general diagram and the curves of *Isoëtes*, *Myriophyllum*, Cyperaceae, and *Alnus* indicate that during cold periods the lake level was relatively high, whereas low lake levels prevailed during relatively warm periods. Most probably this relationship is mainly caused by the difference in evaporation under cold and under warm climatic conditions.

DESCRIPTION OF THE VEGETATIONAL HISTORY

In the following part a description of the vegetation types in each of the recognized pollen zones will be provided, as gleaned from the pollen diagrams 1, 2, 3 (which are enclosed in the envelope on the backside of this volume), the additional diagram 4 (this chapter), and fig. 15. The descriptions may seem to be unduly precise, but have to be merely considered a serious attempt to give an idea of vegetation and landscape, taking the recent distribution of the taxa and vegetation types concerned into consideration (see chapter 4). The description of the vegetation stands as provided here is, therefore, not always simply deducible from the diagrams, but is the most probable interpretation, taking all accumulated cognisance of the present-day situation into account.

A distinction will be made between the regional (zonal) and local (azonal) vegetation types. The regional vegetation types are found on the inner slopes of the hills surrounding the high plain of Bogotá, and the outer slopes facing the valley of the Río Magdalena towards the west. (The outer slopes facing the Llanos towards the east are too distant and the watershed lies too high to have an appreciable influence.) The local stands of vegetation occur near or on the former lake of Bogotá and in the surrounding areas, and is often found in marshy, flat parts of the high plain.

The description of the local vegetation types have to be regarded as "provisional", *i.e.*, it may be possible to provide a more detailed reconstruction for each pollen zone when once additional diagrams have been made in which certain taxa are grouped in a special way. Some interesting, cumulative general "Iversen diagrams" could be constructed, for example:

- for the communities around the lake border (subjected to lake level fluctuations, including: (1) Cyperaceae + *Hydrocotyle* + *Polygonum* + *Ludwigia*, (2) *Myriophyllum*, and (3) *Isoëtes* (accompanied by the fungi curve and the detailed stratigraphical column),
- for the algae, including: (1) *Botryococcus*, (2) *Pediastrum*, (3) *Coelastrum*, and (4) Zygnemataceae.

Van Geel & Van der Hammen (1973) noted a conformity between the fungi curve and the curve of the plants of the hydrosere.

Further it is felt as a disadvantage that the complete stratigraphical column, as provided in the appendix, could not be presented alongside the pollen diagrams. Because of the very compact presentation of all palynological data (which nevertheless resulted in large-size diagrams) only a concise version of the stratigraphical column could accompany the palynological records. A more detailed reconstruction of especially the local vegetation history of the Funza area to be published in future papers is aimed at. Analyses of macroscopic remains and a doubling of the resolving capacity (to 10 cm sample distance) belong to the possibilities.

The estimation of the relative position of the lake level is based on:

1) the dominance of shallow water vegetation (containing, *e.g.*, Cyperaceae, *Myriophyllum, Ludwigia, Polygonum*) or a dominance of vegetation of types of deeper water (*Isoëtes*),
2) the area covered by forests on the flat part of the high plain. A high water table permits the establishment of only a small stretch of forest on the flat part of the high plain, whereas extensive swamp forests indicate that at that time the former lake of Bogotá only covered a rather small area,
3) the relative abundance of algae.

With the "humidity of the climate" is meant the effective humidity useful for the vegetation cover, *i.e.*, the precipitation minus the evaporation. It is mainly deduced from

1) the relative position of the lake level, and (to a lower extent)
2) the composition of the vegetation stands: such taxa as *Miconia, Drimys*, Urticaceae, Cyatheaceae and *Hymenophyllum* are indicative of more humid climatic conditions. (*Drimys granadensis* is at present generally speaking restricted in its occurrence to very humid Andean forests between 2800 and 3200 m alt. in the Eastern Cordillera.)

The description presented here include further estimations of the temperature at the altitudinal level of the high plain of Bogotá (as read from fig. 15), and of the age and duration of the time interval according to the "most reliable estimated ages" of table 5 (chapter 6). It has to be noted here again that all these data are to a certain extent only tentative.

The contemporary *Xylosma-Duranta-Vallea* forests on the high plain of Bogotá are apparently in part edaphically determined communities (Van der Hammen & González, 1960 and 1963). The *Weinmannietum tomentosae* Cuatr., which shows floristic affinities with the *Xylosma-Duranta-Vallea* forest is a typical slope forest. After the forest line had come down to about 2600 m in the past, *i.e.*, to about 50 m above the present high plain level, the *Xylosma-Duranta-Vallea* forest may have persisted on the high plain in an impoverished form. Taxa such as *Vallea* and *Barnadesia* are rather tolerant of such colder conditions, whereas for example, *Duranta* and *Xylosma*, which also at present-day do not occur near the forest line, will probably have disappeared.
It is not to be expected that in the above-mentioned situation the typical *Weinmannia* slope forests covered the flat high plain extensively, which would be the case if the present-day vegetation belts (see fig. 7) were just lowered but the *Weinmannia* forests were at that time probably restrcited to the lowermost parts of the surrounding hills. Analyses of modern vegetation stands indicate that *Weinmannia* is a (rather) common element in the high plain forest, especially at more hilly sites.

In the older parts of the diagram species assemblages representing former vegetation types may differ from the present-day assemblages (as described in chapter 4). Four major intervals with different proportions of zonal vegetation are recognized, and the description of each interval is introduced with a short survey of the relevant, former vegetation types and of their main differences with the present-day vegetation cover. These introductory notes thus constitute a tentative draft of the composition and aspect of the vegetation cover at that time interval, as well as estimated altitudinal widths of the different vegetation belts and the structure of the open or closed zonal forests.
The azonal marshy vegetation types with *Alnus* and *Myrica* also deserve some attention (it is assumed here that the azonal aquatic vegetation types differ but little from the present-day situdation).
The following 4 intervals, in which the vegetation cover was made up of basically different component parts, are recognized:

1) pollen zones 55-41:
   In this interval the Andean forests were characterized by the absence of

Alnus and *Quercus* and a very low representation of *Weinmannia* whereas the contribution of *Vallea* and of *Borreria* was more important than in the more recent part of the record. From pollen zone 45 onward *Polylepis* becomes important in or near the upper forest line.

2) pollen zone 40-30:
Apart from *Vallea* also *Weinmannia* became an important element of the upper Andean forests. *Myrica* and *Polylepis* attained higer representations than in the more recent part of the record, whereas the share of the Compositae decreased. In the last part of this interval the alder (*Alnus*), which immigrated from the northern hemisphere, reached the high plain of Bogotá.

3) pollen zones 29-14:
Vallea disappeared as an important constituent of the Andean forests. Disregarding the absence of the oak (*Quercus*), the Andean forests and páramo vegetation resembled the modern composition as described in chapter 4.

4) With the immigration of the oak (*Quercus*) all constituents of the present-day Andean forest were present. For the interpretation of the pollen diagram one may refer now directly to the description of the modern vegetation belts (chapter 4).

Conventions

To avoid a lot of repetition in the vegetational descriptions of the pollen zones we will explain the abbreviations used, which are based on the vegetation types discerned in chapter 4.

- Mostly only the approximate maximum or minimum altitudinal level of the forest line in the concerning pollen zone is given. In pollen zones where the vegetation cover changed step-like or with distinct oscillations, more interim levels of the altitudinal forest line are indicated.
- With "subandean forest elements" is meant here the taxa *Acalypha, Alchornea,* and *Cecropia*.
- With "*Cordia* forest" is meant a forest type resembling the modern "*Oreopanax-Cordia lanata* forest".
- With "*Quercus* forest" is meant a forest type resembling the modern "*Saurauia-Quercus humboldtii* forest".
- With "*Weinmannia* forest" is meant a forest type resembling the modern "*Weinmannietum*" s.l. (inclusive of the "*Weinmannietum tomentosae* Cuatrecasas 1934" and other, similar high-elevation *Weinmannia* forests (*e.g.*, *Weinmannia microphylla* forest) recorded from the upper slopes around the high plain of Bogotá).
- With "high plain forest" is meant a forest type resembling the modern "*Xylosma-Duranta -Vallea* forest" (covering the drier parts of the high plain and the lowermost slopes surrounding it), and its precursory types. (The formerly used term "Sabana forest" has been avoided, because the Spanish word "sabana" (= ± open plains) may easily be confused with the English "savanna" that is used for warm tropical grassy plains only.)
- With "subpáramo vegetation" is meant: scrub vegetation dominated by woody Compositae, and to a lesser extent by *Hypericum,* Ericaceae, *Aragoa, Lycopodium jussiaei,* and *Lycopodium clavatum*.
- With "grass páramo" is meant open graminoid communities associated with caulescent rosette species of the Espeletiinae (Compositae).
- With "superpáramo" is meant the uppermost zone with an open to very scanty vegetation cover (owing to frost action in the soil), with such characteristic herbaceous elements as *Valeriana,* and further Caryophyllaceae, *Geranium,* and *Lycopodium* species with foveolate spores.
- With "herbaceous páramo elements" is meant: *Valeriana,* Caryophyllaceae, *Geranium, Jamesonia,* and *Lycopodium* species with foveolate spores which are all

characteristic of the open high (grass- and super)páramo.
• With "*Myrica* thickets" is meant thickets of *Myrica parvifolia*, which occur on humid peaty (slightly sloping) ground around the lake.
• With "*Alnus* forests" is meant: more or less waterlogged dwarf forests of *Alnus jorullensis*, on flats or on sloping ground.
• With "cyperaceous reed swamp" is meant: reed swamp made up of mainly tall Cyperaceae (especially species of *Carex*, and, further, *Cyperus* but also lesser pollen producing communities of *Eleocharis* and *Scirpus* are included) with often low stands of *Hydrocotyle* (cf. *H.ranunculoides*), occurring near the border of the lake.
• With "algae" is meant: *Botryococcus*, *Pediastrum*, and *Coelastrum*.
• With "stands of *Isoëtes*" is meant: submerged stands dominated by *Isoëtes*, which occur mostly in the deeper parts of the lake (down to c. 5 m).
(Going from the marshy shore into the lake the following communities are supposed to follow upon each other: *Myrica* thickets - waterlogged *Alnus jorullensis* dwarf forests (or alternating with *Myrica* thickets) - cyperaceous reed swamps - heliophytic *Ludwigia* communities in shallow water - *Myriophyllum-Isoëtes* communities mostly in deeper water).
• With "lower inner slopes" is meant: the slopes surrounding the high plain of Bogotá up to c. 3100-3200 m alt. (see figs. 12 and 13).
• With "upper inner slopes" is meant: the slopes between 3100-3200 m and c. 3700 m alt., situated at the south and east side of the high plain of Bogotá (see figs. 12 and 13).
• With "outer slopes" is meant: the slopes facing the Río Magdalena.
• Temperatures as read from fig. 15 have been rounded off upwards when they exceeded .5°C, or rounded off downwards when they were below .5°C.

Introduction to the vegetational reconstruction of pollen zones 55-41.

These pollen zones are of Late Piocene age (see chapter 6) and correspond to Van der Hammen's "zone V" (Van der Hammen *et al.*, 1973; Van der Hammen & Cleef, in press). There is no conclusive evidence that in this interval the,upon the average relatively low, altitudinal forest line was formed by a still developing upper Andean forest. In this case the distance between the páramo vegetation belt and the subandean forest belt would be smaller than under the present-day conditions, and as a result a relatively abundant representation of subandean "background" pollen (of *Acalypha*, *Alchornea*, *Cecropia*, Malpighiaceae, etc.) could be expected, but this in not the case.
The presence of relatively high percentages of the heliophytic *Borreria*, which is originally a savanna element, is indicative of open patches and suggests that the early Andean (Pliocene) forests (especially the *Vallea* type forests) were of a more open character that they are at present. Also the relatively high percentages of Umbelliferae might account for these open patches (compare, for instance, the present-day ecology of *Niphogeton ternata* var. *ternata*, and *Eryngium humboldtii*).
During the Pliocene and Quaternary gradually great quantities of rock were eroded by the river Bogotá and its tributaries, and deposited as clay and sand in the former lake of Bogotá. Naturally, the mountains surrounding the high plain were slightly higher in the Lower and Middle Pliocene than they are now, which may have some impact on the interpretation of the pollen record. Van der Hammen & González (1960 and 1963) calculated that the mountains surrounding the high plain may have been almost 200 m higher by the beginning of the Pliocene than they are nowadays. This implies that the area of the grass páramo belt might have been slightly larger than under the present-day conditions (being about 600-700 m wide), when the forest line dropped below 3000 m alt., and especially when the forest line dropped below c. 2500 m alt. This part of the diagram may thus show conditions seemingly slightly colder than the upper part of the record under the same temperature conditons. Nevertheless it is concluded that the

vegetational conditions in the lowest part of the diagram, mainly reflect relatively low average annual temperatures.

In this relatively cold interval, the cold-resistant and deciduous tree *Vallea* was a more important constituent of the former (Pliocene) forests than under present-day conditions, where *Vallea* is more prominent, *e.g.*, in the *Xylosma-Duranta-Vallea* high plain forests. Actually, *Vallea* is a monotypic tropical Andean genus (Bolivia-Venezuela) from austral-antarctic stock limited to the Andean forest belt (c. 2300-3800 m alt. in Colombia). As *Vallea* was a much more important forest element at that time, it is probable that the former *Vallea*-dominated forest type was less edaphically bound to the flat parts of the high plain as under present-day conditions, and occupied also the lower slopes around the high plain. The *Vallea* forest type seems to have formed some kind of early Andean forest, which bordered upon the Pliocene subpáramo.
Weinmannia was almost absent, which means that the recent *Weinmannia* forests (as described in chapter 4) had not yet developed, but other important constituents of the present-day *Weinmannietum*, such as *Eugenia*, *Hedyosmum*, *Miconia*, *Rapanea*, and *Viburnum* were already present. Modern species of these genera are generally of lower stature and, therefore, conceivably a rather open, lower woodland precursory to the present-day *Weinmannia* forest covered the slopes around the high plain.
The role of *Polylepis* increased markedly during this period and presumably most the *Polylepis* treelets were originally present in the zone of the upper forest line. *Polylepis* has its centre of origin in the Ecuadorian-Peruvian border area. According to Simpson (l.c.) radiation and speciation appear to have occurred northwards (and southwards) from this area, and towards the higher elevations. The recent *P.quadrijuga* belongs, with 2 other species almost confined to the Ecuadorian Andes, to the "reticulata group", which through *P.lanuginosa* (also endemic to central Ecuador) is connected with the two other groups recognized by her in *Polylepis*. The *Polylepis* precursory to *P.quadrijuga* reached the high plain area probably between c. 5 and 4 m.y. B.P., and in agreement with Simpson the oldest evidence for the appearance of *Polylepis* must be found in the upper Andean forest belt. It seems as if at some later time (probably during the Pleistocene) it reached its upper limit in suitable habitats in the open grass páramo.
Weinmannia and *Quercus*, the most important constituents of the modern Andean forests were scarce or almost absent, respectively. In contrast, however, a number of elements of the present-day *Quercus* and *Weinmannia* forests, such as *Cyathea*, *Hedyosmum*, *Hydrocotyle* p.p., *Lophosoria*, *Myrica*, *Pteris*, *Thelypteris*, and *Viburnum*, were already present at this interval.
Myrica is also an important element in the oldest section of this diagram. Presently there are two species in the Colombian Andes: *Myrica pubescens* (1650-3000 m alt.) and *M.parvifolia* (2600-3400(3700) m alt.). *Myrica pubescens* is a rather widely distributed forest element, commonly pioneering in patches on steep, unstable slopes, while *M.parvifolia* is a specialized species in the tropical Andean forest-line. In the past *Myrica parvifolia* apparently gave rise to extensive thickets on marshy ground on and around the Bogotá high plain. For its ecology is referred to that of the present-day *Myricetum parvifoliae* Cleef & Van der Hammen (in Cleef, 1981). The *Myrica* record in the present diagram seems mainly to refer to such thickets.
The open shrubby subpáramo vegetation consisted chiefly of Compositae and *Hypericum*. Probably the open character of the uppermost forest belt and subpáramo also allowed a number of herbaceous species of Umbelliferae, *Geranium*, Caryophyllaceae, and *Valeriana* (partly woody) to grow at lower elevations than they usually do.
Summing up, it is clear that many elements occurring in the present-day high plain and slope forests were already present in early Andean (Late Pliocene) forests, which only to some extent resembled the present-day forest types as described in chapter 4. In the vegetational reconstructions of this interval,

Fig. 15: Sequence of changes of the vegetation, climate and lake level in the area of the high plain of Bogotá, Colombia (2550 m alt.) during the last 3.5 million years.

From left to right is indicated:

- time scale (most reliable estimated ages; see table 5, chapter 6)
- depth (m)
- major climatic cycles ("glacial cycles")(1-27)
- pollen zones (1-55)
- curve indicating (1) the altitudinal position of the forest line,
  (2) the type of vegetation covering the high plain of Bogotá,
  (3) the prevailing average temperature on the high plain of Bogotá (c. 2550 m alt.).

The arboreal pollen percentages of the general diagram based on pollen sum II (*Alnus* excluded) have been tentatively correlated in the following way (for explanation see the text):

percentage of arboreal pollen	estimated elevation of the altitudinal forest line	estimated temperature on the high plain of Bogotá (c. 2550 m alt.)
15%	c. 2000 m	c. 6 °C (6.2)
25%	c. 2550 m	c 10 °C (9.9)
35%	c. 2700 m	c. 11 °C (10.9)
45%	c. 2900 m	c. 12 °C (12.2)
55%	c. 3100 m	c. 13.5 °C
65%	c. 3300 m	c. 15 °C (14.8)

Black periods indicate that grass páramo covered the high plain, hatched periods indicate that subpáramo covered the high plain, and dotted periods indicate that the forest line was above the altitudinal level of the high plain.

- curve indicating the sequence of fluctuations of the lake level.

For the pollen zones 1 and 2, data were derived from pollen section Bogotá CUX (Van der Hammen & González, 1960 and 1963). As the above-mentioned correlation between arboreal pollen percentages and temperature could not be applied (because of a different pollen sum) the curves are dotted in this interval.

therefore, the Andean forest belt will be treated as a unit.
There is no clear evidence that the altitudinal range of the different páramo belts was in general substantially different from the present-day situation, and the recent rates of representation are, therefore, applied in the vegetational reconstructions: the range of the subpáramo belt is supposed here to be about 300-350 m and that of the grass páramo belt about 600-700 m, whereas that of the superpáramo belt is assumed to be about 500 m. The altitudinal distance between the forest line and the climatological snow line is about 1500 m. Earlier in this chapter it was shown (fig. 14) that the width of the different páramo belts may have varied considerably during a glacial period, depending on the humidity of the climate. When there is clear evidence for such circumstances (for example in the pollen zones 43, 24, 22, 18, and 16C), some differentiation has been made within the above-mentioned general situation.

Pollen zone 55

Forest line: oscillated in the first part from 2300 to 2600 m alt. and in the last part from 2400 to 2600 m alt. During the intermediate interval it reached c. 2800 m alt.
• Regional vegetation:
Early Andean forests: were mainly of the *Vallea* type with *Podocarpus, Hedyosmum, Symplocos, Ilex, Miconia,* and *Eugenia* as associates. Also Compositae, *Hypericum,* and Ericaceae are supposed to have occurred in the open Andean forest and also upslope in the subpáramo. *Borreria* occurred in clearings.
Subpáramo: extended up to c. 2400-2600 m alt. and c. 2700-2900 m alt.
Grass páramo: extended up to c. 3400-3600 m alt.
Superpáramo: covered the highest summits above c. 3500-3600 m alt.
• Local Vegetation: sparse stands of *Isoëtes* present. Cyperaceous reed swamp with some *Polygonum* was present along the shore, where *Sphagnum* bogs and extensive *Plantago rigida* cushion bogs alternated. *Plantago rigida* bogs were most abundant, especially in the last part of the zone, when also stands of *Myriophyllum* and floating *Azolla* occurred. These bogs must have reached a considerable thickness, as witnessed by the presence of pure lignite layers. Algae including some Zygnemataceae were continuously represented. *Myrica* thickets occurred abundantly, especially during the intermediate interval of this zone.

Lake level: low.
Temperature: 9-10°C, 11.5°C, 9-10°C.
Lithology: predominantly (yellowish) grey,(light) sandy clay intercalated with dark grey and pink pure clay, lignite, and pure sands. Often marbled with orange spots and fibres.
Tentative estimated age and duration: 3,570.000-3,520.000 yr. B.P. (50,000 yr.).

Pollen zone 54

Forest line: c. 1700-1800 m alt., with a short upwards oscillation halfway the interval.
• Regional vegetation:
Early Andean forests: on the outer slopes mainly made up of *Vallea,* and further *Hedysomum, Podocarpus,* and *Ilex.*
Subpáramo: extended from c. 1700-1800 m alt. to c. 2000-2100 m alt.
Grass páramo: extended from c. 2000-2100 m to c. 2600-2700 m alt.
Superpáramo: prevailed probably up to c. 3200-3300 m alt., and glaciers were apparently present in the highest areas.
• Local vegetation: seems to have been poor in species. Stands of *Isoëtes* were abundant (the environmental conditions must have corresponded rather closely

with those described for the *Isoëtetum karstenii* by Cleef, 1981). Cyperaceous vegetation was very limited in extent and cushion bogs and *Myrica* thickets had disappeared.

Lake level: moderate.
Temperature: 4.5-5.5°C.
Lithology: finely laminated dark grey and light grey clay. The lower part consists of clayey sand with some organic material.
Tentative estimated age and duration: 3,520,000-3,470,000 yr. B.P. (50,000 yr.).

Pollen zone 53

Note: this zone was greatly taken up by two gaps in core recovery and is, therefore, badly defined. The available pollen spectra suggest a relatively warm period. Whether this climate continued during pollen zone 52, or was replaced by a colder period remains uncertain (see also chapter 3).

Forest line: c. 2800 (-3200?) m alt.
• Regional vegetation:
Early Andean forests: mainly made up of the *Vallea* type, with *Hedyosmum, Miconia, Podocarpus,* and *Eugenia* as common associates.
Subpáramo: extended from c. 2800 m to c. 3100 m alt.
Grass páramo: extended from c. 3100 to c. 3700 m alt.
Superpáramo: prevailed on the highest summits above c. 3700 m alt.
• Local vegetation: seems to have been very poor in species apparently due to the very sandy character of the sediments, probably attributable to strong erosion. The absence of algae also points in this direction. Stands of *Isoëtes* were of very limited occurrence and only some cyperaceous vegetation was sparsely present.

Lake level: probably low.
Temperature: c. 11.5°C (-14.0°C?)
Lithology: yellowish-grey (coarse) sand. The upper part: slightly clayey sand.
Tentative estimated age and duration: 3,470,000-3,425,000 yr. B.P. (45,000 yr.).

Pollen zone 52

Forest line: from c. 2600 m rapidly rising to c. 2900 m and subsequently gradually lowering to c. 2550 m alt.
• Regional vegetation:
Early Andean forests: mainly made up of the *Vallea* type, with *Hedyosmum, Podocarpus. Symplocos, Ilex, Miconia,* and *Eugenia* as common associates.
Subpáramo: extended during the warmest phase from c. 2900 m to 3200 m alt.
Grass páramo: extending during the warmest phase from c. 3200 m to c. 3700 m alt and reaching the summits of the surrounding hills.
• Local vegetation: relatively warm and shallow lake environments. Stands of *Isoëtes* and *Myriophyllum* were of very limited incidence. Cyperaceous reed swamp occurred along the shore, associated with *Polygonum, Hydrocotyle,* and *Sphagnum* bogs, and later on (under colder conditions) with *Plantago rigida* cushion bogs. *Myrica* thickets covered large areas.

Lake level: low.
Temperature: c. 10°C, 12°C, 10.0°C.
Lithology: predominantly light grey clay. The lowest metre consists of a light grey, sandy clay, and grey, white, and orange yellow pure sands, occasionally with black organic fibres.

Tentative estimated age and duration: 3,425,000-3,405,000 yr. B.P. (20,000 yr.)

Pollen zone 51

Forest line: 2400 m, rising for a short time to c. 2550 m and subsequently lowering in two stages to c. 1800-1900 m alt.
• Regional vegetation:
Early Andean forests: on the outer slopes mainly the *Vallea* type, with *Podocarpus, Hedyosmum, Miconia,* and *Eugenia.*
Subpáramo: extended during the coldest phase from c. 1800-1900 m to c. 2100-2200 m alt.
Grass páramo: contained *Aragoa, Valeriana, Lobelia,* and strikingly many Umbelliferae and extended during the coldest phase from c. 2100-2200 m to c. 2700-2800 m alt. Generally speaking, the relatively high percentages of Caryophyllaceae and *Valeriana,* and of the *Lycopodium* fov. type indicate that the superpáramo lay near the high plain. During the coldest phase the *Loricaria* type appeared, together with a marked increase of Gentianaceae, Gramineae, concomitant with a decrease of the Umbelliferae. This cold phase was preceded by one with proportionally higher percentages of *Hypericum.* Compositae (at first) and Umbelliferae, *Lobelia* and Rubiaceae, elements which are more characteristic of the lower grass páramo.
Superpáramo: extended during the coldest phase from c. 2700-2800 m to c. 3300-3400 m alt., and glaciers may have covered most of the higher areas.
• Local vegetation: in the first part of the zone the lake level was high. Stands of *Isoëtes* were abundant and, when the water table dropped somewhat, stands of *Myriophyllum* became abundant. Also some cyperaceous reed swamp was present, but *Polygonum* was absent. During the following phase the lake level became very low and large quantities of sand were deposited in the lake. The *Isoëtes* stands disappeared and extensive areas of the high plain became covered with *Sphagnum* bogs as indicated, apart from *Sphagnum* spores, by the relative high percentages of certain Umbelliferae, *Anthoceros,* fungi, and *Gelasinospora.* Cyperaceous reed swamp covered wide areas. The distinct increase of the *Lycopodium* (fov.) type of spores is possibly associated with the development of *Sphagnum* bogs, and probably reflect the presence of *Lycopodium* spp. of the *L.cruentum* complex which is often found growing in or near peat-moss bogs (Cleef; 1981). These bogs must have been present for a long time and built up large quantities of organic material, as witnessed by a layer of pure lignite of over one metre thick. In the last part of the zone the *Sphagnum* bogs were replaced by *Plantago rigida* cushion bogs, while the cyperaceous reed swamp had slightly diminished in extent.

Lake level: high in the first part and very low in the last part of the zone.
Temperature: c. 9.0°C, 10.0°C, 5.0°C.
Lithology: the upper metre consists of grey clayey sand and sand with orange spots, the interval 332-333 m of clayey, dark grey or dark yellow sand interspersed with some pure sand layers. Below the gap in core recovery a 125 cm thick lignite layer with intercalated volcanic ash is present, followed by grey clays intercalated with grey or orange-brown sandy clay and coarse, white to grey pure sands.
Tentative estimated age and duration: 3,405,000-3,370,000 yr. B.P. (35,000 yr.).

Pollen zone 50

Forest line: reached in a very short time c. 2850 m, and subsequently came down gradually to c. 2550 m alt.
• Regional vegetation:
Early Andean forests: mainly made up of the *Vallea* type,

with *Podocarpus, Hedyosmum, Symplocos, Ilex, Miconia, Eugenia,* and Ericaceae. *Borreria* attains for the first time relative high percentages and still accounts for the open character of these forests.
Subpáramo: extended from c. 2850-2550 m to 3150-2850 m alt.
Grass páramo: with Umbelliferae, Gentianaceae, Caryophyllaceae, *Valeriana,* and *Geranium,* extended from c. 3150-2850 m to c. 3750-3500 m alt. *Puya* is recorded in the upper part of the zone.
Superpáramo: prevailed in the highest areas during the last (coldest) phase of the zone.
● Local vegetation: in the first part of the zone the lake level was high and slightly higher percentages of Cyatheaceae, *Hedyosmum,* and *Hymenophyllum* are indicative of a more humid climate. Stands of *Isoëtes* were abundantly present in deeper water, later followed by a temporary, brief extension of shore vegetation with *Polygonum, Ludwigia,* and *Hydrocotyle,* associated with a long persisting extension of the cyperaceous reed swamp. *Myrica* thickets were common, but gradually decreased in extent. The lake level became lower soon and in the remaining upper part of the zone evidence of the stands of *Isoëtes* becomes rare, while *Myriophyllum* and cyperaceous reed swamp were common. Some *Sphagnum* bogs occurred on humid valley floors or along the lake shores.

Lake level: in the very beginning of the zone high, to become (rather) low in the remaining part of the zone.
Temperature: lowered gradually from c. 12.0°C to c. 10.0°C.
Lithology: dark grey and yellowish grey clay, intercalated with some volcanic ashes and white and grey sandy clays.
Tentative estimated age and duration: 3,370,000-3,330,000 yr. B.P. (40,000 yr.).

Pollen zone 49

Forest line: lowered gradually to c. 2100 m and oscillated afterwards from c. 2400 m to c. 2600 m alt.
● Regional vegetation:
Early Andean forests: situated on the outer slopes and mainly of the *Vallea* type, with *Podocarpus, Hedyosmum, Symplocos, Rapanea, Ilex, Miconia* and *Eugenia*. *Borreria* was a common element, characteristic of the more open upper forests and lowermost páramo. The rise of the forest line is reflected by a simultaneous decrease of the Compositae and Ericaceae and an increase of *Hypericum,* later followed by an increase of *Rapanea* (a pioneer element) and of *Vallea* indicating the neighbourhood or approach of high Andean (dwarf) forests.
Subpáramo: extended during the coldest phase from c. 2100 m to c. 2400 m alt.
Grass páramo: with *Valeriana, Geranium,* and Caryophyllaceae, extended during the coldest phase from c. 2400 m to c. 3100 m alt., and covered the high plain.
Superpáramo: covered the area above c. 3100 m alt., the highest tops reaching above the climatic snowline.
● Local vegetation: in the first part of the zone the lake level was low and under the harsh environmental conditions apparently only poor stands of vegetation was present on sandy substrates. Stands of *Isoëtes* were scarce, while *Myriophyllum* was absent. Riparian marshes contained *Polygonum,* (floating) *Azolla,* cyperaceous reed swamp, and (reduced) *Myrica* thickets. A lignite layer of c. 40 cm thick is indicative of the presence of extensive peat bogs in situ and of a low lake level. In the second part of the zone the lake level had risen and apparently the stands of *Isoëtes* increased in density. *Myriophyllum* now became common. Some *Polygonum* occurred along the shore where cyperaceous reed swamp had increased in extent. Relative high percentages of Urticaceae, Cyatheaceae and *Sphagnum* are indicative of a more humid climate. The lake increased in size and *Myrica* thickets extended their area.

L a k e   l e v e l : low in the first part of the zone, moderately high in the last part.
T e m p e r a t u r e : c. 7.0°C, 9-10°C.
L i t h o l o g y : the lower part consists of light sandy to sandy, yellowish-grey clay. Above the gap in core recovery, successively, intervals of grey (sandy) clay, a lignite layer, and alternating layers of (yellow and yellowish grey) pure sands with sandy clays, with thin black organic fibres.
Tentative estimated age and duration: 3,330,000-3,295,000 yr. B.P. (35,000 yr.).

Pollen zone 48

F o r e s t   l i n e : increased to c. 2650 m alt.
• Regional vegetation:
E a r l y   A n d e a n   f o r e s t s : mainly made up of the *Vallea* type, with *Hedyosmum, Podocarpus, Rapanea, Synplocos, Ilex, Miconia,* and *Eugenia*. *Borreria* was a common element of the (semi-closed) open upper forest-subpáramo border zone, apparently together with Umbelliferae. When the Compositae decreased in the last part of the zone, there was an increase of Ericaceae, *Hedyosmum* and *Vallea*, indicating a rise of the upper forest line. A simultaneous increase of the Gramineae point to a narrower subpáramo zone.
S u b p á r a m o : extended form c. 2650 m to c. 2950 m alt., and tended to be narrower at the end of the zone.
G r a s s   p á r a m o : extended from c. 2950 m to c. 3600 m alt.
S u p e r p á r a m o : covered the highest tops above c. 3600 m alt.
• Local vegetation: stands of *Isoëtes* were very scarce, *Myriophyllum* was common, and *Azolla* formed some floating vegetation, indicating relative warm and shallow lake environments. Cyperaceous reed swamp, *Polygonum,* and *Myrica* thickets were present. A lignite layer of c. 40 cm thick indicates that in the first part of the zone extensive peat bogs were present *in situ* and account for the very low lake level.

L a k e   l e v e l : very low.
T e m p e r a t u r e : c. 10.5°C.
L i t h o l o g y : the lower part consists of a c. 35 cm thick lignite layer. Subsequently, finely laminated dark grey and yellowish grey clay with some intercalated volcanic ash.
Tentative estimated age and duration: 3,295,000-3,280,000 yr. B.P. (15,000 yr.).

Pollen zone 47

F o r e s t   l i n e : lowered to c. 2300 m alt.
• Regional vegetation:
E a r l y   A n d e a n   f o r e s t s : situated on the outer slopes and mainly of the *Vallea* type, with *Hedysomum, Symplocos, Ilex, Miconia,* and *Eugenia*. *Polylepis* appears for the first time in the record with relative high percentages. *Polylepis* was then probably growing under (former) forest line conditions. (see introduction).
S u b p á r a m o : rather low percentages of these elements suggest a relative narrow subpáramo belt probably lying from c. 2300 m to c. 2500 m alt.
G r a s s   p á r a m o : the high percentages of Gramineae indicate that the high plain was apparently covered with a lower bunchgrass páramo, probably extending from c. 2500 m to c. 3300 m alt.
S u p e r p á r a m o : covered the area above c. 3300 m alt.
• Local vegetation: stands of *Isoëtes* were common, while some stands of *Myriophyllum* and *Polygonum* occurred in the hydrosere sequence with cyperaceous reed swamp. Apparently also some *Sphagnum* bogs must have been present, but the *Myrica* thickets had largely disappeared. Climatic conditions were probably moderately humid to dry.

Lake level: moderately high.
Temperature: c. 8.0°C
Lithology: finely laminated dark grey and yellowish grey clay with some intercalated volcanic ahs horizons.
Tentative estimated age and duration: 3,280,000-3,260,000 yr. B.P. (20,000 yr.)

Pollen zone 46

Forest line: increased gradually to c. 2800 m alt.
● Regional vegetation:
Early Andean forests: mainly of the *Vallea* type, with *Podocarpus*, *Hedyosmum*, *Symplocos*, *Ilex*, *Miconia*, and *Eugenia*. *Borreria* and Umbelliferae are characteristic in the (semi-closed) open upper forest-subpáramo belt, probably together with *Puya* and *Lupinus*.
Subpáramo: extended from c. 2800 m to c. 3100 m alt.
Grass páramo: extended from c. 3100 m to c. 3700 m alt.
Superpáramo: covered the summits above c. 3700 m alt.
● Local vegetation: *Isoëtes*, *Myriophyllum*, and *Polygonum* were only sparsely represented. The reduced coverage points towards relatively warm and shallow lake environments. Cyperaceous reed swamp was scarce, and *Myrica* thickets had slightly increased.

Lake level: low.
Temperature: c. 11.5°C
Lithology: finely laminated dark grey, but predominantly yellowish grey clay with some intercalated volcanic ash.
Tentative estimated age and duration: 3,260,000-3,240,000 yr. B.P. (20,000 yr.)

Pollen zone 45

Forest line: oscillated in the first part from c. 2500 m to c. 2700 m alt. and lowered definitively in the last part of the zone to c. 2200 m alt.
● Regional vegetation:
Early Andean forests: mainly of the *Vallea* type, with *Hedyosmum*, *Podocarpus*, *Rapanea*, *Symplocos*, *Ilex*, *Miconia*, and *Eugenia*. *Borreria* and Umbelliferae are characteristic of the (semi-closed) open upper forest-subpáramo belt. In the first part of the zone the forest line repeatedly passed the altitudinal level of the high plain, and low forests of *Polylepis* were almost continuously present near the lake. Distinct maxima of *Vallea*, *Hedyosmum*, and *Polylepis* occurred when the forest line definitively dropped below the level of the high plain. These elements were apparently important constituents of the (dwarf) forests near the altitudinal forest line.
Subpáramo: extended in the first (and warmer) phase from c. 2500-2700 m to c. 2800-3000 m alt., and in the coldest (and last) phase from c. 2200 m to c. 2500 m alt.
Grass páramo: extended in the coldest (last) phase from c. 2500 m to c. 3200 m alt. The high plain was at that time covered with bamboo páramo (probably) and lower bunchgrass páramo, as indicated by the high percentages of the Gramineae and other herbaceous páramo elements.
Superpáramo: extended in the coldest (last) phase from c. 3200 m to c. 3700 m alt.; the highest peaks may just have reached above the climatical snow line.
● Local vegetation: in the first part of the zone stands of *Isoëtes* were of limited occurrence, whereas the alga *Coelastrum* (indicative of relative warm climatic conditions, see Van Geel & Van der Hammen (1973) and this study) was relatively abundant. *Sphagnum*, *Polygonum*, *Myriophyllum*, and *Ludwigia* were scarcely represented, but cyperaceous vegetation and *Myrica* thickets were common. The water level was apparently low. In the last (and coldest) phase of the zone, stands of *Isoëtes* covered a greater area, whereas there is almost no

Fig. 16: Tentative schematic representation of the vegetation belts in the area of the high plain of Bogotá, Colombia (c. 2550 m alt.) during the period represented by pollen zone 45 (tentative estimated age: from c. 3,240,000 yr. to c. 3,210,000 yr. B.P.). Altitudinal position of the forest line c. 2200 m. Location of the transects through the high plain of Bogotá is indicated in fig. 12.

Legend

1. subandean forest type
2. *Quercus* forest type
3. *Weinmannia* forest type

3A. *Hedyosmum-Brunellia* forest type

4. *Oreopanax-Cordia lanata* forest type
5. high plain forest type

5A. forest type with some elements of the high plain forest

6. *Opuntia-Dodonaea* xerophytic bush
7. *Alnus jorullensis* forest type (= *A.acuminata* forest type)
8. *Ageratina tinifolia* scrub and dwarf forest
9. subpáramo vegetation
10. grass páramo vegetation
11. superpáramo vegetation
12. *Polylepis* dwarf forest type
13. *Vallea* type forest (semi-closed with *Borreria* and Umbelliferae)
14. *Myrica* scrub and carr
15. submerged stands of *Isoëtes*
16. *Myriophyllum*
17. cyperaceous reed swamp
18. *Plantago rigida* cushion bogs
19. area above the climatical snow line

POLLENZONE 45 forest line ± 2200 m alt.
Fig. 16

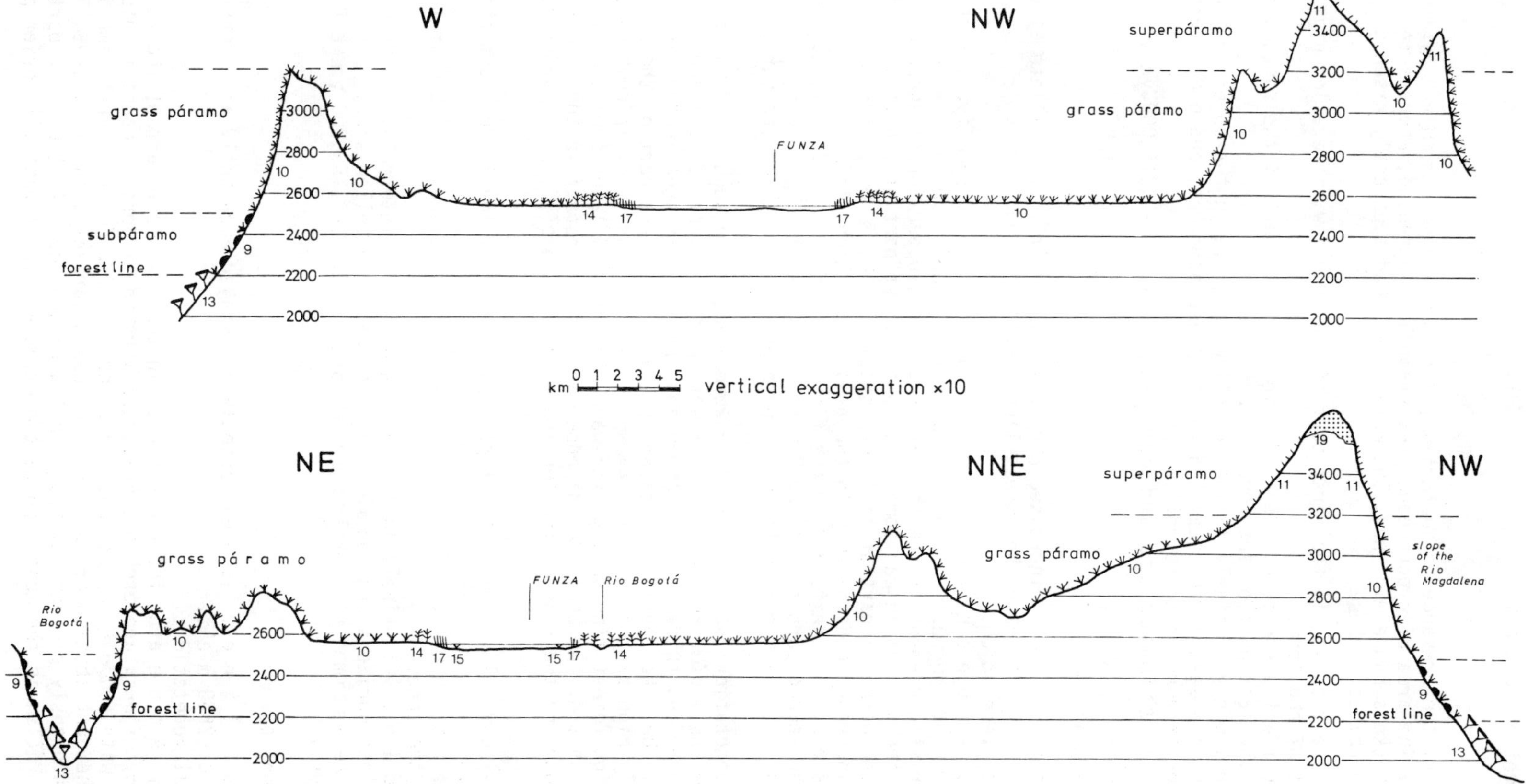

evidence of the presence of *Coelastrum, Sphagnum, Polygonum, Myriophyllum*, or *Ludwigia*. The area of cyperaceous reed swamp had increased, whereas that of the *Myrica* thickets had diminished. The water level had apparently risen during the last (and coldest) phase.

Lake level: in the first part of the zone low, moderatley high in the last part of the zone.
Temperature: c. 9.5-11.0°C in the first part of the zone, and c. 7.5°C in the last part of the zone.
Lithology: finely laminated yellowish grey, in the upper part dark grey clay with several intercalated volcanic ash horizons, and one intercalated thin layer of pure white to yellow sand.
Tentative estimated age and duration: 3,240,000-3,210,000 yr. B.P. (30,000 yr.)

Pollen zone 44

Forest line: increased abrubtly subsequently to oscillate at c. 2800 m alt. In the last phase the forest line reached c. 3050 m alt.
• Regional vegetation:
Early Andean forests: mainly of the *Vallea* type, with *Hedyosmum, Podocarpus, Symplocos, Ilex, Miconia*, and *Eugenia*. *Borreria* was a characteristic element of the (semi-closed) open, upper forest subpáramo belt in which the high plain was comprised in the first part of the zone. In the second (and warmest) part of the zone especially *Podocarpus, Hedyosmum*, and *Rapanea* increased considerably in the area of the high plain.
Subpáramo: extended in the first phase from c. 2800 m to c. 3100 m, and in the second part from c. 3050 m to c. 3350 m alt.
Grass páramo: extended in both phases as high as the surrounding summits.
• Local vegetation: stands of *Isoëtes* were limited and such elements as *Polygonum, Ludwigia*, and *Myriophyllum* were almost absent. Cyperaceous reed swamp and *Myrica* thickets were common and increased in area in the last part of the zone. The lake level was apparently low in the first part of the zone and relatively high percentages of *Sphagnum, Breutelia* and fungi in combination with a high forest line account for warm and very low lake level conditions in the last part of the zone. The disappearance of *Coelastrum* in the warmest part of the zone and the rise of the fungi are indicative of *in situ* border conditions.

Lake level: low in the first phase and very low in the last phase of the zone.
Temperature: c. 11.5°C in the first phase and c. 13.0°C in the last phase of the zone.
Lithology: finely laminated dark grey clay intercalated with several volcanic ash horizons and one thin layer of white to yellow sand.
Tentative estimated age and duration: 3,210,000-3,155,000 yr. B.P. (65,000 yr.)

Pollen zone 43

Forest line: lowered abrubtly and stayed apparently at a constant level of c. 2650 m alt.
• Regional vegetation:
Early Andean forests: in the lowermost part of the zone *Hedyosmum, Miconia* and probably Ericaceae were the important constituents, associated with *Podocarpus, Vallea, Ilex*, and *Eugenia*. For the first time in the record the contribution of *Polylepis* increased markedly, and *Weinmannia* is almost continuously present, although in low percentages. In the upper part of the zone *Vallea* is the most important element and in climatically drier parts

apparently some kind of *Vallea* dwarf forest with *Croton* spp. may locally have prevailed. In the upper part of the zone also such hygrophytic taxa as *Drimys* (for the first time in the record), *Pilea*, and *Thalictrum* appeared.
S u b p á r a m o : lower percentages of Compositae and Ericaceae in the last phase, in conjunction with a probably constant level of the forest line suggests that the subpáramo belt was rather narrow and extended from c. 2650 m to c. 2800 m alt. During the first phase, however, this belt may have spanned altitudes from c. 2650 m to c. 2950 m alt.
G r a s s p á r a m o : this belt extended in the first (humid) phase from c. 2950 m to c. 3600 m alt. and became wider during the last (drier) phase ultimately to extend from c. 2800 m to c. 3600 m alt.
S u p e r p á r a m o : lower percentages of *Valeriana* and *Jamesonia*, and of the *Lycopodium* (fov.) type in the second phase are indicative of a constant area of superpáramo, prevailing on the highest peaks above c. 3600 m alt.
• Local vegetation: also shows a shift from cold and humid to cold and dry climatic conditions. During the first phase stands of *Isoëtes* occurred abundantly and cyperaceous reed swamp and *Myrica* thickets were common, which accounts for a rather high lake level. During the second phase *Isoëtes* almost disappeared and cyperaceous reed swamp and *Myrica* thickets increased considerably. (*Polygonum*, *Myriophyllum*, and *Ludwigia* were almost absent in this zone.) An increased percentage of *Plantago (P. sericea)* which, together with the presence of *Coriaria* and perhaps *Puya*, is indicative of local xerophytic vegetation on dry rocky hills.

L a k e l e v e l : rather high during the first phase and low during the last phase of the zone.
T e m p e r a t u r e : c. 10.5°C.
L i t h o l o g y : finely laminated, dark grey (or, in a short interval: yellowish grey) clay with several intercalated volcanic ash horizons.
Tentative estimated age and duration: 3,155,000-3,095,000 yr. B.P. (60,000 yr.)

Pollen zone 42

F o r e s t l i n e : rose to c. 2950 m alt. During a cold oscillation it came down to c. 2750 m and towards the end of the zone it reached c. 3050 m alt.
• Regional vegetation:
E a r l y A n d e a n f o r e s t s : mainly of the *Vallea* type, with *Hedyosmum*, *Podocarpus*, *Ilex*, *Rapanea*, *Miconia*, and *Eugenia*. During the cold oscillation a distinct maximum of *Borreria* and *Polylepis* is present, indicating that the forest line approached the high plain. Lower percentages of Compositae in the last phase and markedly higher values of *Thalictrum* suggest that the forest line then reached maximum altitudes.
S u b p á r a m o : extended during the three phases from c. 2950 m to c. 3250 m alt., from c. 2750 m to c. 3050 m alt., and from c. 3050 m to 3350 m alt., respectively.
G r a s s p á r a m o : covered the area above the subpáramo. Only during the cold oscillation some superpáramo vegetation may have been present on the highest peaks surrounding the high plain of Bogotá.
• Local vegetation: during the first, warm phase some stands of *Isoëtes* occurred and cyperaceous reed swamp and *Myrica* thickets were present, indicating a rather low lake level. The cold oscillation is registered by a brief minimum of the thermophilous alga *Coelastrum*. In the last, warm phase *Isoëtes* had almost disappeared, while the cyperaceous shore vegetation and the algae had slightly increased, and some stands of *Polygonum* were present. Also *Myrica* thickets were abundant on the high plain. The lake level was now apparently very low.

L a k e l e v e l : rather low in the first phase and markedly low in the last phase.

T e m p e r a t u r e : lowered from c. 12.5°C to c. 11.0°C subsequently to increase to c. 13°C.
L i t h o l o g y : finely laminated dark grey clay with several intercalated volcanic ash horizons.
Tentative estimated age and duration: 3,095,000-3,040,000 yr. B.P. (55,000 yr.)

Pollen zone 41

F o r e s t l i n e : lowered abruptly subsequently to oscillate from c. 2600 m to c. 2700 m alt.
• Regional vegetation:
E a r l y A n d e a n f o r e s t s : mainly of the *Vallea* type, with *Hedyosmum, Symplocos, Ilex, Miconia, Eugenia,* and some *Weinmannia.* Timberline forests with *Polylepis* were abundant near the lake, a distinct minimum in this curve apparently accounting for a temporary short rise of the altitudinal forest line in the middle of the zone.
S u b p á r a m o : extended from c. 2600-2700 m to c. 2900-3000 m alt.
G r a s s p á r a m o : extended from c. 2900-3000 m to c. 3500-3600 m alt.
S u p e r p á r a m o : covered the area above c. 3500-3600 m alt.
• Local vegetation: stands of *Isoëtes* were abundant , whereas the occurrence of *Myriophyllum, Polygonum,* and *Ludwigia* was very limited. Cyperaceous reed swamp with *Hydrocotyle* and *Myrica* thickets was present, and a short but distinct maximum of these curves in the middle of the zone accounts for a temporarily lower lake level under slightly warmer conditions.

L a k e l e v e l : high, temporarily, in the middle of the zone, markedly lower.
T e m p e r a t u r e : c. 10.5-11.0°C.
L i t h o l o g y : finely laminated dark grey (in a short interval in the middle of the zone yellowish grey) clay.
Tentative estimated age and duration: 3,040,000-2,985,000 yr B.P. (55,000 yr.)

Introduction to the vegetational reconstruction of pollen zones 40-30.

During this interval also *Weinmannia* became an important constituent of the upper Andean forest. *Weinmannia* had at that time apparently become adapted to high-altitude conditions, and from this interval onward we may assume that a forest somewhat resembling the present-day *Weinmannia* forests was present on the slopes around the high plain, in which *Vallea* was codominant.
From pollen zone 45 onward, but especially in this interval, also *Polylepis* became an important element in timberline forests. Locally, for example on flats, it might have formed a proper dwarf forest alternating with *Myrica* thickets on the humid parts of the flats. *Myrica* reached South America as an element of the forest belt much earlier in the Pliocene (Van der Hammen *et al.*, 1973; Van der Hammen & Cleef, in press). In the lower part of the record, *Myrica* attains high percentages during the arboreal phases and was apparently an important constituent of the oldest Andean forests, which apparently were of a more open kind than at present. In the upper part of the record the representation of *Myrica* in the arboreal phases decreases. The Andean forests became denser and apparently larger trees started dominating. *Myrica* scrub came into direct contact with the scrub páramo.
In the last part of this interval the alder (*Alnus*) invaded the high plain of Bogotá and dramatically changed the vegetation, especially on the flats around the lake of Bogotá. As *Alnus* does not occur above the forest line fig. 15 implies that the presence of *Alnus* in forests on the high plain is recorded by percentages of over 15-20%, which is attributable to a general background effect in the open páramo (recent values recorded by Grabandt (in prep)).

Alnus made its appearance in the Eastern Cordillera in a climatically crucial period. At that time the climate shifted from a relatively warm period (which had lasted for over half a million years, during the intervals recorded as pollen zones 44-31) to a long and relatively cold period. This fact obliterates to some extent the impact of the immigration of *Alnus* on the stands of vegetation present at that time. During the arboreal phases before the immigration of *Alnus* the dominant arborescent contributors to the pollen spectra were *Myrica* and *Podocarpus*. *Myrica* may have been an important element in some swamp forest type or carr on the flat lake bottom which fell dry after a temporary lowering of the water table. *Alnus* often occurs under the same ecological conditions and apparently occupied a part of the area originally covered with *Myrica*. *Alnus* forests on slopes apparently at that time replaced areas or parts of the area which had previously been covered by *Weinmannia* forest.
Cecropia is for the first time well reflected in the record in the pollen zones 37 to 31. Presently *Cecropia telenitidum* is reported from a few localities near Subachoque (high plain of Bogotá). These sites may be considered as the uppermost isolated habitats for this tree species of the upper subandean forest.

Tentative schematic altitudinal zonation of the early Andean forests:

↑ altitude

grass páramo

subpáramo *(Hypericum)* scrub

Polylepis (timberline) forest

(upper limit *Vallea*)

Vallea-Miconia forest

(upper limit *Weinmannia*)

Hedyosmum-Weinmannia forest

(upper limit *Podocarpus*)

Pollen zone 40

F o r e s t l i n e : rose rapidly to c. 3100 m alt. (zone 40 A). Two relatively cold oscillations followed, so that the forest line successively reached c. 2850 m, c. 3000 m (zone 40 B), c. 2650 m, and c. 2850 m alt. (zone 40 C).
● Regional vegetation:
E a r l y A n d e a n f o r e s t s : in zone 40 A of the *Vallea* type, with *Hedyosmum*, *Podocarpus*, *Rapanea*, *Symplocos*, *Ilex*, *Juglans*, *Miconia*, and *Eugenia*. In phase 40 B *Weinmannia* and *Miconia* became dominant, accompanied by *Hedyosmum*, *Podocarpus*, and *Rapanea*. Higher percentages of Urticaceae and Cyatheaceae, in conjunction with a high lake level, are indicative of a more humid climate and of the first appearance of the type of arboreal vegetation identifiable as a *Miconia-Weinmannia* forest, which most probably was a humid forest type.
The interpretation of zone 40 B seems to be somewhat controversal. High percentages of arboreal pollen, hailing from subandean forest elements but to a great extent from *Miconia*, suggest a relative high altitudinal position of the forest line. On the other hand, the relatively high percentages of *Polylepis* and *Valeriana*, and of the *Lycopodium* fov. type, and *Jamesonia* indicate that the forest line and open páramo belt were not far distant. The extremely high percentages of *Miconia* are perhaps attributable to local effect. There is no evidence for a narrower Andean forest belt. In the last phase (zone 40 C) *Polylepis*, *Hedyosmum*, *Miconia*, *Podocarpus*, and *Vallea* were the most important elements, in association with, *e.g.*, *Clethra*, *Thalictrum* and Umbelliferae.
S u b p á r a m o : extended in zone 40 A, B, and C from c. 3100 m to c. 3400 m alt., from c. 3000 m to c. 3300 m alt., and from c. 2850 m to c. 3150 m alt.,

POLLEN ZONE 40 A forest line ± 3100 m alt.

Fig. 17

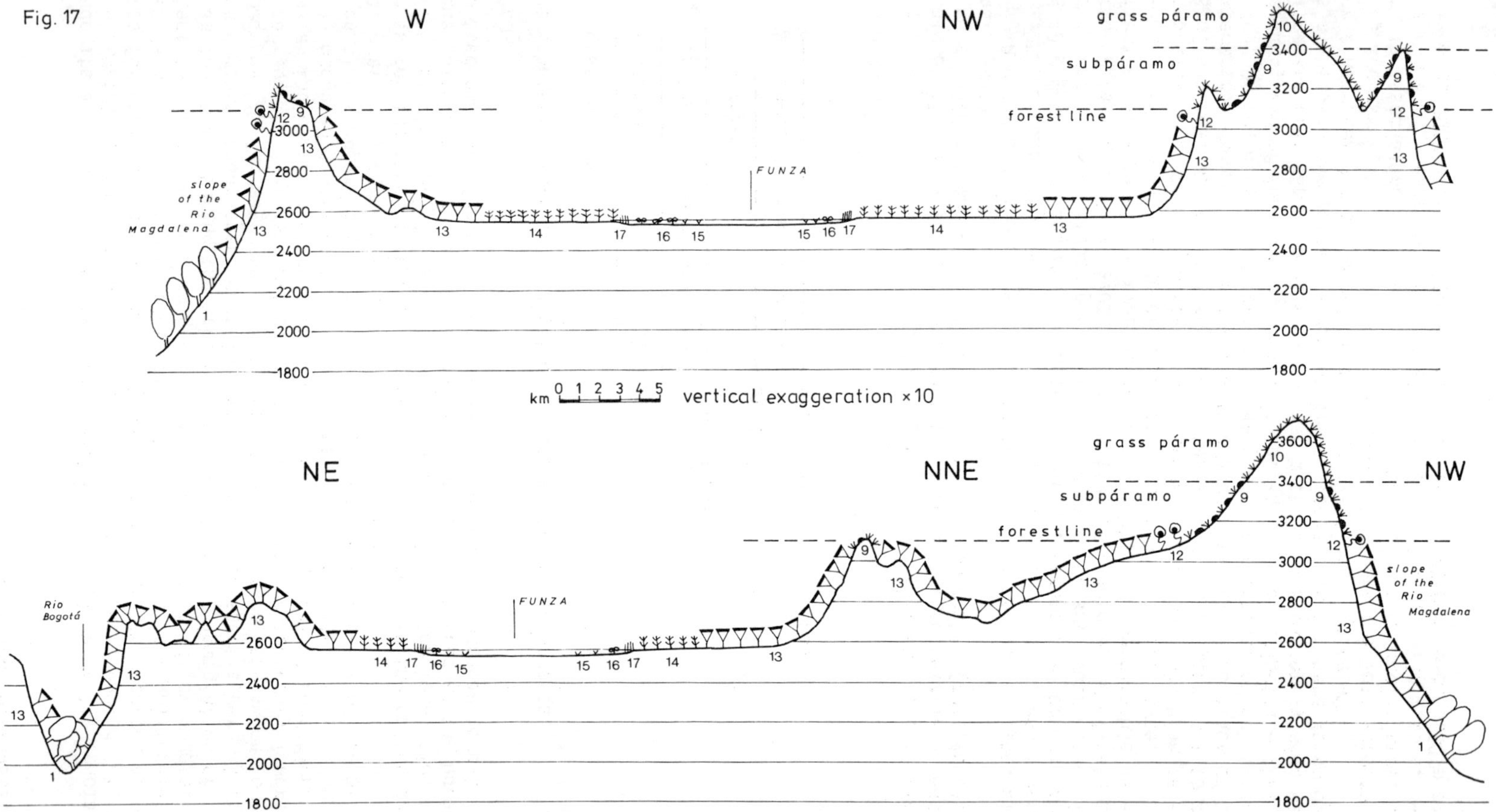

respectively.
G r a s s p á r a m o : covered the area above the subpáramo and reached to the surrounding summits.
• Local vegetation: During zones 40 A and B stands of *Isoëtes* increased gradually and became most abundant towards the end of zone 40 B. Stands of *Myriophyllum, Polygonum,* and *Ludwigia* were limited and cyperaceous reed swamp also occurred. *Myrica* thickets were abundant during zone 40 A, but the first relatively cold oscillation diminished these stands considerably and dwarf forests of *Polylepis* apparently became abundant near the lake. By the beginning of zone 40 C the stands of *Isoëtes* disappeared suddenly, whereas the cyperaceous reed swamp and *Myrica* thickets increased considerably and *Myriophyllum* and *Ludwigia* appeared during a short interval. The climate apparently became rather dry for a while, and a low lake level resulted. At the end of zone 40 C the water level rose again, as indicated by an increase of *Isoëtes* and a decrease of *Myrica*.

L a k e l e v e l : gradually increasing to high, than to low for a short time and successively rising again.
T e m p e r a t u r e : successively c. 13.5°C, c. 12.0°C, c. 13.0°C, c. 10.5° C, and c. 12.0°C.
L i t h o l o g y : finely laminated dark grey clay and for a short interval (zone 40 B) a thin layer of a light sandy, orange clay. Several volcanic ash horizons are intercalated.
Tentative estimated age and duration: 2,985,000-2,935,000 yr. B.P. (50,000 yr.)

Fig. 17: Tentative schematic representation of the vegetation belts in the area of the high plain of Bogotá, Colombia (c. 2550 m alt.) during the period represented by pollen zone 40 A (tentative estimated age: from c. 2,985,000 to c. 2,967,000 yr. B.P.). Altitudinal position of the forest line c. 3100 m. Location of the transects through the high plain of Bogotá is indicated in fig. 12. See for legend fig. 16.

Pollen zone 39

F o r e s t l i n e : lowered to c. 2650-2750 m alt. During two short oscillations the forest line seems to have lowered to c. 2500-2600 m alt.
• Regional vegetation:
E a r l y A n d e a n f o r e s t s : dominated firstly by *Polylepis* and later by *Vallea*. Also represented: *Hedyosmum, Weinmannia, Podocarpus, Symplocos, Ilex, Miconia,* and *Eugenia*. Stands of *Vallea-Polylepis* forest during the slightly more humid, final part of the zone apparently formed the upper part of the Early Andean forests.
S u b p á r a m o : extended from c. 2650-2750 m to c. 2950-3050 m alt.
G r a s s p á r a m o : extended from c. 2950-3050 m to c. 3650-3700 m alt.
S u p e r p á r a m o : may have covered the highest peaks of the surrounding hills (above c. 3650 m alt.).
• Local vegetation: Stands of *Isoëtes* were abundant, whereas stands of *Myriophyllum* and *Polygonum* were of very limited occurrence. The area covered by cyperaceous reed swamp fluctuated most of the time, whereas the area covered by *Myrica* thickets decreased during this interval. Immediately after the first and relatively cold oscillation the lake level seems to have been rather low during a short time.

L a k e l e v e l : high, for a short time temporarily rather low.
T e m p e r a t u r e : (c. 9.5°C) 10.5-11.0°C.
L i t h o l o g y : finely laminated dark grey clay, intercalated with thin layers of yellowish grey clay, orange sandy clay (during the first cold oscilla-

tion), and volcanic ash.
Tentative estimated age and duration: 2,935,000-2,895,000 yr. B.P. (40,000 yr.).

Pollen zone 38

Forest line: rose rapidly and oscillated from c. 3000 m to c. 3100 m alt.
• Regional vegetation:
Early Andean forests: of the open *Vallea* type, with *Hedyosmum, Weinmannia, Podocarpus, Rapanea, Ilex, Juglans, Miconia, Eugenia,* and *Polylepis*. The maximum extension of *Vallea* was preceded by rising values of the pioneer *Rapanea*. Theoretically, there might have been two types of forest, as found today, one on the lower and one on the upper slopes surrounding the high plain of Bogotá.
Subpáramo: extended from c. 3000-3100 m to c. 3300-3400 m alt.
Grass páramo: extended to the tops of the surrounding hills.
• Local vegetation: Stands of *Isoëtes* were present, whereas *Myriophyllum, Polygonum,* and *Ludwigia* were limited. Also the cyperaceous reed swamp was rather scarce, whereas *Myrica* thickets probably formed extensive swamp forests. The lake level was apparently rather low under dry climatic conditions.

Lake level: rather low.
Temperature: c. 13.0-13.5°C.
Lithology: finely laminated dark grey clay with several intercalated volcanic ash horizons.
Tentative estimated age and duration: 2,895,000-2,830,000 yr. B.P. (65,000 yr.).

Pollen zone 37

Forest line: dropped at a fast rate to c. 2750 m alt. During a minor and relatively warm oscillation the forest line reached c. 2900 m alt.
• Regional vegetation:
Early Andean forests: of the open *Vallea* type, with *Hedyosmum, Podocarpus, Ilex, Juglans, Miconia,* and *Weinmannia*. In the first part of the zone *Polylepis* dwarf forest grew near the lake, but it diminished at the beginning of a short and warm climatic oscillation. *Miconia* became prominent in the forests near the high plain, relative high percentages of subandean forest elements indicating that these forests locally (*i.e.*, in the upper Tequendama valley of the Río Bogotá) may have approached the high plain more closely than it does today or just reached it. For the first time in the record a very short humid oscillation is indicated by the presence of an array of ferns: *Cyathea,* the *Dicksonia sellowii* type, *Alsophila, Eriosorus flexuosus,* the *Hypolepis hostilis* type, and the *Elaphoglossum-Hemidictyum* type.
Subpáramo: extended from c. 2750 m to c. 3050 m alt. (during the relative warm oscillation it lay from c. 2900 m to c. 3200 m alt.). Very high percentages of Compositae in the last part of the zone, in combination with higher percentages of *Borreria* and lower percentages of the Gramineae suggest the presence of a broader subpáramo belt during the last part of the zone. Ericaceae were almost absent at that time.
Grass páramo: extended from c. 3050 m (3200 m) alt. up to the summits of the surrounding hills.
• Local vegetation: Stands of *Isoëtes* were abundant, whereas the presence of fertile *Myriophyllum, Polygonum, Ludwigia,* and *Azolla* was limited. Cyperaceous reed swamp was common, but *Myrica* thickets rather scarce. This indicates a high water level. Relatively high percentages of Urticaceae, Cyatheaceae, *Sphagnum,* and bryophytes (*Dicranella* type) are indicative of a humid climate. Lower percentages of *Isoëtes* and higher percentages of *Myriophyllum* and *Myrica* indicate

a lowering of the water table at the end of the zone under probably slightly drier climatic conditions (and thus coinciding with a slightly broader sub-páramo belt). A small peak of *Alnus* indicates that alder forests were approaching the high plain, but had not yet reached it (see page 72).

Lake level: high, slightly lower at the end of the zone.
Temperature: c. 11.0°C, during a minor oscillation c. 12.0°C.
Lithology: finely laminated, dark grey clay, intercalated with some volcanic ash horizons and a layer of light-grey clay with orange-brown spots (in the last part).
Tentative estimated age and duration: 2,830,000-2,810,000 yr. B.P. (20,000 yr.)

Pollen zone 36

Forest line: rose abrubtly to c. 3100 m alt. After a short colder oscillation it reached c. 3200 m alt.
• Regional vegetation:
Early Andean forests: in the first part of the zone largely dominated by *Hedysomum*, associated with *Weinmannia*, *Podocarpus*, *Styloceras*, *Vallea*, *Miconia*, and *Rapanea*. In the last part of the zone *Vallea* became dominant again, and the proportion of hygrophilous taxa (*Hedyosmum*, Cyatheaceae) declined. This suggests a slightly drier climate at the end of the zone, which is in accordance with the lower representation of *Isoëtes* at that time.
Subpáramo: extended from c. 3100(3200) m to c. 3400(3500) m alt.
Grass páramo: extended to the summits of the surrounding hills.
• Local vegetation: stands of *Isoëtes* were decreasing, but still abundant, whereas *Polygonum* and *Myriophyllum* became scarce. Cyperaceous reed swamp and *Myrica* thickets (the latter especially in the last and probably drier part of the zone) were present.

Lake level: high, slightly lowering towards the end.
Temperature: lowered from c. 13.5°C to c. 13.0°C and subsequently rose to c. 14.0°C.
Lithology: finely laminated, yellowish grey clay. For a short interval, coinciding with the cold oscillation, dark grey clay.
Tentative estimated age and duration: 2,810,000-2,795,000 yr. B.P. (15,000 yr.).

Pollen zone 35

Forest line: lowered abrubtly to c. 2750 m alt.
• Regional vegetation:
Early Andean forests: mainly of the *Vallea* type, with *Hedyosmum*, *Weinmannia*, *Podocarpus*, *Symplocos*, *Ilex*, *Juglans*, and *Miconia*. As in the previous interval the percentages of *Polylepis* are remarkably low and apparently *Polylepis* timberline forests were scarce. Relatively high percentages of the subandean forest elements indicate that these forests may have approached the high plain more closely than under the present-day conditions. The abovementioned deviating percentages of *Polylepis* and the subandean forest elements are also interpretable as evidence for an altitudinally higher forest line. In the last part of the zone, when the subpáramo was close to the lake, Compositae and Ericaceae were recorded as prominent curves.
Subpáramo: extended from c. 2750 m to c. 3050 m alt.
Grass páramo: extended from c. 3050 m to c. 3650 m alt.
Superpáramo: covered the summits above c. 3650 m alt.
• Local vegetation: Extremely high percentages of *Isoëtes* are indicative of extensive *in situ* stands. *Myriophyllum*, *Polygonum*, and *Ludwigia* occurred scarcely, while algae were abundant. Cyperaceous reed swamp and *Myrica* thickets were present, and a short extension of *Sphagnum* peat occurred near the end of the

zone.

Lake level: high.
Temperature: c. 11.0°C.
Lithology: finely laminated, yellowish grey clay with one intercalated volcanic ash horizon.
Tentative estimated age and duration: 2,795,000-2,785,000 yr. B.P. (10,000 yr.)

Pollen zone 34

Forest line: rose abruptly to c. 3050 m alt. (zone 34 A). During a short and relatively cold oscillation it dropped to c. 2800 m, after which it rose again to c. 2950 m alt. (zone 34 B).
• Regional vegetation:
Early Andean forests: during the first phase (34 A) of the *Vallea* type, with *Weinmannia, Hedyosmum, Podocarpus, Polylepis,* and further *Rapanea, Symplocos, Ilex,* and *Miconia*. During the second phase (34 B) *Weinmannia* was almost absent, *Vallea* rare, *Podocarpus, Hedyosmum,* and Ericaceae more or less abundant, while Cyatheaceae and *Hypericum* reached higher percentages, which apparently reflect a more humid climate. Forest line stands with *Polylepis* were apparently present near the lake and seem to replace those of the *Vallea* type only during a short time. Several species of *Lycopodium* (ret.) and *Eriosorus* are well represented and probably reflect the nearby rising forest line. Relative high percentages of the subandean forest elements are indicative of a rather short distance from the subandean forest belt.
Subpáramo: extended from c. 3050 m to c. 3350 m in zone 34 A, and from c. 2950 m to c. 3250 m alt. in zone 34 B. In the first phase Compositae were more abundant, whereas during the last phase *Hypericum* and Ericaceae became more common.
Grass páramo: covered the area above the subpáramo up to the summits.
• Local vegetation: stands of *Isoëtes* were abundant, whereas *Myriophyllum, Polygonum,* and *Ludwigia* were of limited occurrence. Cyperaceous reed swamp and *Myrica* thickets were more abundant in the first phase (34 A), whereas the coverage by *Sphagnum* bogs apparently increased in the last phase. The slight increase of *Lycopodium* (fov.) might be associated with the *Sphagnum* bogs, and probably reflects the presence of species of the *Lycopodium cruentum* complex, often found associated with these peat moss bogs (cf. pollen zone 51, and Cleef, 1981).

Lake level: high.
Temperature: fell off from c. 13.0°C to c. 12.0°C and increased again to c. 12.5°C.
Lithology: zone 34 A: finely laminated, yellowish grey clay. Zone 34 B: finely laminated dark grey clay. Many volcanic ash horizons are intercalated.
Tentative estimated age and duration: 2,785,000-2,750,000 yr. B.P. (35,000 yr.).

Pollen zone 33

Forest line: gradually came down to c. 2700 m alt.
• Regional vegetation:
Early Andean forests: of the *Vallea* type, with *Hedyosmum, Weinmannia, Rapanea, Symplocos, Ilex, Miconia,* and *Eugenia*. When the forest line became lower, *Polylepis* dwarf forests apparently became common near the lake. *Cecropia* "long-distance" pollen is no longer reflected in the record and *Borreria* is less represented.
Subpáramo: with about equal proportions of Compositae, Ericaceae, and *Hypericum* (diagram 3) extended from c. 2700 m to c. 3000 m alt.

G r a s s p á r a m o : extended from c. 3000 m to c. 3600 m alt.
S u p e r p á r a m o: covered the summits above c. 3600 m alt.
● Local vegetation: stands of *Isoëtes* were abundant, whereas *Myriophyllum* was of limited occurrence, indicating a high lake level. Equally, cyperaceous reed swamp, *Sphagnum* bogs, and *Myrica* thickets became rather reduced in size.

L a k e l e v e l : high.
T e m p e r a t u r e : c. 11.0°C.
L i t h o l o g y : the lower part, dark grey clay. The upper part, finely laminated, yellowish grey clay. Several volcanic ash layers are intercalated.
Tentative estimated age and duration: 2,750,000-2,725,000 yr. B.P. (25,000 yr.)

Pollen zone 32

F o r e s t l i n e : rose rapidly to c. 2900 m alt. to become lower soon and subsequently oscillated around the altitudinal level of c. 2800 m.
● Regional vegetation:
E a r l y A n d e a n f o r e s t s : mainly of the *Vallea* type, with *Weinmannia* subdominant. Further associated woody species of: *Hedyosmum, Podocarpus, Rapanea, Symplocos, Ilex, Miconia,* and *Eugenia*. *Drimys* was poorly represented, while *Polylepis* decreased. Slightly higher percentages of the subandean forest elements are indicative of shorter distance from the subandean forest belt. Relatively high percentages also of the Cyatheaceae and also of most of such ferns as *Ophioglossum, Saccoloma, Botrychium, Pteris, Pityrogramma, Hymenophyllum, Eriosorus, Grammitis moniliforme* type, and in addition of the monolete spores, are indicative of a general humidity of the climate.
S u b p á r a m o : extended from c. 2800 m to c. 3100 m alt.
G r a s s p á r a m o : extended from c. 3100 m to c. 3700 m alt.
S u p e r p á r a m o : may have covered the highest tops above c. 3700 m alt.
● Local vegetation: Stands of *Isoëtes* were abundant, whereas *Myriophyllum, Polygonum,* and *Ludwigia* were scarce. Towards the end of the zone *Isoëtes* decreased and *Myriophyllum* became more prominent. The area of cyperaceous reed swamp was reduced, but *Myrica* thickets were rather abundant.

L a k e l e v e l : high.
T e m p e r a t u r e : rose rapidly to c. 12.0°C to oscillate later around c. 11-11.5°C.
L i t h o l o g y : the lower part, finely laminated, yellowish grey clay with several intercalated volcanic ash horizons. The upper part, finely laminated dark grey clay.
Tentative estimated age and duration: 2,725,000-2,640,000 yr. B.P. (85,000 yr.).

Pollen zone 31

Note: the general trend of the fluctuation of the forest line is partly obliterated by a considerably gap in core recovery. Before the gap, two oscillations of the forest line from a relatively low to a relatively high altitude could be recognized. Zone 31 D will be considered here as integrally characterized by relatively high arboreal percentages (see also chapter 3).

F o r e s t l i n e : came abrubtly down to c. 2500 m (zone 31 A), rose again to c. 2900 m (zone 31 B), to become lowered again to c. 2650 m (zone 31 C) and subsequently oscillated from c. 2700 m to c. 2800 m alt. during the last phase (zone 31 D) of the zone.
● Regional vegetation:
E a r l y A n d e a n f o r e s t s : in zone 34 A mainly of the *Weinmannia-Vallea* type, associated with *Hedyosmum, Podocarpus, Ilex,* and Melastomataceae (mainly or solely *Miconia*). In zone 31 B the altitudinal forest line passed the high plain resulting in a brief, temporary representation of stands of

Polylepis and of Compositae near the lake. The nearby uppermost forests were mainly made up of *Hedyosmum, Weinmannia,* and *Vallea,* accompanied by *Podocarpus, Miconia,* and Urticaceae. Relatively high percentages of Cyatheaceae, *Sphagnum,* other bryophytes, *Hemitelia, Hypolepis,* the *Thelypteris* type, and *Hymenophyllum* are indicative of climatologically humid conditions. In zone 31 C the forests were rather mixed and had as major constituents *Hedyosmum, Miconia, Weinmannia, Vallea, Podocarpus, Juglans,* and *Eugenia.* The climate apparently turned drier. In the last phase (31 D) *Weinmannia* and *Vallea* alternate with *Rapanea, Miconia, Hedyosmum,* and *Podocarpus* as the most important constituents of the uppermost forests and may reflect an impoverished (in species) type of high-plain forest. For the first time in the record *Alnus* definitely settled in the area of the high plain of Bogotá and from now on this presence depresses other proportions of forest elements in diagram 1. The climate is apparently rather dry in this interval, as is evidenced by lower proportions of hygrophytic elements.
Subpáramo: extended in zone 31 A from c. 2500 m to c. 2800 m alt. (woody Compositae were very conspicuous), in zone 31 B from c. 2900 m to c. 3200 m alt. (the contribution of the Compositae decreased), in zone 31 C from c. 2650 m to c. 2950 m alt. (*Hypericum* and Compositae becoming prominent again), and in zone 31 D it spanned altitudes from c. 2700-2800 m to c. 3000-3100 m.
Grass páramo: extended in zone 31 A from c. 2800 m to c. 3400 m alt., in zone 31 B from c. 3200 m alt. up to the surrounding summits of the hills, in zone 31 C from c. 2950 m to c. 3600 m alt. and in zone 31 D from c. 3000-3100 m to c. 3600-3700 m alt.
Superpáramo: was possibly present in zone 31 A from c. 3400 m up to the summits. In the zones 31 B, C, and D only the highest tops (above c. 3600-3700 m alt.) may have been covered with some superpáramo vegetation.
• Local vegetation: In zone 31 A, stands of *Isoëtes* were present, whereas *Myriophyllum* and *Polygonum* were absent. Cyperaceous reed swamp was present, but *Myrica* thickets were of very limited occurrence. The lake level was apparently low to moderately high. During the warmest zone 31 B, stands of *Isoëtes* increased considerably and some limited stands of *Myriophyllum* and *Polygonum* were also present. Cyperaceous reed swamp and *Myrica* thickets were present, while small stands of *Alnus* dwarf forests invaded the high plain for the first time. The lake level was probably moderately high. In zone 31 C stands of *Isoëtes* were commonly present, whereas *Myriophyllum* and *Polygonum* hardly occurred. The *Alnus* forests had mostly disappeared. *Sphagnum* bogs, and probably *Arcythophyllum* scrub was present near the lake, which had probably a rather high water level. During zone 31 D *Isoëtes* decreased considerably and *Myriophyllum* and *Polygonum* appeared. Cyperaceous reed swamp increased and *Alnus* dwarf forests now covered for the first time large parts of the high plain. Till the present, *Alnus* forests remained most conspicuous around the lake during the relatively warm phases.

Lake level: rose from moderately high during the zones 31 A and B to high in zone 31 C, and lowered again to moderately high in zone 31 D.
Temperature: rose from c. 9.5°C to c. 12.0°C, to fall off to c. 10.5°C, and subsequently oscillated during zone 31 D from c. 11°C to c. 11.5°C.
Lithology: predominantly a finely laminated, dark grey clay. Several intervals with orange spots, yellowish grey fine sand, or a plastic yellow clay. In the lower part of the zone there is a gap in core recovery.
Tentative estimated age and duration: 2,640,000-2,615,000 yr. B.P. (25,000 yr.)

Pollen zone 30

Forest line: rose abrubtly and oscillated for a long time from c. 2800 m to c. 3000 m alt. In the first part of the zone the forest line may have shortly reached slightly higher altitudinal levels, whereas in the last part of the zone the altitudinal forest line may have come down for short periods of time to c. 2800 m alt.

• Regional vegetation:

E a r l y A n d e a n f o r e s t s : had become rather mixed of composition and contained as principal elements *Weinmannia* and *Vallea* which alternated frequently , which probably reflects oscillations of the upper forest line. *Vallea* still persists in the uppermost position, while *Weinmannia, Podocarpus, Ilex, Juglans, Miconia,* and Urticaceae became elements of the altitudinally lower forests. *Borreria* and *Polylepis* still occurred around the forest line and their percentages increased when the forest line approached the altitudinal high plain level several times in the second half of the zone, which indicates colder and probably drier periods. Some smaller oscillations of *Cyathea* s.l. and other ferns may represent slightly wetter periods. At c. 237 m core depth a short-lived oscillation lowered the forest line to c. 2500-2550 m alt., and scrub páramo dominated by woody Compositae and *Hypericum* was present around the lake. Relative high percentages of the subandean forest elements indicate that occasionally the subandean forest belt may have been locally rather dense.

S u b p á r a m o : extended from c. 2800-3000 m to c. 3100-3300 m alt. Compositae, *Hypericum,* and Ericaceae contributed to more or less equal proportions. In the first part of the zone the subpáramo may have reached for short times c. 3400 m alt., whereas in the last part of the zone the upper subpáramo, markedly dominated by Compositae, may have lowered for a short time to c. 3000 m alt.

G r a s s p á r a m o : extended from c. 3100-3300 m alt. up to the surrounding summits. In the relatively cold phases in the last part of the zone the grass páramo may have extended from c. 3000 m to c. 3600 m alt., while the surrounding summits above c. 3600 m were covered with superpáramo vegetation.

• Local vegetation: in the first part of the zone (from 251 m to c. 237 m core depth) stands of *Isoëtes* were abundant, whereas *Myriophyllum* and *Polygonum* were scarce. Cyperaceous reed swamp was present and *Myrica* thickets were rather abundant. Apparently a high lake level prevailed. *Alnus* forests increased dramatically in three major steps and later covered apparently a considerable part of the high plain (during the last part of the zone, from 237 m to 233 m core depth). *Myrica* thickets and *Alnus* forests attained their maximal cover during the same intervals and *Myrica* accordingly decreased step-wise.

L a k e l e v e l : high, lower in the last part of the zone.

T e m p e r a t u r e : oscillated from c. 11.5°C to c. 12.5°C with in the first part of the zone (some extremes to c. 13.5°C, and, in the last part of the zone, some extremes to c. 9.5°C).

L i t h o l o g y : finely laminated, dark grey (but in some minor intervals yellowish grey clay). Thin layers of orange and yellow sand, or light sandy clay with yellow fibres are intercalated.

Tentative estimated age and duration: 2,615,000-2,540,000 yr. B.P. (75,000 yr.).

Introduction to the vegetational reconstruction of pollen zones 29 to 14.

The marked role of *Vallea* as an important consituent of the Andean forest diminished definitively and *Vallea* is almost absent in pollen zones 20 to 14. Also *Borreria* became progressively less important as the *Vallea* type of forest disappeared. At present *Vallea* occurs mostly in the drier forests covering the high plain and the surrounding hills. (*Duranta* and *Vallea* are deciduous and, therefore, more or less adapted to drier conditions.)(See chapter 4). The influx of pollen of subandean forest elements (*Cecropia* is not represented at all) was strongly reduced because of the, for this interval, upon the average low altitudinal position of the forest line. The uppermost Andean forest contained markedly more *Podocarpus,* but less *Rapanea, Miconia,* and *Myrica* than in the preceding interval. Anyway, these Andean forests were made up of basically the same

floristic elements as recognized in the preceding older interval, however, but now with *Alnus* (alder) as an important new element. Up to pollen zone 19 *Borreria* was present in the "Pleistocene lowermost páramo", whereas in pollen zones 14-1 *Borreria* is no longer represented in páramo spectra. This may be interpreted as evidence for a lower altitudinal forest line in the lower part of the record, or for a more open upper Andean forest.
The appearance of *Alnus* must obviously have had a great impact on the former extension of the *Vallea* forests and the *Myrica* thickets around the lake. Also *Polylepis* forests were most common and towards the end of the interval under discussion the area covered by *Polylepis* woodland increased substantially. The general decrease of the original *Weinmannia-Vallea* (high plain) forests is also suggested by the decrease of *Eugenia, Miconia* (and perhaps partly also of *Myrica*), all characteristic elements of these forests (see chapter 4).
The woody forest-páramo elements (Ericaceae, *Hypericum,* Compositae and *Aragoa*) are most abundant in this interval and reflect the, upon the average low, altitudinal position of the forest line. As compared to the older and more recent pollen zones, the percentages of *Hypericum* were during the pollen zones 27 to 20 proportionally low (see also diagram 3). From zone 20 to 14 the contribution of *Hypericum* increased, together with slightly higher representations of *Weinmannia, Rapanea, Miconia,* and Myrtaceae, which is possibly interpretable as indicative of a slowly rising upper forest line.
Intermittently, during 5 or 6 of the pollen zones, the altitudinal level of the high plain was reached by the lowermost grass páramo zone.
In the whole range record, *Pilularia* tends to occur most frequently in relatively cold climatic periods. The present habitat of *Pilularia* is very similar, *viz.* shallow parts of lakes in the upper bunchgrass páramo (*e.g.*, of the Laguna Cuadrada at 4060 m alt., Lagunillas - SN del Cocuy; see table 3, Cleef 1981). Nowadays *Pilularia* is certainly a rare floral element.

Pollen zone 29

F o r e s t l i n e : lowered abrubtly and oscillated from c. 2600 m to c. 2500 m alt. in part of the zone (from 233 m to 224 m core depth), and from c. 2550 m to c. 2450 m alt. in the last part of the zone (from 224 m to 216 m core depth). In the last part, at the level of c. 220 m core depth, a warm climatic oscillation took place and the forest line during a short time reached c. 2650 m alt.

- Regional vegetation:

A n d e a n f o r e s t s : in the very first part mainly made up of *Weinmannia. Hedyosmum, Podocarpus, Vallea, Symplocos, Ilex, Juglans,* and *Miconia* were also present. Together they reflect mainly some *Hedyosmum-Weinmannia* timberline forest. Later, some (3) oscillations indicated by a decrease or increase of *Vallea* dwarf forest are apparent, which more or less alternate with a predominance of *Weinmannia,* nowadays the commonest tree of the Andean forest, while *Vallea* is more prominent in the uppermost (drier) reaches. After one major oscillation with *Vallea* there was a short lasting rise of hygrophilous understory elements, such as *Cyathea, Hedyosmum* and *Miconia,* in the *Weinmannia* forest. Rather high percentages of *Polylepis* account for *Polylepis* forest line stands near the lake. During the second part of the zone the percentages of *Podocarpus* were higher, whereas percentages of *Hedyosmum, Juglans,* and Urticaceae were generally lower, which may indicate a more drier type of *Hedyosmum-Weinmannia* forest.
S u b p á r a m o : high percentages of the Compositae and *Hypericum* indicate that the subpáramo vegetation must have been present on, or very close to, the high plain. It extended from c. 2500-2600 m to c. 2800-2900 m alt. in the first part, and from c. 2450-2550 m to c. 2750-2850 m alt. in the last part of the zone. Humidity of climate seems also to be reflected in relatively high values of *Hypericum.*
G r a s s p á r a m o : extended from c. 2800-2900 m to c. 3400-35000 m alt.

in the first part and from c. 2750-2850 m to c. 3350-3450 m alt. in the last part of the zone.
S u p e r p á r a m o : may have covered the area above c. 3500 m alt.
● Local vegetation: stands of *Isoëtes* were abundantly present and during the first part of the zone stands of *Myriophyllum, Polygonum,* and *Ludwigia* were very limited except for a major drier *Vallea* oscillation, when *Alnus* covered swampy ground and *Myriophyllum* was more prominent, while *Isoëtes* was decreasing. Cyperaceous reed swamp and *Myrica* thickets were present and the water table was apparently high. Some *Alnus* forests must have been constantly present around the lake (percentages reach constantly over c. 20%) indicating that the forest line has hardly lowered below the high plain. During the last part of the zone percentages of *Isoëtes* were lower, *Myriophyllum* became more frequent, and *Myrica* thickets increased slightly, indicating a lower lake level. In combination with slightly colder climatic conditions for the last part of the zone the climate must have been drier.

L a k e l e v e l : high, slightly lower in the last part of the zone.
T e m p e r a t u r e : c. 9.5-10.5°C in the first part, c. 9.0-10.0°C in the last part of the zone, and c. 10.5°C during the warm oscillation at c. 220 m core depth.
L i t h o l o g y : finely laminated, dark grey (yellowish grey) clay with occasionally yellow-orange to red-brown spots. Several layers of light-sandy to sandy (orange) clay are intercalated.
Tentative estimated age and duration: 2,540,000-2,340,000 yr. B.P. (200,000 yr.).

Pollen zone 28

F o r e s t l i n e : down to c. 2150 m alt. During two short oscillations the forest line seems to have reached a slightly higher altitudinal position (at least the first oscillation may be of a local character (see the curve of the Cyperaceae, *Myriophyllum,* and *Coelastrum*): more interjacent levels will have to be analyzed here).
● Regional vegetation:
A n d e a n f o r e s t s : mainly made up of *Weinmannia, Vallea, Hedyosmum, Podocarpus, Symplocos, Ilex,* and *Miconia,* probably constituting a *Hedyosmum-Weinmannia* forest type. The percentages of *Polylepis* are as high as in the previous zone and isolated patches of *Polylepis* dwarf forest apparently may also have occurred in protected valleys even descending to the high plain.
S u b p á r a m o : extended from c. 2150 m to c. 2450 m alt.
G r a s s p á r a m o : extended from c. 2450 m to c. 3100 m alt., very rich in woody Compositae. The dry parts of the high plain were apparently covered by a lower bunchgrass páramo. *Jamesonia* was very common here.
S u p e r p á r a m o : extended from c. 3100 m to c. 3600 m alt.
N i v a l z o n e : prevailed in the highest areas above c. 3600 m alt.
● Local vegetation: stands of *Isoëtes* were abundant and gradually decreased. Some stands of *Myriophyllum* and *Ludwigia*, present in the first part of the zone increased equally during short time with cyperaceous reed swamp. Also some *Myrica* thickets may have been present. In the last part of the zone the percentages of *Isoëtes* increased and *Myriophyllum* almost disappeared, which is indicative of higher lake levels. Some *Sphagnum* bogs were apparently present near the shore. During the first oscillation mentioned above, cyperaceous reed swamp and stands of *Myriophyllum* became abundant. During the second, more regional, oscillation *Alnus* forests were present near the lake for a short time, and in combination with a maximum of the thermophilous alga *Coelastrum* indicative of slightly higher temperatures. Towards the end of the zone *Isoëtes* decreased appreciably and Cyperaceae and *Alnus* forests developed on the marshy shores.

L a k e l e v e l : high (highest in the last part of the zone), interrupted by a relatively short period with lower levels.

T e m p e r a t u r e : c. 7-7.5°C, with a short oscillation of c. 10.0°C maximum.
L i t h o l o g y : mainly finely laminated (dark grey to yellow-grey) clay with occasionally reddish brown or orange spots, sometimes flamed. One volcanic ash horizon is intercalated.
Tentative estimated age and duration: 2,340,000-2,200,000 yr. B.P. (140,000 yr.).

Pollen zone 27

F o r e s t l i n e : rose rapidly subsequently to oscillate from c. 2750 m to c. 2900 m alt. After the climatic optimum (at c. 201 m core depth), when the forest line had reached c. 3000 m alt., it lowered gradually towards the level it had during the next climatic cold phase.
● Regional vegetation:
A n d e a n f o r e s t s : mainly made up of *Weinmannia, Vallea, Hedyosmum, Podocarpus, Rapanea, Symplocos, Ilex, Miconia,* and *Eugenia,* and probably reflecting the presence of a *Hedyosmum-Weinmannia* forest type. During the phases with a relatively low altitudinal forest line the percentages of *Polylepis* were rather high, indicating that *Polylepis* dwarf forest occurred in the vicinity of the lake during the climatically coldest phases.
S u b p á r a m o : extended from c. 2750-2900(3000) m to c. 3050-3200(3300) m alt.
G r a s s p á r a m o : extended from c. 3050-3200(3300) m alt. to the surrounding summits. Only during the coldest phases some superpáramo vegetation may have covered the area above c. 3600 m alt.
● Local vegetation: stands of *Isoëtes* were of limited occurrence in the beginning of the zone, but increased gradually in the second half. Both *Myriophyllum* (especially flowering under low water table conditions), and *Ludwigia* were abundant for the first time in the record. Cyperaceous reed swamp was much more abundant also, whereas *Myrica* thickets were of limited size. This indicates a low water level with extensive swampy shores, where waterlogged *Alnus* forests were abundantly present, only interrupted by a short oscillation with higher water tables and more extensive *Isoëtes* stands. The concomitant, appreciable representation of fungal remains also point to the desiccation of the alder carr. Many other elements of carrs or shallow water communities, such as *Sphagnum, Azolla, Selaginella. Anthoceros, Pilularia,* and *Utricularia* grew *in situ,* and the presence of some lignite confirms the low water level. High percentages of the thermophilous alga *Coelastrum* accounts for milder conditions during this zone. Towards the end of the zone the water level rose, as witnessed by high percentages of *Isoëtes,* and decreasing percentages of *Myriophyllum* and *Ludwigia.* This was related to the gradually falling mean annual temperature.

L a k e l e v e l : low, rising at the end of the zone.
T e m p e r a t u r e : oscillated between c. 11.0°C and c. 12.0°C and during the climatic optimum reached c. 13.0°C.
L i t h o l o g y : finely laminated, grey to yellowish-grey clay, with yellow flames all over. A thin layer of lignite and two volcanic ash horizons are intercalated.
Tentative estimated age and duration: 2,200,000-2,030,000 yr B.P. (170,000 yr.).

Pollen zone 26

F o r e s t l i n e : gradually sank to c. 2000 m alt. A major oscillation of relatively short duration at c. 190 m depth pushed the forest line up again to c. 2600 m alt., after which it gradually came down again to c. 1700-1800 m alt. by the end of the zone.
● Regional vegetation:
A n d e a n f o r e s t s : during the first part of the zone mainly made up

of *Hedyosmum, Weinmannia, Vallea, Podocarpus, Rapanea, Symplocos, Ilex, Juglans, Miconia,* and *Eugenia,* probably representing contemporaneous *Weinmannia* slope forests. During the major but relatively short warm oscillation especially *Podocarpus, Symplocos,* and *Myrica* increased. During a minor preceding oscillation *Weinmannia* and *Vallea* came very close to the altitudinal level of the high plain, or were present in some protected pockets near the lake. During the last and coldest part of the zone the forest line sunk far below the level of the high plain and especially taxa with a relatively low rate of pollen dispersal, such as *Vallea, Rapanea, Styloceros,* and Urticaceae decreased in the pollen diagram. That the first two taxa suffered from this effect is confirmed by table 1 (chapter 2), which shows high t/p values for these taxa; of the last two taxa no t/p values are known. It must be borne in mind that during this interval the composition of the upper Andean forest was but poorly reflected in the pollen rain on the high plain. The percentages of *Polylepis* are relatively high in the beginning of the zone (in the first 3 metres of the core), which indicates that timberline forests containing *Polylepis* were abundant somewhere near the lake, but later these percentages became slightly lower and apparently only isolated and fragmentary stands of *Polylepis* persisted in protected valleys on or near the high plain during the remaining part of the interval.
S u b p á r a m o : extended during the first cold phase from c. 2000 m to c. 2300 m alt., during the relatively warm oscillation from c. 2600 m to c. 2900 m alt., and during the last phase from c. 1700-1800 m to c. 2000 m alt.
G r a s s p á r a m o : extended during the first cold phase from c. 2300 m to c. 2950 m alt., during the relatively warm oscillation from c. 2900 m to c. 3500 m alt., and during the last phase from c. 2000 m to c. 2650 m alt.
S u p e r p á r a m o : extended during the first cold phase from c. 2950 m to c. 3450 m alt., during the relatively warm oscillation from c. 3500 m up to the summits, and during the last phase from c. 2650 m to c. 3200 m alt. *Valeriana, Loricaria* and general representation of Compositae lig. mark colder turning conditions. Lower superpáramo vegetation is especially evidenced by higher values of *Jamesonia* and *Lycopodium* fov.
N i v a l z o n e : extended during the first cold phase from c. 3450 m upwards, and during the last cold phase from c. 3200 m upwards. Glaciation may have created extensive areas of snow and ice in the Páramo de Sumapaz, with local occurrences to the N (Neusa, Laguna Verde), NE (Páramo de Palacio), and E (Páramo de Cruz Verde) of Bogotá.

• Local vegetation: the lake was successively surrounded by the lower subpáramo, the upper subpáramo, the lower grass páramo, the upper Andean forest/lower subpáramo belt, the lower grass páramo and, finally, the uppermost grass páramo (see figure 15), where it is transitional to the lower superpáramo. In the first cooling phase stands of *Isoëtes* were abundant, whereas *Myriophyllum, Ludwigia,* and *Polygonum* were of (very) limited occurrence. Cyperaceous reed swamp was plentiful, whereas *Myrica* thickets were almost completely absent. At that time the forest line was at about 2000 m alt., *i.e.,* about 500 m below the high plain level. Under present-day conditions *Myrica* locally may be found as high as 3700 m alt., *i.e.,* also about 500 m above the present *Weinmannia* forest line. *Myrica* showed yet its recent altitudinal distribution. Some *Plantago rigida* cushion bogs were present. *Alnus* disappeared in the beginning of the zone when the forest line went down to below the high plain level. During the short, milder oscillation, stands of *Isoëtes* were reduced in size, and *Myriophyllum* and *Coelastrum* increased markedly. Cyperaceous reed swamp was present and the area covered by *Myrica* thickets increased somewhat. The lake level apparently had sunk considerably and *Alnus* forests for a brief spell made their appearance again on the high plain. Druing the last and coldest part of the zone, *Isoëtes* became abundant again, whereas *Myriophyllum, Ludwigia,* and *Polygonum* were absent. Cyperaceous reed swamp was present, but the *Myrica* thickets had disappeared by now. Cushion bogs of *Plantago rigida* were present along the shore.

L a k e l e v e l : high, for a short time rather low, and successively became

POLLEN ZONE 26 forest line ± 1800 m alt.

Fig. 18

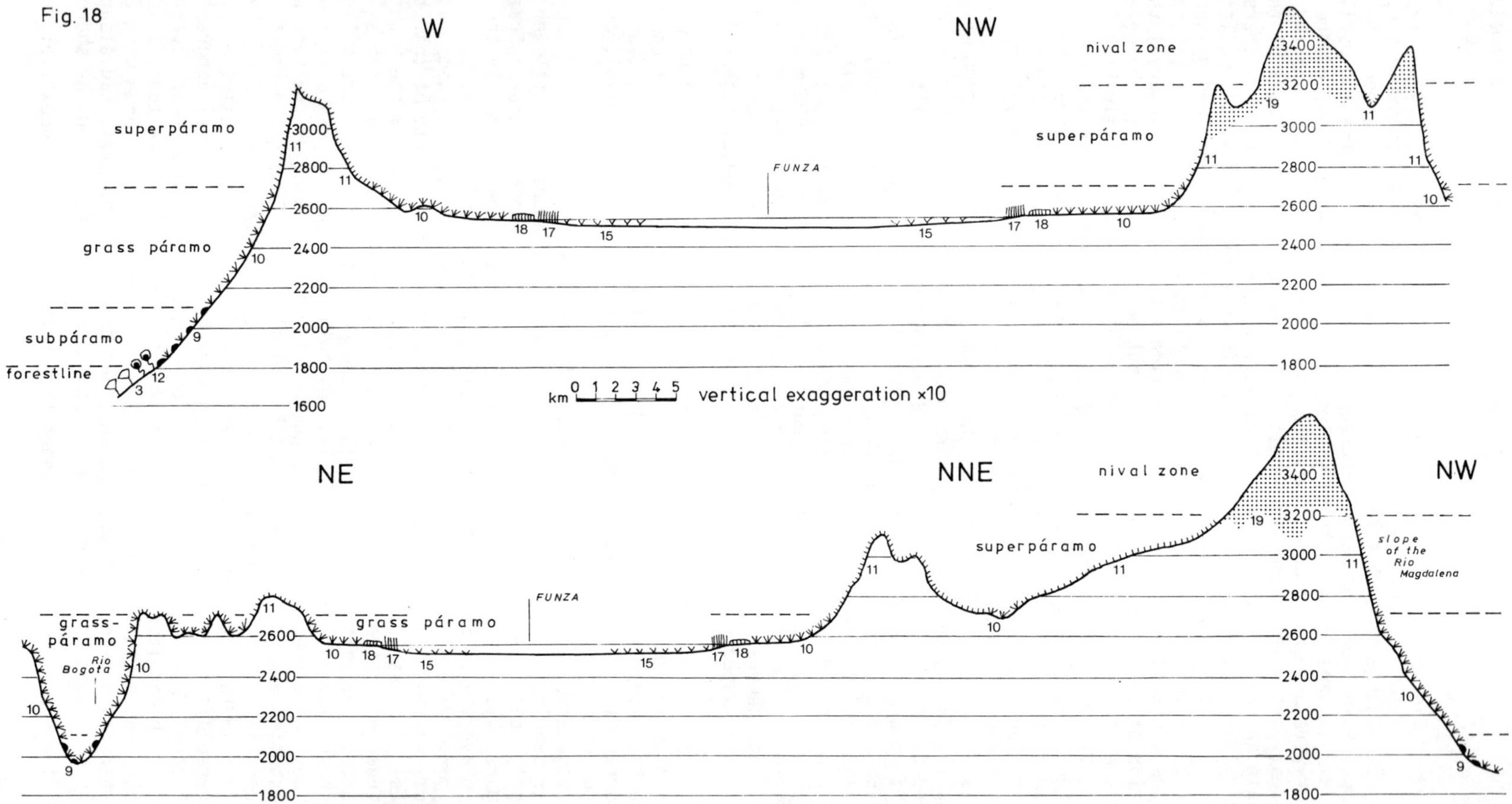

higher again.
T e m p e r a t u r e : lowered gradually to c. 6.0°C, temporarily rose to c. 10.0°C, to fall off again to c. 4.5-5°C.
L i t h o l o g y : partly, finely laminated light grey and yellowish grey clay locally with some orange spots. In the upper part there is a gap in core recovery, bordered by a 1.5 m thick layer of sandy clay with many dark grey, light grey, and yellow horizons. One volcanic ash horizon is intercalated.
Tentative estimated age and duration: 2,030,000-1,950,000 yr. B.P. (80,000 yr.).

Fig. 18: Tentative schematic representation of the vegetation belts in the area of the high plain of Bogotá, Colombia (c. 2550 m alt.) during the period represented by pollen zone 26 (tentative estimated age: from c. 2,030,000 to c. 1,950,000 yr. B.P.). Altitudinal position of the forest line c. 1800 m. Location of the transects through the high plain of Bogotá is indicated in fig. 12. See for legend fig. 16.

Pollen zone 25

F o r e s t l i n e : rose rapidly to c. 2850-2950 m alt. in zone 25 A. In zone 25 B the forest line lowered gradually to c. 2550 m, rose for a short time to c. 2650 m alt. and lowered then definitely to the position it assumed in the next zone.
• Regional vegetation:
A n d e a n f o r e s t s : in zone 25 A mainly made up of *Hedyosmum, Podocarpus, Rapanea,* and further contained *Vallea, Weinmannia, Symplocos, Ilex, Styloceros, Juglans, Miconia,* and *Eugenia.* In zone 25 B the main constituents of the upper Andean forest were *Hedyosmum, Weinmannia, Vallea, Miconia,* and, further, *Podocarpus, Symplocos, Ilex, Daphnopsis, Juglans,* Urticaceae, and *Eugenia,* thus probably reflecting the presence of more humid and cooler forest types on the high plain and on its lower inner and outer slopes. Dwarf forests of *Polylepis* apparently persisted throughout near the forest line, and in the last part of the zone also as isolated patches in protected valleys on or near the high plain.
S u b p á r a m o : extended in zone 25 A from c. 2850-2950 m to c. 3150-3250 m alt., and in the first cold phase of zone 25 B from c. 2550 m to c. 2850 m alt. Compositae and Ericaceae were most common, *Hypericum* only attains low values.
G r a s s p á r a m o : extended in zone 25 A from c. 3150-3250 m alt. to the summits, and during the first cold phase of zone 25 B from c. 2850 m to c. 3500 m alt.
S u p e r p á r a m o : may have covered during zone 25 B the area above c. 3500 m alt.
• Local vegetation: in zone 25 A *Isoëtes* was present and *Myriophyllum* was very abundant. *Ludwigia* and *Polygonum* were present along the shores. Cyperaceous reed swamp, *Myrica* thickets, and waterlogged *Alnus* carrs were abundant, and indicate low lake levels and extensive, low-lying swampy areas. Other taxa recorded from swampy areas included *Azolla, Anthoceros, Sphagnum, Riccia, Ophioglossum, Pilularia,* and certain Umbelliferae *(Eryngium)* and bryophytes *(Meesea).* In zone 25 B *Isoëtes* and *Hydrocotyle* became progressively abundant, whereas *Myriophyllum, Ludwigia, Polygonum,* and Cyperaceae decreased to a slight extent. *Myrica* thickets became restricted in size and the *Alnus* carrs gradually declined to disappear from the high plain towards the end of the zone. The lake level apparently rose gradually, which presumably is largely attributable to the gradually falling temperature and, to a minor extent, to a somewhat more humid climate.

L a k e l e v e l : low, in the last part gradually rising to fairly high.

T e m p e r a t u r e : rose rapidly to c. 12-12.5°C, lowered gradually to c. 10°C, rose temporarily again to c. 10.5°C, finally to fall off to c. 8.5°C.
L i t h o l o g y : finely laminated, yellowish grey clay.
Tentative estimated age and duration: 1,950,000-1,775,000 yr. B.P. (175,000 yr.)

Pollen zone 24

F o r e s t l i n e : came down to c. 1700 m alt. Only during a short oscillation did the forest line reach c. 2600 m alt.
● Regional vegetation:
A n d e a n f o r e s t s : as outlined in the description of pollen zone 26, the composition of the upper Andean forests is probably inadequately represented in the pollen rain on the high plain. The most important elements of the upper Andean forests seemed to be *Hedyosmum, Weinmannia, Vallea, Podocarpus, Ilex, Miconia,* and *Eugenia,* an assembly reflecting mainly some kind of *Weinmannia* forest. Low percentages of *Polylepis* indicate that only small, isolated patches of *Polylepis* forests were found on the high plain. During a short oscillation the forest line apparently just reached the level of the high plain. The cooling climate in the beginning of the zone is well illustrated by, firstly, a *Weinmannia* maximum, followed by a *Vallea* maximum (see the sketch on p. 93). During the short oscillation again maxima of *Vallea, Weinmannia,* and *Vallea*, respectively, occurred. Timberline forests of *Polylepis* were temporarily abundant near the lake. The upper forest line rose again at the end of the zone, as also evidenced by the presence of *Thalictrum.*
S u b p á r a m o : extended from c. 1700 m to c. 2000 m alt. During the warm oscillation from c. 2550 m to c. 2850 m alt.
G r a s s p á r a m o : extended from c. 2000 m to c. 2700 m alt., but during the warm oscillation from c. 2850 m to c. 3500 m alt. Extremely high percentages of Compositae and other herbaceous páramo elements indicate that most of the time upper bunchgrass páramo conditions prevailed near the lake. In the last part of the zone there is a shift from *Valeriana* to Umbelliferae, while the representation of Caryophyllaceae remained the same.
S u p e r p á r a m o : extended from c. 2700 m to c. 3200 m alt. During the warm oscillation it covered the area above c. 3500 m alt.
N i v a l z o n e : extended from c. 3200 m alt. upwards, and considerable areas (see pollen zone 26) were covered with glaciers which, under humid climatological conditions, may have locally (*e.g.*, at Neusa, La Calera, and Tunjuelito) approached the level of the high plain. Considerable quantities of sand were at that time deposited in the lake. The relatively warm intervals are characterized by thin layers of pure clay.
● Local vegetation: during the first cold phase stands of *Isoëtes* were abundant, whereas cyperaceous reed swamp was scarce, which indicates a high lake level. The absence of *Myriophyllum, Ludwigia, Polygonum,* and *Myrica* indicates that (upper) bunchgrass páramo conditions then prevailed on the high plain. During the short, warm oscillation the stands of *Isoëtes* decreased and became of limited extent. Some sparse stands of *Myriophyllum* and *Polygonum* appeared in the lake. Cyperaceous reed swamp increased and *Myrica* formed some local thickets. The lake level was apparently rather low. Because the previous interval had been extremely cold, the climatological more favourable conditions of short duration could not lead to the development of a corresponding stand of vegetation. During the last cold phase *Isoëtes* became rather abundant again, and cyperaceous reed swamp was common everywhere. The absence of *Myriophyllum, Ludwigia, Polygonum,* and *Myrica* indicates that (upper) bunchgrass páramo conditions again prevailed on the high plain. *Plantago rigida* cushion bog was probably present near the shores. At the end of the zone the climatic conditions became less inclement. Stands of *Isoëtes* became rather scarce, *Myriophyllum, Polygonum,* and *Ludwigia* appeared here and there again in the lake, and cyperaceous reed swamp increased considerably in extent. During both cold phases

algae almost completely or totally disappeared.

L a k e l e v e l : high during the first cold phase, rather low during a short milder oscillation, moderately high during the last cold phase, and gradually lowering towards the end of the zone.
T e m p e r a t u r e : c. 4.0°C. During a short, milder oscillation c. 10.0°C.
L i t h o l o g y : predominantly grey sandy clay to yellow-orange (or grey) coarse sands, with intercalated layers of grey or yellowish grey pure clays (deposited during the relatively warm oscillations) containing yellow, red, brown, and pink spots.
Tentative estimated age and duration: 1,775,000-1,705,000 yr. B.P. (70,000 yr.).

Pollen zone 23

F o r e s t l i n e : rose to c. 2900 m alt., after which it dropped again.
• Regional vegetation:
A n d e a n f o r e s t s : became established again on the high plain and surrounding hill sides and were at first mainly made up of *Vallea, Hedyosmum, Podocarpus, Juglans, Miconia,* Urticaceae, and *Eugenia,* later *Weinmannia, Rapanea, Symplocos, Ilex, Daphnopsis,* and *Pilea* also becoming major constituents of the forests, which consequently became floristically more diversified. At the end of the zone, when the forest line passed downwards through the altitudinal level of the high plain, timberline forests of *Polylepis* became common near the lake.
S u b p á r a m o : extended from c. 2900 m to c. 3200 m alt.
G r a s s p á r a m o : extended from c. 3200 m upwards to the surrounding summits. At the end of the zone, when the forest line became lowered and *Jamesonia* and *Loricaria* and *Lycopodium* fov., respectively, became more prominent, the highest tops gradually became covered with superpáramo vegetation.
• Local vegetation: in the first part of the zone (in which there is a great gap in core recovery) stands of *Isoëtes* were rare. *Myriophyllum, Hydrocotyle,* and *Ludwigia* were present. The occurrence of cyperaceous reed swamp and *Myrica* thickets indicate a rather low lake level. At the end of the zone the stands of *Isoëtes* increased in size and number, whereas *Myriophyllum, Hydrocotyle,* and *Ludwigia* had almost disappeared, and cyperaceous reed swamp and *Myrica* thickets became limited in extent. The lake level apparently rose to a probably moderately high level.

L a k e l e v e l : rather low in the first part and moderately high in the last part of the zone.
T e m p e r a t u r e : rose to c. 12.0°C and lowered then.
L i t h o l o g y : yellowish clay. Adjacent to the gap in core recovery pure sand (comprising the lower part of the zone).
Tentative estimated age and duration: 1,705,000-1,595,000 yr. B.P. (110,000 yr.).

Pollen zone 22

F o r e s t l i n e : came down rather abruptly to c. 2200 m alt. During a short oscillation it probably reached c. 2550 m to become lower again (to c. 2200 m alt.).
• Regional vegetation:
A n d e a n f o r e s t s : were mainly made up of *Hedyosmum, Weinmannia, Vallea, Rapanea, Symplocos, Ilex, Podocarpus,* and *Miconia. Weinmannia* forest seems to have been of very limited extent at that time and was at least not represented on the high plain. High percentages of *Polylepis* account for the presence of larger patches of *Polylepis* dwarf forest near the lake. During a relatively warm oscillation especially *Podocarpus* became an important constituent of the upper Andean forests. As the subandean forest elements and the other elements of the upper Andean forest hardly or not increased during this oscilla-

tion the forest line has probably reached a lower altitudinal level than the forest-line curve suggests. As *Alnus* forests became abundant near the lake the forest line has reached minimally the level of the high plain. The presence of the xerophytic plantain *Plantago sericea* and of *Puya* in the last part of the zone are indicative of a drier climate.
Subpáramo: extended from c. 2200 m to c. 2500 m alt. During the warm oscillation it extended from c. 2550 m to c. 2850 m. Low values of *Hypericum* and higher values of Ericaceae account for a drier climate in the upper part of the zone.
Grass páramo: extended from c. 2500 m to c. 3150 m alt. During the warm oscillation from c. 2850 m to c. 3500 m alt. Apparently conditions associated with lower grass páramo vegetation prevailed on the high plain most of the time.
Superpáramo: extended from c. 3150 m to c. 3600 m alt. During the relatively warm oscillation it extended from c. 3500 m to the summits.
Nival zone: extended during both cold phases from c. 3600 m upwards.
• Local vegetation: in the first part of the zone stands of *Isoëtes* were abundant, whereas *Myriophyllum*, *Ludwigia*, and *Polygonum* occurred but rarely. Cyperaceous reed swamp was present, *Myrica* and *Alnus* were absent. The lake level was probably moderately high. During the relatively warm oscillation *Isoëtes* disappeared almost completely, whereas *Alnus* forests now became abundant near the lake. At the end of the zone *Alnus* disappeared again as the result of the lowering of the forest line and the apparently low lake level.

Lake level: moderately high in the first part, and low during the last part of the zone.
Temperature: fell rather abruptly to c. 7.5°C, temporarily increased to c. 10.0°C, subsequently to decrease again to c. 7.5°C.
Lithology: predominantly yellowish (light grey) clay. Some horizons of a dark grey clay and volcanic ash are intercalated.
Tentative estimated age and duration: 1,595,000-1,525,000 yr. B.P. (70,000 yr.).

Fig. 19: Tentative schematic representation of the vegetation belts in the area of the high plain of Bogotá, Colombia (c. 2550 m alt.) during the period represented by pollen zone 21 (tentative estimated age: from c. 1,525,000 to c. 1,440,000 yr. B.P.). Altitudinal position of the forest line c. 2900 m. Location of the transects through the high plain of Bogotá is indicated in fig. 12. See for legend fig. 16.

Pollen zone 21

Forest line: rose abruptly and oscillated from c. 2800 m to c. 3000 m alt.
• Regional vegetation:
Andean forests: in the first part of the zone rich in species and mainly made up of *Weinmannia*, *Hedyosmum*, *Vallea*, *Podocarpus*, *Rapanea* (amply represented and correlated with *Dodonaea*), *Symplocos*, *Ilex*, *Styloceros*, *Juglans*, Melastomataceae, *Miconia*, Urticaceae, *Eugenia*, and other Myrtaceae. The situation was apparently very much alike the present one with *Weinmannia* forests on the lower inner slopes, a kind of *Cordia* forest (with *Clusia* and *Botrychium*) at their base, and a high-plain forest on the dry parts of the high plain. In the last part of the zone such elements as *Hedyosmum*, *Rapanea*, *Styloceros*, Melastomataceae, Urticaceae, and Myrtaceae decreased markedly, and in combination with the decrease of *Hymenophyllum* and the Cyatheaceae this obviously means that drier types of Andean forests became dominant. *Vallea*, *Miconia*, and *Ilex*

POLLEN ZONE 21 forest line ± 2900 m alt.

Fig. 19

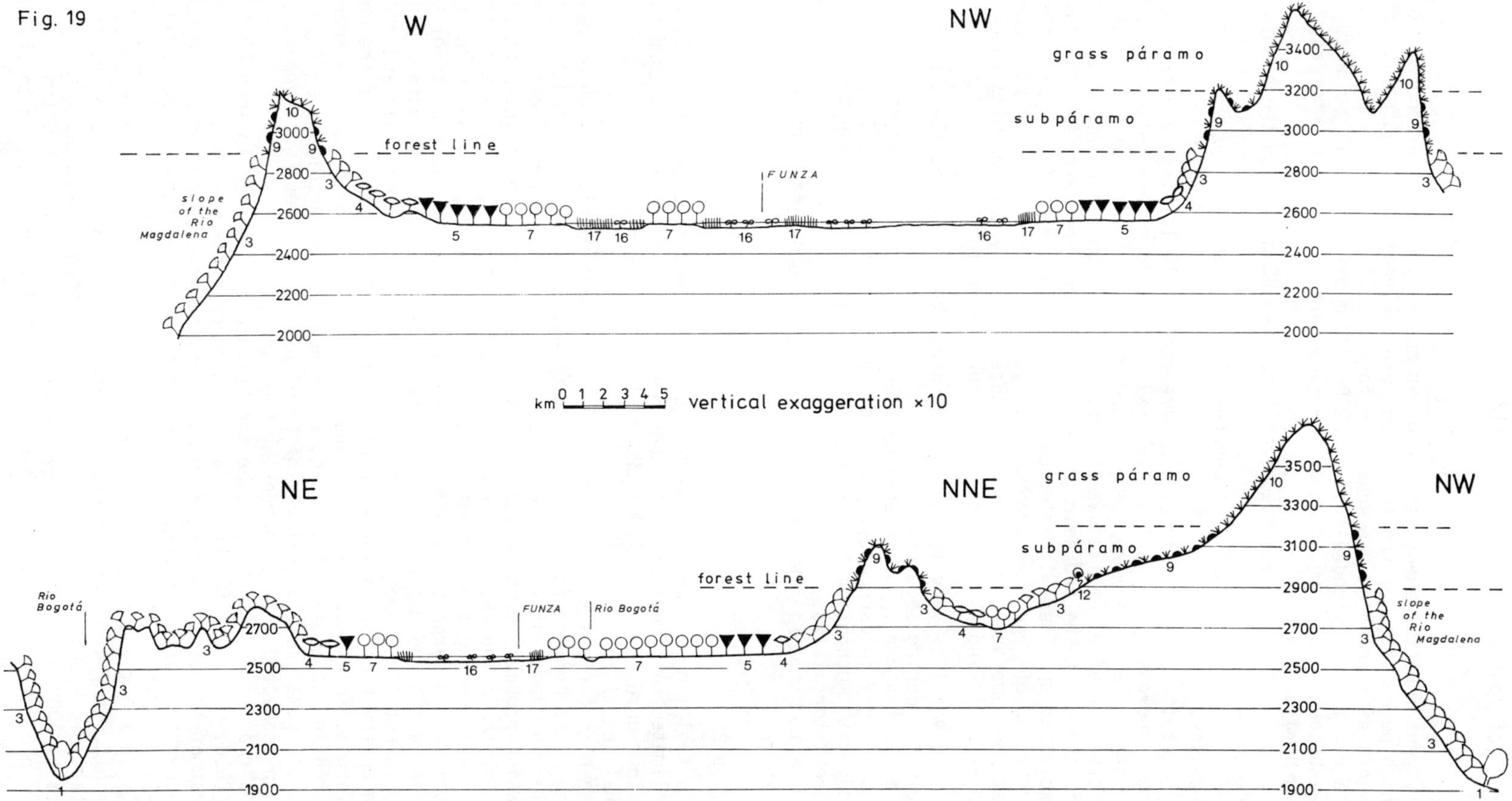

were prominent forest elements at the upper boundary of pollen zone 21. Relatively high percentages of the subandean forest elements are indicative of a rather short distance from the subandean forest belt.
Subpáramo: extended from c. 2800-3000 m to c. 3100-3300 m alt. Ericaceae become conspicuous towards the last part of the zone, whereas *Hypericum* remains low.
Grass páramo: extended from c. 3100-3300 m alt. to the summits of the surrounding hills.
Superpáramo: may have covered all areas above c. 3700 m during the coldest phases.
• Local vegetation: stands of *Isoëtes* were completely lacking, and *Polygonum* was common, whereas *Myriophyllum*, *Ludwigia*, cyperaceous reed swamps, *Myrica* thickets and *Alnus* carrs were (very) abundant and indicate a very low lake level and the presence of extensive swampy areas on the high plain. Aslo two lignite layers in the beginning and near the end of the zone indicate that the lake locally had dried up. There is evidence for the incidence of *(Sphagnum)* bogs with ground rosettes of *Eryngium*. Cyperaceae, *Hydrocotyle* and *Ludwigia* have curves of almost the same shape, which may indicate that they were growing together. Also *Utricularia*, and Alismataceae were represented in this riparian vegetation.

Lake level: very low during the whole zone, and locally the lake fell completely dry during some time.
Temperature: oscillated between c. 11.5°C and c. 12.5°C.
Lithology: dark grey, grey, and yellowish grey clay. The upper 3 m is more sandy with much black organic material. At 143.50 m and 149.50 m lignite layers are intercalated.
Tentative estimated age and duration: 1,525,000-1,440,000 yr. B.P. (85,000 yr.)

Pollen zone 20

Forest line: became lowered to c. 2450 m alt. During an oscillation of the climate the forest line rose again to c. 2600 m (zone 20 A) to drop again rather abrubtly to c. 1700-1800 m alt. (zone 20 B).
• Regional vegetation:
Andean forests: were in the first part mainly made up of *Vallea*, with *Hedyosmum*, *Weinmannia*, *Podocarpus*, *Rapanea*, *Ilex*, *Miconia*, and *Eugenia* as associates and apparently represent the remnants of some kind of high-plain forest which probably covered the upper valleys of the high plain. High percentages of *Polylepis* indicate that timberline forests of *Polylepis* were abundant near the lake. During the warm oscillation mainly *Rapanea*, a pioneer on former páramo soils, and perhaps *Podocarpus* increased and covered some parts of the high plain, while the *Polylepis* timberline forests decreased in extent. In zone 20 B the forest line lowered far below the level of the high plain and the pollen rain on the high plain inadequately reflects the composition of the upper Andean forest. *Weinmannia*, *Rapanea*, and *Miconia* are among the major elements represented in the uppermost forests, which now are rather of the *Weinmannia* forest type. Some isolated patches of *Polylepis* dwarf forest were apparently present in protected valleys bordering the high plain.
Subpáramo: with Compositae and Ericaceae: extended in zone 20 A from c. 2450(2600) m to c. 2750(2900) m alt. and covered the dry parts of the high plain most of the time. In zone 20 B *Hypericum* is more conspicuous from now on in the upper part of the record. The subpáramo extended from c. 1700-1800 m to c. 2000-2100 m alt.
Grass páramo: extended in zone 20 A from c. 2750(2900) m to c. 3400 (3500) m alt. Very high percentages of Compositae in zone 20 B are indicative of a relatively broad grass páramo belt, which probably extended from c. 2000-2100 m to c. 3000 m alt. and covered the dry parts of the high plain.
Superpáramo: extended during zone 20 A from c. 3500 m to the surrounding summits, and during zone 20 B from c. 3000 m to c. 3400 m alt.

N i v a l z o n e : in zone 20 B it lay above c. 3400 m alt.
● Local vegetation: in zone 20 A such elements as *Isoëtes*, *Myriophyllum*, *Ludwigia*, *Polygonum*, cyperaceous reed swamp, *Myrica* thickets, and *Alnus* carr were all nearly to completely absent. Subpáramo scrub of dry soils replaced *Myrica* and *Alnus* stands on humid ground on the high plain, and the lake level must now have been rather low. During the warm oscillation alder carr appeared near the lake, indicating that the forest line had at least reached the altitudinal level of the high plain and cyperaceous reed swamp started to increase in extent. During zone 20 B the lake level became still lower. Cyperaceous reed swamp became very abundant and some *Plantago rigida* cushion bogs may have been present along or near the shores. Such elements as *Azolla*, *Anthoceros*, *Selaginella* and *Pilularia* account for shallow shores of the lake. *Myrica* thickets disappeared because of the falling temperature which made the lower to upper bunchgrass páramo zone shift to the level of the high plain.

L a k e l e v e l : low in the first and very low in the last part of the zone.
T e m p e r a t u r e : came down to c. 9.0°C, rose temporarily for a short time to c. 10.0°C, and then fell off abruptly to c. 4-5°C.
L i t h o l o g y : dark grey clay. In the lower part there are two gaps in core recovery.
Tentative estimated age and duration: 1,320,000-1,230,000 yr. B.P. (90,000 yr.).

Pollen zone 19

F o r e s t l i n e : rose gradually to c. 2800 m, then shifted to c. 2500 m alt. to rise again and oscillate from c. 2500 m to c. 2800 m alt. in the last part of the zone.
● Regional vegetation:
A n d e a n f o r e s t s : in the first phase mainly made up of *Weinmannia*, *Rapanea*, *Miconia*, *Podocarpus*, and further *Juglans*, *Hedyosmum*, *Drimys*, Urticaceae and Cyatheaceae. *Vallea* is almost absent from now onward. Apparently a humid forest type is represented. A colder phase followed and the forest line shifted downwards to approximately the level of the high plain. Relative high percentages of *Polylepis* account for the extension of *Polylepis* timberline forests near the lake. *Borreria* is prominent again. Major constituents of the upper Andean forests were *Weinmannia*, *Symplocos*, *Ilex*, *Miconia*, Myrtaceae, and further *Hedyosmum* and *Podocarpus* The upper Andean forests were now apparently already of the (modern) *Weinmannia* type. At the end of the zone *Rapanea* (a pioneer on former páramo soils together with *Dodonaea*), *Miconia*, *Podocarpus* and somewhat later also *Hedyosmum*, Urticaceae, *Juglans*, and Cyatheaceae were prominent constituents and apparently forests resembling those present in the first part of the zone became resettled in the high plain area. From this zone onwards the average percentages of *Weinmannia*, Urticaceae, and Myrtaceae are higher and account for a general extension of the *Rapanea-Weinmannia* forest type. At the same time the representation in the Andean forests of *Vallea* and *Eugenia*, *i.e.*, of elements which today are conspicuous elements in more open, dry, high plain forests, decreased.
S u b p á r a m o : extended during the three above-mentioned phases from c. 2800 m to c. 3100 m, from c. 2500 m to c. 2800 m, and from c. 2500-2800 m to c. 2800-3100 m alt., respectively.
G r a s s p á r a m o : extended during the above-mentioned phases from c. 3100 m alt. to the surrounding summits, from c. 2800 m to c. 3500 m, and from c. 2800-3100 m to c. 3400-3700 m alt., respectively.
S u p e r p á r a m o : may have covered all areas above c. 3500 m alt. during the coldest phases.
● Local vegetation: stands of *Isoëtes* and algae were very limited during almost the whole interval. In the first part *Myriophyllum*, *Polygonum*, and *Myrica* were

present, whilst cyperaceous reed swamp and *Alnus* forest was abundant. The lake bottom contained much organic material and high percentages of *Polygonum* and cyperaceous reed swamp suggest that the shore line probably lay close to the drilling site. In the following phase cyperaceous reed swamp decreased in extent, whereas the *Myrica* thickets and *Alnus* forests became (very) abundant. Also *Myriophyllum* and *Hydrocotyle* increased and this probably accounts for even a lower lake level. In the last part of the zone *Myriophyllum*, *Polygonum*, and *Ludwigia* disappeared almost completely, cyperaceous reed swamp and *Myrica* thickets decreased in size, and also the *Alnus* forests decreased to some small extent (but remained fairly abundant), whereas the stands of *Isoëtes* increased. The lake level probably rose somewhat.

L a k e l e v e l : in the first part of the zone low, to drop even more in the following part and to become slightly higher again in the last part of the zone.
T e m p e r a t u r e : rose gradually to c. 11.5°C, fell off to c. 10.0°C, and oscillated between c. 10°C and 11.5°C in the last part of the zone.
L i t h o l o g y : dark grey clay in the lower, sandy clay in the middle, and dark grey clay in the upper part of the zone. Layers of pure sand, peaty soil, and volcanic ash are intercalated.
Tentative estimated age and duration: 1,320,000-1,230,000 yr. B.P. (90,000 yr.).

Pollen zone 18

F o r e s t l i n e : came down to c. 1900 m alt. during the coldest phase.
• Regional vegetation:
A n d e a n f o r e s t s : mainly made up of the *Weinmannia* type, associated with *Hedyosmum*, *Rapanea*, *Podocarpus*, *Miconia*, *Myrtaceae*, and *Symplocos* in the first part of the zone, Urticaceae becoming prominent in the understory in the last part of the zone. The relative high percentages of *Polylepis* are taken as representing isolated patches of *Polylepis* dwarf forests near the lake.
S u b p á r a m o : extended from c. 1900 m to c. 2200 m alt.
G r a s s p á r a m o : extended from c. 2200 m to c. 2900 m alt. Relative high percentages of the herbaceous páramo elements indicate that the high plain was apparently situated in the lower part of the upper bunchgrass páramo belt.
S u p e r p á r a m o : extended from c. 2900 m to c. 3400 m alt.
N i v a l z o n e : extended from c. 3400 m upwards.
• Local vegetation: stands of *Isoëtes* were common, whereas *Myriophyllum*, *Polygonum*, and *Myrica* thickets were (almost) absent. *Alnus* had completely disappeared, while the cyperaceous reed swamp was reduced in extent.

L a k e l e v e l : moderately high, lowering at the end of the zone.
T e m p e r a t u r e : c. 5.5°C during the coldest part of the zone.
L i t h o l o g y : dark grey clay.
Tentative estimated age and duration: 1,230,000-1,195,000 yr. B.P. (35,000 yr.).

Pollen zone 17

F o r e s t l i n e : rose rather abruptly to c. 3100 m alt. gradually to become lower again towards the next cold phase.
• Regional vegetation:
A n d e a n f o r e s t s : in the first part of the zone mainly made up of *Hedyosmum*, *Rapanea*, *Juglans*, *Podocarpus*, Urticaceae, and Myrtaceae, and probably representing a kind of *Rapanea*-*Hedyosmum* pioneer forest with *Dodonaea* on open sites on former páramo soil. After a short while *Weinmannia*, *Symplocos*, *Ilex*, and *Miconia* increased considerably and during the climatic optimum *Weinmannia* forests apparently covered the lower inner slopes, while some high-plain forest was also present. High percentages of *Polylepis* indicate that at that time

Polylepis timberline forest was once again common near the lake.
S u b p á r a m o : extended during the climatic optimum from c. 3100 m to c. 3400 m alt.
G r a s s p á r a m o : extended during the climatic optimum from c. 3400 m alt. to the surrounding summits.
• Local vegetation: in the beginning of the zone *Isoëtes* was absent and stands of *Myriophyllum* very limited in extent. The abundance of cyperaceous reed swamp and of *Myrica* thickets account for the extension of peaty ground and indicate a low lakel level. Also *Alnus* carr increased rapidly and apparently replaced large parts of the extensive cyperaceous reed swamp during the climatic optimum. During the last part of the zone *Alnus* forests, *Myrica* thickets and cyperaceous vegetation decreased, whereas the stands of *Isoëtes* increased slightly, indicating a gradually rising lake level and a progressive cooling of the climate. *Ludwigia* was completely absent during this interval.

L a k e l e v e l : low, gradually rising towards the end of the zone.
T e m p e r a t u r e : c. 13.5°C during the climatic optimum.
L i t h o l o g y : dark grey clay, very humic in the lower part. In the upper part a sand layer and a volcanic ash horizon are intercalated.
Tentative estimated age and duration: 1,195,000-1,120,000 yr. B.P. (75,000 yr.)

Pollen zone 16

Note: the lower boundary of this zone is preferably to be put at the 114.60 m level (instead of 114.00) and in the vegetational reconstruction provided here this revised boundary has been used. Furthermore it has to be noted that a subdivision of this interval into three separate pollen zones has its merits.

F o r e s t l i n e : came down to c. 2300 m (zone 16 A) to rise to c. 2700 m (zone 16 B), and finally getting lower again to c. 2000 m alt. (zone 16 C).
• Regional vegetation:
A n d e a n f o r e s t s : in zone 16 A mainly of the *Rapanea-Weinmannia* (cf. pollen zone 19) with *Hedyosmum*, and further *Ilex*, *Vallea*, *Miconia*, and *Podocarpus* associated. Relatively high percentages of *Polylepis* account for the presence of isolated patches of *Polylepis* dwarf forests in protected valleys near the high plain. In zone 16 B the main constituents are *Hedyosmum*, *Weinmannia*, *Rapanea*, and further *Podocarpus*, *Juglans*, *Miconia*, and other Melastomataceae, Urticaceae, and Myrtaceae and represent stands of Andean forests on the high plain itself and on the lowermost parts of the surrounding slopes. *Polylepis* proportionally decreased. In zone 16 C *Rapanea*, *Weinmannia* and *Hedyosmum* persisted as the most important consituents of the *Rapanea-Weinmannia* type of upper Andean forest. Other forest belt taxa recorded in the pollen rain on the high plain (see also pollen zone 26) are *Miconia*, *Symplocos*, *Ilex*, and *Styloceros*. Isolated patches of *Polylepis* dwarf forests again became abundant in protected valleys near the high plain.
S u b p á r a m o : extended in zone 16 A from c. 2300 m to c. 2600 m alt. Relatively high percentages of *Hypericum*, Ericaceae, *Aragoa*, and *Arcytophyllum* are suggestive of upper subpáramo conditions near the lake. In zone 16 B this belt lay from c. 2700 m to c. 3000 m alt., and in zone 16 C from c. 2000 m to c. 2300 m alt.
G r a s s p á r a m o : extended in zone 16 A from c. 2600 m to c. 3300 m alt., during zone 16 B from c. 3000 m to c. 3700 m alt., and during zone 16 C from c. 2300 m to c. 3000 m alt. Rather high percentages of the herbaceous páramo elements indicate that (lower) bunchgrass páramo conditions prevailed on the high plain.
S u p e r p á r a m o : extended in zone 16 A from c. 3300 m to the surrounding mountain tops, but in zone 16 B it may have covered only the highest above c. 3700 m alt., and in 16 C it extended from c. 3000 m to c. 3500 m alt.

N i v a l z o n e : may have covered in zone 16 C the area above c. 3500 m alt.

• Local vegetation: in zone 16 A stands of *Isoëtes* were rather abundant whereas *Myriophyllum, Ludwigia, Polygonum,* and *Alnus* were absent. *Myrica* thickets and cyperaceous reed swamp was very limited in extent, which suggests a moderately high lake level with poorly developed stands of aquatic and shore vegetation. In zone 16 B *Isoëtes* decreased in extent and next to *Myriophyllum,* more extensive cyperaceous reed swamps and *Myrica* thickets were present probably as the result of lower lake levels. In zone 16 C *Isoëtes* became rather abundant again, while *Myriophyllum, Ludwigia, Polygonum, Alnus,* and *Myrica* were completely absent. Although presumably the lake level was only moderately high, cyperaceous reed swamps increased in extent.

L a k e l e v e l : moderately high during zone 16 A, low during zone 16 B, and moderatley high again during zone 16 C.
T e m p e r a t u r e : fell off to c. 8°C, to rise gradually to c. 11°C, and falling off to c. 6°C.
L i t h o l o g y : dark grey clay.
Tentative estimated age and duration: 1,120,000-1,040,000 yr. B.P. (80,000 yr.).

Pollen zone 15

F o r e s t l i n e : rose to c. 2900 m alt. and gradually became lower towards the next climatic cold phase.

• Regional vegetation:
A n d e a n f o r e s t s : mainly made up of *Weinmannia, Podocarpus, Hedyosmum,* and *Rapanea.* In the first part of the zone *Rapanea* and *Ilex* were prominent constituents, in the last *Miconia* and Urticaceae. A *Hedyosmum-Weinmannia* forest apparently dominated on the lower parts of the inner slopes and on the ridges. The dry parts of the high plain were initially covered with (a kind of pioneer) forest with *Rapanea* and *Ilex* to become succeeded by a forest type rich in *Miconia* and Urticaceae. Some patches of *Polylepis* dwarf forest were apparently present in the vicinity of the lake most of the time, except during the climatic optimum.
S u b p á r a m o : extended during the climatic optimum from c. 2900 m to c. 3200 m alt.
G r a s s p á r a m o : extended during the climatic optimum from c. 3200 m alt. to the surrounding summits.

• Local vegetation: *Isoëtes* was almost completely absent, whereas *Myrica* thickets, *Myriophyllum, Ludwigia,* and *Polygonum* were present and cyperaceous reed swamp was common; apparently low lake levels prevailed. Other elements present on or near the marshy shores included *Azolla, Sphagnum, Anthoceros, Selaginella,* and Alismataceae. By the end of the zone *Myrica* thickets and *Myriophyllum* had decreased, whilst the stands of *Isoëtes* increased in extent most probably owing to a general decline of the climate and the concomitant rising of the water table.

L a k e l e v e l : low, rising towards the end of the zone.
T e m p e r a t u r e : c. 12°C during the climatic optimum.
L i t h o l o g y : dark grey (occasionally brown) clay, intercalated with some volcanic ash horizons.
Tentative estimated age and duration: 1,040,000-995,000 yr. B.P. (45,000 yr.)

Pollen zone 14

F o r e s t l i n e : came down gradually subsequently to oscillate in the first part of the zone (14 A) from c. 2200 m to c. 2400 m alt. In the beginning of zone 14 B it sank to c. 2100 m alt. to rise slightly again to c. 2400-2500 m alt.

• Regional vegetation:

Andean forests: in 14 A mainly made up of *Weinmannia, Hedyosmum, Miconia, Podocarpus*, Urticaceae, *Symplocos*, and *Juglans* and manifestly representing a *Weinmannia* forest which apparently covered the outer slopes. Relatively high percentages of *Polylepis* indicate that isolated patches of *Polylepis* dwarf forests were present in the area near the lake. At the beginning of zone 14 B the forest line was the lowest of all and apart from *Weinmannia, Hedyosmum*, and *Symplocos*, also *Rapanea* now became an important constituent of the upper Andean forests. At the end of zone 14 B the forests were mainly made up of *Weinmannia, Hedyosmum*, and *Rapanea*, associated with *Podocarpus, Miconia*, Urticaceae *Symplocos, Juglans*, and Myrtaceae, thus representing a kind of *Weinmannia* forest rich in *Rapanea*, which may have covered the foothills of the surrounding slopes and possibly also some parts of the high plain. Very high percentages of *Polylepis* indicate that extensive timberline forests of *Polylepis* were growing on or very close to the high plain.

Subpáramo: extended in zone 14 A from c. 2200-2400 m to c. 2500-2700 m alt., and during zone 14 B from c. 2100 m to c. 2400 m alt. and (during the last part of this interval) from c. 2400-2550 m to c. 2700-2850 m alt. The substantial amounts of pollen of *Hypericum*, Ericaceae, *Aragoa*, Melastomataceae, and *Arcytophyllum* are indicative of subpáramo conditions during most of the time.

Grass páramo: extended during interval 14 A from c. 2500-2700 m to c. 3200-3400 m alt. and during 14 B from c. 2400 m to c. 3100 m alt. and (during the last part of the zone) from c. 2700-2850 m to c. 3400-3550 m alt.

Superpáramo: extended during 14 A from c. 3200-3400 m alt. up to the summits, and during zone 14 B from c. 3100 m to c. 3600 m alt. (during the last part of the zone) from c. 3400-3550 m alt. up to the surrounding mountain tops.

Nival zone: may have covered the area above c. 3600 m alt. during the older part of zone 14 B.

• Local vegetation: in zone 14 A stands of *Isoëtes* were rather abundant, cyperaceous reed swamp was rather limited in extent, and *Myrica* thickets, *Alnus* forests, *Myriophyllum, Ludwigia*, and *Polygonum* were (almost) absent. The lake level was probably moderately high. During the older, coldest phase of zone 14 B *Isoëtes* and *Myriophyllum* were very limited in extent, *Alnus* carrs were absent, the cyperaceous reed swamps had decreased in size, and *Myrica* thickets slightly increased; and accordingly the water table must have fallen. The last phase of 14 B resembles zone 14 A.

Lake level: moderately high during 14 A, lower at the beginning of 14 B, and fairly high during the last part of 14 B.

Temperature: oscillated in zone 14 A between c. 7.5-9°C, fell off to c. 7°C subsequently to rise again to c. 9-10°C in 14 B.

Lithology: dark grey clay. Several volcanic ash horizons are intercalated.

Tentative estimated age and duration: 995,000-960,000 yr. B.P. (35,000 yr.).

Introduction to the vegetational reconstruction of the pollen zones 13 to 1.

Quercus (oak) immigrated into the area about 1.5 million years later than *Alnus* (alder) did and for a last time drastically changed the aspect of the Andean forests. Technical reasons prevented the construction of a pollen diagram in which *Quercus* was excluded from the pollen sum. This would have facilitated the ascertainment which vegetation types have been replaced by *Quercus* forests. The precursor of the present-day *Saurauia-Quercus humboldtii* forest probably had floristic affinities with the *Weinmannia* forests. Species of *Hedyosmum, Brunellia, Hesperomeles*, and *Vallea* are common elements of both types of forests. It is striking that some taxa with pioneer tendencies are represented. Thus

Cecropia is represented again (from pollen zone 13 onwards) during the first pollen zones of establishment of *Quercus*. *Dodonaea* re-appeared later, *viz.* in pollen zone 12, and it is remarkable that its major oscillations are correlated with lower peaks of the curve of *Myrica*, which suggests (rather) unstable slope communities with *M.pubescens* as the prominent forest element, *Dodonaea viscosa* colonizing the open areas. *Dodonaea* is a general pioneer of open ground and often colonizes, together with *Rapanea* former (eroded) páramo ground, preceding the establishment of other Andean forest elements. At present *Dodonaea* is mainly observed on the climatologically dry side of the mountains from about sea level up to about 3000 m alt.

All palynologically recognizable elements of the modern Andean forest were present from now on in the area of the high plain of Bogotá and the subsequent adaptation and speciation of *Quercus* in the area must have mainly taken place at the species level in the last part of the record. This accounts for the presence of different species of *Quercus* in Colombia (*Trigonobalanus* grains are not identified in the Funza record). For the interval of the pollen zones 13 to 1 reference is made to chapter 4.

Oreopanax-Cordia lanata forest is palynologically difficult to identify. It contains many (palynologically well recognizable) taxa in common with the high plain forest and the *Weinmannietum* (see chapter 4), whereas other characteristic elements are palynologically hard to identify or were only very scarcely represented. In the vegetational reconstruction, therefore, in general no reference is made to this type of forest, which does not imply that the *Oreopanax-Cordia lanata* forest type was absent at that time.

The vegetational reconstruction of the pollen zones 7 to 1 is also based on information from the pollen record Bogotá CUX (Van der Hammen & Gonzãlez, 1960 and 1963), and as far as the uppermost two pollen zones are concerned also on the pollen records of the Laguna de Fúquene, north of Bogotá (see fig. 1; see also Van Geel & Van der Hammen, 1973). Figure 23 (chapter 6) shows the correlation of the above-mentioned records. The diagram of the Laguna de la Herrera (Van der Hammen & Gonzãlez, 1965), which is situated in the dry, most westernly situated portion of the Bogotá high plain, only covers the last 5000 years B.P.

Pollen zone 13

Forest line: during this zone the forest line three times reached an optimum and was successively situated at c. 3000 m, c. 2600 m, c. 3000 m, c. 2650 m, and c. 3050 m alt.

• Regional vegetation:

Andean forest: first there appeared apparently such forest pioneers as *Rapanea*, and *Hedyosmum* or *Podocarpus*, respectively (and the stands became probably mixed with *Polylepis* dwarf forests); other elements, such as *Weinmannia* and *Miconia*, becoming important later. During the first climatic optimum (zone 13 A) the major constituents were *Hedyosmum*, *Weinmannia*, *Rapanea*, *Juglans*, Urticaceae, Myrtaceae, *Miconia*, and *Quercus*. *Weinmannia* forest now apparently had become the most important forest type on the lower inner slopes. Low percentages of *Quercus* suggest that it had locally already reached the high plain and occurred there in small patches. Relative high percentages of *Polylepis* indicate that *Polylepis* timberline forests were initially abundant in or near the forest line and may have covered the upper part of the lower inner slopes. During the second relatively warm phase (zone 13 C, first part) the composition of the Andean forests had changed and assumed a more complex structure: *Weinmannia* decreased and *Ilex* and *Quercus* became more important. Apparently a type of high plain forest was present now, a *Quercus* forest probably covered the base of the surrounding western hills, whereas a *Weinmannia* forest covered the upper slopes. During the second cold oscillation (zone 13 C, last part) the major constituents were *Quercus*, *Hedyosmum*, *Rapanea*, *Ilex*, *Symplocos*, and Myrtaceae. The high plain may have been covered with a floristically poor type of high plain forest (probably related to the nearby forest line; see chapter 5, introduction) whereas a *Quercus* forest was apparently the most important slope

forest and may have bordered the subpáramo. Timberline forests of *Polylepis* were present at the base of the surrounding hills. During the third climatic optimum (zone 13 D) the major constituents were *Hedyosmum, Rapanea, Quercus, Weinmannia, Miconia, Podocarpus,* and further *Juglans,* Urticaceae, and Myrtaceae, representing a *Weinmannia* forest and a *Quercus* forest. The latter probably covered the lower inner slopes whereas a *Weinmannia* forest may have bordered the subpáramo. A proper high plain forest was apparently not present, although stands containing *Rapanea* and *Hedyosmum* may have covered the remaining dry parts of the high plain.
Subpáramo: extended during the three climatic optima and the two interjacent relatively cold oscillations from, successively, c. 3000 m to c. 3300 m, from c. 2600 m to c. 2900 m, from c. 3000 m to c. 3300 m, from c. 2600 m to c. 2900 m; and finally from c. 3050 m to c. 3350 m alt.
Grass páramo: covered during the climatic optima the area above c. 3300-3500 m alt., and during the two relatively cold oscillations the area from c. 2900 m to c. 3600 m alt.
Superpáramo: may have covered the area above c. 3600 m alt. during both cold oscillations.
● Local vegetation: during the first climatic optimum *Isoëtes, Myriophyllum,* and *Polygonum* were scarcely represented, but *Myrica* thickets and *Ludwigia,* and cyperaceous reed swamp were present, whereas *Alnus* increased abruptly and became very abundant. This implies a lower lake level having given rise to extensive swampy areas. During the following, relatively cold oscillation *Isoëtes, Ludwigia,* and *Polygonum* disappeared, cyperaceous reed swamp increased and the *Alnus* forests reached their maximal extension, still in combination with a low lake level. During the second climatic optimum *Isoëtes* returned, whereas the cyperaceous reed swamp and *Alnus* forest decreased, thus indicating a slightly higher lake level. During the second relatively cold oscillation very sparse vegetation seems to have been present: only poor stands of *Myriophyllum,* cyperaceous reed swamp and *Alnus* forests were present. During the last climatic optimum the *Alnus* forests became abundant again, and cyperaceous reed swamp and *Myrica* thickets increased considerably, which indicates that the lake level had become low again.

Lake level: low, only during the second climatic optimum slightly higher.
Temperature: was, successively, c. 13°C, c. 10.5°C, c. 13°C, c. 10.5°C, and finally c. 13°C.
Lithology: predominantly dark grey clay. Several volcanic ash layers are intercalated.
Tentative estimated age and duration: 960,000-825,000 yr. B.P. (135,000 yr.).

Pollen zone 12

Forest line: lowered gradually to c. 2300 m, and in the last part of the zone for a brief spell to c. 2200 m alt.
● Regional vegetation:
Andean forests: were mainly made up of *Weinmannia, Rapanea, Hedyosmum, Podocarpus, Symplocos, Ilex, Miconia,* and Urticaceae, and in the upper part of the zone to some small extent also of *Quercus*. *Weinmannia* apparently was the most important forest element type on the outer slopes, but some *Quercus* forests must also have been present. Myrtaceae during the coldest phase showed a brief and distinct maximum. Very high percentages of *Polylepis* indicate that large areas of *Polylepis* dwarf forests were abundant in protected sites on the high plain and *Polylepis* probably formed also timberline forests on the outer slopes. After the coldest phase the forest line rose rapidly and the role of *Quercus* in the Andean forest now definitely rose to a much higher level. *Quercus* forests apparently began to extend as a distinct belt below the

POLLEN ZONE 12 forest line ± 2200 m alt.

Fig. 20

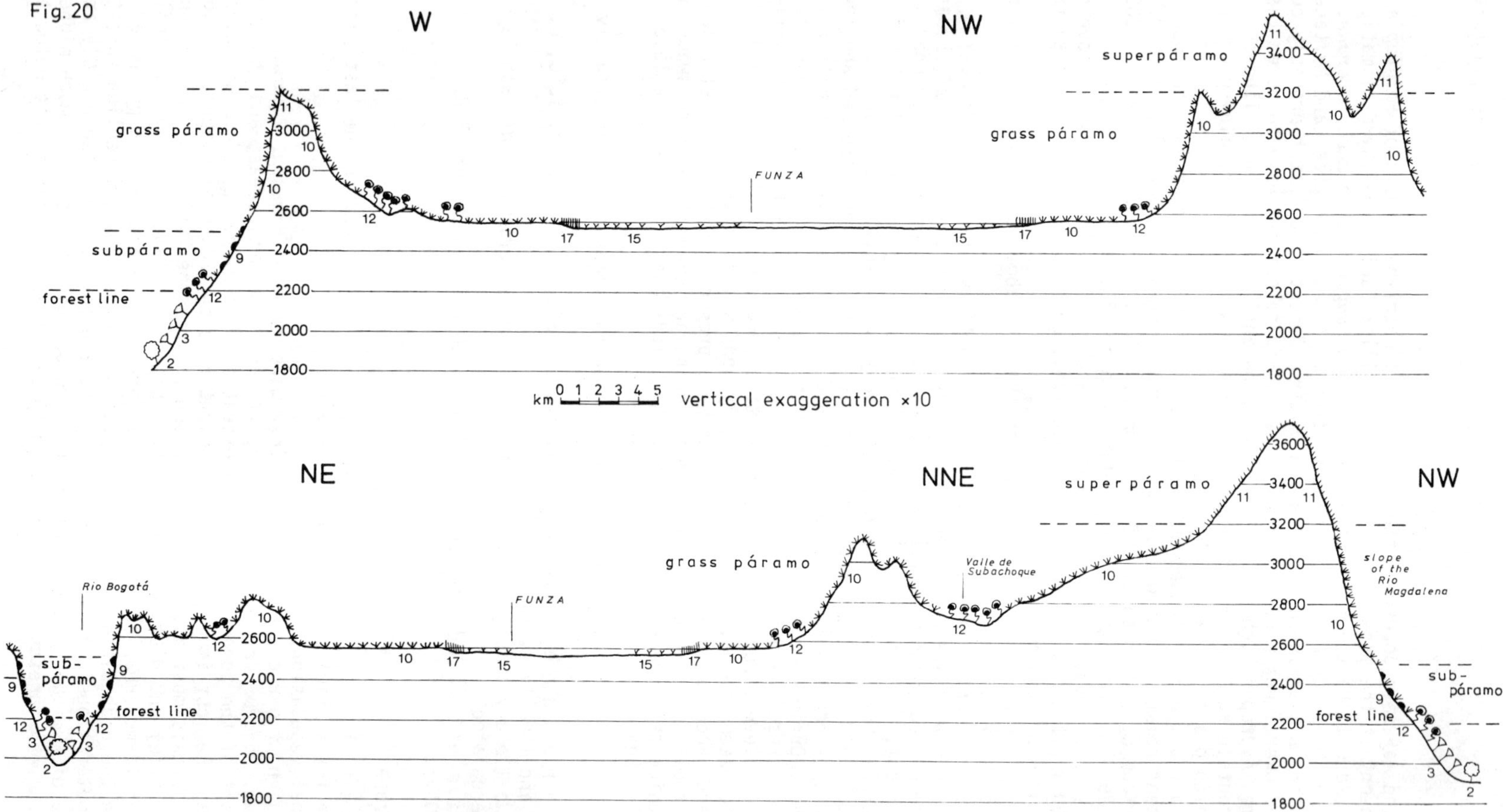

Weinmannia forests, which in the area of Bogotá reach up to the timberline, and the situation began closely to resemble the present-day conditions.
Subpáramo: extended from c. 2300(2200) m to c. 2600(2500) m alt. The high plain was situated in the transitional zone between the subpáramo and the grass páramo belts.
Grass páramo: extended from c. 2600(2500) m to c. 3300(3200) m alt.
Superpáramo: extended from c. 3300(3200) m up to the surrounding summits.
• Local vegetation: during the coldest part of the interval *Isoëtes* was abundant in the lake, whereas *Myriophyllum, Polygonum, Ludwigia,* and *Alnus* forests were almost completely absent. *Myrica* thickets were sparse, but cyperaceous reed swamp was common. Apparently moderately high lake levels prevailed.

Lake level: rose gradually to rather high to become lower again later.
Temperature: lowered to c. 8.5°C and in the last part of the interval to c. 7.5°C after which it rose gradually.
Lithology: predominantly dark grey clay. Several volcanic ash horizons are intercalated.
Tentative estimated age and duration: 825,000-765,000 yr. B.P. (60,000 yr.).

Fig. 20: Tentative schematic representation of the vegetation belts in the area of the high plain of Bogotá, Colombia (c. 2550 m alt.) during the period represented by pollen zone 12 (tentative estimated age: from c. 825,000 to c. 765,000 yr. B.P.). Altitudinal position of the forest line c. 2200 m. Location of the transects through the high plain of Bogotá is indicated in fig. 12. See for legend fig. 16.

Pollen zone 11

Forest line: rose in the first part of the zone (11 A) to c. 2900-3100 m alt., then lowering to c. 2600 m, and again rising to c. 3000 m alt. in zone 11 B.
• Regional vegetation:
Andean forests: the high plain and lower slopes became covered with Andean forest, which was at first rich in *Rapanea* and *Podocarpus* and later on in *Miconia* and probably also *Weinmannia*. At the end of zone 11 A, when the forest line reached its maximum altitude, apparently *Weinmannia* forest covered the lower inner slopes and a *Quercus* forest was probably present on the outer slopes. Relatively high percentages of the subandean forest elements indicate that the subandean forest belt was not far distant from the high plain. During the cold oscillation (first part of zone 11 B), the high plain forest must have been relatively poor in species, whereas the low ridges and the base of the surrounding hills were covered with a *Weinmannia* forest bordering the subpáramo. Timberline forests of *Polylepis* were rather scarce during the whole interval. *Quercus* continued to increase its representation in the Andean forest and *Quercus* forest may have been present on the outer slopes, perhaps extending up to the forest line. During the last warm oscillation (last part of zone 11 B) the area covered by *Quercus* forest is comparable to the present-day situation. A *Weinmannia* forest apparently covered the lower inner slopes, whereas increasing percentages of *Ilex, (Vallea),* and *Miconia* yield evidence of a high plain forest.
Subpáramo: extended during zone 11 A from c. 2900-3100 m to 3200-3400 m alt., and during the first and last part of zone 11 B from c. 2600 m to c. 2900 m alt., and from c. 3000 m to c. 3300 m alt., respectively. In zone 11 A Ericaceae were prominent and *Hypericum* scrub was limited in extent, whereas during zone 11 B *Hypericum* scrub became prominent and low values were recorded

for Ericaceae. This may be correlated with relatively drier and with wetter climatic conditions, respectively.
G r a s s p á r a m o : extended during zone 11 A from c. 3200-3400 m alt. to the surrounding summits, and during the first and last part of zone 11 B from c. 2900 m to c. 3600 m alt., and from c. 3300 m alt. up to the surrounding summits, respectively.
S u p e r p á r a m o : may have covered the area above c. 3600 m alt. during the first part of zone 11 B.
• Local vegetation: in the first part of zone 11 A stands of *Isoëtes* were scarce whereas *Alnus* forests and cyperaceous reed swamp were very abundant. The latter decreased gradually, as did *Myriophyllum* and *Ludwigia*, and apparently low water table conditions prevailed. During a relatively cold oscillation in the last part of zone 11 A *Isoëtes* abruptly became abundant, the *Alnus* forests decreasing considerably, while *Myriophyllum*, *Ludwigia*, and cyperaceous reed swamp had (almost) disappeared, indicating a suddenly rise of the lake level. For a short time during the warmest phase of zone 11 A *Isoëtes* almost disappeared from the scene, whereas *Alnus* forests, cyperaceous reed swamp, and *Myrica* thickets became abundant again indicating a temporary lower lake level. *Isoëtes* became abundant again during the remaining part of zone 11. During the first part of zone 11 (the cold oscillation) stands of *Isoëtes* were abundant, and cyperaceous reed swamp, *Alnus* forests, and *Myrica* thickets were present, whereas *Myriophyllum* and *Ludwigia* were almost absent, which indicates higher lake levels. During the last part of zone 11 B (the second major, warm interval) *Isoëtes* decreased, cyperaceous reed swamp and *Myrica* thickets were present, and the *Alnus* forests increased considerably, limited stands of *Myriophyllum*, *Ludwigia*, and *Polygonum* accounting for a probably fairly high lake level.

L a k e l e v e l : low, rose suddenly to moderately high and came down again to a low level towards the end of zone 11 A. During zone 11 B the lake level lowered slightly from high to moderately high.
T e m p e r a t u r e : rose in the first part of the zone (11 A) to c. 12-13.5°C, came down to c. 10.5°C, to rise again to c. 13°C in zone 11 B.
L i t h o l o g y : predominantly dark grey clay. Some layers of sandy clay and volcanic ash are intercalated.
Tentative estimated age and duration: 765,000-605,000 yr. B.P. (160,000 yr.)

Pollen zone 10

F o r e s t l i n e : lowered abruptly to c. 2400 m alt. in zone 10 A to rise abruptly to c. 3000 m alt. in zone 10 B, and to lower suddenly again in the interval 10 C to c. 2300 m alt.
• Regional vegetation:
A n d e a n f o r e s t s : during zone 10 A the uppermost Andean forests near the high plain were mainly made up of *Weinmannia* and *Miconia*, and furthermore of *Hedyosmum* and *Quercus*, accounting for the presence of *Weinmannia* forests and of *Quercus* forests, mainly on the outer slopes. During zone 10 B the same elements, *viz.*, *Weinmannia* and *Miconia* dominated whereas *Quercus*, *Hedyosmum*, *Rapanea*, Myrtaceae, Urticaceae, *Podocarpus*, *Juglans*, and *Ilex* were also represented and account for some kind of high-plain forest (probably mainly consisting of *Miconia*, *Rapanea* and *Ilex*), a *Quercus* forest (which may have covered parts of the outer slopes), and a *Weinmannia* forest (which may have covered the lower inner slopes). During zone 10 C the forest near the high plain was mainly made up of *Rapanea* and, further, Urticaceae, Myrtaceae, and in open areas *Dodonaea*. As compared to zone 10 A, this interval was poorer in *Weinmannia* and *Miconia* but especially rich in *Rapanea*, and further contained *Quercus*, *Symplocos*, *Ilex*, Urticaceae, and Myrtaceae. *Polylepis* timberline forests and isolated patches of *Polylepis* in the páramo belt were apparently scarce during the whole interval.
S u b p á r a m o : extended in zone 10 A from c. 2400 m to c. 2700 m alt. The

high plain was situated in the subpáramo, which was notably rich in *Hypericum* scrub and Melatomataceae which accounts for a relatively more humid climate. During zone 10 B the subpáramo extended from c. 3000 m to c. 3300 m alt., and during zone 10 C from c. 2300 m to c. 2600 m alt. As compared to zone 10 A, the percentages of the scrub elements (*Hypericum*, Melastomataceae) are distinctly lower, whereas the percentages of the herbaceous páramo elements are higher, which indicates that the high plain level was apparently situated at the transition of the upper subpáramo and the grass páramo.
Grass páramo: extended during zone 10 A from c. 2700 m to c. 3400 m alt., during zone 10 B from c. 3300 m alt. to the surrounding summits, and during zone 10 C from c. 2600 m to c. 3300 m alt.
Superpáramo: extended during zone 10 A and 10 C from c. 3300-3400 m alt. to the surrounding summits.
● Local vegetation: during zone 10 A stands of *Isoëtes* were rather abundant, *Myriophyllum* was present, *Myrica* thickets and cyperaceous reed swamp were rare *Alnus* was absent. Probably moderately high water tables prevailed and swampy areas were scarce. During zone 10 B *Isoëtes* was almost absent, cyperaceous reed swamp of limited extent, *Ludwigia, Polygonum,* and *Myriophyllum* scarcely represented, and *Alnus* forests and *Myrica* thickets were present suggesting a probably rather low lake level and warmer climatic conditions. During zone 10 C *Isoëtes* and cyperaceous reed swamp became rather abundant, *Ludwigia, Polygonum,* and *Myrica* thickets were scarcely present and *Alnus* forests absent, which is indicative of a moderately high lake level under cool climatic conditions. Zone 10 C stands out by the local abundance of *Rumex*, which later proved to be *R.tolimensis*. *R.tolimensis* is endemic to the Colombian Andes, and has presently been recorded from the upper forest line to about 4400 m alt. in the Central and Eastern Cordillera (Van der Hammen & Cleef, in press, fig 3n). Its habitat is mostly at the edges of mossy bogs, in cushion bogs of vascular plants, or alongside streams, but its stemrosettes (up to 3-4 m high) are also conspicuous in the perhumid and cloudy upperforest line .

Lake level: oscillated from moderately high to moderately low and a again to moderately high.
Temperature: fell abrubtly to c. 9°C to rise abrubtly to c. 13°C, and fell suddenly again to c. 8.5°C.
Lithology: dark grey clay.
Tentative estimated age and duration: 605,000-560,000 yr. B.P. (45,000 yr.)

Pollen zone 9

Forest line: rose rapidly to c. 3250 m alt. (resembling the present-day situation) and oscillated subsequently from c. 3100 m to c. 3250 m alt. (zone 9 A). In zone 9 B the forest line lowered definitively and came to lie below the high plain level.
● Regional vegetation:
Andean forests: mainly made up of *Quercus*. Further represented during zone 9 A: *Hedyosmum, Weinmannia, Rapanea, Ilex, Juglans, Miconia, Vallea, Podocarpus*, Urticaceae, and Myrtaceae. In the beginning of interval 9 A *Rapanea* and *Dodonaea* colonised on former páramo ground, thus preceding the gradually rising *Quercus* forest belt. The ecological conditions became for the first time highly favourable for the establishment of *Quercus* forests which may have covered large areas on the outer slopes and apparently also parts of the western inner slopes. The high plain forests (during zone 9 A and later during zone 9 B) probably consisted of *Rapanea* and *Vallēa*, and of *Miconia*, and *Ilex* respectively. The percentages of *Weinmannia* increased in the last part of zone 9 A as the percentages of *Quercus* decreased. A *Weinmannia* forest gradually replaced the *Quercus* forest, at least on the inner slopes, when the climate became cooler. There is no evidence from the diagram that a major change in the atmospheric humidity is related to this phenomenon. During zone 9 B the forest line lowered gradually and the climatic conditions became less favourable. At first the ele-

ments of the slope forests decreased (*Quercus* and *Weinmannia*, respectively), while the composition of the high plain forest changed and *Rapanea* became more abundant. At the end of zone 9 B also *Ilex*, *Miconia* and *Vallea* decreased. A rapid increase of *Polylepis* timberline forest evidences that the lowering forest line at that time passed through the altitudinal level of the high plain.
S u b p á r a m o : extended during zone 9 A from c. 3100-3250 m to c. 3400-3550 m alt., and at the end of zone 9 B (when about equaly proportions of *Hypericum*, Compositae (and *Polylepis*) occurred) from c. 2700 m to c. 3000 m alt.
G r a s s p á r a m o : extended during zone 9 A from c. 3400-3550 m alt. to the surrounding summits, and at the end of zone 9 B from c. 3000 m to c. 3600 m alt. Gentianaceae and *Lycopodium* fov. were recorded.
S u p e r p á r a m o : may have covered the area above c. 3600 m alt. during the last part of zone 9 B.
● Local vegetation: during zone 9 A stands of *Isoëtes* were abundant, *Myriophyllum*, *Ludwigia*, and *Polygonum* were present and cyperaceous reed swamp became rather abundant, indicating lower lake levels. During zone 9 B *Isoëtes* increased, while cyperaceous reed swamp decreased and *Myriophyllum*, *Ludwigia*, and *Polygonum* disappeared form the scene, which can be related to a somewhat higher water table.

L a k e l e v e l : low, slightly rising towards the end of the zone.
T e m p e r a t u r e : rose rapidly to c. 14.5°C and oscillated subsequently between c. 13.5°C and c. 14.5°C. In zone 9 B it gradually fell to c. 10.5°C.
L i t h o l o g y : predominantly dark grey clay. In zone 9 B some layers of sandy clay to pure sand are present. One volcanic ash layer is intercalated.
Tentative estimated age and duration: 560,000-420,000 yr. B.P. (140,000 yr.).

Fig. 21: Tentative schematic representation of the vegetation belts in the area of the high plain of Bogotá, Colombia (c. 2550 m alt.) during the period represented by pollen zone 8 (tentative estimated age: from c. 420,000 to c. 375,000 yr. B.P.). Altitudinal position of the forest line c. 2550 m. Location of the transects through the high plain of Bogotá is indicated in fig. 12. See for legend fig. 16.

Pollen zone 8

Note: from this zone onward information gleaned from pollen record Bogotá CUX (Van der Hammen & González, 1960 and 1963) will be incorporated in the vegetational reconstructions. This drilling site is situated near the eastern edge of the high plain (see fig. 1) and provides additional information concerning the eastern shore vegetation and the eastern slopes. These are rather steep (see fig. 12) so that at the site Bogotá CUX the vegetation cover of the altitudinal higher parts has a greater influence on the pollen rain.

F o r e s t l i n e : lowered rapidly to c. 2500-2550 m alt.
● Regional vegetation:
A n d e a n f o r e s t s : Andean forests with *Weinmannia* and/or *Quercus* were most of the time absent from the high plain and only their background effect from the outer W slopes (containing stands with *Quercus*, *Weinmannia*, *Hedyosmum*, *Polylepis*, and in addition *Podocarpus*, *Vallea*, Urticaceae, Melastomataceae, *Ilex* and *Symplocos*) is reflected. *Rapanea* and *Miconia* may have been present also in the subpáramo, while *Polylepis* forest may have especially occurred on the high plain. Only some small remnants of *Quercus* forest and of high plain forest (with *Rapanea*, *Ilex*, and *Miconia*) may have been still present at favourable sites in the western part of the high plain.
Diagram CUX indicates that the eastern hills probably were covered with subpáramo vegetation. High percentages of *Polylepis* indicate that *Polylepis* timberline forests were present on and near the high plain and possibly *Polylepis* also

POLLEN ZONE 8 forest line ± 2550 m alt.
Fig. 21

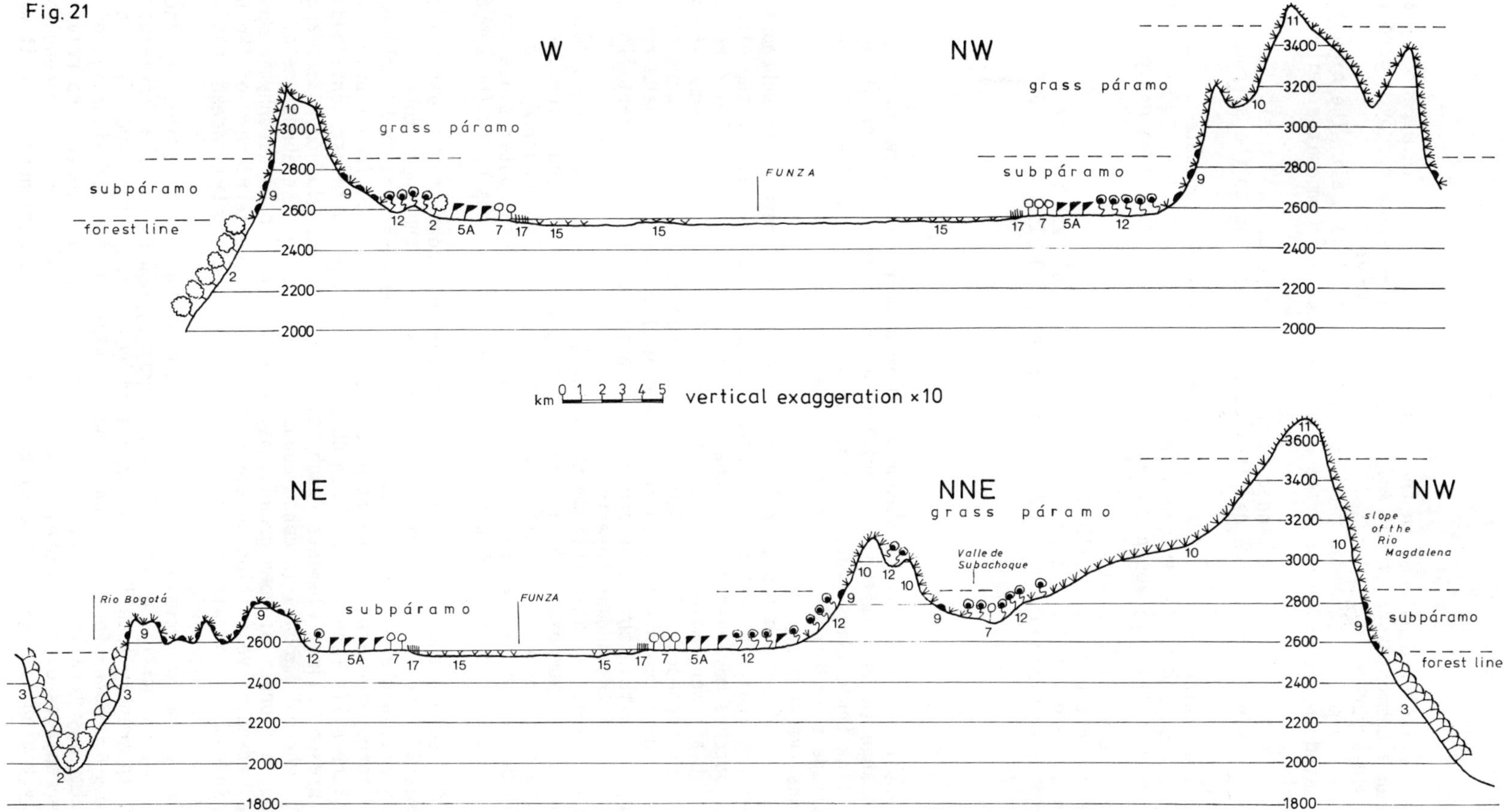

occurred as isolated patches in the higher pâramo. *Rapanea (R.dependens)* also have been a common associate of *Polylepis* forests as evidenced by modern stands in the Neusa pâramo.
S u b p â r a m o : extended from c. 2500 m to c. 2800 m alt. The high plain was situated in the lower subpâramo with *Hypericum* and Compositae being most prominent.
G r a s s p â r a m o : extended form c. 2800 m to c. 3500 m alt.
S u p e r p â r a m o : extended from c. 3500 m alt. up to the surrounding summits.
● Local vegetation: stands of *Isoëtes* were abundant but cyperaceous reed swamp, *Alnus* forests, and *Myrica* thickets were limited. *Myriophyllum, Ludwigia,* and *Polygonum* were (almost) absent. High lake level conditions apparently prevailed.

L a k e l e v e l : high.
T e m p e r a t u r e : c. 10°C.
L i t h o l o g y : dark grey clay with one volcanic ash horizon.
Tentative estimated age and duration: 420,000-375,000 yr. B.P. (45,000 yr.).

Pollen zone 7

F o r e s t l i n e : rose abruptly and in a very short time an exceptionally great change in the altitudinal position of the forest line took place. The forest line three times reached an altitudinal level of c. 3400-3500 m, *i.e.,* an altitude c. 200 m higher than it reaches at present.
● Regional vegetation:
A n d e a n f o r e s t s : relatively high percentages of the subandean forest elements indicate that the subandean forest belt lay near to the high plain and its patches may even have reached the high plain locally. The forests near the high plain were mainly made up of *Weinmannia. Quercus, Hedyosmum, Rapanea, Miconia,* Urticaceae, *Vallea, Ilex, Pilea,* Myrtaceae, and *Eugenia* were also represented, but in both the Funza record and in diagram Bogotá CUX the three climatic optima within this zone are each characterized by a different floristic composition of the Andean forests.
During the first climatic optimum the *Weinmannia* forest containing *Drimys* reached its maximum extension and maxima of *Rapanea* may account for the presence of a kind of pioneer high plain forest and may also have occurred in the transition to the pâramo. A *Quercus* forest may have covered the outer slopes at that time, *Weinmannia* forest probably covering the inner slopes up to the subpâramo belt.
During the second and warmest climatic optimum the Andean forest was basically a *Weinmannia* forest. Only during short periods, when the upper forest line lay at a slightly higher level (in comparison with the first and third optimum), *Quercus* forest appeared. There is no evidence that *Quercus* forest ever covered the eastern hills (see also diagram CUX). The high plain forest contained more of its present climax elements (such as, *e.g., Eugenia, Miconia, Ilex,* and *Vallea*), whereas *Rapanea* is conspicuous by its absence. The abundance of *Dodonaea,* a pioneer of open ground, may account for an open xerophytic *Opuntia-Dodonaea* stand of vegetation on the relatively dry (western) part of the high plain. In combination with minima of the Cyatheaceae and Urticaceae this is indicative of a rather arid climate.
The third climatic optimum was characterized by the almost complete absence of *Weinmannia,* and maxima of *Hedyosmum, Podocarpus,* and *Pilea.* The *Weinmannia* forest was apparently locally partly replaced by *Quercus* forest and a kind of *Hedyosmum-Brunellia* forest (which is not affirmed by the CUX diagram), of which the latter may locally have been rich in *Podocarpus.* In view of the relatively high percentages of Urticaceae, *Pilea, Hemitelia,* and other Cyatheaceae, and a slightly rising lake level, the climate was probably more humid than it was in

the previous interval.
S u b p ā r a m o : extended during the climatic optima from c. 3400-3500 m alt. to the surrounding summits, and during the relatively cold oscillations from c. 3100 m to c. 3400 m alt.
G r a s s p ā r a m o : may have covered the area above c. 3400 m alt. during the two relatively cold oscillations.
● Local vegetation: during the first climatic optimum *Isoëtes, Myriophyllum, Polygonum,* and *Ludwigia* were almost absent, *Myrica* thickets were present, and cyperaceous reed swamp and *Alnus* forests abundant, indicating a low lake level with an extensive swampy area.
During the second climatic optimum *Myrica* thickets apparently replaced cyperaceous reed swamps thus indicating a low lake level and, in combination with the evidence from the Andean forests, rather dry climatic conditions. The maximum of *Coelastrum* confirms the prevalence of most favourable temperatures during this optimum.
In the third climatic optimum stands of *Isoëtes* increased slightly in the Funza record and in diagram CUX, *Myrica* thickets had decreased, cyperaceous reed swamp and *Alnus* forests very abundant, indicating a slightly rising lake level under more humid climatic conditions.
Low lake level conditions prevailing during the whole interval are confirmed by section CUX which indicates the local deposition of peaty clay.

L a k e l e v e l : low, at the end of the zone slightly rising.
T e m p e r a t u r e : oscillated from c. 15.5°C to c. 16°C.
L i t h o l o g y : dark grey and brown clay with several intercalated volcanic ash horizons.
Tentative estimated age and duration: 375,000-340,000 yr. B.P. (35,000 yr.).

Pollen zone 6

F o r e s t l i n e : lowered abruptly to c. 2950 m alt. (zone A) and subsequently showing two warm to cold oscillations during which the forest line was consecutively situated at c. 3150 m (zone B), c. 2850 m (zone C), c. 3050 m (zone D), and finally c. 2800 m alt. (zone E).
● Regional vegetation:
A n d e a n f o r e s t s : during zone A basically made up of *Weinmannia*, associated with representation of *Quercus, Hedyosmum, Vallea, Miconia, Podocarpus, Symplocos, Ilex,* Urticaceae, and Myrtaceae. Apparently large areas were covered by *Quercus* forests on the outer slopes and by *Weinmannia* forests on the lower inner slopes of the high plain. High plain forest probably was at first rich in *Rapanea* (compare pollen zone 7), but later consisted mainly of *Vallea, Ilex,* and *Miconia.*
During interval 6 B *Weinmannia* forest apparently still dominated on the inner slopes, but the percentage of *Quercus* increased and the relatively high altitudinal position of the forest line allowed the *Quercus* forests to approach (and to penetrate through several valleys) the high plain from the outer slopes. *Vallea* had disappeared in the high plain forest which now mainly contained *Miconia, Ilex,* and *Eugenia.*
During zone 6 C the percentages of *Quercus* continued to raise and *Quercus* forests apparently now covered parts of the western inner slopes and must have partly replaced the *Weinmannia* forest there. In general the altitudinal width of the *Weinmannia* forest may have been reduced. *Polylepis* timberline forests bebecame more important. Higher percentages of Cyatheaceae, *Hemitelia, Drimys,* and an increasing lake level are indicative for a more humid climate.
At the very beginning of zone 6 D the *Quercus* forest reached its maximum extension (together with maxima of Urticaceae, *Drimys*, and Cyatheaceae) later to decrease rapidly. Successively, *Hedysomum* and *Miconia,* and still later *Weinmannia* increased and the *Quercus* forests became replaced again by *Weinmannia* forests,

which were at first rich in *Hedyosmum* (and perhaps represented a kind of *Hedyosmum-Brunellia* cloud forest) and later dominated on the lower inner slopes and may have bordered the subpáramo. *Polylepis* timberline forests had mostly disappeared by then.

During zone 6 E the percentages of *Quercus* increased rapidly, whereas all other taxa show declining percentages indicating that the *Quercus* forests most probably dominated on the upper outer and inner slopes and replaced the *Weinmannia* forests to a great extent. Relatively high percentages of Cyatheaceae and a relatively high lake level are indicative of a rather humid climate.

Diagram CUX illustrates a similar vegetational sequence and the zones 6 A-E of the Funza record correlate with the intervals (sample numbers) 189-187, 187-177, 177-174, 174-166, and 166-162, respectively. (The boundary of Funza pollen zone 6-5 is, according to this interpretation, mainly based on the *Quercus* curve, correlated to the 25 m level of the section CUX; in table 7 the level of 24.1 m has been taken as the corresponding boundary.)

Subpáramo: extended during the (three) relatively cold intervals from c. 2800-2950 m to c. 3100-3250 m alt., and during the (two) relatively warm intervals from c. 3050-3150 m to c. 3350-3450 m alt.

Grass páramo: may have covered during the three relatively cold intervals the area above c. 3100-3250 m alt., and during the two relatively warm intervals the area above c. 3350-3450 m alt.

• Local vegetation: the Funza record and section CUX provide a similar vegetational sequence. During zone 6 A-B stands of *Isoëtes* were (almost) absent, *Myriophyllum, Myrica* thickets and *Alnus* forests were present and cyperaceous reed swamp abundant, all evidence indicating low lake levels. During zones 6 C-E *Isoëtes* had increased and was commonly present, whereas cyperaceous reed swamp had decreased. In addition, *Alnus* forests, *Myrica* thickets and *Sphagnum* bogs were present. Moderately high lake levels probably prevailed.

Lake level: low in the first part and moderately high in the last part of the zone.

Temperature: during zones 6 A-E, c. 12.5°C, c. 14°C, c. 12°C, c. 13°C, and c. 11.5°C, respectively.

Lithology: dark grey and brown, in the upper part yellowish, clay. Some gravel intercalated.

Tentative estimated age and duration: 340,000-235,000 yr. B.P. (105,000 yr.).

Pollen zone 5

Forest line: rose rapidly to c. 3300 m (zone 5 A), to become temporarily lower to c. 3050 m, subsequently to rise again to c. 3400-3500 m alt. (zone 5 B).

• Regional vegetation:

Andean forests: the percentages of *Quercus* in zone 5 A reached extremely high values and the *Quercus* forest had apparently reached its largest extension in the vegetational history of the high plain. Great parts of the inner (lower and upper) slopes may have been covered by *Quercus* forest, which was notably rich in Cyatheaceae, *Microgramma,* and *Jamesonia*. After a relatively short time the area covered by *Quercus* forest decreased and oak forests were gradually replaced by *Weinmannia* forests with *Hedyosmum* and *Rapanea* as important constituents. In both the Funza record and section CUX there is hardly any evidence for the presence of high plain forest. During the relatively cold oscillation the *Quercus* forest continued to decrease in extent and the *Weinmannia* forest also decreased in area. Small peaks of *Ilex* and *Vallea* together with *Rapanea* suggest that these taxa formed local stands on the high plain.

During the second warm interval (zone 5 B) *Miconia, Rapanea,* Urticaceae, and Myrtaceae increased considerably as indications of an extension of the high-

plain forests. *Weinmannia* forest probably covered the inner slopes. The presence *Dodonaea* is indicative of localised drier (micro)climatic conditions, or of (local) pioneer vegetation on eroded soils. Its presence in the diagram is noticeable at the transition from subzone A to B (before the *Quercus* forest became partly replaced by stands of *Weinmannia* forest). In the last phase of the climatic amelioration the *Quercus* forests increased in extent again, *Eugenia* and *Pilea* becoming common elements in the high-plain forest.
Subpáramo: extended during zone 5 A from c. 3300 m to c. 3600 m, during the cold oscillation from c. 3050 m to c. 3350 m, and during zone 5 B from c. 3400-3500 m alt. to the surrounding summits.
Grass páramo: in zone 5 A may have covered the area above c. 3600 m alt., and during the cold oscillation the area from c. 3350 m alt. upwards.
• Local vegetation: during the first warm phase and the relatively cold oscillation, stands of *Isoëtes* were abundant, *Myriophyllum*, *Ludwigia*, and *Polygonum* were absent, and cyperaceous reed swamp almost so. The area covered by *Alnus* carr and *Myrica* thickets was of limited extent, which is indicative of a moderately high lake level.
At the beginning of the second warm phase (zone 5 B) *Isoëtes* decreased and became of restricted occurrence, *Hydrocotyle* and *Polygonum* were (scarcely) represented, and the area covered by cyperaceous reed swamp, *Alnus* forests and *Myrica* thickets increased considerably in size, thus corresponding with a rather low lake level. Also section CUX indicates the prevalence in this zone of low lake level as evidenced by the peaty soil and the local occurrence of cyperaceous reed swamp.

Lake level: moderate during the first warm phase, reaching its highest level during the relatively cold oscillation, to drop somewhat again during the second warm phase.
Temperature: rose rapidly to c. 15°C (zone 5 A), fell off temporarily to c. 13°C, to rise again later to c. 15.5-16°C (zone 5 B).
Lithology: dark grey clay. In the uppermost part sandy clay.
Tentative estimated age and duration: 235,000-190,000 yr. B.P. (45,000 yr.).

Pollen zone 4

Forest line: came down to c. 2950 m to rise again to c. 3000-3100 m alt. During the last part of the zone the forest line twice came down to c. 2750 m alt.
• Regional vegetation:
Andean forests: during the first and relatively cold phase the main constituents were *Weinmannia*, *Hedyosmum*, *Quercus*, *Rapanea*, *Ilex*, *Podocarpus*, *Miconia*, and Urticaceae and reflect the presence of a *Weinmannia* forest (probably growing on the lower parts of the inner slopes), and of a *Quercus* forest on the (upper) outer slopes, and a high-plain forest *in situ*. During the next warmer phase especially the contribution of *Quercus* increased, thus indicating that *Quercus* forests grew close by and a high-plain forest probably covered a greater part of the high plain. During the last phase the forest line reached upon the average a lower altitudinal level. *Quercus* decreased, whereas a relatively high proportion of *Weinmannia* is indicative of the presence of *Weinmannia* forest rather close to the lake area. The relatively increased percentages of Myrtaceae (possibly of *Ugni*) and of Urticaceae and *Drimys* suggests a relatively humid climate with cloudy, fog-bound conditions prevailing during the whole zone. Timberline forests of *Polylepis* increased towards the end of the zone.
Subpáramo: extended during the above-mentioned phases from c. 2900 m to c. 3250 m, from c. 3000-3100 m to c. 3300-3400 m, and, during the cold oscillations in the last part of the zone, from c. 2750 m to c. 3050 m alt.
Grass páramo: covered the area above the subpáramo as far as the surrounding summits.

• Local vegetation: in the first part of the zone, the stands of *Isoëtes* and *Myrica* thickets were of a limited extent, and *Alnus* forest and cyperaceous reed swamp were also present. Possibly rather high lake levels are reflected in the pollen record. During the following, relatively warm phase *Alnus* forests were most prominent, in combination with cyperaceous reed swamps containing some *Hydrocotyle*, *Polygonum*, and *Myrica*. Presumably slightly lower lake levels prevailed. In the last part of the zone *Isoëtes* increased, whereas *Myriophyllum* and *Polygonum* were (only scarcely) represented, whereas *Alnus* forests and cyperaceous reed swamp decreased in size. The lake level apparently rose slightly again.

Lake level: rather high in the beginning, slightly lower in the following warmer phase and moderately high in the last part of the zone.
Temperature: lowered to c. 12.5°C to rise to c. 13-13.5°C later, and twice falling off again in the last part of the zone to c. 11°C.
Lithology: dark grey clay with some intercalated gravel.
Tentative estimated age and duration: 190,000-125,000 yr. B.P. (65,000 yr.).

Pollen zone 3

Forest line: rose rapidly to c. 3150-3200 m alt. (which corresponds with the present situation).
• Regional vegetation:
Andean forests: mainly made up of *Quercus*, *Weinmannia*, *Hedysomum*, *Miconia*, Urticaceae, *Podocarpus*, *Ilex*, *Rapanea*, and *Eugenia* and obviously represent the pollen rains of a *Quercus* forest (which was abundant and probably covered the upper outer slopes and parts of the inner slopes in the area of the high plain) of a *Weinmannia* forest (probably covering the lower inner slopes), and of a high-plain forest.
Subpáramo: extended from c. 3150-3200 m to c. 3450-3500 m alt.
Grass páramo: may have covered the area above c. 3450-3500 m alt.
• Local vegetation: stands of *Isoëtes* were abundant, cyperaceous reed swamp was present, and *Myriophyllum*, *Polygonum*, *Myrica*, and *Alnus* stands were almost completely absent, apparently owing to high lake levels.

Lake level: high.
Temperature: c. 14°C.
Lithology: dark grey clay intercalated with gravel.
Tentative estimated age and duration: 125,000-90,000 yr. B.P. (35,000 yr.).

Pollen zone 2 (the Last Glacial)

Note: Pollen zone 2 is incompletely represented in the Funza record and the following reconstruction is based on pollen diagram CUX (Van der Hammen & González, 1960 and 1963) and on the pollen diagrams of Laguna de Fúquene, north of Bogotá (Van Geel & Van der Hammen, 1973). This reconstruction is given here to complete the general vegetational and climatic history of the area of Bogotá up to the present. For additional and more detailed information the reader is referred to Van der Hammen & González (1960,1963, 1965), Van der Hammen & Correal Urrego (1978), Schreve-Brinkman (1978), Van der Hammen *et al.* (1980/81), and Van der Hammen & Noldus (in prep.), Van Geel & Van der Hammen (1973).

Forest line: oscillated from c. 3100 m to c. 2500 m during the early part of the Last Glacial (from c. 90,000 yr. B.P. to c. 70,000 yr. B.P.), oscillated from c. 2700 m to c. 2100 m during the Lower and Middle Pleniglacial (from c. 70,000 yr. B.P. to c. 28,000 yr. B.P.), lowered to c. 2000-1800 m alt. during the Upper Pleniglacial (from c. 28,000 yr. B.P. to c. 13,000 yr. B.P.), rose to c. 3000 m alt. during the Guantiva interstadial (c. 12,500 yr. B.P. to c. 11,000 yr. B.P.), and finally came down again to c. 2500 m alt. during the

El Abra stadial (from c. 11,000 yr. B.P. to c. 10,000 yr. B.P.).

- Regional vegetation:

A n d e a n f o r e s t s : during the early part of the Last Glacial the Andean forests were chiefly made up of *Quercus, Weinmannia, Hedyosmum, Rapanea, Miconia,* Urticaceae, and *Podocarpus* constituting a *Quercus* forest (probably situated on the outer western slopes), and a *Weinmannia* forest which must have covered the inner slopes. Also some high-plain forest was present on the dry parts of the high plain. The interstadial periods were rather long and relatively mild. At the end of the interval the *Quercus* forests became very abundant and apparently covered also the westernmost inner slopes. During the Lower and Middle Pleniglacial the climate was generally colder. The *Quercus* forests covered large areas (mainly on the outer slopes). *Weinmannia* forests and the high-plain forest were only scarcely represented. High percentages of *Polylepis* are indicative of the presence of *Polylepis* (timberline) forests not far from the lake. At the end of this interval the *Quercus* forests decreased rapidly, and lower percentages of Urticaceae and a fast dropping lake level are all indicative of a drier climate. During the last dry phase of the Upper Pleniglacial the forest line came down to c. 2000-1800 m alt. The *Quercus* forests almost disappeared and the *Polylepis* timberline forests gradually decreased in extent in the area of the high plain. The upper Andean forest mainly consisted of a *Weinmannia* forest type. During the Guantiva interstadial the forest line rose to c. 3000 m alt. and the high plain became covered with forest again. The lowermost inner slopes were covered with *Weinmannia* forest, while farther to the north also other types of *Quercus* forests were conspicuous in the Andean woods. The presence of *Dodonaea* pollen is indicative of *Dodonaea* pioneer vegetation on eroded soils (mainly in the drier parts of the high plain). During the El Abra stadial the forest line lowered to c. 2500 m alt. and the Andean forest partly disappeared from the high plain, *Weinmannia* forests covered the outer slopes, whereas some remnants of high plain forest apparently persisted in sheltered valleys.

S u b p á r a m o : extended generally to c. 300 m above the forest line. During the Lower and Middle Pleniglacial the subpáramo belt may have been 50-100 m wide, whereas during the last (dry) part of the Upper Pleniglacial the subpáramo may have been c. 400 m wide (see fig. 14). *Hypericum* and Compositae were the most prominent subpáramo elements.

G r a s s p á r a m o : extended in general from c. 300 m to c. 1000 m above the forest line. During the Lower and Middle Pleniglacial the grass páramo zone was narrow (c. 50-400 m), whereas during the last (dry) part of the Upper Pleniglacial the grass páramo may have been 700-1000 m wide (see fig. 14). During this interval the desiccated high plain became covered with bunchgrass páramo.

S u p e r p á r a m o : may have been present on the highest parts of the surrounding mountains during the relatively cold phases of the whole interval, the Guantiva interstadial excepted.

- Local vegetation: during the early part of the Last Glacial stands of *Isoëtes* and cyperaceous reed swamp were common, whereas *Polygonum* and *Myriophyllum* were scarce. *Alnus* forests were abundant but *Myrica* thickets rare (lake level conditions moderate).

During the Lower and Middle Pleniglacial the stands of *Isoëtes* decreased in extent to disappear completely in the last phase when elements of shallow water (*Myriophyllum* and *Polygonum*) and marshes (cyperaceous reed swamp, waterlogged *Alnus* carr and some *Myrica* thickets) became more extended. The lake drained at a fast rate, so that by c. 30,000 yr. B.P. it had disappeared as such, leaving an immense, badly drained plain with some small pools, through which the river Bogotá and its affluents cut their way to the former outlet of the lake near Soacha in the SW of the high plain. Cyperaceous reed swamp became abundant and also some *Hypericum* scrub may have covered the high plain. The primary cause of the disappearance of the lake was probably the considerable erosion of the stream bed of the outlet by the huge masses of water released during the preceding period. In the second place the effective rainfall probably decreased in the upper part of the Middle Pleniglacial (Van der Hammen & Correal Urrego, 1978). During the Upper Pleniglacial the climate became very cold and around 20,000 B.P. it also became very dry. The ponds dried up and the high plain became completely covered with bunchgrass pāramo. During the Guantiva interstadial the water level rose slightly, and pools and small lakes containing abundant *Myriophyllum* originated again. *Myrica* thickets and *Alnus* forests covered large parts of the high plain and indicating a more humid climate. During the El Abra stadial the *Alnus* forests had disappeared and *Myrica parvifolia* thickets now became abundant on the high plain. Also some pools containing *Myriophyllum* were apparently present. The climate must have been slightly drier.

L a k e l e v e l : high during the early part of the Late Glacial, and moderately high during the Lower Pleniglacial; the lake dried up completely during the Middle Pleniglacial (c. 30,000 yr. B.P.). During the Guantiva interstadial the water table rose slightly to give rise to several pools and small lakes, which probably persisted during the El Abra stadial.
T e m p e r a t u r e : oscillated between c. 10-13.5°C during the early part of the Last Glacial, between 7-11°C during the Lower and Middle Pleniglacial, between 5-6°C during the Upper Pleniglacial, c. 13°C during the Guantiva interstadial, and c. 9.5°C during the El Abra stadial.
L i t h o l o g y (section Bogotá CUX) : lake clays and clay gyttjas. In the upper part inundation clays.
Tentative estimated age and duration: 90,000-10,000 yr. B.P. (c. 80,000 yr.).

Pollen zone 1 (Holocene)

Note: see note of pollen zone 2.

F o r e s t l i n e : rose rapidly during the Andean pollen zone IV and gradually during the Andean pollen zone V to c. 3700 m alt. and remained at that level during Andean pollen zones VI and VII (from c. 7500 to c. 3000 yr. B.P.). It fell off at the beginning of the Andean pollen zone VIII to the present-day level of c. 3200-3300 m alt. (For the "Andean pollen zones" see Van der Hammen & González, 1960 (p.312) and 1963 (p.256)).

● Regional vegetation:

A n d e a n f o r e s t s : mainly made up of *Quercus, Weinmannia, Rapanea, Hedyosmum, Vallea,* Urticaceae, *Symplocos,* and *Ilex* and apparently representing the pollen rains of a *Quercus* forest (covering the upper parts of the outer slopes and, during the climatic optimum (about 5000 yr. B.P.), probably also parts of the western lowermost inner slopes), a *Weinmannia* forest (covering the inner slopes), and a high-plain forest. During the climatic deterioration around 3000 yr. B.P. the forest line dropped some 300 to 400 m and the *Quercus* forests retired to the outer slopes. The distribution of the vegetation types became more or less as sketched in fig. 9 (chapter 4).

● Local vegetation: the continuous representation of *Myriophyllum, Polygonum,* and cyperaceous reed swamp indicates the presence of local pools and open marshes in the lowermost parts of the high plain. *Alnus* forests became abundant on the lower and wetter places, *Myrica* thickets dominating on the drier soils. Sparser and drier vegetation (*Opuntia-Dodonaea* xerophytic bush and *Plantago sericea-Dodonaea-Puya* xerophytic vegetation) was present in the dry southern and western parts of the high plain (see the diagram "Laguna de la Herrera", Van der Hammen & González, 1965). Around c. 3000 B.P. (at the boundary between the Andean pollen zones VII and VIII) the climate in general became slightly cooler and more humid and the water level rose somewhat as witnessed by an increase of Cyperaceae, *Polygonum,* and other hydroseral elements. The area of open marshes increased, and a considerable part of the area must have been covered with open vegetation (at least during the last 5000 years), with grasses as the principal components. Shortly after 3000 (or 2500) yr. B.P. the first agricultural activities in the area began and somewhat later the effects of deforestation became noticeable (Van der Hammen & Correal Urrego, 1978).

Lake level: very low (presence of pools and marshy areas).
Temperature: rose to c. 17.5°C and c. 3000 B.P. lowered to c. 14°C.
Lithology (section Bogotá CUX): inundation clays.
Tentative estimated age and duration: from c. 10,000 B.P. to recent.

Note: Following the linguistic suggestion of Prof. A.D.J. Meeuse (Amsterdam), in this chapter "scrub" has been used instead of "shrub" for low woody vegetation.

6. Dating and Correlation of the Funza Sequence

Henry Hooghiemstra, Lewis G. Hogan[1] and John Boellstorff[2]

ABSOLUTE AGE DETERMINATIONS

The 357.00 m long Funza core from the high plain of Bogotá, Colombia (altitude 2547 m) yielded 110 volcanic ash bearing layers which occur intercalated with lake sediments (see table 10), and varied in thickness from 0.5 cm up to 8 cm. Seventy four of them were recognized as discrete ash layers and, though often thin and contaminated with clay particles, were collected for dating purposes. In the other 36 layers the ashshards were dispersed in the clayic sediments and of no use.

As the Cordillera Oriental is not volcanic and the nearest places where eruptions took place are in the Cordillera Central (at 130 km distance as the crow flies), all ash deposits must have been transported by wind across the valley of the Río Magdalena. Some of the samples were petrographically and mineralogically analyzed by P.A. Riezebos, University of Amsterdam (Riezenbos, 1978). The purified fractions were used for K-Ar dating and for fission-track dating (table 4).

All fission-track-dated samples were irradiated and anlyzed together with the Borchers Standard ash which has been repeatedly dated by the laboratory of the University of Nebraska-Lincoln and other laboratories and is used as an interlaboratory standard (Boellstorff, 1976). The Borchers Standard ash occurs very near the base of the Pleistocene as used in the Mid-Continent (Kansas and Nebraska, U.S.A.) and is dated 2.0±0.2 m.y. B.P.

Samples 5, 7, 8, 17, 18, 20, 22 and 30 were very difficult to date because of the small volume of coarse-grained material, the small grain size and the scoriaceous aspect of the shards. Consequently, a relatively few shards survived the etching process and, therefore, the counting statistics are very low, especially for spontaneous or fossil-track density measurement. Moreover, due to the low amount of material only one age determination could be obtained from most samples. In some cases a maximum and minimum age is listed for a sample. The minimum age was calculated by using only those spontaneous tracks which could be identified with absolute certainty. The maximum age was calculated by including those spontaneous tracks which could be identified as probable but not certain. The average of these two dates is used in fig. 22.

The following samples were K-Ar-dated: 30 (103.98 m), 79 (39.62 m), 446 (184.63 m), 1321 (272.03 m), 1538 (293.80 m) and 1858 (325.75 m). The samples labeled 30, 79 and 446 were routine samples which did not cause any difficulties and yielded reliable age data. The biotite fractions of the samples labelled 1321, 1538 and 1858, to the contrary, were very difficult to date.

[1]*School of Oceanography, Oregon State University, Corvallis, Oregon 97331, U.S.A. (Potassium-argon datings).*

[2]*Amoco Production Company, P.O. Box 591, Tulsa, Oklahoma 74102, U.S.A. (Fission-track datings).*

Table 4: Absolute dating results

Sample number	Depth (m)	(1)	(2)	Ash fraction used	Age (m.y)	Comments
5	39.62	f t	1		0.47 0.366(min.)-0.577(max.)	minimal statistics; guide age only
7	40.23	f t	1		0.56 0.482(min.)-0.643(max.)	minimal statistics; guide age only
8	41.18	f t	1		0.45 0.384(min.)-0.512(max.)	minimal statistics; guide age only
5,7,8		f t			0.49±0.06	average date
79	39.62	K-Ar		glass	1.05±0.35	routine sample; no difficulties
17	77.77	f t	1		0.39	
18	78.65	f t	1		0.53	
20	80.15	f t	1		0.79	
22	87.63	f t	2		0.99±0.08 1.048(1st dat.)-0.939(2nd dat.)	minimal statistics; guide age only
30	103.98	f t	2		1.34±0.39 1.058(1st dat.)-1.615(2nd dat.)	minimal statistics; guide age only
30	103.98	K-Ar		amphibole mica	1.48±0.48	routine sample; no difficulties
154	155.40	f t	2		1.19±0.31	counting statistics low; good quality
446	184.63	K-Ar		biotite	1.99±0.14	routine sample; no difficulties
1321	272.03	K-Ar		biotite	0.77±0.46	difficult sample; microwave discharge
1321	272.03	K-Ar		plagioclase	1.99±0.20	
1538	293.80	K-Ar		biotite	0.64±1.03	difficult sample; excessive air argon
1538	293.80	K-Ar		plagioclase	3.55±0.93	
1858	325.75	K-Ar		biotite	5.62±0.12	no reliable age; some microwave discharge
1858	325.75	K-Ar		plagioclase	19.92±0.39	

(1) dating method
f t: fission-track dating

(2) number of determinations

COMMENTS ON THE ABSOLUTE DATING RESULTS

Samples 5 (39.62 m), 7 (40.23 m) and 8 (41.18 m) were fission-track-dated, whereas sample 79 (39.62 m) was K-Ar-dated (see table 4). The data from samples 5, 7 and 8 seem to be reliable because the minimum-maximum ages for each sample yield average ages which are nearly identical, *viz.* 0.47 m.y., 0.56 m.y. and 0.45 m.y., respectively. The mean age of these three dates is 0.49±0.06 m.y. B.P.

Sample 79 (39.62 m) was K-Ar-dated using the glass fraction. K-Ar-dates on glass often, if not generally, yield anomalously old ages, possibly due to inherited argon. Also in the context of the other data this dating seem to be too old. An alternative possiblility to explain the incongruously great age is to suppose that a hiatus occurs in the upper 40 m of the core, but this hypothesis must be rejected on palynological grounds because the upper 40 m of sediments show three major climatic cycles, *i.e.*, alternations of pollen assemblages representing likewise alternating relative cold and warm climatic periods which are palynologically correlated with Section Bogotá CUX (Van der Hammen & González, 1960 and 1963) and section Fúquene III, as published in Van der Hammen & Cleef (in press) and representing the last 0.35 m.y. We therefore reject the K-Ar-dating result of sample 79.

As regards the samples 17 (77.77 m), 18 (78.65 m) and 20 (80.15 m), dated as 0.39 m.y., 0.53 m.y. and 0.79 m.y. B.P., repectively, (table 4) there are no technical arguments to suspect the age determinations. Palynologically there are strong arguments against the lowest two ages, however, because the interval between 80 m and 40 m shows three major climatic cycles (see general pollen diagram). Sample 20 gives the greatest space in time up to the rather reliable date of a depth of 40 m. The dates of samples 18 and 17 permit a time lapse of 0.04 m.y. and -0.10 m.y., respectively, between the levels of 40 m and 80 m, which is palynologically inacceptable for the above-mentioned reason.

Sample 30 (103.98 m) was both K-Ar and fission-track-dated. The difference in their mean ages, 1.48±0.48 m.y. and 1.34±0.39 m.y. B.P., respectively, (table 4) is rather small. As to the precision of these dates, they coincide in 73% of their total range. Both dates, therefore, appear to be most reliable.

Sample 154 (155.40 m) yielded a fission-track age of 1.19±0.31 m.y. B.P. and is considered to be adequate on account of the sample size and the statistics. This date is slightly lower than that of sample 30 (*viz.*, 1.34±0.39 m.y. B.P.). However, in view of the precision of each measurment one can only conclude that the dates obtained from these ashes are statistically similar. The magnitude of the precision is the result of the small sample size and the consequent small number of fission tracks observed.

Biotite samples 446 (184.63 m), 1321 (272.03 m), 1538 (293.80 m) and 1858 (325.75 m) yielded K-Ar dates of 1.99±0.14 m.y., 0.77±0.46 m.y., 0.64±1.03 m.y. and 5.62±0.12 m.y. B.P., respectively. Sample 446 was a routine sample which did not cause any difficulties, whereas samples 1321 and 1858 gave problems owing to microwave discharge and sample 1538 exhibited a normal fusion but appeared to have an excess of argon of an order of magnitude. The last three samples, therefore, do not seem to provide reliable dates. For this reason the samples were K-Ar-dated again using the plagioclase fractions, which resulted in much older dates: sample 1321 was now dated 1.99±0.20 m.y., sample 1538 3.55±0.93 m.y. and sample 1858 19.92±0.39 m.y. B.P. The dating results from the biotite fractions of sample 1321, 1538 and 1858 are difficult tc interprete; they may have been derived from older rocks present at the time of the eruption. It is also possible that they are detrital. For these reasons it is tentatively suggested here that the plagioclase dates are a maximum because of their higher temperature argon retention. Since biotite does not retain argon very well when the temperature exceeds about 200°C, these ages would have to be considered a minimum (Cox *et al.*, 1968).

Table 5: Pollen zones and their ages (continued on next page)

Boundary pollen zones	Depth (m)	Calculated age (1) (years)	Calculated age (2) (years)	Most reliable estimated age (3) (years)
	2.10	neg.	neg.	
2A-2B	3.00	neg.	neg.	
2-3	8.20	(21,000)	neg.	90,000
3-4	9.50	(35,500)	neg.	125,000
4-5	22.50	179,800	(67,100)	190,000
5A-5B	25.00	207,600	(96,400)	
5-6	28.00	240,800	(131,500)	235,000
6-7	38.00	351,800	(248,800)	340,000
7-8	43.60	414,000	314,400	375,000
8-9	48.80	471,700	375,400	420,000
9A-9B	51.40	500,600	405,900	
9-10	58.50	579,400	489,100	560,000
10B-10C	59.75	593,200	503,800	
10A-10B	60.25	598,800	509,600	
10-11	62.00	618,200	530,100	605,000
11A-11B	69.00	695,900	612,200	
11-12	74.00	751,400	670,800	765,000
12-13	80.00	818,000	741,200	825,000
13C-13D	82.50	845,700	770,500	
13B-13C	85.50	879,000	805,600	
13A-13B	90.00	929,000	858,400	
13-14	92.00	951,200	881,800	960,000
14A-14B	96.00	995,600	928,700	
14-15	101.00	1,051,000	987,300	995,000
15-16	107.00	1,117,700	1,057,700	1,040,000
16B-16C	110.00	1,150,900	1,092,900	
16A-16B	111.00	1,162,000	1,104,600	
16-17	114.00	1,195,300	1,139,700	1,120,000
17-18	118.00	1,239,700	1,186,600	1,195,000
18-19	123.00	1,295,200	1,245,300	1,230,000
19-20	137.00	1,450,600	1,409,400	1,320,000
20A-20B	140.00	1,483,900	1,444,600	
20-21	143.20	1,519,400	1,482,100	1,440,000
21-22	151.40	1,610,400	1,578,200	1,525,000
22-23	157.00	1,661,500	1,632,100	1,595,000
23-24	161.00	1,717,000	1,690,700	1,705,000
24-25	171.00	1,828,000	1,808,000	1,775,000
25A-25B	177.00	1,894,600	1,878,300	
25-26	184.40	1,976,700	1,965,100	1,950,000
26-27	197.40	2,121,000	2,117,500	2,030,000
27-28	208.00	2,238,600	2,241,700	2,200,000
28-29	216.00	2,327,400	2,335,500	2,340,000
29-30	233.00	2,516,100	2,534,800	2,540,000
30-31	251.00	2,715,900	2,745,800	2,615,000
31C-31D	256.20	2,773,600	2,806,800	
31B-31C	257.40	2,786,900	2,820,900	
31A-31B	258.80	2,802,400	2,837,300	
31-32	259.50	2,810,200	2,845,500	2,640,000
32-33	263.20	2,851,300	2,888,900	2,725,000
33-34	265.00	2,871,300	2,910,000	2,750,000
34A-34B	267.00	2,893,500	2,933,400	
34-35	268.80	2,913,400	2,954,500	2,785,000

Table 5: Pollen zones and their ages (continued)

Boundary pollen zones	Depth (m)	Calculated age (1) (years)	Calculated age (2) (years)	Most reliable estimated age (3) (years)
35-36	270.00	2,926,800	2,968,600	2,795,000
36-37	272.20	2,951,200	2,994,400	2,810,000
37-38	276.20	2,995,600	3,041,300	2,830,000
38-39	279.40	3,031,100	3,078,800	2,895,000
39-40	286.20	3,106,600	3,158,500	2,935,000
40B-40C	289.20	3,139,800	3,193,700	
40A-40B	291.20	3,162,000	3,217,100	
40-41	294.00	3,193,100	3,249,900	2,985,000
41-42	298.00	3,237,500	3,296,800	3,040,000
42-43	302.00	3,281,900	3,343,700	3,095,000
43-44	305.60	3,321,900	3,385,900	3,155,000
44A-44B	307.00	3,337,400	3,402,300	
44-45	310.00	3,370,700	3,437,500	3,210,000
45-46	316.00	3,437,300	3,507,900	3,240,000
46-47	317.80	3,457,300	3,529,000	3,260,000
47-48	319.20	3,472,800	3,545,400	3,280,000
48-49	321.00	3,492,800	3,566,500	3,295,000
59-50	325.00	3,537,200	3,613,400	3,330,000
50-51	331.00	3,603,800	3,683,700	3,370,000
51-52	337.00	3,670,400	3,754,000	3,405,000
52-53	339.80	3,701,400	3,786,900	3,425,000
53-54	347.00	3,781,400	3,871,300	3,470,000
54-55	350.20	3,816,900	3,908,800	3,520,000
55A-55B	354.40	3,863,500	3,958,000	
	357.00	3,892,300	3,988,500	

(1) according to the depth-time curve $y=6.30 + 90.10x$ ($r^2 = 0.84$)
(2) according to the depth-time curve $y=16.78 + 85.30x$ ($r^2 = 0.83$)
(3) the most reliable approximation of the time-scale is:
a) for the top of the pollen record: about 30,000 years B.P. (Barrio-Modelia, W.Bogotá: 27,700±400 yr B.P., Col. 97, GrN 4557; Van der Hammen, pers.comm.)
b) for the range 2 m - 200 m depth the average age indicated by the depth-time curves for Funza according to the correlated levels of core V28-239 (Shackleton & Opdyke, 1976) and core V16-205 (Van Donk, 1976)
c) for the range 200 m - 240 m the average age indicated by both depth-time curves of Funza and the depth-time curve of Funza according to the correlated levels of the variation of the eccentricity of the earth's orbit
d) for the range 240 m - 357 m the ages according to the correlated levels of the variation of the eccentricity of the earth's orbit

neg.: at this depth the depth-time curve yields a negative age

Fig. 24: Correlation of relevant records.

A. Pollen diagram Fúquene (Van Geel & Van der Hammen, 1973) and pollen diagram of section Bogotá CUX-CUY (Van der Hammen & Cleef, in press). The correlated pollen zones of the Funza record are indicated.
B. Pollen diagram of section Bogotá CUX (Van der Hammen & González, 1960 and 1963). The correlated pollen zones of the Funza record are indicated.
C. Pollen diagram of section Funza (this study). Pollen zones (2-55), glacial cycles (1-26), depth scale, time scale (ages according to most reliable estimated ages; table 5) and stage numbers are indicated. The first 23 stage numbers are according to Shackleton & Opdyke (1976), stage numbers 24-39 are according to the unnumbered stages of Shackleton & Opdyke (1976), whereas stage numbers 40-64 are introduced by the authors.
D. Oxygen isotope record V28-239 (Shackleton & Opdyke, 1976). Stage numbers 40-64 are introduced by the authors. Depht and paleomagnetic time-scale are indicated.
E. Oxygen isotope record V16-205 (Van Donk, 1976) with the correlated stage numbers of core V28-239. Stage numbers in brackets indicate the alternative correlation of core V16-205 and core V28-239 according to Kukla (1977). Depth and paleomagnetic time-scale are indicated.

Altitude of the top of the pollen sections ca. 2550 m to 2580 m above sea level.

CORRELATION WITH DEEP-SEA RECORDS

The pollen curves, as products of the vegetation cover, are mainly related to temperature and to humidity (see chapter 5). When one attempts to make a correlation with physical parameters as used in model-studies of the ice-ages it is to be expected that it correlates best with the mean annual insolation curve for the equatorial area (Kukla, 1978, Kukla *et al.*, 1981). The $^{16}O/^{18}O$ curve is in fact an ice-volume curve (Shackleton, 1967; Dansgaard & Tauber, 1969; Shackleton & Opdyke, 1973; Van Donk, 1976; Briskin & Berggren, 1975; Broecker & Van Donk, 1970; Hays *et al.*, 1976). The isotopic variations were in essence experienced in all ocean water masses synchronously, the limit being the mixing time of ocean waters, which is of the order of 1000 years (Berggren *et al.*, 1980). Both the pollen curve and the ice volume curve are related to the factor temperature, but may reflect different reactions. Differences in shape and course between glacial cycles, as recorded by the $^{16}O/^{18}O$ curve, and by a pollen curve are, therefore, to be expected (see also chapter 7).

CORRELATION WITH RECORD V28-239

Deep-sea core V28-239 (Shackleton & Opdyke, 1976) preserves a detailed oxygen isotope and paleomagnetic record of the equatorial Pacific (lat 3°15'N, long. 159°11'E) for the Pleistocene Epoch. The entire 21 m long core has been analyzed at 5 cm intervals, which resulted in a resolving capacity of about 5000 years. The 357 m long Funza record has been analyzed with intervals of 20 cm up to about 40 cm, which resulted in a resolving capacity from about 2100 to 4500 years, which is comaprable to core V28-239.

Core V28-239 represents the last 2.1 m.y. and is well dated by the magnetic reversal scale. It should be noted, however, that calculated ages of all levels except those of magnetic reversals have been assigned by interpolation and extrapolation and hence need not be exact. Shackleton & Opdyke (1976) recognized 23 stages in core V28-239, the first 16 coinciding with those used by Emiliani (1955 and 1966) and the first 22 coinciding with those in core V28-238 (Shackleton & Opdyke, 1973). The stage boundaries defined by these authors are nearly all centred around the times of rapid isotopic changes in the oceans, so that they can be easily recognized, even in sediments that have accumulated quite slowly.

Table 6: Ages of corresponding stage numbers (continued on next page)

Funza stage nr.	Depth (m)	Age of corresponding stage numbers in: core V28-239 (1)	core V16-205 (2)	Funza (3)	Funza (4)
3	6.0	60,000	50,000	neg.	neg.
4	7.5	80,000	70,000	(13,300)	neg.
5	9.0	100,000	100,000	(30,000)	neg.
6	13.5	150,000	140,000	(79,900)	neg.
7	22.5	200,000	190,000	179,800	(67,100)
	26.0	225,000		218,700	(108,100)
8	29.0	250,000	240,000	251,900	(143,300)
9	35.0	300,000	280,000	318,500	(213,600)
10	37.5	325,000	315,000	346,300	(242,900)
11	38.5	350,000	345,000	357,400	(254,600)
	40.5	365,000		379,600	(278,100)
12	45.0	385,000	375,000	429,500	330,800
13	50.0	445,000	390,000	485,000	389,500
14	51.0	485,000	440,000	496,100	401,200
15	52.0	515,000	465,000	507,200	412,900
	57.0	555,000	495,000	562,700	471,500
16	59.0	575,000	515,000	584,900	495,000
17	63.0	645,000	580,000	629,300	541,900
18	65.0	695,000	630,000	651,500	565,300
19	66.5	720,000	685,000	668,200	582,900
20	68.5	740,000		690,300	606,300
21	70.0	770,000	735,000	707,000	623,900
22	75.5	790,000	750,000	768,000	688,400
23	82.0	850,000	840,000	840,200	764,600
	85.0	890,000		873,700	799,800
24	88.0	915,000	890,000	906,800	834,900
25	89.5	940,000	930,000	923,400	852,500
26	96.0	990,000	975,000	995,600	928,700
27	104.0	1,020,000	1,000,000	1,084,400	1,022,500
28	108.0	1,050,000	1,050,000	1,128,800	1,069,400
29	111.0	1,075,000	1,090,000	1,162,000	1,104,600
30	112.5	1,100,000	1,105,000	1,178,700	1,122,200
31	115.0	1,120,000	1,130,000	1,206,400	1,151,500
33	116.5	1,160,000	1,180,000	1,223,100	1,169,100
34	119.5	1,190,000	1,225,000	1,256,400	1,204,200
35	125.0	1,225,000	1,255,000	1,317,400	1,268,700
36	126.5	1,245,000	1,280,000	1,334,100	1,286,300
37	128.5	1,265,000		1,356,300	1,309,700
38	132.0	1,280,000	1,295,000	1,395,100	1,350,800
39	135.0	1,290,000		1,428,410	1,385,900
40	138.0	1,320,000	1,335,000	1,461,700	1,421,100
41		1,345,000	1,355,000		
42		1,360,000			
43	140.0	1,370,000	1,415,000	1,483,900	1,444,600
44	142.0	1,420,000	1,440,000	1,506,100	1,468,000
45	145.0	1,450,000	1,475,000	1,539,400	1,503,200
46	146.5	1,470,000		1,556,100	1,520,800
47	149.5	1,490,000	1,515,000	1,589,400	1,555,900

Table 6: Ages of corresponding stage numbers (continued)

Funza stage nr.	Depth (m)	Ages of corresponding stage numbers in: core V28-239 (1)	core V16-205 (2)	Funza (3)	Funza (4)
48	152.0	1,520,000	1,550,000	1,617,100	1,585,200
49	152.5	1,530,000	1,600,000	1,622,600	1,591,100
50	156.0	1,570,000	1,640,000	1,661,500	1,632,100
51		1,600,000	1,655,000		
52	158.0	1,650,000	1,700,000	1,683,700	1,655,600
53		1,690,000	1,720,000		
54	164.0	1,720,000	1,760,000	1,750,300	1,725,900
55	173.5	1,775,000	1,825,000	1,855,700	1,837,300
56	175.0	1,815,000	1,865,000	1,872,400	1,854,900
57	178.0	1,835,000	1,910,000	1,905,700	1,890,000
58	180.0	1,865,000	1,925,000	1,927,900	1,913,500
59	181.5	1,890,000	1,935,000	1,944,500	1,931,100
60	184.4			1,976,700	1,965,100
61	186.0	1,985,000	1,950,000	1,994,500	1,983,800
62	195.0	2,020,000	1,970,000	2,094,300	2,089,300
63	201.5	2,060,000	2,035,000	2,166,500	2,165,500
64	209.0	2,100,000		2,249,700	2,253,500

(1) interpolated ages
(2) interpolated ages
(3) calculated ages according to the depth-time curve $y=6.30 + 90.10x$ ($r^2= 0.84$)
(4) calculated ages according to the depth-time curve $y=16.78 + 85.30x$ ($r^2= 0.83$)
neg.: on this depth the depth-time curve yields a negative age

Odd-numbered stages are characterized by a smaller fraction of the lighter oxygen isotope (*i.e.*, there was less continental ice) and even-numbered stages by a greater fraction of the lighter oxygen isotope (more continenal ice)(Berggren *et al.*, 1980). Shackleton & Opdyke (1976) considered that since the isotopic fluctuations prior to stage 23 were of a higher frequency, and probably of a lower amplitude, they would be substantially less useful as a stratigraphic tool. The Funza record, however, shows a continuing cyclicity with approximately the same amplitude and frequency. To facilitate a correlation with the Funza record the indicated, but unnumbered, stages of core V28-239 (Shackleton & Opdyke, 1976) were also given a number (up to stage 39) and we continued the numbering of the not indicated but distinct stages down to the bottom of the core (stage 64), as illustrated in fig. 24. For the latter part the authors did not account for characterization of the odd- and even-numbered stages, as outlined above, but only numbered every distinctly recognized stage. The 64 stages in core V28-239 could be correlated with the Funza record as illustrated in fig. 24. Some interesting details are that the stages 6 and 22 in both records show a two-topped minimum and the stages 11 and 15 in both records show a three-topped maximum. If the correlation is correct, the age of the Funza stage numbers 1-64, as provided by the depth-time curve $y=6.30 + 90.10x$ ($r^2= 0.84$), may be substituted by the age of the corresponding V28-239 stage numbers, as assigned by interpolation (see table 6). If the V28-239 ages are correct, the resulting depth-time curve (see fig. 25, curve c) shows changes in the sedimentation rate of the Funza record. As this curve coincides to a high degree with both depth-time curves of the Funza record, we may conclude that both records exhibit about the same linear character.

Fig. 25: Depth-time curves for the Funza record and section Bogotá CUX-CUY.
a) Ages according to the depth-time curve y=6.30 + 90.10x (r^2= 0.84) for the Funza record.
b) Ages according to the depth-time curve y=16.78 + 85.30x (r^2= 0.83) for the Funza record.
c) Ages for the Funza record according to the correlated levels of core V28-239 (Shackleton & Opdyke, 1976).
d) Ages for the Funza record according to the correlated levels of core V16-205 (Van Donk, 1976).
e) Ages for the Funza record according to the correlated levels of the variation in the eccentricity of the earth's orbit (Berger, 1976).
f) Ages for section Bogotá CUX-CUY according to the correlated levels of the Funza record, applying depth-time curve y=6.30 + 90.10x (r^2= 0.84).
g) Ages for section Bogotá CUX-CUY according to the correlated levels of the Funza record, applying depth-time curve y=16.78 + 85.30x (r^2= 0.83).
0: Probable age of the top of the Funza record according to Van der Hammen (pers.comm).
0^1 ... 0^{11}: ages for the Funza record according to the correlated levels of the European stratigraphical climatic subdivision.

Vertically the depth and the Funza pollen zones are indicated. Horizontally the time-scale and the paleomagnetic reversals (according to Berggren *et al.*, 1980) are indicated. (Brunhes-Matuyama: 073 m.y. B.P., Matuyama-Gauss: 2.47 m.y. B.P., Gauss-Gilbert: 3.40 m.y. B.P., Jaramillo: 0.88-0.94 m.y. B.P., Olduvai: 1.72-1.88 m.y. B.P., Réunion: 2.04 m.y. B.P., Kaena: 2.88-2.96 m.y. B.P., Mammoth: 3.07-3.16 m.y. B.P., Cochiti: 3.87-3.97 m.y. B.P.).

Fig. 25 A: Depth-time curves in detail for the last 0.7 million years.
a) Ages according to the depth-time curve y=6.30 + 90.10x (r^2= 0.84) for the Funza record.
b) Ages according to the depth-time curve y=16.78 + 85.30x (r^2= 0.83) for the Funza record.
c) Ages for the Funza record according to the correlated levels of core V28-239 (Shackleton & Opdyke, 1976).
d) Ages for the Funza record according to the correlated levels of core V16-205 (Van Donk, 1976).
e) Ages for section Bogotá CUX-CUY according to the correlated levels of the Funza record, applying depth-time curve y=6.30 +90.10x (r^2= 0.84).
f) Ages for section Bogotá CUX-CUY according to the correlated levels of the Funza record, applying depth-time curve y=16+78 + 85.30x (r^2= 0.83).
g) Ages for section Bogotá CUX-CUY according to the correlated levels of core V28-239 (Shackleton & Opdyke, 1976).
0 Probable age of the top of the Funza record according to Van der Hammen (pers.comm.).
0^1 ... 0^4 ages for section Bogotá CUX according to the correlated levels of the European stratigraphical climatic subdivision.
0^{11} ... 0^{15} ages for the Funza record according to the correlated levels of the European stratigraphical climatic subdivision.

Vertically the depth and the Funza pollen zones are indicated.

CORRELATION WITH RECORD V16-205

Van Donk (1976) presented a detailed oxygen isotope and paleomagnetic record of the equatorial Atlantic Ocean (lat 15°24'N, long 43°24'W) for the entire Pleistocene Epoch. With a core length of 12.32 m the record represents the last 2.3 m.y., dated by the magnetic reversal scale. Samples were taken at 10 cm intervals and in several parts at 3 cm intervals. If one postulates a linear accumulation, these intervals represent about 18.600 years and 5600 years, respectively. As may be expected from the difference in resolving capacity, much detailed information from the Funza record as well as from record V28-239 is not accounted for in record V16-205. However, the general trend of the last-mentioned two records is recognizable and suggests the validity of this correlation. The 64 stages, as distinguished in core V28-239 and in the Funza record, are correlated as illustrated in fig. 24. Some interesting details are that stage 16 shows, like the Funza record, a two-topped minimum whereas record V28-239 shows in stage 16 an asymmetrical minimum, and that stage 22 shows, like both the Funza record and record V28-239, a two-topped minimum. If the correlation is correct, the age of the Funza stage numbers 1-64, as provided by the depth-time curve $y=6.30 + 90.10x$ ($r^2= 0.84$), may be substituted by the age of the corresponding V16-205 stage numbers, as calculated by interpolation (see table 6). If the V16-205 ages are correct, the resulting depth-time curve (fig. 25, curve d) shows changes in the sedimentation rate of the Funza record. As this curve coincides to a high degree with both depth-time curves of the Funza record and, moreover, shows a striking congruency with the Funza sedimentation rate curve as derived from the V28-239 core (see above and fig. 25, curve c), we may conclude that the three records have about the same linear character (see also chap. 7).

Kukla (1977) found a slightly different correlation between record V28-239 and record V16-205 for the range between stages 35 and 51 (see fig. 24). According to Kukla's interpretation 5 stages from record V28-239 are missing in the V16-205 record, *viz.*, stages 42, 45, 46, 48 and 49, whereas after the interpretation of the present first author only 3 stages from record V28-239 are missing in the V16-205 record, *viz.*, stages 38, 39 and 46. These differences are of a minor importance in the correlation of both records, however.

CORRELATION WITH SECTION BOGOTA CUX-CUY

The interpretation of pollen diagram Bogotá section CUX-CUY (Ciudad Universitaria section X and Y) has been problematical for a long time because no radiometric data were available. Van der Hammen *et al.*(1964, 1971) correlated this 195 m sequence of sediments tentatively from Waalian to recent in age, thus supposedly representing the last 0.9 million years. A recent paper by Van der Hammen & Cleef (in press), in which a global correlation with the upper part of the Funza record is presented, the 55 m level of the Bogotá CUX-CUY section is correlated with the 80 m level of the Funza record and consequently they interpreted the sedimentary record to be much older, (*viz.* representing the entire Pleistocene Epoch) than was previously assumed (1971). Because the Bogotá CUX-CUY section is located at the margin of the Bogotá sedimentary basin and contains abundant peat layers, it can be expected that hiatusses occur more frequently. Moreover, the central part of the sedimentary basin has been subsiding faster than the margin from the moment that accumulation of sediments started somewhere in the Pliocene onward, which resulted in a very long sedimentation sequence. The generally more sandy character of the sediments of section Bogotá CUX-CUY fits into the scope of a sedimentary record located near the margin of a sedimentary basin.

Levels of good correlation with the Funza record are provided by the beginning of the *Quercus* record (at about 53 m depth in the section Bogotá CUX-CUY and at about 100 m depth in the Funza core) and at the beginning of a dominant *Alnus*

Table 7: Correlation of Section Bogotá CUX-CUY with Funza

Depth (m) (1)	Equivalent boundary Funza	Equivalent depth (m) Funza	Calculated age (2) (years)	Calculated age (3) (years)	Interpolated age (4)(years)	Additional correlation levels (4)
10.4	2-3	8.2	(21,100)	neg.	90,000	
11.4	3-4	9.5	(35,500)	neg.	130,000	
13.6		11.0	(52,200)	neg.		
18.0		13.0	(74,400)	neg.		15.3 m-145,000
20.0		15.5	(102,100)	neg.		19.5 m-175,000
22.3	4-5	22.5	179,800	(67,100)	192,000	
22.5		22.7	182,000	(69,400)		
23.7		26.0	218,700	(108,100)	220,000	
24.1	5-6	28.0	240,800	(131,500)	235,000	
25.5		28.5	246,400	(137,400)	245,000	
29.0	6-7	38.0	351,800	(248,800)	325,000	
30.0		40.0	374,000	(272,200)		
31.0	7-8	43.6	414,000	314,400	375,000	
31.5		45.0	429,500	330,800	388,000	
33.0	8-9	48.8	471,700	375,400		
36.0	9-10	58.5	579,400	489,100		
49.5	10-11	62.0	618,200	530,100		
53.0	11-12	74.0	751,400	670,800		
56.5	12-13	80.0	818,000	741,200		
59.0		82.0	840,200	764,600		
62.0		88.0	906,800	834,900		
65.0		90.0	929,000	858,400		
67.0	13-14	92.0	951,200	881,800		
77.0	14-15	101.0	1,051,100	987,300		
79.5	15-16	107.0	1,117,700	1,057,700		
83.0	16-17	114.0	1,195,300	1,139,700		
88.5	17-18	118.0	1,239,700	1,186,600		
92.0	18-19	123.0	1,295,200	1,245,300		
97.5	19-20	137.0	1,450,600	1,409,400		
99.5	20-21	143.2	1,519,400	1,482,100		
101.0	21-22	151.4	1,610,400	1,578,200		
111.5		159.0	1,694,800	1,667,300		
113.0	23-24	161.0	1,717,000	1,690,700		
115.0	24-25	171.0	1,828,000	1,808,000		
129.0	25-26	184.4	1,976,700	1,965,100		
134.0	26-27	197.4	2,121,000	2,117,500		
141.5	27-28	208.0	2,238,600	2,241,700		
142.0	29-30	233.0	2,516,100	2,534,800		
147.5	30-31	251.0	2,715,900	2,745,800		
154.0	33-34	265.0	2,871,300	2,910,000		
161.5	36-37	272.2	2,951,200	2,994,400		
167.0	37-38	276.2	2,995,600	3,041,300		
168.0	38-39	279.4	3,031,100	3,078,800		
180.0	39-40	286.2	3,106,600	3,158,500		
187.0	40-41	294.0	3,193,100	3,249,900		
191.0	41-42	298.0	3,237,500	3,296,800		

(1) section CUX: 0-32.3 m; section CUY: 32.3-198.0 m

(2) ages according to the depth-time curve $y = 6.30 + 90.10x$ ($r^2 = 0.84$) (curve f, figure 25)

(3) ages according to the depth-time curve $y = 16.78 + 85.30x$ ($r^2 = 0.83$) (curve g, figure 25)

(4) ages according to core V28-239 (Shackleton & Opdyke, 1976)(curve g, figure 25 A)

record (at about 148 m depth in the section Bogotá CUX-CUY and at about 255 m depth in the Funza core). The Bogotá CUX-CUY record does not provide enough details for correlations with the 64 stages recognized in core V28-239, core V16-205 and the Funza core, however it can be correlated with the pollen zones as distinguished in the Funza record (see fig. 24 and table 7). Interesting details in this correlation are: 1) the occurrence of peat layers in section Bogotá CUX-CUY in the pollen zones 5. 7, 11, 13, 24 and 38, which correspond with pollen zones indicating periods of low lake levels in the Funza record. It is plausible that these features are directly correlated; 2) an important volcanic ash layer in section Bogotá CUX-CUY at about 166 m depth (pollen zone 37) immediately above a peat layer in pollen zone 38 corresponds with an identical situation in the Funza record in pollen zone 37 and 38. If the correlation is correct, the age of the boundaries between the pollen zones in the Funza record, as provided by the depth-time curve $y=6.30 + 90.10\ x$ ($r^2= 0.84$) (table 5), can be correlated with corresponding depths in the section Bogotá CUX-CUY. If the Funza ages are correct the resulting depth-time curve (see fig. 25, curves f and g) shows changes in the rate of sedimentation of the section Bogotá CUX-CUY. It is evident that the rate of sedimentation in nearly all parts of section Bogotá CUX-CUY was much lower than in the Funza record and according to this correlation the base of the 195 m long section Bogotá CUX-CUY is about 3.2 million years old.

CORRELATION WITH OTHER DATA

Volcanic ashes intercalated in the sediments of the Guasca 2 section (Van der Hammen *et al.*, 1973; fig. 23) between about 8 m and 13.5 m depth (pers.comm. Van der Hammen) were fission-track dated 3.62±0.67 m.y. B.P. This range in age corresponds, when one uses the depth-time curve $y=6.30 + 90.10x$ ($r^2= 0.84$) of the Funza record, with the depth range 273 m - 392 m. A pollen assemblage, comparable to that of diagram Guasca 2, should be present in the Funza record at this depth range. A possible correlation of the pollen assemblage of section Guasca 2 with that of Funza may be present from pollen zone 55 to pollen zone 46, of the latter. According to the depth-time curve of the Funza record the correlation has thus to be found in the period ending at 3.44 m.y. B.P. (pollen zone 46) and possibly beginning slightly earlier that the Funza record. As the dating 3.62±0.67 m.y. coincides with this possible range, the thick Guasca ash layer conceivably corresponds with one of the (thick) ash layers in the Funza core below 316 m depth (pollen zone 46). The 8 cm thick ash layer present at 325.72-325.79 m, which is about 3.54 m.y. old according to depth time curve $y=6.30 + 90.10x$ ($r^2= 0.84$), may well correspond with the Guasca ashes.

CORRELATION WITH THE EUROPEAN STRATIGRAPHICAL CLIMATIC SUBDIVISION

To provide a tentative correlation with the stratigraphical climatic subdivision of the Quaternary in the Netherlands and in East Anglia, the data presented by Zagwijn (1975a) and Zagwijn & Doppert, 1978 are incorporated. His time calibration was based on paleomagnetic data (Van Montfrans, 1971). Table 8 provides the boundaries of these periods and the corresponding depths and calculated ages of the Funza record. If the correlation is correct, the age of particular depths in the Funza core, as provided by the depth-time curve $y=6.30 + 90.10x$ ($r^2= 0.84$) may be substituted by the age of the corresponding boundary of the European stratigraphical climatic subdivision, as assigned by interpolation (see table 8). If the ages of the boundaries between the periods of the stratigraphical climatic subdivision are correct, the resulting depth-time curve shows changes in the sedimentation rate of the Funza record (see fig. 25). The congruency of both depth-time curves of the Funza record and the depth-time curves for Funza according to deep-sea core V28-239, deep-sea core V16-205 and the European stratigraphical climatic subdivision, strongly support the reliability of this correlation.

Table 8: Correlation of the Funza record with the European stratigraphical climatic subdivision

European stratigraphical climatic subdivision: Boundary	Age (1)	Depth in Funza record (m)	Calculated age (2) (years)	Calculated age (3) (years)	Depth in record Bogotá CUX-CUY(m)
Eemian - Weichselian	90,000	8.5	(24,000)	neg.	10.4
Saalian - Eemian	130,000	9.5	(36,000)	neg.	11.4
Holsteinian - Saalian	200,000	22.7	182,000	(69,000)	22.4
Elsterian - Holsteinian	250,000	28.0	241,000	(132,000)	24.1
Cromerian complex-Elsterian	300,000	38.0	352,000	249,000	29.0
Menapian - Cromerian complex	800,000	74.0	751,000	671,000	c. 52.0
Waalian - Menapian	900,000	101.0	1,051,000	987,000	c. 76.0
Eburonian - Waalian	1,200,000	118.0	1,240,000	1,187,000	c. 88.0
Tiglian - Eburonian	1,600,000	156.0	1,660,000	1,610,000	c.103.0
Praetiglian - Tiglian	2,200,000	208.0	2,239,000	2,242,000	c.137.0
Reuverian - Praetiglian	2,500,000	233.0	2,516,000	2,535,000	c.142.0

(1) interpolated ages according to Zagwijn (1975), based on paleomagnetic data.
(2) ages according to Funza depth-time curve $y=6.30 + 90.10x$ ($r^2= 0.84$)
(3) ages according to Funza depth-time curve $y=16.78 + 85.30x$ ($r^2= 0.83$)

CYCLICITY OF THE FUNZA RECORD

Before the cyclicity of the Funza record is discussed any further we need to know the relation between the cyclic occurrence of dominating vegetation types on the one hand and what is called the glacial-interglacial cyclicity on the other, in other words: which periods of the Funza record may be called a glacial, stadial, interstadial or interglacial period. Zagwijn (1975b) postulated in his model theory for the Pliocene-Pleistocene boundary that all glacial-interglacial (and interglacial-glacial) boundaries in an area should be defined on the basis of a comparison with a paleoclimatic model-boundary. The fact that about 1.0 million years ago the tree *Quercus* and about 3.0 million years ago the tree *Alnus* migrated into the area of the Cordillera Oriental and substantially modified the vegetation types and the pollen rain does not meet the condition of this theory, however. To what extent Andean forest was developed during the lower part of the Funza record is uncertain (Van der Hammen *et al.* (1973), Van der Hammen & Cleef (in press)). It is impossible to find criteria for a glacial-interglacial boundary which are generally applicable to the whole record, which is prohibitive to the application of the above-mentioned theory.

As discussed in chapter 5 and illustrated in figure 15. it is possible to define periods in the Funza record which are characterized by an open vegetation type around the basin of Bogotá. The impact of the penetration of the genera *Quercus* and *Alnus* became compensated, but the restrictions which apply to the lowest part of the record, as stated above, have to be taken into account. Therefore, it is impossible to interpret all these periods in the same way. The feature they have in common is a relatively low temperature. As illustrated in fig. 15, the Funza record is subdivided into 26 major climatic cycles, most of which comprise two pollen zones (see also table 9), *viz.*, a pollen zone with a relatively "warm climate" pollen assemblage and one with a relatively "cold climate" pollen assemblage. The boundaries between glacial-interglacial cycles (major climatic cycles) are formed by the 'terminations' (Kukla, 1961 and 1972; Broecker & Van Donk, 1970; Ruddiman & McIntyre, 1976), which are very abrupt cold-to-warm climatic shifts, occurring at the end of each of the major climatic cycles. It is assumed that most of these pairs of pollen zones are identical with a full glacial-interglacial cycle in the sense of Iversen (1958). Arguments pleading for this assumption are that the ages of many pollen zones having a "cold climate" pollen assemblage coincide in time with ages generally accepted for European glacial phases. We consider pollen zones having a relatively "warm climate" pollen assemblage and of considerable duration as 'interglacials'; the intermediate pollen zones having a "cold climate" pollen assemblage thus becoming the 'glacials'. It has to be noted that periods with a very low sedimentation rate may, when an interglacial is defined in this way, obscure an interglacial period, so that the number of glacial-interglacial cycles, as indicated in fig. 15 and table 9, is to a certain degree subject to possible adjustments (see also chap. 7). In the light of these facts the results of the distribution of the ashes and the concomitant implications have to be considered.

The Funza pollen record shows a cyclicity with distinct differences in amplitude as well as in frequency. As regards the amplitude of the cycles, the difference between the ranges 0-40 m (recent - 0.35 m.y. B.P.), 40-250 m (0.35 - 2.7 m.y. B.P.) and 250-357 m (2.7 - 3.9 m.y. B.P.) is evident. The curve for the forest elements (see diagram 1: right-hand general diagram) shows within these ranges amplitudes of c. 20-25%, c. 40-55% and c. 20-30%, respectively. The frequency of the major climatic cycles provides some interesting information (table 9). As the depth-time curve of the Funza record $y=6.30 + 90.10x$ ($r^2= 0.84$) and $y=16.78 + 85.30x$ ($r^2= 0.83$) are the result of a linear regression of dates, which do not show a satisfactory conformity, it is to be expected that the ages as provided by these depth-time curves are not uniformly reliable for all subranges of the Funza record. For the range 0-40 m fig. 22 shows that both depth-time curves of the Funza record do not provide relibale ages. Therefore, they are placed in brackets in the pertaining tables 5, 6, 7 and 8. Since the depth-time curves obtained from the correlated levels of cores V28-239 and V16-205 are to a high degree congruent, it is to be expected that these curves provide the most reliable ages. Fig. 27 shows the duration of the 26 major climatic cycles of the Funza record. The duration of each individual cycle is calculated from the ages provided by both depth-time curves of the Funza record and the most reliable approximation is made by using all depth-time curves of fig. 25 (see also table 5, note 3). The duration of the first 14 major climatic cycles spanning the last 2.2 million years varies between

- 106,000 and 260,000 years, using the ages provided by depth-time curve $y=6.30 + 90.10x$ ($r^2= 0.84$)
- 112,000 and 275,000 years, using the ages provided by depth-time curve $y=16.78 + 85.30x$ ($r^2= 0.83$)
- 80,000 and 250,000 years according to the most reliable estimation (see table 5, note 3)
- 30,000 and 250,000 years according to the most reliable estimation when an alternative zonation of the pollen diagram has been applied (see table 9 and chap. 7).

Climatic cycle number 15 has an extreme duration of about 420,000 - 500,000 years, depending upon the time-frame used.

The duration of the cycels 16-26 is considerably shorter and varies mainly between

- 35,000 and 160,000 years, using the ages provided by depth-time curve y=6.30

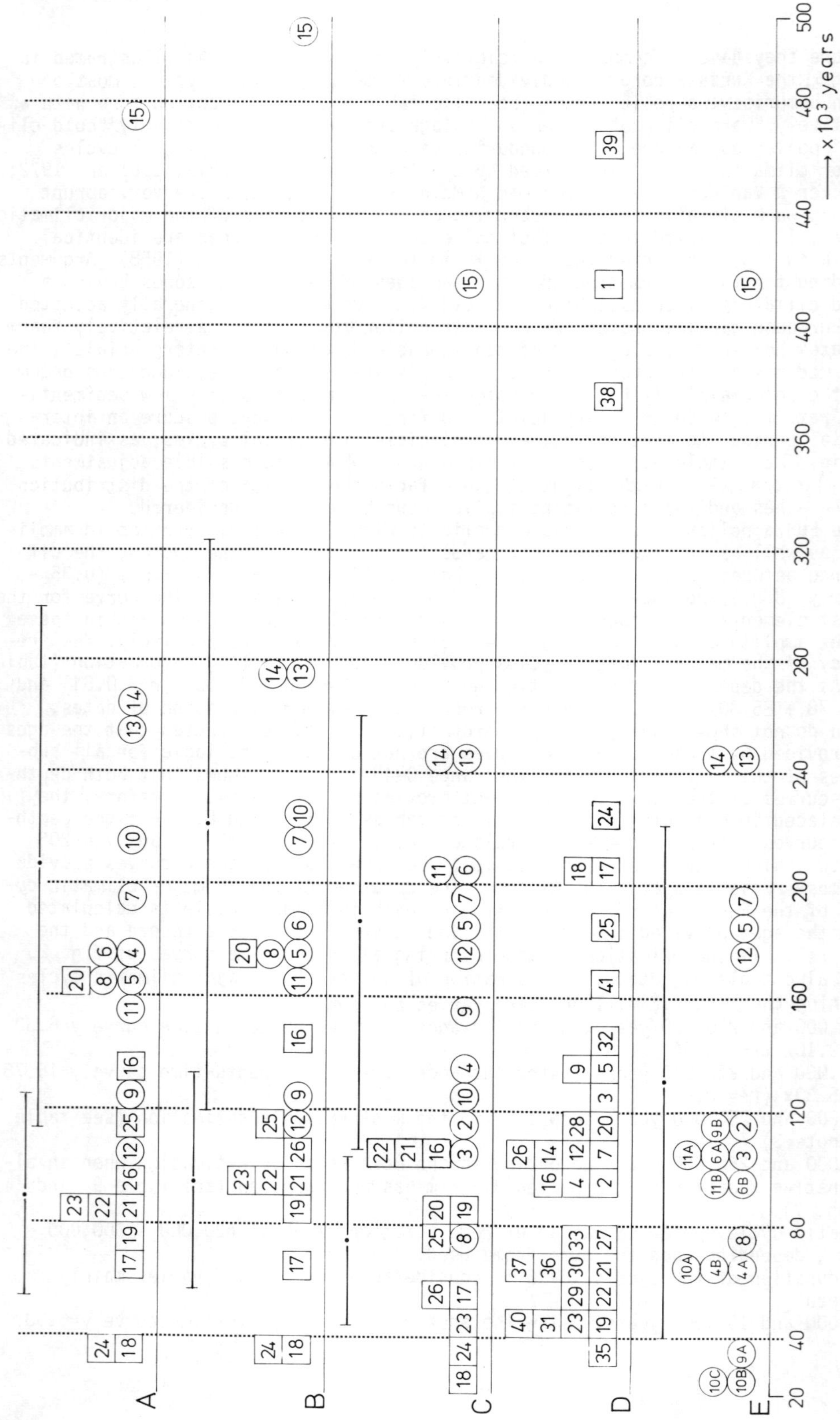
A
B
C
D
E
× 10³ years

Fig. 27: Duration of the major climatic cycles of the Funza record (Figs. D and E concern the chapter "Discussion")

A. Duration according to the ages provided by depth-time curve y=6.30 + 90.10x (r^2= 0.84). The 15 most recent cycles, spanning the last 2.8 million years, are indicated by a circle.
cycles 1-15: $\bar{x}$ = 206,000 yr s = 93,200 yr
cycles 16-26: $\bar{x}$ = 89,600 yr s = 36,100 yr

B. Duration according to the ages provided by depth-time curve y=16.78 + 85.30x (r^2= 0.83). The 15 most recent cycles, spanning the last 2.8 million years, are indicated by a circle
cycles 1-15: $\bar{x}$ = 221,000 yr s = 102,200 yr
cycles 16-26: $\bar{x}$ = 94,600 yr s = 38,100 yr

C. Duration according to the most reliable estimated ages (see table 5, note 3). The 15 most recent cycles, spanning the last 2.8 million years, are indicated by a circle.
cycles 1-15: $\bar{x}$ = 186,000 yr s = 80,100 yr
cycles 16-26: $\bar{x}$ = 73,600 yr s = 29,700 yr

D. Periods of the 42 first terms of the series of expansion of the eccenctriciy of the earth's orbit (data after Berger, 1978: table 3). The following long-lasting terms are not indicated in the histogram:
term number: 6, period: 2,305,441 yr
term number: 8, period: 1,306,618 yr
term number: 10, period 603,630 yr
term number: 11, period: 3,466,974 yr
term number: 13, period: 1,282,495 yr
term number: 15, period: 3,466,974 yr
term number: 34, period: 602,241 yr
term number: 42; period: 1,134,827 yr
(see chapter 7)

E. Duration of the 15 most recent major climatic cycles of the Funza record when an alternative zonation of the pollen diagram has been applied, *i.e.*, according to the concept of marine oxygen isotope records (see table 9 and chapter 7).
Major climatic cycles numbers 4, 6, 9, 10 and 11 are divided into cycle numbers 4A and 4B, 6A and 6B, 9A and 9B, 10A, 10B and 10C, 11A and 11B, respectively.
$\bar{x}$ = 130,200 yr s = 90,700 yr.

Table 9: Major climatic cycles and sedimentation rates of the Funza record (continued on next page)

Cycle number	Pollen zones included	Thickness of sediment and shape (a)		Duration (years) (2)	Duration (years) (3)	Duration (years) (4)	Sedimentation rate ($cm/10^3$ yr)	(alternative)	Duration (years) (5)
1	1	(7)							
2	2-3	>7.40	i	(6)	(6)	114,000	(7)	>6.49	
3	4-5	18.50	a	(6)	(6)	110,000	16.8		
4	6-7	15.60	a	173,200	(6)	140,000	11.1		
		8.50	*i*					*12.1*	*70,000*
		7.10	*i*					*10.1*	*70,000*
5	8-9	14.90	a	165,400	174,700	185,000	8.1		
6	10-11	15.50	a	172,000	181,700	205,000	7.6		
		6.00	*a*					*5.7*	*105,000*
		9.50	*a*					*9.5*	*100,000*
7	12-13	18.00	a-s	199,800	211,000	195,000	9.2		
8	14-15	15.00	a	166,500	175,900	80,000	18.8		
9	16-17	11.00	a	122,000	128,900	155,000	7.1		
		4.00	*c*					*10.0*	*40,000*
		7.00	*a*					*6.1*	*115,000*
10	18-19	19.00	a	210,900	222,800	125,000	15.2		
		8.50	*a*					*13.1*	*65,000*
		5.50	*s*					*18.3*	*30,000*
		5.00	*i*					*16.7*	*30,000*
11	20-21	14.40	a	159,800	168,800	205,000	7.0		
		4.50	*i*					*4.1*	*110,000*
		9.90	*s*					*10.4*	*95,000*
12	22-23	9.60	i	106,600	112,500	180,000	5.3		
13	24-25	23.40	a	259,700	274,400	245,000	9.6		
14	26-27	23.60	a	261,900	276,600	250,000	9.4		
15	28-30	43.00	a	477,300	504,100	415,000	10.4		
16	31-32	12.20	i	135,400	143,100	110,000	11.1		
17	33-34	5.60	a	62,100	65,600	60,000	9.3		
18	35-36	3.40	a	37.800	39.900	25,000	13.6		
19	37-38	7.20	a	79,900	84,400	85,000	8.5		
20	39-40	14.60	a	162,000	171,100	90,000	16.2		
21	41-42	8.00	a-s	88,800	93,800	110,000	7.3		
22	43-44	8.00	a-s	88,800	93,800	115,000	7.0		
23	45-46	7.80	a	86,600	91,500	50,000	15.6		
24	47-48	3.20	a	35,500	37,500	35,000	9.1		
25	49-50	10.00	a	111,000	117,200	75,000	13.3		
26	51-52	8.80	a	97,600	103,200	55,000	16.0		
27	53-	(8)							

(1) thickness in metres. Shape: a: asymmetric (relatively long cooling phase and short warming phase), s: symmetric, i: indistinct
(2) ages according to the depth-time curve $y=6.30 + 90.10x$ ($r^2= 0.84$) sedimentation rate: 9.0 $cm/10^3$ years
(3) ages according to the depth-time curve $y=16.78 + 85.30x$ ($r^2= 0.83$) sedimentation rate: 8.5 $cm/10^3$ years
(4) most reliable estimated age; see table 5, note 3
(5) alternative zonation of the Funza record when the factor time is not accounted for in the definition of an interglacial. Short-lasting temperature maxima are also considered as interglacials, conform the concept in deep-sea records (see also table 13 and the text)

+ 90.10x (r^2= 0.84)
•38,000 and 170,000 years, using the ages provided by depth-time curve y=16.78 + 85.30 (r^2= 0.83)
•25,000 and 115,000 years according to the most reliable estimation (see table 5, note 3).

A distinct change in the cyclicity around the 255 m level, dated about 2.6 m.y. B.P. (table 5) is evident. This is in agreement with the results of Shackleton & Kennett (1975) and Shackleton & Opdyke (1977).

If the most reliable estimated ages in table 9 are correct, table 9 provides the sedimentation rates for each of the major climatic cycles. The sedimentation rate varies from 5.3 cm/10^3 year in climatic cycle 12 to 18.8 cm/10^3 year in climatic cycle 8. Some climatic cycles have a marked relative high sedimentation rate; *viz.*, the numbers 3, 8, 10, 18, 20, 23, 25 and 26. The other cycles do not differ much from the overall sedimentation rate of 8.5-9.0 cm/10^3 year, as indicated by the depth-time curves of the Funza record. The stratigraphical record is not helpful in establishing the cause of these relative high sedimentation rates. The cycles 10, 25 and 26 contain much sandy clay, and the cycles 8, 10, 20, 23 and 25 fair amounts of volcanic ash. Other cycles with moderate sedimentation rates, however, show similar features, so that these are not characteristic of the group of cycles with a relatively high sedimentation rate.

By looking at the whole core we may conclude that a more or less constant sedimentation rate is present within the interval 0 m - 220 m depth. Around this level the depth-time curve declines and, judging by the correlation between the pollen curve and the eccentricity (see chap. 7), the sedimentation rate is slightly higher but is again more or less constant.

To sum up, the supposition made in the beginning of this chapter appears to be correct and justifies the application of a linear regression to the available radiometric dates. On account of the more or less linear character of the accumulation of the Funza record, the thickness of the sediments is, within each interval, a measure for the duration. The time percentage of the cooling periods of all cycles (*viz.*, c. 13% of the time spanning the Funza record) is distinctly greater than the percentage of the warming-up periods of all cycles (*viz.*, c. 8% of the time spanning the Funza record) and causes an asymmetrical character of most cycles (see table 9). It is evident that changes in the rate of sedimentation may cause aberrations from the general shape of a cycle.

Table 9: Major climatic cycles and sedimentation rates of the Funza record (continued)

(6) incorrect cycle duration caused by the fact that both depth-time curves for Funza are not reliable within this range (see fig. 22)
(7) as the former lake of Bogotá dried up about 30,000 years ago, the sedimentary sequence of pollen zone 2 is not complete. Therefore, it is not possible to provide a sedimentation rate for this cycle.
(8) the cyclicity below the 337 m level is not clear because of gaps in core recovery and is not considered here.

DISTRIBUTION OF THE VOLCANIC ASHES

The distribution of the volcanic ash in the Funza core can teach us much about the volcanic history of the source area. There are some uncertainties about the recovery and the recording of ash layers. Drilling may destroy fine ash layerings, burrowing organisms may disturb ahs layers and disperse the ash into adjacent sediments, and several ash deposits in the Funza core were contaminated with clay, but the great amount of ash deposits at 110 levels (see table 10) enables a relatively detailed study. In all, 75.4% of the ash layers are represented by distinct layers, and 24.6% are disseminated ash horizons.

Kennett & Thunell (1975) evaluated the global volcanic history by using the distribution of volcanic ash in deep-drilled sequences obtained during the Deep Sea Drilling Project. They found a global curve with a maximum in the Quaternary volcanism (supposed to have lasted for 1.8 m.y.), a minimum during the Late Pliocene time (2.5 m.y. B.P.) and a secondary maximum at Mid-Pliocene time (4.5 m.y. B.P.). The separate curve for Central America shows a great activity at 1 m.y. B.P., a minimum at 2.1 m.y. B.P., and a secondary maximum at 3.2 m.y. B.P. By comparing this curve for global volcanic ash output with fig. 28 it becomes evident that the distribution of the 110 ash layers of Funza is upon the whole similar. According to Kennet & Thunell (1975) there is no evidence suggesting that post-depositional chemical alteration has reduced the number of ash layers in the older levels of oceanic cores. Beneath the 155 m level the volcanic ashes of the Funza core do not contain glass any more, which is probably the result of decomposition. For this reason no fission-track datings are available beneath this level.

CLIMATIC IMPLICATIONS

Kennett & Thunell (1975) concluded that a greatly increased volcanic activity during the last 2 million years closely coincides with that interval of earth history marked by strongly and rapidly oscillating climatic conditions correlated with glacial-interglacial cycles in the Northern Hemisphere. They are of the opinion that this general synchronism is almost certainly not coincidental. The direct relation between vocanic activity and climatic cycles, as provided by the Funza core, permits more accurate conclusions as regards synchronity or diachronity. Fig. 28 A shows the relation between the geological time and the number of ash layers. Little volcanic activity is indicated for the period 1.7-2.8 m.y. B.P., corresponding to the range from 160 m to 255 m depth in the Funza core. The palynological results show but little difference in amplitude during this period as compared with the neighbouring younger period (see the general diagram). The period from 2.8 to 3.6 m.y. B.P., to the contrary, exhibits climatic fluctuations of lower amplitude and higher frequency (see fig. 15) indicated a strongly increased volcanic activity, as shown in fig. 28 A. Fig. 28 B, presenting the number of volcanic ashes in each glacial-interglacial cycle, shows the same tendency, so that the Funza record does not show a coincidence of periods of greatly increased volcanism (*viz.*, 0.2-1.1(1.7) m.y. B.P. and 2.8-3.6 m.y. B.P.) with that interval of the history of the earth marked by major and rapidly oscillating climatic conditions related to glacial-interglacial cycles in the Northern Hemisphere (*viz.*, between the recent and 2.8 m.y. B.P.) as found by Kennett & Thunell (1975). A relation between geomagnetic polarity change and volcanic maxima, as stressed by Kennett & Watkins (1970), is not supported by the distribution in time of the Funza ashes (see fig. 15). Bray (1977) demonstrated a significant tendency of the temperature maxima preceding cooling phases and glacial advance to have been accompanied by major volcanic eruptions (based on Northern Hemisphere data). He suggests that the intensity of volcanism may be related to the intensity of climatic cooling. Fig. 29 shows the percentage of

Table 10: Volcanic ash data (continued on next page)

Depth (m)	Thick-ness (cm)	Sample number	Glacial cycle number	Phase	Calculated age (1) (years)
38.02	1	76.4	4	4	352,100
38.52	2	77.4	4	4	357,600
38.98	1	78.4	4	4	362,700
39.34	4	79.3	4	4	366,700
39.43	x	79.4	4	4	367,700
39.62	3	80.1	4	4	369,800
39.83	2	80.3	4	4	372,100
40.23	4	81.2	4	4	376,600
41.18	2	83.1	4	4	387,100
41.31	2	83.3	4	4	388,600
43.18	1	87.1	4	3	409,300
43.31	1	87.3	4	3	410,800
48.28	3	97.2	5	1	465,900
50.28	x	101.2	5	1	488,100
71.26	1	143.2	6	4	721,000
71.94	2	144.4	6	4	728,500
72.35	2	145.3	6	3	733,100
72.98	x	146.4	6	3	740,100
73.40	x	147.3	6	3	744,700
75.87	3	152.3	7	2	772,100
76.36	x	153.3	7	2	777,600
76.98	4	154.4	7	2	784,500
77.77	4	156.2	7	2	793,200
78.65	9	158.1	7	2	803,000
79.98	1.5	160.4	7	1	817,800
80.15	7	161.1	7	1	819,600
81.90	x	164.3	7	4	839,100
82.30	x	165.2	7	4	843,500
87.02	1.5	174.4	7	4	895,900
87.63	7	176.1	7	4	902,700
89.19	2	179.2	7	4	920,000
89.75	3	180.2	7	4	926,200
90.17	1	181.1	7	4	930,900
92.30	1	185.2	8	2	954,500
96.70	x	194.2	8	2	1,003,300
100.98	3	202.4	8	1	1,050,800
103.98	4	208.4	8	4	1,084,100
104.75	14	210.2	8	4	1,092,700
114.94	1	230.4	9	1	1,205,800
123.92	x	248.3	10	4	1,305,400
140.40	x	4	11	1	1,488,400
142.75	1	286.2	11	1	1,514,400
143.92	3	288.3	11	4	1,527,400
144.25	3	289.2	11	4	1,531,100
152.00	2	120	12	2	1,617,100
155.40	1	154	12	2	1,654,800
156.10	2	161	12	2	1,662,600
184.63	1	446	14	2	1,979,300

Table 10: Volcanic ash data (continued on next page)

Depth (m)	Thick- ness (cm)	Sample number	Glacial cycle number	Phase	Calculated age (1) (years)
201.52	3	615	14	4	2,166,700
203.32	1	633	14	4	2,186,700
208.82	x	688	15	2	2,247,700
241.94	2	1019	15	4	2,615,300
252.81	1	1128	16	2	2,736,000
262.57	1	1226- I	16	4	2,844,300
262.61	0.5	1226-II	16	4	2,844,700
263.87	1	1239	17	2	2,858,700
264.83	1	1248	17	1	2,869,400
264.89	1.5	1249	17	1	2,870,000
264.91	1.5	1249	17	1	2,870,300
265.11	3	1251	17	1	2,872,500
266.90	0.5	1269	17	1	2,892,300
267.57	1	1276	17	4	2,899,800
267.93	1	1279	17	4	2,903,800
268.15	4	1281	17	4	2,906,200
268.91	2	1289	18	2	2,914,700
272.03	4	1320	18	3	2,949,300
273.92	x	1339	19	2	2,970,300
274.70	x	1347	19	2	2,978,900
274.96	0.5	1350	19	2	2,981,800
275.42	1	1354	19	2	2,986,900
275.49	1	1355	19	2	2,987,700
275.60	x	1356	19	2	2,988,900
275.78	1	1358	19	2	2,990,900
275.90	x	1359	19	2	2,992,200
276.01	1.5	1360	19	1	2,993,500
277.03	5	1370	19	4	3,004,800
277.69	x	1377	19	4	3,012,100
284.15	x	1442	20	2	3,083,800
284.47	x	1445	20	2	3,087,400
285.74	0.5	1457	20	2	3,101,400
287.40	1	1474	20	1	3,119,900
289.02-289.10	8	1490-91	20	1	3,137,900
289.40	x	1494	20	4	3,142,100
292.20	x	1522	20	4	3,173,100
293.80	2	1538	20	4	3,190,900
294.24	x	1542	21	2	3,195,800
298.57	x	1586	21	4	3,243,800
299.04	x	1590	21	4	3,249,100
299.40	5	1594	21	4	3,253,100
299.99	1.5	1600	21	4	3,259,600
300.55	5	1606	21	4	3,265,800
301.17	x	1612	21	4	3,272,700
303.28	x	1633	22	2	3,296,100
304.25	x	1642	22	2	3,306,900
305.78	x	1658	22	4	3,323,900

Table 10: Volcanic ash data (continued)

Depth (m)	Thick-ness (cm)	Sample number	Glacial cycle number	Phase	Calculated age (1) (years)
309.05	x	1691	22	4	3,360,200
309.59	x	1696	22	4	3,366,200
311.98	x	1720	23	2	3,392,700
312.27	1.5	1723	23	1	3,395,900
313.68	1.5	1737	23	1	3,411,500
317.40	x	1774	23	4	3,452,800
317.49	x	1775	23	4	3,453,800
317.93	1	1779	24	2	3,458,700
318.40	x	1784	24	2	3,463,900
319.25	x	1792-93	24	4	3,473,400
325.72-325.79	8	1858	25	1	3,545,600
326.71	1	1867	25	4	3,556,200
327.10	x	1871	25	4	3,560,500
329.80	x	1898	25	4	3,590,500
334.70	0.5	1947	26	2	3,644,800

(1) calculated age according to the depth-time curve
$y=6.30 + 90.10x$ ($r^2= 0.84$)
x: no distinct volcanic ash layers

time for each of the four phases in the glacial-interglacial cycle as compared with the percentage of volcanic ashes found in each of these four phases (1: cooling phase, 2: glacial phase, 3: warming-up phase, 4: interglacial phase). Although an exact ascertainment of these phases was difficult in the case of some ash deposits, the general results are distinguishable. The frequency index (for each phase the percentage of time devided by the percentage of ash layers) is lowest for the cooling phase and glacial phase (*viz.*, 0.84 and 0.88, respectively). The warming-up phase and interglacial phase show high frequency indices (*viz.*, 1.00 and 1.17, respectively). It is here concluded for the Funza ashes that there is a tendency of the volcanic eruptions to occur most frequently during the interglacial phase. This is in agreement with the results of Bray (1977).

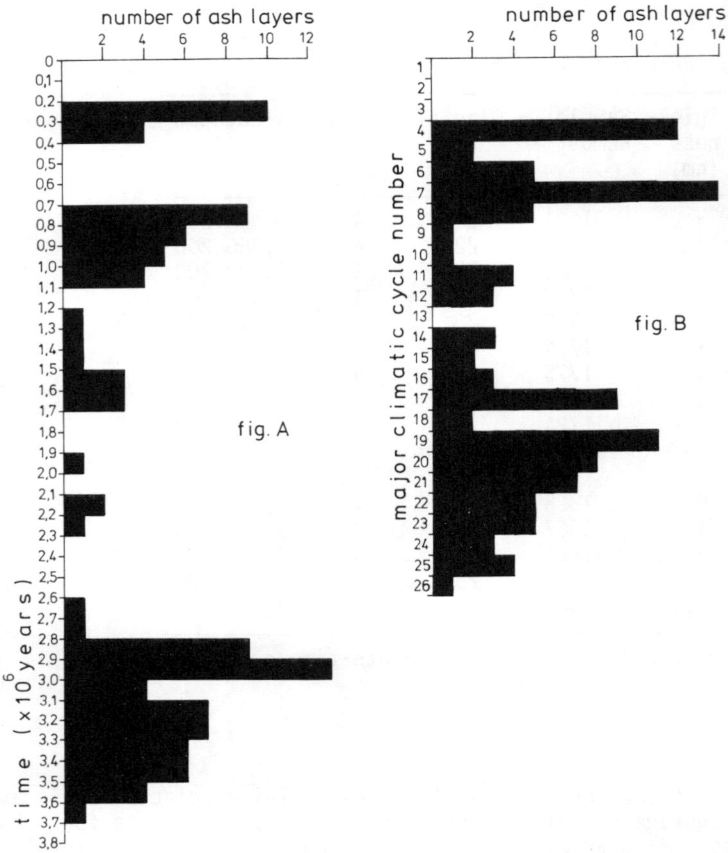

Fig. 28: A. Number of volcanic ash layers per 100.000 years interval (ages according to depth-time curve y=6.30 + 90.10x (r^2= 0.84)).
B. Number of volcanic ash layers per major climatic cycle.

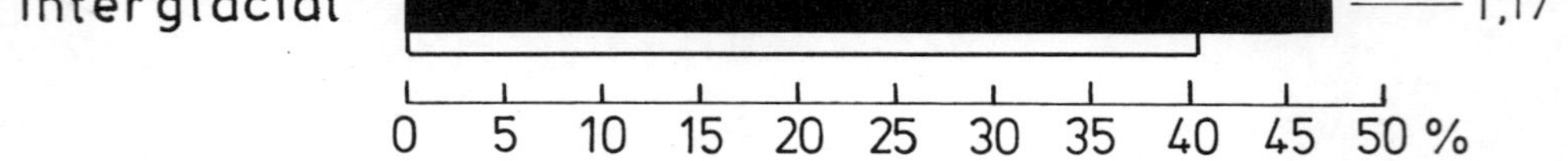

Fig. 29: Moment of ash deposition (eruption) in relation to the phase in the major climatic cycle.
Open bars represent the total percentage of time in the Funza record for each phase, black bars the percentage of volcanic ash layers for each phase. All calculations are based on cycle numbers 4-25. Time calculations are based on the total thickness of sediments for each phase which is, on account of the more or less linear character of the accumulation, a measure for the duration.

7. Discussion and Conclusions

FOREST LINE POSITIONS AND CLIMATIC IMPLICATIONS

A perusal of fig. 15 shows that 4 major intervals can be recognized in the Funza pollen record, *viz.*,

(A) pollen zones 1 to 13 (representing the interval from the recent to c. 960.000 yr B.P.): the high plain was most of the time covered with (upper) Andean forest.
(B) pollen zones 14 to 29 (representing the interval from c. 960.000 yr to c. 2.540.000 yr B.P.): the high plain was often covered with open subpáramo vegetation and several times with grass páramo vegetation. Only during some (short) intermitting periods was (upper) Andean forest present on the high plain.
(C) pollen zones 30 to 44 (representing the interval from c. 2.540.000 yr B.P. to c. 3.210.000 yr B.P.): the high plain was mostly covered with (upper) Andean forest.
(D) pollen zones 45 to 55 (representing the interval from c. 3.210.000 yr B.P. to c. 3.500.000 yr B.P.): the high plain was often covered with open subpáramo vegetation and several times with grass páramo vegetation. Only during relatively short intermitting periods was (upper) Andean forest present on the high plain.

Accepting that the forest line was continuously related to the isotherm of c. 9.5°C, the 4 "vegetational intervals" recognized above are indicative of coetaneous "temperature intervals", characterized by upon the average high, low, high, and low temperatures, respectively.
The above-mentioned relation of the forest line to the isotherm of 9.5°C needs further discussion. During and after the major upheaval of the Cordillera, it must have taken a considerable time before an Andean and upper Andean forest belt could originate and establish itself. Most subandean forest taxa evolved from warm-tropical ones, and many of them may have existed already in the Lower Pliocene. Amongst the Andean forest taxa there are many of extra-neotropical origin. These taxa were not readily available, while those of neotropical origin certainly took a long time to evolve and to adapt themselves to the cool Andean forest conditions (Van der Hammen & Cleef, in press). In chapter 5 it was shown that the rate of representation of such important elements of the Andean forest as *Weinmannia, Rapanea, Miconia,* and Myrtaceae did only in the upper part of the record reach their present-day values. The gradually increasing percentages of the arboreal pollen during pollen zones 55 to 36 may to some extent be indicative of a process of evolutionary adaptation of the forest belt to higher altitude (Simpson, 1975, Van der Hammen & Cleef, in press). If the Andean forest belt was considerably narrower, however, one would expect relative high percentages of the subandean forest elements because the distance to this belt is under these circumstances relatively small. As the Funza record does not provide evi-

dence for such conditions it is thought that a gradual rise of the temperature during pollen zones 55 to 36 is to a very large extent responsible for the concomitant gradual rise of the upper altitudinal forest line.

An analysis of fig. 15 provides interesting information on the altitudinal position of the forest line during the 4 above-mentioned larger intervals (A to D), expressed in percentages of time. For this analysis a linear sedimentation is accepted so that the length, as measured in fig. 15, is proportional to the duration. The following altitudinal intervals are distinguished here:

forest line above c. 3300 m alt.,
forest line above c. 3100 m alt.,
forest line above c. 2900 m alt.,
forest line above c. 2700 m alt.,
forest line between c. 2700 m and c. 2550 m alt.,
forest line below c. 2550 m alt.,
forest line below c. 2000 m alt.,
forest line below c. 1800 m alt.,

and the results are presented in table 11 and fig. 30 (all percentages are approximations).

• During interval D (c. 3.5-3.2 m.y. B.P.) the altitudinal forest line for 63% of the time was above the level of the high plain. The upslope oscillations of the forest line were relatively small: only during 10.5% of the time was the forest line above c. 2700 m, and only during 1.5% of the time above c. 2900 m alt. Interval D is further characterized by relatively large downslope oscillations of the forest line: during 11% of the time the forest line was below c. 2000 m, and during 6% of the time even below c. 1800 m alt. The average climatic conditions were apparently relatively cold.

• During interval C (c. 3.2-2.5 m.y. B.P.) the altitudinal forest line for 98.5% of the time was above the level of the high plain. The upslope oscillations of the forest line were moderate: during 75% of the time the forest line was above c. 2700 m, during 29.5% of the time above c. 2900 m, and during 7% of the time above c. 3100 m alt. Interval C is further characterized by the (almost complete) absence (present only during 1.5% of the time) of open vegetation near the high plain. The average climatic conditions of interval C were apparently relatively mild.

• During interval B (c. 2.5-0.9 m.y. B.P.) the altitudinal forest line for 57.5% of the time was above the level of the high plain. The upslope oscillations of the forest line were relatively small: during 22.5% of the time the forest line was above c. 2700 m, during 6% of the time above c. 2900 m, and during 1% of the time above 3100 m alt. Interval B is further characterized by relatively great downslope oscillations of the forest line: during 11.5% of the time the forest line was below c. 2000 m, and during c. 7% of the time the forest line was even below c. 1800 m alt. The average climatic conditions of interval B were apparently relatively inclement.

• During interval A (c. 0.9 m.y. B.P. to recent) the altitudinal forest line for 95% of the time was above the level of the high plain. The upslope oscillations of the forest line were relatively large: during 72% of the time the forest line was above c. 2700 m, during 49.5% of the time above c. 2900 m, during 19% of the time above c. 3100 m, and during 4% of the time above c. 3300 m alt. Interval A is further characterized by a relatively short period (only lasting for 5% of the time) with stands of open vegetation near the high plain. The average climatic conditions were apparently relatively mild.

In fig. 30 B the altitudinal position of the forest line is expressed in percentages of the total time covered by the Funza record (c. 3.5 m.y.), and the contribution of each interval is indicated.

Table 11: Altitudinal situation of the forest line during 4 intervals (D to A), and during the total period covered by the Funza record (c. 3.5 m.y.), expressed in percentages of time. Deduced from fig. 15.

Altitudinal forest line	D pollen zones 55 to 45		C pollen zones 44 to 30		B pollen zones 29 to 14		A pollen zones 13 to 1		Total pollen zones 55 to 1
	(a)	(b)	(a)	(b)	(a)	(b)	(a)	(b)	
> 3300 m							4.0	1.0	1.0
> 3100 m			7.0	1.5	1.0	0.5	19.0	4.9	6.9
> 2900 m	1.5	0.2	29.5	6.5	6.0	2.5	49.5	13.0	22.0
> 2700 m	10.5	1.0	75.0	16.5	22.5	9.0	72.0	18.5	45.5
2550-2700 m	52.5		23.5		35.0		23.0		31.5
< 2550 m	37.0	4.5	1.5	0.5	42.5	17.0	4.5	1.0	23.0
< 2000 m	11.0	1.5			11.5	4.5			6.0
< 1800 m	6.0	0.5			7.0	3.0			3.5

a = percentage of time of each interval
b = percentage of the total time spanned by the Funza record

A linear sedimentation rate is accepted, so that the length, as measured in fig. 15 is proportional to the duration. Percentages are approximate and mostly rounded off to 0.5%.

Interval D: c. 3.5-3.2 m.y. B.P.
Interval C: c. 3.2-2.5 m.y. B.P.
Interval B: c. 2.5-0.9 m.y. B.P.
Interval A: c. 0.9 m.y. B.P. to recent.

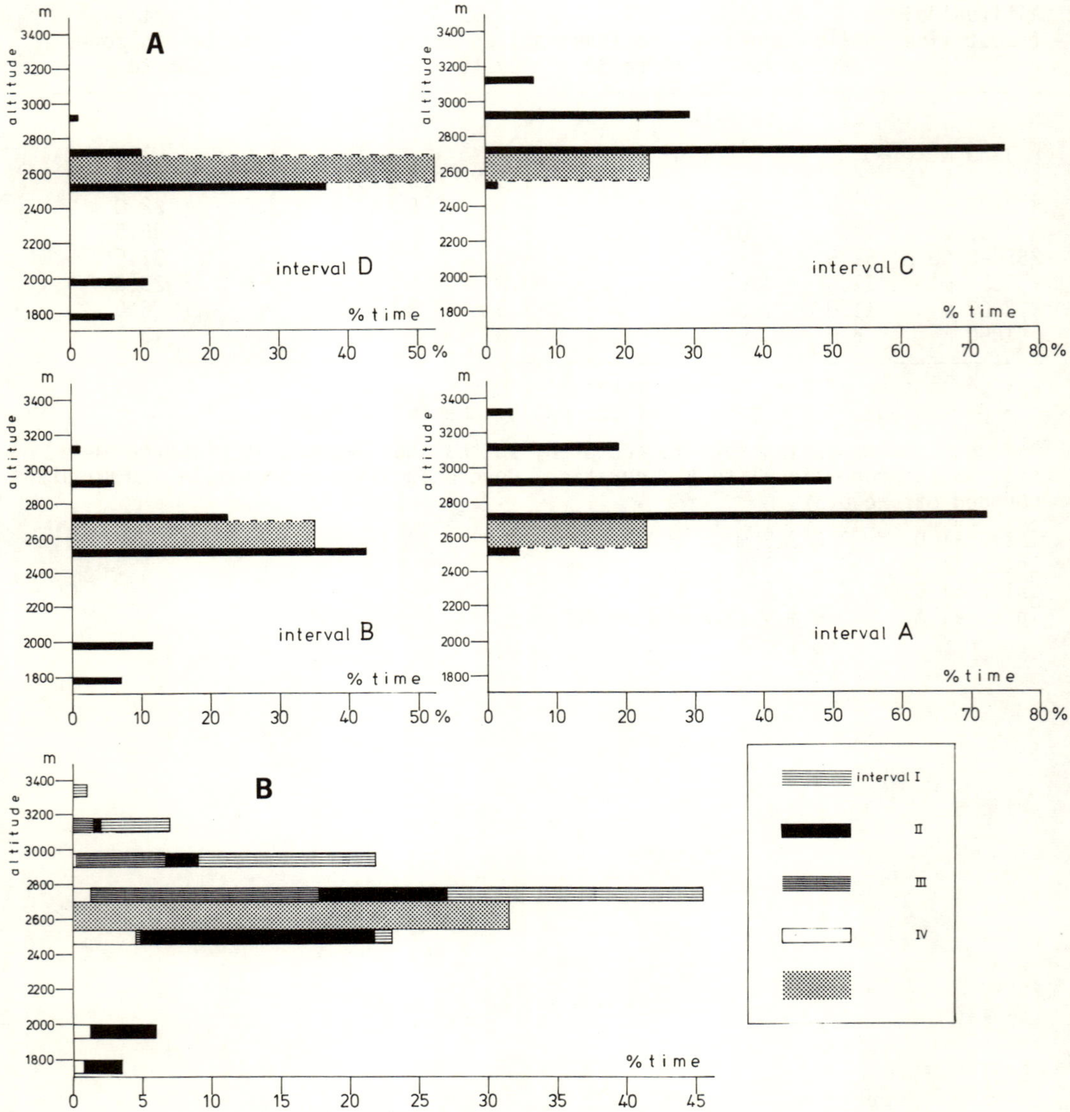
A
m
altitude
3400
3200
3000
2800
2600
2400
2200
2000
1800
interval D
% time
0 10 20 30 40 50 %
interval C
% time
0 10 20 30 40 50 60 70 80 %
interval B
% time
0 10 20 30 40 50 %
interval A
% time
0 10 20 30 40 50 60 70 80 %
B
% time
0 5 10 15 20 25 30 35 40 45
interval I
II
III
IV

The cold periods with an upper altitudinal forest line below c. 2000 m alt. in principle created opportunities for the migration of páramo plants. The páramo belt covered a suface area several times larger than it is today and the conditions for the arrival of species from elsewhere (by immigration of taxa) were likewise optimal. This is clearly illustrated by fig. 5 and table 3: the number of taxa recorded in the Funza core increased rapidly between pollen zones 55 and 45 from c. 160 taxa to c. 240 taxa, whereas this number increased only to c. 275 during the following interval C. Opportunities for migration were always better in the subpáramo than in the grass páramo, and better in the grass páramo than in the superpáramo. Superpáramo "islands" always had a much smaller surface area and were much more isolated than grass páramo and subpáramo areas. The above-mentioned changing situations must have had a major influence on the evolution and speciation, and also on the immigration and migration of páramo taxa. The dynamics of climatic fluctuations and their impact on the floral composition and stands of vegetation must have had a considerable bearing upon the composition and phytogeography of the present-day páramo flora and vegetation (compare for details Cleef, 1979 and Van der Hammen & Cleef, in press).

SHIFTING VEGETATION BELTS

Van der Hammen (1981) and Van der Hammen & Cleef (in press) described a general sequence of the shifting vegetation belts in and around the high plain of Bogotá covering the last 50,000 years and pointed at a change in climatic humidity. A rather humid climate with a wet and narrow páramo belt (with *Polylepis* in abundance) and higher lake levels was followed by a drier climate with a broad páramo belt and lower lake levels (see also chapter 5). Analogous situations appeared to be present in the Funza record in pollen zones 43, 24, 22, 18, and 16C. An opposite sequence, *viz.*, a repeated change-over from dry to more humid climatic conditions during a major cold climatic phase, proved to be present in pollen zones 16 and 12, whereas several other pollen zones do not provide any cogent evidence.

Fig. 30 A: Altitudinal position of the forest line expressed in percentages of time of the 4 larger intervals (see table 11) of the Funza record. Deduced from fig. 15. The following altitudinal intervals are recognized:

forest line above c. 3300 m alt.	Interval D: pollen zones 55-45
forest line above c. 3100 m alt.	(c. 3.5-3.2 m.y. B.P.)
forest line above c. 2900 m alt.	Interval C: pollen zones 44-30
forest line above c. 2700 m alt.	(c. 3.2-2.5 m.y. B.P.)
forest line between c. 2700 m and c. 2550 m alt.	Interval B: pollen zones 29-14
forest line below c. 2550 m alt.	(c. 2.5-0.9 m.y. B.P.)
forest line below c. 2000 m alt.	Interval A: pollen zones 13-1
forest line below c. 1800 m alt.	(c. 0.9 m.y. B.P. to recent)

Fig. 30 B: Altitudinal positions of the forest line, expressed as percentages of the total period covered by the Funza record (c. 3.5 m.y.)(see table 11). Deduced from fig. 15. The same altitudinal intervals as in fig. 30 A are recognized. The individual contribution of the intervals A to D is indicated.

SEDIMENTATION RATE OF THE FUNZA RECORD

To check the time-frame provided by both depth-time curves of the Funza record we have compared the latter with other, well-dated, records by assuming that sediments accumulated at a more or less constant rate between the horizons which are independently dated by K-Ar dating and by fission-track dating (Macdougall, 1976). Although uniform sedimentation is an ideal which is unlikely to prevail precisely anywhere, the fact that the characteristics of the oxygen isotope record are present in nearly all parts of the Funza sequence (see table 13), suggests that there can be no substantial lacunae, while the striking resemblance to records from distant areas shows that there can be no gross distortions of accumulation rate.

Not only the congruency of all depth-time curves for the Funza record (fig. 25) provides strong evidence for the linearity of all considered records. Briskin & Berggren (1975: fig. 2) argue for the relatively constant sedimentation rate of core V16-205 (Van Donk, 1976). Only near the Jaramillo event (0.89 - 0.95 m.y. B.P.) is there a change in the sedimentation rate, probably due to the distortion introduced by a large radiometric error over a short core interval rather than by a drastic change in the sedimentation rate (Briskin & Berggren, 1975: p. 169). This interpretation is supported by the depth-time curves for the Funza record (fig. 25). If the sedimentation rate of core V16-205 would be lower in, especially, the interval 0.8 - 1.2 m.y. B.P. (Briskin & Berggren, 1975: fig. 2), the ages as provided by the correlated levels of core V16-205 of the Funza record would in that case be about 50,000 - 100,000 years greater than in the case of a linear sedimentation. The concerning depth-time curve for the Funza record would in that case shift to the right in the interval 0.8 - 1.2 m.y. B.P. This situation is less probable because the congruency with the other depth-time curves is considerably less. It follows that a linear average sedimentation is the most probable one in core V16-205 as well as the Funza record, and that a linear regression of the data is the most appropriate approximation.

CORRELATION WITH THE VARIATION OF ECCENTRICITY OF THE EARTH'S ORBIT

A considerable number of major climatic cycles of the Funza record are centred around a periodicity of about 100,000 years (fig. 27 C and E), an observation which merely confirms a now widespread geological opinion (Broecker & Van Donk, 1970; Ruddiman & McIntyre, 1976; Hays *et al.*, 1976, Wijmstra & Groenhart, 1983). Mesolella *et al.* (1969) and Broecker & Van Donk (1970) account for this cycle by relating it to the eccentricity or to the phasing of obliquity with precession. Hays *et al.* (1976) demonstrated by frequency analysis the association of glacial times with intervals of low eccentricity during the past 500,000 years and concluded, as others (Mesolella *et al.*, 1969; Imbrie & Kipp, 1971) have done, that the 100,000 year climatic cycle is somehow (non-linear) associated with changes in orbital eccentricity.

Kominz & Pisias (1979) and Imbrie & Imbrie (1980) showed a phase coherence between the 100,000 year eccentricity cycle and major isotopic fluctuations of the deep-sea core V28-239 (Shackleton & Opdyke, 1976). Kukla *et al.* (1981) showed a correlation between phases of high eccentricity and periods with a relatively warm climate, whereas Johnson (1982) correlates the variation of incoming flux of northern hemisphere summer half-year solar radiation with the deep-sea core oxygen isotope ratios.

The above-mentioned evidence suggests that a correlation between the Funza pollen record and the eccentricity of the earth's orbit may be expected. It can be used to check the age of, especially, the lower part of the Funza record, which part could not be checked with the well-dated oxygen isotope records V28-239 and V16-205. The 7 million year long oxygen and carbon isotope record of DSDP Site 397 (Shackleton & Cita, 1979) provides too little detail for a reliable correlation with the lower part of the Funza record. The oxygen isotope record of Hole 502B (Prell, 1982 and in prep.), representing in great detail about the last 3.5 m.y., promises better possibilities for correlations in the near future.

Berger (1976: fig. 2a-f) provided a curve showing the variation of the eccentricity during the last 5 million years. It has to be borne in mind that the precision of the calculations decreases with time on account of the limited number of terms used in the expansions and the inadequate cognisance of the input parameters (Berger, 1976; Kukla *et al.*, 1981). The maxima and minima of this curve could be correlated with the maxima and minima of the pollen record as indicated in table 12 and fig. 31. Periods of high eccentricity correlate with relatively warm climates, whereas periods with low eccentricity correlate with relatively cold ones. If this correlation is correct, the ages of the boundaries of the pollen zones of the Funza record (table 5) may be substituted by the ages of the corresponding levels in the curve for the eccentricity of the earth's orbit, as provided by Berger (1976). This results in a depth-time curve for the Funza record as shown in fig. 25). The congruency of this depth-time curve with both depth-time curves of the Funza record, and the depth-time curves for the Funza record according to deep-sea records V28-239 and V16-205, all strongly support the validity of this correlation and, as a consequence, support the major assumption of the astronomical theory of climatic change that the terrestrial climate responds significantly to changes in the amount of solar radiation (insolation) received by the earth.

It seems as if a terrestrial-marine-astronomical correlation of climate indicators (the pollen and oxygen isotope records, and the variation in eccentricity) can be established.

Berger (1976: p. 131) states "the steady high value experienced from 1,720,000 yr to 2,000,000 yr B.P. is remarkable and will certainly be important for the past climates". This period coincides with pollen zone 25 which is indeed a markedly long and warm climatic episode. It is, moreover, evident that the interval between 1.7 m.y. and 2.5 m.y. B.P. shows remarkably less variation of the eccentricity (see fig. 31). In the pollen diagram this interval is characterized by very long-waved climatic cycles (*viz.*, the cycles 13, 14 and part of 15 corresponding with the pollen zones 25, 26, 27, 28 and 29; see table 13). Berger (1978) gives in his table 3 the periods of duration of each of the first 42 terms of the series of expansion of the eccentricity, which is illustrated in fig. 27 D. The variation of these 42 periods is strikingly congruent with the variation of the 26 climatic cycles of Funza record (fig. 27 C). Even the 6th term with a period of 2,305,441 years seems to be represented in the Funza record. In diagram 4 (forest diagram) a distinction is made between the climax forest elements and the pioneer elements (see legend of diagram 4), which results in about two waves of a cycle with a duration of about 2.5 million years with maxima at about 25.00 m and 270.00 m depth and minima at about 140.00 m to 190.00 m, and probably also below the base of the cored record. Also the curves of the algae (diagram 1: curves 201, 202 and 203), *Isoetes* (diagram 1: curve 157) and Cyperaceae (diagram 1: curve 57) show a similar, general cyclicity. As these curves are all indicators for the relative position of the lake level, which is related to temperature and rainfall, the Funza record suggests a climatic cycle with a frequency of about 2.5 million years, which is possibly related with the astronomical period of 2,305,000 year. This evidence is consistent with the conclusion of Briskin & Berggren (1975: p. 167) that Matuyama winters were colder than those of the Brunhes (see also fig. 30 and table 11).

Another support of a correlation between the eccentricity of the earth's orbit and climate is illustrated in fig. 27 C, D and E. Except for the 8 longest periods all the 42 terms of the series of expansions of the eccentricity, as calculated by Berger (1978) are indicated with their rank number in fig. 27 D. The distribution of these periods shows a striking resemblance with the distribution of the periods of Funza's 26 major climatic cycles (fig. 27 C). When the alternative way of arriving at a zonation is used (fig. 27 E) the resemblance is even greater.

Table 12: Correlation of the variation in climatic conditions, as provided by the Funza pollen record with the variation in eccentricity of the earth's orbit as a function of time Astronomical data after Berger, 1976

Section Funza		Variation of the eccentricity
Boundary pollen zones	depths (m)	equivalent (interpolated) age (x 10^6 years)
2-3	8.20	0.085
3-4	9.50	0.130
4-5	22.50	0.185
5-6	28.00	0.225
6-7	38.00	0.290
7-8	43.60	0.325
8-9	48.80	0.465
9-10	58.50	0.620
10-11	62.00	0.660
11-12	74.00	0.730
12-13	80.00	0.940
13-14	92.00	0.995
14-15	101.00	1.045
15-16	107.00	1.100
16-17	114.00	1.235
17-18	118.00	1.265
18-19	123.00	1.325
19-20	137.00	1.375
20-21	143.20	1.425
21-22	151.40	1.490
22-23	157.00	1.540
23-24	161.00	1.575
24-25	171.00	1.730
25-26	184.40	1.925
26-27	197.40	2.155
27-28	208.00	2.320
28-29	216.00	2.365
29-30	233.00	2.540
30-31	251.00	2.610
31-32	259.50	2.640
32-33	263.20	2.720
33-34	265.00	2.755
36-37	272.20	2.810
37-38	276.20	2.862
38-39	279.40	2.890
39-40	286.20	2.935
40-41	294.00	2.990
41-42	298.00	3.040
42-43	302.00	3.100
43-44	305.60	3.145
44-45	310.00	3.205
45-46	316.00	3.245
48-49	321.00	3.290
49-50	325.00	3.330
50-51	331.00	3.370
51-52	337.00	3.410
-54	347.00	3.475
54-55	350.20	3.525

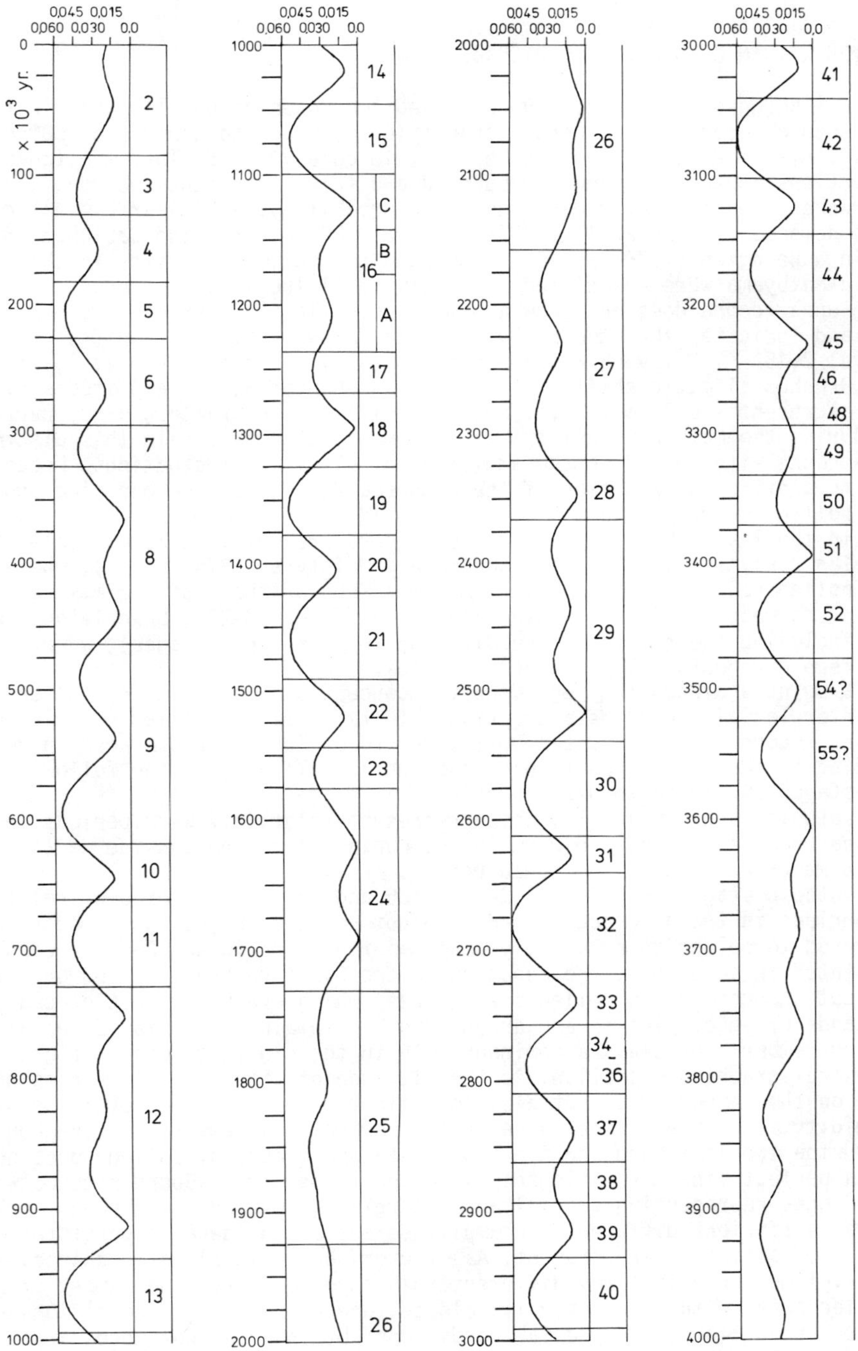

Fig. 31: Correlation of the variation in climatic conditions (as provided by the Funza pollen record) with the variation in eccentricity of the earth's orbit during the last 3,500,000 years. Astronomical data after Berger, 1976. From left to right a time scale, the variation of eccentricity and the Funza pollen zones nos. 2-55 are indicated.

ZONATION WITHIN LONG CLIMATIC RECORDS

Briskin & Berggren (1975: p. 189) observed two modes of oscillations in the oxygen isotope record, with a sharp transition from one to another at 500 cm (c. 1.0 m.y. B.P.; isotope stage number 26), in core V16-205. The amplitudes of the fluctuations in the Matuyama are subdued and fairly constant, whereas those of the Brunhes are of greater magnitude and variability. A similar bimodal character is demonstrated by Prell (1982) in core DSDP 502 from the Caribbean Sea. Briskin & Berggren (1975: p. 190) concluded that climatic shifts in the early- and mid-Matuyama were associated with very small ice-volume changes.

The Funza record does not show a bimodal oscillation character as described above and indicates that the early- and mid-Matuyama climatic shifts (*i.e.*, the interval 2.45 - 1.0 m.y. B.P.) are not basically different from at least the lower Brunhes climatic shifts. (As stated in chapter 6, the amplitudes of the interval recent - 0.35 m.y. B.P. are of a different character, *viz.*, narrower than during the Matuyama period.) It is important to ascertain this discrepancy in coherence with regard to the amplitude of climatic fluctuations, because it leads to a different zonation of the deep-sea records on the one side and the Funza pollen record on the other.

Within the last 0.9 m.y. the deep-sea records report 11 glacial cycles (Broecker & Van Donk, 1970: I - XI and Ruddiman & McIntyre, 1976: A - K), whereas the Funza pollen record reports only 7. A comparison of the last 1.3 m.y. by means of deep-sea records yields 19 glacial cycles (core V28-239, Shackleton & Opdyke, 1976; including their informal subdivision into isotopic stages), whereas the Funza record reports only 10 glacial cycles.

At this point a discussion regarding the concept of a "glacial cycle" or "glacial-interglacial cycle" is appropriate. In table 13 the climatic cycles of deep-sea record V28-239 and the pollen record of Funza are compared in detail. According to the actual zonation of the Funza pollen record the following isotopic stages give rise to discrepancies:

- The isotopic stages 9 and 29, which represent relatively warm periods in the deep-sea records, are not so warm in the Funza record and considered to belong to cold major periods in the Funza record.
- The isotopic stages 14, 18, 20, 22, 32, 36 and 38, which represent relatively cold periods in the deep-sea record, are not so cold in the Funza record and considered to belong to relatively warm major periods in the Funza record.

As stated in chapter 6, the zonation of the Funza record is based on fairly clear-cut changes in the pollen assemblages, which are the result of changes in the stands of vegetation in and around the high plain of Bogotá. Especially the shifting timber line plays a dominant role in the, in fact, biostratigraphical or ecostratigraphical zonation. As the altitude of the forest line does not only depend on the temperature, but also to a minor extent on the prevailing degree of humidity, the forest line-curve in the general diagrams (*i.e.*, the boundary between the two left-hand and the two right-hand groups of pollen) does not exhibit a perfect linear relationship with the temperature. Boundaries between pollen zones representing glacial and interglacial periods have been established whenever sufficient difference in amplitude and a considerable persistence of the changed situation are present. As a factor, basic in climatic change, manages an ice-volume curve in a way different than a pollen curve the number of pairs of pollen zones with, successively, closed (when interglacial conditions prevail) and open vegetation (when glacial conditions obtain) does not necessarily correspond with the number of manifest changes in the ice-volume.

If we disregard the aspect of "considerable duration" and only care about the change in pollen assemblage, we can adapt the actual zonation within the Funza record maximally to the concept of zonation of deep-sea records and zonate the Funza record in the manner shown in table 13, and distinguish an additional 5 "glacial-interglacial cycles".

In that case the following isotopic stages still give rise to discrepancies:
• the isotopic stages 14, 20, 24 and 32, which appear as relatively cold periods in the deep-sea record, appear as not so cold in the Funza record and are considered to belong to relatively warm major periods in the Funza record.
It appears that according to the alternative way of establishing zonation, during the last 1.3 m.y. 4 intervals of time, discernible in the deep-sea records as "glacials", are not evident as such in the Funza pollen record.
A correlation of the Funza record with deep-sea core K708-7 (Ruddiman & McIntyre, 1976) provides evidence that the position of the isotopic stages, as indicated in fig. 24, is correct (see note *). Also Ruddiman & McIntyre (1976: p. 135) found a greater number of analogous warm climatic episodes of short duration that appear to represent significant deglaciations, particularly in the glacial parts of major cycles C and D.

If the numbering of oceanic glacial maxima is extended to encompass these separate shorter episodes, there were 11 major polar-water advances in the past 600,000 years, any of which could correspond with advances of the ice caps on continents. They provide evidence that the rank of cycle G as a major cycle can even be queried (Ruddiman & McIntyre, 1976: p. 135). This is supported by the Funza record, which does not show an equivalent climatic cycle G of Ruddiman & McIntyre (1976) - this equivalent would be isotopic stage number 14 (see fig. 24, which is included in pollen zone 9).

Note *
Ruddiman & McIntyre (1976: p. 134) provide the extrapolated ages of major climatic cycles (based on faunal, floral and lithological data) and their terminations (= a very abrupt cold-to-warm climatic shift) in core K708-7 from the northern Atlantic Ocean (lat. 53°56', long. 24°05'). In the following table the correlation with the Funza record is indicated (see table 13 and diagram 1).

Table 14

major climatic cycle	termination numbers and extrapolated ages		isotopic stage boundary	correlated level in the Funza record
A				
	I	13,500		
B				
	II	127,000	5-6	9.50
C				
	III	225,000	7-8	28.00
D				
	IV	311,000	9-10	36.80
E				
	V	384,000	11-12	43.60
F				
	VI	457,000	13-14	51.40
G				
	VII	513,000	15-16	58.50
H				
	VIII	603,000	17-18	64.50

By plotting the extrapolated ages (2nd column) versus the depth (4th column) in fig. 25 the resulting depth-time curve (not indicated) is highly congruent with the depth-time curves for the Funza record according to deep-sea record V28-239 and V16-205, which supports the high probability of the position of the boundaries of the isotopic stages in the Funza record.

Table 13: The stratigraphic relationship between the termination sequence, major climatic cycles, isotopic stages of deep-sea cores and pollen zones of the Funza record with their correlated isotopic stages

---

(1) after Broecker & Van Donk (1970). Terminations are very abrupt cold-to-warm climatic shifts, occurring at the end of major climatic cycles.

(2) after Ruddiman & McIntyre (1976).

(3) according to deep-sea core V28-238 (Shackleton & Opdyke, 1973), core V28-239 (Shackleton & Opdyke, 1976) and core V16-205 (Van Donk, 1976). Isotopic stages 1-23 have a formal status. Stages 24-39 are indicated by Shackleton & Opdyke (1976, unnumbered), but do not have the formal status. Isotopic stages 40-64 are introduced by the author (see fig. 24).

(4) Isotopc stages discernible in the deep-sea records but not in the Funza pollen record are in solid numbers.

(5) Alternative zonation of the Funza record when the time factor is not accounted for in the definition of an "interglacial" (see text). Short-lasting temperature maxima are also considered to represent "interglacial" periods, conform the concept in deep-sea records.
Up to pollen zone 19 (isotopic stage number 39) 5 additional major climatic cycles are identified in this way, *viz.*, the cycles including the isotopic stages 10/11, 18/19-20-21, 30/31-32-33, 36/37 and 38/39. The cycles including the isotopic stages 14/15, 20/21, 24/25 and 32/33 are not present in the Funza record.

(6) Carbonate minima according to Ruddiman & McIntyre (1976: fig. 13). Cycle G (carbonate minimum 10) never reached fully glacial conditions and lasted only 56,000 years. Its rank as a major cycle can even be queried (Ruddiman & McIntyre, 1976). Cycles B, C and D consist of 2, 3 and 2 subcycles, respectively.

(7) + relatively high
- relatively low
-- low

(8) + relatively long
- relatively short
-- short

(9) Isotopic stages 31, 32 and 33 are possibly obliterated by relative great sample intervals and the presence of a sand layer.

(10) Isotopic stages 41, 42 and 43 are possibly obliterated by the gap in core recovery.

(11) Isotopic stages 51, 52 and 53 are possibly obliterated by the gap in core recovery.

Terminations [1]	major climatic cycles [2]	Isotopic stages in deep-sea cores [3]		FUNZA RECORD [4]: Actual zonation: isotopic stage number		FUNZA RECORD: Actual zonation: pollen zone		FUNZA RECORD: Alternative zonation [5]: isotopic stage number		deep-sea rec. K 708-7 [6]	Possible identification of major cycle indicating isotopic stages in the Funza record			
		rel. cold	rel. warm	rel. cold	rel. warm	rel. cold	rel. warm	rel. cold	rel. warm	cold warm	rel. cold	rel. warm	amplitude [7]	time interval [8]
I	A		1				1							
II	B	2-3-4	5	4	5	2	3	4	5	1, 2				
III	C	6	7	6	7	4	5	6	7	3, 4, 5				
IV	D	8	9	8-9-10		6		8	9	6, 7		yes	+	+
V	E	10	11		11		7	10	11	8				
VI	F	12	13	12		8		12		9				
VII	G	14	15		13-14-15		9		13-14-15	(10)	yes		–	–
VIII	H	16	17	16		10		16	17	11				
IX	I	18	19					18			yes		–	–
X	J	20	21		17-18-19-20-21		11		19-20-21		yes		–	–
XI	K	22	23	22		12		22						
		24	25		23-24-25		13		23-24-25		no		–	–
		26	27	26	27	14	15	26	27					
		28	29	28-29-30		16		28	29			yes	+	+
		30	31					30						
		32	33		31-32-33		17		31-32-33		no [9]		–	--
		34	35	34		18		34	35					
		36	37					36	37		yes		--	--
		38	39		35-36-37-38-39		19	38	39		yes		--	--
		40	41-42-43	40-41-42-43-44		20		40	41-42-43		10			
		44	45-46-47		45-46-47		21	44	45-46-47					
		48-49-50	51-52-53	48-49-50	51-52-53	22	23	48-49-50	51-52-53			11		
		54	55	54		24		54						
		56	57-58-59		55-56-57-58-59		25		55-56-57-58-59					
		60-61-62	63	60-61-62	63	26	27	60-61-62	63					

As the Funza record is considered to be continuous on good evidence, we must ascertain that the concept of an "glacial-interglacial cycle" is not unambiguous and leads to a differnet number of "glacial-interglacial cycles" ("major climatic cycles") within the same time interval than found in the marine oxygen isotope records and the terrestrial pollen record of Funza. This problem accounts for the fact that the average duration of all glacial-interglacial cycles of the Funza record in the last 2.8 m.y. varies from 186,000 yr to 221,000 yr (depending on the time-frame used)(fig. 27) and not a figure approximating the well-known 100,000 years periodicity.
A review of the nature of the isotopic stages 14, 20, 24 and 32 yields the striking result that all these stages have a relatively low amplitude and are of relatively short duration in the oxygen isotope records. The glacial cycles based on the isotopic stages 1-23 (and 1-39) are of a different quality with regard to their mutual boundaries. The course of the terminations that separate the major climatic cycles is not always the same, which fact has also been mentioned by Ruddiman & McIntyre (1976: p. 135). The concept (*i.e.*, the isotopic differences between adjacent stages generally exceeds the isotopic variations within a single stage) used by Shackleton & Opdyke (1976: p. 454), with which they provide a formal zonation of oxygen isotope record V28-239 is, therefore, less unambiguous than we hoped it would prove to be. Since in core V28-239 glacial stage 22 is the first glaciation of a duration and an intensity similar to the glacial stages of the Brunhes epoch, Shackleton & Opdyke (1976) did not formalize earlier isotopic stages, of which the fluctuations in ^{18}O content appeared to have a period of about 40,000 to 50,000 years, rather than the 100,000 year period characteristic of the Middle Pleistocene (Shackleton & Cita, 1979: p. 442). The climatic record of site 397 (Shackleton & Cita, 1979) showed also an obscure pattern of the isotopic changes in the Lower Pleistocene and thus confirmed the pattern of core V28-239. Shackleton & Cita (1979) concluded that glacial extremes earlier than stage 22 were significantly less intense than were those of the Middle and Late Pleistocene.
The amplitude of the mid-Matuyama (Lower Pleistocene) glacials of the Funza record is, however, at least as great as that of the Brunhes glacials (also when the effect of the immigrating oaks has been taken into account), so that a basic discrepancy seems to be present between the studied marine climatic records and the pollen record of Funza.
It is evident that the designers of different methods recording climatic changes use their own, most suitable criteria for a subdivision. The units ("glacials" and "interglacials"), resulting from this subdivision are obviously not always equivalent. (Shackleton, 1969). Also Ruddiman & McIntyre came to this conclusion and observed that "there are basic discrepancies between what continental geologists and oceanographers consider an interglaciation". This fact notwithstanding, it is possible to correlate both types of climatic records (Vishnu-Mittre, 1981).

Although the term "glacial cycle" was historically derived from terrestrial climatic records, the character of an oxygen isotope record, which is in fact and ice-volume record, has the closest affinity with the literal significance of a "glacial cycle". It appears to be recommendable to avoid the term "glacial cycle" or "glacial-interglacial cycle" in comparative studies of marine and of terrestrial records because of the ambiguous concept. The more neutral term "major climatic cycle" seems to be more appropriate.

The above-mentioned discrepancy in the zonation of different records is a good illustration of the problems arising when geological records of paleoclimates are tested in the time-domain, *i.e.*, when geological records of climates with a time series representing the output of a particular climatic model are compared (Imbrie, 1982). Such an approach makes severe demands on the adequacy of the system model. An alternate approach, which makes fewer demands on the model, is to compare the geological record with the model's input in the frequency-domain (Imbrie, 1982).
In the present study some time-domain tests are provided, *i.e.*, we have examined

the synchronisation between three climatic records (the Funza pollen record and the oxygen isotope records V28-239 and V16-205) and between each record and the forcing function (the variation in the eccentricity of the earth's orbit) postulated by some authors. Berger (1980: p. 114) is right when he states that the qualitative coincidences of the principal maxima and minima of two curves are somewhat illusory because they are not based on a purely objective analysis but for the most part on preconceived ideas concerning geological time. This argument looses much of its value, however, when, as in the present study, not two but four curves show such qualitative coincidences. A logical continuation is an analysis in the frequency-domain to seek evidence for a concentration of spectral energy of the frequencies of variation in especially the eccentricity. The obliquity, with a dominant component of 41,000 years, influences only the high latitudes; for the low latitudes (Funza) it is the eccentricity-precession term that prevails (Berger, 1978: p. 160). In fig. 27 this is realized in a simple way. The results are promising.

THE NEOGENE - QUATERNARY BOUNDARY

As the Funza record spans, without any major hiatus, the last 3.5 million years, the Neogene-Quaternary (or Pliocene-Pleistocene) boundary is present in this core. Without giving an opinion about the position of that boundary the happenings read from the Funza pollen record at the various times supposed to mark the age of the boundary are presented.

A. The opinion that the Neogene-Quaternary boundary coincides with the Olduvai normal event (dated 1.72 - 1.88 m.y. B.P. after Berggren *et al.*, 1980 and Harland *et al.*, 1982) is now wide-spread. According to fig. 25, this interval corresponds with the depth interval 180.75 m - 162.00 m and comprises the pollen zones 24, 25B and a part of 25A. This interval is characterized by an almost continuous lowering of the temperature from relatively high (interglacial conditions in pollen zone 25B) to relatively low (glacial conditions in pollen zone 24). It is the final part of the last of a series of 3 major climatic cycles (numbers 15, 14 and 13) with extremely long cyclic periods (see fig. 27). In this respect the boundary coincides with the transition from an interval with climatic cycles of long duration (250,000 to 500,000 years; climatic cycles 15-13) to an interval with climatic cycles of considerably shorter duration (80,000 to 200,000 years; climatic cycles 12-2).

B. Another group of workers put the Neogene-Quaternary boundary at the base of the Pre-Tiglian, with an estimated age of c. 2.5 m.y. B.P. (*e.g.*, Zagwijn, 1975a and Boellstorff, 1978). According to fig. 25 this age corresponds with a depth of about 230.00 m and coincides with the boundary of pollen zone 30 and 29 (situated at 233.00 m depth). At this boundary there is a rapid transition from a long-lasting, relatively warm period (interglacial conditions in pollen zone 30) to a long-lasting, relatively cold period (glacial conditions in pollen zone 29). The last-mentioned period is coetaneous with the European Pre-Tiglian. The 2.5 m.y. level nearly coincides with the moment that a distinct change in the long-term cyclicity of the climate takes place (see fig. 26, table 9, and the pollen diagrams).

C. A third group of workers consider the Neogene-Quaternary boundary at a level about 2.0 m.y old (*e.g.*, Selli *et al.*, 1977: 2.0±0.1 m.y. B.P.). According to fig. 25 this age corresponds with a depth of about 188.50 m and is situated in pollen zone 26. This level is characterized by relatively low temperatures (glacial conditions prevailed) and is part of major climatic cycle number 14 with a period of about 250,000 years (table 9).

8. Morphological Descriptions

MORPHOLOGICAL DESCRIPTIONS

All identified pollen and spore types and other palynomorphs are described here and illustrated in the follwoing 49 photoplates. A restricted number of fossil types found in the Funza cores had already been illustrated and described in earlier publications: Dueñas (1979), González Guzman (1967), Graf (1979), Van Geel & Van der Hammen (1973 and 1978), Van der Hammen & González (1960 and 1963), Van der Hammen *et al.* (1973), Villagrán (1980), Wijmstra (1971). They are illustrated here once more to provide a complete illustration of all types found in the deep section of Funza and to improve upon the sometimes incomplete descriptions. The pollen and spores were identified with the aid of the above-mentioned literature and the following very useful publications on recent pollen grains: Bonnefille & Riollet (1980), Erdtman (1952), Gastony & Tryon (1976), Heusser (1971), Huang (1972 and 1981), Kremp & Kawasaki (1972), Markgraf & D'Antoni (1978), Murillo & Bless (1974 and 1978), Salgado-Labouriau (1973), Selling (1946 and 1947), Sowunmi (1972), Tschudy & Tschudy (1965), Van Campo *et al.* (1974), Ybert (1979).

The nomenclature of the gymnosperms and angiosperms is according to Willis (1973). A few exceptions are carried through: 1. The family Leguminosae is not subdivided into Mimosoideae, Caesalpinioideae and Papilionoideae, but the separate family names of Mimosaceae, Caesalpinaceae and Papilionaceae are used. 2. The orthography of *Hediosmum* is corrected after the Index Nominum Genericorum (1981) to *Hedyosmum*. Some gymnosperm and angiosperm genera are placed in different families by different authors, *viz.*

		after Willis (1973)
Bomarea	Amaryllidaceae	Alstroemeriaceae
Cleome	Capparidaceae	Cleomaceae
Cordia	Boraginaceae	Ehretiaceae
Gunnera	Haloragidaceae	Gunneraceae
Styloceras	Buxaceae	Stylocerataceae

In these cases both family names are mentioned.

The generic and family names of the pteridophytic spores are according to Crabbe, Germy & Michel (1975). Some genus names, such as *Alsophila, Ctenopteris, Hemitelia, Microgramma, Salpichlaena* and *Sphaeropteris* and some family names, such as Aspidiaceae, Athyriaceae, Dicksoniaceae, Hemionitidaceae, Lomariopsidaceae, Pteridaceae, Sinopteridaceae and Vittariaceae, as used in previous studies on Colombian palynology had, consequently, to be changed. For easy reference to those studies the old genus names are added in brackets.

For authors' names the reader is referred to the Index Nominum Genericorum or for the páramo species, to Cleef (1981), Appendix 2.

As far as possible each identification was controlled by a comparison with the collection of recent pollen of the Hugo de Vries Laboratory, University of Amsterdam, which is rather exhaustive as far as the páramo species are concerned, for which we are indebted to Dr. A.M. Cleef, who provided many pollen samples.

Identification of about 76% of all types was possible of which about 23% to

the species level, about 43% to the genus level and about 10% to the family level. Identifications are to the species level when a pollen key to the species level is available (*e.g.*, *Plantago rigida*) or when only one species occurs in Colombia (pers.comm. by Cleef)(*e.g.*, *Styloceras laurifolia*). The suffix 'type' is used (*e.g.*, *Borreria anthospermiodes* type) when although the species under discussion is pollenmorphologically (at least to a high degree) identical with the fossil type found, the possibility cannot be ruled out that other species may also be more or less similar too.
Identifications to the genus level are reliable when only the genus name is provided (*e.g.*, *Juglans*), but are uncertain when the prefix 'cf.' is added (*e.g.*, cf. *Calceolaria*). The genus mentioned is pollenmorphologically at least very similar to the fossil type found.
For identifications to the family level (*e.g.*, Cyperaceae and cf. Palmaceae), the same restrictions as made for the genus level apply.
When two genera or two families are provided (*e.g.*, *Paepalanthus-Eriocaulon* or Amaranthaceae-Chenopodiaceae) it means that only the two genera or families mentioned are legible but (up to now) cannot be distinguished.

It has to be noted that in a study like the present one, which covers the vegetational history of more than 3 million years, a considerable amount of evolution at the species level may have taken place (Van der Hammen & Cleef, in press). Identification of a pollen type to the species level with the above-mentioned criteria, does not exclude the possibility that formerly more, or other, species with a similar pollen morphology were present. It is, for example, a question whether the genus *Alnus* immigrated into Colombia (about 3.0 m.y. ago) in the form of the presently occurring *A. jorullensis*. Since these problems are inherent to this type of study we cannot prevent these uncertainties.

First all pollen types are illustrated, then the trilete spores, the monolete spores and finally the fungi, algae, rhizopods and other palynomorphs.
Because about one-fourth of the illustrated types could not be identified it is not possible to arrange the types alphabetically to the family and the genus. Therfore, it was attempted to place more or less similar types together, but a number of corrections had to be made during the final arrangement. For easy reference to the types an index is added in which each identified type is placed under both its generic and its family name.
No pollen key is provided here, but in a forthcoming publication dealing with the pollen morphology of the about 400 recent Colombian páramo genera a key will be provided.

Measurements are based on 10 to 20 pollen grains. When it was not possible to reach this amount the number of grains used for the descriptions is always indicated. Apart from the mean values, the minimum and maximum values found amongst the number of pollen grains measured are given in parentheses.
The terminology used for pollen and spore descriptions is after Iversen & Troels-Smith (1950), Faegri & Iversen (1966) and Erdtman (1957 and 1971). A few terms were taken from Kremp (1968).
The terminology used for the descriptions of the moss spores is after McClymont (1955) and Boros & Jarai-Komlodi (1975).
Types which could not be identified as belonging to any natural taxon were designated by the aperture-formula followed by the sculpture type (for example, C_3P_3, micro-ret. = tricolporate micro-reticulate).
Taxa which occur in fewer than 10-15 pollen spectra are upon the whole not illustrated with a curve in diagram 1. In such cases the depths of the pollen spectra are provided in which they occur. For taxa which are illustrated with a curve in diagram 1 and/or diagram 2, the respective curve numbers are indicated. Finally, for each type a list of literature reference is presented where more illustrations of the concerning type can be found. These references do not claim to be exhaustive, but only intend to provide a fast entry to additional photographs. Generally, only references dealing with South American studies are cited, but when unavailable or when references from elsewhere contribute towards the understanding of the morphology of the concerning type, they are cited too.

Type 1: *Puya* (Bromeliaceae). Plate 1. Diagram 1: curve 49.
Pollen grains monosulcate, reticulate. Bilaterally symmetric, heteropolar, amb elongated to elliptical. Sulcus long and broad. Exine (1)1.5-2.5(3) μm thick, semitectate, columellae distinct, greatest diam lumina c. 2-3.5 μm, decreasing towards the extremities and along the borders of the sulcus. Size 22-45x60-81 μm. The pollen grains of the *Puya* species occurring recently in the páramos of the Colombian Cordillera Oriental vary considerably in size and in sculpture. Fig. 1a belongs to the *P. goudotiana* type.
Lit. Van der Hammen & González (1960 and 1963): plate 9,68-69; Heusser (1971): plate 9,74-76.

Type 2: *Bomarea* (Alstroemeriaceae or Amaryllidaceae). Plate 1.
Pollen grains monosulcate, reticulate. Bilaterally symmetric, heteropolar, amb elongated. Sulcus long and broad. Exine 1-2 μm thick, semitectate, columellae distinct, greatest diam lumina c. 1-1.5 μm, decreasing towards the extremities and along the borders of the sulcus. Size c. 23x55 μm.
The record of this type is incomplete. Occurred at a depth of 352.40 m.
Lit. Heusser (1971): plate 9,69.

Type 3: *Sisyrinchium* (Iridaceae). Plate 1.
Pollen grains monosulcate, micro-reticulate. Bilaterally symmetric, heteropolar, amb biconvex. Sulcus long and narrow. Exine 0.6-1 μm thick, semitectate, columellae distinct. Size 20-25x34-39 μm.
Occurred at depths of 161.40 m, 196.40 m, 218.40 m, 223.40 m, 242.40 m, 243.40 m, 265.40 m, 289.20 m and 315.40 m.

Type 4: *Puya* (Bromeliaceae). Plate 1. Diagram 1: included in curve 50.
Pollen grains monosulcate, reticulate. Asymmetric, heteropolar, amb biconvex. Sulcus long. Exine 1-1.5 μm thick, semitectate, columellae distinct, greatest diam of the lumina c. 2-3 μm, decreasing towards the extremities and along the border of the sulcus. Size (18)23-40(43) μm.
In the pollen diagrams no distinction was made between type 4 (*Puya*) and type 6 (*Puya*). A few grains of type 5 (cf. Palmae) and type 7 (*Orthrosanthus*) were erroneously included in curve 50.

Type 5: cf. Palmae. Plate 1. Diagram 1: included in curve 50.
Pollen grains monosulcate, perforate. Bilaterally symmetric, heteropolar, amb biconvex. Sulcus long and narrow. Exine 1-1.2 μm thick, semitectate, columellae distinct, diam perforations c. 0.8 μm. Size c. 17x28 μm.
Description based on a single grain. Type 5 is represented by only a few grains (e.g., at 315.20 m), erroneously included in curve 50.

Type 6: *Puya* (Bromeliaceae). Plate 1. Diagram 1: included in curve 50.
Pollen grains monosulcate, micro-reticulate. More or less bilaterally symmetric, heteropolar, amb biconvex. Sulcus long. Exine c. 1 μm thick, semitectate, columellae tenuous, diam of the lumina decreasing towards the extremities and along the border of the sulcus. Size 14-17x24-33 μm.
See note under type 4.
Lit. Markgraf & D'Antoni (1978): plate 4,41.

Type 7: *Orthrosanthus* (Iridaceae). Plate 1. Diagram 1: included in curve 50.
Pollen grains monosulcate, reticulate. Bilaterally symmetric, heteropolar, amb biconvex. Sulcus long with rounded ends, 5-9 μm broad, constricted in the middle up to 1-2 μm broad. Exine 1-1.2 μm thick, semitectate, columellae distinct, greatest diam of the lumina c. 1(1.5) μm, decreasing towards the extremities and along the borders of the sulcus. Size 25-30x32-38 μm.
Description based on 5 grains. The occurrence of type 7 is restricted to only a few grains (e.g., at 263.00 m, 271.00 m, 293.00 m, 298.60 m and 299.60 m), erroneously included in curve 50.

Type 8: Juncaceae. Plate 1.
Tetrad, tetrahedral or spheroidal, components not clearly distinguishable. Individual grains monoporate, scabrate to psilate. Heteropolar, pores more or less circular, diam c. 6 μm. Exine c. 0.7 μm thick, intectate. Size 30-45 μm. This type is not systematically registered because it was only recognized at a late state of analysis.
Lit. Heusser (1971): plate 12.

Type 9: *Dalechampia* (Euphorbiaceae). Plate 1.
Pollen grains tricolporate, reticulate. Radially symmetric, amb circular. Colpi short and narrow, with two parallel (distance 3 μm) ring-shaped costae equatoriales of 2.5-3 μm wide. Exine 2.5-4.5 μm thick, endexine 0.8 μm thick at the poles, increasing to 2 μm at the equator. Reticulum coarse and irregular, greatest diam of the lumina 1.5-4 μm, diam <1 μm along the colpi, columellae coarse. Shape cilindric, subprolate (P/E ratio 1.32), c. 37x49 μm.
Description based on a single grain. Occurred at a depth of 302.80 m.
Lit. Punt (1962): plate 23,6.

Type 10: *Podocarpus* (Podocarpaceae). Plate 2. Diagram 1: curve 4, diagram 2: curve 4.
Pollen grains vesiculate, sacci reticulate. Bilaterally symmetric, heteropolar. Sacci globose. Exine 1-4 μm thick, tectate, columellae distinct, muri variable in continuity. Pollen variable in size, grain length c. 34-84 μm, corpus length c. 30-55 μm, corpus width c. 27-46 μm and saccus width c. 23-47 μm.
Lit. Van der Hammen & González (1960 and 1963): plate 1,8-9; Heusser (1971): plate 8,61-63; Markgraf & D'Antoni (1978): plate 4,38; Villagrán (1980): plate 4,5-8.

Type 11: Plate 2.
Pollen grains tricolporate, psilate to scabrate. Colpi short, polar index 0.6, pores protruding. Exine c. 0.8 μm thick. Size 20x? μm.
Description based on a single grain. Occurred at a depth of 263.20 m.

Type 12: Plate 2.
Pollen grains stephanocolporate (C_4P_4), micro-reticulate. Colpi very short (c. 7 μm), polar index 0.55, pores protruding, ovate, c. 3x5 μm with a thin annulus. Exine c. 1.2 μm thick. Size c. 19x22 μm.
Description based on a single grain. The record of this type is incomplete. Occurred at a depth of 296.60 m.

Type 13: Gramineae. Plate 2. Diagram 1: curve 1, diagram 2: curve 1.
Pollen grains monoporate, scabrate. Radially symmetric, amb circular. Pore diam 1.2-5 μm, annulus 1-3 μm wide with a more or less jagged margin, 1-2 μm thick. Exine 0.8-1.2 μm thick, tectate, columellae indistinct. (Sub)spheroidal, diam c. 25-42 μm.
Cleef (1981) mentions 23 gramineous genera occurring in the Colombian Cordillera Oriental of which 2, viz. *Swallenochloa* and *Neurolepis*, are bamboos. Though not all genera have been studied yet it is to be expected that only a few gramineous genera are pollenmorphologically characterized by a heavy annulus of c. 3 μm wide (see type 13 a); *Swallenochloa* belongs to the last mentioned group. It seems, therefore, useful to differentiate the last group within the Gramineae to obtain an indication of the relative contribution of bamboo grasses.

Type 14: Plate 2.
Pollen diporate, verrucate to perforate. Bilaterally symmetric. Pores protruding, diam c. 5 μm with a heavy annulus (up to 8 μm wide). Exine 1.8-2.5 μm thick, tectate, columellae distinct. Equatorial view more or less circular, diam c. 33 μm.
Description based on a single grain. Occurred at a depth of 183.80 m.

Type 15: Cyperaceae. Plate 2. Diagram 1: curve 57, diagram 2: curve 41.
Pollen periporate, pores indistinct, psilate to scabrate. Exine 0.5-1 µm thick, tectate, columellae indistinct. Pear-shaped or subspheroidal, variable in size, greatest diam c. 27-41 µm.
Lit. Van der Hammen & González (1960 and 1963): plate 9,70-71; Heusser (1971): plate 10,96-104; Markgraf & D'Antoni (1978): plate 4,44; Villagrán (1980): plate 17,56-57.

Type 16: *Fuchsia* (Onagraceae). Plate 2. Diagram 1: curve 75.
Pollen diporate, finely scabrate, near the pores roughly scabrate. Bilaterally symmetric. Pores protruding, vestibulate, pore diam 10-16 µm. Exine (1.5)2-3 µm thick, tectate, columellae distinct. Equatorial view elongated. Size 46-60x67-90 µm.
Lit. Van der Hammen & González (1960 and 1963): plate 14,109; Heusser (1971): plate 41,481; Villagrán (1980): plate 11,85.

Type 17: *Acalypha* (Euphorbiaceae). Plate 2. Diagram 1: curve 32, diagram 2: curve 32.
Pollen grains stephanocolporate, scabrate to (rarely) verrucate. Colpi very short and visible only at a magnification of x 1000. Amb more or less circular, diam (13)14-21 µm. Number of apertures 4-5, slightly protruding. Exine 0.8-1.2 µm thick.
Lit. Van der Hammen & González (1960 and 1963): plate 14,117 (erroneously determined as 'Urticaceae'); Van der Hammen et al. (1973): plate 7,72; Graf (1979): plate 10,40; Absy (1979): plate 4,43.

Type 18: *Ludwigia* (Onagraceae)(taxonomic synonym: *Jussiaea*). Plate 2. Diagram 1: curve 80, diagram 2: curve 45.
Pollen grains tricolporate (rarely C_4P_4), verrucate to scabrate. Radially symmetric, amb subtriangular convex. Pores large, diam c. (7)10-15 µm, vestibulate, strongly protruding, colpi very short, rendering the grain a triporate appearance in polar view. Exine 1.5-2.5(3.5) µm thick, tectate, columellae very short. Diam in polar view 65-85 µm.
Lit. Van der Hammen & González (1960 and 1963): plate 14,113; Heusser (1971): plate 41,476.

Type 19: *Epilobium* (Onagraceae). Plate 2.
Pollen grains tricolporate, scabrate, commonly occurring in tetrads, radially symmetric. Amb sub-circular to sub-triangular. Pores protruding, vestibulate, pore diam c. 8 µm. Colpi short, rendering the grain a triporate appearance in polar view. Exine c. 2 µm thick, tectate, columellae very short. Diam in polar view c. 75 µm.
Occurred at a depth of 144,00 m. The record of this type is incomplete.
Lit. Heusser (1971): plate 41,479.

Type 20: Onagraceae. Plate 2.
Pollen grains diporate, scabrate. Bilaterally symmetric. Pores protruding, vestibulate, pore diam 3-4 µm. Exine 1.5-2.5 µm thick, columellae very short. Equatorial view elongated. Size 24-28x30-33 µm.
Occurred at depths of 259.20 and 298.60 m.

Type 21: *Oenothera multicaulis* (Onagraceae). Plate 3.
Pollen grains tricolporate, psilate to scabrate. Radially symmetric, amb subtriangular convex. Pores large, diam. c. 8-15 µm, strongly protruding, vestibulate, colpi very short, rendering the grain a triporate appearance in polar view. Exine c. 2.5 µm thick, tectate, columellae distinct. Diam in polar view c. 55-65 µm.
Occurred at dephts of 144,00 m, 186.20 m, 186.40 m and 186.80 m
Lit. Van der Hammen & González (1960 and 1963): plate 14,113; Heusser (1971): plate 41,476.

Type 22: *Alnus jorullensis* (Betulaceae). Plate 3. Diagram 1: curve 2, diagram 2: curve 2.
Pollen grains stephanoporate (3, 4, 5, 6 or 7 pores), psilate to scabrate. Radially symmetric, amb polygonal. Pores protruding, diam 1-2.5(4) µm, annuli c. 1 µm thick, neighbouring pores (annuli) connected with thickened bands (arci). Exine 0.8-1.2 µm thick, tectate, columellae indistinct. Oblate, diam in polar view 19-32 µm.
Lit. Van der Hammen & González (1960 and 1963): plate 4,37-39; Heusser (1971): plate 15,201; Markgraf & D'Antoni (1978): plate 9,88; Graf (1979): plate 3,17; Absy (1979): plate 5,74-75; Villagrán (1980): plate 6,10.

Type 23: Malphigiaceae. Plate 3. Diagram 1: curve 85.
Pollen grains periporate, psilate. Asymmetric, heteropolar. Pore more or less circular, diam 2.5-3.5 µm. Exine 2.5-4 µm thick, tectate, columellae indistinct, endexine very thick (c. 2-2.5 µm). Spheroidal to slightly elongated, greatest diam 25-33 µm.
Lit. Van der Hammen & González (1960 and 1963): plate 13,107; Van der Hammen et al. (1973): plate 4,35; Markgraf & D'Antoni (1978): plate 33,264; Absy (1979): plate 6,81.

Type 24: cf. *Pilea* (Urticaceae). Plate 3.
Pollen grains diporate, scabrate. Bilaterally symmetric, amb sub-circular. Pores slightly protruding, with a thin annulus, pore diam 1.5-2.5(3.5) µm. Exine 0.5-0.8 µm thick. Size 10-16x12-19 µm.
Note: Owing to a fault in the computer file for type 24 and type 32 the *Pilea* record has to be read as follows: for the range 0-140 m see curve 20, and for the range 140-357 m see curve 90.
Lit. Van der Hammen & González (1960 and 1963): plate 4,36; Heusser (1971): plate 56,655.

Type 25: *Cecropia* (Moraceae). Plate 3. Diagram 1: curve 34, diagram 2: curve 34.
Pollen grains diporate, finely scabrate. Bilaterally symmetric, amb circular. Diam pore c. 1-1.5 µm. Exine c. 0.5 µm thick. Size c. 8x11 µm.
Lit. Markgraf & D'Antoni (1978): plate 34,272; Absy (1979): plate 5,70.

Type 26: Apocynaceae. Plate 3.
Pollen grains periporate/pericolpate ($C_{12}P_6$), micro-reticulate. Asymmetric, apolar, diam 29-40 µm. Pore diam 4-5 µm with a faint annulus of c. 1 µm wide, presence of pores sometimes doubtly. Colpi narrow and short, costae colpi c. 1 µm wide. Colpi oriented in perpendicular position forming squares with a pore in the centre. Exine c. 1 µm thick.
The record of this type is incomplete. Occurred at dephts of 199.40 m, 218.40 m and 270.60 m.

Type 27: *Myriophyllum* (Haloragidaceae). Plate 3. Diagram 1: curve 74, diagram 2: curve 44.
Pollen grains stephanoporate (3, 4, 5 or 6 pores), irregularly scabrate. Radially symmetric, amb polygonal. Pores stongly protruding, elongated, greatest diam 1.5-3(4) µm, provided with heavy annuli of (2)2.5-4 µm wide and 1.5-3 µm thick. Exine 0.8-1.2(1.8) µm thick, tectate, columellae faint. More or less oblate, diam in polar view 23-38 µm.
Lit. Heusser (1971): Plate 31, 365; Van der Hammen et al. (1973): plate 4,34.

Type 28: Apocynaceae. Plate 3.
Pollen grains diporate, micro-reticulate. Radially symmetric, amb circular, diam 32-38 µm. Pores situated at both poles, diam 3-4 µm, provided with an annulus of 1.5 µm wide. Two parallel (distance c. 3 µm) equatorial, 1.5-2 µm wide ridges on the inner side of the exine. Exine c. 1 µm thick, tectate, columellae tenuous.
Description based on 3 grains. The record of this type is incomplete. Occurred

at depths of 157.00 m, 264.40 m and 329.00 m.

Type 29: Urticaceae - Moraceae. Plate 4. Diagram 1: curve 19, diagram 2: curve 19.
Pollen grains stephanoporate (P_4), micro-reticulate (only visible with x 1000 magnification). Radially symmetric, amb circular, diam 15-20 μm. Pores with a faint annulus, 0.6-0.8 μm wide. pore diam 1.5-2(2.5) μm. Exine 0.8-1 μm thick, columellae indistinct, semitectate.
A few grains of type 30 were erroneously included in curve 19.

Type 30: Plate 4
Pollen grains tricolporate, scabrate. Radially symmetric, amb more or less circular, diam 13-14 μm. Pore diam c. 1.5 μm, annulus c. 0.8 μm wide, colpi short and narrow. Exine c. 1 μm thick, columellae indistinct, tectate.
The record of type 30 is restricted to a few grains (e.g., at 265.20 m) erroneously included in curve 19.

Type 31: Plate 4.
Pollen grains tricolporate, scabrate (micro-reticulate ?). Radially symmetric, amb subtriangular convex, diam 14-16 μm. Pores protruding with an annulus of c. 1.2 μm wide, pore diam c. 1 μm, colpi short and narrow. Exine 0.8-1 μm thick.
Description based on 2 grains. Occurred at depths of 315.60 m and 316.80 m.

Type 32: Urticaceae - Moraceae. Plate 4.
Pollen grains triporate, scabrate. Radially symmetric, amb (sub)circular. Pore diam 1.5-2.5(4) μm, annulus 0.6-1(1.5) μm wide. Exine 0.8-1 μm thick, columellae indistinct, tectate. Size 17-23x17-26 μm.
Note: Owing to a fault in the computer file for type 24 and type 32 the record for type 32 has to be read as follows: for the range 0-140 m see curve 90, and for the range 140-357 m see curve 20. In the pollen diagrams no distinction is made between type 32 and type 32A (cf. *Celtis*). Both types are included in the above-mentioned curve.
Lit. Van der Hammen & González (1960 and 1963): plate 4,34-35; Heusser (1971): plate 56,654; Markgraf & D'Antoni (1978): plate 42,355; Absy (1979): plate 5, 68-69.

Type 32A: cf. *Celtis* (Ulmaceae). Plate 4.
Pollen grains triporate, finely scabrate, subspheroidal, diam 24-27 μm. Pore diam 2-2.5 μm, annulus c. 1 μm wide. Exine 0.8-1 μm thick, tectate, columellae very short.
Description based on two grains.
Note: In the pollen diagrams no distinction is made between type 32A and type 32 (Urticaceae - Moraceae). Both types are included in the curve as indicated under type 32.

Type 33: *Panopsis* (Proteaceae). Plate 4.
Pollen grains triporate, scabrate to foveolate. Radially symmetric, amb sub-triangular concave, diam (21) 23-27 μm. Pore diam c. 3 μm. Tectum c. 2 μm thick, columellae very short (often only visible near the pore), endexine detached at a short distance from the pore. Exine 2-2.4 μm thick.
The record of *Panopsis* is restricted to a few grains (e.g., at 271.00 m) erroneously included in curve 78.
Lit. Van der Hammen & González (1960 and 1963): plate 11,87-88.

Type 34: Proteaceae. Plate 4. Diagram 1: curve 78.
Pollen grains triporate, micro-reticulate, per-reticulate. Radially symmetric, amb sub-triangular convex (sometimes to straight or concave), diam (19)21-27(31) μm. Pore diam 2-3.5(5) μm, endexine near the pore sometimes slightly thickened or ending a little before the pore. Exine (0.8)1-1.2(1.5) μm thick, semitectate.

Type 34A: cf. *Cardiospermum* (Sapindaceae). Plate 4.
Pollen grains triporate, (micro-)reticulate, per-reticulate. Radially symmetric,

amb triangular with straight sides, diam c. 34 µm. Pore diam c. 3 µm. Exine c. 2 µm thick, semitectate, columellae very short, endexine c. 1 µm thick. Diam lumina irregular, greatest diam c. 0.4-1.2 µm, muri rather wide.
Description based on a single grain. The record of type 34A is restricted to a few grains (e.g., at 205.40 m) erroneously included in curve 78.

Type 35: Plate 4.
Pollen grains triporate, scabrate. Radially symmetric, amb subtriangular, convex, diam c. 16-18 µm. Pores slightly sunken, diam c. 1 µm. Exine 0.8-1 µm thick.
Description based on a single grain. The record of this re-deposited type is probably incomplete. Possibly of Tertiary age and according to Dr. Wijmstra (Amsterdam) comparable to the form species *Triatriopollenitis* Thomson et Pflug 1953. Occurred at a depth of 327.60 m.
Lit. Wijmstra (1971): plate 1,8.

Type 36: Tiliaceae. Plate 4.
Pollen grains tricolporate, foveolate. Radially symmetric, amb circular. Diam pores c. 5 µm, colpi very short, polar index 0.62. Exine 1.5-2 µm thick, semitectate, columellae coarse, endexine c. 1 µm thick, increasing up to 4 µm near the apertures, forming very distinct and characteristic costae. Fovea regularly spread over the surface, of irregular shape (mostly elongated), greatest diam c. 0.4-1 µm. Oblate, diam in polar view 43-50 µm.
This type is very similar to the genus *Tilia*, a genus not recently found in South America.
Description based on 2 grains. Occurred at depths of 50.00 m, 167.40 m, 211.40 m, 212.80 m, 215.40 m, 224.40 m, 228.80 m, 269.00 m, 319.60 m, 320.60 m, 321.40 m and 330.80 m.

Type 37: Form species: *Echitriporites trianguliformis* Van Hoeken-Klinkenberg 1964. Plate 5.
Pollen grains triporate, micro-echinate. Radially symmetric, amb subtriangular convex, diam (21)26-30 µm. Pores slightly protruding, pore diam 2-2.5 µm. Exine 0.8-1 µm thick, intectate.
Description based on 4 grains. Identification by T.A. Wijmstra (Amsterdam). A re-deposited fossil. In the Caribbean area and Nigeria the species is an important component of the Eocene microfloras (Germeraad et al., 1968).
González Guzman (1967) recorded this species from the Middle Eocene of Colombia. Occurred at depths of 152.00 m, 214.80 m, 259.20 m, 259.60 m, 267.20 m and 267.40 m
Lit. González Guzman (1967): plate 23,2a-j; Germeraad et al. (1968), plate 9,2.

Type 38: *Ayenia* (Sterculiaceae). Plate 5.
Pollen grains triporate, scabrate/micro-echinate. Radially symmetric, amb subtriangular convex, diam 25-28 µm. Pores strongly protruding, vestibulate, diam 9-11 µm, diam outer aperture 2-3 µm. Exine 1-1.5 µm thick.
Description based on 2 grains. Occurred at depths of 226.00 m, 229.80 m and 231.40 m.

Type 39: Plate 5. Diagram 1: curve 112.
Pollen grains triporate, per-reticulate. Radially symmetric, amb subtriangular to circular, diam 25-31 µm. Pores protruding, diam 2-5 µm, costae pori c. 2-3 µm wide. Exine 1-1.5 µm thick, semi-tectate.

Type 40: *Nothofagus dombeyi* type (Eagaceae). Plate 5.
Pollen grains stephanocolpate (C_5), scabrate. Radially symmetric, amb circular-angular, diam c. 24-25 µm. Colpi c. 0.8 µm wide, marked by an annular thickening of c. 1.5 µm wide. Exine c. 1 µm thick, tectate. Polar index 0.69.
Description based on a single grain. Occurred at a depth of 173.80 m.
Lit. Heusser (1971): plate 28,333-338; Markgraf & D'Antoni (1978): plate 24, 188-190,192; Villagrán (1980): plate 9,59.

Type 41: Plate 5.
Pollen grains periporate (P_6), scabrate. Pores circular, diam c. 2 µm. Exine 1-1.2 µm thick, tectate, columellae very short and hardly discernible. Size 17x21 µm.
Description based on a single grain. Occurred at a depth of 164.80 m.

Type 42: Plate 5.
Pollen grains stephanoporate (P_5), micro-reticulate, per-reticulate. Radially symmetric, amb circular to elongated, 31-39x35-46 µm. Pores elongated, c. 3x4(5) µm, no annulus. Exine c. 1 µm thick, semitectate.
Description based on 2 grains. Occurred at depths of 27.50 m, 308.00 m and 331.40 m.

Type 43: Plate 5.
Pollen grains periporate (P_7?), rugulate/scabrate. Pores slightly protruding, elongated, c. 3x4(5) µm, provided with a faint annulus. Exine c. 1.2-1.8 µm thick, tectate. Subspheroidal, diam 33-36 µm.
Description based on a single grain. The record of this type is incomplete. Occurred at a depth of 353.40 m.

Type 44: Plate 5.
Pollen grains periporate (c. 30 pores), micro-reticulate, per-reticulate. Pores slightly elongated, 2-2.5x3 µm, provided with a distinct annulus of c. 0.8 µm wide. Exine c. 2 µm thick, semitectate. Spheroidal, diam 39-44 µm.
Description based on a single grain. Occurred at a depth of 298.40 m.

Type 45: *Typha* (Typhaceae). Plate 5.
Pollen grains monoporate, per-reticulate (to rugulate). Heteropolar. Aperture irregular in outline, diam c. 7 µm. Exine c. 0.8 µm thick, semitectate, columellae indistinct, lumina of irregular shape and size, diam c. 0.7-1 µm, muri thin. Spheroidal to elongated, diam 18-23 µm.
Description based on 2 grains. The record of this type is probably incomplete. Occurred at a depth of 308.80 m.
Lit. Heusser (1971): plate 13,172.

Type 46: Plate 6.
Pollen grains stephanoporate (P_5), psilate. Radially symmetric, amb subcircular, diam c. 17-18 µm. Diam pores c. 1.5 µm, provided with a protruding operculum. Exine c. 0.6-0.8 µm thick, tectate.
Description based on a single grain. Occurred at a depth of 274.20 m.

Type 47: Plate 6.
Pollen grains stephanocolp(or)ate (C_6(P_6?)), micro-reticulate, per-reticulate. Radially symmetric, amb circular, diam c. 39-42 µm. Pore diam c. 2.5 µm, colpi short and narrow. Polar index 0.86. Exine c. 2 µm thick, semitectate.
Description based on a single grain. Occurred at a depth of 210.40 m.

Type 48: Amaranthaceae - Chenopodiaceae. Plate 6. Diagram 1: curve 86.
Pollen grains periporate (c. 25-40 pores), micro-reticulate, per-reticulate or supra-reticulate. Pore diam 1-2 µm, no annulus. Distance between the pores greater than the pore diam. Exine (1.2)1.5-2(3) µm thick. Subspheroidal, diam (18)23-28(32) µm.
Lit. Heusser (1971): plate 24,280-281,284; Markgraf & D'Antoni (1978): plate 14, 119-122.

Type 49: Plate 6.
Pollen grains periporate (c. 26 pores), micro-echinate/scabrate. Each pore is sunken in a depression, pore diam c. 1 µm. Micro-echinae situated in a ring around each depression, between these rings of echinae a scabrate sculpture. Exine 2.5-3 µm thick. Spheroidal, diam c. 20 µm.
Description based on a single grain. The record of this type is probably incomplete. Occurred at a depth of 172.00 m.

Type 50: *Cerastium - Stellaria* type (Caryophyllaceae). Plate 6. Diagram 1: curve 38, diagram 2: curve 36.
Pollen grains periporate (c. 18-25(28) pores), coarsely scabrate. Pores mostly elongated, (2)2.5-3.5x(2.5)3.5-4.5 µm, provided with a distinct annulus of 0.8-1 µm wide. Exine 2-3.5 µm thick. (Sub)spheroidal, diam (22)25-38(43) µm.
A relative small number of grains of type 51 (cf. *Arenaria*) are included in the above-mentioned curves.
Lit. Van der Hammen & González (1960 and 1963): plate 7,57; Heusser (1971): plate 20,234; Villagrán (1980): plate 6,16.

Type 51: cf. *Arenaria* (Caryophyllaceae). Plate 6. Diagram 1: included in curve 38, diagram 2: included in curve 36.
Pollen grains periporate (c. 11-19 pores), finely scabrate. Pores elongated to circular, 2-3x2.5-4.5 µm , no annulus. Exine 1.5-2.5(3) µm thick. (Sub)-spheroidal, diam c. 22-26 µm.
Lit. Heusser (1971): plate 20,232; Markgraf & D'Antoni (1978): plate 14,113.

Type 52: *Daphnopsis* (Thymelaeaceae). Plate 6. Diagram 1: curve 14, diagram 2: curve 14.
Pollen grains periporate (c. 9-12 pores), reticulate (*Croton* type) and scabrate on the muri. Pores circular to elongated, diam 1.5-2.5 µm. Diam lumina c. 1-1.5 µm, decreasing near the pores, muri c. 1 µm wide. Exine 3-3.5 µm thick. Spheroidal to ellipsoidal, diam 25-36 µm.
Lit. Van der Hammen & González (1960 and 1963): plate 14,111.

Type 53: *Amaranthus* (Amaranthaceae). Plate 7. Diagram 1: curve 91.
Pollen grains periporate (c. 18-26 pores), micro-reticulate, per-reticulate. Pore diam 1-2 µm. Distance between the pores greater, equal or smaller than the pore diam. Exine 1-2 µm thick. Subspheroidal, diam 14-18 µm.
Lit. Heusser (1971): plate 14,180; Markgraf & D'Antoni (1978): plate 7,72; Graf (1979): plate 3,11.

Type 54: *Thalictrum podocarpum* (Ranunculaceae). Plate 7. Diagram 1: curve 56, diagram 2: curve 40.
Pollen grains periporate (c. 6-11 pores), scabrate. Pores circular to (irregular) elongated, diam (2)3-4.5(5.5) µm, provided with a granulated pore membrane. Exine 1-1.2 µm thick, tectate. (Sub)spheroidal, diam (14)17-23 µm.
Lit. Van der Hammen & González (1960 and 1963): plate 12,97-98.

Type 55: *Bocconia integrifolia* (Papaveraceae). Plate 7. Diagram 1: curve 16, diagram 2: curve 16.
Pollen grains periporate (c. 6-7 pores), per-reticulate. Pores circular to elongated, diam 1-2(2.5) µm, provided with an annulus of 0.8-1 µm wide. Diam lumina 0.5-1.5(2) µm, exine 0.8-1 µm thick. (Sub)spheroidal, diam 25-34 µm.
Note: Description based on fossil material. Because these specimens were badly preserved, photomicrographs of recent material are provided.
Lit. Van der Hammen & González (1960 and 1963): plate 2,17. Markgraf & D'Antoni (1978): plate 36,294.

Type 56: *Calandrinia* (Portulacaceae). Plate 7. Diagram 1: curve 44.
Pollen grains periporate (c. 10-14 pores), scabrate. Pores of irregular shape (circular to irregular elongated), smallest diam 3-6 µm, greatest diam 5-12 µm, pores sometimes anastomosing. Exine (1.5)2-3(3.5) µm thick, tectate, columellae coarse. Spheroidal to ellipsoidal, 36-50x42-60 µm.
Lit. Heusser (1971): plate 46,531.

Type 57: *Styloceras laurifolia* (Stylocerataceae or Buxaceae). Plate 7. Diagram 1: curve 13, diagram 2: curve 13.
Pollen grains periporate (c. 12-20 pores), per-reticulate. Pores more or less circular, diam (1.5)2-3.5 µm, provided with an annulus of 0.8-1.2 µm wide. Greatest diam of the lumina <1-3.5 µm, muri c. 0.8-1 µm wide. Exine 1.5-2 µm

thick, semitectate. (Sub)spheroidal, diam (25)32-40 μm .
Lit. Van der Hammen & González (1960 and 1963): plate 2,15-16.

Type 58: Plate 7.
Pollen grains periporate (c. 34 pores), per-reticulate. Pores more or less circular, diam 1.5-2 μm, provided with an annulus of c. 1 μm wide. Greatest diam of the lumina <1-3 μm, muri c. 0.8-1 μm wide. Exine 1.5-2 μm thick, intectate. Ellipsoidal, c. 47x58 μm.
Occurred at a depth of 329.80 m.

Type 59: *Cuphea* (Lythraceae). Plate 8.
Pollen grains syncolporate (C_3P_3), striate. Radially symmetric, amb subtriangular convex. Pores slightly protruding, pore diam 1.5-2 μm, colpi narrow. Exine 0.8-1 μm thick, intectate. Diam in polar view 16-19 μm.
Description based on 3 grains. Occurred at dephts of 12.75 m, 301.60 m, 316.40 m and 355.60 m.
Lit. Van der Hammen & González (1960 and 1963): plate 13,108; Graf (1979): plate 13,56.

Type 60: *Polygonum* (*P.* sect. *Persicaria*)(Polygonaceae). Plate 8. Diagram 1: curve 73, diagram 2: curve 43.
Pollen grains periporate, per-reticulate. Asymmetric, amb circular. Pores of irregular shape, greatest diam 4-7 μm. Reticulum coarse with irregularly shaped lumina, greatest diam (1.5)3-8(10) μm. Muri straight or curving irregularly, 2-4 μm high, c. 1 μm wide at the top and 2-3 μm wide at the base where the columellae form irregular, lobed contours. Inside the lumina scattered, isolated columellae (bacula), diam 0.8-1 μm. Exine 3-7 μm thick, semitectate. (Sub)spheroidal, diam 30-65 μm.
Lit. Van der Hammen & González (1960 and 1963): plate 7,55-56; Van der Hammen et al. (1973): plate 1,3; Nowicke & Skvarla (1977): fig. 113-123; Hedberg (1946).

Type 61: cf. *Passiflora* type (Passifloraceae). Plate 8.
Pollen grains periporate, reticulate. Pores resembling the lumina and difficult to discern. Reticulum coarse with irregular shaped lumina, greatest diam 3-8 μm. Muri straight or curving, c. 2 μm high and 1-1.5 μm wide and supported by one row of columellae. Diam columellae 1-1.6 μm. Exine 4-5 μm thick, tectate. Spheroidal, diam c. 36 μm.
Description based on a single grain. The record of this type is probably incomplete. Occurred at a depth of 194.00 m.

Type 63: Myrtaceae. Plate 8. Diagram 1: curve 22, diagram 2: curve 22.
Pollen grains syncolpate (C_3), scabrate to micro-reticulate. Radially symmetric, amb subtriangular convex, diam 21-25 μm. Colpi narrow, anastomosing in the polar areas. Exine 1-1.2 μm thick.
Lit. Van der Hammen & González (1960 and 1963): plate 9,67; Absy (1979): plate 4,42.

Type 64: *Myrteola* (Myrtaceae). Plate 8.
Pollen grains tricolporate, syncolpate, verrucate (rugulate). Radially symmetric, amb subtriangular convex (to straight), diam 15-20 μm. Pores transversally elongated, diam 2-3 μm, colpi narrow. Diam verrucae 1-2 μm. Exine 1 μm, a little thickened up to 1.4 μm near the pores.
Description based on 3 grains. The record of this type is incomplete. Occurred at depths of 149.60 m, 253.40 m and 353.00 m.
Lit. Heusser (1971): plate 38,454.

Type 65: cf. *Eugenia* (Myrtaceae). Plate 8. Diagram 1: curve 21, diagram 2: curve 21.
Pollen grains tricolporate, syncolpate, scabrate. Radially symmetric, amb subtriangular convex (to straight), diam 14-21 μm. Colpi narrow, anastomosing in the polar areas, pore diam 1-2 μm. Exine 0.8-1 μm thick, sometimes slightly

thicker near the pores.
Lit. Van der Hammen & González (1960 and 1963): plate 9,66; Markgraf & D'Antoni (1978): plate 34,277.

Type 66: *Montia fontana* (Portulacaceae). Plate 9. Diagram 1: included in curve 53.
Pollen grains pericolpate (C_{12}), reticulate. Colpi long with rounded ends, c. 0.8-1.5 µm wide., delimiting six ± regular squares, but not anastomosing at the edges. Exine 2.5-3 µm thick, thinnest near the colpi, tectate, columellae coarse, diam 0.6-1.2 µm. Subspheroidal, diam (28)32-44(52) µm.
Note: Together with type 68 (*M.meridensis*) this type forms the bulk of curve 53. Occurred at depths of 184.40 m, 193.00 m, 213.00 m, 214.40 m, 229.00 m and 301.80 m.
Lit. Nilsson (1967); Heusser (1971): plate 46,533.

Type 67: *Drymaria villosa* type (Caryophyllaceae). Plate 9.
Pollen grains pericolpate (C_{15}), scabrate/micro-echinate. Colpi long and narrow, forming 2 (polar) pentagons and 5 (equatorial) squares, not anastomosing at the edges. Diam scabrae and micro-echinae 0.7-1 µm, distinctly decreasing near the colpi. Exine 1.5-2 µm thick, tectate, columellae coarse. Spheroidal, diam c. 35 µm.
Description based on a single grain. The record of type 67 is restricted to a few grains (e.g., at 310.80 m) and erroneously included in curve 53.

Type 68: *Montia meridensis* (Portulacaceae), Plate 9. Diagram 1: included in curve 53.
Pollen grains pericolpate (C_{12}), reticulate. Colpi long and narrow, delimiting six ± regular squares, but not (or hardly) anastomosing at the edges. Reticulum coarse, diam lumina 0.8-2 µm, muri c. 0.8 µm wide. Exine 2-3 µm thick, tectate, diam columellae <0.5 µm. Subspheroidal, diam 30-43 µm.
Description based on 4 grains. Occurred with certainty at depths of 229.00 m, 231.00 m, 236.40 m and 348.10 m.
Lit. Van der Hammen & González (1960 and 1963): plate 13,99 (erroneously identified as *Evolvulus* type); Nilsson (1967): fig. 9.

Type 69: *Evolvulus* (Convolvulaceae). Plate 9. Diagram 1: included in curve 53. (See also type 111.)
Pollen grains pericolpate (C_{12}), micro-echinate/scabrate. Colpi long and broad with undulating rim, delimiting six ± regular squares, but not anastomosing at the edges. Echinae with a broad base, c. 1 µm high, scabrate in between. Exine 1.5-2 µm thick, tectate, columellae coarse. Subspheroidal, diam c. 31-37 µm.
Description based on 2 grains. Occurred with certainty at depths of 151.60 m, 190.80 m, 191.40 m, 194.00 m and 194.80 m.
Lit. Heusser (1971): plate 24,287.

Type 70: *Borreria anthospermoides* type (Rubiaceae). Plate 9. Diagram 1: curve 82, curve 83 (type 70 + 71), diagram 2: curve 46 (type 70 + 71).
Pollen grains stephanocolpate (usually 8, sometimes up to 10 colpi), per-reticulate. Radially symmetric, amb (sub)circular. Colpi short and narrow. Diam of the lumina 1-3 µm, muri strongly curving and c. 0.8 µm wide. Exine 3-5 µm thick, semitectate, columellae coarse. (Sub)spheroidal, diam 30-48 µm.
Lit. Van der Hammen & González (1960 and 1963): plate 10,80-81.

Type 71: *Borreria laevis* type (Rubiaceae). Plate 9. Diagram 1: curve 81, curve 83 (type 70 + 71), diagram 2: curve 46 (type 70 + 71).
Pollen grains stephanocolpate (8-11 colpi), scabrate. Radially symmetric, amb (sub)circular. Colpi short (c. 5 µm) and narrow, often with transversal endexine thickenings at both ends. Exine 1.5-2.5 µm thick, tectate, columellae coarse. (Sub)spheroidal, diam 31-38 µm.

Type 72: Rubiaceae. Plate 9. Diagram 1: curve 111.
Pollen grains stephanocolporate (C_9P_9), scabrate. Radially symmetric, amb (sub) circular. Colpi short (c. 5 µm) and narrow, diam endopore c. 2 µm. Exine 1-1.5 µm thick, equatorially increasing to 2 µm, tectate, columellae coarse. Oblate to spheroidal, P/E ratio 0.91, 21x23 µm.
Description based on a single grain. The record of this type is incomplete. Occurred at a depth of 205.00 m.

Type 73: *Myrica* (Myricaceae). Plate 10. Diagram 1: curve 25, diagram 2: curve 25.
Pollen grains triporate, scabrate to rugulate. Radially symmetric, amb subtriangular convex. Pores protruding, more or less circular, diam 1-3 µm (diam of the exopore, formed by the ektexine, smaller than diam of the endopore, formed by the endexine), annulus 1.5-2 µm wide. Exine 1-1.5 µm thick, tectate, columellae indistinct. Suboblate, diam in polar view 25-38 µm.
Lit. Van der Hammen & González (1960 and 1963): plate 2,13-14; Heusser (1971): plate 34,423.

Type 74: *Cordia lanata* type (Ehretiaceae or Boraginaceae). Plate 10.
Pollen grains probably with 3 not clearly defined apertures (short colpi), reticulate. Radially symmetric, amb (sub)circular. Lumina of irregular shape, greatest diam 2-5 µm. Muri 1-1.2 µm wide, consisting of linked individual granules and supported by one row of thick (diam 0.7-1 µm) columellae. Exine c. 4 µm thick, tectate. Spheroidal to ellipsoidal, diam c. 38-46 µm.
Description based on 3 grains. The record of this type is incomplete. Occurred at depths of 210,00 m, 288.00 m and 314.80 m.

Type 75: cf. *Urvillea* (Sapindaceae). Plate 10.
Pollen grains tricolporate, syncolpate, (micro-reticulate) per-reticulate. Radially symmetric, amb subtriangular convex to straight. Colpi very narrow, anastomosing at the poles. Pore diam 2-3 µm. Exine c. 1 µm thick, semitectate. Diam in polar view 28-34 µm.
Description based on a single grain. Occurred at depths of 252.80 m, 272.60 m and 330.60 m.

Type 76: Ulmaceae. Plate 10.
Pollen grains stephanoporate (P_5), rugulate. Radially symmetric, amb circular. Pores arranged in the equatroial plane, more or less circular, diam 2.5-4 µm with a more or less distinct annulus of c. 2 µm wide. Exine 1-1.2 µm thick, tectate, columellae indistinct, rugulae coarse and soft, 1-1.3 µm wide. Suboblate (P/E ratio c. 0.86), 36-38x31 µm.
Note: The presence of this type in the Funza core is problematical because it pollenmorphologically resembles the genus *Ulmus* (Ulmaceae) rather closely, which taxon is common in Europe and does not occur in South America.
Contamination in the laboratory during preparation of the pollen slides might be a source of error, but because this pollen type was found several times in the Funza core without any relation between the time of processing and the production in Holland of *Ulmus* pollen, it is to be expected that we are dealing with an unidentified Colombian pollen type.
Occurred at depths of 132,50 m, 135.25 m, 150.40 m, 164.40 m, 173.40 m, 184.40 m, 250.60 m, 252.40 m, 252.60 m, 252.80 m, 268.00 m, 278.00 m, 287.00 m, 288.40 m, 294.00 m and 334.30 m.

Type 77: Plate 10.
Pollen grains periporate (P_4), micro-perforate (only visible by x 1000 magnification). Pores elliptical, 2x4-5 µm, surrounded by a 1.5-2 µm wide and 2.5 µm thick annulus. Exine 1.6-2 µm thick. Subspheroidal, diam c. 33 µm.
Description based on a single grain. Occurred at a depth of 309.20 m.

Type 78: *Juglans* (Juglandaceae). Plate 10. Diagram 1: curve 15, diagram 2: curve 15.

Pollen grains periporate (c. 9-13 pores), heteropolar, scabrate. Pores more or less circular, diam 1.5-2.5 µm, situated in the equatorial part of one hemisphere. Pores on small, more or less circular shield-shaped areas, protruding as rounded domes from the general surface (aspidote). Exine 1-1.5 µm thick, tectate, columellae indistinct. Subspheroidal, or slightly flattened, diam 28-42 µm.
Lit. Van der Hammen & González (1960 and 1963): plate 3,18-20; Markgraf & D'Antoni (1978): plate 25,197.

Type 79: Plate 10.
Pollen grains tricolpate, micro-reticulate, per-reticulate. Radially symmetric, amb circular. Colpi short and broad, 8-9x4-5 µm. Muri about as wide as the diam of the lumina. Exine equatorial c. 0.9 µm, polar thickened up to 1.2 µm, semitectate. Spheroidal, diam c. 20 µm.
Description based on a single grain. Occurred at a depth of 282.20 m.

Type 80: *Plantago* (Plantaginaceae). Plate 10.
Pollen grains periporate (P_{10}), verrucate. Pores circular, diam 1.5 µm, provided with an annulus of 2-2.5 µm wide. Exine c. 2 µm thick, annulus c. 2.6 µm thick, tectate, columellae short and indistinct. Verrucae more or less circular, diam 2-3 µm. Spheroidal, diam c. 26 µm.
Description based on a single grain. Occurred at a depth of 153.00 m.

Type 81: *Scybalium* (Balanophoraceae). Plate 10.
Pollen grains periporate (P_8), psilate with scattered microperforations. Pores circular, diam c. 4 µm, provided with an annulus of 2.5 µm wide. Annulus with numerous microperforations. Exine 2-2.5 µm thick, columellae indistinct, surface slightly undulating. Spheroidal, diam c. 40 µm.
Description based on a single grain. Occurred at a depth of 351.80 m.
Lit. Hansen (1980): fig. 3.

Type 82: *Phaseolus* (Papilionaceae). Plate 11.
Pollen grains triporate, reticulate. Radially symmetric, amb subtriangular convex. Pores circular, diam c. 4 µm, provided with an annulus of 2-3 µm wide (with frayed margins). Lumina of irregular shape, greatest diam 3-7 µm; muri 1.5-3.5 µm wide, in the widest parts provided with perforations of c. 1 µm diam. Muri and annuli set with micro-echinae. Exine 2 µm thick, tectate, columellae coarse. Grains flattened at the poles, 39x43 µm.
Description based on a single grain. Occurred at a depth of 298.80 m.

Type 83: *Cleome* (Cleomaceae or Capparidaceae). Plate 11. Diagram 1: curve 101.
Pollen grains tricolporate, echinate. Radially symmetric, amb (sub)circular, diam 15-18 µm. Colpi short and narrow, polar index c. 0.65. Pore circular, diam 1.5 µm. Exine 1-1.2 µm thick, echinae thin, (1)1.5-2 µm long, scattered all over, psilate in between. Suboblate to oblate-spheroidal (P/E ratio 0.77-0.93), 13-16x15-18 m.

Type 84: *Mauritia* (Palmae). Plate 11.
Pollen grains monoporate, echinate. Pore of irregular shape, not well-defined, greatest diam 9-13 µm. Exine 1-1.5 µm thick, echinae with broad bases (1.5-2 µm) and deep-rooted, scattered all over, psilate in between the echinae. (Sub)-spheroidal, diam 35-52 µm.
Description based on 2 grains. Possibly redeposited and according to T.A. Wijmstra (Amsterdam) comparable to form species *Mauritiidites franciscoi* (Van der Hammen 1956) Van Hoeken-Klinkenberg 1964. This species was recorded by Van der Hammen (1956) from the Middle to the Lower Oligocene of Colombia, and by Van der Hammen & Garcia de Mutis (1966) from the Paleocene (near the limit with the Eocene) of Colombia, and by Wijmstra (1971) from the Paleocene and Lower to Middle Eocene of Surinam. Occurred at depths of 276.20 m, 286.00 m, 291.00 m, 300.20 m, 325.20 m and 331.80 m.

Lit. Van der Hammen & Garcia de Mutis (1956): fig. 5; Van der Hammen et al. (1973): plate 9,93; Absy (1979): plate 7,88.

Type 85: Plate 11. Diagram 1: included in curve 113.
Pollen grains periporate (8-9 pores), echinate/scabrate. Pores slightly depressed, ellipsoidal, 2-3x3-4 μm, provided with an annulus of 0.8-1 μm wide. Sometimes a finely granulated pore membrane is present. Exine 1 μm thick, tectate. Echinae thin, 2-3 μm long, scabrate in between the echinae. (Sub)-spheroidal, diam 24-35 μm.
Description based on 3 grains. In the pollen diagrams the types 85 and 86 were erroneously recorded as of one type.
Lit. Van der Hammen & González (1960 and 1963): plate 12,95-96 (this type, identified as Stephanoporites 'type D' seems to be identical with my type 85).

Type 86: *Sagittaria - Echinodorus* (Alismataceae). Plate 11. Diagram 1: included in curve 113.
Pollen grains periporate (12-14 pores), echinate/scabrate. Pores slightly depressed, (sub)circular, diam 2-5 μm, covered with a granulated pore membrane. Exine 1 μm thick, tectate. Echinae short (c. 1 μm) with broad bases, scabrate in between the echinae. Spheroidal, diam 22-28 μm.
In the pollen diagrams the types 85 and 86 were erroneously recorded as of one type.
Lit. Heusser (1971): plate 9,68 (*Sagittaria*); Absy (1979): plate 6,82 (*Sagittaria*).

Type 87: *Paepalanthus - Eriocaulon* (Eriocaulaceae). Plate 11. Diagram 1: curve 54.
Pollen grains syncolpate, echinate. Colpus coiling from pole to pole. Echinae of variable size; largest echinae 1-2 μm high, scattered all over the surface, with smaller echinae and scabrae in between. Exine c. 0.8 μm thick, intectate. Grains more or less spheroidal, diam 22-34 μm.
Note: The grains are often ruptured along the colpus. Probably a few grains of type 85 were included in curve 54 by mistake.
Lit. Dueñas (1979): plate 1,2-3.

Type 88: Plate 12.
Pollen grains periporate (P_4), echinate/scabrate. Pores slightly depressed, elongated, not well-defined, diam c. 5x10 μm. Exine 1 μm thick, tectate, columellae distinct. Echinae short (1-1.5 μm) with broad bases, densely scattered all over, scabrate in between. Subtriangular to trapezoid of shape, greatest diam 28 μm.
Description based on a single grain. Occurred at a depth of 263.60 m.

Type 89: Plate 12. Diagram 1: curve 109.
Pollen grains triporate, echinate/micro-reticulate. Radially symmetric, amb sub-circular. Pores indistinct, diam c. 3(?) μm. Exine 1.2-2 μm thick, tectate, columellae coarse. Echinae 2-5 μm long with a broad base (1.2-3 μm), sometimes obtuse. Micro-reticulate in between the echinae. Subspheroidal, diam (23)28-41 μm.

Type 90: Malvaceae. Plate 12.
Pollen grains probably periporate, pores indistinct, echinate. Exine 2-2.5 μm thick without the echinae, tectate, columellae coarse. Echinae 5-8 μm long, 1.8 -2.5 μm across the base, slowly tapering into sharp tips. Echinae placed on circular, shield-shaped areas, protruding as rounded domes (1.5-2 μm high) from the general surface (aspidote). Spheroidal, diam 35-41 μm without the echinae.
Description based on 2 grains. The record of type 90 is restricted to a few grains (e.g., at 173.00 m, 174,00 m and 223.80 m) included in curve 41.

Type 91: *Acaulimalva purpurea* (Cleef 1703 type)(Malvaceae). Plate 12. Diagram 1: included in curve 41.

Pollen grains periporate (8-9 pores) , echinate. Pores more or less circular, diam 3-5 µm, no annulus. Exine 1.5-2(3) µm thick, tectate, columellae coarse. Echinae (2)3-7 µm long, 2-3 µm across the base, tapering into sharp tips. Echinae placed on circular, shield-shaped areas protruding as rounded domes (1-1.5 µm high) from the general surface (aspidote). Area between the echinae scabrate. (Sub)spheroidal, diam 40-62 µm without the echinae.
Occurred with certainty at depths of 173.00 m, 293.00 m, 313.20 m and 351.40 m.
Lit. Van der Hammen & González (1960 and 1963): plate 12,92-93.

Type 92: Malvaceae. Plate 12. Diagram 1: included in curve 41.
Pollen grains stephanoporate (P_9), echinate. Pores circular to elongated, greatest diam 3-5 µm, provided with an annulus of 2-4 µm wide. Exine 2-4 µm thick, endexine very thick (up to 2.5 µm), tectate, columellae coarse. Echinae 4-5 µm long, 3-4 µm across the base, tapering into sharp tips. Echinae placed on circular, shield-shaped areas protruding as rounded domes (1-1.5 µm high) from the general surface (aspidote). Area between the echinae scabrate. (Sub)-spheroidal, diam 48-62 µm without the echinae.
Description based on 2 grains. Occurred with certainty at depths of 300.20 m and 301.00 m.

Type 93: *Acaulimalva purpurea* (Cleef 2040 type)(Malvaceae). Plate 12. Diagram 1: included in curve 41.
Pollen grains periporate (P_9), echinate. Pores somewhat elliptical, greatest diam 2-2.5 µm, provided with a distinct annulus of c. 3 µm wide. Exine 1.5-2 µm thick without sculpturing, tectate, columellae faint. Echinae c. 3 µm long, 1.5 -2 µm across the base, abruptly tapering into sharp tips. Area between the echinae scabrate to psilate. Spheroidal, diam c. 33 µm without the echinae.
Occurred with certainty at a depth of 212.00 m.
Note concerning the genus *Acaulimalva*: Pollenmorphologically there are striking differences between type 91 (similar to pollen of the recent collection Cleef 1703) and type 93 (similar to Cleef 2040). A. Krapovickas (Corrientes, Argentina) recently identified both collections as *A.purpurea* Hill Krap. (pers. comm. to Cleef), but suggests that a further taxonomical revision might lead to changes. The difference in pollen morphology bears this out.

Type 94: *Alternanthera* (Amaranthaceae). Plate 12. Diagram 1: curve 76.
Pollen grains periporate (fenestrate)(11-14 pores), micro-echinate. Pores recessed in lumina of a coarse-ridged reticulum, of irregular shape, greatest diam 5-8 µm. Exine 1.5-2 µm thick, tectate, columellae distinct. Muri supported by one row of columellae, c. 2 µm wide, provided with micro-echinae. Polyhedral, diam 20-22 µm.
Lit. Van der Hammen & González (1960 and 1963): plate 14,114; Heusser (1971): plate 14,181; Salgado-Labouriau (1973): p. 41, fig. 3-5; Absy (1979): plate 6, 83.

Type 95: *Tournefortia* (Boraginaceae). Plate 12.
Pollen grains tricolporate (?), apertures indistinct, ornamented with smooth globules, diam 0.5-3.5 µm. Exine c. 1 µm thick, intectate. Spheroidal, diam 18-21 µm (without the globules).
Description based on 2 grains. Occurred at depths of 13.25 m, 52.00 m, 61.75 m, 101.00 m, 219.00 m and 285.40 m.

Type 96: *Utricularia* (Lentibulariaceae). Plate 12. Diagram 1: curve 63.
Pollen grains stephanocolporate (10-15 apertures), scabrate to psilate. Radially symmetric, amb (sub)circular, diam 28-40 µm. Colpi long and narrow, polar index c. 0.23, fused at the equator by a transverse colpus. Exine varying in thickness from <1 µm at the poles to 1-1.2 µm at the equator where there is a distinctive bulge or girdle; columellae indistinct.
Lit. Heusser (1971): plate 33,396; Huang (1972): plate 98, 5-10.

Type 97: *Dicliptera* (Acanthaceae). Plate 13. Diagram 1: curve 96.
Pollen grains tricolporate, perforate. Radially symmetric, amb more or less circular. Pores circular to elliptical, greatest diam 2-3 μm. Colpi long, c. 1 μm wide, extending almost to the poles. Each intercolpium with two colpus-like streaks ('pseudocolpi'), dividing each intercolpium into one broad and two narrow areas. Exine 2-2.5 μm thick at the poles, increasing to 3-3.5 μm at the equator, semitectate, columellae coarse. Prolate to perprolate (P/E ratio 1.55-2.39), 18-27x37-44 μm.
Lit. Heusser (1971): plate 14,175.

Type 98: *Beloperone* (Acanthaceae). Plate 13.
Pollen grains dicolporate, perforate. Radially symmetric, amb circular. Pores transversally elongated, greatest diam 4-5 μm. Colpi long, 1-1.5 μm wide, extending almost to the poles. On both sides of the two colpi a broad margin where a part of the tectum is lacking and only present in round patches, greatest diam 3-5 μm. Exine 2 μm thick at the poles, increasing up to 3 μm at the equator, semitectate, columellae coarse. Prolate (P/E ratio 1.4-1.76), 24-32x40-53 μm.
Description based on a single grain. The record of *Beloperone* is restricted to a few grains (e.g., at 308.40 m) erroneously included in curve 96.
Lit. Van der Hammen (1956): plate 6,16.

Type 99: Plate 13.
Pollen grains stephanocolpate (c. 15 colpi), micro-reticulate (scabrate ?). Radially symmetric, amb circular. Colpi long and narrow. Exine 0.8 μm thick, tectate, columellae tenuous. Prolate (P/E ratio 1.46), c. 30x44 μm.
Description based on a single grain. Occurred at a depth of 337.40 m.

Type 100: *Ranunculus* (Ranunculaceae). Plate 13. Diagram 1: curve 61.
Pollen grains tricolpate, scabrate/micro-echinate. Radially symmetric, amb subtriangular convex. Colpi long, their outlines at times vague, polar index 0.17-0.33. Exine 1-1.5 μm thick, tectate, columellae distinct. Spherodial to subprolate (P/E ratio 1.1-1.2), 21-25x25-27 μm.
Lit. Van der Hammen & González (1960 and 1963): plate 11,84-85; Heusser (1971): plate 48,550.

Type 101: *Hedyosmum* (Chloranthaceae). Plate 13. Diagram 1: curve 6, diagram 2: curve 6.
Pollen grains inaperturate, clavate. Exine 1.5-3(4) μm thick, clavae regularly distributed. (Sub)spheroidal, diam 25-41 μm.
Lit. Van der Hammen & González (1960 and 1963): plate 2,10-11; Absy (1979): plate 7,90.

Type 102: *Ilex* (Aquifoliaceae). Plate 13. Diagram 1: curve 12, diagram 2: curve 12.
Pollen grains tricolporate, clavate. Radially symmetric, amb subtriangular convex. Colpi more or less constricted at the equator. Exine 3-5 μm thick, diam of the tops of the clavae (0.8)1-2(2.5) μm, sometimes distinctly decreasing towards the colpi. Subprolate to prolate (P/E ratio 1.15-1.54), 21-28(31)x30-36 (40) μm.
Lit. Van der Hammen & González (1960 and 1963): plate 4,27-31; Van der Hammen et al. (1973): plate 8,53 and 85; Markgraf & D'Antoni (1978): plate 8,82; Absy (1979): plate 5,50-51.

Type 103: Plate 14.
Pollen grains stephanocolporate (4 apertures), scabrate. Asymmetric, amb circular. Colpi long and narrow making an angle with the equatorial plane, slightly curving, costae colpi c. 0.5 μm wide increasing up to c. 1 μm near the pore, the latter laterally elongated, c. 1.4x3 μm. Exine 1 μm thick, tectate, columellae indistinct. Spheroidal, diam 17 μm.
Description based on a single grain. Occurred at a depth of 299.60 m.

Type 104: Plate 14.
Pollen grains tricolporate with 3 extra pores on the intercolpia ($C_3P_3+P_3$), micro-echinate. Radially symmetric, amb circular. Colpi long and narrow, constricted at the equator, pores belonging to the colpi indistinct, costae colpi c. 1 µm wide at the ends of the colpi, increasing to 2 µm near the equator, polar index 0.18. Micro-echinae scattered all over the surface. The inside of the endexine provided with distinct grooves to form a rugulate pattern. In the centre of the intercolpia a distinct circular pore of 7-9 µm diam. Exine 2-3 µm thick, tectate, columellae indistinct. Subprolate (P/E ratio 1.19), 32x38 µm. Description based on a single grain. Occurred at a depth of 296.80 m.

Type 105: *Drimys granadensis* (Winteraceae). Plate 14. Diagram 1: curve 11, diagram 2: curve 11.
Pollen grains monoporate, reticulate, occurring in tetrads. Pore elliptical, 8-9x10-11 µm, annulus c. 1 µm wide. Exine 3-4 µm thick, columellae coarse. Reticulum irregular, greatest diam of the lumina 1-5 µm. Individual grains subspheroidal to tetrahedrical, greatest diam 34-37 µm. Diam tetrad 50-55 µm. Description based on two grains.
Lit. Van der Hammen & González (1960 and 1963): plate 3-4,25-26; Heusser (1971): plate 60,679-681; Villagrán (1980): plate 16,37.

Type 106: *Salvia killipiana* type (Labiatae). Plate 14. Diagram 1: included in curve 72.
Pollen grains stephanocolpate (C_6), per-reticulate. Radially symmetric, amb circular. Colpi long and narrow. Exine 1-1.2 µm thick, columellae distinct, semitectate. Reticulum regular, diam lumina 0.7-1.5 µm, muri thin (c. 0.4 µm). Subprolate to prolate (P/E ratio 1.2-1.3), 22-24x29-32 µm.
In the pollen diagrams no distinction is made between types 106 and 107. Type 106 occurring the most frequently.
Lit. Markgraf & D'Antoni (1978): plate 25,198.

Type 107: *Salvia* (Labiatae). Plate 14. Diagram 1: included in curve 72.
Pollen grains stephanocolpate (C_6), per-reticulate. Radially symmetric, amb circular. Colpi long and narrow, polar index 0.23-0.30. Exine (1.5)2-3 µm thick, columellae coarse, semitectate. Reticulum irregular, diam lumina 1.5-5 µm, decreasing to <1 µm near the poles, muri 0.4-0.8 µm wide. Prolate (P/E ratio 1.48 -1.62), 32-36x52-54 µm.
Description based on 4 grains. Occurred with certainty at depths of 195.40 m, 271.60 m, 312.80 m, 316.60 m and 328.60 m.
Lit. Heusser (1971): plate 32,383.

Type 108: Plate 14.
Pollen grains stephanocolpate (C_5), scabrate/gemmate. Radially symmetric, amb subcircular, diam 33-35 µm. Colpi long and broad, polar index 0.35. Exine 1.5 µm tick, intectate. Diam in polar view 33-35 µm.
Description based on a single grain. Occurred at a depth of 315.80 m.

Type 109: *Satureja nubigena* type (Labiatae). Plate 14. Diagram 1: curve 71.
Pollen grains stephanocolpate (6-7 colpi), micro-reticulate, per-reticulate. Radially symmetric, amb circular. Colpi long and narrow, polar index 0.29-0.31. Exine 1 µm thick, columellae distinct, semitectate. Prolate to subprolate, 17-24x26-30 µm.
Lit. Heusser (1971): plate 32,385.

Type 110: *Merremia* (Convolvulaceae). Plate 14.
Pollen grains stephanocolpate (C_6), scabrate. Radially symmetric, amb circular, diam c. 47 µm. Colpi long and broad, polar index 0.27. Exine 1-1.4 µm thick, decreasing near the rim of the colpi, columellae distinct.
Description based on a single grain. The record of this type is probably incomplete. Occurred at a depth of 298.60 m.

Type 111: *Evolvulus* (Convolvulaceae). Plate 15.
See type 69.

Type 112: Compositae. Plate 15.
Pollen grains tricolporate (?), echinate. Radially symmetric, amb subcircular, diam c. 44 μm. Colpi long and broad, polar index 0.39. Exine 1-1.5 μm thick without the echinae, tectate; columellae coarse. Echinae short (1.5-3 μm) with a broad base, scabrate in between.
Description based on a single grain. Occurred at a depth of 264.80 m.

Type 113: Plate 15.
Pollen grains stephanocolpate (C_4), rugulate/micro-perforate. Radially symmetric, amb quadrangular convex, diam 32-34 μm. Colpi short and broad, polar index 0.71. Exine 1.2 μm thick, tectate, columellae tenuous . Finely rugulate, densely crowded with microperforations.
Description based on a single grain. The record of this type is incomplete. Occurred at a depth of 192.00 m.

Type 114: cf. *Loricaria* (Compositae). Plate 15. Diagram 1: curve 31, diagram 2: curve 31.
Pollen grains tricolporate, echinate/scabrate. Radially symmetric, amb circular. Colpi moderately long, pore circular to elliptical, c. 1.5x3 μm. Exine at the equator 2 μm thick, decreasing to 1 μm at the poles, tectate, columellae coarse. Echinae 1.5-2 μm long with a broad base, directly tapering into a point. Echinae scattered with coarse scabrae in between. Speroidal to subprolate, 20-24x22-32 μm.

Type 115: Compositae, Liguliflorae. Plate 15. Diagram 1: curve 30, diagram 2: curve 30.
Pollen grains fenestrate, echinate. Exine c. 1.5-2.5 μm thick, semitectate, echinae short. Spheroidal to ellipsoidal, diam c. 25-40 μm.
Of the Compositae genera, recorded by Cleef (1981), only two have fenestrate pollen, viz., *Hieracium* and *Hypochoeris*. Up to now no clear-cut distinction can be made.
Lit. Van der Hammen & González (1960 and 1963): plate 14,116; Heusser (1971): plate 23,277 and 279; Villagrán (1980): plate 7,27.

Type 116: Compositae, Tubuliflorae. Plate 15. Diagram 1: curve 29, diagram 2: curve 29.
Pollen grains tricolporate, echinate. Radially symmetric, amb circular to subtriangular convex. Echinae highly variable in shape and size. Spheroidal to prolate, polar axis c. 16-35 μm.
Cleef (1981) enumerates 41 Compositae genera for the Colombian Cordillera Oriental. Only 2 have fenestrate, all other genera tricolporate pollen. Although several differences between the pollen grains of tricolporate genera can be noted, so far no clear-cut identification can be made.
Lit. Van der Hammen & González (1960 and 1963), plate 9,72-74; González Q. (1969): plate 18-22,28-29,32-33; Heusser (1971): plate 21-22; Absy (1979): plate 3,27-28; Villagrán (1980): plate 7, 19-20.

Type 117: cf. *Artemisia* (Compositae). Plate 16. Diagram 1: curve 77.
Pollen grains tricolporate, scabrate/micro-echinate. Radially symmetric, amb subcircular. Colpi long and broad, polar index c. 0.29; pores indistinct. Exine 3 μm thick, decreasing to c. 1 μm at the rim of the colpi, tectate, columellae coarse. Scabrate with scattered micro-echinae. Suboblate to oblate-spheroidal, equatorial diam c. 21-25 μm.
Description based on 4 grains. Some pollen grains of similar morphology are included in curve 77 by mistake.

Type 118: *Draba* (Cleef 1353 type)(Cruciferae). Plate 16.
Pollen grains tricolpate, per-reticulate. Radially symmetric, amb subcircular.

Colpi long and broad, polar index c. 0.29. Exine 2.5-3 µm thick, decreasing to <1 µm at the rim of the colpi, columellae coarse. Diam lumina 1-1.2 µm, decreasing towards the poles (heterobrochate). Oblate to suboblate, equatorial diam c. 28 µm.
Description based on a single grain. The record of this type is incomplete. Occurred with certainty at a depth of 281.40 m.

Type 119: *Draba hammenii* type (Cruciferae). Plate 16.
Pollen grains tricolpate, (micro-)reticulate. Radially symmetric, amb circular. Colpi long and narrow, polar index c. 0.27. Exine 1.5-1.8 µm thick, tectate, columellae distinct. Lumina of irregular shape, greatest diam 0.6-1.5 µm. Subprolate (P/E ratio 1.25-1.3), c. 23x30 µm.
Description based on a single grain. Occurred with certainty at a depth of 353.80 m.

Type 120: Rubiaceae. Plate 16. Diagram 1: curve 47.
Pollen grains tricolporate, (micro-)reticulate. Radially symmetric, amb circular. Colpi long and narrow, equatorially with a pore or colpus transversalis. Exine 1-2 µm thick, tectate, columellae distinct. Reticulum mostly heterobrochate, diam lumina (slightly) decreasing towards the poles and the rim of the colpi. Prolate-spheroidal to subprolate, c. 20-31x21-36 µm.
This type includes grains which most probably belong to the genus *Arcytophyllum*.

Type 121: *Viburnum* (Caprifoliaceae). Plate 16. Diagram 1: curve 111.
Pollen grains tricolporate, per-reticulate. Radially symmetric, amb circular. Colpi long and broad, polar index c. 0.18, pore indistinct, diam c. 3-4 µm. Exine 1.5-4 µm thick, semitectate, diam columellae irregular. Reticulum coarse, lumina of irregular shape, greatest diam 1.5-4(6) µm, muri 0.8-1 µm wide. Shape variable, oblate-spheroidal to prolate (P/E ratio (0.95)1.1-1.85), (16)22-33x 27-40 µm.

Type 122: *Sericotheca argentea* (Rosaceae). Plate 16. (See also type 146, plate 19). Diagram 1: curve 114.
Pollen grains tricolporate, micro-reticulate, per-reticulate. Radially symmetric, amb subcircular. Colpi long and narrow, provided with thin costae colpi of c. 0.5 µm wide at the ends of the colpi, increasing to c. 0.8 µm near the equator. Polar index c. 1.16. Pore elliptical, c. 2-3x3-5 µm, with short and faint costae transversales. Exine 0.7-1 µm thick, semitectate, columellae distinct, diam lumina decreasing towards the rim of the colpi (heterobrochate). Prolate (P/E ratio 1.42-1.75), 12-19x18-26 µm.

Type 123: *Lepidium* (Cruciferae). Plate 16.
Pollen grains tricolpate, micro-reticulate. Radially symmetric, amb circular. Colpi long and rather broad, polar index 0.23-0.35. Exine 1.5-2 µm thick, decreasing to 0.6-1 µm at the rim of the colpi, tectate; columellae distinct. Diam lumina slightly decreasing towards the polar area (heterobrochate). Prolate-spheroidal, 15-22x19-24 µm.
Description based on 6 grains. The record of this type is incomplete. Occurred at depths of 167.00 m, 194.00 m, 302.00 m, 322.90 m, 338.60 m, 339.40 m and 350.80 m.

Type 124: *Lysipomia* (Campanulaceae). Plate 16. Diagram 1: curve 51.
Pollen grains stephanocolporate, striate to micro-reticulate(perforate). Radially symmetric, amb subcircular. Colpi long and narrow, in pairs, polar index c. 0.25-0.35, with faint equatorial costae transversales at a distance of 3.5-5 µm from each other. Exine 1-2(2.5) µm thick, tectate, columellae distinct. Subprolate to prolate (P/E ratio 1.21-1.43), 16-28x23-38 µm.
Lit. Van der Hammen & González (1960 and 1963): plate 11,89-91 (erroneously identified as *'Valeriana' stenophylla*); Van der Hammen & Cleef (1978): plate 2, 5 and plate 3,8-13.

Type 125: Plate 17.
Pollen grains tricolporate, (micro-)reticulate to perforate. Radially symmetric, amb circular. Colpi long and narrow, polar index c. 0.21, costae colpi c. 1 µm wide, pores elliptical, greatest diam 5-6 µm. Exine 1-1.5 µm thick at the poles, increasing to 2.5 µm at the equator, tectate, columellae distinct. Subprolate to prolate-spheroidal, 28-39x36-44 µm.
The record of this type is incomplete. Occurred with certainty at depths of 140.20 m, 272.80 m, 282.60 m, 301.20 m, 301.40 m, 303.80 m, 305.00 m, 337.60 m, 337.80 m, 339.40 m, 345.20 m, 352.80 m and 353.60 m.

Type 126: *Lobelia tenera* type (Campanulaceae). Plate 17. Diagram 1: curve 52.
Pollen grains tricolporate, (micro-)reticulate. Radially symmetric, amb circular. Colpi long and broad, often slightly constricted at the equator, polar index c. 0.15, pore elliptical, greatest diam c. 3 µm. Exine 1-1.2(1.5) µm thick, tectate, columellae short. Diam lumina 0.7-1.2 µm, decreasing towards the rim of the colpi (heterobrochate). Prolate-spheroidal, 17-26x20-27 µm.
Lit. Heusser (1971): plate 33,406.

Type 127: *Eccremocarpus longiflorus* (Bignoniaceae). Plate 17. Diagram 1: curve 79.
Pollen grains tricolporate, reticulate. Radially symmetric, amb circular. Colpi long and broad, pore circular, diam c. 4 µm, with costae equatoriales of c. 1-1.5 µm wide. Exine 2-3 µm thick, tectate, columellae coarse. Diam lumina 0.8-2.5 µm, decreasing towards the rim of the colpi. Subprolate to spheroidal, 32-43x 35-45 µm.
Probably a few grains of type 135 were erroneously included in curve 79.

Type 128: Plate 17.
Pollen grains tricolporate, striate. Radially symmetric, amb circular. Colpi long and narrow, slightly constricted at the equator, pores indistinct, costae colpi 0.8-1.2 µm wide (thickest near the pore). Exine 0.8-1 µm thick, tectate, columellae indistinct, striae long, running from pole to pole. Subprolate to prolate (P/E ratio 1.3-1.5), 20-21x26-30 µm.
Description based on 3 grains. Occurred at depths of 178.40 m, 205.00 m, 292.60 m, 339.80 m and 353.00 m.

Type 129: cf. *Rhus* (Anacardiaceae). Plate 17. Diagram 1: curve 94.
Pollen grains tricolporate, striate. Radially symmetric, amb circular. Colpi rather long and very narrow, pores indistinct, polar index 0.37-0.48, costae colpi 0.8-1 µm wide at the ends of the colpi, increasing to 2 µm near the pores. At the equator a short colpus transversalis of 1.5-3 µm wide and 5-7 µm long, provided with costae of c. 1.2 µm wide. Exine 1.2-2 µm thick, tectate, columellae distinct, striae short, oriented in all directions. Oblate-spheroidal to subprolate (P/E ratio 0.92-1.25), 20-29x23-31 µm.

Type 130: *Echeveria* (Crassulaceae). Plate 18.
Pollen grains tricolporate, rugulate to striate. Radially symmetric, amb circular. Colpi moderately long with rounded ends, polar index 0.31-0.45, pore elongated, c. 5x10 µm with jagged margins, costae colpi c. 1 µm wide, colpus membrane granulated. Exine 1.2 µm thick, tectate, columellae very short (to indistinct). Subspheroidal, diam 28-32 µm.
Description based on 2 grains. The record of *Echeveria* is restricted to a few grains (e.g., at 311.00 m and 312.00 m) erroneously included in curve 110.

Type 131: *Viola* (Violaceae). Plate 18. Diagram 1: curve 110.
Pollen grains tricolporate, micro-reticulate to perforate. Radially symmetric, amb circular. Colpi long and broad with rounded ends and a sharp angle and constriction at the equator, costae colpi c. 1 µm wide, provided with a small colpus transversalis (c. 1.5 µm wide and c. 6 µm long), polar index 0.13-0.20. Exine 0.8-1 µm thick, tectate, columellae indistinct. Subspheroidal,

28-31x27-28 µm.
A few grains of type 130 were erroneously included in curve 110.
Lit. Heusser (1971): plate 59,677.

Type 132: *Rhizocephalum condollei* (Campanulaceae). Plate 18.
Pollen grains tricolporate, striate. Radially symmetric, amb circular. Colpi long and broad with an equatorial constriction, pores indistinct, polar index 0.15-0.23, costae colpi c. 1 µm wide. Exine 1.2-1.8 µm thick, tectate, columellae short, forming a more or less striate pattern, microperforations in between the striae. Subprolate to prolate (P/E ratio 1.19-1.54), 26-37x34-41 µm. Occurred at dephts of 197.40 m, 209.40 m, 215.40 m, 260.10 m, 260.20 m, 271.20 m, 272.80 m, 273.40 m and 275.80 m.

Type 133: cf. Rosaceae. Plate 18. Diagram 1: curve 92.
Pollen grains tricolporate, striate. Radially symmetric, amb circular. Colpi long and narrow, costae colpi <1 µm wide, pores more or less protruding. Exine c. 1 µm thick, tectate, columellae short. Prolate, 14-18x21-27 µm.

Type 134: *Polylepis quadrijuga/Acaena* (Rosaceae). Plate 18. Diagram 1: curve 26, diagram 2: curve 26.
Pollen grains tricolporate (occasionally C_4P_4), verrucate/rugulate with a superposed scabrate pattern. Radially symmetric, amb circular. Colpi very short and indistinct, pore diam 3-7 µm often with a jagged margin and a strongly protruding operculum. Exine 1-1.8 µm thick, tectate, columellae indistinct. Subspheroidal, diam 20-41 µm.
Note: Smit (1978) provided diagnostic characters to distinguish (with SEM techniques) between *Polylepis quadrijuga* (syn. *P.boyacensis*)(without costae endopori; size 26.6-33.3 µm) and *Acaena cylindristachya* (with costae endopori; size 22.8-25.6 µm) and *Acaena elongata* (with costae endopori; size 23.9-27.3 µm). Costae endopori were not or hardly discernible in the fossil material, as noted by Smit (1978), but the diam of the *Polylepis/Acaena* group measured in the fossil material of Funza provided a two topped curve, viz. of diameters of 20-27 µm and of 31-42 µm. The great majority of the fossil *Polylepis/Acaena* pollen of the Funza record belongs to the second group and accordingly to the genus *Polylepis*, as indicated by the greater mean diam (Smit, 1978). Pollen with 4 colpores were only found in the group with the larger diameters.
Lit. Van der Hammen & González (1960 and 1963): plate 5,41-43; Heusser, 1971: plate 49,568 (*Acaena*) and 570 (*Polylepis*); Markgraf & D'Antoni (1978): plate 38, 313-314 (*Acaena*) and 39,316 (*Polylepis*); Smit (1978): plate 1.

Type 135: *Gentiana - Gentianella* (Gentianaceae). Plate 18. Diagram 1: curve 42, diagram 2: curve 38.
Pollen grains tricolporate, reticulate. Radially symmetric, amb circular. Colpi long, constricted at the equator, pore diam 4-5 µm. Exine 2-2.5 µm thick, increasing up to 3 µm at the poles, tectate, columellae coarse. Greatest diam lumina 1-2.5 µm, decreasing to <1 µm towards the rim of the colpi (heterobrochate). Subprolate (P/E ratio 1.11-1.36), 38-46x42-56 µm.
Some grains of type 125 and type 153 were erroneously included in the abovementioned curves.
Lit. Van der Hammen & González (1960 and 1963): plate 8,61; Heusser (1971): plate 29,347 and 349; Markgraf & D'Antoni (1978): plate 25,194-195.

Type 136: cf. Solanaceae. Plate 18.
Pollen grains tricolporate, scabrate to psilate. Radially symmetric, amb circular. Colpi long and narrow, polar index 0.14, constricted at the equator, pore tapering into a short colpus transversalis of c. 1 µm wide and c. 4 µm long, costae colpi c. 1 µm wide at the end of the colpi, increasing to 1.5 µm near the equator. Exine 0.8 µm thick, tectate, columellae indistinct. Prolate-spheroidal (P/E ratio 1.1), 20x22 µm.
Description based on a single grain. The record of this type is incomplete.

Occurred at a depth of 325.60 m.

Type 137: cf. Palmae. Plate 18.
Pollen grains monocolpate or syncolpate, micro-reticulate. Bilaterally symmetric, amb subcircular. Colpus narrow, encircling the grain along the equator. Exine c. 1 µm thick, semitectate, columellae distinct. Size 17-20x18-22 µm.
Description based on 4 grains. Occurred at depths of 272.40 m, 282.60 m, 308.20 m, 320.40 m, 322.20 m and 322.40 m.

Type 138: Plate 18.
Pollen grains periporate, per-reticulate. Asymetrical, amb circular. Reticulum coarse with irregularly shaped lumina, greatest diam 1.5-2.5 µm. Muri curving irregularly, 0.5 µm wide. Inside the lumina isolated columellae (bacula) are scattered. Exine c. 2 µm thick, semitectate, columellae coarse. Subspheroidal, diam 13-17 µm.
Description based on 2 grains. Occurred at depths of 336.60 m and 338.40 m.

Type 139: Boraginaceae. Plate 18.
Pollen grains stephanocolporate (C_4P_4), scabrate. Radially symmetric, amb circular. Colpi short and narrow, pore diam c. 4 µm, provided with thin (c. 0.5 µm) costae endopori. The equatorial part of the grain is constricted to form a dumbbell shape. Exine 0.8-1 µm thick, tectate, columellae indistinct. Prolate (P/E ratio 1.92), 11x22 µm.
Description based on a single grain. Occurred at a depth of 190.00 m.

Type 140: *Moritzia lindenii* (Boraginaceae). Plate 18.
Pollen grains stephanocolporate (C_4P_4), scabrate. Radially symmetric, amb subcircular. Colpi short and narrow, faint costae colpi (0.5 µm wide), thickened near the pore to costae endopori of c. 0.7 µm wide; pore diam c. 2 µm. Exine 0.7-1 µm thick, tectate, columellae indistinct. Subprolate to prolate (P/E ratio 1.2-1.5), 10-17x15-20 µm.
Description based on 2 grains. Occurred at depths of 260.60 m and 296.60 m.

Type 141: Melastomataceae. Plate 19. Diagram 1: curve 17, diagram 2: curve 17.
Pollen grains heterocolporate ($C_3P_3+C_3$), psilate to scabrate. Radially symmetric, amb circular. Colpi long and narrow, pore diam 2.5-5 µm. Exine 0.8-1 µm thick, tectate, columellae (in)distinct. Prolate to perprolate (P/E ratio 1.31-1.83 (2.25)), 12-16(22)x20-27(33) µm.
Note: From a pollenmorphological point of view one must for this pollen type also consider the Combretaceae. However, the latter family includes typically tropical lowland genera, whereas Melastomataceae occur with many genera and many species in the Andean forest. It is accordingly very plausible that this type includes only Melastomataceae.
Lit. Van der Hammen & González (1960 and 1963): plate 5,44-45.

Type 142: *Miconia* type (Melastomataceae). Plate 19. Diagram 1: curve 18, diagram 2: curve 18.
Pollen grains heterocolporate ($C_3P_3+C_3$),psilate to scabrate. Radially symmetric, amb circular. Colpi long and narrow, pore diam 1.5-3 µm. Exine 0.6-0.8 µm thick, tectate, columellae indistinct. Prolate (P/E ratio 1.4-1.66), 10-13x15-19 µm.
Note: The difference between pollen of *Miconia* and that of other genera of the Melastomataceae is not well defined. Van der Hammen & González (1960 and 1963) suggested a difference in size: all known *Miconia* species from this region are smaller than 19 µm (mostly 13-17 µm), whereas most other Melastomataceae genera measure more than 19 µm (19-30 µm). Recent additions to the collection of páramo species shows that this distinction based on size only is not always reliable. Size ranges of e.g., *Purpurella, Brachyotum* and *Chaetolepis* go below 19 µm (down to 13 µm), but apparently *Miconia* species generally have the smallest size.
Lit. Van der Hammen & González (1960 and 1963): plate 4,32-33.

Type 143. Plate 19.
Pollen grains tricolporate, scabrate. Radially symmetric, amb circular. Colpi long and narrow, costae colpi <0.5 µm wide, increasing to 0.8 µm near the equator, pores indistinct (diam c. 1 µm), polar index 0.15. Exine c. 1 µm thick, tectate, columellae distinct. Subprolate (P/E ratio 1.15), 13x15 µm.
Description based on a single grain. The record of this type is probably incomplete. Occurred at a depth of 273.60 m.

Type 144: Plate 19. Diagram 1: curve 98.
Pollen grains tricolporate, psilate to scabrate. Radially symmetric, amb circular. Colpi moderately long and narrow, costae colpi c. 0.6 µm wide at the ends of the colpi, increasing to 1-1.2 µm near the equator; pore elliptical, c. 2x4 µm. Exine 0.8-1.2 µm thick, tectate , columellae indistinct. Prolate (P/E ratio 1.35-1.72), 17-18x23-31 µm.

Type 145: *Vallea* type (Elaeocarpaceae). Plate 19. Diagram 1: curve 8, diagram 2: curve 8.
Pollen grains tricolpate, psilate. Radially symmetric, amb circular. Colpi long and narrow with faint costae colpi. Exine c. 0.5 µm thick, intectate. Subprolate to prolate (P/E ratio 1.10-1.43), 7-10x10-13 µm.
Lit. Dueñas (1979): Plate 1,6-7.

Type 146: *Sericotheca argentea* (Rosaceae). Plate 19. Diagram 1: curve 114. See type 122 (Plate 16).

Type 147: *Weinmannia* (Cunoniaceae). Plate 19. Diagram 1: curve 7, diagram 2: curve 7.
Pollen grains tricolporate, micro-reticulate, per-reticulate. Radially symmetric, amb circular. Colpi long and narrow, pores distinct (diam c. 1 µm) to indistinct, sometimes slightly constricted at the equator. Exine 0.7-0.9 µm thick, semitectate, columellae more or less distinct. Prolate (P/E ratio 1.33-1.78 (2.0)), 7-10(12)x11-16(20) µm.
Note: The morphological resemblance between *Vallea* (Elaeocarpaceae) and *Weinmannia* (Cunoniaceae) sometimes poses a problem in routine analyses. The traditionally used characters (viz., that *Weinmannia* pollen shows a micro-reticulum (often only discernible with x 1000 magnification), whereas *Vallea* is psilate) is correct in most cases but the variability in sculpture in the genus *Weinmannia* (represented by many species in the Colombian Cordillera Oriental) is unsufficiently known. In a not negligible percentage it is hard to define the sculpture and to arrive at a reliable identification. The discrepancy in the percentages of *Vallea* and *Weinmannia* pollen in the Funza record between 0-140 m (analyzed by O.K. Hulshoff) and 140-357 m (analyzed by the author) is up to a point probably attributable to this identification problem. A further morphological study of the pollen of these genera is indicated.
Lit. Van der Hammen & González (1960 and 1963): plate 3,21; Heusser (1971): plate 26,305; Markgraf & D'Antoni (1978): plate 21,173; Villagrán (1980): plate 6,9.

Type 148: *Clethra* (Clethraceae). Plate 19. Diagram 1: curve 62.
Pollen grains tricolporate, psilate to scabrate. Radially symmetric, amb circular. Colpi long and rather broad, constricted at the equator, pore indistinct, slightly protruding, polar index 0.17-0.21. Exine 0.6-0.9 µm thick, tectate, columellae indistinct. Spheroidal to prolate-spheroidal (P/E ratio 1-1.3), 10-14x11-14 µm.
Lit. Van der Hammen et al. (1973): plate 4,28 ("Tricolporate type 2", probably identical); Dueñas (1979): plate 1,17-18 (C_3P_3 no.16).

Type 149: Plate 19.
Pollen grains tricolpate, finely scabrate. Radially symmetric, amb circular. Colpi rather long and narrow, polar index 0.3-0.35, provided with costae colpi of c. 0.8 µm wide. Exine c. 0.8 µm thick at the equator, increasing to 1.5-1.7 µm

towards the poles, tectate, columellae distinct. Prolate (P/E ratio c. 1.45), 20x29-30 µm.
Description based on 2 grains. Occurred at depths of 212.80 m and 220.40 m.

Type 150: Solanaceae. Plate 19. Diagram 1: curve 93.
Pollen grains tricolporate, psilate to scabrate. Radially symmetric, amb circular. Colpi long and narrow, provided with costae colpi, and mostly with a short colpus transversalis, sometimes with an indistinct pore. Exine c. 1 µm thick, tectate, columellae more or less distinct. Subspheroidal, diam 16-27 µm.
Lit. Van der Hammen & González (1960 and 1963): plate 13,100-101.

Type 151: cf. *Calceolaria* (Scrophulariaceae). Plate 19. Diagram 1: curve 107.
Pollen grains tricolporate, psilate. Radially symmetric, amb circular. Colpi long and narrow with faint costae colpi, slightly constricted at the equator, pore indistinct. Exine c. 0.7-0.8 µm thick, tectate, columellae indistinct. Spheroidal to prolate-spheroidal, diam 12-17 µm.
Lit Heusser (1971): plate 52,601.

Type 152: Plate 19. Diagram 1: curve 108.
Pollen grains tricolpate, micro-reticulate, per-reticulate. Radially symmetric, amb circular. Colpi long and narrow. Exine 0.7-0.9 µm thick, semitectate, columellae more or less distinct. Perprolate (P/E ratio 2.09-2.78), 9-12x23-27 µm.

Type 153: Rubiaceae (?). Plate 20.
Pollen grains tricolpate, perforate to micro-reticulate. Radially symmetric, amb circular. Colpi short (22-27 µm) and narrow (1-2 µm) with rounded ends, protruding in the equatorial part; polar index 0.37-0.48. At the equator provided with a tapering colpus transversalis of 4-8 µm wide and 15-22 µm long. Exine 1.5-2 µm thick, semitectate, columellae distinct, sculpture regular. Oblate-spheroidal to prolate-spheroidal (P/E ratio 0.92-1.11), 32-44x34-47 µm. The record of this type is incomplete. Occurred with certainty at depths of 188.00 m, 270.20 m, 282.60 m, 288.20 m, 314.20 m, 324.40 m, 326.80 m, 338.40 m, 339.40 m, 352.60 m, 353.20 m, 354.20 m.

Type 154: Form type: C_3, psi./sca. Plate 20. Diagram 1: curve 106.
Pollen grains tricolpate, psilate to scabrate. Radially symmetric, amb circular. Colpi long and narrow. Exine c. 0.8-1 µm thick, tectate, columellae more or less distinct. Prolate to perprolate (P/E ratio 1.6-2.8), 7-13x19-22 µm.

Type: 155: Form type: C_3, sca., polar exine thickened. Plate 20.
Pollen grains tricolpate, scabrate (micro-reticulate ?). Radially symmetric, amb circular. Colpi long and rather narrow. Exine 0.6-0.8 µm thick at the equator, increasing to 1-1.2 µm at the poles, tectate, columellae distinct. Prolate to perprolate (P/E ratio 1.75-2.1), 9-12x18-22 µm.
Occurred at depths of 143.60 m, 150.40 m, 165.80 m, 171.40 m, 225.40 m, 232.80 m, 331.40 m.

Type 156: Form type: C_3P_3, sca./micro-ret.,per-ret., large. Plate 20. Diagram 1: curve 104.
Pollen grains tricolporate, scabrate to micro-reticulate, per-reticulate. Radially symmetric, amb circular. Colpi long and narrow, pore more or less indistinct, costae colpi thin (c. 0.4-0.8 m wide). Exine c. 1 µm thick, tectate, columellae more or less distinct. Subprolate to prolate (P/E ratio 1.2-1.9), 10-17x19-24 µm.

Type 157: Form type: C_3P_3, sca./micro-ret., per-ret., small. Plate 20. Diagram 1: curve 105.
Pollen grains tricolporate, scabrate to micro-reticulate, per-reticulate. Radially symmetric, amb circular. Colpi long and narrow, pore more or less distinct, costae colpi thin (c. 0.5-0.8 µm wide). Exine c. 1 µm thick, tectate, columellae

distinct. Subprolate to prolate (P/E ratio 1.15-1.55), 11-14x15-18 μm.

Type 158: Form type: $C_3(P_3)$, micro-ret., per-ret., large. Plate 20. Diagram 1: curve 103.
Pollen grains tricolpate, occasionally provided with an indistinct pore, microreticulate, per-reticulate. Radially symmetric, amb circular. Colpi long and narrow. Exine c. 1 μm thick, semitectate, columellae distinct. Prolate to perprolate (P/E ratio 1.8-2.7), 10-19x23-33 μm.

Type 159: Form type: C_3, sca. Plate 20. Diagram 1: curve 102.
Pollen grains tricolpate, scabrate. Radially symmetric, amb circular. Colpi long and narrow. Exine 1-1.6 μm thick, tectate, columellae distinct. Prolate (P/E ratio 1.3-2.0), 14-25x25-35 μm.

Type 160: *Lupinus* (Papilionaceae). Plate 20. Diagram 1: curve 48.
Pollen grains tricolporate, micro-reticulate, per-reticulate. Radially symmetric, amb circular. Colpi long and narrow, slightly constricted at the equator, costae colpi 0.8-1 μm wide, pore indistinct. Exine c. 1 μm thick, semitectate, columellae distinct. Prolate (P/E ratio 1.3-1.7), 21-27x25-36 μm.

Type 161: *Hypericum* (Guttiferae). Plate 21. Diagram 1: curve 28, diagram 2: curve 28.
Pollen grains tricolporate, reticulate. Radially symmetric, amb circular. Colpi long and narrow, slightly constricted at the equator, pore indistinct, costae colpi c. 0.7 μm wide, at the equator bending away from the colpi in a characteristic way. Exine c. 1 μm thick, semitectate, columellae distinct, diam lumina decreasing towards the rim of the colpi (heterobrochate). Perprolate, 13-20x 24-33 μm.
Lit. Van der Hammen & González (1960 and 1963): plate 13,105; Heusser (1971): plate 31,371; Clarke (1975).

Type 162: *Aragoa* (Scrophulariaceae). Plate 21. Diagram 1: curve 35.
Pollen grains tricolpate, foveolate(fossulate). Radially symmetric, amb circular. Colpi rather short, narrow, polar index 0.25-0.36. Exine 1.4-2 μm thick, foveola connected with the surrounding ones by narrow radial canals. Prolate (P/E ratio 1.26-1.57), 21-27x33-38 μm.
Lit. Van der Hammen & González (1960 and 1963): plate 5,46.

Type 163: cf. *Clusia* (Guttiferae). Plate 21. Diagram 1: included in curve 97.
Pollen grains tricolporate, foveolate. Radially symmetric, amb circular. Colpi long and narrow, more or less constricted at the equator, pore indistinct, costae colpi 1.2-1.8 μm wide, polar index 0.18-0.26. Exine 1.2-1.8 μm thick, intectate, diam foveo irregular, but more or less clearly decreasing towards the rim of the colpi. Prolate to subprolate (P/E ratio 1.2-1.6), 18-27x23-30 μm.
In the pollen diagrams no differentiation is made between type 163 and the far less frequently occurring type 164.

Type 164: Plate 21. Diagram 1: included in curve 97.
Pollen grains tricolporate, foveolate. Radially symmetric, amb circular. Colpi long and narrow, more or less constricted at the equator, pore indistinct, protruding, costae colpi c. 1 μm wide, polar index c. 0.26. Exine 1-1.3 μm thick, intectate, diam foveo regular, more or less clearly decreasing towards the rim of the colpi. Spheroidal (P/E ratio 0.9-1.1), diam 20-24 μm.

Type 165: Plate 21. Diagram 1: included in curve 95.
Pollen grains tricolporate, rugulate to perforate. Radially symmetric, amb circular. Colpi long and narrow, constricted at the equator, pore indistinct, protruding, costae colpi c. 1 μm wide, increasing up to 1.5 μm near the equator. Exine c. 1.5 μm thick, increasing to c. 3 μm at the poles, tectate, columellae distinct. Prolate-spheroidal (P/E ratio c. 1.1), c. 31x34 μm.
Description based on a single grain. The record of this type is incomplete.

Occurred with certainty at a depth of 320.20 m. In the pollen diagrams no differentiation is made between the types 165 and 166.

Type 166: Plate 21. Diagram 1: included in curve 95.
Pollen grains tricolporate, verrucate. Radially symmetric, amb circular. Colpi long and narrow, slightly undulating, provided with a colpus transversalis of c. 4 µm wide and c. 8 µm long with costae of 1.5-2 µm wide. Exine 1-1.2 µm thick (thickest at the poles), tectate, columellae indistinct. Subprolate, c. 28x33 µm. Description based on a single grain. The record of this type is incomplete. Occurred with certainty at a depth of 149.00 m. In the pollen diagrams no differentiation is made between the types 165 and 166.

Type 167: *Relbunium* (Rubiaceae). Plate 21. Diagram 1: curve 64.
Pollen grains stephanocolpate (C_6), scabrate/micro-reticulate to slightly striate. Radially symmetric, amb circular. Colpi moderately long and narrow. Exine 1 µm thick, tectate, columellae distinct. Prolate, more or less rectangularly convex (P/E ratio 1.35-1.70), 13-20x22-27 µm.
Lit. Heusser (1971): plate 50,578.

Type 168: *Warszewiczia* (Rubiaceae). Plate 21.
Pollen grains tricolporate, micro-reticulate,per-reticulate. Radially symmetric, amb circular. Colpi long and c. 2 µm wide, pore distinct, circular, slightly protruding, diam c. 1.5 µm, provided with costae pori of c. 1 µm wide, colpus transversalis c. 3 µm wide and c. 10 µm long. Diam lumina slightly decreasing towards the rim of the colpi (heterobrochate). Exine c. 1 µm thick, semitectate, columellae distinct. Spheroidal, diam c. 17 µm.
Description based on a single grain. Occurred at a depth of 248.40 m.

Type 169: *Gaiadendron punctatum* (Loranthaceae). Plate 21. Diagram 1: curve 24, diagram 2: curve 24.
Pollen grains syncolporate, psilate to scabrate. Radially symmetric, amb subtriangular concave. Colpi depressed and narrow, anastomosing at the poles, with faint (or without) costae colpi. Exine c. 1 µm thick in the middle of the intercolpium (tectate, columellae indistinct), decreasing to <1 µm near the colpi (intectate). Diam in polar view 18-23 µm.
A few grains of type 170 and type 171 were erroneously included in the abovementioned curves.
Lit. Van der Hammen & González (1960 and 1963): plate 9,65.

Type 170: Loranthaceae. Plate 21.
Pollen grains syncolporate, striate. Radially symmetric, amb subtriangular concave. Colpi slightly depressed and narrow, anastomosing at only one pole, polar index of the other pole 0.27, costae colpi c. 0.6 µm wide, pores indistinct. Exine c. 1.2 µm thick in the middle of the intercolpium (tectate ?, no columellae visible), decreasing to c. 0.8 µm near the colpi (intectate). Diam in polar view 18-24 µm.
Description based on a single grain. Type 170 is represented by only a few grains (e.g., at 328.60 m) erroneously included in curve 24.

Type 171. Loranthaceae. Plate 21.
Pollen grains syncolporate, psilate to scabrate. Radially symmetric, amb subtriangular concave. Colpi narrow, slightly depressed, anastomosing at the poles, costae colpi c. 0.8 µm wide, near the poles increasing to 2-3 µm wide forming 3 more or less triangular exine thickenings, pores indistinct. Exine c. 2 µm thick in the middle of the intercolpium (tectate, columellae distinct), decreasing to c. 1 µm near the colpi (intectate). Diam in polar view 26-30 µm.
Description based on 2 grains. Only represented by a few grains (e.g., at 345.40 m and 345.80 m) erroneously included in curve 24.
Lit. Van der Hammen et al. (1973): plate 6,63.

Type 172: Ericaceae. Plate 22. Diagram 1: curve 27, diagram 2: curve 27. Tetrads. Each individual pollen grain is tricolporate, psilate, scabrate, fossulate or rugulate. Colpi narrow to wide, often bordered by a prominent margo. Exine 1-1.5 µm thick, tectate, columellae mostly distinct. Diam tetrad 28-55(72) µm.
Note: Recent pollenmorphological studies of the ericaceous genera occurring in the Colombian Cordillera Oriental point to a possibility to key out most of the genera present. A key will be provided in a forthcoming paper.
Lit. Van der Hammen & González (1960 and 1963): plate 5,47-49; Heuser (1971): plate 27, 318-319; Markgraf & D'Antoni (1978): plate 22,178-179.

Type 173: Plate 22. Diagram 1: curve 99.
Pollen in triads, fossulate or scabrate to more or less finely striate. No apertures discernible. Exine 1-1.4 µm thick, tectate, columellae distinct. Greatest diam triade: 26-50 µm.

Type 174: Asclepiadaceae. Plate 22.
Polyade (pollinium) ellipsoidal, proximal side truncate. Individual grains inaperturate (?), scabrate to faintly striate. Exine c. 1 µm thick, tectate, columellae more or less distinct. Pollinium c. 30x50 µm.
Description based on a single find. Occurred at a depth of 144.40 m.
Lit. Marticorena (1968): fig. 11-13; Heusser (1971) plate 15,191-194.

Type 175: Mimosaceae. Plate 22.
Polyade, more or less ellipsoid. Individual grains inaperturate (?), varying in shape, psilate to fossulate. Exine 1-1.8 µm thick, tectate, columellae indistinct. Polyade 28-70x38-85 µm.
Description based on 2 finds. Occurred at depths of 208.00 m, 241.80 m and 289.20 m.
Lit. Heusser (1971): plate 38,443.

Type 176: *Calliandra* (Mimosaceae). Plate 22.
Pear-shaped polyade of about 9 grains. Individual grains polyhedral, inaperturate, psilate. Exine 1.2-2.5 µm thick, tectate, tectum c. 1 µm thick, columellae coarse, forming an irregular pattern (verrucate, granulate or rugulate-like) beneath the tectum. Polyade 80-85x110-115 µm.
Description based on 2 finds. Occurred at depths of 278.00 m and 326.00 m.
Lit. Guinet (1965): plate 1; Heusser (1971): plate 38,440; Markgraf & D'Antoni (1978): plate 29,220.

Type 177: Mimosaceae. Plate 22.
Polyade of 10 grains, subspheroidal, bilaterally symmetric. Individual grains polyhedral, inaperturate, scabrate. Exine c. 0.5 µm thick, intectate. Polyade 14x16 µm.
Occurred at a depth of 224.40 m.

Type 178: Loranthaceae. Plate 22.
Pollen grains syncolpate, finely striate to psilate. Radially symmetric, amb subtriangular, concave. Colpi recessed and narrow, costae colpi c. 1 µm wide. Exine 2.5-3 µm thick in the middle of the intercolpium, decreasing to c. 1 µm near the colpi, tectate, columellae indistinct. Diam in polar view 31-32 µm.
Description based on a single grain. Occurred at a depth of 288.80 m.

Type 179: *Tristerix longebracteatus* type (Cleef 2500 type)(Loranthaceae). Plate 22. Diagram 1: included in curve 66.
Pollen grains syncolpate, striate and micro-reticulate. Radially symmetric, amb subtriangular concave. Colpi recessed and narrow, costae colpi c. 1 µm wide. Exine 1-1.8 µm thick (thickest in the middle of the intercolpia), tectate, columellae indistinct, striate in areas bordering the colpi, striae more or less at right angles to the colpi, the neighbouring part of the intercolpia micro-reticulate. Diam in polar view 45 µm.

Description based on a single grain. Occurred at a depth of 185.00 m. In the pollen diagrams no distinction is made between the types 179 and 180.

Type 180: *Tristerix* (S.Diaz & Cleef 814 type)(Loranthaceae). Plate 22. Diagram 1: included in curve 66.
Pollen grains syncolpate, micro-echinate (to micro-rugulate). Radially symmetric, amb subtriangular concave. Colpi narrow, costae colpi c. 1 μm thick. Exine 0.8-1.5 μm thick (thickest in the centre of the intercolpia), near the proximal pole 3 shield-shaped exine thickenings, tectate, columellae indistinct. Diam in polar view 37-52 μm.
In the pollen diagrams no distinction is made between the types 179 and 180.

Type 181: Plate 23.
Pollen grains pericolporate (C_4P_4), psilate to granulate. Asymmetric, amb circular. Colpi rather long, 2-2.5 μm wide with an equatorial constriction, costae colpi c. 1 μm wide, colpus transversalis 2-3 μm wide and c. 15 μm long. Exine c. 1-1.2 μm thick, tectate, columellae indistinct. Subprolate, 30x35 μm.
Description based on a single grain. The record of this type is incomplete. Occurred at a depth of 353.00 m.

Type 182: *Dalea* (Papilionaceae). Plate 23. Diagram 1: curve 88.
Pollen grains tricolpate, micro-reticulate, per-reticulate. Radially symmetric, amb circular. Colpi long and broad. Exine 1-1.2 μm thick, semitectate, diam of the lumina decreasing towards the rim of the colpi (heterobrochate), columellae tenuous but distinct. Perprolate (P/E ratio 2.1-3.1), 11-16x30-41 μm.

Type 183: *Vicia* (Papilionaceae). Plate 23. Diagram 1: curve 46.
Pollen grains tricolporate, rugulate (to reticulate) in the equatorial part, transforming into psilate towards the poles. Radially symmetric, amb circular. Colpi moderately long and narrow, costae colpi c. 1 μm wide at the ends of the colpi, increasing up to 1.5-2 μm near the pore, pore more or less circular, diam 4-5 μm. Exine c. 1 μm thick, semitectate, columellae indistinct. Subprolate to prolate (P/E ratio 1.20-1.65) with obtuse or broadly rounded polar areas, 18-25x25-38 μm.
Lit. Heusser (1971): plate 43,500; Van der Hammen et al. (1973): plate 4,30.

Type 184: *Lathyrus* (Papilionaceae). Plate 23. Diagram 1: curve 45.
Pollen grains tricolporate, finely rugulate, sculpture growing less distinct poleward, psilate at the poles. Radially symmetric, amb circular. Colpi moderately long, narrow, costae colpi c. 1 μm wide at the ends of the colpi, increasing to 1.5-2.5 μm near the pore, pore more or less elliptic (laterally elongated), greatest diam 5-8 μm. Exine c. 1 μm thick, semitectate, columellae indistinct. Subprolate to prolate (P/E ratio (1.15)1.30-1.88) with obtuse or broadly rounded poles, 26-35x38-49 μm.
Lit. Heusser (1971): plate 43.502; Markgraf & D'Antoni (1978): plate 34,250.

Type 185: cf. *Conomorpha* (Myrsinaceae). Plate 23.
Pollen grains tricolporate, fossulate. Radially symmetric, amb circular. Colpi long and narrow, provided with a granulated colpus membrane; costae colpi c. 1.5 μm wide, pore indistinct. Exine 1.2-1.6 μm thick, increasing up to 2.5 μm at the poles, tectate, columellae indistinct. Subprolate to prolate (P/E ratio 1.33-1.45), 18-20x24-29 μm.
Description based on 2 grains. The record of this type is incomplete. Occurred at depths of 237.20 m and 307.40 m.

Type 186: *Vismia* (Guttiferae). Plate 23.
Pollen grains tricolporate, per-reticulate to perforate. Radially symmetric, amb subtriangular convex to circular. Colpi long, polar index 0.20-0.29, costae colpi 0.7-1 μm wide, pore (indistinct) transversally elliptic, greatest diam 4-5 μm. Lumina more or less isodiametric, diam 0.8-2 μm, decreasing towards the rim of the colpi (heterobrochate), muri 0.8-1.2 μm wide, supported by irregularly

distributed columellae. Exine 1-1.8 μm thick, semitectate, columellae distinct. Prolate to prolate-spheroidal (P/E ratio 1.1-1.65), 20-29x33 μm.
Description based on 2 grains. The record of this type is incomplete. Occurred at depths of 273.00 m and 356.00 m.

Type 187: cf. *Sessea* (Solanaceae). Plate 23.
Pollen grains tricolporate, finely scabrate to striate. Radially symmetric, amb circular. Colpi long and narrow, slightly constricted at the equator, costae colpi 1.2-1.5 μm wide, polar index 0.17-0.27, pores indistinct. Exine 1-1.2 μm thick, tectate, columellae indistinct. Prolate (P/E ratio 1.5), 22-23x33-35 μm.
Description based on 2 grains. The record of this type is probably incomplete. Occurred at depths of 198.40 m and 328.00 m.

Type 188: Plate 23.
Pollen grains tricolpate, psilate. Radially symmetric, amb circular. Colpi long and narrow, slightly undulating, costae colpi 1-1.2 μm wide, polar index c. 0.27. Exine 0.8-1 μm thick, increasing up to 1.5 μm at the poles, tectate, columellae indistinct. Perprolate (P/E ratio 2.13), 15x32 μm.
Description based on a single grain. Occurred at a depth of 231.80 m.

Type 189: cf. *Eriosema* (Papilionaceae). Plate 23.
Pollen grains tricolporate, per-reticulate (with irregular shaped lumina) to rugulate. Radially symmetric, amb subtriangular convex. Colpi long and narrow, costae colpi 1-1.2 μm wide, pores protruding, more or less circular, diam 1.5-2.5 μm. Exine 1.2-1.5 μm thick, semitectate, columellae indistinct. Oblate to spheroidal (P/E ratio 0.66-1.0), 20-26x16-24 μm.
Occurred at depths of 239.00 m, 250.60 m, 250.80 m, 266.80 m and 273.80 m

Type 190: cf. *Astronium* (Anacardiaceae). Plate 23. Diagram 1: curve 100.
Pollen grains tricolporate, per-reticulate. Radially symmetric, amb circular. Colpi long and narrow with an equatorial constriction, costae colpi c. 1 μm wide, pore indistinct, provided with a colpus transversalis of c. 2 μm wide and c. 10 μm long. Lumina elongated, greatest diam 1-1.8 μm, decreasing towards the rim of the colpi (heterobrochate). Exine 1.5-2 μm thick, semitectate, columellae distinct. Prolate (P/E ratio 1.67), 24x40 μm.
Description based on a single grain. Occurred at a depth of 219.00 m.

Type 191: *Monnina* (Polygalaceae). Plate 24. Diagram 1: curve 60.
Pollen grains stephanocolporate (11-14 apertures), foveolate. Radially symmetric, amb circular. Colpi moderately long, narrow, costae colpi 1-1.5 μm wide, pores elongated at the equator, weakly fused, polar index 0.45-0.59. Exine 1.5-3 μm thick, tectate, columellae indistinct, endexine thick. Subprolate to prolate (P/E ratio 1.11-1.40) with broadly flattened polar areas, 25-36x30-46 μm.
Lit. Van der Hammen & González (1960 and 1963): plate 13,102-104; Heusser (1971): plate 45,526; Van der Hammen et al. (1973): plate 6,65; Graf (1979): plate 19, 75.

Type 192: *Sapium* (Euphorbiaceae). Plate 24. Diagram 1: curve 87.
Pollen grains tricolporate, foveolate (scabrate to micro-verrucate in lower focus). Radially symmetric, amb circular. Colpi long and narrow with faint costae colpi of c. 1 μm wide, polar index 0.10-0.15, colpus equatoriales 3-7 μm broad provided with costae equatorialis of 1-2 μm wide. Exine (1.5)2-4(5) μm thick, tectate, columellae coarse and more or less regularly distributed, resulting in a scabrate to micro-verrucate subtectum 'sculpture'. Subprolate to perprolate (P/E ratio 1.28-2.14), 27-38(48)x44-64(73) μm.
Lit. Tsukada (1964): plate 25; Markgraf & D'Antoni (1978): plate 23,185; Dueñas (1979): plate 1,10.

Type 193: Plate 24.
Pollen grains tricolporate, per-reticulate. Radially symmetric, amb triangular convex. Colpi moderately long, narrow (c. 0.8 μm), polar index 0.55, costae

colpi c. 2 µm wide, increasing near the pore to 4 µm, pore laterally elongated, c. 4x8 µm. Exine 3-3.5 µm thick, semitectate, columellae short and indistinct, endexine thick (c. 2 µm), diam lumina c. 0.6-1.3 µm, decreasing to less than 0.5 µm near the apertures (heterobrochate). Prolate-spheroidal (P/E ratio 1.1), 40x44 µm.
Description based on a single grain. Occurred at a depth of 339.20 m.

Type 194: *Mutisia* (Compositae). Plate 24.
Pollen grains tricolporate, echinate (micro-verrucate in lower focus). Radially symmetric, amb subcircular. Colpi long and narrow with faint costae colpi of c. 1 µm wide, polar index 0.12-0.18, pore laterally elongated, tapering. Size 4-8x 12-18 µm. Exine of irregular thickness (thickest near the equator), 3-5 µm across, tectate, columellae very coarse and irregularly distributed, resulting in a micro-verrucate subtectum 'sculpture'. Echinae low (c. 1 µm) and very blunt, scattered all over the psilate surface. Subprolate to prolate (P/E ratio 1.16-2.0), (24)36-54x(48)61-87 µm.
Occurred at depths of 155.80 m, 260.20 m, 270.40 m, 295.60 m, 305.60 m, 308.60 m, 317.80 m, 321.20 m, 338.20 m, 348.60 m and 350.80 m.
Lit. Heusser (1971): plate 23,273-274; Markgraf & D'Antoni (1978): plate 18,151.

Type 195: *Brugmansia (Datura) - Methysticodendron* (Solanaceae). Plate 24.
Pollen grains tricolpate (?), striate. Radially symmetric (?), amb not discernible. Colpi long and narrow, slightly undulating. Exine 2-3 µm thick, tectum thick, columellae short and tenuous, striae 1-2 µm wide. Prolate (P/E ratio c. 1.65), 30-40x50-65 µm.
Occurred at depths of 237.60 m, 302.00 m, 349.40 and 355.60 m.

Type 196: *Cassia* (Caesalpinaceae). Plate 24.
Pollen grains tricolporate, scabrate to finely rugulate. Radially symmetric, amb circular. Colpi long and rather narrow provided with distinct costae colpi of c. 1 µm wide, increasing to c. 1.5 µm near the pore, polar index 0.19, pore slightly protruding, laterally elongated, c. 3x6 µm. Exine 1-1.3 µm thick, tectate, columellae hardly discernible. Prolate (P/E ratio 1.34), 32-43 µm.
Description based on a single grain. The record of this type is probably incomplete. Occurred at a depth of 276.00 m.
Lit. Absy (1979): plate 3,33.

Type 197: cf. *Heliocarpus* (Tiliaceae). Plate 25.
Pollen grains tricolporate, per-reticulate. Radially symmetric, amb circular. Colpi long and narrow, polar index c. 0.31, costae colpi c. 0.8 µm wide, pore indistinct. Lumina isodiametric to elongated, greatest diam 0.8-1.5 µm, muri relatively thick forming a faint striate pattern. Exine 2-3 µm thick, semitectate, columellae distinct. Prolate (P/E ratio 1.69), 26x44 µm.
Description based on a single grain. The record of this type is incomplete. Occurred at a depth of 179.00 m.

Type 198: Plate 25.
Pollen grains tricolporate, micro-reticulate, per-reticulate to perforate. Radially symmetric, amb circular. Colpi long and narrow, costae colpi c. 0.8 µm wide, pore indistinct, provided with a short colpus transversalis of c. 2 µm wide and c. 7 µm long. Exine 1.2-2 µm thick (thickest at the poles), semitectate, columellae distinct. Prolate (P/E ratio 1.50-1,61), 18-22x29-33 µm.
Description based on 4 grains. The record of this type is incomplete. Occurred at depths of 236.60 m, 242.40 m, 243.40 m, 303.60 m and 304.40 m.

Type 199: *Muehlenbeckia* (Polygonaceae). Plate 25. Diagram 1: curve 70.
Pollen grains tricolporate, reticulate. Radially symmetric, amb circular. Colpi long and very narrow, polar index 0.12-0.17, pores laterally elongated, tapering at their extremities, 1.5-3x3-6 µm. Exine 1.2-1.8 µm (often thickest at the poles), tectate, columellae distinct, lumina of irregular shape and size. Suboblate to prolate-spheroidal (P/E ratio 0.79-1.11), 18-25x17-24 µm.

Lit. Heusser (1971): plate 44,516; Van der Hammen et al. (1973): plate 4,31 (Tricolporate type 6 which is probably identical); Villagrán (1980): plate 12, 91-92.

Type 200: *Alchornea* (Euphorbiaceae). Plate 25. Diagram 1: curve 33, diagram 2: curve 33.
Pollen grains tricolporate, finely scabrate to perforate. Radially symmetric, amb circular. Colpi moderately long and broad, provided with an operculum of 2-3,5 µm wide, polar index 0.32-0.42, pore indistinct. Exine 1-1.3 µm thick, tectate, columellae more or less distinct. Oblate-spheroidal to prolate-spheroidal, c. 20-31 µm.
Lit. Van der Hammen et al. (1973): plate 4,39 and 42; Absy (1979): plate 3,30-32.

Type 201: *Gunnera* (Gunneraceae or Haloragidaceae). Plate 25. Diagram 1: curve 59.
Pollen grains tricolpate, micro-reticulate, per-reticulate. Radially symmetric, amb circular. Colpi recessed, moderately of length, polar index 0.24-0.36. Exine 1-1.5 µm thick, semitectate, columellae fine and distinct, diam lumina greatest in the centre of the intercolpia (heterobrochate). Spheroidal, diam 23-38 µm.
Lit. Van der Hammen & González (1960 and 1963): plate 14,112; Heusser (1971): plate 30,361-363; Graf (1979): plate 11,46; Villagrán (1980): plate 10,67.

Type 202: Plate 25.
Pollen grains tricolporate, foveolate to micro-reticulate. Radially symmetric, amb circular, slightly lobate. Colpi recessed, long and narrow with faint costae colpi, polar index 0.15, pore distinct, laterally elongated, c. 3x6 µm. Exine 1-1.3 µm thick, tectate, columellae distinct. Spheroidal, diam 33 µm.
Description based on a single grain. Occurred at a depth of 252.40 m.

Type 203: *Dodonaea viscosa* (Sapindaceae). Plate 25. Diagram 1: curve 23, diagram 2: curve 33.
Pollen grains tricolporate, finely pitted to psilate. Radially symmetric, amb circular. Colpi long and narrow, pores laterally elongated, c. 2x8 µm, slightly protruding. Exine 1.5-2 µm thick, tectate, columellae very short and indistinct. Prolate-spheroidal (P/E ratio 1.05-1.17), 24-28x28-31 µm.
Lit. Van der Hammen & González (1960 and 1963): plate 13,106; Heusser (1971): plate 51,591; Graf (1979): plate 21,84.

Type 204: *Croton bogotense* type (Euphorbiaceae). Plate 26. Diagram 1: curve 65.
Pollen grains tricolpate, clavate. Radially symmetric, amb circular. Colpi long and broad, polar index 0.13-0.26. Exine 2-4 µm thick, consisting of a 1-1.8 µm thick endexine, densely crowded with 1-1.5 µm long clavae of variable diam (c. 0.6-1.3 µm, more or less angular). Spheroidal to subprolate (P/E ratio 1.0-1.3), 31-47x37-50 µm.

Type 205: *Geranium* (Geraniaceae). Plate 26. Diagram 1: curve 36.
Pollen grains tricolpate, per-reticulate superposed by coarse clavae. Radially symmetric, amb circular. Colpi short and moderately narrow, polar index 0.42-0.67. Exine 6-8 µm thick, semitectate, columellae coarse, lumina of irregular shape and size, greatest diam 1-4 µm, muri c. 1-1.2 µm wide with coarse clavae (diam 0.8-2 µm). Spheroidal (P/E ratio 0.96-1.07), diam 56-74(105) µm.
Lit. Van der Hammen & González (1960 and 1963): plate 6,50-52; Heusser (1971): plate 30,357.

Type 206: *Croton* (Euphorbiaceae). Plate 26. Diagram 1: curve 69.
Pollen grains inaperturate, baculate to clavate, apolar. Exine 2-3(4) µm thick, consisting of densely spaced clavae and baculae (angular in cross section, diam c. 1-2 µm), rising from a thin (c. 0.5 µm thick) endexine. Spheroidal, diam 52-63 µm.
Lit. Heusser (1971): plate 29,329; Markgraf & D'Antoni (1978): plate 23,183;

Absy (1979): plate 7,89.

Type 207: cf. *Cydista* (Bignoniaceae). Plate 26.
Pollen grains inaperturate, (micro-reticulate) per-reticulate. Exine 1-1.2 μm thick, semitectate, columellae distinct, lumina of irregular shape and diam (c. 0.5-1.2 μm). Spheroidal (slightly flattened), diam 24-27 μm.
Description based on a single grain. The record of this type is incomplete. Occurred at a depth of 309.80 m.

Type 208: *Plantago sericea* (Plantaginaceae). Plate 26. Diagram 1: included in curve 55, diagram 2: included in curve 39.
Pollen grains periporate, verrucate. Apolar. Pores 4-6 in number, more or less recessed, of irregular shape with jagged margins, diam c. 3 μm, annuli present but rather indistinct, pore membrane granulated. Exine 1-1.5 μm thick, tectate, columellae indistinct, verrucae of irregular shape and size. Spheroidal. diam 23-35 μm.
Lit. Hooghiemstra (1983): plate 7,53-76.

Type 209: *Plantago australis* (Plantaginaceae). Plate 26. Diagram 1: included in curve 55, diagram 2: included in curve 39.
Pollen grains periporate, verrucate. Apolar. Pores 8-14 in number, more or less recessed, circular with jagged margins, diam (2)3-4.5(5) μm, annuli present but rather indistinct, pore membrane granulated. Exine 1-1.8(2) μm thick, tectate, columellae indistinct; verrucae mostly swollen, of irregular shape and size. Spheroidal, diam (18)22-37(42) μm.
Lit. Van der Hammen & González (1960 and 1963): plate 8,62-63; Hooghiemstra (1983): plate 8,92-106.

Type 210: *Plantago rigida* (Plantaginaceae). Plate 26. Diagram 1: included in curve 55, diagram 2: included in curve 39.
Pollen grains periporate, verrucate. Apolar. Pores 8-12 in number, of very irregular shape and size with jagged margins, diam (2)3-5 μm, annuli present but rather indistinct, pore membrane granulated. Exine 1-1.2 μm thick, tectate, columellae indistinct, verrucae of irregular shape and size. Spheroidal, diam 22-35 μm.
Lit. Hooghiemstra (1983): plate 8,84-91.

Note to the genus *Plantago* (type 208-210): In Hooghiemstra (1983) a pollen key is provided for the *Plantago* species occurring in the Colombian and Venezuelan Andes. Seventy pollen grains recovered from the Funza core were examined: 10% belonged to the *P.sericea* type, 21% to the *P.rigida* type, 63% to the *P. australis* type and 6% was not identifiable with certainty. Since *P.rigida* and *P. australis* are both high pollen producers the ratios of these percentages yield an indication of the relative ratios of the corresponding vegetation types. Owing to the fact that this key only became available recently, no distinction is made in the pollen diagram but some individual maxima of the *Plantago* curve were examined later on so as to improve the interpretation.

Type 211: *Valeriana stenophylla* type (Valerianaceae). Plate 27. Diagram 1: included in curve 37, diagram 2: included in curve 35.
Pollen grains tricolpate, (micro-)echinate. Radially symmetric, amb circular. Colpi moderately long and 1-6 μm broad, polar index 0.27-0.48, colpus membrane granular. Exine 1-2 μm, thickest at the poles (endexine thick), tectate, columellae short and distinct, diam echinae less than 0.6 μm and 0.8-1.5(2) μm long, conical from the base, scattered over a psilate tectum at a mutual distance of 1-3 μm. Suboblate to subprolate (P/E ratio 0.85-1.32), 22-34x23-30 μm.
Lit. Van der Hammen & González (1960 and 1963): plate 7,53-54; Van der Hammen & Cleef (1978): plate 1,1.

Type 212: *Valeriana arborea* type (Valerianaceae). Plate 27. Diagram 1: included in curve 37, diagram 2: included in curve 35.

Pollen grains tricolpate, echinate. Radially symmetric, amb circular. Colpi moderately long and 3-9 µm broad, polar index 0.33-0.43, colpus membrane granular. Exine (1)1.5-2.5 µm thick, tectate, columellae distinct, diam 0.5-1 µm; diam echinae 0.8-1 µm and 1.5-2 µm long, conical from the base, scattered over a psilate tectum at a mutual distance of 1-4 µm. Oblate-spheroidal to prolate-spheroidal (P/E ratio 0.92-1.13), 30-35x32-35 µm.

Type 213: *Valeriana triphylla* type (Valerianaceae). Plate 27. Diagram 1: included in curve 37, diagram 2: included in curve 35.
Pollen grains tricolpate, echinate. Radially symmetric, amb circular. Colpi moderately long and 2-10(15) µm broad, polar index 0.34-0.45, colpus membrane granular. Exine 1.7-2.5(3) µm thick (endexine thicker than 1 µm), tectate, columellae distinct, diam 0.6-1.2 µm; diam echinae 0.7-1 µm and 1-1.5(2) µm long, conical from the base, scattered over a more or less psilate tectum at a mutual distance of (1)1.5-4.5 µm. Prolate-spheroidal to subprolate (P/E ratio 1.05-1.21), 31-40(48)x35-46 µm.

Type 214: *Valeriana* (Valerianaceae). Plate 27. Diagram 1: included in curve 37, diagram 2: included in curve 35.
Pollen grains tricolpate, echinate. Radially symmetric, amb circular. Colpi moderately long and 8-15 µm broad, polar index 0.41-0.44, colpus membrane granular. Exine c. 2 µm thick (endexine thicker than 1 µm), tectate, columellae indistinct (short), diam 0.4-1 µm; diam echinae 0.8-1 µm and c. 1.5 µm long, conical from the base, scattered over a more or less psilate tectum at a mutual distance of 1-2 µm. Diam in polar view 41-50 µm.

Note to the genus *Valeriana* (type 211-214): Van der Hammen & González (1960 and 1963) already noted the possibility to distinguish groups in the genus *Valeriana*, based on the pollen size and the size of the columellae and echinae. The fossil material of the Funza core provided morphologically different pollen types and an attempt was made to define the morphological differences so as to enable a better identification. In a forthcoming paper a pollen key of species of *Valeriana* will be provided. The preliminary results of this study have been used to identify the fossil *Valeriana* pollen types of the Funza core. Twenty-six pollen grains recovered from the Funza core were examined: 46% belonged to the *V.triphylla* type, 19% to the *V.arborea* type, 27% to the *V.stenophylla* type and 8% were of unknown affinity.
Van der Hammen & González (1960 and 1963) noted the pollenmorphological similarity of the genus *Phyllactis*, which also occurs in the páramos of the Colombian Cordillera Oriental (Cleef, 1981). Pollen grains of *Phyllactis* may have become included in the *Valeriana* curve of the Funza-diagrams. The results of Blankenhorn (1978) render it doubtful whether it will be possible to distinguish the pollen grains of the two.

Type 215: *Quercus* (Fagaceae). Plate 27. Diagram 1: curve 3, diagram 2: curve 3.
Pollen grains tricolporate, scabrate. Radially symmetric, amb circular. Colpi moderately long and narrow (c. 0.8-2 µm), equatorially constricted, polar index 0.37-0.48, costae colpi c. 0.8 µm wide, bending away from the colpus in the equatorial part, pore indistinct. Exine 0.8-1.4 µm thick, tectate, columellae more or less distinct, diam scabrae less than 0.5 µm to 1 µm. Prolate to spheroidal (P/E ratio 1.0-1.4), 23-32x25-38 µm.
Lit. Van der Hammen & González (1960 and 1963): plate 1,1-7.

Type 216: *Guarea* (Meliaceae). Plate 28.
Pollen stephanocolporate (C_4P_4), psilate to scabrate. Radially symmetric, amb circular. Colpi equatorially constricted, very short (c. 16 µm) and 1-1.5 µm wide, polar index 0.58, costae colpi 0.8-1 µm wide, pore laterally elongated, 2-3x7-8 µm with faint costae endopori. Exine 1-2 µm thick, near the apertures up to 3 µm thick, tectate, columellae indistinct. Spheroidal to prolate-

spheroidal (P/E ratio 1.08), 36-37x40 µm.
Description based on 2 grains. Occurred at depths of 194.80 m and 318.00 m.

Type 217: *Rapanea* (Myrsinaceae). Plate 28. Diagram 1: curve 9, diagram 2: curve 9.
Pollen grains stephanocolpate (C_4), scabrate to finely striate. Radially symmetric, amb subquadrangular. Colpi recessed, narrow (1-3 µm broad) and rather short, polar index 0.56-0.67. Exine c. 1 µm thick, tectate, columellae indistinct. Suboblate to spheroidal (P/E ratio 0.84-1), 17-26x16-23 µm.
Lit. Van der Hammen & González (1960 and 1963): plate 3,22-23; Van der Hammen et al. (1973): plate 6,52; Markgraf & D'Antoni (1978): plate 34,274-275; Graf (1979): plate 15,64.

Type 218: Form type: $C_3(P_3?)$, sca. Plate 28. Diagram 1: curve 68.
Pollen grains tricolpate (tricolporate ?), scabrate. Radially symmetric, amb (sub)circular. Colpi moderately long and 3-7 µm broad, polar index 0.25-0.48. Exine c. 1 µm thick, tectate, columellae indistinct. Diam in polar view 21-30 µm.

Type 219: *Cedrela* (Meliaceae). Plate 28. Diagram 1: curve 89.
Pollen grains stephanocolporate (C_4P_4) or tricolporate, psilate to scabrate. Radially symmetric, amb circular. Colpi moderaterly long, narrow, costae colpi 1-1.5 µm wide, increasing near the pore to 3 µm, pore laterally elongated, 1.5-3(4)x3.5-6 µm provided with a pore membrane. Exine 0.8-1.5 µm thick, tectate, columellae indistinct. Spheroidal (P/E ratio 1.0-1.09), 23-33x23-36 µm.
Lit. Markgraf & D'Antoni (1978): plate 34,270; Graf (1979): plate 15,61.

Type 220: Meliaceae. Plate 28.
Pollen grains pericolporate (C_6P_6), psilate to scabrate. Asymmetric, apolar. Colpi 18-22 µm long and c. 1 µm broad, costae colpi c. 1 µm wide, increasing near the pore to 2 µm, pore more or less circular, diam 4 µm provided with a pore membrane. Exine 1 µm thick, near the apertures 2 µm thick, tectate, columellae indistinct. Size 30x35 µm.
Description based on a single grain. Occurred at a depth of 294.00 m.

Type 221: *Coriaria ruscifolia* (Coriariaceae). Plate 28. Diagram 1: curve 67.
Pollen grains tricolporate, micro-reticulate. Radially symmetric, amb subtriangular convex. Colpi very short (8-10 µm) and narrow (0.5-1 µm), polar index 0.53-0.62, margo 1.5-2 µm wide with jagged margins, pore more or less circular, slightly protruding, diam c. 3 µm provided with a granulated pore membrane. Exine 1.2-2 µm thick, tectate, columellae indistinct. Suboblate (P/E ratio 0.73-0.83), 27-37x25-27 µm.

Type 222: Umbelliferae (large). Plate 28. Diagram 1: curve 39, diagram 2: curve 37.
Pollen grains tricolporate, micro-reticulate to scabrate. Radially symmetric, amb subcircular. Colpi long and narrow (c. 1 µm), polar index 0.22-0.32, costae colpi more or less distinct, c. 0.5-1 µm wide, increasing to 1.2-1.8 µm near the equator, transverse colpus 2-6 µm broad and 3-10 µm long provided with costae. Exine 0.8-1.5 µm thick increasing at the poles to 1.5-2 µm, tectate, columellae distinct. Prolate to perprolate (P/E ratio 1.68-2.90), more or less constricted at the equator, 20-25x42-58 µm.
Lit. Van der Hammen & González (1960 and 1963): plate 10,75-76.

Type 223: *Symplocos* (Symplocaceae). Plate 29. Diagram 1: curve 10, diagram 2: curve 10.
Pollen grains triporate (sometimes diporate or tetraporate), of variable sculpture: psilate, scabrate, rugulate, verrucate, foveolate and/or perforate. Radially symmetric, amb subtriangular covex or subquadrangular (P_4). Pores recessed, diam 2-5(7) µm, annulus more or less protruding, 2-3.5 µm wide with smooth or jagged margins. Exine (1)1.5-3 µm thick, tectate, columellae indistinct, end-

exine thick (1-1.5 μm). Diam in polar view 23-48 μm.
Lit. Van der Hammen & González (1960 and 1963): plate 3,24; Graf (1979): plate 21,87.

Type 224: Papilionaceae. Plate 29.
Pollen grains tricolporate, per-reticulate. Radially symmetric, amb circular. Colpi long and narrow, constricted at the equator, costae colpi 0.8 μm wide, polar index 0.32, pore indistinct. Exine 0.8-1 μm thick, semi-tectate, columellae indistinct. Lumina irregular of shape and size, greatest diam 0.5-1.5 μm, decreasing towards the rim of the colpi (heterobrochate). Prolate (P/E ratio 1.7), 20x34 μm.
Description based on a single grain. Occurred at a depth of 243.40 m.

Type 225: *Azorella* (Umbelliferae). Plate 29.
Pollen grains tricolporate, micro-reticulate, per-reticulate (to scabrate). Radially symmetric, amb subtriangular convex. Colpi long and narrow, colpus transversalis 1-1.5 μm broad and 3-4 μm long provided with distinct costae. Exine 0.7-1 μm, thickened at the poles to 1-1.2 μm, semitectate, columellae more or less distinct. Subprolate to prolate (P/E ratio 1.13-1.78), 9-15x16-17 μm.
Lit. Graf (1979): plate 22,89.

Type 226: *Hydrocotyle* (Umbelliferae). Plate 29. Diagram 1: included in curve 58, diagram 2: included in curve 42.
Pollen grains tricolporate, micro-reticulate, per-reticulate to fossulate. Radially symmetric, amb subtriangular convex to subcircular. Colpi long and narrow, polar index 0.26-0.32, colpus transversalis (1)2-3 μm broad and 3-7 μm long provided with distinct costae. Exine 0.7-1.2(1.5) μm thickened at the poles to (1.5)2-3 μm, semitectate, columellae distinct. Subprolate to prolate (P/E ratio 1.13-1.65), 15-26x18-31 μm.
In the pollen diagrams no consequent distinction is made between type 226 and type 227, which occurs less frequently. Both types are included in the above-mentioned curves.
Lit. Van der Hammen & González (1960 and 1963): plate 14,115.

Type 227: Umbelliferae (small). Plate 29. Diagram 1: included in curve 58, diagram 2: included in curve 42.
Pollen grains tricolporate, micro-reticulate, per-reticulate to scabrate. Radially symmetric, amb subtriangular convex to subcircular. Colpi long and narrow, polar index 0.19-0.33, colpus transversalis 2-4 μm broad and 4-8 μm long provided with distinct costae. Exine 0.8-1.8 μm, thickened at the poles to 1.2-2.4 μm, semitectate, columellae distinct. Prolate to perprolate (P/E ratio 1.45-2.16), 12-20x24-30 μm.
See note under type 226.
Lit. Van der Hammen et al. (1973): plate 4,36.

Type 228: *Rumex tolimensis* type (Polygonaceae). Plate 29. Diagram 1: curve 40.
Pollen grains tricolporate, occasionally stephanocolporate (C_4P_4) or pericolporate (with 3 or 4 apertures), micro-reticulate, per-reticulate. Radially symmetric, amb circular. Colpi appear as long and very narrow lines, polar index 0.17-0.36, pore circular, diam 2.5-4 μm provided with distinct costae endopori. Exine 1-1.2 μm thick, semitectate, columellae more or less distinct. (Sub) spheroidal, diam (21)26-38 μm.
Lit. Van der Hammen & González (1960 and 1963): plate 10,77-79; Heusser (1971): plate 44,515.

Type 229: Plate 29.
Pollen grains tricolporate, perforate to micro-reticulate, per-reticulate. Radially symmetric, amb circular. Colpi long and narrow, polar index c. 0.14-0.17, provided with costae colpi of 1-1.5 μm wide which bend away from the rim of the

colpi in the equatorial part, pore indistinct. Exine 1.2-1.5 μm thick, increasing up to 2 μm at the poles, semitectate, columellae short. Diam lumina slightly decreasing towards the rim of the colpi (heterobrochate). Subprolate to prolate (P/E ratio 1.31-1.52), c. 27-35x42-46 μm.
Description based on 2 grains. The record of this type is incomplete. Occurred at depths of 267.00 m and 299.00 m.

Type 230: Plate 29.
Pollen grains syncolpate, psilate to scabrate. Radially symmetric, amb subtriangular convex. Colpi narrow (c. 0.8-1 μm), costae colpi c. 1 μm wide. Exine 0.8-1.5 μm thick, tectate, columellae indistinct. Diam in polar view 26-31 μm. Occurred at depths of 250.40 m, 273.40 m and 353.60 m.

Type 231: cf. Solanaceae. Plate 29.
Pollen grains tricolporate, psilate to scabrate. Radially symmetric, amb circular. Colpi moderately long and c. 2 μm broad, equatorially constricted, polar index 0.17-0.27, costae colpi c. 1 μm wide, pore diam c. 7 μm. Exine 1 μm thick, tectate, columellae indistinct. Prolate (P/E ratio 1.46), 30x44 μm.
Description based on a single grain. Occurred at a depth of 265.40 m.

Type 232: Plate 30. Diagram 1: curve 43.
Pollen grains tricolpate, micro-reticulate with an undulating, subverrucate surface. Radially symmetric, amb circular. Colpi short and 1-3(5) μm wide, polar index 0.61-0.81. Exine 1-2 μm (thickest near the colpi), tectum very thick (1-1.2 μm), columellae indistinct. Diam in polar view 30-41 μm.

Type 233: *Azolla* (Azollaceae). Plate 30. Diagram 1: curve 116.
Spore containing glochidium more or less spheroidal, c. 150-180x160-225 μm, set with massulae of c. 70-95 μm length, uncinate. Spores trilete, radiosymmetric, amb subcircular, diam 17-27 μm. Exine c. 1.5 μm thick, psilate.
Lit. Heusser (1971): plate 7,52; Van der Hammen et al. (1973): plate 6,50; Markgraf & D'Antoni (1978): plate 1,11.

Type 234: *Adiantum* (Adiantaceae, Adiantoideae). Plate 30.
Spore trilete, amb subtriangular convex, equatorial diam c. 80 μm. Laesurae short (c. ½ radius) with margo of 2.5-3 μm thick. Scattered verrucae, diam 1-2.5 μm, all over. Sclerine 3-3.5 μm thick.
Description based on a single spore. Occurred at a depth of 275.40 m.

Type 235: *Lycopodium* (Lycopodiaceae). Plate 30.
Spore trilete, amb subtriangular convex, equatorial diam c. 55 μm. Laesurae c. 3/4 of the radius or extending almost to the equator. Sclerine c. 2.5 μm (radial) up to 4 μm (interradial) thick. Proximal side verrucate, with diam of 1.5-4 μm; distal side psilate.
Description based on a single spore. The occurrence of type 235 is restricted to a few spores (e.g., at 155.00 m) erroneously included in curve 147.

Type 236: *Cyathea (Trichipteris)* (Cyatheaceae). Plate 30. Diagram 1: curve 147.
Spore trilete, amb subtriangular convex, sometimes nearly straight, equatorial diam 62-77(83) μm. Laesurae c. 3/4 of the radius or extending almost to the equator, margo 2.5-4 μm wide. Sclerine interradially 1.5-2 μm, radially 2.5-4 μm thick. Psilate.
A few spores of type 235 were erroneously included in curve 147.
Lit. Gastony (1979).

Type 237: cf. *Cyathea (Trichipteris)* (Cyatheaceae). Plate 30.
Spore trilete, amb subtriangular convex, equatorial diam 62-69 μm. Laesurae extending almost to the equator, no margo. Sclerine interradially c. 1-2 μm, radially c. 2-3 μm thick. Proximal side annulotrilete, breadth c. 5 μm, densely spaced with perforations with a diam <1 μm. Distal side psilate.
Description based on 3 spores. Occurred at dephts of 245.80 m, 307.60 m, 327.60 m,

354.80 m and 355.60 m.
Lit. Gastony (1979).

Type 238: *Grammitis (Ctenopteris) moniliforme* type (Grammitidaceae). Plate 30. Diagram 1: curve 152.
Spore trilete, amb (sub)circular or subtriangular convex, equatorial diam 26-38 µm. Laesurae ½ of the radius up to extending almost to the equator, margo raised, 1-2.5 µm wide. Sclerine 2-3 µm thick, verrucate. Verrucae of irregular shape and size, diam 0.8-2 µm. The end of the laesura sometimes bifurcate.

Type 239: Plate 31.
Spore without distinct aperture, amb subtriangular concave, equatorial diam c. 70 µm. Sclerine interradially c. 2 µm, radially c. 3-5 µm thick, psilate. Radial parts strongly raised to form tube-like bulges (c. 25x40 µm). Equatorial view concave-convex.
Description based on a single spore. Occurred at a depth of 325.60 m.

Type 240: Plate 31.
Spore trilete, amb triangular with flattened angles, equatorial diam c. 47 µm. Laesurae c. ½ of the radius with a typical margo, c. 3 µm wide near the apex up to 8 µm wide halfway the angles and forming a full-fold field torus (Kremp, 1968: fig. 126a). Sclerine interradially 3 µm, radially c. 4 µm thick, psilate.
Description based on a single spore. Occurred at a depth of 326.40 m.

Type 241: *Grammitis* (Grammitidaceae). Plate 31.
Spore trilete, amb subtriangular convex, equatorial diam 18-21 µm. Laesurae 3/4 of the radius to extending almost to the equator, straight or undulating, sometimes bifurcated ends. Margo slightly raised, c. 0.6 µm thick. Sclerine c. 0.8-1 µm thick, psilate to scabrate.
Description based on 4 spores. Type 241c and 241 a-b might belong to different taxa. Occurred at depths of 191.00 m, 192.00 m, 262.00 m, 352.40 m and 355.60 m.

Type 242: *Hymenophyllum myriocarpum* type (Hymenophyllaceae). Plate 31. Diagram 1: curve 154.
Spore trilete, amb more or less circular to subtriangular covex, equatorial diam 80-90 µm. Laesurae extending almost to the equator, margo 4 µm wide at the apex tapering to 2 µm at the ends. Sclerine 1.5-3 µm thick, scabrate all over.
Lit. Murillo & Bless (1974): plate 6,3.

Type 243: *Selaginella anceps* type (Selaginellaceae). Plate 31.
Spore trilete, amb subtriangular convex, equatorial diam 31-34 µm (ornamentation excluded). Laesurae extending almost to the equator, margo faint (c. 0.8 µm wide). Sclerine 1.5 µm thick, clavate (clavae 3-5 µm long) all over.
Description based on a single spore. Occurred at a depth of 352.40 m.

Type 244: *Hymenophyllum trichophyllum* type (Hymenophyllaceae). Plate 31. Diagram 1: curve 144.
Spore trilete, amb subtriangular convex, equatorial diam (36)42-70(75) µm. Laesurae extending almost to the equator, margo 1-2(2.5) µm thick. Sclerine 0.5-1(1.5) µm thick, verrucate to sometimes scabrate or minutely baculate.
A few grains of type 245 were erroneously included in curve 144.

Type 245: cf. *Acrostichum* (Adiantaceae, Pteridoideae). Plate 31.
Spore trilete, amb circular to subtriangular convex, equatorial diam (28)40-52 (60) µm. Laesurae extending almost to the equator, margo 1-2 µm thick. Sclerine 1-1.5(2.5) µm thick, scabrate to verrucate.
Description based on 5 spores. The occurrence of type 245 is restricted to a few spores (e.g., at 198.00 m, 276.00 m, 296.00 m, 316.00 m, 355.80 m and 356.40 m) all erroneously included in curve 144.

Type 246: *Cyathea* (Cyatheaceae). Plate 31.
Spore trilete, amb subtriangular concave, equatorial diam c. 30-42 µm. Laesurae

3/4 of the radius, no margo. Sclerine 0.8-1(1.5) µm thick, psilate.
The record of this type is incomplete. Occurred at depths of 260.00 m and 328.20 m.

Type 247: *Sphagnum* (Sphagnaceae, Musci). Plate 31. Diagram 1: curve 128.
Spore trilete, amb subtriangular convex, equatorial diam c. 30-38 µm. Laesurae extending almost to the equator, no (or sometimes a faint) margo. Sclerine 1.5-3 µm thick, psilate to scabrate.
Lit. Van der Hammen et al. (1973): plate 3,21.

Type 248: cf. *Cheilanthes* (Adiantaceae, Adiantoideae). Plate 31.
Spore trilete, amb subtriangular convex, equatorial diam c. 36-58 µm. Laesurae 3/4 of the radius or extending almost to the equator, no margo. Sclerine 1-2 µm thick, psilate.
Description based on 4 spores. The record of this type is incomplete. Occurred at depths of 273.00 m, 333.00 m and 338.00 m.

Type 249: Cyatheaceae. Plate 31. Diagram 1: curve 117, diagram 2: curve 47.
Spore trilete, amb subtriangular convex, equatorial diam 38-65 µm. Laesurae ½ of the radius or longer, extending almost to the equator, no (or sometimes a faint) margo. Sclerine interradially 1-2.5 µm, radially 2.5-4 µm thick, psilate, sometimes scabrate.
Lit. Van der Hammen et al. (1973): plate 8,79.

Type 250: Plate 31.
Spore trilete, amb subtriangular convex, radially symmetric, equatorial diam c. 60-65 µm. Laesurae extending almost to the equator, margo c. 5 µm wide at the apex, decreasing to c. 3 µm at the ends of the laesurae arms. Margo transforming gradually into relatively short and narrow, unconnected, rugulae and verrucae. Sclerine interadially c. 4 µm, radially c. 1.5-2 µm thick.
Description based on a single spore. Occurred at a depth of 209.80 m.

Type 251: *Lycopodium* (Lycopodiaceae). Plate 32.
Spore trilete, amb subtriangular concave, equatorial diam c. 33-36 µm. Laesurae extending almost to the equator, margo c. 2 µm wide at the apex decreasing to c. 1 µm at the ends. Sclerine 2-3 µm thick, verrucate to rugulate.
Description based on a single spore. The record of this type is incomplete. Occurred at a depth of 249.00 m.

Type 252: *Anthoceros* (Anthocerotaceae, Anthocerotae). Plate 32. Diagram 1: curve 120.
Spore trilete, amb subtriangular convex, 48-58(71)x53-60(80) µm (echinae included). Laesurae extending almost to the equator, margo often raised, 1-2 µm thick. Sclerine 1-2 µm thick. Distal side ornamented with echinae, (1.5)3-5(6) µm long, often branched standing on ridges; proximal side shows a rough, irregular subreticulate pattern without echinae.
Description based on a single spore.
Lit. Koelbloed & Kroeze (1965): fig. 1.

Type 253: cf. *Cyathea* (Cyatheaceae)(genus previously named *Hemitelia*). Plate 32.
Spore trilete, amb subtriangular concave, equatorial diam c. 36 µm. Laesurae extending almost to the equator, bifurcate, no margo. Sclerine 1-1.5 µm thick with protuberances inwards, psilate.
Description based on a single spore. Occurred at a depth of 191.80 m.

Type 254: This type probably includes the genera *Anthoceros* (Anthocerotaceae), *Selaginella* (Selaginellaceae) and *Hymenophyllum* (Hymenophyllaceae). Plate 32. Diagram 1: included in curve 119.
Spore trilete, amb more or less circular or subtriangular convex, equatorial diam 34-71 µm (echinae excluded). Laesurae extending almost to the equator,

margo (0.5)1-1.5(2) µm wide. Sclerine 1-2 µm thick, ornamented with (sometimes branched) echinae all over; echinae (1.5)2-4(5) µm long. Proximal and distal sides of the spore subequal.
The rather similar morphology of the above-mentioned genera renders an adequate distinction problematical.
Lit. Van der Hammen & González (1960 and 1963): plate 16,125 (*Hymenophyllum* type); Koelbloed & Kroeze (1965): fig. 2 (*Anthoceros*); Van der Hammen et al. (1973): plate 1,6 (*Hymenophyllum*); Murillo & Bless (1974): plate 12 (*Selaginella*); Boros & Jarai-Komlodi (1975): plate 1a (*Anthoceros*); Markgraf & D'Antoni (1978): plate 2,17 (*Hymenophyllum*); Villagrán (1980): plate 1,7 (*Hymenophyllum*).

Type 255: *Selaginella* (Selaginellaceae). Plate 32. Diagram 1, included in curve 119).
Spore trilete, amb subtriangular convex, equatorial diam c. 33-37 µm (echinae excluded). Laesurae extending almost to the equator, undulating; margo c. 1 µm wide provided with echinae. Sclerine 1-1.5 µm thick ornamented with echinae (3-5 µm long) all over.
In the pollen diagrams no distinction is made between types 254 and 255.
Lit. Murillo & Bless (1974): plate 12.

Type 256: *Selaginella* (Selaginellaceae). Plate 32. Diagram 1: curve 127.
Spore trilete, amb subtriangular convex, equatorial diam c. (21)26-36(41) µm (echinae excluded). Laesurae extending almost to the equator, margo c. 1 µm wide. Sclerine 1-1.5 µm thick, ornamented with 4-10 µm long echinae all over.
Lit. Van der Hammen et al. (1973): plate 8,78.

Type 257: *Lycopodium cuatrecasasii* type (Lycopodiaceae). Plate 32.
Spore trilete, amb subtriangular convex, equatorial diam c. 26-35 µm. Laesurae extending almost to the equator, no margo. Sclerine 1-1.5 µm thick. Proximal side psilate; distal side rugulate.
Description based on 4 spores. The record of this type is incomplete. Occurred at depths of 250.00 m, 280.20 m, 289.80 m, 310.80 m and 317.20 m.

Type 258: *Anemia* (Schizaeaceae). Plate 32.
Spore trilete, amb subtriangular convex, equatorial diam c. 43-60 µm. Laesurae 3/4 of the radius or extending almost to the equator, margo 1.5-2.5 µm wide, sometimes not discernible. Sclerine c. 0.5 µm thick on the proximal side and 1.5-2(2.5) µm on the distal side; ornamented on the distal side with more or less parallel ridges (fluctuating in breadth from 1 to 2.5 µm) that are narrower (cicatricose sculpture), equal or broader than the spaces separating them; on the proximal side the ridges disappear near the apex resulting in a small psilate area around the laesure arms.
Description based on 7 spores. Possibly redeposited, and according to T.A. Wijmstra (Amsterdam) comparable to *Cicatricosisporites* Potonié & Gelletich 1933 of Cretaceous age. Occurred at depths of 161.40 m, 166.80 m, 321.20 m, 321.80 m, 337.20 m, 345.40 m, 346.00 m and 355.00 m.
Lit. Van Amerom (1965): plate 3,1-2 and plate 4,3; Germeraad et al. (1968): plate 2,2; Tschudy & Scott (1969): plate 15,1-2.

Type 259: *Cyathea (Sphaeropteris) quindiuensis* type (Cyatheaceae). Plate 32.
Spore trilete, amb subtriangular convex, equatorial diam c. 58 µm (ornamentation included). Laesurae 3/4 of the radius, no margo. Sclerine c. 2-2.5 µm thick, perine 2-4 µm thick inclusive of an ornamentation of echinae, verrucae, rugulae and other undefined processes (especially on the distal side).
Description based on a single spore. The record of this type is incomplete. Occurred at depths of 288.00 m and 289.00 m.

Type 260: *Cyathea escuquensis* type (Cyatheaceae)(genus previously named *Hemitelia*). Plate 33. Diagram 1: curve 133.
Spore trilete, amb triangular (angles sharp), convex or straight, bilaterally

symmetric, equatorial diam 46-56 µm. Laesurae 3/4 to 7/8 of the radius, no margo, sometimes margo indistinct. Sclerine interradially 1.5-2.5 µm, radially 3-3.5 µm thick, psilate. Sometimes a rough scabrate perine envelopes the spore.
Lit. Murillo & Bless (1974): plate 5,13.

Type 261: Plate 33.
Spore trilete, amb triangular convex, radially symmetric, equatorial diam c. 57-63 µm. Laesurae extending almost to the equator, margo c. 2 µm wide with fine transverse grooves. Sclerine interradially 0.8-1 µm, radially c. 4-5 µm thick, forming a radial thickening. Psilate, contact area finely perforated.
Description based on a single spore. Occurred at depths of 259.10 m and 336.40 m.

Type 262: Plate 33.
Spore trilete, amb subtriangular with strongly concave sides, equatorial diam c. 29-39 µm; mostly radially symmetric, sometimes bilaterally symmetric.
Laesurae extending almost to the equator, margo seldom present (margo 1-1.5 µm wide with fine transverse grooves). Sclerine 1.5-2.5(3) µm thick, mostly the thickest part at the angles, psilate.
Description based on 7 spores. The occurrence of type 262 is restricted to a few spores (e.g., at 280.20 m, 289.80 m, 310.80 m, 317.20 m and 352.20 m) erroneously included in curve 131.

Type 263: *Dicksonia sellowiana* type (Cyatheaceae). Plate 33. Diagram 1: curve 131.
Spore trilete, amb subtriangular with strongly concave sides, equatorial diam c. 45-56 µm, radially symmetric. Laesurae extending almost to the equator, margo seldom present (margo c. 2 µm wide with tenuous transverse grooves). Sclerine c. 1.5-2.5 µm thick, mostly the thickest part at the angles, psilate.
A few spores of type 262 were erroneously included in curve 131.
Lit. Murillo & Bless (1974): plate 4,1a.

Type 264: cf. *Acrostichum* (Adiantaceae, Pteridoideae). Plate 33.
Spore trilete, amb subtriangular convex, radially symmetric, equatorial diam c, 65-75 µm. Laesurae 5/6 of the radius with a faint margo, c. 2 µm wide. Sclerine 1.5-2.5 µm thick; psilate, contact area scabrate.
Description based on 2 spores. The record of this type is incomplete. Occurred at depths of 181.00 m and 315.00 m.

Type 265: *Saccoloma domingensis* type (Dennstaedtiaceae, Dennstaedtioideae). Plate 33.
Spore trilete, amb subtriangular convex, radially symmetric, equatorial diam c. 65 µm. Laesurae extending almost to the equator, margo c. 2 µm wide at the apex, decreasing to 1 µm towards the ends of the leasure arms. Sclerine c. 2 µm thick, rugulate.
Description based on a single spore. Occurred at a depth of 313.80 m.

Type 266: *Saccoloma elegans* type (Dennstaedtiaceae, Dennstaedtioideae). Plate 33. Diagram 1: curve 138.
Spore trilete, amb subtriangular convex or straight (sometimes slightly concave), radially symmetric, equatorial diam c. (36)39-45(50) µm. Laesurae 3/4 of the radius or extending almost to the equator, margo 1-1.5 µm wide (sometimes indistinct). Sclerine c. 1.5 µm thick, ornamented with thin, coarse and long striae (c. 1-2 µm high).
Lit. Murillo & Bless (1974): plate 11,8.

Type 267: cf. *Lycopodium* (Lycopodiaceae). Plate 33.
Spore trilete, amb subtriangular with flat to slightly rounded angles, radially symmetric, equatorial diam c. 26-44 µm. Laesurae extending almost to the equator, margo c. 2 µm wide provided with micro-perforations and tenuous transverse grooves. Sclerine 1-2 µm thick with verrucae of irregular size, microperforations in between the verrucae.

Description based on 2 spores. Occurred at depths of 313.00 m and 325.20 m.

Type 268: *Cyathea (Nephelea) cuspidata* type (Cyatheaceae). Plate 33.
Spore trilete, amb subtriangular convex, radially symmetric, equatorial diam c. 48-60 µm. Laesurae 3/4 of the radius or extending almost to the equator, margo often indistinct (c. 1.5 µm wide). Sclerine psilate, 1-1.5(2) µm thick; perine striate.
Description based on 4 spores. Occurred at depths of 191.00 m, 224.40 m, 243.40 m, 275.00 m and 276.00 m.
Lit. Murillo & Bless (1974): plate 3,4.

Type 269: *Lycopodium curvatum* type (Lycopodiaceae). Plate 34. Diagram 1: included in curve 150.
Spore trilete, amb subtriangular convex, radially symmetric, equatorial diam 32-43(54) µm. Laesurae 2/3 of the radius or extending almost to the equator, no margo. Sclerine radially c. 1 µm, interradially c. 2-4.5 µm thick forming interradial thickenings; fossulate, sometimes slightly foveolate.
Description based on a single spore.
Lit. Van der Hammen et al. (1973): plate 8,77 '*Lycopodium cernuum* type';Murillo & Bless (1974): plate 9,3.

Type 270: *Lycopodium cernuum* type (Lycopodiaceae). Plate 34. Diagram 1: included in curve 150.
Spore trilete , amb subtriangular convex, radially symmetric, equatorial diam (28)32-38(48) µm. Laesurae 2/3 of the radius or extending almost to the equator, margo 2-3 µm wide. Sclerine radially c. 1 µm, interradially c. 3-5 µm thick forming interradial thickenings; fossulate.
Description based on 5 spores.
Lit. Murillo & Bless (1974): plate 8,7.

Type 271: *Riccia* (Ricciaceae, Hepaticae). Plate 34. (See also type 404, plate 47). Diagram 1: curve 134.
Spore trilete, amb subtriangual convex (sometimes subcircular), radially symmetric, equatorial diam (43)65-105 µm. Laesurae extending almost to the equator, margo indistinct (sometimes a margo of c. 1 µm wide is present). Sclerine c. 1.5 µm thick, perine shows a rough and irregular reticulum, 3-8 µm high, greatest diam of the lumina c. 7-14 µm, muri undulating. Proximal side sometimes hardly reticulate.
Lit. Koelbloed & Kroeze (1965): fig. 3-4; Boros & Jarai-Komlodi (1975): plate 23.

Type 272: cf. *Anthoceros* (Anthocerotaceae, Anthocerotae). Plate 34.
Spore more or less spherical, diam 60-63 µm (echinae included). Wall 1.5-2 µm thick (echinae excluded). Echinae mainly on the distal side, strongly branched, up to 7 µm high; at the proximal side ornamented with a rough, irregular reticulum with branched echinae on the muri.
Description based on a single spore. Occurred at a depth of 184.80 m.
Lit. Koelbloed & Kroeze (1965): fig. 1.

Type 273: form species: *Crassoretitriletes vanraadshoovenii* Germeraad, Hopping et Muller 1968. Plate 34.
Spore trilete, amb subtriangular convex to circular, radially symmetric, equatorial diam 85-110 µm. Laesurae 2/3 of the radius, no margo. Sclerine 1.5-2 µm thick, ornamented with a more or less reticulate pattern; muri undulating, 3-6 µm wide, 2-3 µm high, lumina 1-4x4-12 µm but not always closed resulting in narrow 'lumina' up to 20 µm long.
Description based on 4 spores. Identification by T.A. Wijmstra (Amsterdam). A redeposited fossil. This species was recorded by Wijmstra (1971) for the Middle Miocene of Surinam. Occurred at depths of 132.00 m, 143.20 m, 152.40 m, 154.40 m, 278.20 m, 284.80 m, 285.20 m, 286.60 m, 298.80 m, 305.60 m, 310.20 m and 313.00 m.
Lit. Germeraad et al. (1968): plate 1,3; Wijmstra (1971): plate 4,15.

Type 274: Plate 34.
Spore a flattened sphere, equatorial diam c. 36 µm. Aperture indistinct. Wall 4-5 µm thick, psilate with scattered microperforations.
Description based on a single spore. Occurred at a depth of 351.60 m.

Type 275: Plate 34.
Spore trilete, amb subtriangular convex, equatorial diam c. 49-53 µm. Laesurae 2/3 of the radius, near the apex narrower than at the ends, no margo. Sclerine c. 3 µm thick, psilate. Contact zone (short plane field-tori; Heusser (1968): fig. 124) densely spaced with perforations (diam c. 0.5 µm).
Description based on a single spore. The record of this type is incomplete. Occurred at a depth of 308.00 m.

Type 276: Bryophyta. Plate 34.
Spore subtriangular convex to circular, radially symmetric, equatorial diam c. 92 µm. Aperture trilete, extending almost to the equator, wall c. 3-6 µm thick, including a rough and irregular, subreticulate pattern.
Description based on a single spore. Occurred at a depth of 167.00 m.

Type 277: Plate 34.
Spore trilete, amb subtriangular convex, radially symmetric, equatorial diam 80-90 µm. Laesurae 2/3 of the radius, no margo. Sclerine c. 1.5 µm thick, with a reticulate pattern; muri undulating (2)3-5 µm wide, 3 µm high, lumina elongated, greatest diam 4-12 µm. Muri perforated (diam of the perforations less than 1 µm).
Description based on 3 spores. Occurred at depths of 305.60 m, 324.00 m, 339.20 m and 352.60 m.

Type 278: *Selaginella sellowii* type (Selaginellaceae). Plate 34.
Spore trilete, amb subtriangular convex to circular, radially symmetric, equatorial diam (without perine) c. 60-95 µm. Laesurae extending almost to the equator, slightly undulating and faintly raised. Sclerine c. 1 µm thick; perine densely scabrate, closely enveloping the sclerine at the proximal side but loose along the equator and at the distal side, forming irregular folds (5-15 µm high) often in a subreticulate pattern (diam of the 'lumina' c. 15-25 µm).
Description based on 6 spores. Occurred at depths of 257.60 m, 277.20 m, 300.40 m, 310.20 m, 311.00 m, 321.00 m, 321.20 m, 321.60 m, 324.80 m, 328.80 m, 329.80 m, 330.20 m and 332.20 m.
Lit. Murillo & Bless (1974): plate 12,6.

Type 279: *Jamesonia* (Adiantaceae, Adiantoideae). Plate 35. Diagram 1: curve 121, diagram 2: curve 48.
Spore trilete, amb subtriangular convex, mostly radially symmetric, sometimes bilaterally symmetric, equatorial diam c. 45-80 µm. Laesurae extending almost to the equator, mostly bordered by coarse verrucate to rugulate thickenings. Sclerine thickened along the equator and on the distal side. Proximal side psilate, scabrate or verrucate. Distal side scabrate or fossulate, often provided with thickenings of the sclerine forming mostly 3 coarse ridges which meet at the angles and project as small auriculae.
Lit. Van der Hammen & González (1960 and 1963): plate 16,120-121 ('*Jamesonia*'); Van der Hammen et al. (1973): plate 1,10 ('*Jamesonia* type'), plate 2,11 ('*Jamesonia* type'), plate 2,13 ('Trilete type sp.8'), plate 5,49 ('Trilete type sp.12'); Murillo & Bless (1974): plate 6,5 (*J.imbricata* var. *glutinosa*), plate 6,6 (*J.rotundifolia*); Graf (1979): plate 1,5 ('cf. *J.imbricata* or cf. *Eriosorus* sp.'); Dueñas (1979): plate 2,1-2 ('Trilete type sp.1'), plate 2,3 ('Trilete type sp.5').

Type 280: *Cyathea horrida* type (Cyatheaceae)(genus previously named *Hemitelia*). Plate 35. Diagram 1: curve 118.
Spore trilete, amb subtriangular convex, radially symmetric, equatorial diam (30)35-44(50) µm. Laesurae extending almost to the equator, no margo. Sclerine

radially 1-1.5(2.5) µm thick, interradially thickened to 5-9 µm forming an interradial thickening; psilate. Three large pores in the wall of the interradial thickening, diam (7)8-12(16) µm. About 50% of the spores are provided with perforations, all over (diam of perforations from <1 µm up to 3-5 µm).
Possibly the last-mentioned type belongs to a different species
Lit. Van der Hammen & González (1960 and 1963): plate 16,126; Tschudy & Tschudy (1965): fig. 63-65; Murillo & Bless (1974): plate 5,14; Absy (1979): plate 8,100.

Type 281: *Pilularia* (Marsileaceae). Plate 35. Diagram 1: curve 141.
Spore trilete, amb circular (sometimes slightly ovoid), radially symmetric, heteropolar, equatorial diam (35)43-60 µm. Laesurae 3/4 of the radius or extending almost to the equator, margo 1.5-3 µm wide. Sclerine 1-1.5(2.5) µm thick, densely rugulate, rugulae (2)3-5 µm high.
Lit. Heusser (1971): plate 7,50.

Type 282: cf. *Jamesonia* (Adiantaceae, Adiantoideae). Plate 35.
Spore trilete, amb subtriangular convex, radially symmetric, equatorial diam c. 55 µm. Laesurae 3/4 of the radius, margo undulating, c. 1.5-4 µm wide. Sclerine thickened in distal part and along the equator; distally forming 3 coarse ridges (4-8 µm wide) which meet at the angles and distinctly project to form auriculae. Proximally psilate to scabrate; distal side with coarse thickenings and irregular subverrucate processes.
Description based on a single spore. The record of this type is incomplete. Occurred at a depth of 215.00 m.

Type 283: *Pityrogramma* (Adiantaceae, Adiantoideae) - *Pteris altissima* type (Adiantaceae, Pteridoideae). Plate 35. Diagram 1: curve 140.
Spore trilete, amb subtriangular convex or circular, radially symmetric, equatorial diam 53-65(71) µm (cingulum included). Laesurae extending almost to the equator, margo sometimes present as a part of the ornamentation. Sclerine distinctly thickened along the equator, radially (4)5-7(8) µm, interradially (7)9-12(13) µm thick forming a psilate cingulum. Outline of the inner side of the cingulum subtriangular concave. Ornamentation inside the cingulum fossulate, especially on the distal side sometimes changing to verrucate.
Lit. Van der Hammen & González (1960 and 1963): plate 18,131 (Triletes 'type J'); Kremp & Kawasaki (1972): fig. 106; Murillo & Bless (1974): plate 11,2.

Type 284: *Lophosoria quadripinnata* (Lophosoriaceae). Plate 36. Diagram 1: curve 122.
Spore trilete, amb subtriangular convex to circular, radially symmetric, heteropolar, equatorial diam c. (42)65-95 µm. Laesurae extending almost to the equator, sometimes a 1-1.5 µm wide margo is present. Margo bordered by lobed or ill-defined, flattened sclerine thickenings. Sclerine 1.5-3 µm thick, surrounded by a prominent equatorial cingulum, (5)7-14 µm thick but proximally and distally c. 3-5 µm thick. Proximally scabrate or distinctly verrucate; distally psilate with scattered elongated foveolae (greatest diam c. 1-6 µm).
Lit. Van der Hammen & González (1960 and 1963): plate 18,132 (Triletes 'type K'); Heusser (1971): plate 1,3; Murillo & Bless (1974): plate 8,3; Markgraf & D'Antoni (1978): plate 2,23; Dueñas (1979): plate 2,6-7,11; Villagrán (1980): plate 1,1-2.

Type 285: Plate 36.
Spore trilete, amb subtriangular convex, radially symmetric, equatorial diam c. 45-60 µm. Laesurae extending almost to the equator, margo 4-5 µm wide near the apex decreasing to 1.5-2 µm at the angles. Sclerine radially 1.5-5 µm, interradially 10-16 µm thick forming an interradial (psilate) thickening (cingulum). Outline of the inner side of the cingulum subtriangular concave. Psilate, scabrate or with indistinct subverrucate processes.
Description based on 2 spores. Occurred at depths of 153.40 m and 308.60 m.

Type 286: *Pteris grandifolia* type (Adiantaceae, Pteridoideae). Plate 36. Diagram 1: curve 137.
Spore trilete, amb subtriangular convex, radially symmetric, equatorial diam c. 45-67 µm. Laesurae c. 3/4 of the radius, no margo. Sclerine 1-1.5 µm thick, thickened along the equator and forming a psilate cingulum, especially interradially; cingulum radially (1)3-5 µm, interradially (5)6-8 µm broad. Coarse pilae-, gemmae- and rugulae-like processes.
Lit. Van der Hammen et al. (1973): plate 1,7 (*Jamesonia* type); Murillo & Bless (1974): plate 11,4.

Type 287: Plate 36.
Spore with indistinct laesurae, amb more or less rectangular, 50x60 µm. Sclerine 4-6 µm thick, distally with ridge-like or elongated sclerine thickenings. Psilate, proximally with scattered perforations (diam c. 0.5-1 µm) in a hyperboloid arrangement, suggesting 4 laesura arms.
Description based on a single spore. Occurred at a depth of 295.80 m.

Type 288: *Pityrogramma* (Adiantaceae, Adiantoideae). Plate 36.
Spore trilete, amb subtriangular convex, radially symmetric, equatorial diam c. 58-68 µm. Laesurae extending almost to the equator, boarded by verrucae- and rugulae-like processes. Sclerine (1)1.5-2 µm thick; along the equator thickened to 4-6 µm forming a cingulum; proximal thickenings forming 3 coarse ridges with undulating rims, 3-5 µm wide, meeting at the angles, on the outside boarded by sometimes more or less fusing verrucae; distally provided with a groove, c. 3 µm wide, running in a triangle, leaving a smooth sclerine island in the centre or distally with coarse verrucae.
Description based on 4 spores. Occurred at depths of 146.20 m, 202.80 m, 239.40 m, 270.60 m, 288.20 m, 291.20 m, 314.80 m and 356.20 m.
Lit. Tschudy & Tschudy (1965): fig. 28-31.

Type 289: Plate 36.
Spore trilete, amb subtriangular convex, radially symmetric, equatorial diam c. 68-76 µm. Laesurae 3/4 of the radius, raised, indistinct; margo 2-3 µm wide, boarded by a raised strip of more or less fused rugulae. Sclerine interradially c. 1.5-2 µm, radially 4-5 µm thick forming valvae, psilate. The psilate distal part shows a curving band of c. 2 µm wide, forming a triangle at 2/3 of the radius from the centre.
Description based on a single spore. Occurred at a depth of 296.00 m.

Type 290: Plate 36. Diagram 1: curve 148.
Spore trilete, amb circular (illustration 290a) or subtriangular convex (illustration 290b), radially symmetric, equatorial diam (29)36-50(55) µm. Laesurae 5/6 of the radius or extending almost to the equator, margo 1-1.5(2.5) µm wide. Sclerine radially (1.5)2-3(4) µm thick, interradially thickened to (7)8-11(15) µm forming a heavy interradial thickening. Outline inner side of thickening subtriangular concave. Ornamentation of the thickenings more or less psilate.
Lit. Van der Hammen et al. (1973): plate 3,23 ('Trilete type sp.5').

Type 291: *Eriosorus flexuosus* type (Adiantaceae, Adiantoideae). Plate 36. Diagram 1: curve 151.
Spore trilete, amb subtriangular convex, radially symmetric, equatorial diam (37)47-60 µm. Laesurae extending almost to the equator or 3/4 of the radius, sometimes slightly undulating, margo 4-6 µm wide with a strongly undulating outer rim. Sclerine c. 1 µm thick, thickened along the equator, radially (3)4-6(7) µm, interradially (6)8-11(14) µm thick forming a cingulum. Distally faint sclerine thickenings form coarse ridges which meet at the angles and project slightly to form small auriculae. Psilate, distally sometimes coarsely verrucate.
Lit. Murillo & Bless (1974): plate 4,2.

Type 292: *Cyathea (Alsophila - Trichipteris)* (Cyatheaceae). Plate 37. Diagram 1: curve 149.

Spore trilete, amb subtriangular convex, radially symmetric, equatorial diam c. 34-38(43) µm. Laesurae 3/4 of the radius, margo 3-4 µm wide near the apex, decreasing to 1 µm onwards the ends of the laesurae arms. Sclerine (1)1.5-2 µm thick, reticulum tenuous.
Occurred at depths of 244.00 m, 245.00 m, 260.10 m, 275.00 m, 307.80 m, 327.20 m and 353.00 m.
Lit. Murillo & Bless (1974): plate 1,4.

Type 293: *Cyathea (Alsophila - Trichipteris)* (Cyatheaceae). Plate 37.
Spore trilete, amb subtriangular convex, radially symmetric to bilaterally symmetric, equatorial diam c. 60-75 µm. Laesurae 3/4 of the radius, no margo. Sclerine interradially 2-4 µm, radially (4)6-8 µm thick forming radial thickenings. Tenuously reticulate all over.
Description based on 2 spores. The record of this type is incomplete. Occurred at depth of 143,20 m, 302.80 m and 315.60 m.

Type 294: *Cyathea* (Cyatheaceae). Plate 37.
Spore trilete, amb subtriangular convex, radially symmetric, equatorial diam c. 54 µm. Laesurae 3/4 of the radius, margo (1)2-5 µm wide. Sclerine 1 µm thick, thickened along the equator, radially 2-4 µm, interradially 7-8 µm thick, forming a cingulum. Ornamentation proximally psilate with tenuous, scattered perforations (diam c. 1 µm), equatorially and distally densely perforated, diam of the perforations equatorially c. 1 µm, distally with elongated perforations, greatest diam 1-5 µm.
Description based on a single spore. Occurred at a depth of 330.60 m.

Type 295: cf. *Anthoceros* (Anthocerotaceae, Anthocerotae). Plate 37.
Spore trilete, amb subangular convex, radially symmetric, equatorial diam 42-46 µm. Laesurae extending almost to the equator, margo none or indistinct. Sclerine radially 1 µm, interradially 1.5-2.5 µm thick. Proximal side psilate, distal side with foveolae surrounded by ring-shaped thickenings, diam 1.5-2.5 µm.
Description based on 5 spores. Occurred at depths of 178.00 m, 208.00 m, 276.40 m, 303.40 m, 304.00 m, 311.40 m 326.00 m and 337.00 m.
Lit. Tschudy & Scott (1969): plate 2-1,fig. 13.

Type 296: *Cyathea* (cf. *Alsophila*) (Cyatheaceae). Plate 37. Diagram 1: curve 149.
Spore trilete, amb subtriangular concave to convex, radially symmetric, heteropolar, equatorial diam c. 27-41 µm. Laesurae extending almost to the equator, margo c. 1 µm wide. Sclerine 1-1.5 µm thick, proximally micro-reticulate, distally more coarsely reticulate (diam of the lumina 1-2 µm).
Occurred at a depth of 225.40 m.

Type 297: *Ophioglossum engelmannii* type (Ophioglossaceae). Plate 37. Diagram 1: included in curve 136.
Spore trilete, amb circular, radially symmetric, heteropolar, equatorial diam (50)55-73 µm. Laesurae 2/3 of the radius, margo none or indistinct. Sclerine (2)3-4 µm thick, reticulate with transitions to foveolate and fossulate sculpturing.
Description based on 3 spores.

Type 298: *Ophioglossum crotalophoroides* type (Ophioglossaceae). Plate 37. Diagram 1: included in curve 136.
Spore trilete, amb circular, radially symmetric, heteropolar, equatorial diam 42-58 µm. Laesurae 2/3 to 3/4 of the radius, margo none or indistinct. Sclerine 2-4 µm thick, fossulate to foveolate.
Lit. Heusser (1971): plate 3,18; Murillo & Bless (1974): plate 10,4; Markgraf & D'Antoni (1978): plate 2,26; Villagrán (1980): plate 1,11-13.

Type 299: Form type: *Lycopodium foveolate* (Lycopodiaceae). Plate 37. Diagram 1: curve 123, diagram 2: curve 49.
Spore trilete, amb subtriangular convex or circular, radially symmetric, equatorial diam (35)40-52 µm. Laesurae extending almost to the equator, no margo. Sclerine radially 1-1.5 µm, interradially (2)3-4 µm thick. Proximally psilate, distally foveolate.
Lit. Van der Hammen & González (1960 and 1963): plate 16,122; Murillo & Bless (1974): plate 8,5 and plate 9,4,6-9.

Type 300: *Lycopodium clavatum* type (Lycopodiaceae). Plate 38. Diagram 1: curve 125,126 (type 300+301), diagram 2: curve 50 (type 300+301).
Spore trilete, amb subtriangular convex to circular, radially symmetric, heteropolar, equatorial diam 43-51 µm. Laesurae extending almost to the equator, sometimes slightly undulating, no margo. Sclerine 1.5-2.5 µm thick, reticulate all over, muri (2)3-5 µm high.
Lit. Van der Hammen & González (1960 and 1963): plate 16,123; Graf (1979): plate 1,4.

Type 301: *Lycopodium jussiaei* type (Lycopodiaceae). Plate 38. Diagram 1: curve 124,126 (type 300+301), diagram 2: curve 50 (type 300+301).
Spore trilete, amb subtriangular convex, radially symmetric, heteropolar, equatorial diam 39-48 µm. Laesurae extending almost to the equator, no margo. Sclerine radially 1-1.5(2) µm, interradially (1.5)2-3 µm thick. Proximal side psilate, distal side with a spacious reticulum, muri (1.5)2-3.5(5) µm high.
Lit. Van der Hammen et al. (1973): plate 3,26.

Type 302: *Botrychium* (Ophioglossaceae). Plate 38. Diagram 1: curve 139.
Spore trilete, amb subtriangular convex, radially symmetric, heteropolar, equatorial diam 53-65 µm. Laesurae extending almost to the equator, no margo. Sclerine 1-1.5 µm thick, ornamented with flattened verrucae to rugulae, (3)4-6 µm high and greatest diam c. (4)5-12(14) µm.
Lit. Heusser (1971): plate 3,17.

Type 303: *Cyathea (Trichipteris) frigida* type (Cyatheaceae). Plate 38. Diagram 1: included in curve 130.
Spore trilete, amb subtriangular convex, radially symmetric, heteropolar, equatorial diam 35-58 µm. Laesurae extending almost to the equator, margo none or indistinct. Sclerine c. 1 µm thick, with (flattened) verrucae, tuberculae and platae (sometimes connected with each other over appreciable distances), (2)3-5(6) µm high; greatest diam of sculpture elements (3)5-15(28) µm, mostly proximally smaller than they are distally, lumina psilate or scabrate and of varying breadth.
Species of both subgenus *Alsophila* and subgenus *Trichipteris* (i.e., *Cyathea frigida*) are morphologically similar to this type. In the pollen diagrams no distinction is made between the types 303 and 304.
Lit. Van der Hammen & González (1960 and 1963): plate 17,128 (Verrutriletes 'type G'); Murillo & Bless (1974): plate 3,3,6-7; Gastony (1979): fig. 51.

Type 304: *Cyathea* (Cyatheaceae). Plate 38. Diagram 1: included in curve 130.
Spore trilete, amb subtriangular convex, radially symmetric, heteropolar, equatorial diam 34-58 µm. Laesurae extending almost to the equator, margo none or indistinct. Sclerine c. 1 µm thick, ornamented with often spherical tuberculae (verrucae), (2)3-5(7) µm high, greatest diam c. (2)4-8(12) µm, mostly proximally smaller than distally; lumina (if present) psilate.
Species of both subgenus *Alsophila* and subgenus *Trichipteris* are morphologically similar to this type. In the pollen diagrams no distinction is made between the types 303 and 304.
Lit. Van der Hammen & González (1960 and 1963): plate 17,127 (Verrutriletes 'type F'); Van der Hammen et al. (1973): plate 2,12 (Trilete type sp.7) and

plate 5,45 (Trilete type sp.10); Gastony (1979): fig. 54-56; Graf (1979): plate 1,1.

Type 305: Plate 38.
Spore trilete, amb subtriangular convex to circular, radially symmetric, equatorial diam c. 55-61 μm. Laesurae extending almost to the equator, slightly curving, margo indistinct, c. 1.5 μm wide with tenuous transverse grooves, bordered by scattered verrucae (diam 2-3 μm). Sclerine 1.5 μm thick; at the proximal side psilate with scattered verrucae, 2-3 μm high and a diam of 2-4 μm; near the equator thickened and forming coarse, more or less fused verrucae, greatest diam 6-11 μm; distally with annular to subverrucate thickenings, diam 2-5 μm.
Description based on a single spore. Occurred at a depth of 337.20 m.

Type 306. Plate 38.
Spore trilete, amb triangular with straight sides and flattened angles, radially symmetric, equatorial diam c. 40-50 μm. Laesurae undulating, extending almost to the equator, margo 3-4 μm wide with tenuous transverse grooves or margo indistinct. Sclerine 3-4 μm thick, distally with ridge-like thickenings. Ornamentation psilate, proximally with perforations or with cracks.
Description based on 3 spores. Occurred at depths of 162.40 m, 189.40 m, 189.80 m, 190.80 m, 191.40 m, 211.80 m, 214.80 m, 260.20 m, 280.40 m, 292.40 m, 295.80 m. 325.60 m, 338.40 m and 348.20 m.

Type 307: Plate 38. Diagram 1: curve 129.
Spore variable in morphological characters, trilete, amb subtriangular convex, asymmetric, heteropolar, equatorial diam 45-60 μm. Laesurae extending almost to the equator, undulating, margo (4)6-9 μm wide at the apex decreasing to 2-4(5) μm at the ends of the laesurae arms, smooth or with tenuous transverse or irregularly oriented grooves. Sclerine proximally psilate, scabrate or fossulate, sometimes with microperforations; near the equator with coarse thickenings vesiculate to tuberculate (greatest diam c. 7-15 μm), but often more or less fused; distally psilate, often with microperforations or cracks and irregularly scattered verrucae- or rugulae-like sclerine thickenings, sometimes forming 3 coarse ridges which meet at the angles.
Lit. Van der Hammen & González (1960 and 1963): plate 17,130 (Triletes 'type H'); Dueñas (1979): plate 2,13 (Trilete sp.13),14 (Trilete sp.18).

Type 308: cf. Cyatheaceae. Plate 39.
Spore trilete, amb subtriangular convex, radially symmetric, heteropolar, equatorial diam 32-41(48) μm. Laesurae extending almost to the equator, sometimes slightly undulating, no margo but sometimes a margo-like concentration (1-2 μm wide) of small verrucae. Sclerine c. 1 μm thick, verrucate, diam of the verrucae proximally 1-1.5(2) μm gradually increasing towards the equator (to 2-4 μm) and the distal side (to 5-7(8) μm), where the verrucae become indistinct.
In the pollen diagrams no distinction is made between the types 308 and 309.
Lit. Van der Hammen et al. (1973): plate 8,82 (Cyatheaceae type).

Type 309: *Cyathea* (cf. *Alsophila*) (Cyatheaceae). Plate 39. Diagram 1: included in curve 132.
Spore trilete, amb subtriangular convex, radially symmetric, heteropolar, equatorial diam 41-54 μm. Laesurae 3/4 of the radius or extending almost to the equator, margo wide, 3-6(8) μm near the apex decreasing to 2-3(5) μm at the ends of the laesurae arms, with an undulating rim and psilate surface. Sclerine (2)3-4(6) μm thick, psilate to indistinctly verrucate.
Description based on 5 spores. In the pollen diagrams no distinction is made between the types 308 and 309.

Type 310: *Lycopodium* (Lycopodiaceae). Plate 39. Diagram 1: curve 153.
Spore trilete, amb subtriangular convex to subcircular, radially symmetric, equatorial diam 46-55 μm. Laesurae ½ to 3/4 of the radius, margo 2-3 μm wide.

Sclerine radially 3-5 µm, interradially 1.5-2 µm thick. Heteropolar, proximally irregularly folded to form a coarse subrugulate pattern, and distally psilate to striate with microperforations.

Type 311: *Dennstaedtia* (Dennstaedtiaceae, Dennstaedtioideae). Plate 39. Diagram 1: curve 143.
Spore trilete, amb subtriangular concave, radially symmetric, equatorial diam 32-36 µm. Laesurae extending almost to the equator, margo 1.5-2.5 µm wide, consisting of more or less fused verrucae, sometimes with tenuous transverse grooves. Sclerine c. 1 µm thick, ornamented with verrucae, 1-3 µm high, diam proximally 1-3 µm, distally 3-7 µm.
Lit. Murillo & Bless (1974): plate 3,12 and 14.

Type 312: *Bartramia (?)* (Bartramiaceae, Musci). Plate 39.
Spore with elongated and curving and sometimes indistinct aperture, amb elongated, asymmetric, 44-62x55-74 µm. Wall thickenings along the aperture (2)4-7 µm wide with tenuous transverse grooves. Sclerine heavely thickened at the equator forming coarse verrucae and vesiculae, greatest diam (8)10-15(18) µm, distally rugulate, occasionally with microperforations.
Description based on 4 spores. Occurred at depths of 191.40 m, 198.80 m, 205.40 m, 225.40 m, 233.80 m, 333.00 m, 351.80 m, 354.00 m and 354.40 m.

Type 313: cf. *Phaeoceros* (Anthocerotaceae, Anthocerotae). Plate 39. Diagram 1: curve 142.
Spore trilete, amb subtriangular convex to elongated or circular, radially symmetric, equatorial diam 49-75 µm. Laesurae extending almost to the equator, margo 2-3 µm wide with transverse grooves, rarely smooth. Sclerine (1.5)2-3.5(5) µm thick; at the proximal side with scattered verrucae, diam c. 1 µm; distally scabrate or striate, provided with one central and (4)5-6 concentrical thinned areas (pseudo-pores). Diam of the pseudo-pores (6)8-10(13) µm, provided with an annular thickening of 1.5-2.5 µm thick.
Lit. Jarzen (1979): plate 4.

Type 314: Plate 39.
Spore trilete, amb subtriangular concave, radially or bilaterally symmetric, equatorial diam 32-37 µm. Laesurae extending almost to the equator, margo 1-2 µm wide with tenuous transverse grooves. Sclerine equatorially thickened to form 3 parallel coarse ridges of 2-4 µm thick around the spore. Psilate to scabrate.
Description based on 2 spores. Occurred at depths of 162.00 m and 171.80 m.

Type 315: Plate 39. Diagram 1: curve 145.
Spore trilete, amb subtriangular, straight to slightly convex, radially symmetric, equatorial diam 35-58 µm. Laesurae extending almost to the equator, curving, margo 4-5 µm wide near the apex, decreasing to 1.5-3 µm at the ends of the laesurae arms, with tenuous transverse grooves. Sclerine (2)3-5(7) µm thick; proximally fossulate with microperforations; distally fossulate, sometimes with microperforations, or a smooth sclerine of uneven thickness.
Lit. Van der Hammen et al. (1973): plate 2,16 (Trilete type sp.9).

Type 316: Plate 40.
Spore trilete, amb subtriangular concave to straight, radially symmetric, equatorial diam (41)44-50 µm. Laesurae (on proximal as well as distal side) extending almost to the equator, margo proximally 3-5 µm thick, smooth or consisting of fused subverrucate thickenings; distally margo absent, laesurae arms sometimes bordered by microperforations. Sclerine of irregular thickness varying near the equator between 3-5.5 µm; radial sclerine thickenings extended to form valvae, boarded by abruptly thinner sclerine parts which cross the laesurae arms. Ornamentation psilate or micro-verrucate.
Description based on 6 spores. Occurred at depths of 172.00 m, 194.40 m, 217.80 m, 219.40 m, 295.00 m, 302.60 m, 311.40 m, 327.40 m, 330.80 m, 338.20 m, 352.40 m and 353.80 m.

Type 317: cf. *Jamesonia* (Adiantaceae, Adiantioideae). Plate 40. Diagram 1: curve 146.
Spore trilete, amb subtriangular concave with more or less flattened angles, radially symmetric, equatorial diam 42-55 µm. Laesurae extending almost to the equator, margo 2-5 µm wide (thickest near the apex) with tenuous transverse grooves. Sclerine (1.5)2.5-6(7) µm thick; proximally with closely approximate microperforations; distally psilate, often distinctly provided with sclerine thickenings forming 3 coarse ridges which meet at the angles.

Type 318: Plate 40.
Spore trilete, amb subtriangular concave to straight, radially symmetric, equatorial diam 25-30(36) µm. Laesurae extending almost to the equator, margo c. 1 µm wide with tenuous transverse grooves or margo indistinct. Sclerine interradially 1-2 µm, radially 4-7 µm thick forming valvae, proximally with closely approximate microperforations, distally psilate.
Description based on 3 spores. Occurred at depths of 196.00 m, 348.40 m and 354.60 m.

Type 319: Plate 40.
Spore trilete, amb subtriangular concave with flat angles, radially symmetric, heteropolar, equatorial diam 40-58 µm. Laesurae extending almost to the equator, slightly curved, margo none or indistinct. Sclerine psilate, radially 4 µm thick forming radial thickenings, interradially 2.5-3 µm thick and bent to the distal side, forming interradial, distally-directed lobes; distal side with a band-like sclerine thickening following the curving, proximal equatorial outline, to form two parallel bands of 3-4 µm thick.
Description based on a single spore. Occurred at depths of 152.40 m and 312.80 m.

Type 320: Plate 40. Diagram 1: curve 135.
Spore trilete, amb subtriangular convex, radially symmetric. equatorial diam 43-58 µm. The 3 laesurae arms divide at ½ of the radius into 2 branches each extending almost to the equator to form pseudotori and pseudotoroid claws (see Kremp (1968): fig. 128); margo 1-3 µm wide, sometimes bordered by microperforations, or margo indistinct. Sclerine 1-3 µm thick, psilate.

Type 321: Plate 40.
Spore trilete, amb subtriangular convex, radially symmetric, heteropolar, equatorial diam 36-60 µm. Laesurae extending almost to the equator, no margo. Sclerine interradially 1-2 µm, radially (1.5)2-3.5(5) µm thick forming radial thickenings, psilate; a subtriangular convex sclerine thickening, diam 22-37 µm, covers the central part of the proximal side; this subtriangular sclerine thickening fossulate and with cracks.
Description based on 9 spores. Occurred at depths of 154.20 m, 175.00 m, 277.00 m, 288.20 m, 300.00 m, 309.40 m, 314.40 m, 319.60 m, 319.80 m, 320.60 m and 325.00 m.
Lit. Dueñas (1979): plate 2,4-5 (Trilete type sp.7).

Type 322: *Isoetes boyacensis* type (Isoetaceae). Plate 40. Diagram 1: curve 157, diagram 2: curve 51.
Spore monolete, laterally plano-convex to biconvex, amb elliptical, bilaterally symmetric, heteropolar. Laesurae 3/4 to 4/4 of the length of the spore, no margo. Sclerine 0.5-1.2 µm thick, scabrate to rugulate. Size (with perine): (l) 36-48(58)x(h)24-35x(b)c. 42 µm; size (without perine): (l)29-36(44)x(h)18-23x(b) c. 25 µm.
Lit. Van der Hammen & González (1960 and 1963): plate 18,137 (*Isoetes*); Murillo & Bless (1978): plate 8,49; Graf (1979): plate 1,3 (*Isoetes*).

Type 323: *Asplenium serra* type (Aspleniaceae, Asplenioideae). Plate 40.
Spore monolete, laterally plano-convex, amb elliptical, bilaterally symmetric, heteropolar. Laesurae c. 3/4 of the length of the spore (without perine), no margo. Sclerine c. 3 µm thick, densely covered with short hairs (fimbriate);

perine 5-7 µm high, 1 µm thick, strongly curved and contracted into large lobe-like processes. Size (with perine): (l)53x(h)35 µm; size (without perine): (l) 39x(h)21 µm.
The record of this rare type is incomplete. Occurred at a depth of 261.80 m.
Lit. Murillo & Bless (1978): plate 2,12.

Type 324: *Hypolepis hostilis* type (Dennstaedtiaceae, Dennstaedtioideae). Plate 40. Diagram 1: curve 162.
Spore monolete, laterally plano-convex to slightly biconvex or concavo-convex, amb elliptical, bilaterally symmetric, heteropolar. Laesurae c. 3/4 of the length of the spore, no margo. Sclerine 1-1.5(2) µm thick with crowded sculpturing of scabrae, irregular verrucae and rugulae. Size (with perine): (l)37-53(61) x(h)34-40(50) µm; size (without perine): (l)32-45(53)x(h)19-35(46) µm.
Lit. Murillo & Bless (1978): plate 7,43.

Type 325: Form type: Monolete psilate < 65 µm. Plate 40. Diagram 1: curve 158, diagram 2: curve 52.
All monolete psilate spores smaller than 65 µm are included in this form type. As illustrated by Murillo & Bless (1978), numerous genera may contribute to this curve.
Lit. Van der Hammen & González (1960 and 1963): plate 18,135-135 (*Psilamonoletes*); Murillo & Bless (1978).

Type 326: Form type: Monolete psilate > 65 µm. Plate 40. Diagram 1: curve 159.
Spores monolete, laterally plano-convex to concavo-convex, amb elliptical to elongated, bilaterally symmetric, heteropolar. Laesurae (1/3)3/4 to the full length of the spore, margo (1.5)2-3 µm wide or indistinct. Sclerine (1.5)2-3(4) µm thick, psilate. Size: (l)(64)72-90(132)x(h)38-56x(b)42-65 µm.
According to the spore sizes recorded by Murillo & Bless (1978) the genera *Loxoscaphe* and *Vittaria* may contribute to this form type, whereas the spore size ranges of the genera *Elaphoglossum* and *Thelypteris* are usually below 65 µm.
Lit. Heusser (1971): plate 5,32; Murillo & Bless (1978).

Type 327: *Thelypteris* (Thelypteridaceae). Plate 41. Diagram 1: curve 163.
Spore monolete, laterally plano-convex to concavo-convex, amb elliptical, bilaterally symmetric, heteropolar. Laesurae 2/3 to 3/4 of the length of the spore, margo (0.5)1-1.5(2) µm wide. Sclerine 1-1.5(2) µm thick, psilate; perine with crowded hairs (fimbriate). Size (with perine): (l)38-52x(h)26-39 µm; size (without perine): (l)(30)36-45x(h)20-33 µm.
Lit. Van der Hammen et al. (1973): plate 8,84 (Monolete "echinate").

Type 328: Form type: Monoletes verrucate > 65 µm. Plate 41. Diagram 1: curve 161.
All monolete verrucate spores longer than 65 µm are included in this type.
Spores monolete, laterally plano-convex to concavo-convex, amb elliptical, bilaterally symmetric, heteropolar. Laesurae (½)2/3 to 3/4 of the length of the spore, margo none or indistinct (sometimes 2-3 µm wide). Sclerine (1.5)3-5 µm thick (ornamentation included), verrucate; diam of the verrucae (2)3-8(12) µm proximally smaller than distally. Size: (l)(65)70-85(100)x(h)42-58x(b)50-65(77) µm.
The spores vary in their morphology and probably belong to different taxa. According to the spore sizes recorded by Murillo & Bless (1978) the genus *Polypodium* may belong to this form type.
Lit. Van der Hammen & González (1960 and 1963): plate 18,133 (*Verrumonoletes*); Heusser (1971): plate 4,30; Murillo & Bless (1978).

Type 329: Form type: Monoletes verrucate < 65 µm. Plate 41. Diagram 1: curve 160, diagram 2: curve 53.
Apart from the size measurements the description of this type is identical with type 328.
Lit. Van der Hammen & González (1960 and 1963): plate 18,134 (*Verrumonoletes*);

Tschudy & Tschudy (1965): fig. 139-140; Heusser (1971): plate 5,37-38; Markgraf & D'Antoni (1978): plate 3,24; Murillo & Bless (1978).

Type 330: *Histiopteris incisa* type (Dennstaedtiaceae, Dennstaedtioideae). Plate 41.
Spore monolete, laterally plano-convex to concavo convex, amb elliptical, bilaterally symmetric, heteropolar. Laesurae ½ to 3/4 (sometimes over 3/4) of the length of the spore, no margo. Sclerine c. 1 µm thick, ornamented with smooth, flattened rugulae and platae, which are partly fused and 2-3.5 µm high. Size: (l)44-65(76)x(h)33-53x(b)32-48 µm.
Description based on 4 spores. Occurred at depths of 148.40 m, 149.20 m, 156.40 m, 176.80 m, 179.40 m, 199.40 m, 208.80 m. 215.40 m, 218.80 m, 236.60 m, 241.40 m, 269.40 m, 290.80 m, 291.40 m, 304.40 m and 316.80 m.
Lit. Murillo & Bless (1978): plate 7,41.

Type 331: Plate 41.
Spore monolete, laterally probably plano-convex, amb elliptical, bilaterally symmetric, heteropolar. Laesurae c. 3/4 of the length of the spore, margo c. 1.5 µm wide. Sclerine 1-1.5 µm thick, ornamented with pilae-, rugulae- and/or echinae-like elements of 4-5 µm high, covered by a hyaline, perine-like membrane. Size without ornamentation: (l)47-49x(b)35-40 µm; size with ornamentation: (l)57-60x(b)44-48 µm.
Description based on a single spore. Occurred at depths of 204.00 m and 256.40 m.

Type 332: *Polypodium* (Polypodiaceae, Polypodioideae). Plate 41.
Spore monolete, laterally concavo-convex, amb elliptical, bilaterally symmetric, heteropolar. Laesurae 3/4 of the length of the spore, probably with a margo of c. 1 µm wide. Sclerine c. 1 µm thick, ornamented with verrucae of two size classes: verrucae with a diam of 1-2 µm all over the surface and verrucae (tubercula) with a diam of 4-8 µm and 2-3.5 µm high scattered over the surface. Size (verrucae included): (l)48-70x(h)c. 47x(b)c. 33 µm.
Description based on 2 spores. Occurred at depths of 313.20 m and 337.00 m.
Lit. Villagrán (1980): plate 3,35.

Type 333: *Polypodium adnatum* type (Polypodiaceae, Polypodioideae). Plate 41.
Spore monolete, laterally concavo-convex to plano-convex, amb elliptical, bilaterally symmetric, heteropolar. Laesurae 3/4 of the length of the spore, margo none or indistinct. Sclerine 1-1.5 µm thick, ornamented with scattered verrucae to gemmae-like elements , diam 1-3(4) µm and 1-3 µm high; covered by a perine membrane. Size with ornamentation: (l)49x(h)32 µm; size without ornamentation: (l)42x(h)27 µm.
Description based on a single spore. The record of this type is incomplete. Occurred at a depth of 256.10 m.
Lit. Murillo & Bless (1978): plate 12,68.

Type 334: *Pleopeltis (Microgramma) ciliata* type (Polypodiaceae, Pleopeltioideae). Plate 42. Diagram 1: curve 172.
Spore monolete, laterally plano-convex to concavo-convex, amb elliptical, bilaterally symmetric, heteropolar. Laesurae ½ to 3/4 of the length of the spore, margo 1-2 µm wide. Sclerine c. 1 µm thick, with crowded angular verrucae, diam (1)1.5-3(4) µm, 2-3 µm high. Size (verrucae included): (l)48-62x(h)34-50 µm.
Type 334 is contaminated with other monolete and verrucate types and does not constitute a reliable taxonomic group.
Lit. Murillo & Bless (1978): plate 10,58.

Type 335: *Polypodium aureum* type (Polypodiaceae, Polypodioideae). Plate 42.
Spore monolete, laterally concavo-convex to slightly biconvex, amb elliptical, bilaterally symmetric, heteropolar. Laesurae c. 3/4 of the length of the spore, margo c. 1.5 µm wide or indistinct. Sclerine c. 1 µm thick, distally and equatorially ornamented with large tubercula of 3-7 µm diam and 3-5 µm high, proximally with more indistinct verrucae-like thickenings. Size with tubercula:

(l)48-58x(h)34-39 μm; size without tubercula: (l)40-50x(h)25-31 μm. Description based on 3 spores. Occurred at depths of 140.20 m, 146.20 m, 147.80 m, 157.40 m, 158.40 m, 194.40 m, 210.80 m, 231.40 m and 248.00 m.
Lit. Murillo & Bless (1978): plate 12,71.

Type 336: cf. Schizaeaceae. Plate 42. Diagram 1: curve 173.
Spore monolete, laterally strongly concavo-convex, amb elongated, bilaterally symmetric, heteropolar. Laesurae 3/4 of the length of the spore, margo 2 μm wide, bordered by small perforations forming a serrated rim. Sclerine c. 1.5 μm thick, densely perforated all over, diam of perforations c. 1 μm. Size (l)42x(b) 27 μm.
Description based on a single spore. The record of this type is incomplete. Occurred at a depth of 285.60 m.

Type 337: *Cystopteris* (Aspleniaceae, Athyrioideae) - *Hypolepis* (Dennstaedtiaceae, Dennstaedtioideae). Plate 42. Diagram 1: curve 165.
Spore monolete, laterally plano-convex to biconvex, amb elliptical to elongated, bilaterally symmetric, heteropolar. Laesurae (½)3/4 to 4/4 of the length of the spore, no margo. Sclerine 1-1.5(2) μm thick, echinate, sometimes slightly baculate; length of the echinae 3-6(7) μm with a broad base. Size (without echinae): (l)32-40x(h)(18)23-28x(b)c. 20 μm.
Lit. Van der Hammen et al. (1973): plate 1,4 (Monolete 'echinate'); Markgraf & D'Antoni (1978): plate 1,10 and 13; Murillo & Bless (1978): plate 5,28, plate 7, 42,44-45 and plate 8,46; Villagrán (1980): plate 2,22-23.

Type 338: *Paesia viscosa* (Dennstaedtiaceae, Dennstaedtioideae). Plate 42. Diagram 1: curve 174.
Spore monolete, laterally biconvex, amb elliptical, bilaterally symmetric, heteropolar. Laesurae 3/4 to 5/6 of the length of the spore, no margo. Sclerine (1)1.5-2(3) μm thick, scabrate; perine strongly folded and crowded with tenuous rugulae and scabrae, perine 0.5-1 μm thick. Size (with perine): (l)53-70x(h)(39) 44-54 μm; size (without perine): (l)48-61x(h)29-41 μm.
Description based on 6 spores.
Lit. Kremp & Kawasaki (1972): fig. 74.

Type 339: Plate 42. Diagram 1: curve 173.
Spore monolete, laterally concavo-convex, amb elliptical, bilaterally symmetric, heteropolar. Laesurae extending along the full length of the spore, margo 2 μm wide. Sclerine 2-2.5 μm thick, finely fossulate with some scattered perforations all over. Size: (l)55x(b)38 μm.
Description based on a single spore. Occurred at a depth of 336.60 m.

Type 340: *Blechnum (Salpichlaena) volubilis* type (Blechnaceae). Plate 42. Diagram 1: curve 171.
Spore monolete, laterally concavo-convex to plano-convex, amb elliptical, bilaterally symmetric, heteropolar. Laesurae ½ to 3/4 of the length of the spore, no margo. Sclerine 1.5-2.5 μm thick, ornamented with thin rugulae mostly closed to form subannulate structures. Gemmae with a diam of (1.5)2-6(8) μm, scattered over the surface. Size (gemmae excluded): (l)61-74x(h)45-53x(b)49-54 μm.
Description based on 6 spores.
Lit. Tschudy & Tschudy (1965): fig. 117.

Type 341: cf. *Schizaea* (Schizaeaceae). Plate 42.
Spore monolete, laterally concavo-convex to plano-convex, amb elliptical with flattened angles, bilaterally symmetric, heteropolar. Laesurae 3/4 of the length of the spore, margo 1.5-2.5 μm wide. Sclerine (1)1.5-2(3) μm thick, densely perforated all over, diam of the perforations 0.5-1.5 μm. Size: (l)56-64x(h)c. 44x (b)47-56 μm.
Type 426 is very similar but has perforations in a subreticulate pattern, forming subverrucate thickenings in between. According to M.T. Murillo (Bogotá) the genus *Schizaea* does not occur in the Bogotá area at present. Possibly this type

was redeposited from older sediments. Description based on 3 spores. The record of this type is incomplete. Occurred at depths of 304.60 m, 313.00 m and 354.40 m.

Type 342: *Cystopteris diaphana* type (Aspleniaceae, Athyrioideae). Plate 43. Diagram 1: included in curve 164.
Spore monolete, laterally biconvex, amb elliptical, bilaterally symmetric, heteropolar. Laesurae ½ of the length of the spore, no margo. Sclerine c. 1 µm thick; perine densely wrinkled, forming wing-like membranous flanges of 4-5 µm high; scabrate. Size (without perine): (l)c. 30x(b)c. 22 µm.
Description based on a single spore. The record of this type is incomplete. Occurred at a depth of 28.00 m.

Type 343: *Elaphoglossum cuspidatum* type (Aspleniaceae, Elaphoglossoideae). Plate 43. Diagram 1: included in curve 164.
Spore monolete, laterally plano-convex to slightly biconvex, amb elliptical, bilaterally symmetric, heteropolar. Laesurae c. ½ to 3/4 of the lenth of the spore, no margo. Sclerine 1(1.5) µm thick, psilate; perine folded into more or less discrete, short membranous lobes of 4-6 µm high, psilate. Size (without perine): (l)c. 37x(h)c. 26x(b)c. 23-25 µm.
Description based on 6 spores.
Lit. Murillo & Bless (1978): plate 5,34.

Type 344: Plate 43.
Spore monolete, laterally biconvex, amb elliptical, bilaterally symmetric, heteropolar. Laesurae c. 3/4 of the length of the spore, no margo. Sclerine 1 µm thick, psilate; perine adpressed to the spore with some low (1-2 µm) striate ridges, scabrate. Size (without perine): (l)c. 31x(h)c. 22 µm.
Description based on a single spore. The record of this type is incomplete. Occurred at a depth of 227.00 m.

Type 345: *Thelypteris* (Thelypteridaceae). Plate 43. Diagram 1: included in curve 164.
Spore monolete, laterally plano-convex to biconvex, amb elliptical, bilaterally symmetric, heteropolar. Laesurae about as long as the spore, margo none or indistinct. Sclerine c. 1 µm thick, psilate; perine adpressed to the spore with irregular folds of 1.5-4(5) µm high, psilate to scabrate. Size (without perine): (l)35-44x(b)24-30 µm
Description based on 3 spores. The record of this type is incomplete. Occurred at depths of 192.00 m, 234.00 m and 287.00 m.

Type 346: *Thelypteris* (Thelypteridaceae). Plate 43.
Spore monolete, laterally plano-convex, amb elliptical, bilaterally symmetric, heteropolar. Laesurae c. 3/4 of the length of the spore, probably no margo. Sclerine (1)1.5-2.5 µm thick, adpressed to the spore; perine finely echinate, with large folds at intervals forming crests of (3)4-6(8) µm high which bear a series of echinae at the top. Size (without perine): (l)36-56x(h)23-45 µm.
Description based on 5 spores. Occurred at depths of 198.00 m, 265.00 m, 270.20 m, 271.40 m and 314.20 m.
Lit. Murillo & Bless (1978) plate 16,87.

Type 347: *Asplenium* (Aspleniaceae, Asplenioideae). Plate 43. Diagram 1: included in curve 170.
Spore monolete, laterally biconvex to plano-convex, amb elliptical, bilaterally symmetric, heteropolar. Laesurae c. 3/4 of the length of the spore, probably no margo. Sclerine (1)1.5-2 µm thick; perine adpressed to the spore, psilate, with crowded, short, undulating, membranous ridges of 3-5 µm high. Size (without perine): (l)44-49x(h)28-30 µm
Description based on 3 spores. Occurred with certainty at depths of 282.40 m, 303.40 m and 319.20 m.

Type 348: *Ctenitis* (Aspleniaceae, Tectarioideae). Plate 43. Diagram 1: included in curve 170.
Spore monolete, laterally biconvex to plano-convex, amb elliptical, bilaterally symmetric, heteropolar. Laesurae c. 3/4 of the length of the spore, no margo. Sclerine 1-1.5 μm thick, psilate; perine adpressed to the spore, psilate, with prominent short striate ridges of 1-3 μm high. Size (without perine): (l)32-35x (h)c. 26x(b)c. 23 μm.
Description based on 5 spores.

Type 349: *Ctenitis subincisa* type (Aspleniaceae, Tectarioideae). Plate 43.
Spore monolete, laterally plano-convex to biconvex, amb elliptical, bilaterally symmetric, heteropolar. Laesurae c. 3/4 of the length of the spore, margo obscure. Sclerine 1-1.5 μm thick, psilate; perine adpressed to the spore with prominent striate ridges of c. 0.5 μm high; ridges provided with echinae of 1-2 μm high. Size (without perine): (l)c. 40x(h)c. 32 μm.
Description based on a single spore. The record of type 349 is restricted to only a few spores (at e.g., 280.80 m) erroneously included in curve 170.
Lit. Murillo & Bless (1978): plate 4,26.

Type 350: *Elaphoglossum* (Aspleniaceae, Elaphoglossoideae) - *Hemidictyum* (Aspleniaceae, Athyrioideae). Plate 43. Diagram 1: curve 167.
Spore monolete, laterally plano-convex to slightly biconvex, amb elliptical, bilaterally symmetric, heteropolar. Laesurae 3/4 to 4/4 of the length of the spore, margo c. 1 μm wide or absent. Sclerine 1-1.5 μm thick, psilate; perine mostly perforate (sometimes scabrate to psilate) with large elliptical or more irregularly shaped holes (greatest diam 8-25 (40) μm), bordered by a slight perine thickening. Size (without perine): (l)39-55(61)x(h)(23)26-37(42) μm.

Type 351: *Athyrium dombeyi* type (Aspleniaceae, Asplenioideae). Plate 44.
Spore monolete, laterally concavo-convex, amb elliptical, bilaterally symmetric, heteropolar. Laesurae c. ½ of the length of the spore, no margo. Sclerine 1-1.5 μm thick, psilate; perine adpressed to the spore, reticulate, diam of lumina 1-4 μm, muri less than 1 μm high. Size: (l)c. 43x(b)c. 35 μm.
Description based on a single spore. Occurred at depths of 149.00 m and 325.00 m.
Lit. Murillo & Bless (1978): plate 2,14.

Type 352: cf. *Meesia* (Meesiaceae, Musci). Plate 44. Diagram 1: curve 166.
Spores bilaterally symmetric, laterally plano-convex to concavo-convex, aperture slit-shaped, sometimes split or indistinct. Wall c. 2.5-4 μm thick, ornamented with small circular baculae, 0.7 μm in diam and 1.5-3 μm long forming a distinct pilate pattern. Size 31-35x37-48 μm.
Lit. Boros & Jarai-Komlodi (1975): plate 128.

Type 353: Plate 44. Diagram 1: curve 169.
Spores 'syn-laesurate', laterally plano-convex to concavo-convex, amb elongated, asymmetric, heteropolar. Laesurae branched in several places, running all over the spore and anastomosing again, everywhere bordered by a margo of 1.5-3 μm wide. Sclerine 1.5-3 μm thick, verrucate to scabrate. Size: (l)47-68x(h)27-38 μm.
Description based on 4 spores.

Type 354: *Gelasinospora retispora* type (Sordariaceae). Plate 44.
Ascospores ellipsoid to ovoid, 36x26 μm. Spores dark brown, ornamented with 2-4 μm wide, hyaline pits, forming a reticulum.
Identification by W. Gams. Occurred at depths of 248.40 m, 252.80 m, 256.60 m, 321.20 m, 322.20 m, 334.10 m, 334.30 m, 334.40 m, 334.48 m, 334.83 m, 335.01 m, 336.20 m, 348.80 m and 356.80 m.
Lit. Van Geel (1976b): fig. 2a,b; Matsushima (1975): plate 398.

Type 355: *Sphaerodes* (Melanosporaceae). Plate 44.
Ascospores flattened at the poles, more or less bilaterally symmetric, 27x18 μm, more or less isopolar with 2 polar germ pores, 3-4 μm in diam. Spores dark brown,

ornamented with 1.5-4 µm wide hyaline pits, forming an irregular reticulum. Description based on a single spore. Identification by J.A. von Arx (Baarn). Occurred at a depth of 339.40 m.
Lit. Dueñas (1979): plate 3,11-12 (*Microthecium* type).

Type 356: *Sphaerodes* (Melanosporaceae). Plate 44.
Ascospores ellipsoidal with protruding poles, asymmetrical, 25x14 µm, with germ pores (1.5 µm in diam) at the poles. Spores dark brown, ornamented with 1.5-3 µm wide hyaline pits, forming an irregular reticulum.
Description based on a single spore. Identification by J.A. von Arx (Baarn). Occurred at a depth of 295.60 m.

Type 357: cf. *Ulospora* D.Hawksw.,Malloch & Sivanesan (Testudinaceae). Plate 44.
Ascospores more or less ellipsoid more pointed at one pole, 17(21)x15 m. Spores dark brown with 7 parallel slit-shaped furrows c. 7 m long.
Description based on 2 spores. Identification by W. Gams (Baarn). Occurred at depths of 185.00 m, 257.80 m and 259.20 m.

Type 358: Plate 44.
Ascospores spherical, diam c. 18 µm. Spores dark brown, with hyaline areas 5-10 µm in diam and with 5-6 edges, often with a central pore.
Description based on a single spore. Occurred at depths of 303.80 m and 313.20 m.
Lit. Dueñas (1979): plate 3,17 (Gr. Insert. sed. IV).

Type 359: *Gelasinospora adjuncta* Cain (Sordariaceae). Plate 44. Diagram 1: curve 176.
Ascospores ellipsoid, 27(35)x15(18) µm. Spores almost black, evenly ornamented with c. 1 µm wide circular hyaline pits.
Identification by W. Gams (Baarn).
Lit. Van Geel (1972): type 1; Van Geel (1976b): type 1; Dueñas (1979): plate 3,1; Van Geel et al. (1980-81): plate 1,type 1.

Type 360: Form species: *Spirotremesporites ecuatorialis* Dueñas 1979. Plate 44. Diagram 1: curve 177.
Ascopores ellipsoid, 19-21x10-12 µm. Spores dark brown, ornamented with c. 12 slit-shaped, helically arranged, c. 6 µm long furrows in the equatorial part of the spore.
Description based on 3 spores.
Lit. Dueñas (1979): plate 3,9-10.

Type 361: *Neurospora* (Sordariaceae)(Syn. form type: *Striadyadosporites elongatus* Dueñas 1979). Plate 44. Diagram 1: curve 178.
Ascospores uniseptate, elongate, c. 29x9 µm. Spores dark brown, ornamented with more or less parallel striae.
Description based on 4 spores. Identification by J.A. von Arx (Baarn).
Lit. Dueñas (1979): plate 3,8.

Type 362: Form type: *Spirotremesporites simplex* Dueñas 1979. Plate 44.
A group of non-septate ascospore types, oblong to ellipsoid, c. 32-52x12-19 µm. Spores dark brown, ornamented with one or more (3-6) helical furrow(s) all over. Description based on 5 spores. Occurred at depths of 103.00 m, 221.00 m, 234.80 m, 256.80 m, 259.80 m, 263.00 m, 273.80 m, 298.40 m, 302.80 m and 338.00 m.
Lit. Dueñas (1979): plate 3,3-7.

Type 363: Plate 44.
Group of ascospore or conidial types, 3-5-septate, sometimes slightly curved, c. 28-60x11-24 µm. Brown, terminal cells often hyaline.
Description based on 5 conidia. Occurred at depths of 142.00 m, 147.80 m, 170.40 m, 204.40 m, 215.00 m, 237.60 m, 297.00 m, 312.20 m, 318.40 m, 320.40 m, 332.20 m and 332.60 m.
Lit. Related types are illustrated by Van Geel (1972): type 14,17,20-21,25 and

Van Geel (1976): type 14,17,20,25b,99.

Type 364: cf. *Stemphylium* (Hyphomycetes). Plate 44. Diagram 1: curve 179.
Muriform conidia, 23-28x16-18 μm, consisting of 5-7 layers of brown cells (diam 3-6 μm).
Description based on 4 conidia. Van Geel (1976) described related types.
Lit. Matsushima (1975): plate 67; Van Geel (1976b): type 92a,b.

Type 365: Plate 44.
Probably a monolete spore; equatorial limb subquadratic, 31-36x35-40 μm with a more or less diagonally situated laesurae. With or without margo. Sclerine scabrate to psilate.
Description based on 2 spores. Occurred at depths of 143.60 m and 248.80 m.

Type 366: cf. *Sphagnum* (Sphagnaceae, Musci). Plate 44.
A quadrilete spore; equatorial limb subquadratic, 37x46 μm. Sclerine psilate, 2-3 μm thick.
Description based on a single spore. Erdtman (1957) illustrates a deviating quadrilete (tetrachotomolaesurate) spore of *Sphagnum fimbriatum* to which this type has a strong affinity. Occurred at a depth of 155.40 m.
Lit. Erdtman (1957): fig. 246.

Type 367: *Hiospira* (Hyphomycetes). Plate 45. Diagram 1: curve 181.
Fragments of multiseptate, unbranched and straight, pale brown and cylindrical conidiophores with coarsely reticulate walls. Filaments 6-10 μm thick.
According to Ellis (1971), the *Hiospira* state of *Brooksia tropicalis* Hansf. occurs on leaves of many different plants, often in association with other fungi; very common in the moist tropics.
Lit. Ellis (1971): fig. 130.

Type 368: *Pleospora* sect. *Montagnula* (Pleosporaceae, Dothidiales). Plate 45. Diagram 1: curve 182.
Ascospores oblong, 57-109x22-35 μm with 8-12 transverse and one to several longitudinal septa (especially in the central segments).
Description based on 7 spores. Identification by J.A. von Arx (Baarn). Species of *Pleospora* occur typically on dead plant remains (Van Geel, 1976).
Lit. Van Geel (1976b): type 3B.a.

Type 369: *Gaeumannomyces* cf. *caricis* J.Walker (Diaporthaceae). Plate 45. Diagram 1: curve 183.
Hyphopodia dark brown, irregular in outline, always with blunt lobes, 26-31x 19-26 μm. A prominent clear spot of 1.5-3 μm diam in the central area, representing the point of host penetration.
Description based on 5 specimens. Identification by W. Gams (Baarn). Pals et al. (1980) found an obvious correlation of *Gaeumannomyces* and local *Carex* species. Von Arx (pers.comm.) suggested the more common genus *Colletotrichum*.
Clasterosporium (Ellis (1976): p.122) has a similar morphology and may be included in this type.
Lit. Pals et al. (1980): type 126.

Type 370: Plate 45. Diagram 1: curve 184.
Spores more or less spherical, diam 8-10 μm, ornamented with very slender spines 1-3 μm long. Spores brown with one pore of 1.5-2.5 μm diam, emphasized by an annular thickening.
Description based on 5 spores.
Lit. Duenas (1979): plate 3,16 (Gr. Insert. sed. III); Bakker & Van Smeerdijk (1981): type 755.

Type 371: cf. *Athelia* (Corticiaceae). Plate 45. Diagram 1: curve 185.
Bulbils more or less flattened in one plane, diam 70-120 μm with septa in all directions forming a large number of cells of 5-10 μm diam. Spores dark brown.
Description based on 5 specimens. Identification by W. Gams (Baarn).

Type 372: *Tetraploa aristata* Berk. & Br. (Hyphomycetes). Plate 45. Diagram 1: curve 186.
Conidia brown, verrucose. consisting of 4 columns of 4 cells each column terminating in a septate, hyaline appendage.
Description based on 6 conidia. *T.aristata* is a wide-spread fungus, usually found on leaf bases and stems just above the soil (Van Geel, 1976).
Lit. Ellis (1971): fig. 22; Van Geel & Van der Hammen (1973): plate 2,17; Van Geel (1976b): type 89.

Type 373: *Helicoon pluriseptatum* Van Beverwijk (Hyphomycetes). Plate 45.
Conidia helically coiled forming a biconical spore body, diam 27-40 µm, colourless to brown. Filaments smooth, multiseptate, 4.5-6 µm wide.
Description based on 3 conidia. Identification by W. Gams (Baarn). Occurred at depths of 130.00 m, 187.00 m, 228.00 m, 332.80 m and 354.00 m.
Lit. Ellis (1971): fig. 127; Van Geel (1976b): type 30; Van Geel et al. (1980-81): plate 2,type 30.

Type 374: *Neurospora* (Sordariaceae). Plate 45.
Ascospores ellipsoid, 19x14 µm, brown, ornamented with more or less parallel superficial ridges running from pole to pole, partly anastomosing near the poles.
Description based on 2 spores. Identification by W. Gams (Baarn).
Occurred at depths of 208.00 m and 211.00 m.

Type 375: Plate 45. Diagram 1: curve 187.
Spores more or less spherical (16)22-29x(13)20-26 µm. Spore wall hyaline, c. 1 µm thick with 0.5 µm wide grooves forming helices all over. Grooves on both sides emphasized by ridges of 0.5-1.5 µm high and 0.5 µm wide.
Description based on 6 spores.

Type 376: cf. *Leskea* (Leskeaceae, Musci). Plate 45.
Spores subellipsoid, 12x16 µm. Spores remaining in tetrads. Wall c. 0.8 µm thick, ornamented by a dotted pattern more or less irregularly distributed over the surface.
Description based on a single spore. Occurred at depths of 184.40 m, 224.40 m, 228.40 m, 241.80 m and 335.40 m.
Lit. Boros & Jarai-Komlodi (1975): plate 159.

Type 377: Bryophyta. Plate 45.
Spores ellipsoid, c. 19x23 µm with a slit-shaped aperture c. 5 µm long. Wall c. 0.6 µm thick, ornamented by a coarse pattern of densely spaced verrucae and bullae of widely different diam (0.5-1.5 µm).
Description based on a single spore. Occurred at a depth of 170.80 m.

Type 378: *Weissia (?)* (Pottiaceae, Musci). Plate 45.
Spores subellipsoid, 19-22x22-25 µm, aperture indistinct. Wall c. 1.5-2 µm thick, ornamentation included. Ornamentation densely spaced consisting of baculi and verrucae of irregular size (greatest diam 0.8-3 µm) and shape (isodiametric to elongate and angular in cross section).
Description based on 2 spores. Occurred at depths of 171.80 m and 228.40 m.
Lit. Boros & Jarai-Komlodi (1975): plate 66.

Type 379: *Drepanocladus (?)* (Amblystegiaceae, Musci). Plate 45.
Spores spherical, diam c. 25 µm, probably inaperturate. Wall c. 0.8 µm thick, ornamented by small baculum-like processes of c. 0.3 µm diam.
Description based on a single spore. Occurred at a depth of 163.80 m.
Lit. Boros & Jarai-Komlodi (1975): plate 183.

Type 380: *Rhodobryum (?)* (Bryaceae, Musci). Plate 45.
Spores spherical, diam c. 19 µm with a slit-shaped aperture. Wall c. 1.5 µm thick, consisting of two layers separated by densely spaced, rod-like processes of c. 1 µm long and less than 0.5 µm diam.
Description based on 2 spores. Occurred at depths of 206.80 m and 237.80 m.
Lit. Boros & Jarai-Komlodi (1975): plate 119.

Type 381: *Bartramia (?)* (Bartramiaceae, Musci). Plate 45.
Spores more or less spherical, (17)19x21 µm, processes included. Wall c. 3 µm thick, inclusive of the ornamentation which consists of big elliptical, rounded and curved, densely spaced lirae, 1.5-5(8) µm long.
Description based on 2 spores. Occurred at depths of 100.00 m, 197.80 m, 214.80 m and 284.20 m.

Type 382: *Breutelia (?)* (Bartramiaceae, Musci). Plate 45. Diagram 1: curve 188.
Spores more or less spherical, diam 27 µm ornamentation included. Aperture indistinct. Wall c. 1 µm thick (ornamentation excluded), ornamented with coarsely and densely spaced, smooth verrucae, of irregular shape and size (diam 1.5-4 µm, 2.5-5 µm high).
Description based on 2 spores.

Type 383: *Bryum (?)* (Bryaceae, Musci). Plate 45.
Spores subellipsoid, c. 35x40 µm with a slit-shaped aperture. Wall c. 1.5-2 µm thick, the asperate ornamentation included (elements 0.5-1.5 µm diam, but often more or less fused).
Description based on a single spore. Occurred at a depth of 275.60 m.

Type 384: *Dicranella (?)* (Dicranaceae, Musci). Plate 46. Diagram 1: curve 190.
Spores more or less spherical, diam c. 19-24 µm. Aperture trilete, ornamentation asperate.
Description based on a single spore.
Lit. Boros & Jarai-Komlodi (1975): plate 43.

Type 385: *Tilletia sphagni* (Ustilaginales). Plate 46. Diagram 1: curve 189.
Spores globose, diam 15-23 µm, appearing reticulate but sculpturing consisting of anastomosing grooves. Greatest distance between the grooves 4-8 µm. Wall 1.5-2 µm thick.
Lit. Van Geel (1976b): type 27.

Type 386: Bryophyta. Plate 46.
Spores spherical, diam c. 11 µm (diam 14 µm ornamentation included). Aperture indistinct. Wall c. 0.6 µm thick, ornamented with densely spaced baculi of 1.4-2 µm long and c. 0.6-0.8 µm diam.
Description based on 2 spores. Occurred at a depth of 338.80 m.

Type 387: Plate 46.
Spores spherical to ellipsoid, 21-25x24-28 µm. Aperture distinctly delimited, mostly 5-6-angular with concave sides. Spores brown, especially on the distal side, and densely spaced with fine baculi (up to 1 µm long and less than 0.5 µm diam). Ornamentation mostly corroded to a scabrate pattern. Wall distally 0.5 µm thick increasing to 1-2 µm near the concave sides of the proximal aperture.
Description based on 3 spores. Occurred at depths of 157.40 m, 236.40 m, 249.80 m, 268.60 m, 275.40 m, 278.20 m, 325.80 m, 326.60 m and 335.40 m.

Type 388: Plate 46. Diagram 1: curve 191.
Unknown microfossil, circular to oblong in outline, diam 68-104 µm, flattened. Outline often ruptured towards the centre in several places. Surface evenly (dark)brown, smooth to granular.

Type 389: *Asterina* (Microthyriaceae, Dothidiales). Plate 46.
Fruitbody shield-shaped (thyriothecium), approximately circular, diam 60-120 µm with a central ostiole of 5-15 µm diam. Dark brown and with radially arranged cells.
Description based on 5 specimens. The record of this type is incomplete. Occurred at dephts of 159.00 m, 246.00 m, 250.00 m, 260.40 m and 261.00 m.
Lit. Dennis (1978): plate 40,G.

Type 390: *Micropeltis* (Dothidiales). Plate 46.
Fruitbody shield-shaped (thyriothecium), diam c. 240 µm with a central ostiole of c. 20 µm diam. Dark brown and with radially arranged cells.
Description based on a single specimen. Identification by J.A. von Arx (Baarn). Occurred at a depth of 307.80 m.

Type 391: Plate 46.
Unknown microfossil, c. 195x240 µm, brown. Wall of the covering membrane made up of files of rectangular cells (3-4x10 µm) running from pole to pole.
Description based on a single specimen. Occurred at a depth of 322.70 m.

Type 392: *Microthyrium (*or *Trichothyrina)* (Microthyriaceae, Dothidiales). Plate 46.
Fruitbody shield-shaped (thyriothecium), circular, diam 97-110 µm with a distinctly darker centre, margin smooth or slightly crenulate. Wall of the peridium made up of radiating rows of roughly squarish cells, 2-5 µm wide at the margin and narrower at the centre. Ostiole 9-10 µm diam, surrounded by a ring of small cells with thick black walls.
Description based on 3 specimens. Identification by W. Gams (Baarn). Occurred at depths of 154.80 m, 167.00 m and 335.00 m.
Lit. Van Geel (1976b): type 8; Dennis (1978): plate 40,F; Van Geel et al. (1980-81): plate 1,type 8B.a-c.

Type 393: *Debarya* (Zygnemataceae, Chlorophyceae). Plate 46. Diagram 1. included in curve 192.
Zygospore halves. Intact specimens of zygospores spheroidal to lenticular in polar view, splitting along a sharply defined equatorial line of weakness into two symmetrical halves. Greatest equatorial diam 32-39(49) µm; smallest diam 29-37(41) µm, Each hemisphere divided into a polar and an equatorial zone by a low circumpolar (orbicular to oblong) ridge which encircles the spore between the pole and the equator. Greatest diam of this ridge 17-31(38) µm; smallest diam 15-29(32) µm. The equatorial zones of the spores are radially striate; the polar zones are ornamented with verrucae-like processes, sometimes with an elongated (5-7 µm long) additional structure in the centre.
Note: A few zygospores were noted with a perforated polar zone. Perforations circular to elongate, diam 2-5 µm, numbering between 15 and 20. In the pollen diagrams no distinction was made between types 393 and 394.
Lit. Van der Hammen et al. (1973): plate 3,22 and plate 4,29 show type 394; Van Geel & Van der Hammen (1973): plate 2,14 'Gr. Insert. sed. 2'; Van Geel & Van der Hammen (1978): plate 2,21-26 and plate 3,27-33.

Type 394: *Debarya glyptosperma* type (Zygnemataceae, Chlorophyceae). Plate 46. Diagram 1: included in curve 192.
Zygospore halves. Intact specimens of zygospores spheroidal to lenticular in polar view, splitting along a sharply defined equatorial line of weakness into two symmetrical halves. Greatest equatorial diam (32)37-47 µm; smallest diam (29)39-45 µm. Each hemisphere divided into a polar and an equatorial zone by a low circumpolar (orbicular to oblong) ridge which encircles the spore between the pole and the equator. Greatest diam of this ridge (24)30-36 µm; smallest diam (21)28-35 µm. The equatorial zones of the spore are radially striate; the polar zones are more or less distinctly radially striate with a distinct hub (diam 4-5 µm) in the centre.
For note and references see type 393.

Type 395: Plate 46.
Probably an algal zygospore with affinity to the Xanthophyceae. (The description applying to illustration 395b between brackets.) Spore more or less rectangular to trapezioid, smooth, hyaline, c. 30x34(15x24) µm. Wall c. 0.3 µm thick with (5 echinae) 4 spines, 5-7 µm (3 µm) long, c. 2.5 µm (1.5 µm) diam at the base, tapering to c. 1 µm diam at the rounded top.

Description based on 2 spores. Occurred at a depth of 143.40 m (type 395a) (161.40 m, type 395b).

Type 396: Plate 46.
Unknown microfossil, quadratic (21x21 µm) with convex sides and a scabrate ornamentation. At the four edges remnants of broken, cylindrical additional structures.
Description based on a single specimen. Occurred at a depth of 333.00 m.

Type 397: *Mougeotia* (Zygnemataceae, Chlorophyceae). Plate 46. Diagram 1: curve 193.
Zygospores quadratic (type 3 in Van Geel & Van der Hammen, 1978) to rectangular (type 2 in Van Geel & Van der Hammen, 1978), c. 24-30x26-32 µm, laterally straight to concave. The retuse angles 5-7 µm diam. Depressions in the centre of the angles 4-7 µm broad and 2-5 µm deep. Wall densely covered with very fine pits all over.
Lit. Van Geel (1976a): plate 1,1-3; Van Geel (1976b): type 61; Van Geel & Van der Hammen (1978): plate 1,10-15 and plate 2,16-18; Van Geel et al. (1980-81): plate 4-5,type 313.

Type 398: cf. *Mougeotia* (Zygnemataceae, Chlorophyceae). Plate 46.
Zygospores quadratic to tetrahedral, laterally concave, hyaline, diam c. 20 µm. Faint depressions in the centre of the angles of c. 1 µm diam.
Description based on a single specimen. Occurred at a depth of 355.60 m.

Type 399: cf. *Cosmarium* (Desmidiaceae, Chlorophyceae). Plate 47.
Zygospores more or less spheroidal, hyaline, diam c. 35-43 µm (ornamentation excluded), ornamented with echinae, 2-3 µm long and c. 1.5 µm diam at the base. Distance between the echinae 5-10 µm.
Occurred at depths of 206.40 m, 211.80 m and 218.40 m.

Type 400: *Mougeotia laetevirens* type (Zygnemataceae, Chlorophyceae). Plate 47. Diagram 1: curve 194.
Zygospores cylindric or conical, opening with two valves. Greatest height of the cylindrical part 33-40 µm; greatest diam of the cylindrical part 60-75 µm; greatest diam of the valves 55-57 µm, the latter often still attached in one place to the cylindrical part, sometimes separated. Wall densely covered with very fine pits over the whole surface. The cylindrical part is sometimes deformed to a two-dimensional rectangular shape (38-53x46-62 µm) with concave sides and the two openings in the diagonal positions.
Lit. Van Geel & Van der Hammen (1978): plate 1,1-9.

Type 401: *Zygnema* (Zygnemataceae, Chlorophyceae). Plate 47. Diagram 1: curve 195.
Zygospores or aplanospores spheroidal to oblong, flattened, 30-40x40-48 µm. Hyaline, finely pitted, diam (1)1.5-3(4) µm. Distance between the pits greater than the diam of the pits.
These spores represent a group of species. This spore type occurs in different genera of the Zygnemataceae and also in Oedogoniaceae (Van Geel & Van der Hammen, 1978).
Lit. Van der Hammen et al. (1973): plate 3,24 ('Gr. insert. sed. 5'); Van Geel (1976a): plate 1,12-15; Van Geel (1976b): type 62; Van Geel & Van der Hammen (1978): plate 4,49-52; Van Geel et al. (1980-81): plate 5,type 314a-c.

Type 402: *Zygnema* (Zygnemataceae, Chlorophyceae). Plate 47. Diagram 1: curve 196.
Zygospores or aplanospores spheroidal to oblong, flattened, hyaline, 30-45x 40-50(60) µm, pitted (greatest diam of pits 5-10(12) µm. Distance between the pits less than the diameter of the pits. Sometimes a peridium-like structure around the spore; size c. 45x52 µm.
These spores represent a group of species. This spore type occurs in different

genera of the Zygnemataceae and also in Oedogoniaceae (Van Geel & Van der Hammen, 1978).
Lit. Van Geel & Van der Hammen (1978).

Type 403: *Spirogyra* (Zygnemataceae, Chlorophyceae). Plate 47. Diagram 1: curve 197.
Spore spheroidal to oblong, 75-120x100-140 µm, hyaline, ornamented with a very irregular, subreticulate pattern, 2-6 µm high. A peridium-like structure sometimes envelopes the spore.
This type can include several species (Pals et al., 1980). A few grains of type 404 were erroneously included in curve 197.
Lit. Van Geel & Van der Hammen (1978): plate 4,46; Pals et al. (1980): plate 3, type 132a-c.

Type 404: *Riccia* (Ricciaceae, Hepaticae). Plate 47.
Spore faintly trilete, subtriangular, the laesura arms extend to the edge of the flattened proximal side. Greatest diam c. 80-90(145) µm, ornamented with a rough and irregular reticulum of 3-7 µm high, winding muri, greatest diam of lumina 7-13(19) µm.
The occurrence of type 404 is restricted to a few spores (e.g., at 143.00 m, 321.00 m, 321.80 m, 336.80 m and 338.40 m) erroneously included in curve 197.
Lit. Koelbloed & Kroeze (1965): fig. 3-4; Boros & Jarai-Komlodi (1975).

Type 405: Scalariform perforation plates of wood vessels. Plate 47. Diagram 1: curve 198.
Fragments varying in size from c. 35-60x90-175 µm.
Lit. Dueñas (1979): plate 3,14 'Gr. Insert. sed. 1'; Pals et al. (1980): plate 1,type 114.

Type 406: *Spirogyra* (Zygnemataceae, Chlorophyceae). Plate 48. Diagram 1: included in curve 199.
Spores (zygospores, aplanospores) similar to the spores of type 407, but their walls with a faint longitudinal striation. Spores sometimes enveloped in a peridium-like structure.
In the pollen diagrams no distinction was made between the types 406 and 407.
Lit. Van Geel (1976a): plate 1,11; Van Geel & Van der Hammen (1978): plate 4, 43-44; Pals et al. (1980): plate 3,type 131.

Type 407: *Spirogyra* (Zygnemataceae, Chlorophyceae). Plate 48. Diagram 1: included in curve 199.
Spores (zygospores, aplanospores) ellipsoid, ovoid or cylindrical-ovoid with rounded or more or less acute ends, 23-43(66)x69-119 µm. Wall hyaline, smooth, with a longitudinal suture encircling the spore.
This *Spirogyra* type probably represents a group of species and there are no distinguishing features for an identification to the species level (Van Geel & Van der Hammen, 1978).
Description based on 5 spores. In the pollen diagrams no distinction was made between the types 406 and 407.
Lit. Van Geel (1976a): plate 1,5-10; Van Geel & Van der Hammen (1978): plate 3, 34-41 and plate 4,42; Pals et al. (1980): plate 3,type 130a-b; Van Geel et al. (1980-81): plate 6,type 315a-b.

Type 408: *Arcella discoides* Ehrenberg (Difflugiidae, Testacea). Plate 48.

Type 409: *Arcella arenaria* Greeff (Difflugiidae, Testacea). Plate 48.

Type 410: *Arcella catinus* Pénard (Difflugiidae, Testacea). Plate 48.

Note to the *Arcella* species types 408, 409 and 410. During the analyses only two *Arcella* types were recognized. At the end of this study Grabandt was able to provide more and better identifications based on her study about Testacea of humid páramo vegetation (Grabandt, 1983) and it appeared that we are dealing

with 5 *Arcella* species in all, as illustrated on photoplate 48.
For descriptions of the species 408, 409 and 410 the reader is referred to Grabandt (1983).
Identification by R.A.J. Grabandt (Amsterdam). The record of *Arcella* species is incomplete since acetolysis usually destroys the remains of these species. In the pollen diagrams the types 408, 409 and 410 were recorded together and occurred at depths of 136.00 m, 180.40 m, 182.40 m, 184.80 m, 206.40 m, 269.80 m, 279.20 m and 284.80 m.

Type 411: *Amphitrema flavum* Archer (subfam. Amphitremidae, Testacea). Plate 48.
Shell more or less cylindrical, c. 30x50 µm with a pseudostoma (diam c. 5 µm) at each end, opposite each other.
The shell of *A.flavum* is not destroyed by acetolysis (Van Geel, 1976a). Description based on one shell. Identification by R.A.J. Grabandt (Amsterdam). Occurred at a depht of 276.00 m.
Lit. Van Geel (1976a): plate 10,type 31A; Grabandt (1983): plate 1,1.

Type 412: *Assulina seminulum* Ehrenberg (Trinemidae, Testacea). Plate 48.
Shell 36-54x44-65 µm, brown, densely and regularly ornamented with imbricate silicic plates (c. 3x5 µm). Pseudostoma c. 10 µm.
Description based on two shells. Identification by R.A.J. Grabandt (Amsterdam).
Occurred at depths of 98.00 m, 211.00 m and 354.20 m.
Lit. Van Geel (1976a): plate 10,type 32B; Grabandt(1983): plate 1,8.

Type 413: *Arcella polypora* Pénard (Difflugiidae, Testacea). Plate 48.
Theca more or less ellipsoid, greatest diam 41-48 µm. Pseudostoma circular, diam 3-4 µm. Wall ornamented with scattered, blunt and short echinae and consisting of three layers: an inner layer 0.4-1 µm thick, a middle layer of tenuous columellae-like rods and an outher layer 0.5-1 µm thick.
Description based on 2 theca. Identification by R.A.J. Grabandt (Amsterdam).
Occurred at depths of 241.00 m, 249.40 m and 262.40 m.

Type 414: *Arcella brasiliensis* da Cunha (Difflugiidae, Testacea). Plate 48.
Theca more or less circular, diam 38 µm. Pseudostoma subelliptic, greatest diam 4-4.5 µm. Around the pseudostoma a disk-like zone (diam c. 24 µm) with scattered, blunt and short echinae. The outher zone finely perforated. Wall consisting of three layers: an inner layer less than 0.5 µm thick, a middle layer of tenuous columellae-like rods and an outher layer c. 1.5 µm thick.
Description based on a single theca. Identification by R.A.J. Grabandt (Amsterdam). Occurred at a depth of 338.20 m.

Type 415: Histrichosphaeridae (Histrichophyta). Plate 48. Diagram 1: curve 200.
Cysts of dinoflagellates, spheroidal to ellipsoidal, 30-40x33-40 µm, ornamented with straight or curved ridges of different lenghts (3-15 µm long, c. 3.5-5 µm high). Ridges in optical section pilate with a flattened top.
Description based on 8 cysts.

Type 416: *Pediastrum boryanum* type (Hydrodictyaceae, Chlorophyceae). Plate 48. Diagram 1: included in curve 203, diagram 2: included in curve 57.
See type 417.

Type 417: *Pediastrum duplex* type (Hydrodictyaceae, Chlorophyceae). Plate 48. Diagram 1: included in curve 203, diagram 2: included in curve 57.
Dueñas (1979) described and figured 4 types of the genus *Pediastrum* found in the section of Tarragona (Sabana de Bogotá) with affinity to *P.simplex* (type A), *P. boryanum* (type B), unknown (type C) and *P.duplex* (type D) according to the description in Van Essen (1974). In the present study no distinction was made between these types.
Lit. Van Essen (1974); Dueñas (1979): plate 4,1-5.

Type 418: Plate 48.
Unknown microfossil, ellipsoid, radially symmetric, 55x104 µm, hyaline, ornamented with a scabrate pattern clustered into irregular anastomosing bands all over, leaving small irregular smooth fields in between.
Description based on a single specimen. Occurred at a depth of 279.20 m.

Type 419: Plate 49.
Unknown microfossil, spherical, diam 86 µm, smooth, with circular perforations (diam 4-6 µm) all over; distance between perforations 8-13 µm. Wall 5-6 µm thick; perforations conical in optical section (smallest diam outside).
Similar types (with more and smaller pores) were recorded by A.B.M. Melief (Amsterdam) in recent moss samples from the Cordillera Central (c. 3680 m alt.) in a *Diplostephium*-dominated high-andean forest.
Description based on a single specimen. Occurred at a depth of 356.60 m.

Type 420: *Botryococcus braunii* (Botryococcaceae, Chlorophyceae). Plate 49. Diagram 1: curve 201, diagram 2: curve 55.
Colonial algae, brown, of irregular size, diam usually varying between 20-80 µm depending on the rate of fragmentation of the colony.

Type 421: cf. *Onychium* (Adiantaceae, Adiantoideae). Plate 49. Diagram 1: curve 155.
Spores trilete, amb subtriangular convex, radially symmetric, equatorial diam 45-75 µm. Laesurae extending to the equator, bordered by coarse ridges and verrucae-like sclerine thickenings. Sclerine (2)3-7 µm thick; 3-4 parallel but slightly undulating ring-shaped ridges (3-6 µm wide and 4-7 µm thick) surround the equator. Distal side provided with coarse ridges (4-5 µm wide) or shorter, verrucae-like thickenings. Polar axis 32-55 µm.
It is not sure whether the genus *Onychium* occurs in Colombia.
Lit. Kremp & Kawasaki (1972): plate 100; Huang (1981): plate 66,6-9.

Type 422: *Coelastrum reticulatum* (Scenedesmaceae, Chlorophyceae). Plate 49. Diagram 1: curve 202, diagram 2: curve 56.
Colonial algae, hyaline, of irregular size, diam usually varying between 15-40 µm depending on the rate of fragmentation of the colony.
Lit. Van Geel & Van der Hammen (1973): plate 2,11.

Type 423: Plate 49.
Unknown microfossil, 42x54 µm with 5 perforations arranged in a circle. Wall c. 1 µm thick, scabrate.
Description based on a single specimen. Occurred at a depth of 262.40 m.

Type 424: Bryophyta (?). Plate 49.
Spores spherical, diam 32-40 µm with broad based and 2-3 µm high spinae. A circular area, diam c. 10 µm, surrounded by a 1 µm broad thickening of the wall, is free of spinae.
Description based on 2 spores. Occurred at dephts of 272.00 m and 276.00 m.

Type 425: Bryophyta (?). Plate 49.
Spores subspherical, diam 45-57 µm, aperture indistinct. Wall 1-1.5 µm thick inclusive of the ornamentation, consisting of smooth, verrucae-like processes of 1-3 µm diam.
Description based on 2 spores. Occurred at depths of 266.60 m and 304.00 m.

Type 426: cf. *Polypodium* (Polypodiaceae, Polypodioideae). Plate 49. Diagram 1: curve 168.
Spores monolete, laterally concavo-convex to plano-convex, amb elliptical, bilaterally symmetric, heteropolar. Laesurae c. 3/4 of the length of the spore, no margo. Sclerine c. 1.5-3 µm thick with verrucae (diam 1.5-5(6) µm) and perforations (diam c. 1 µm and smaller) in between the verrucae. Size (42)48-57(64) x(63)68-82(85) µm.

Type 427: Plate 49.
Spores monolete, laterally concavo-convex, amb elliptical, bilaterally symmetric, heteropolar. Laesurae c. 3/4 of the length of the spore. Sclerine c. 1 μm thick ornamented with irregular low ridges forming, in high focus, a subreticulate pattern. Size (inclusive of the ornamentation): (l)50x(h)31 μm.
Description based on a single spore. The record of this type is probably incomplete. Occurred at a depth of 242.40 m.

Type 428: Form type: cf. *Monocolpites dispersispinosus* Van der Hammen 1954. Plate 49.
Pollen grains monocolpate, ellipsoid, c. 34-37x47-49(55) μm (ornamentation excluded). Finely reticulate with scattered, often conical, baculae, diam baculae at the base 2-5 μm, diam at the apex 2-3 μm and 6-11 μm long. Exine c. 2 μm thick, semitectate.
Description based on 2 grains. Occurred at depths of 154.40 m, 204.80 m, 207.40 m, 328.80 m, 335.80 m and 354.00 m. Possibly a redeposited fossil probably of Late Cretaceous (Maestrichtian) age.
Lit. Van der Hammen (1954): plate 3.

Type 429: Plate 49.
Spore trilete (?), amb subtriangular convex, radially symmetric, equatorial diam 33-38 μm. Laesurae 1/4 of the radius.Sclerine 1-1.2 μm thick; foveolate with scattered, more or less tapering, blunt echinae, diam at the base 1.5-3 μm, 4-5 μm in length.
Description based on two spores. Occurred at depths of 352.60 m and 355.80 m.

9. Plates

NOTE TO THE PLATES

The pollen and spore types and other palynomorphs are illustrated in the following 49 plates and numbered 1-429. Because of later additions, the numbers 32A and 34A were intercalated, whereas number 62 has lapsed. If more examples of the same type number are illustrated, the type number is followed by a letter (a, b, ...). All photographs with the same letter behind a type number represent different levels of focussing of the same specimen. Of each example the depth is indicated.

A few pollen types were too excessively damaged to serve as an illustration. In these cases an example from the recent pollen collection was substituted, which is indicated in the text opposite the photoplates. The photographs were taken with a Zeiss Universal Photomicroscope.

Pollen grains are, as a rule, illustrated with a magnification of x 1000, trilete and monolete spores generally x 750, whereas the algae, fungi, rhizopods, etc. have different magnifications (from x 350 up to x 1000) depending on their size and the nature of the object. Because of these differences in magnification no mu-scales were added to the photoplates.

PLATE 1

Type 1: *Puya* (Bromeliaceae)
(x 1000; 1a (*P. goudotiana* type): 274.60 m; 1b: 273.20 m)

Type 2: *Bomarea* (Alstroemeriaceae or Amaryllidaceae)
(x 1000; 352.40 m)

Type 3: *Sisyrinchium* (Iridaceae)
(x 1000; 289.20 m)

Type 4: *Puya* (Bromeliaceae)
(x 1000; 315.80 m)

Type 5: cf. Palmae
(x 1000; 315.20 m)

Type 6: *Puya* (Bromeliaceae)
(x 1000; 356.80 m)

Type 7: *Orthrosanthus* (Iridaceae)
(x 1000; 293.00 m)

Type 8: Juncaceae
(x 1000; 355.80 m)

Type 9: *Dalechampia* (Euphorbiaceae)
(x 1000; 302.80 m)

PLATE 1

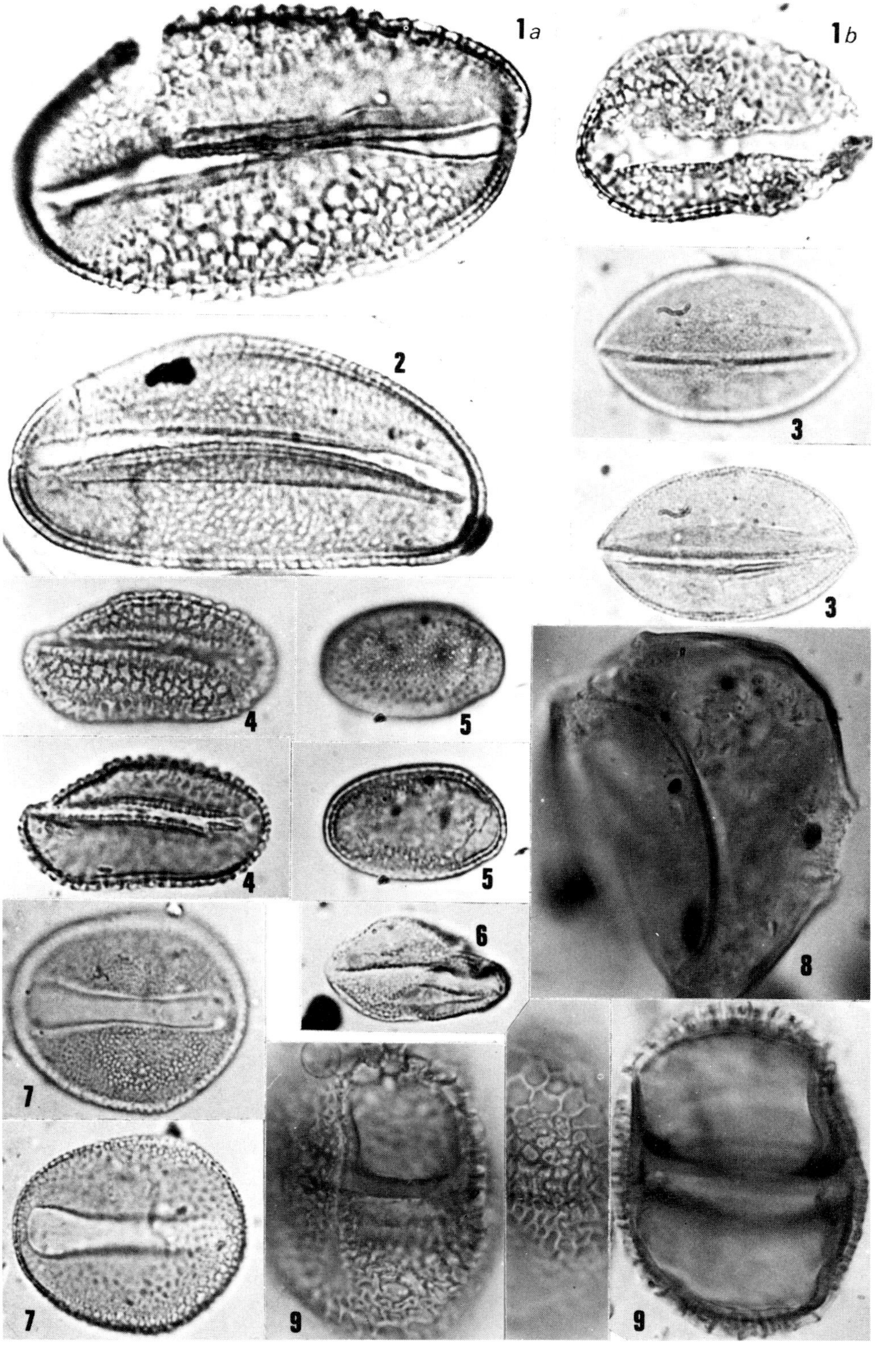

PLATE 2

Type 10: *Podocarpus* (Podocarpaceae)
(x 750; 270.00 m)

Type 11:
(x 1000; 263.20 m)

Type 12:
(x 1000; 296.60 m)

Type 13: Gramineae
(x 1000; 13a (cf. *Swallenochloa*): 339.80 m; 13b: 352.40 m)

Type 14:
(x 1000; 183.80 m)

Type 15: Cyperaceae
(x 1000; 302.00 m)

Type 16: *Fuchsia* (Onagraceae)
(x 750; 330.80 m)

Type 17: *Acalypha* (Euphorbiaceae)
(x 1000; 17a: 258.00 m; 17b: 184.00 m)

Type 18: *Ludwigia* (Onagraceae)(taxonomic synonym: *Jussiaea*)
(x 750; 127.50 m)

Type 19: *Epilobium* (Onagraceae)
(x 750; 144.00 m)

Type 20: Onagraceae
(x 1000; 298.60 m)

PLATE 2

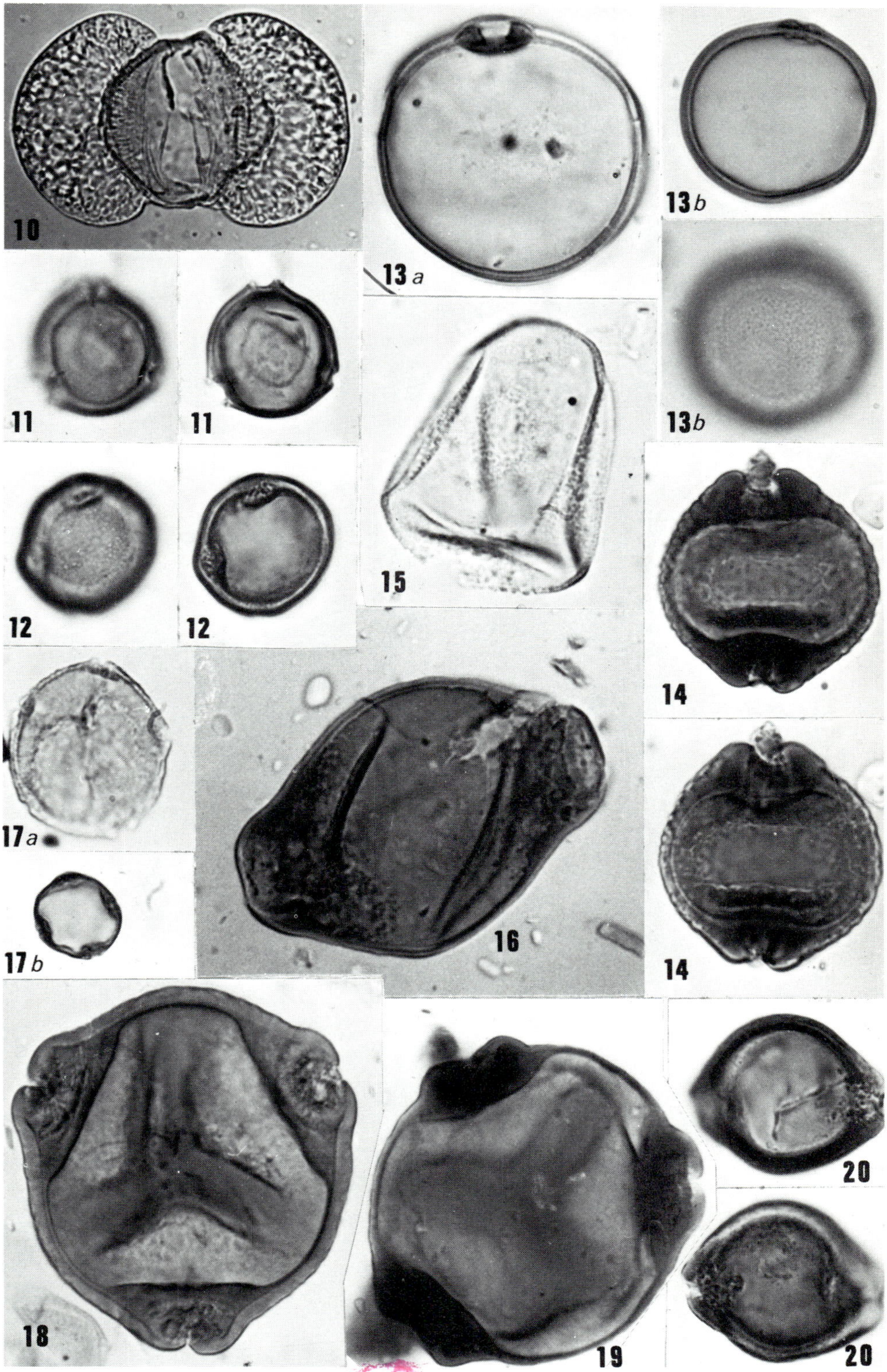

PLATE 3

Type 21: *Oenothera multicaulis* (Onagraceae)
(x 750; recent material)

Type 22: *Alnus jorullensis* (Betulaceae)
(x 1000; 22a: 178.00 m; 22b: 192.00 m; 22c: 179.00 m)

Type 23: Malphigiaceae
(x 1000; 23a: 196.00 m; 23b: 299.60 m)

Type 24: cf. *Pilea* (Urticaceae)
(x 1000; 24a: 355.40 m; 24b: 286.80 m; 24c: 249.00 m)

Type 25: *Cecropia* (Moraceae)
(x 1000; 283.20 m)

Type 26: Apocynaceae
(x 1000; 199.40 m)

Type 27: *Myriophyllum* (Haloragidaceae)
(x 1000; 27a (*M. elatinoides* type): 184.00 m; 27b (*M. brasiliensis* type): 207.00 m; 27c (*M. elatinoides* type): 184.00 m)

Type 28: Apocynaceae
(x 1000; 28a: 329.00 m; 28b: 157.00 m)

PLATE 3

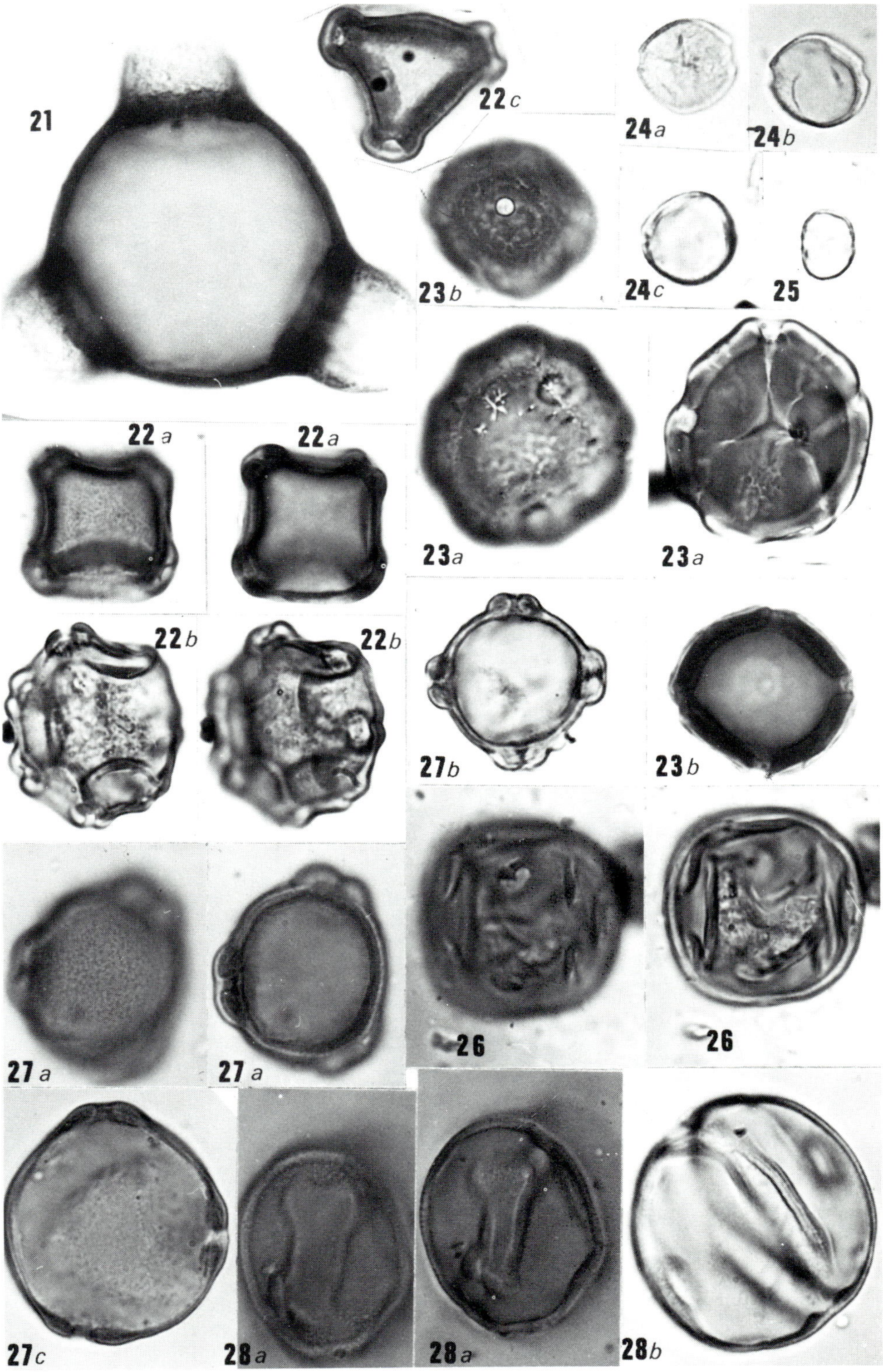
21
22c
24a
24b
23b
24c
25
23a
23a
22a
22a
22b
22b
27b
23b
26
26
27a
27a
27c
28a
28a
28b

PLATE 4

Type 29: Urticaceae - Moraceae
(x 1000; 29a: 307.80 m; 29b: 267.00 m; 29c: 299.00 m)

Type 30:
(x 1000; 30a: 265.20 m; 30b: 265.20 m)

Type 31:
(x 1000; 316.80 m)

Type 32: Urticaceae - Moraceae
(x 1000; 32a: 269.80 m; 32b: 301.00 m; 32c: 263.40 m; 32d: 260.10 m)

Type 32A: cf. *Celtis* (Ulmaceae)
(x 1000; 32Aa: 263.40 m; 32Ab: 260.10 m)

Type 33:: *Panopsis* (Proteaceae)
(x 1000; 271.00 m)

Type 34: Proteaceae
(x 1000; 34a: 356.20 m; 34b: 205.00 m; 34c: 296.00 m; 34d: 274.00 m; 34e: 265.20 m)

Type 34A: cf. *Cardiospermum* (Sapindaceae)
(x 1000; 205.40 m)

Type 35:
(x 1000; 327.60 m)

Type 36: Tiliaceae
(x 1000; 330.80 m)

PLATE 4

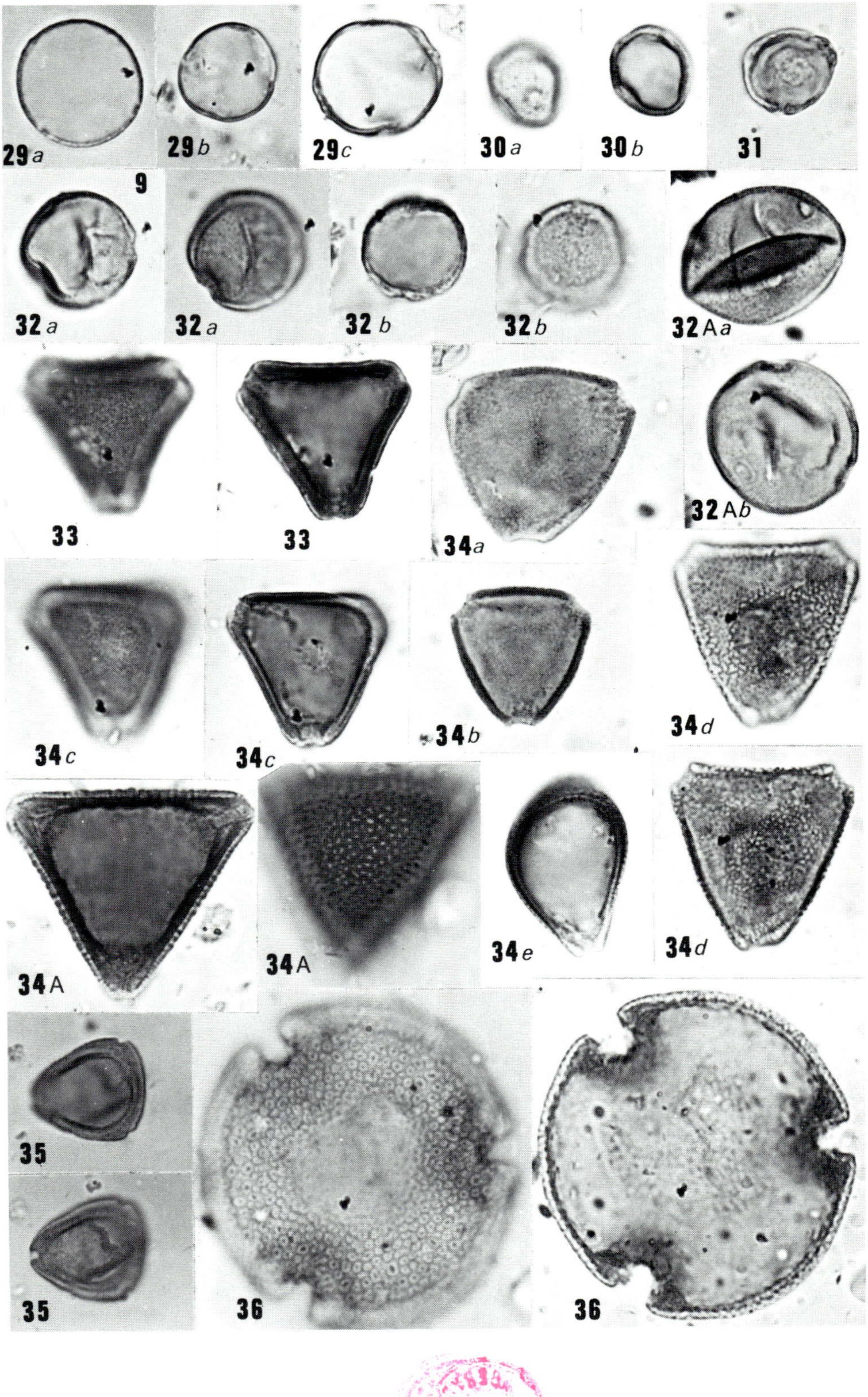
29a
29b
29c
30a
30b
31
9
32a
32a
32b
32b
32Aa
33
33
34a
32Ab
34c
34c
34b
34d
34A
34A
34e
34d
35
35
36
36

PLATE 5

Type 37: Form species: *Echitriporites trianguliformis* Van Hoeken-Klinkenberg 1964
(x 1000; 37a: 267.40 m; 37b: 267.20 m)

Type 38: *Ayenia* (Sterculiaceae)
(x 1000; 226.00 m)

Type 39:
(x 1000; 39a: 260.20 m; 39b: 267.40 m)

Type 40: *Nothofagus dombeyi* type (Fagaceae)
(x 1000; 173.80 m)

Type 41:
(x 1000; 164.80 m)

Type 42:
(x 1000; 42a: 27.50 m; 42b: 331.40 m)

Type 43:
(x 1000; 353.40 m)

Type 44:
(x 1000; 298.40 m)

Type 45: *Typha* (Typhaceae)
(x 1000; 308.80 m)

PLATE 5

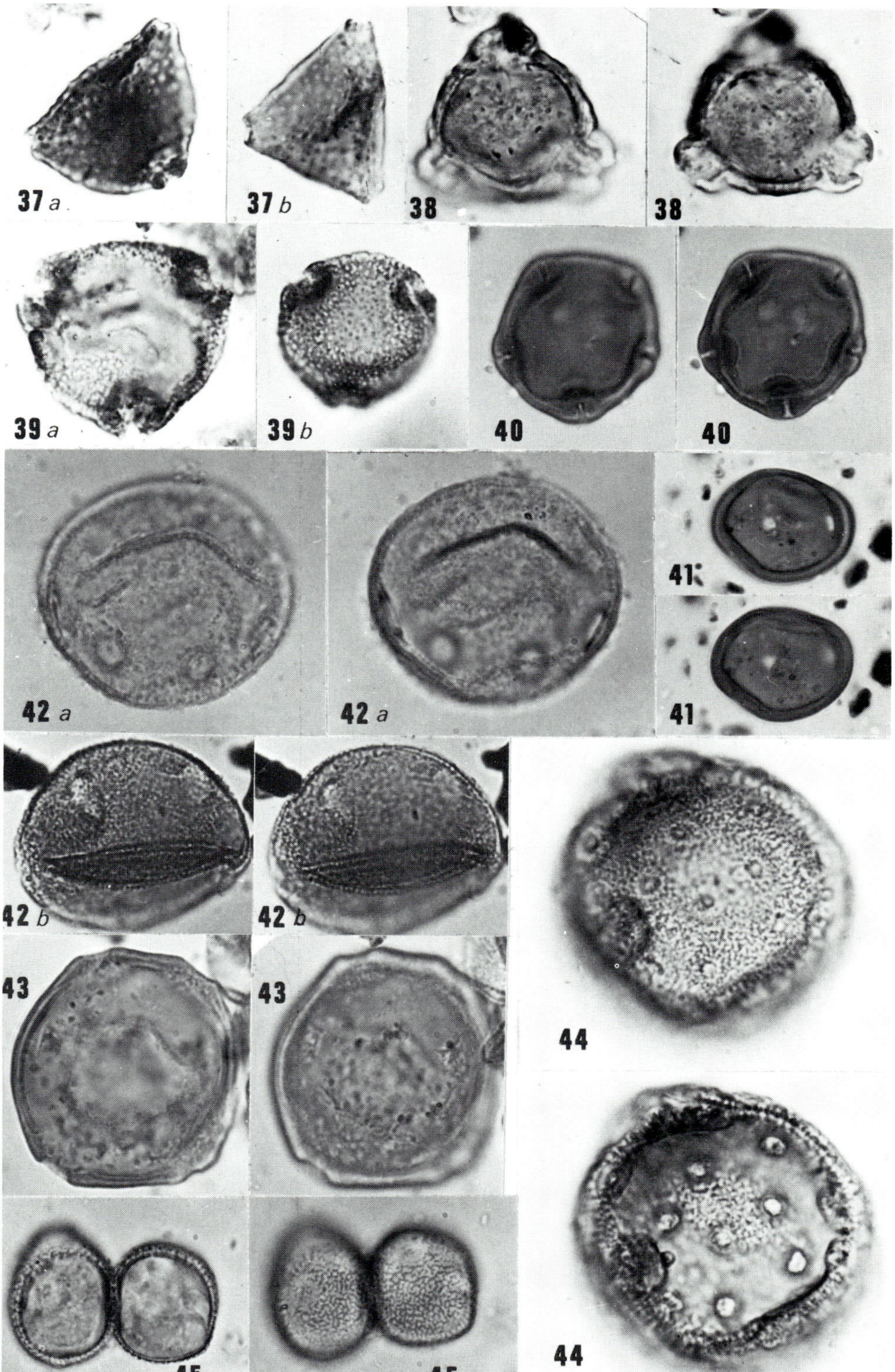

PLATE 6

Type 46:
(x 1000; 274.20 m)

Type 47:
(x 1000; 210.40 m)

Type 48: Amaranthaceae - Chenopodiaceae
(x 1000; 48a: 330.60 m; 48b: 188.00 m; 48c (plate 7): 275.40 m)

Type 49:
(x 1000; 172.00 m)

Type 50: *Cerastium - Stellaria* type (Caryophyllaceae)
(x 1000; 50a: 310.20 m; 50b: 357.00 m; 50c: 184.00 m; 50d: 144.00 m)

Type 51: cf. *Arenaria* (Caryophyllaceae)
(x 1000; 305.00 m)

Type 52: *Daphnopsis* (Thymelaeaceae)
(x 1000; 52a: 345.40 m; 52b: 353.40 m)

PLATE 6

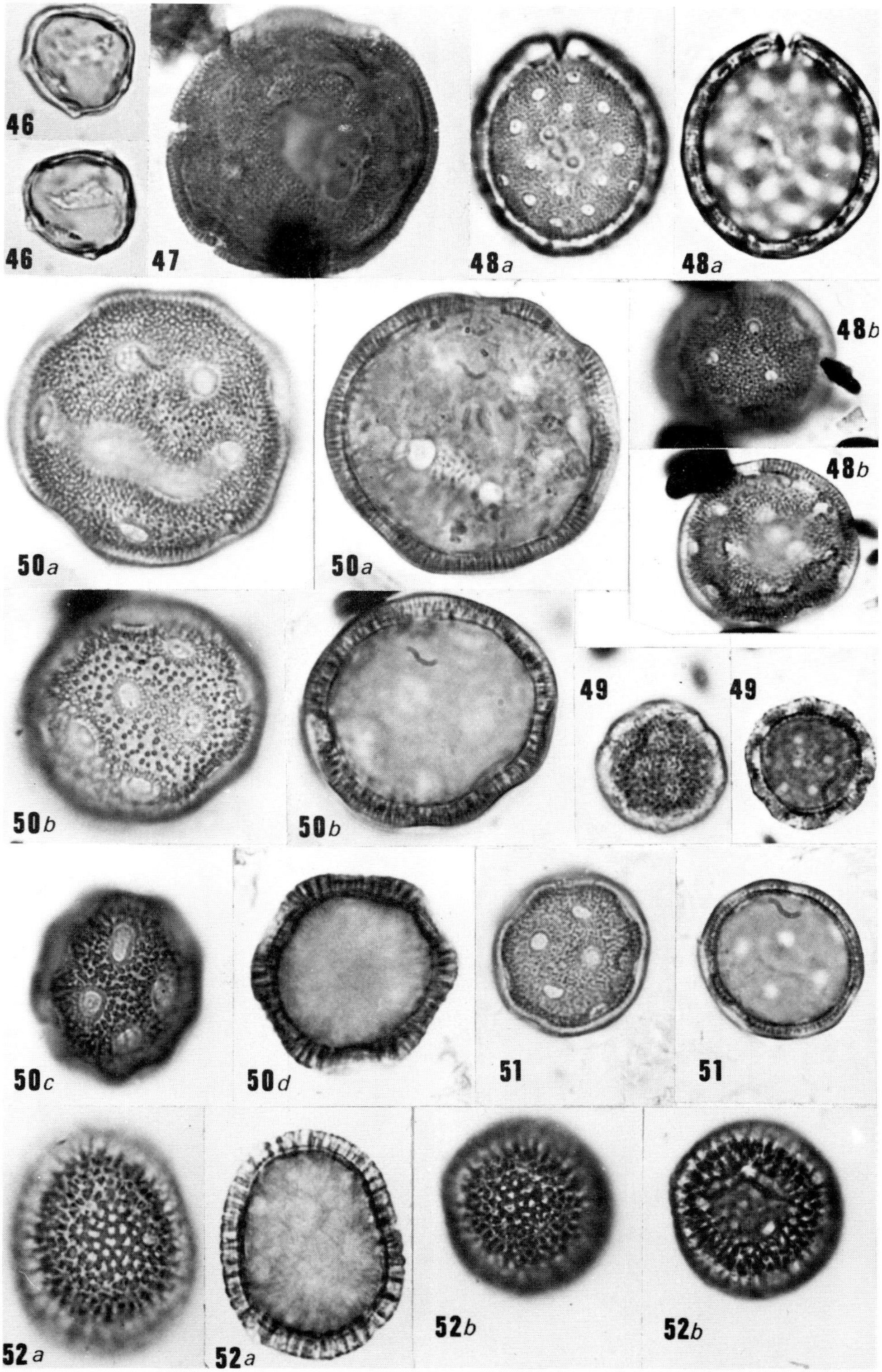
46
46
47
48a
48a
50a
50a
48b
48b
50b
50b
49
49
50c
50d
51
51
52a
52a
52b
52b

PLATE 7

Type 53: *Amaranthus* (Amaranthaceae)
(x 1000; 325.40 m)

Type 54: *Thalictrum podocarpum* (Ranunculaceae)
(x 1000; 54a: 332.80 m; 54b: 194.00 m)

Type 55: *Bocconia integrifolia* (Papaveraceae)
(x 1000; recent material. HdV 2527)

Type 56: *Calandrinia* (Portulacaceae)
(x 1000; 56a: 312.00 m; 56b: 151.00 m)

Type 57: *Styloceras laurifolia* (Stylocerataceae or Buxaceae)
(x 1000; 57a: 194.00 m; 57b: 308.00 m)

Type 58:
(x 1000; 329.80 m)

PLATE 7

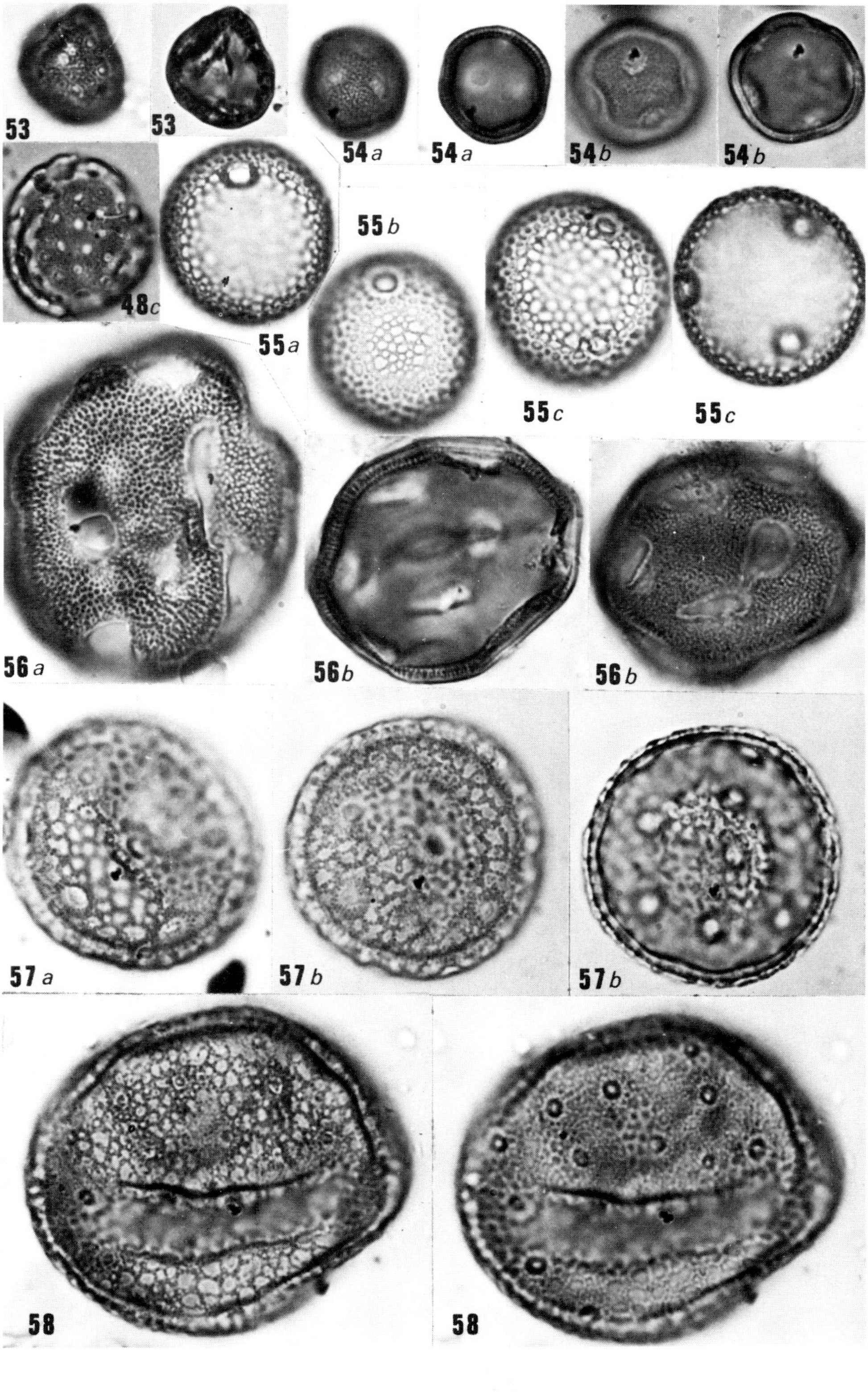

53
53
54a
54a
54b
54b
48c
55b
55a
55c
55c
56a
56b
56b
57a
57b
57b
58
58

PLATE 8

Type 59: *Cuphea* (Lythraceae)
(x 1000; 59a: 301.60 m; 59b: 316.40 m)

Type 60: *Polygonum* (*P.* sect. *Persicaria*)(Polygonaceae)
(x 1000; 60a: 329.60 m; 60b: 329.40 m; 60c: 315.40 m; 60d: 207.00 m)

Type 61: cf. *Passiflora* (Passifloraceae)
(x 1000; 194.00 m)

Type 63: Myrtaceae
(x 1000; 63a: 296.60 m; 63b: 335.80 m)

Type 64: *Myrteola* (Myrtaceae)
(x 1000; 353.00 m)

Type 65: cf. *Eugenia* (Myrtaceae)
(x 1000; 65a: 339.80 m; 65b: 339.80 m)

PLATE 8

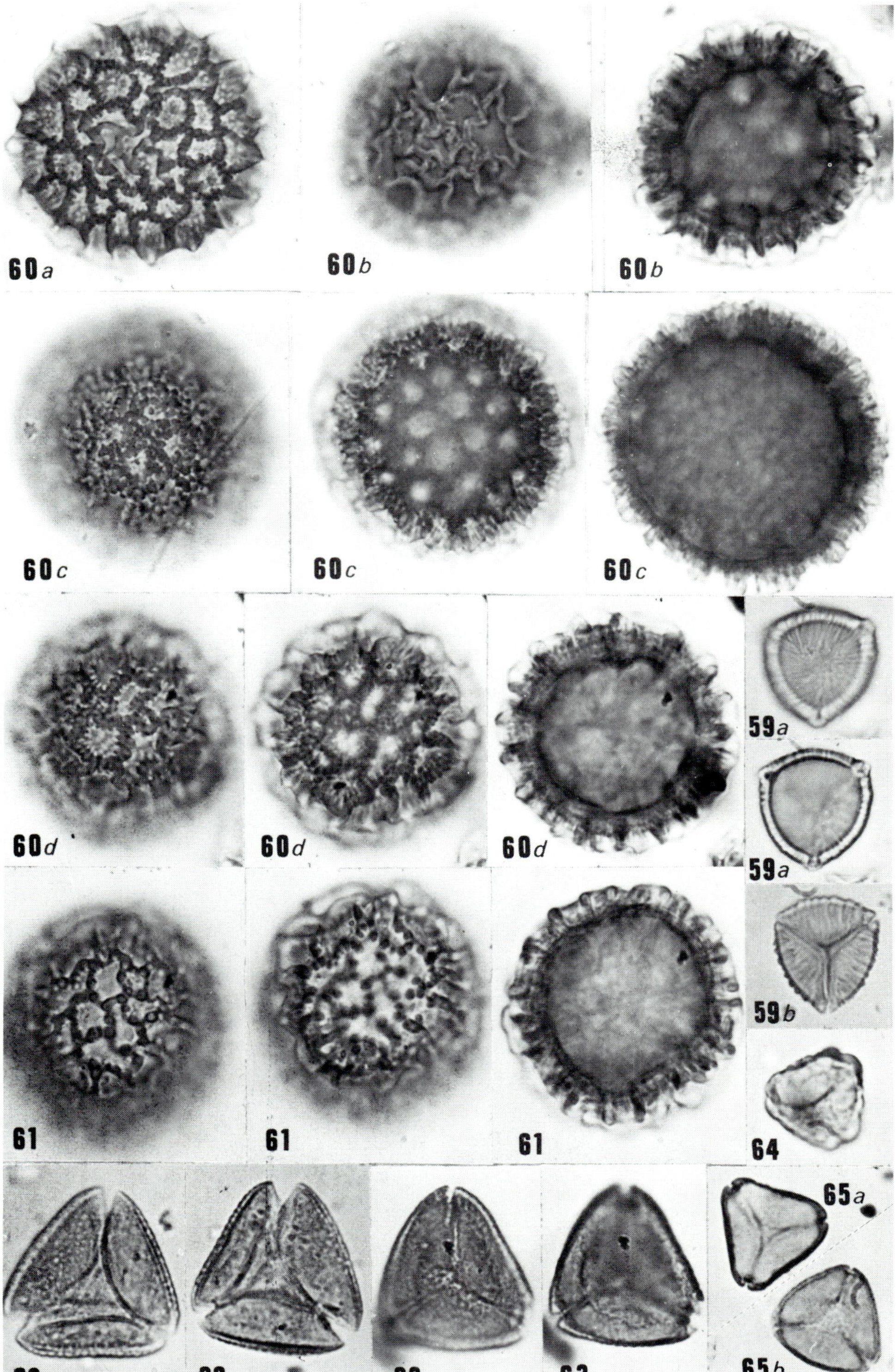
60a
60b
60b
60c
60c
60c
60d
60d
60d
59a
59a
59b
61
61
61
64
63
63
63
63
65a
65b

PLATE 9

Type 66: *Montia fontana* (Portulacaceae)
(x 1000; 193.00 m)

Type 67: *Drymaria villosa* type (Caryophyllaceae)
(x 1000; 310.80 m)

Type 68: *Montia meridensis* (Portulacaceae)
(x 1000; 68a: 236.40 m; 68b: 348.10 m)

Type 69: *Evolvulus* (Convolvulaceae) (see also type 111)
(x 1000; 191.40 m)

Type 70: *Borreria anthospermoides* type (Rubiaceae)
(x 1000; 70a: 354.00 m; 70b: 184.00 m; 70c: 144.20 m)

Type 71: *Borreria laevis* type (Rubiaceae)
(x 1000; 71a: 194.00 m; 71b: 201.40 m)

Type 72: Rubiaceae
(x 1000; 205.00 m)

PLATE 9

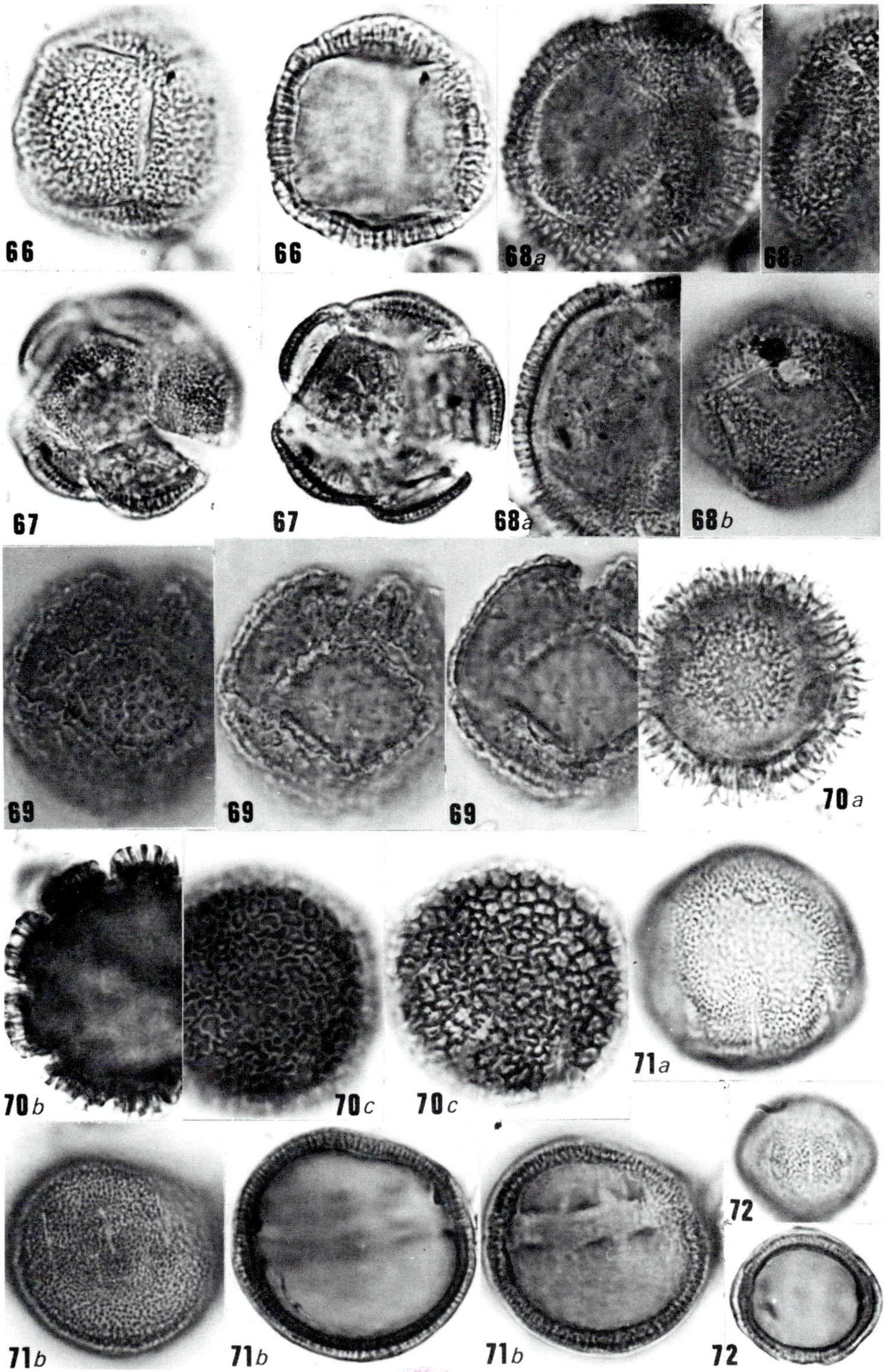
66
66
68a
68a
67
67
68a
68b
69
69
69
70a
70b
70c
70c
71a
72
71b
71b
71b
72

PLATE 10

Type 73: *Myrica* (Myricaceae)
(x 1000; 73a: 192.00 m; 73b: 178.00 m; 73c: 338.20 m; 73c: 338.20 m)

Type 74: *Cordia lanata* type (Ehretiaceae or Boraginaceae)
(x 1000; 288.00 m)

Tupe 75: cf. *Urvillea* (Sapindaceae)
(x 1000; 330.60 m)

Type 76: Ulmaceae
(x 1000; 288.40 m)

Type 77:
(x 1000; 309.20 m)

Type 78: *Juglans* (Juglandaceae)
(x 1000; 78a: 207.00 m; 78b: 201.00 m; 78c: 264.20 m)

Type 79:
(x 1000; 282.20 m)

Type 80: *Plantago* (Plantaginaceae)
(x 1000; 153.00 m)

Type 81: *Scybalium* (Balanophoraceae)
(x 1000; 351.80 m)

PLATE 10

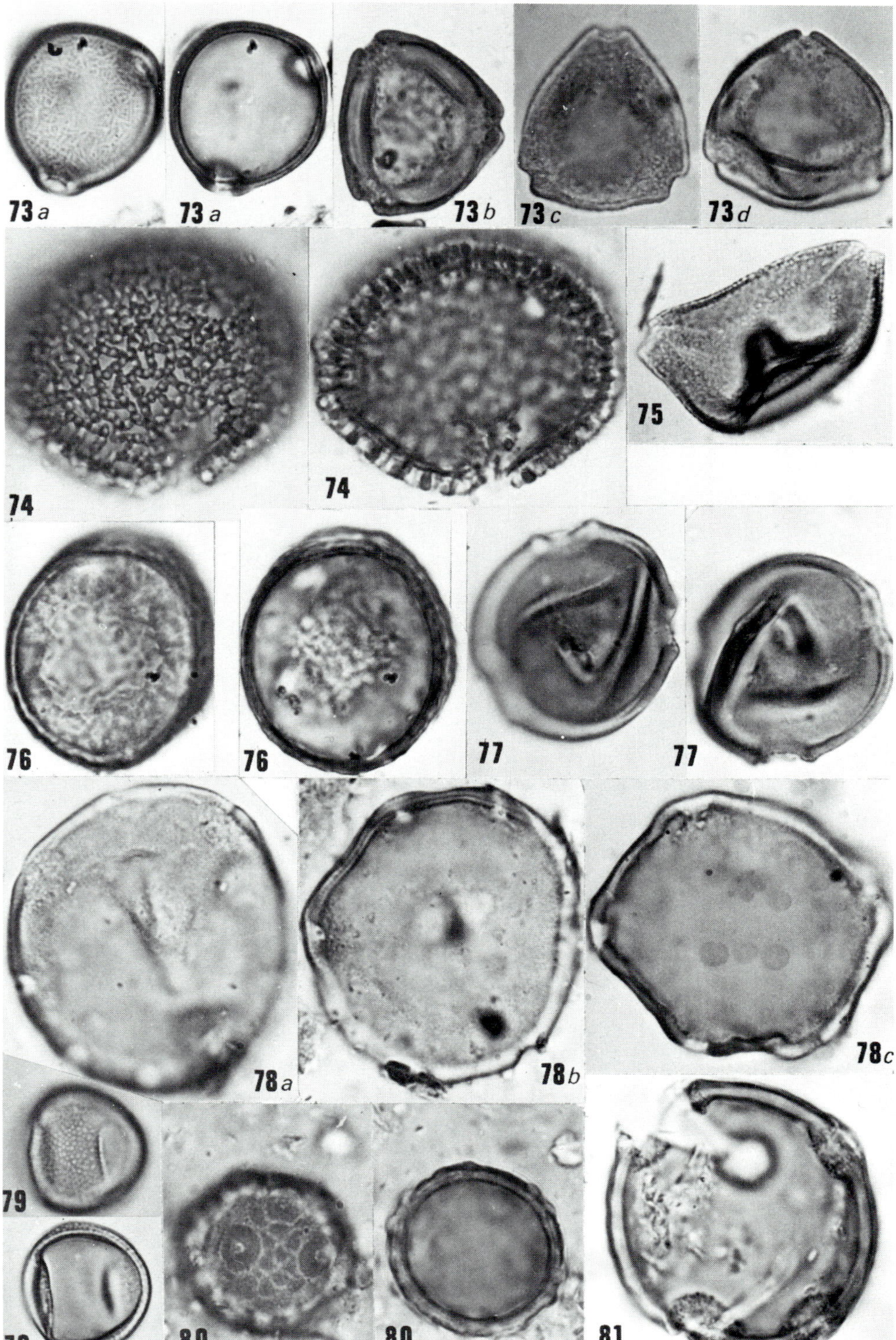

PLATE 11

Type 82: *Phaseolus* (Papilionaceae)
(x 1000; 298.80 m)

Type 83: *Cleome* (Cleomaceae or Capparidaceae)
(x1000; 83a: 297.00 m; 83b: 312.20 m; 83c: 246.00 m; 83d: 143.00 m)

Type 84: *Mauritia* (Palmae)
(x 1000; 84a: 291.00 m; 84b: 286.00 m)

Type 85:
(x 1000; 266.20 m)

Type 86: *Sagittaria* - *Echinodorus* (Alismataceae)
(x 1000; 86a: 143.60 m; 86b: 144.40 m)

Type 87: *Paepalanthus* - *Eriocaulon* (Eriocaulaceae)
(x 1000; 87a: 213.00 m; 87b: (recent material) *Paepalanthus andicola* Cleef 3803, HdV 3896)

PLATE 11

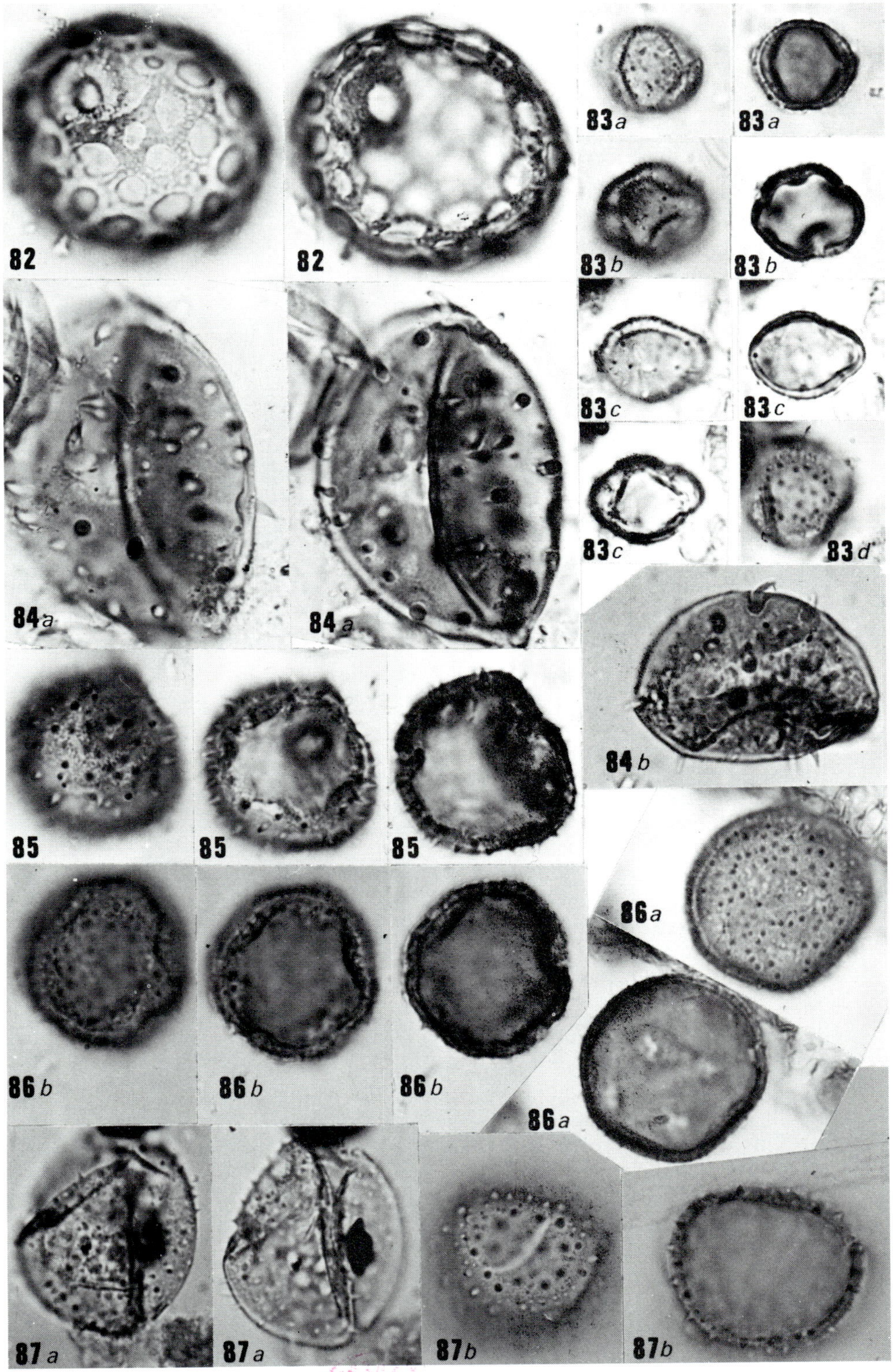
82
82
83a
83a
83b
83b
83c
83c
83c
83d
84a
84a
84b
85
85
85
86a
86a
86b
86b
86b
87a
87a
87b
87b

PLATE 12

Type 88:
(x 1000; 263.60 m)

Type 89:
(x 1000; 89a: 277.60 m; 89b: 292.80 m)

Type 90: Malvaceae
(x 750; 173.00 m)

Type 91: *Acaulimalva purpurea* (Cleef 1703 type)(Malvaceae)
(x 1000; 351.40 m)

Type 92: Malvaceae
(x 750; 300.20 m)

Type 93: *Acaulimalva purpurea* (Cleef 2040 type)(Malvaceae)
(x 1000; 212.00 m)

Type 94: *Alternanthera* (Amaranthaceae)
(x 1000; 94a: 332.80 m; 94b: 338.80 m)

Type 95: *Tournefortia* (Boraginaceae)
(x 1000; 95a: 219.00 m; 95b: 285.40 m)

Type 96: *Utricularia* (Lentibulariaceae)
(x 750; 146.00 m)

PLATE 12

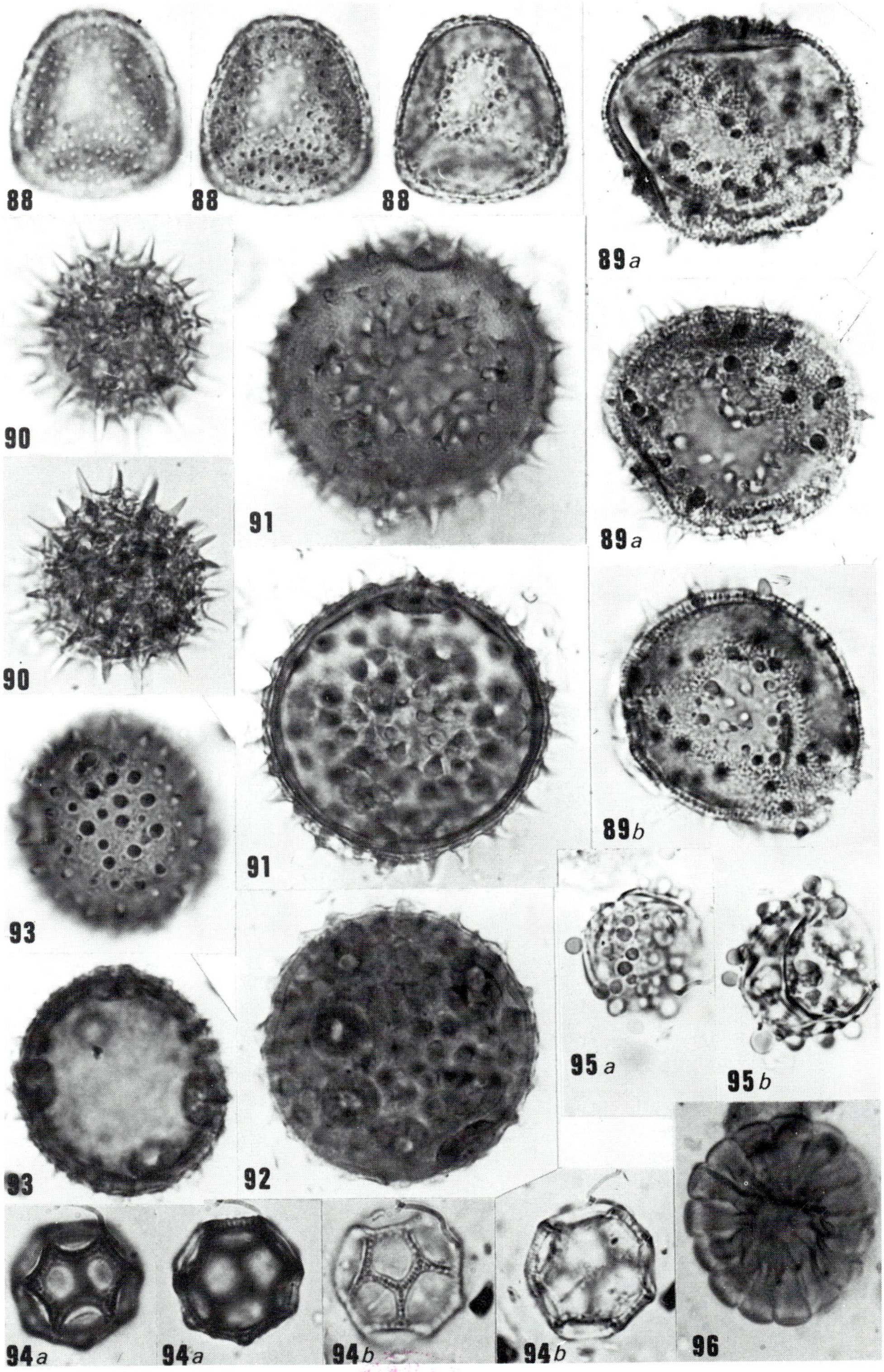
88
88
88
89a
90
91
89a
90
91
89b
93
91
95 a
95 b
93
92
94a
94a
94b
94b
96

PLATE 13

Type 97: *Dicliptera* (Acanthaceae)
(x 1000; 97a: 183.00 m; 97b: 183.00 m)

Type 98: *Beloperone* (Acanthaceae)
(x 1000; 308.40 m)

Type 99:
(x 1000; 337.40 m)

Type 100: *Ranunculus* (Ranunculaceae)
(x 1000; 100a: 183.00 m; 100b: 305.80 m)

Type 101: *Hedyosmum* (Chloranthaceae)
(x 1000; 101a: 290.00 m; 101b: 203.00. 101c: 300.20 m; 101d: 194.00 m; 101e: 331.40 m)

Type 102: *Ilex* (Aquifoliaceae)
(x 1000; 102a: 310.00 m; 102b: 353.00 m)

PLATE 13

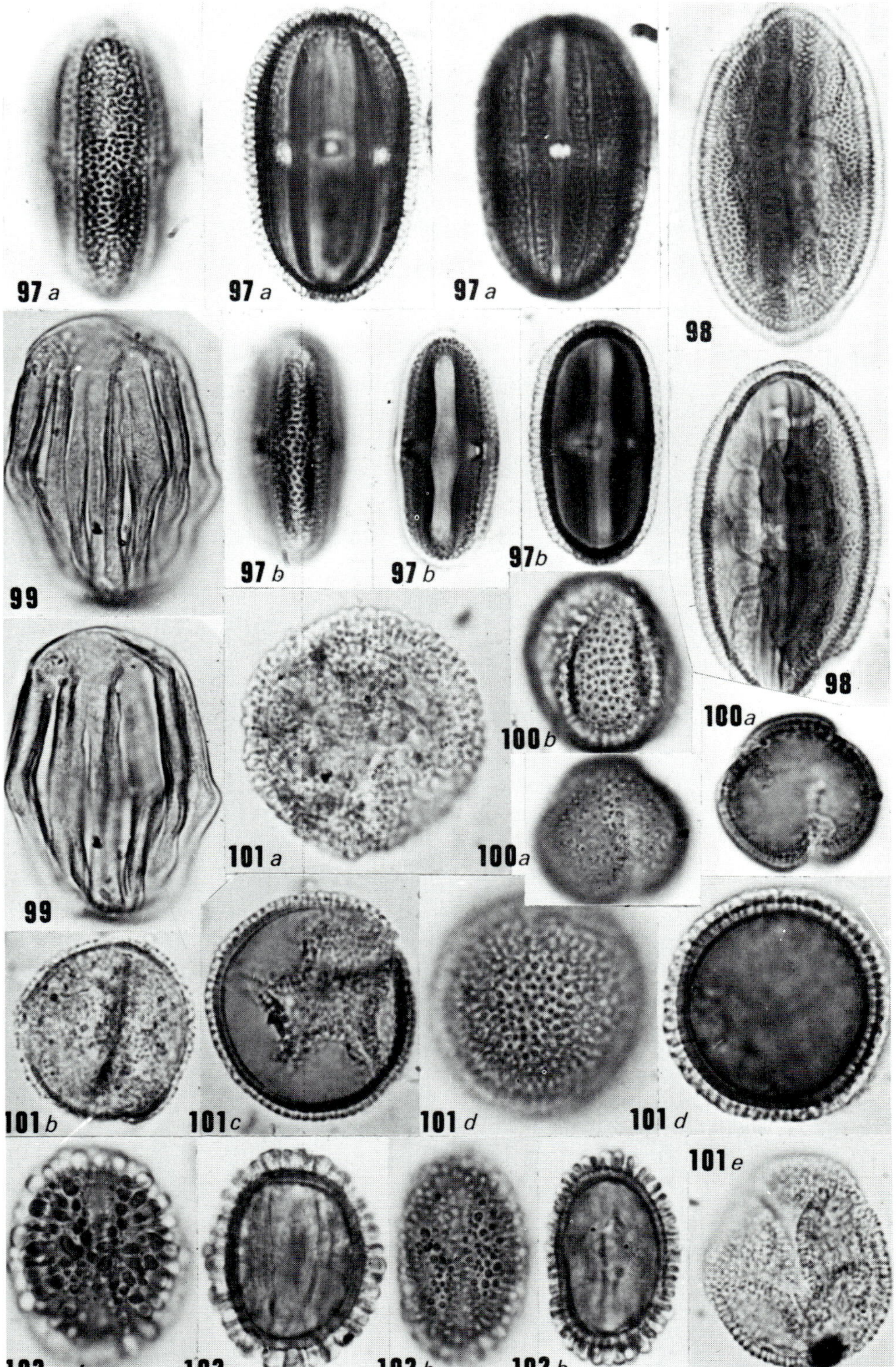
97 a
97 a
97 a
98
99
97 b
97 b
97 b
98
101 a
100 b
100 a
100 a
99
101 b
101 c
101 d
101 d
101 e
102 a
102 a
102 b
102 b

PLATE 14

Type 103:
(x 1000; 299.60 m)

Type 104:
(x 1000; 296.80 m)

Type 105: *Drimys granadensis* (Winteraceae)
(x 1000; 2.60 m)

Type 106: *Salvia killipiana* type (Labiatae)
(x 1000; 317.40 m)

Type 107: *Salvia* (Labiatae)
(x 1000; 107a: 271.60 m; 107b: 316.60 m)

Type 108:
(x 1000; 108a: 315.80 m; 108b: 301.00 m)

Type 109: *Satureja nubigena* type (Labiatae)
(x 1000; 109a: 234.00 m; 109b: 282.80 m)

Type 110: *Merremia* (Convolvulaceae)
(x 1000; 298.60 m)

PLATE 14

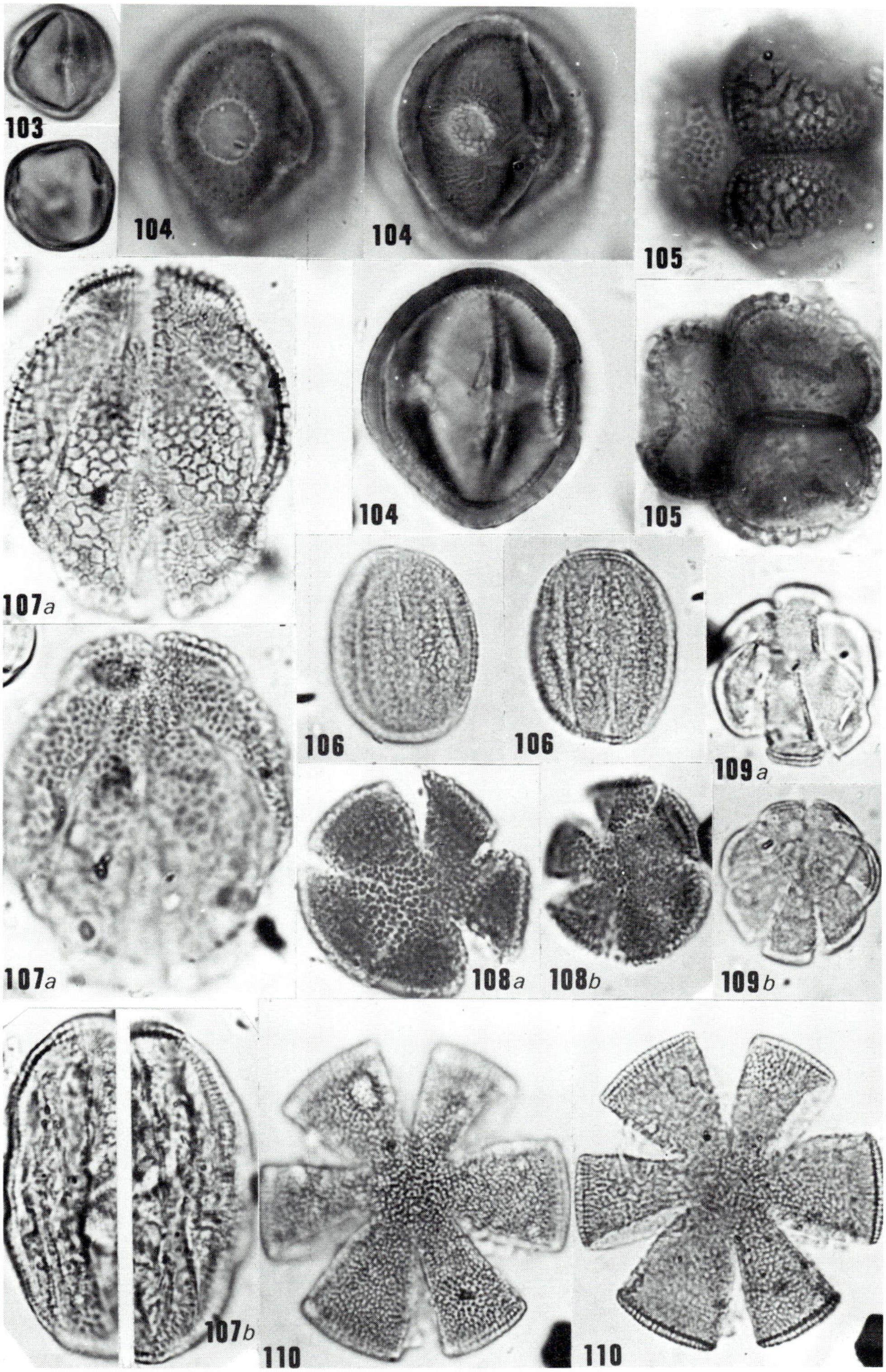
103
104
104
105
107a
104
105
106
106
109a
107a
108a
108b
109b
107b
110
110

PLATE 15

Type 111: *Evolvulus* (Convolvulaceae)
(x 1000; 194.00 m)

Type 112: Compositae
(x 1000; 264.80 m)

Type 113:
(x 1000; 192.00 m)

Type 114: cf. *Loricaria* (Compositae)
(x 1000; 114a: 354.00 m; 114b: 352.20 m)

Type 115: Compositae, Liguliflorae
(x 1000; 115a: 183.00 m; 115b: 283.40 m)

Tupe 116: Compositae, Tubuliflorae
(x 1000; 116a: 198.00 m; 116b: 312.00 m; 116c: 143.00 m; 116d: 295.00 m)

PLATE 15

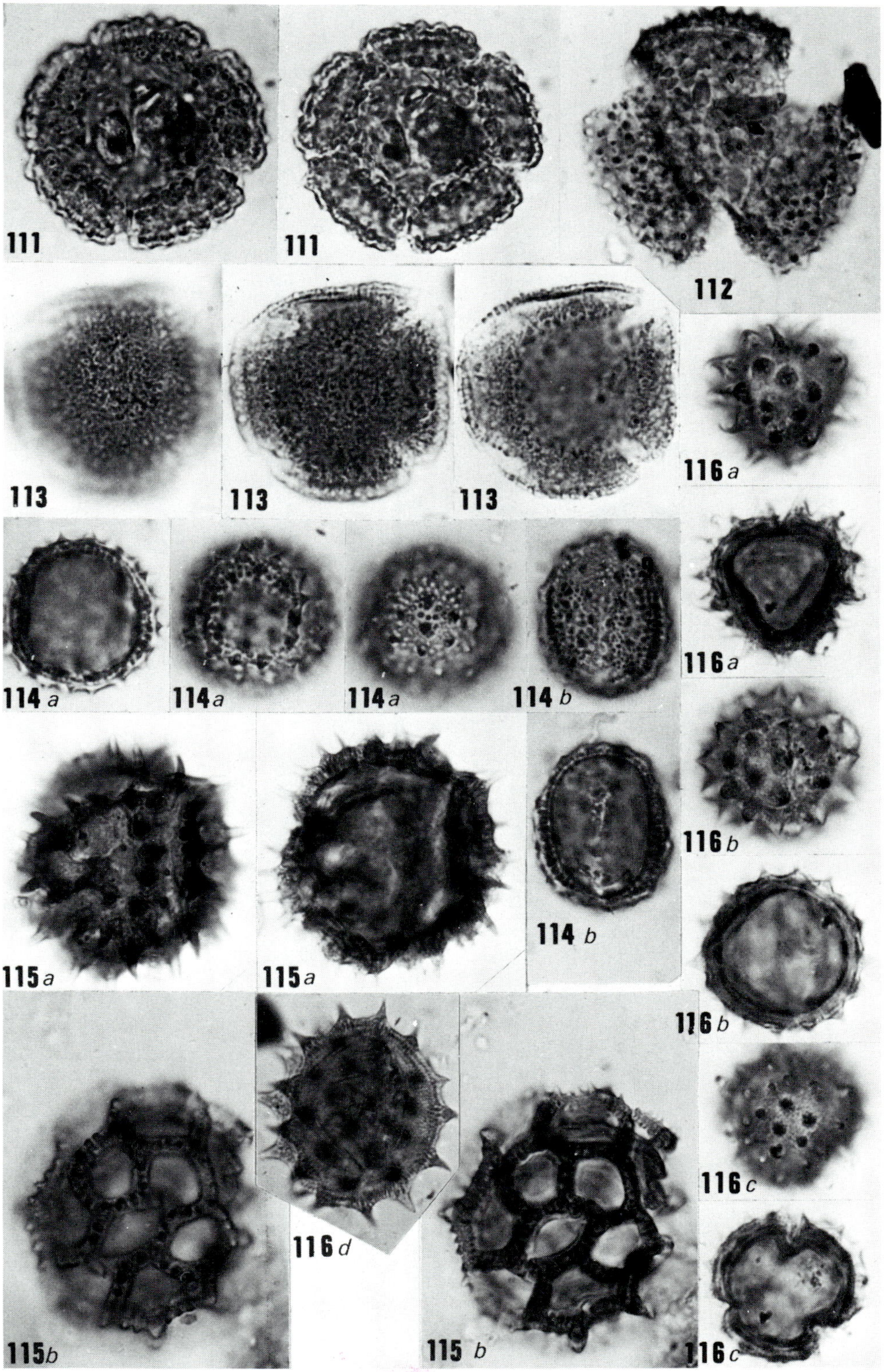
111
111
112
113
113
113
116 a
114 a
114 a
114 a
114 b
116 a
115 a
115 a
114 b
116 b
116 b
116 d
116 c
115 b
115 b
116 c

PLATE 16

Type 117: cf. *Artemisia* (Compositae)
(x 1000; 300.00 m)

Type 118: *Draba* (Cleef 1353 type)(Cruciferae)
(x 1000; 281.40 m)

Type 119: *Draba hammenii* type (Cruciferae)
(x 1000; 353.80 m)

Type 120: Rubiaceae
(x 1000; 120a: 145.00 m; 120b: 332.80 m; 120c: 207.00 m; 120d: 143.00 m; 120e: 297.40 m)

Type 121: *Viburnum* (Caprifoliaceae)
(x 1000; 121a: 327.20 m; 121b: 305.00 m; 121c: 189.00 m; 121d: 189.00 m)

Type 122: *Sericotheca argentea* (Rosaceae)(see also type 146)
(x 1000; 305.80 m)

Type 123: *Lepidium* (Cruciferae)
(x 1000; 167.00 m)

Type 124: *Lysipomia* (Campanulaceae)
(x 1000; 124a (*L. muscoides* type): 312.80 m; 124b (*L. sphagnophila* type): 287.60 m; 124c: 257.80 m)

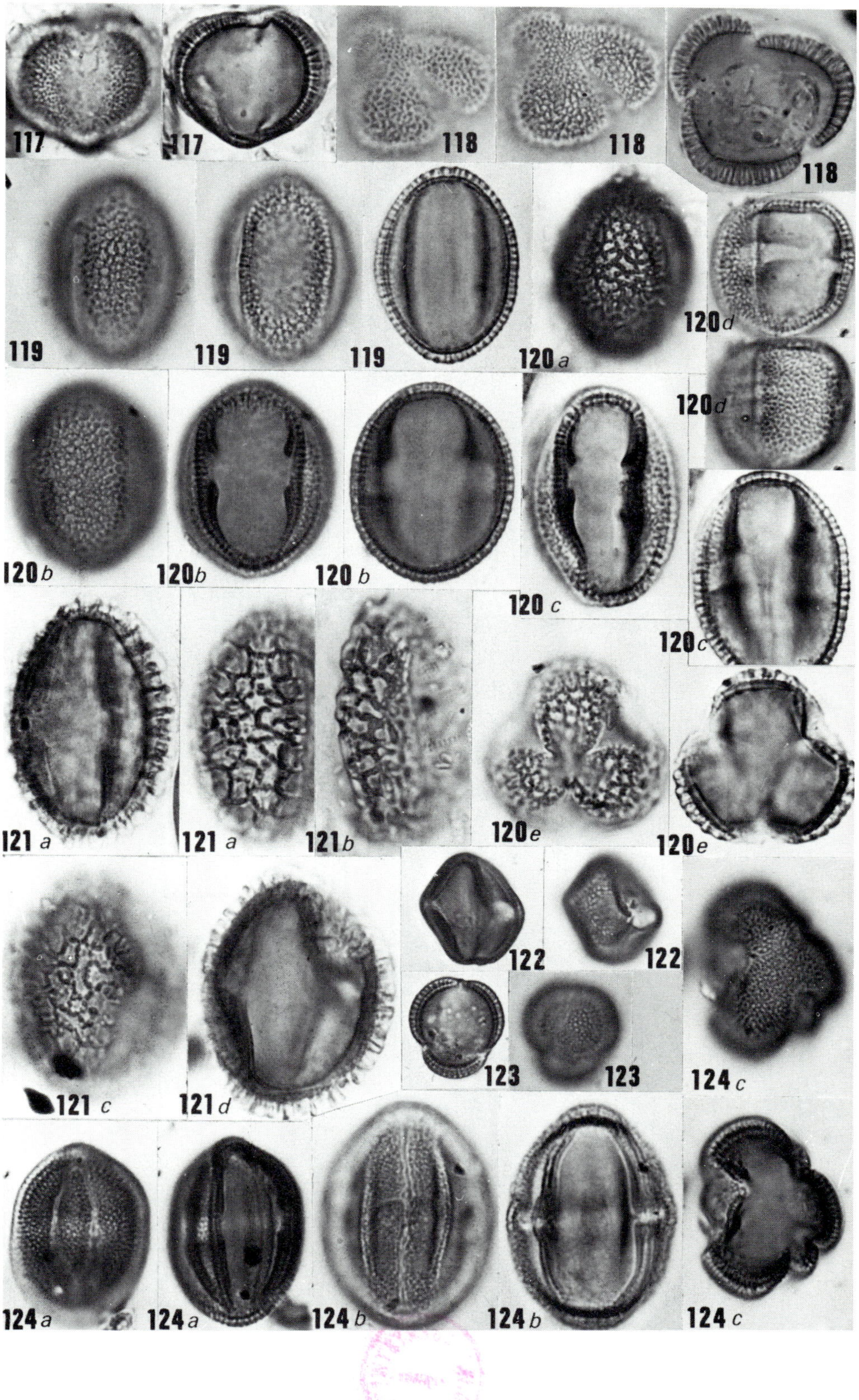
117
117
118
118
118
119
119
119
120a
120d
120d
120b
120b
120b
120c
120c
121a
121a
121b
120e
120e
122
122
123
123
124c
121c
121d
124a
124a
124b
124b
124c

PLATE 17

Type 125: (x 1000; 125a: 337.60 m; 125b: 303.80 m; 125c: 140.20 m; 125d: 282.60 m)

Type 126: *Lobelia tenera* type (Campanulaceae) (x 1000; 126a: 328.20 m; 126b: 301.60 m)

Type 127: *Eccremocarpus longiflorus* (Bignoniaceae) (x 1000; 127a: 313.60 m; 127b: 316.40 m)

Type 128: (x 1000; 128a: 205.00 m; 128b: 178.40 m)

Type 129: cf. *Rhus* (Anacardiaceae) (x 1000; 129a: 319.40 m; 129b: 178.00 m; 129c: 314.80 m)

PLATE 17

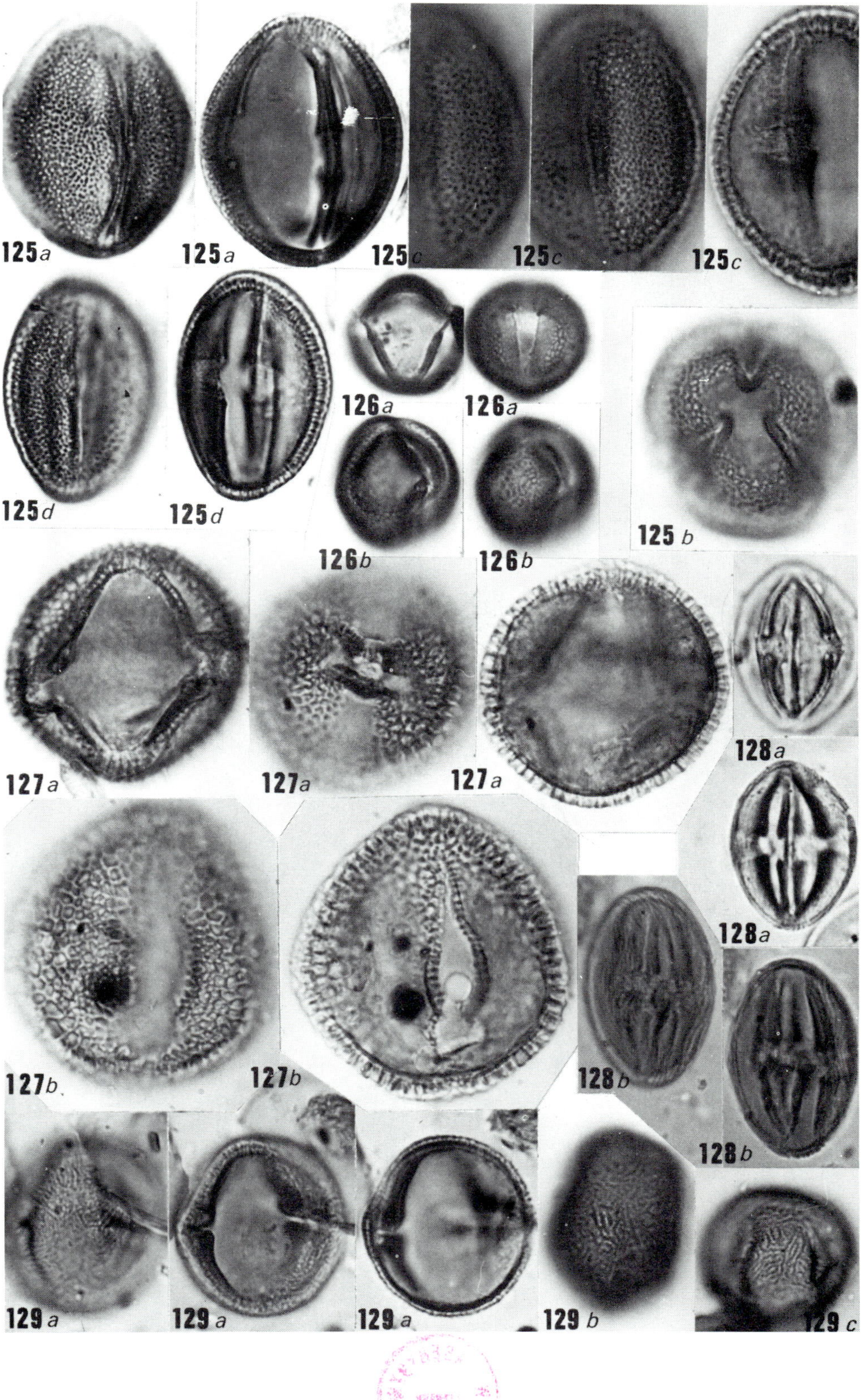
125a
125a
125c
125c
125c
125d
125d
126a
126a
126b
126b
125 b
127a
127a
127a
128a
128a
127b
127b
128b
128b
129 a
129 a
129 a
129 b
129 c

PLATE 18

Type 130: *Echeveria* (Crassulaceae)
(x 1000; 312.00 m)

Type 131: *Viola* (Violaceae)
(x 1000; 131a: 300.20 m; 131b: 283.60 m)

Type 132: *Rhizocephalum candollei* (Campanulaceae)
(x 1000; 132a: 275.20 m; 132b: 260.20 m)

Type 133: cf. Rosaceae
(x 1000; 204.00 m)

Type 134: *Polylepis quadrijuga* - *Acaena* (Rosaceae)
(x 1000; 134a: 275.80 m; 134b: 178.00 m; 134c: 295.60 m; 134d: 304.80 m)

Type 135: *Gentiana* - *Gentianella* (Gentianaceae)
(x 1000; (recent material) 135a: *Gentiana sedifolia*, Cleef 7765; 135b,c: *Gentiana corymbosa*, Cleef 5601)

Type 136: cf. Solanaceae
(x 1000; 325.60 m)

Type 137: cf. Palmae
(x 1000; 322.20 m)

Type 138:
(x 1000; 138a: 338.40 m; 138b: 336.60 m)

Type 139: Boraginaceae
(x 1000; 190.00 m)

Type 140: *Moritzia lindenii* (Boraginaceae)
(x 1000; 296.60 m)

PLATE 18

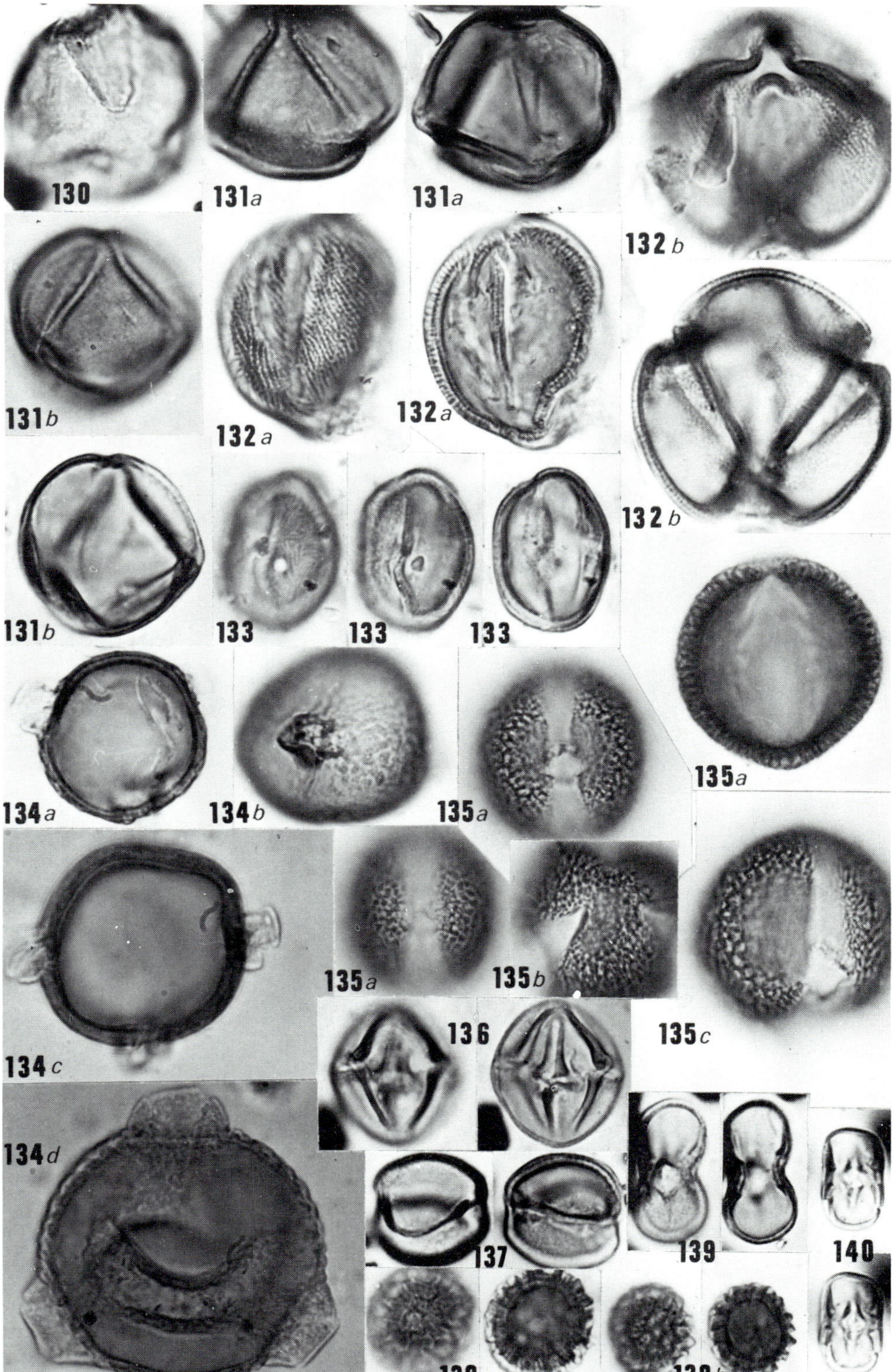
130
131a
131a
132b
131b
132a
132a
132b
131b
133
133
133
135a
134a
134b
135a
135a
135b
135c
134c
136
134d
137
139
140
138a
138b

PLATE 19

Type 141: Melastomataceae
(x 1000; 141a: 339.40 m; 141b: 336.80 m; 141c: 296.20 m; 141d: 345.60 m)

Type 142: *Miconia* type (Melastomataceae)
(x 1000; 142a: 197.00 m; 142b: 354.20 m; 142c: 279.00 m)

Type 143:
(x 1000; 273.60 m)

Type 144:
(x 1000; 144a: 140.40 m; 144b: 298.60 m)

Type 145: *Vallea stipularis* (Elaeocarpaceae)
(x 1000; 145a: 302.00 m; 145b: 191.00 m; 145c: 191.00 m; 145d: 215.40 m)

Type 146: *Sericotheca argentea* (Rosaceae)(see also type 122)
(x 1000; 146a: 256.60 m; 146b: 184.40 m)

Type 147: *Weinmannia* (Cunoniaceae)
(x 1000; 147a: 319.80 m; 147b: 231.00 m; 147c: 296.20 m; 147d: 194.00 m; 147e: 303.00 m)

Type 148: *Clethra* (Clethraceae)
(x 1000; 148a: 316.00 m; 148b: 282.00 m; 148c: 297.00 m)

Type 149:
(x 1000; 149a: 212.80 m; 149b: 220.40 m)

Type 150: Solanaceae
(x 1000; 150a: 339.60 m; 150b: 332.80 m; 150c: 309.20 m)

Type 151: cf. *Calceolaria* (Scrophulariaceae)
(x 1000; 151a: 284.80 m; 151b: 256.10 m; 151c: 353.80 m; 151d: 327.60 m)

Type 152:
(x 1000; 152a: 331.40 m; 152b: 313.60 m; 152c: 303.20 m)

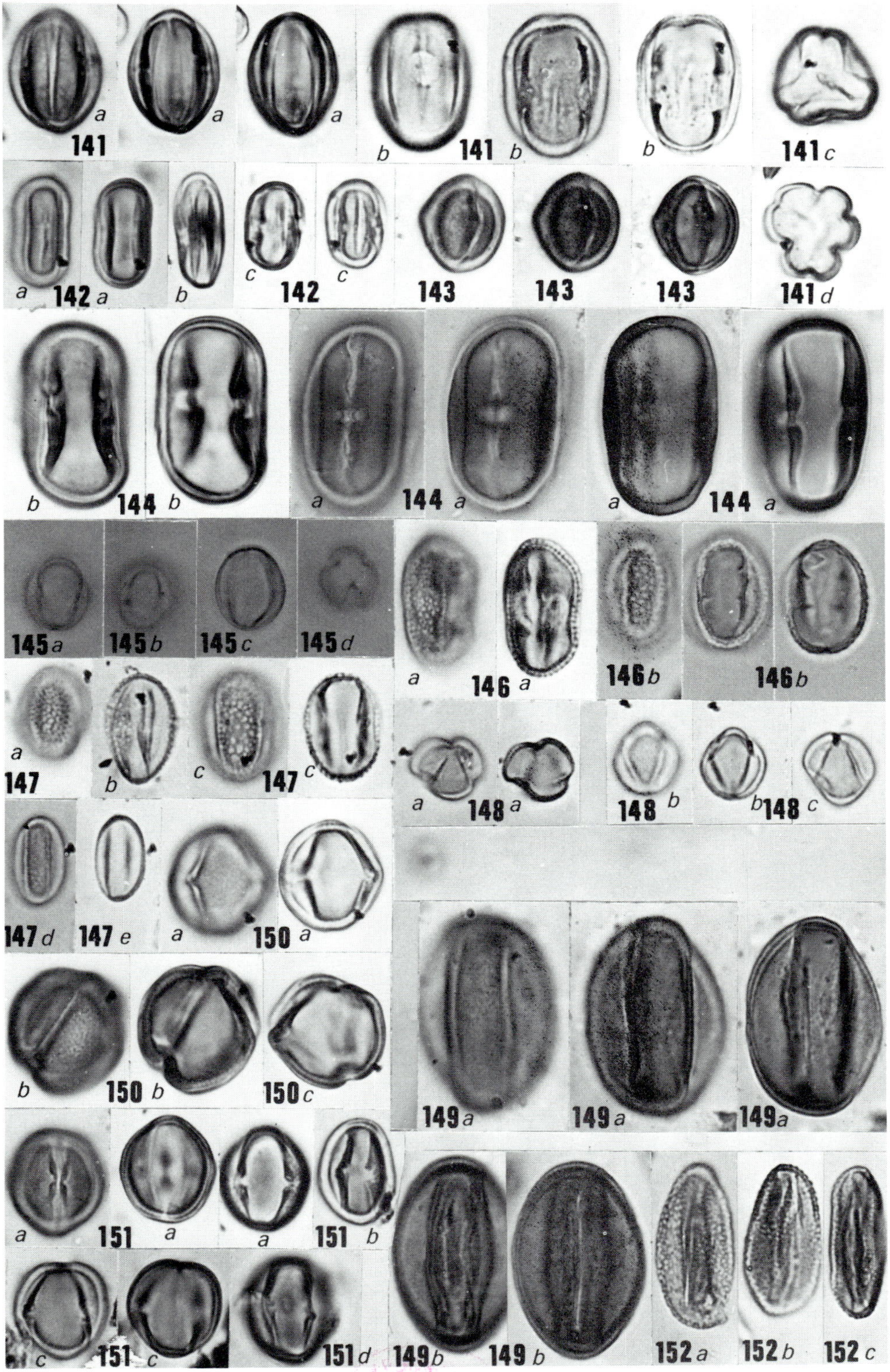
141 a
141 b
141 c
142 a
142 b
142 c
143
141 d
144 a
144 b
145 a
145 b
145 c
145 d
146 a
146 b
147 a
147 b
147 c
147 d
147 e
148 a
148 b
148 c
149 a
149 b
150 a
150 b
150 c
151 a
151 b
151 c
151 d
152 a
152 b
152 c

PLATE 20

Type 153: Rubiaceae (?)
(x 1000; 153a: 324.40 m; 153b: 282.60 m; 153c: 338.40 m)

Type 154: Form type: (C_3, psilate/scabrate)
(x 1000; 154a: 383.80 m; 154b: 290.40 m)

Type 155: Form type: (C_3, scabrate, polar exine thickened)
x 1000; 155a: 232.80 m; 155b: 225.40 m)

Type 156: Form type: (C_3P_3, scabrate/micro-ret., per-ret., large)
(x 1000; 156a: 143.00 m; 156b: 332.80 m; 156c: 261.60 m)

Type 157: Form type: (C_3P_3, scabrate/micro-ret., per-ret., small)
(x 1000; 157a: 353.80 m; 157b: 340.00 m)

Type 158: Form type: ($C_3(P_3)$, micro-ret., per-ret., large)
(x 1000; 158a: 297.60 m; 158b: 303.00 m; 158c: 315.80 m)

Type 159: Form type: (C_3, scabrate)
(x 1000; 159a: 164.00 m; 159b: 275.20 m)

Type 160: *Lupinus* (Papilionaceae)
(x 1000; 160a: 284.00 m; 160b: 321.20 m; 160c: 166.00 m; 160d: 304.40 m)

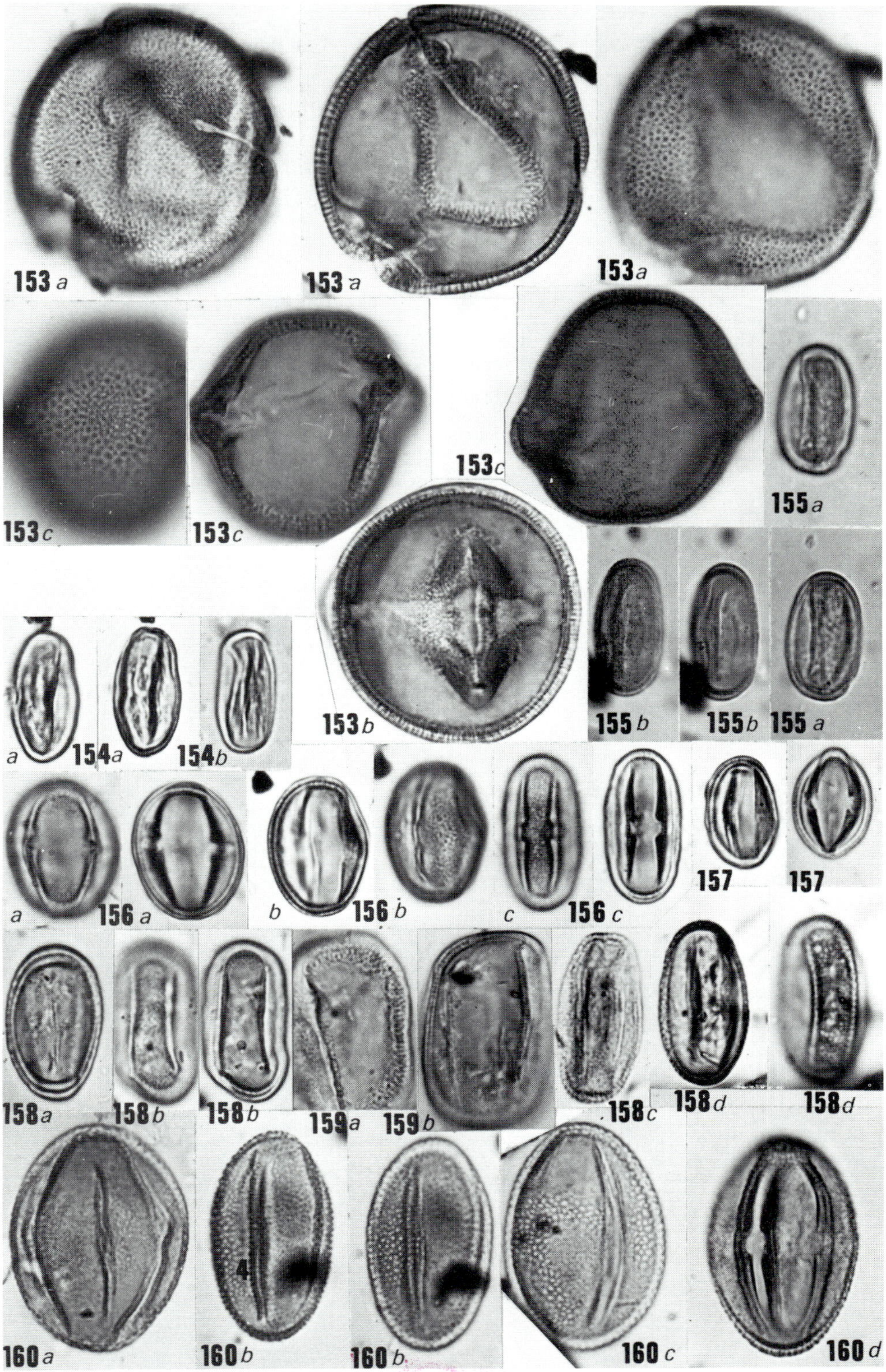
153 a
153 a
153 a
153 c
153 c
153 c
155 a
153 b
154 a
154 b
155 b
155 b
155 a
156 a
156 b
156 c
157
157
158 a
158 b
158 b
159 a
159 b
158 c
158 d
158 d
160 a
160 b
160 b
160 c
160 d

PLATE 21

Type 161: *Hypericum* (Guttiferae)
(x 1000; 161a: 332.80 m; 161b: 281.00 m; 161c: 336.00 m)

Type 162: *Aragoa* (Scrophulariaceae)
(x 1000; 162a: 325.80 m; 162b: 318.00 m)

Type 163: cf. *Clusia* (Guttiferae)
(x 1000; 163a: 288.60 m; 163b: 353.00 m; 163c: 196.00 m)

Type 164:
(x 1000; 164a: 244.00 m; 164b: 284.00 m)

Type 165:
(x 1000; 320.20 m)

Type 166:
(x 1000; 149.00 m)

Type 167: *Relbunium* (Rubiaceae)
(x 1000; 167a: 266.20 m; 167b: 250.00 m)

Type 168: *Warszewiczia* (Rubiaceae)
(x 1000; 248.40 m)

Type 169: *Gaiadendron punctatum* (Loranthaceae)
(x 1000; recent material, Cleef 10139, HdV 3115)

Type 170: Loranthaceae
(x 1000; 328.60 m)

Type 171 Loranthaceae
(x 1000; 171a: 345.40 m; 171b: 345.80 m)

PLATE 21

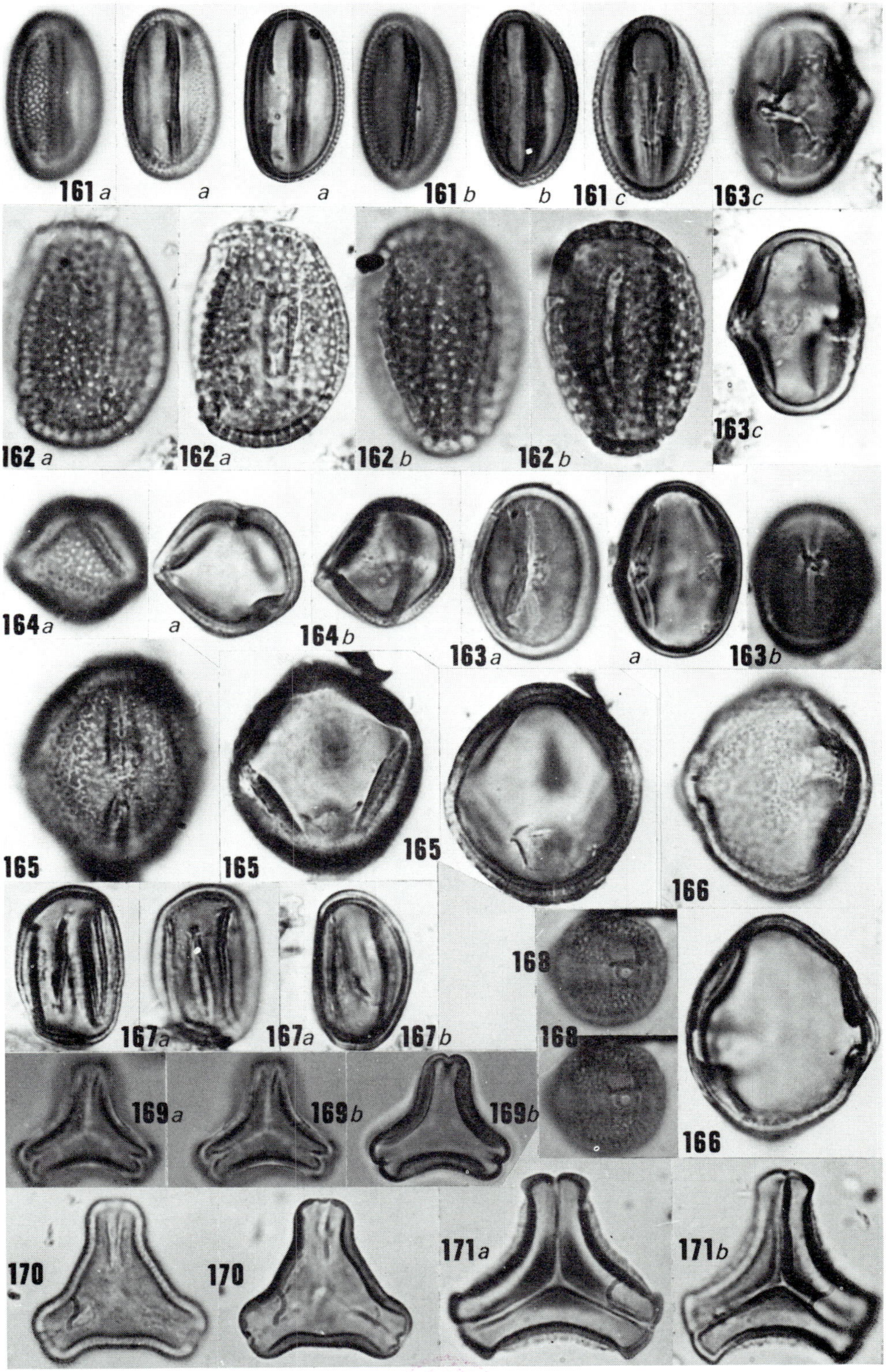

161 a
a
a
161 b
b
161 c
163 c
162 a
162 a
162 b
162 b
163 c
164 a
a
164 b
163 a
a
163 b
165
165
165
166
168
167 a
167 a
167 b
168
169 a
169 b
169 b
166
170
170
171 a
171 b

PLATE 22

Type 172: Ericaceae
(x 1000; 172a: 143.00 m; 172b: 194.00 m)

Type 173:
(x 1000; 173a: 296.00 m; 173b: 314.40 m)

Type 174: Asclepiadaceae
(x 1000; 144.40 m)

Type 175: Mimosaceae
(x 500; 289.20 m)

Type 176: *Calliandra* (Mimosaceae)
(x 500; 326.00 m)

Type 177: Mimosaceae
(x 1000; 224.40 m)

Type 178: Loranthaceae
(x 1000; 288.80 m)

Type 179: *Tristerix longebracteatus* type (Cleef 2500 type)(Loranthaceae)
(x 1000; 185.00 m)

Type 180: *Tristerix* (S.Diaz & Cleef 814 type)(Loranthaceae)
(x 1000; 180a: 221.00 m; 180b: 152.00 m)

PLATE 22

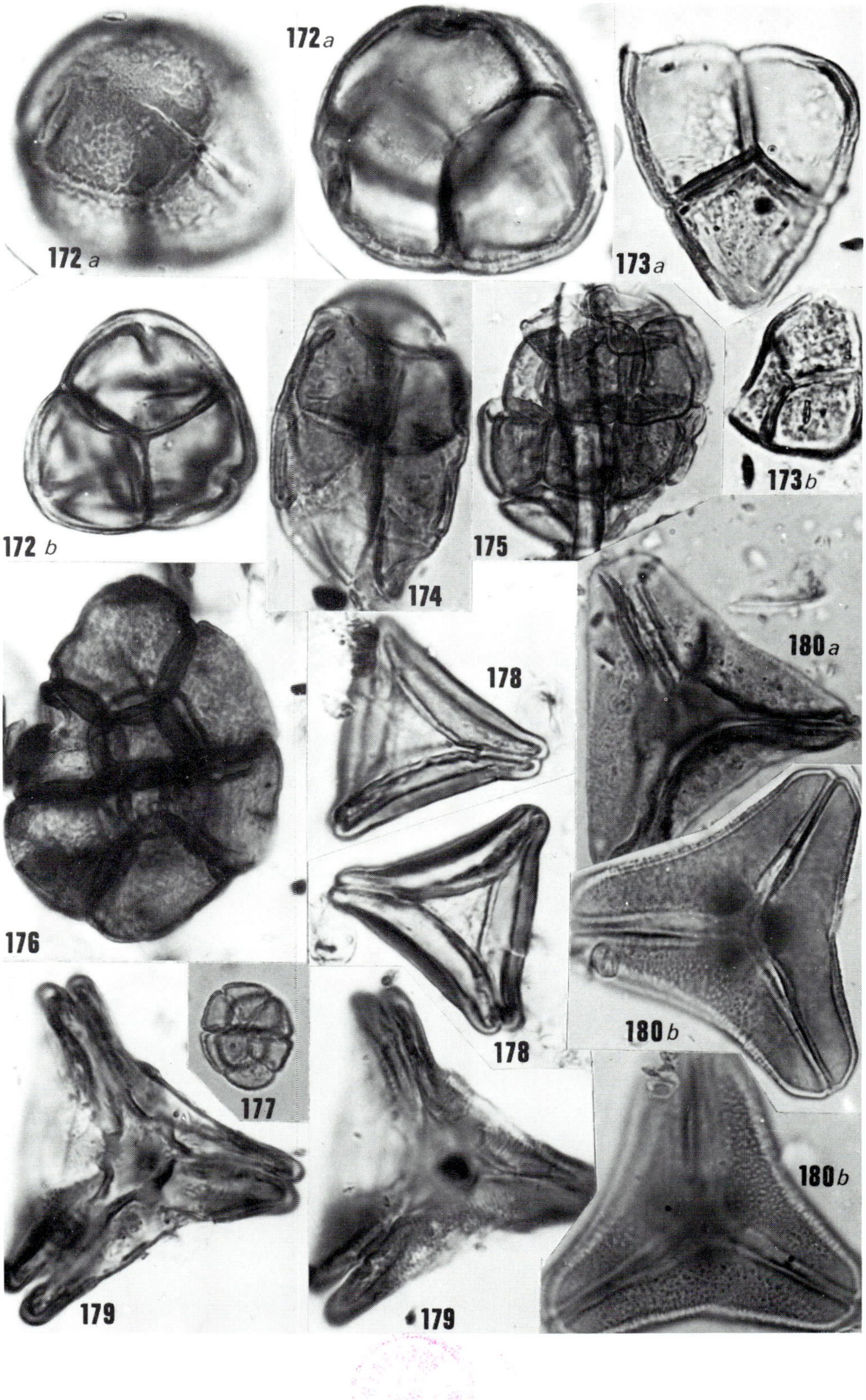
172 a
172 a
173 a
172 b
174
175
173 b
176
178
180 a
178
180 b
177
179
179
180 b

PLATE 23

Type 181:
(x 1000; 353.00 m)

Type 182: *Dalea* (Papilionaceae)
(x 1000; 182a: 179.00 m; 182b: 351.80 m)

Type 183: *Vicia* (Papilionaceae)
(x 1000; 183a: 274.00 m; 183b: 306.00 m)

Type 184: *Lathyrus* (Papilionaceae)
(x 1000; 184a: 183.00 m; 184b: 163.00 m)

Type 185: cf. *Conomorpha* (Myrsinaceae)
(x 1000; 185a: 237.20 m; 185b: 191.80 m)

Type 186: *Vismia* (Guttiferae)
(x 1000; 186a: 273.00 m; 186b: 356.00 m)

Type 187: cf. *Sessea* (Solanaceae)
(x 1000; 187a: 328.00 m; 187b: 198.40 m)

Type 188:
(x 1000; 231.80 m)

Type 189: cf. *Eriosema* (Papilionaceae)
(x 1000; 189a: 273.80 m; 189b: 239.00 m; 189c: 266.80 m)

Type 190: cf. *Astronium* (Anacardiaceae)
(x 1000; 219.00 m)

PLATE 23

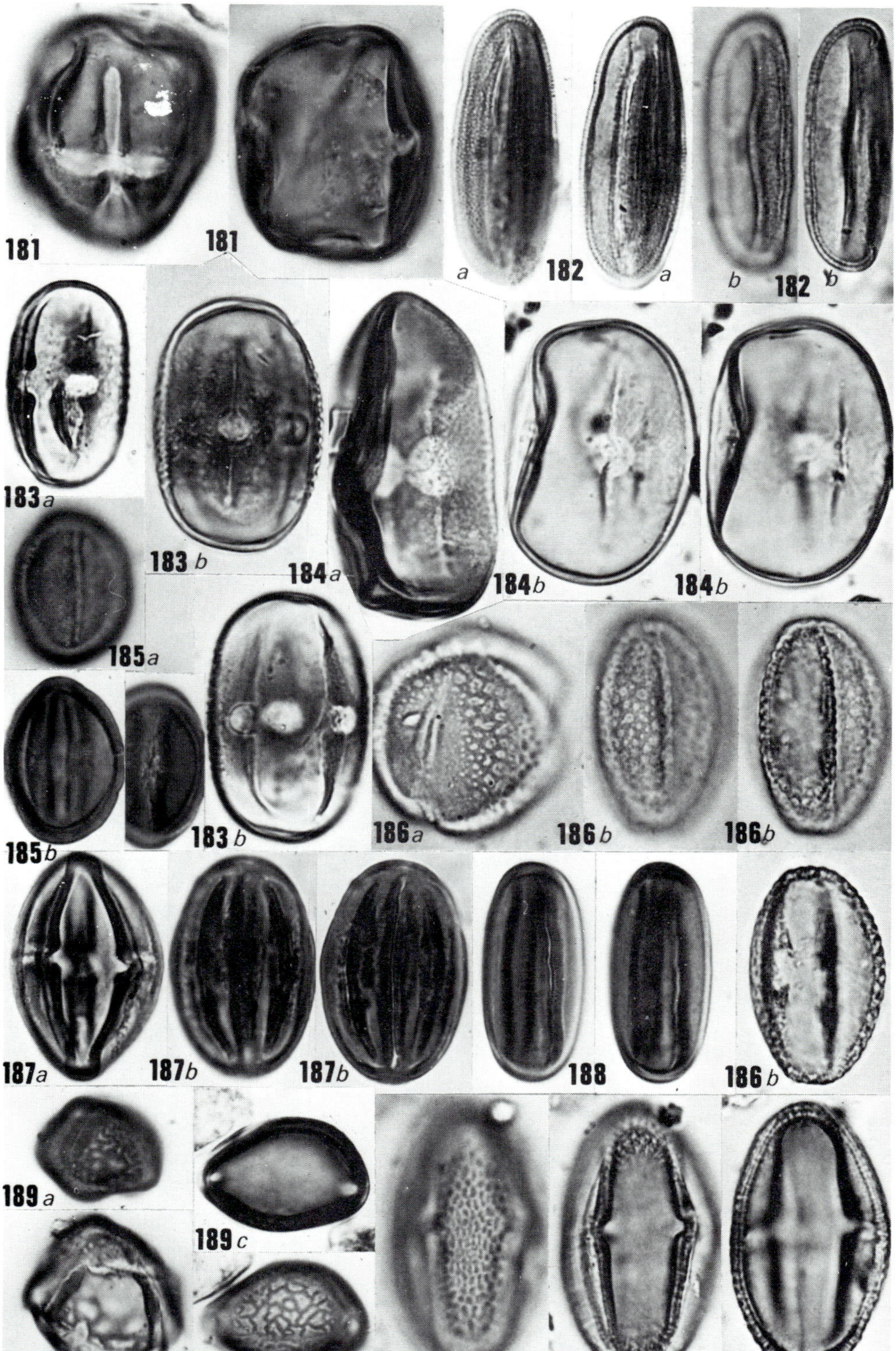
181
181
a
182
a
b
182
b
183a
183 b
184a
184b
184b
185a
185b
183 b
186a
186 b
186b
187a
187b
187b
188
186 b
189 a
189 c
189 b
189 c
190
190
190

PLATE 24

Type 191: *Monnina* (Polygalaceae)
(x 1000; 191a: 304.00 m; 191b: 307.20 m)

Type 192: *Sapium* (Euphorbiaceae)
(x 1000; 312.00 m)

Type 193:
(x 1000; 339.20 m)

Type 194: *Mutisia* (Compositae)
(x 1000; 194a: 300.40 m; 194b: 321.20 m)

Type 195: *Brugmansia (Datura) - Methysticodendron* (Solanaceae)
(195a: 355.60 m (x 1000); 195b: 302.00 m (x 750))

Type 196: *Cassia* (Caesalpinaceae)
(x 1000; 276.00 m)

PLATE 24

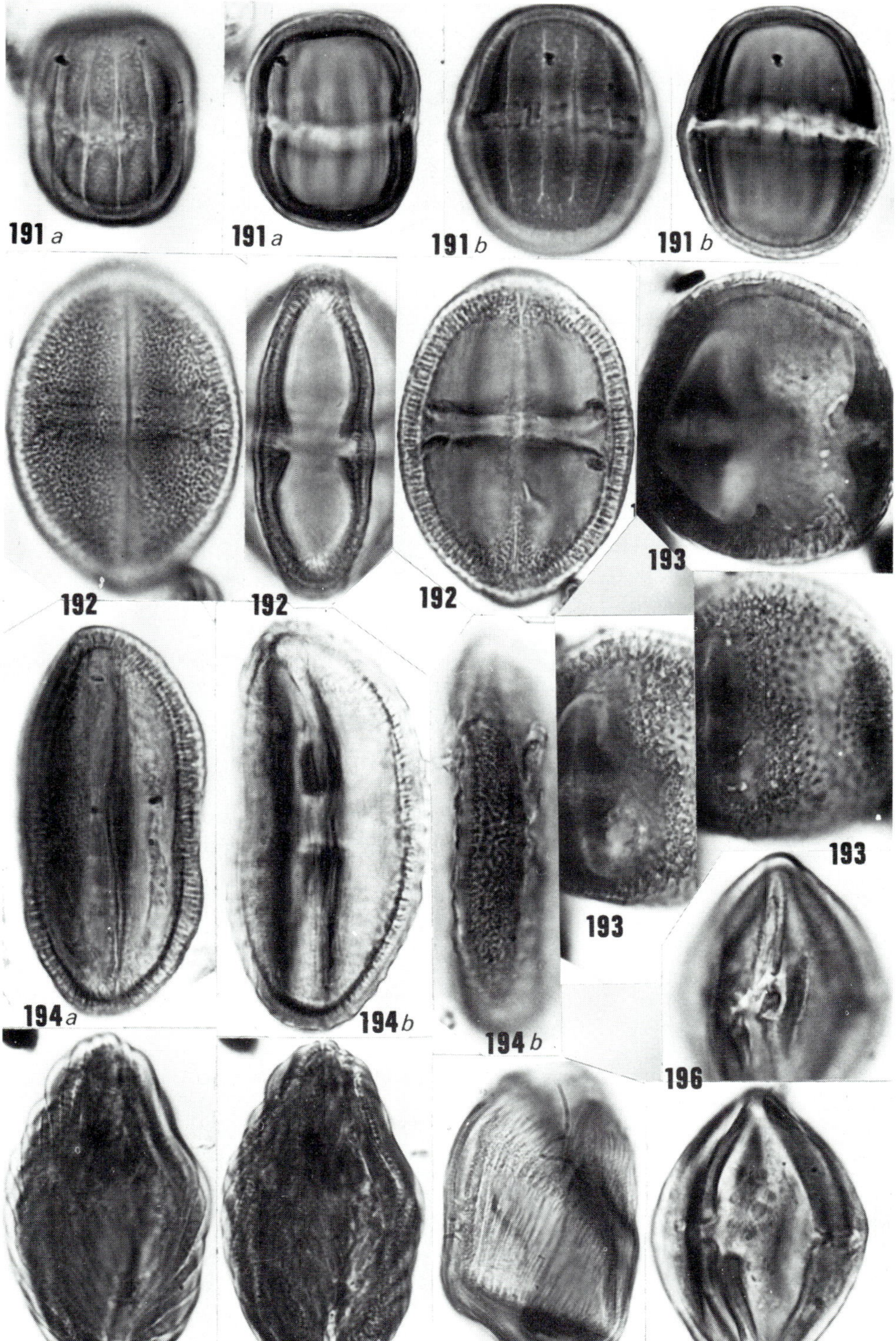
191 a
191 a
191 b
191 b
192
192
192
193
194 a
194 b
194 b
193
193
196
195 a
195 a
195 b
196

PLATE 25

Type 197: cf. *Heliocarpus* (Tiliaceae)
(x 1000; 179.00 m)

Type 198:
(x 1000; 198a: 243.40 m: 198b: 236.60 m)

Type 199: *Muehlenbeckia* (Polygonaceae)
(x 1000; 199a: 313.80 m; 199b: 309.20 m; 199c: 275.00 m)

Type 200: *Alchornea* (Euphorbiaceae)
(x 1000; 200a: 274.00 m; 200b: 270.00 m)

Type 201: *Gunnera* (Gunneraceae or Haloragidaceae)
(x 1000; 201a: 300.00 m; 201b: 297.00 m)

Type 202:
(x 1000; 225.40 m)

Type 203: *Dodonaea viscosa* (Sapindaceae)
(x 1000; 203a: 2.60 m; 203b: 27.37 m; 203c: 2.87 m)

PLATE 25

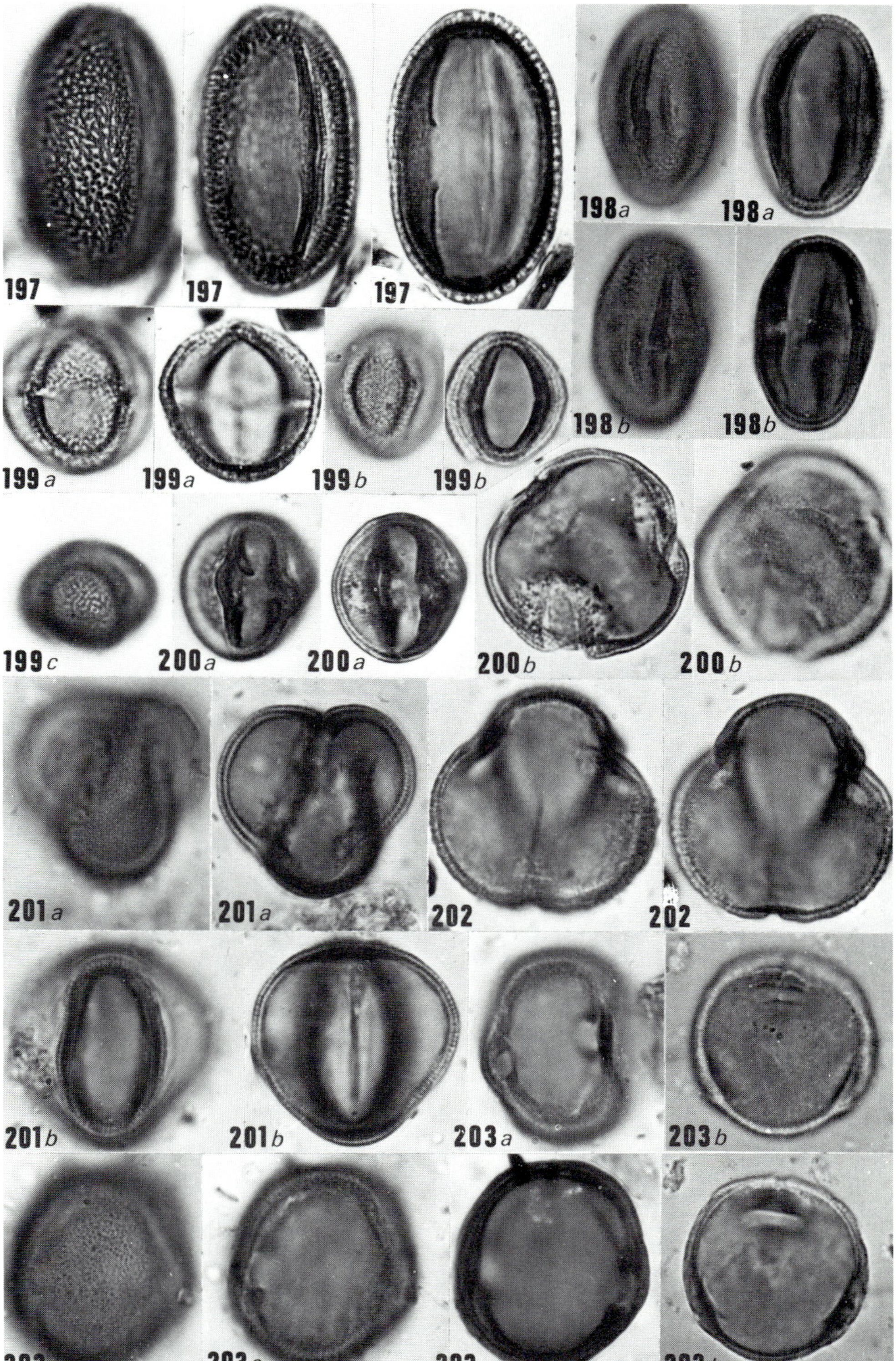
197
197
197
198a
198a
198b
198b
199a
199a
199b
199b
199c
200a
200a
200b
200b
201a
201a
202
202
201b
201b
203a
203b
203c
203c
203c
203b

PLATE 26

Type 204: *Croton bogotense* type (Euphorbiaceae)
(x 1000; 204a: 292.20 m; 204b: 316.80 m)

Type 205: *Geranium* (Geraniaceae)
(x 750; 205a: 194.00 m; 205b: 185.00 m; 205c: 304.00 m)

Type 206: *Croton* (Euphorbiaceae)
(x 1000; 206a: 301.00 m; 206b: 256.20 m)

Type 207: cf. *Cydista* (Bignoniaceae)
(x 1000; 309.80 m)

Type 208: *Plantago sericea* (Plantaginaceae)
(x 1000; 183.00 m)

Type 209: *Plantago australis* (Plantaginaceae)
(x 1000; 209a: 332.60 m; 209b: 183.00 m; 209c: 281.00 m)

Type 210: *Plantago rigida* (Plantaginaceae)
(x 1000; 210a: 195.00 m; 210b: 201.40 m)

PLATE 26

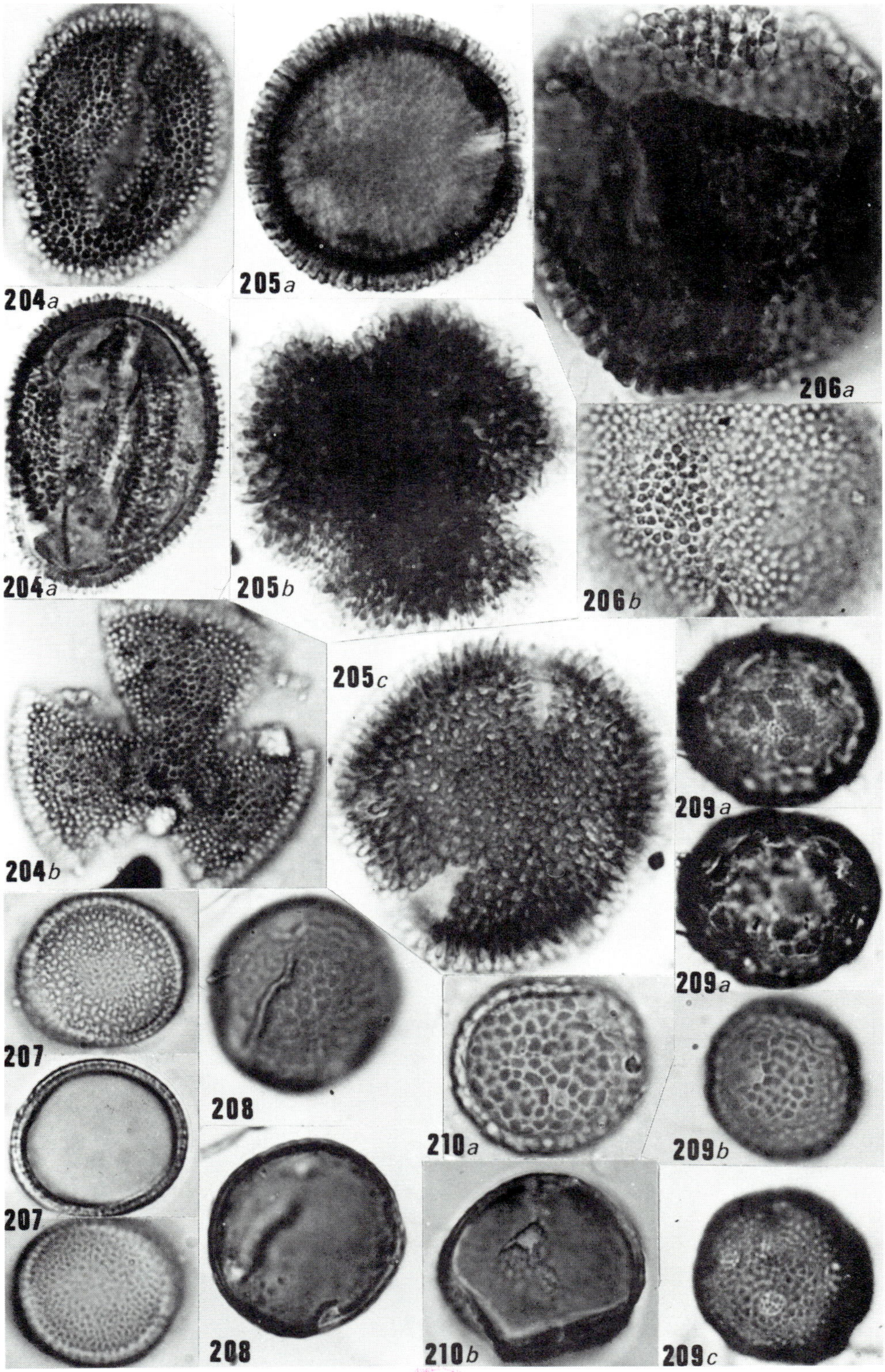
204a
205a
206a
204a
205b
206b
204b
205c
209a
209a
207
208
210a
209b
207
208
210b
209c

PLATE 27

Type 211: *Valeriana stenophylla* type (Valerianaceae)
(x 1000; 211a: 304.40 m; 211b: 185.00 m)

Type 212: *Valeriana arborea* type (Valerianaceae)
(x 1000; 322.00 m)

Type 213: *Valeriana triphylla* type (Valerianaceae)
(x 1000; 213a: 318.20 m; 213b: 303.60 m)

Type 214: *Valeriana* (Valerianaceae)
(x 1000; 214a: 285.00 m; 214b: 322.00 m)

Type 215: *Quercus* (Fagaceae)
(x 1000; 215a: 27.37 m; 215b: 27.37 m)

PLATE 27

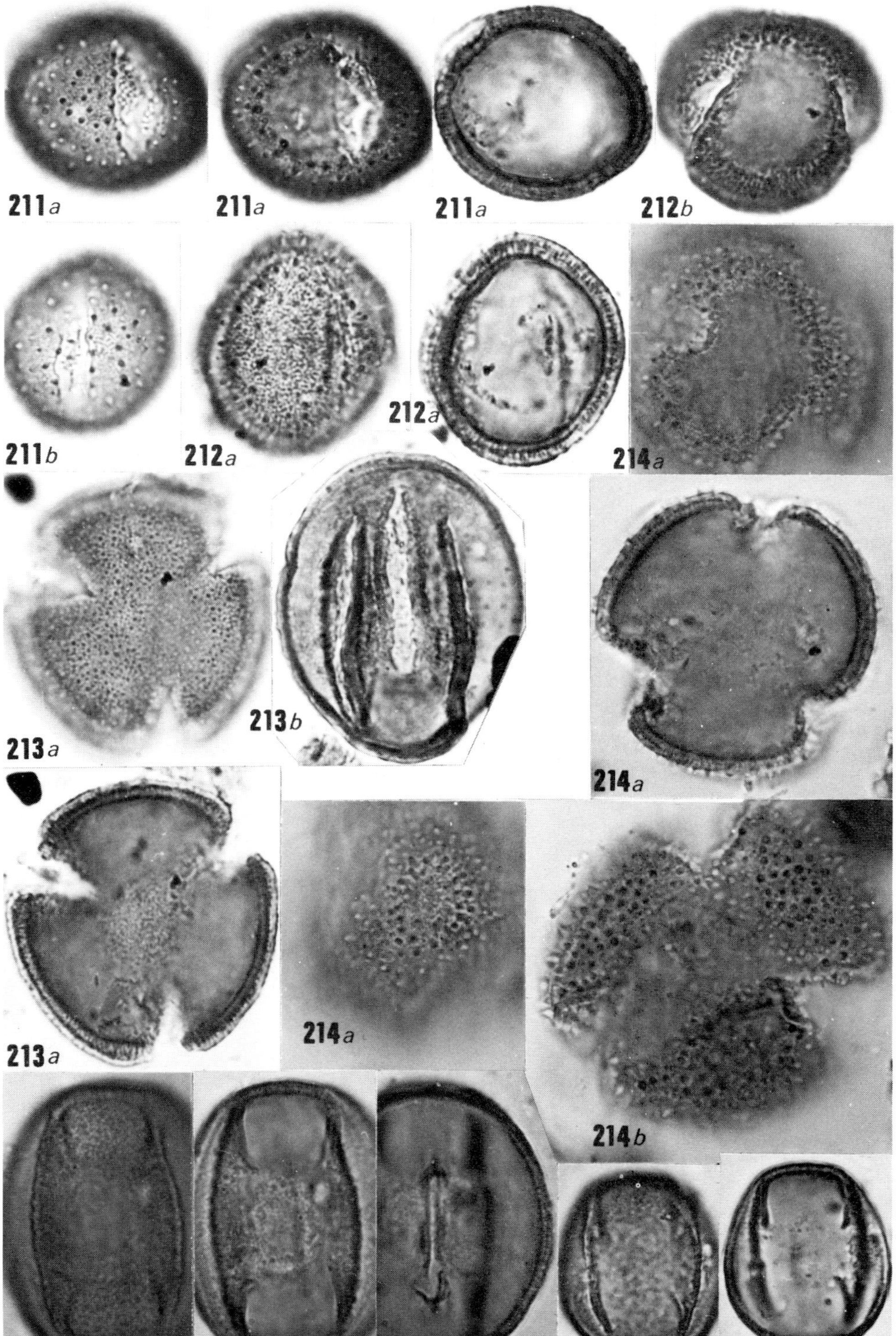
211a
211a
211a
212b
211b
212a
212a
214a
213a
213b
214a
213a
214a
214b
215a
215a
215a
b
215 b

PLATE 28

Type 216: *Guarea* (Meliaceae)
(x 1000; 216a: 194.80 m; 216b: 318.00 m)

Type 217: *Rapanea* (Myrsinaceae)
(x 1000; 217a: 292.50 m; 217b: 184.00 m; 217c: 307.40 m)

Type 218: Form type: (C_3(P_3?), scabrate)
(x 1000; 218a: 311.20 m; 218b: 306.00 m; 218c: 266.60 m)

Type 219: *Cedrela* (Meliaceae)
(x 1000; 219a: 287.20 m; 219b: 346.00 m; 219c: 316.20 m; 219d: 309.20 m)

Type 220: Meliaceae
(x 1000; 294.00 m)

Type 221: *Coriaria ruscifolia* (Coriariaceae)
(x 1000; 221a: 303.00 m; 221b: 316.00 m)

Type 222: Umbelliferae (large)
(x 1000; 222a (cf. *Eryngium*): 197.00 m; 222b (cf. *Eryngium*): 332.00 m; 222c: 197.00 m)

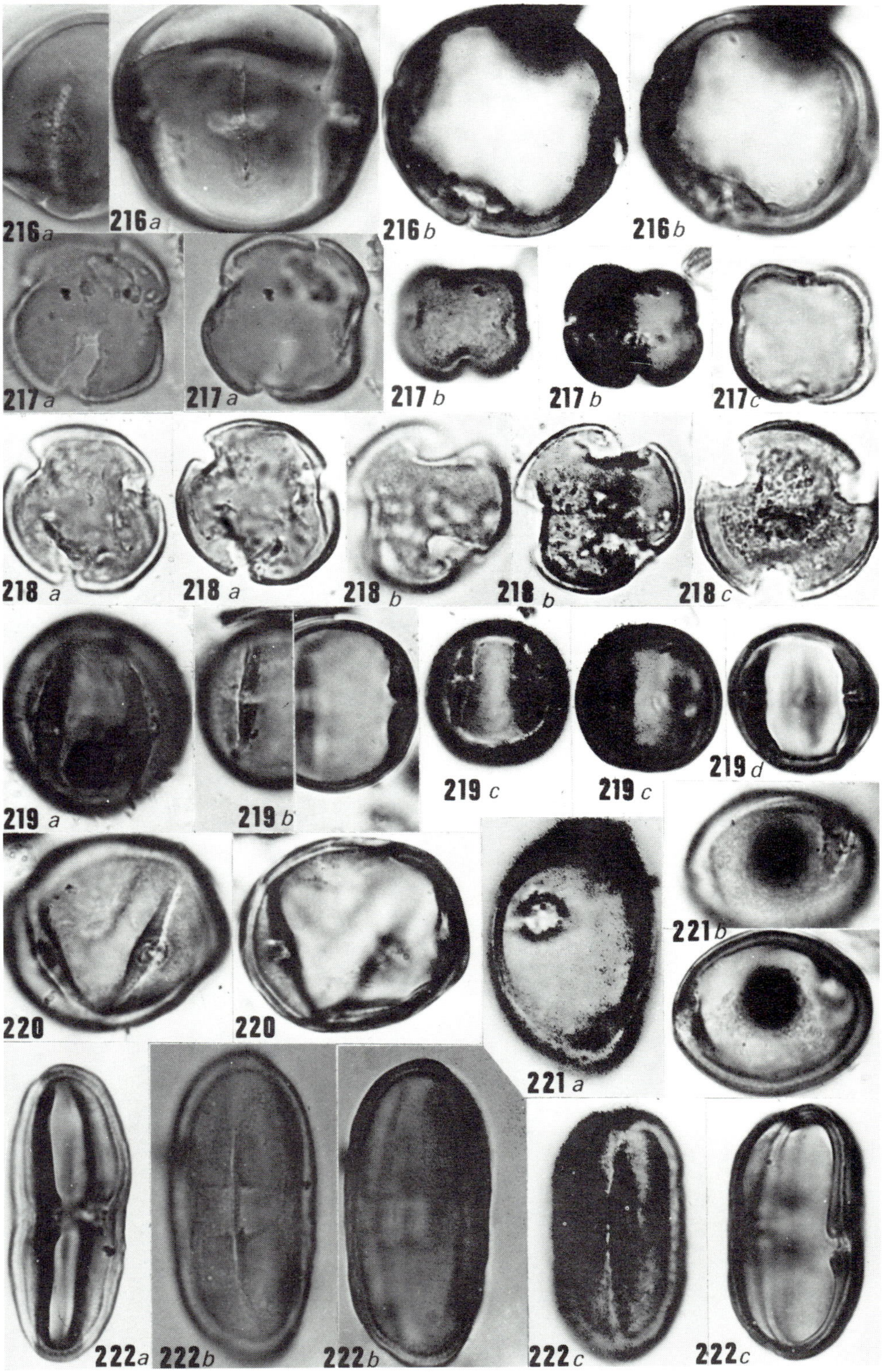
216a
216a
216b
216b
217a
217a
217b
217b
217c
218a
218a
218b
218b
218c
219a
219b
219c
219c
219d
220
220
221a
221b
222a
222b
222b
222c
222c

PLATE 29

Type 223: *Symplocos* (Symplocaceae)
(x 1000; 223a: 285.00 m; 223b: 327.20 m; 223c: 196.00 m; 223d: 312.00 m; 223e: 193.00 m)

Type 224: Papilionaceae
(x 1000; 243.40 m)

Type 225: *Azorella* (Umbelliferae)
(x 1000; 319.40 m)

Type 226: *Hydrocotyle* (Umbelliferae)
(x 1000; 226a: 332.40 m; 226b: 346.00)

Type 227: Umbelliferae (small)
(x 1000; 227a: 350.00 m; 227b: 273.60 m)

Type 228: *Rumex tolimensis* type (Polygonaceae)
(x 1000; 228a: 350,40 m; 228b: 337.20 m; 228c: 321.60 m; 228d: 259.10 m)

Type 229:
(x 1000; 267.00 m)

Type 230:
(x 1000; 353.60 m)

Type 231: cf. Solanaceae
(x 1000; 265.40 m)

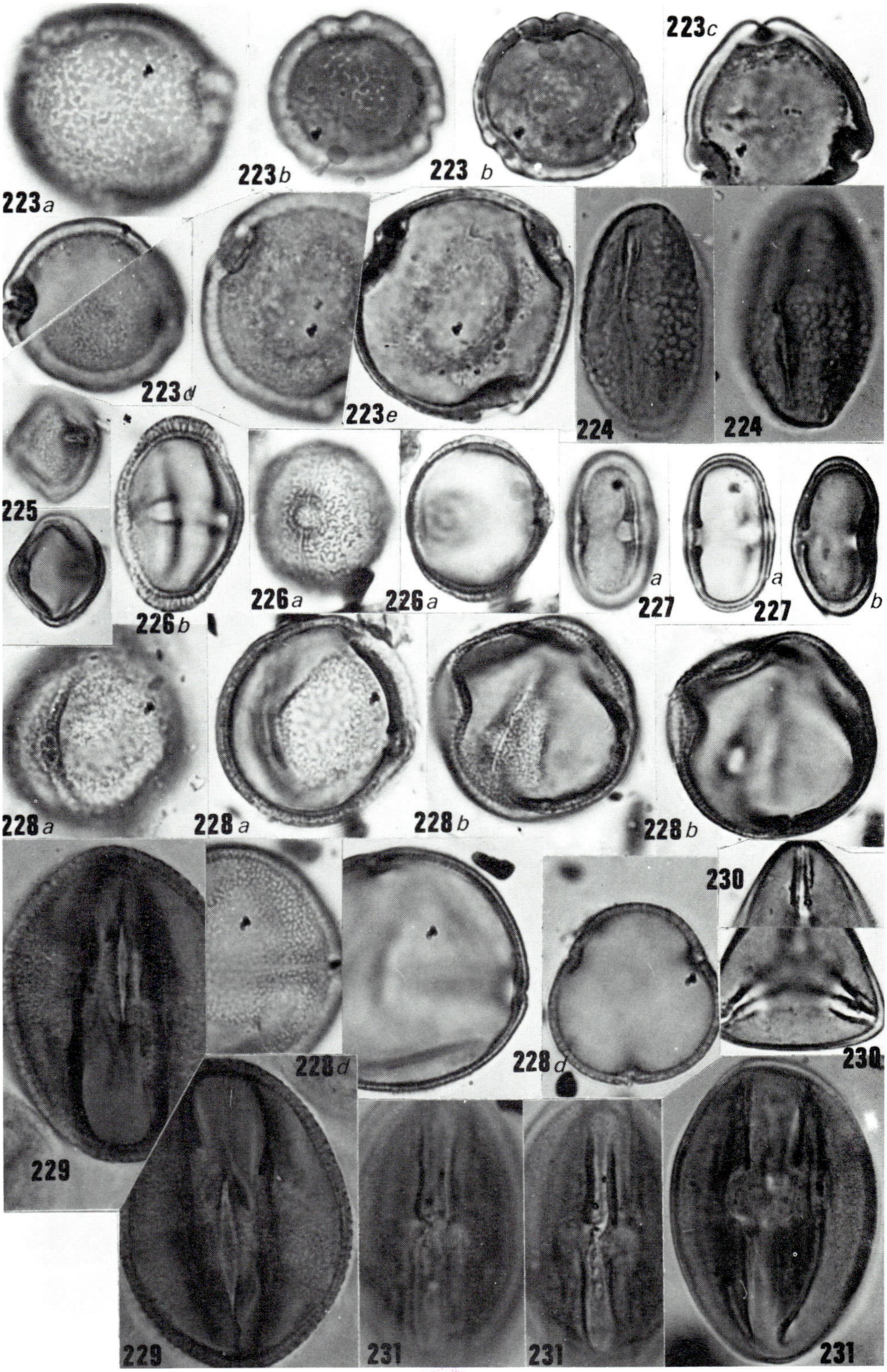
223a
223b
223 b
223c
223d
223e
224
224
225
226b
226a
226a
227 a
227 a
b
228a
228a
228b
228b
229
228d
228d
230
230
229
231
231
231

PLATE 30

Type 232:
(x 1000; 232a: 348.60 m; 232b: 336.40 m; 232c: 318.20 m)

Type 233: *Azolla* (Azollaceae)
(x 200; 233a: 352.40 m; 233b: 352.40 m)

Type 234: *Adiantum* (Adiantaceae, Adiantoideae)
(x 500; 275.40 m)

Type 235: *Lycopodium* (Lycopodiaceae)
(x750; 155.00 m)

Type 236: *Cyathea (Trichipteris)* (Cyatheaceae)
(x 500; 236a: 268.60 m; 236b: 338.20 m; 236c: 299.60 m)

Type 237: cf. *Cyathea (Trichipteris)* (Cyatheaceae)
(x 500; 354.80 m)

Type 238: *Grammitis (Ctenopteris) moniliforme* type (Grammitidaceae)
(x 750; 238a: 318.20 m; 238b: 308.80 m; 238c: 353.60 m; 238d: 356.40 m (plate 31))

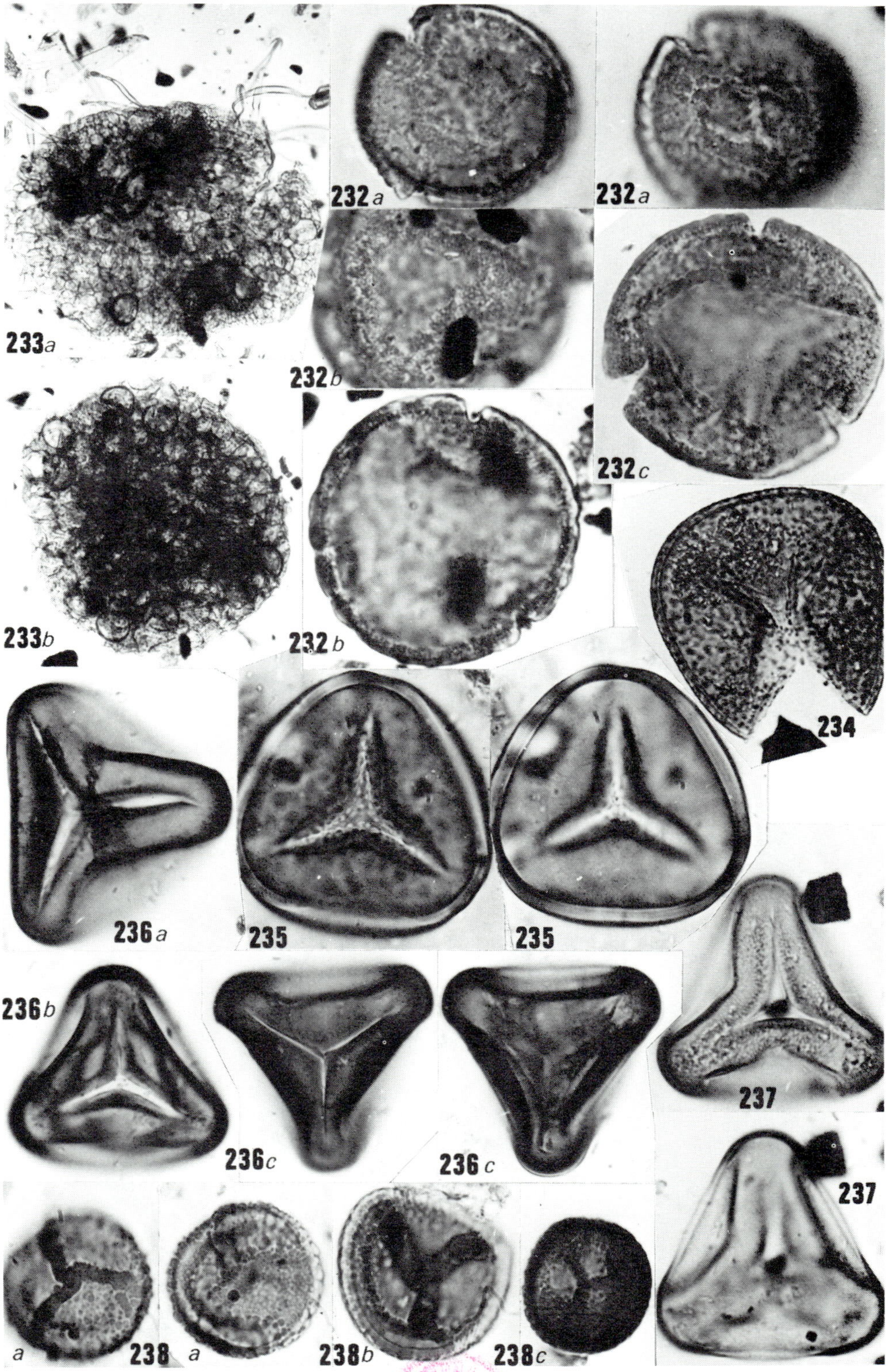

233a
232a
232a
232b
232c
233b
232b
234
236a
235
235
236b
236c
236c
237
237
a
238
a
238b
238c

PLATE 31

Type 239:
(x 500; 325.60 m)

Type 240:
(x 500; 326.40 m)

Type 241: *Grammitis* (Grammitidaceae)
(x 750; 241a: 352.40 m; 241b: 355.60 m; 241c: 262.00 m)

Type 242: *Hymenophyllum myriocarpum* type (Hymenophyllaceae)
(x 500; 270.40 m)

Type 243: *Selaginella anceps* type (Selaginellaceae)
(x 750; 352.40 m)

Type 244: *Hymenophyllum trichophyllum* type (Hymenophyllaceae)
(x 500; 303.40 m)

Type 245: cf. *Acrostichum* (Adiantaceae, Pteridoideae)
(x 750; 296.00 m)

Type 246: *Cyathea* (Cyatheaceae)
(x 750; 246a: 260.00 m; 246b: 328.20 m)

Type 247: *Sphagnum* (Sphagnaceae, Musci)
(x 750; 247a: 301.40 m; 247b: 27.50 m; 247c: 274.00 m)

Type 248: cf. *Cheilanthes* (Adiantaceae, Adiantoideae)
(x 500; 248a: 273.00 m; 248b: 333.00 m; 248c: 333.00 m; 248d: 338.00 m)

Type 249: Cyatheaceae
(x 750; 249a: 304.00 m; 249b: 304.00 m; 249c: 199.00 m)

Type 250:
(x 500; 209.80 m)

PLATE 31

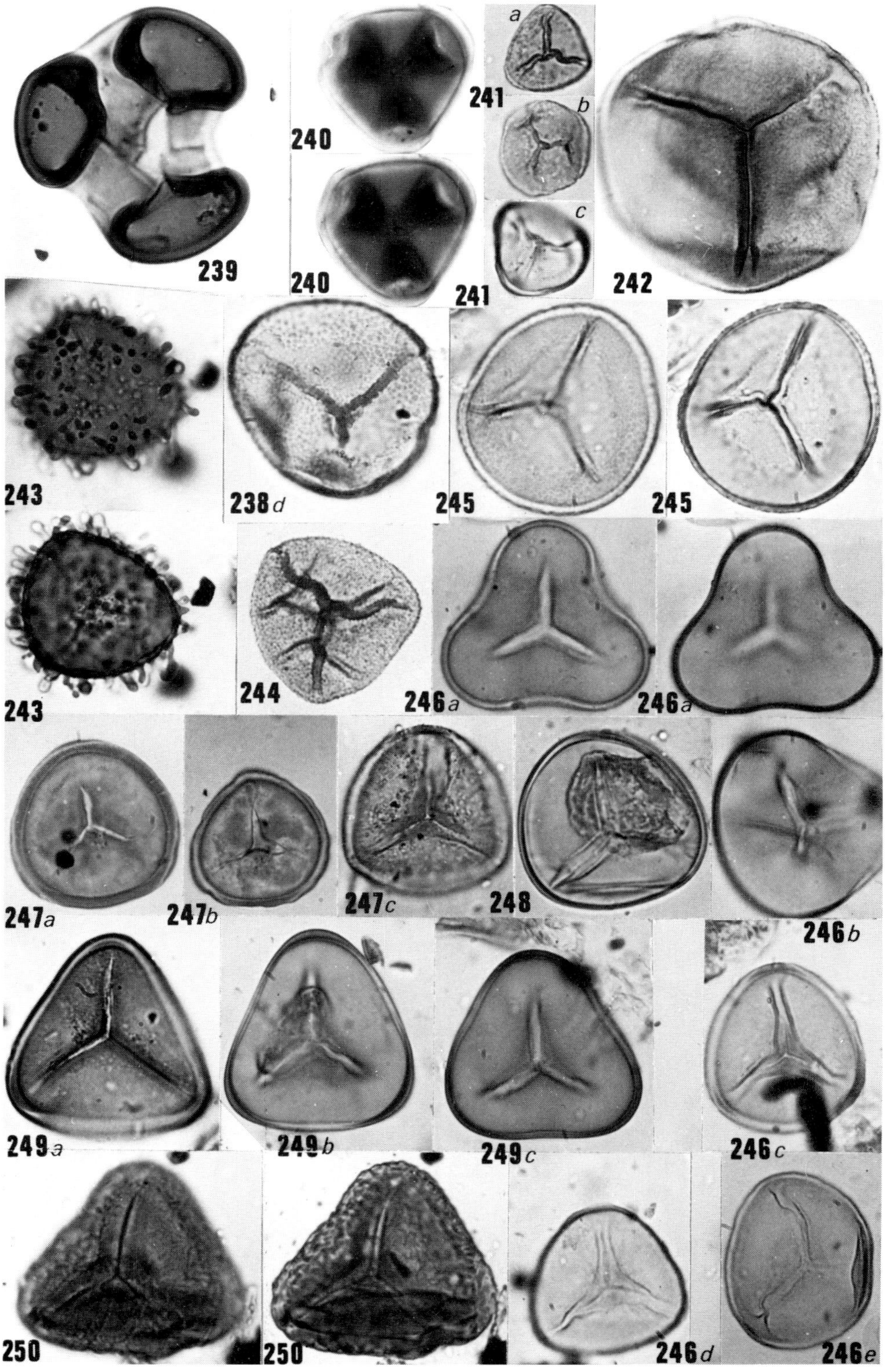
239
240
240
241 a
241 b
241 c
242
243
238 d
245
245
243
244
246 a
246 a
247 a
247 b
247 c
248
246 b
249 a
249 b
249 c
246 c
250
250
246 d
246 e

PLATE 32

Type 251: *Lycopodium* (Lycopodiaceae)
(x 750; 249.00 m)

Type 252: *Anthoceros* (Anthocerotaceae, Anthocerotae)
(x 500; 253.40 m)

Type 253: cf. *Cyathea* (Cyatheaceae)(genus previously named *Hemitelia*)
(x 750; 191.80 m)

Type 254: Type, including *Anthoceros* (Anthocerotaceae), *Selaginella* (Selaginellaceae) and *Hymenophyllum* (Hymenophylaceae)
(x 500; 254a: 337.80 m; 254b: 312.00 m; 254c: 336.80 m; 254d: 352.40 m)

Type 255: *Selaginella* (Selaginellaceae)
(x 750; 329.60 m)

Type 256: *Selaginella* (Selaginellaceae)
(x 750; 256a: 205.00; 256b: 290.00 m; 256c: 303.40 m; 256d: 282.00 m)

Type 257: *Lycopodium cuatrecasasii* type (Lycopodiaceae)
(x 750; 257a: 289.80 m; 257b: 317.20 m)

Type 258: *Anemia* (Schizaeaceae)
(x 750; 258a: 355.00 m; 258b: 321.20 m)

Type 259: *Cyathea (Sphaeropteris) quindiuensis* type (Cyatheaceae)
(x 500; 289.00 m)

PLATE 32

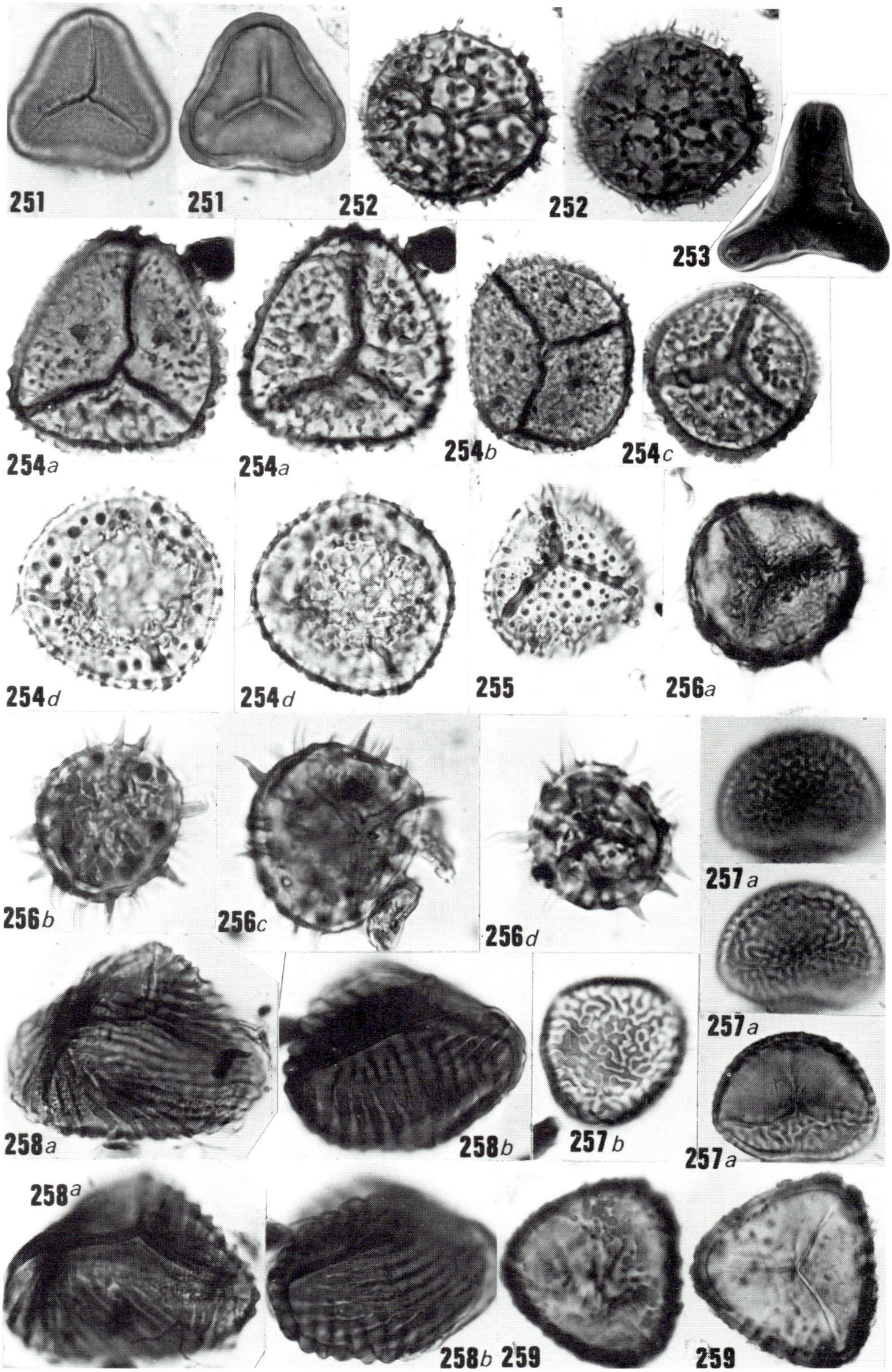
251
251
252
252
253
254a
254a
254b
254c
254d
254d
255
256a
256b
256c
256d
257a
257a
257a
258a
258b
257b
258a
258b
259
259

PLATE 33

Type 260: *Cyathea escuquensis* type (Cyatheaceae)(genus previously named *Hemitelia*)
(x 500; 260a: 302.00 m; 260b: 313.60 m; 260c: 301.20 m; 260d: 299.60 m; 260e: 239.00 m (x 750))

Type 261:
(x 500; 336.40 m)

Type 262:
(x 750; 352.20 m)

Type 263: *Dicksonia sellowiana* type (Cyatheaceae)
(x 750; 263a: 356.60 m; 263b: 179.00 m)

Type 264: cf. *Acrostichum* (Adiantaceae, Pteridoideae)
(x 500; 181.00 m)

Type 265: *Saccoloma domingensis* type (Dennstaedtiaceae, Dennstaedtioideae)
(x 500; 313.80 m)

Type 266: *Saccoloma elegans* type (Dennstaedtiaceae, Dennstaedtioideae)
(x 750; 266a: 191.00 m; 266b: 180.00 m)

Type 267: cf. *Lycopodium* (Lycopodiaceae)
(267a: 313.00 m (x 500); 267b: 325.20 m (x 750))

Type 268: *Cyathea (Nephelea) cuspidata* type (Cyatheaceae)
(x 750; 268a: 191.00 m; 268b: 276.00 m)

PLATE 33

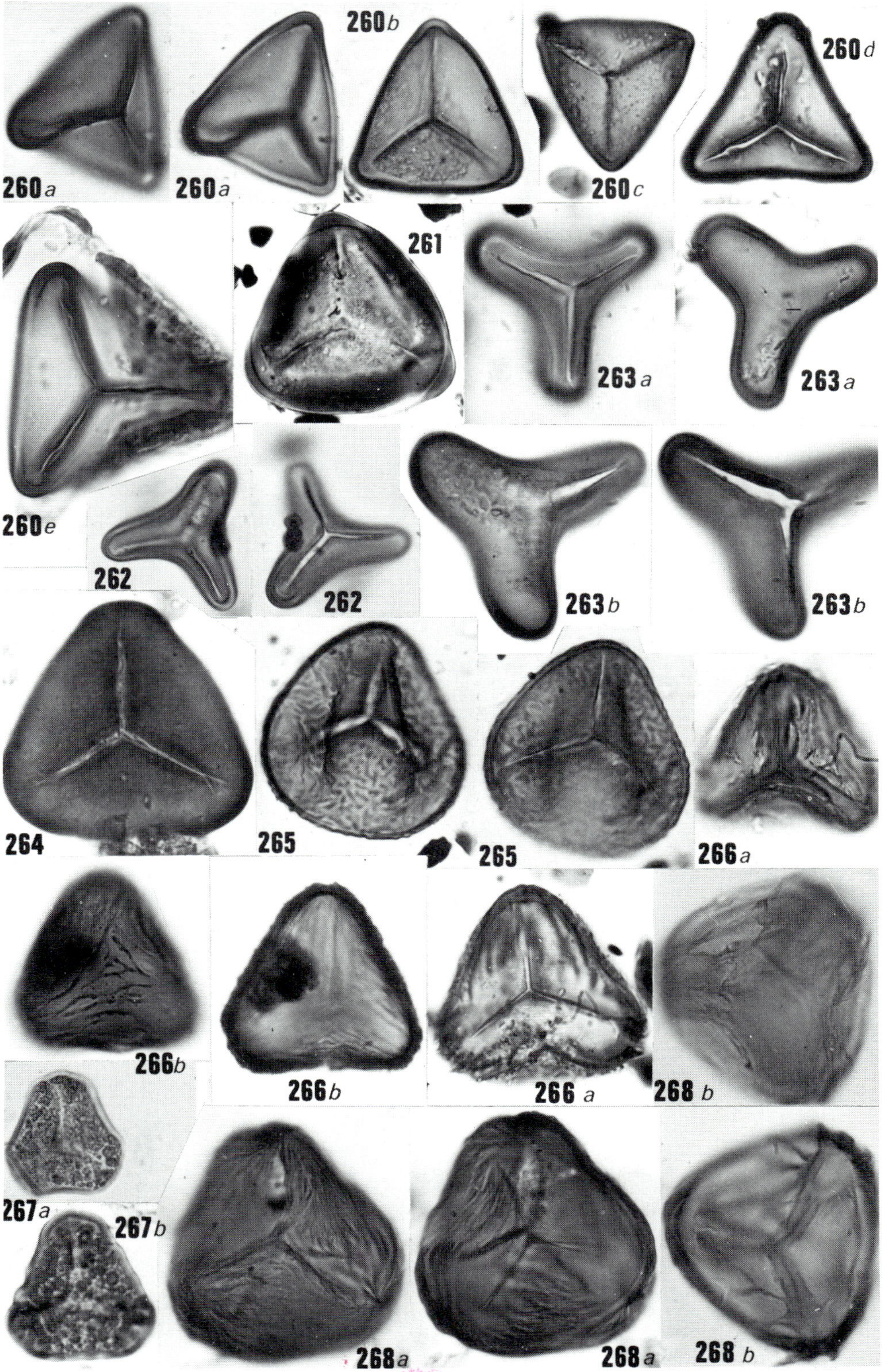
260a
260a
260b
260c
260d
260e
261
262
262
263a
263a
263b
263b
264
265
265
266a
266b
266b
266 a
267a
267b
268 b
268a
268a
268 b

PLATE 34

Type 269: *Lycopodium curvatum* type (Lycopodiaceae)
(x 750; 269a: 330.80 m; 269b: 354.20 m)

Type 270: *Lycopodium cernuum* type (Lycopodiaceae)
(x 750; 351.90 m)

Type 271: *Riccia* (Ricciaceae, Hepaticae)
(x 500; 271a: 190.00 m; 271b: 324.00 m)

Type 272: cf. *Anthoceros* (Anthocerotaceae, Anthocerotae)
(x 750; 184.80 m)

Type 273: Form species: *Crassoretitriletes vanraadshoovenii* Germeraad, Hopping et Muller 1968
(x 500; 273a: 143.20; 273b: 310.20 m)

Type 274:
(x 500; 351.60 m)

Type 275:
(x 500; 308.00 m)

Type 276: Bryophyta
(x 500; 167.00 m)

Type 277:
(x 500; 352.60 m)

Type 278: *Selaginella sellowii* type (Selaginellaceae)
(x 500; 321.00 m)

PLATE 36

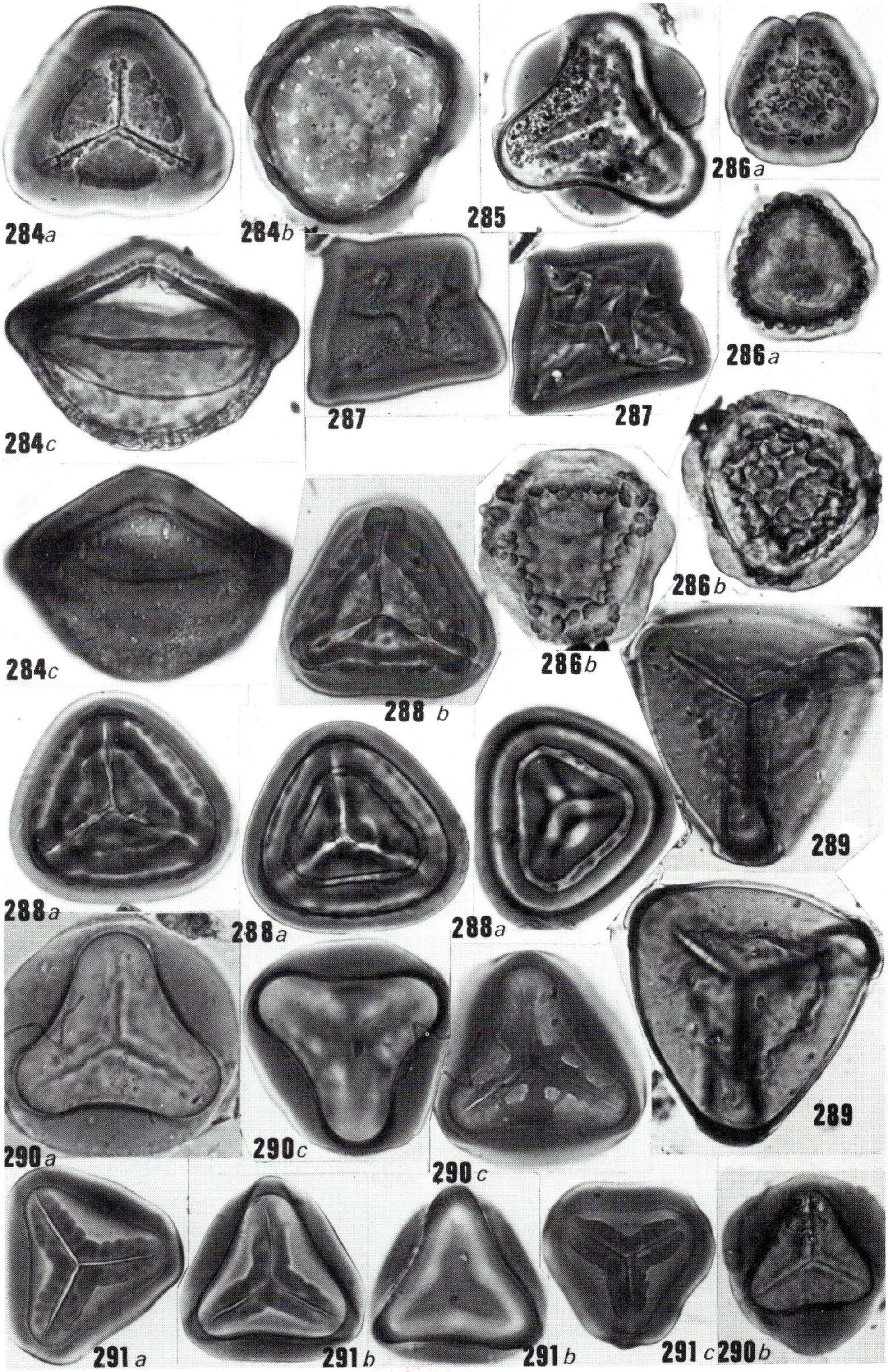
284a
284b
285
286a
284c
287
287
286a
284c
288 b
286b
286b
289
288a
288a
288a
290a
290c
290c
289
291a
291b
291b
291c
290b

PLATE 37

Type 292: *Cyathea (Alsophila - Trichipteris)* (Cyatheaceae)
(x 750; 353.00 m)

Type 293: *Cyathea (Alsophila - Trichipteris)* (Cyatheaceae)
(x 500; 315.60 m)

Type 294: *Cyathea* (Cyatheaceae)
(x 500; 330.60 m)

Type 295: cf. *Anthoceros* (Anthocerotaceae, Anthocerotae)
(x 750; 295a: 178.00 m; 295b: 303.40 m)

Type 296: *Cyathea (cf. Alsophila)* (Cyatheaceae)
(x 750; 296a: 225.40 m; 296b: 327.20 m; 296c: 257.00 m)

Type 297: *Ophioglossum engelmannii* type (Ophioglossaceae)
(x 750; 183.00 m)

Type 298: *Ophioglossum crotalophoroides* type (Ophioglossaceae)
(x 500; 298a: 354.80 m; 298b: 262.60 m; 298c: 178.00 m)

Type 299: Form type: *Lycopodium foveolate* (Lycopodiaceae)
(x 750; 304.00 m)

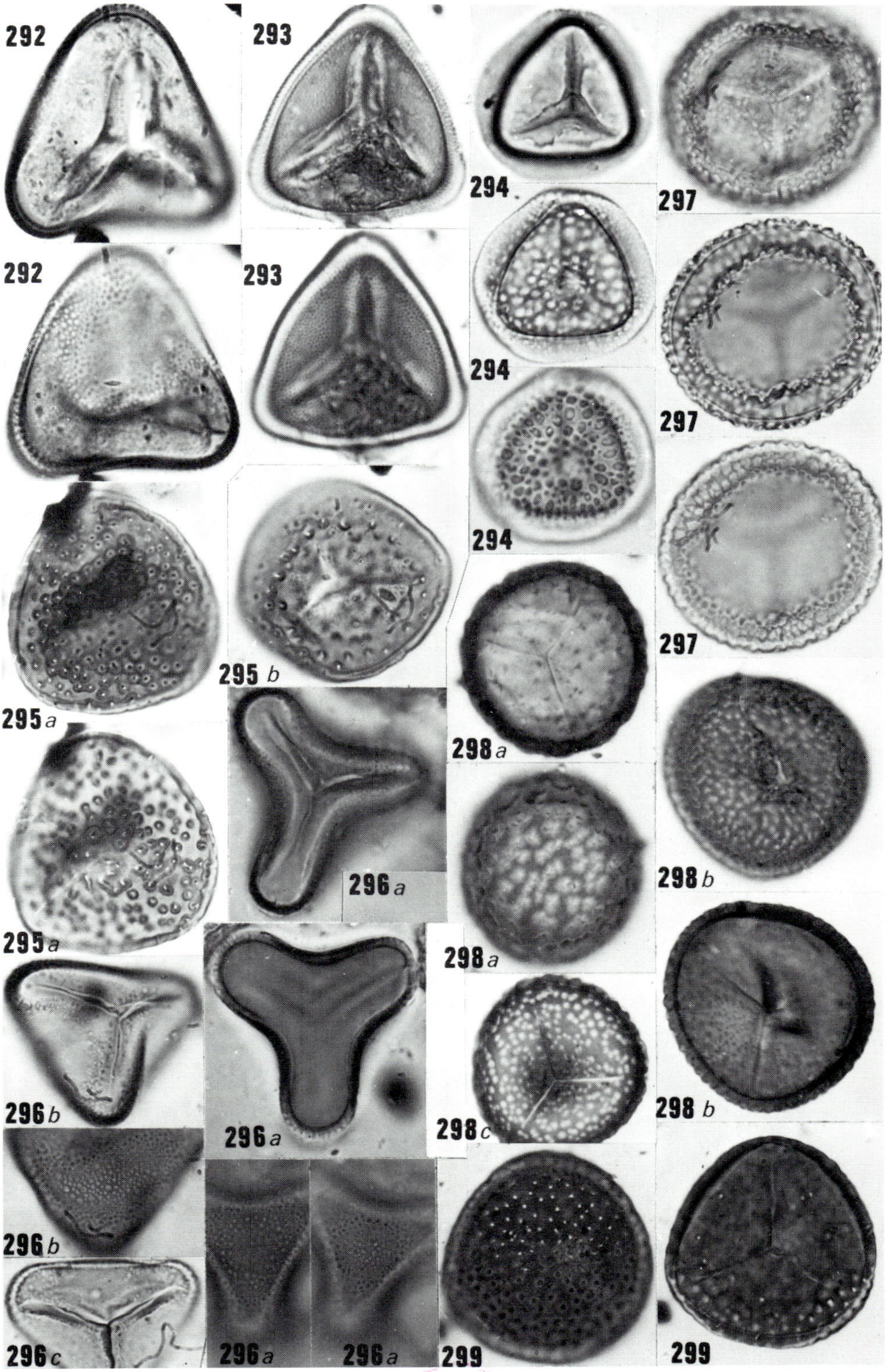
292
293
294
297
292
293
294
297
294
297
295 b
295 a
298 a
298 b
296 a
295 a
298 a
296 b
296 a
298 c
298 b
296 b
296 c
296 a
296 a
299
299

PLATE 38

Type 300: *Lycopodium clavatum* type (Lycopodiaceae)
(x 750; 300a: 2.87 m; 300b: 2.87 m; 300c: 323.00 m)

Type 301: *Lycopodium jussiaei* type (Lycopodiaceae)
(x 750; 301a: 327.00 m; 301b: 229.00 m)

Type 302: *Botrychium* (Ophioglossaceae)
(x 750; 302a: 184.40 m; 302b: 198.00 m)

Type 303: *Cyathea (Trichipteris) frigida* type (Cyatheaceae)
(x 750; 303a: 143.00 m; 303b: 325.60 m)

Type 304: *Cyathea* (Cyatheaceae)
(x 750; 329.00 m)

Type 305:
(x 500; 337.20 m)

Type 306:
(x 500; 303.00 m)

Type 307:
(x 500; 307a: 296.80 m; 307b: 144.00 m; 307c: 352.40 m;
307d: 353.00 m; 307e: 171.00 m; 307f: 312.00 m; 307g: 278.20 m)

PLATE 38

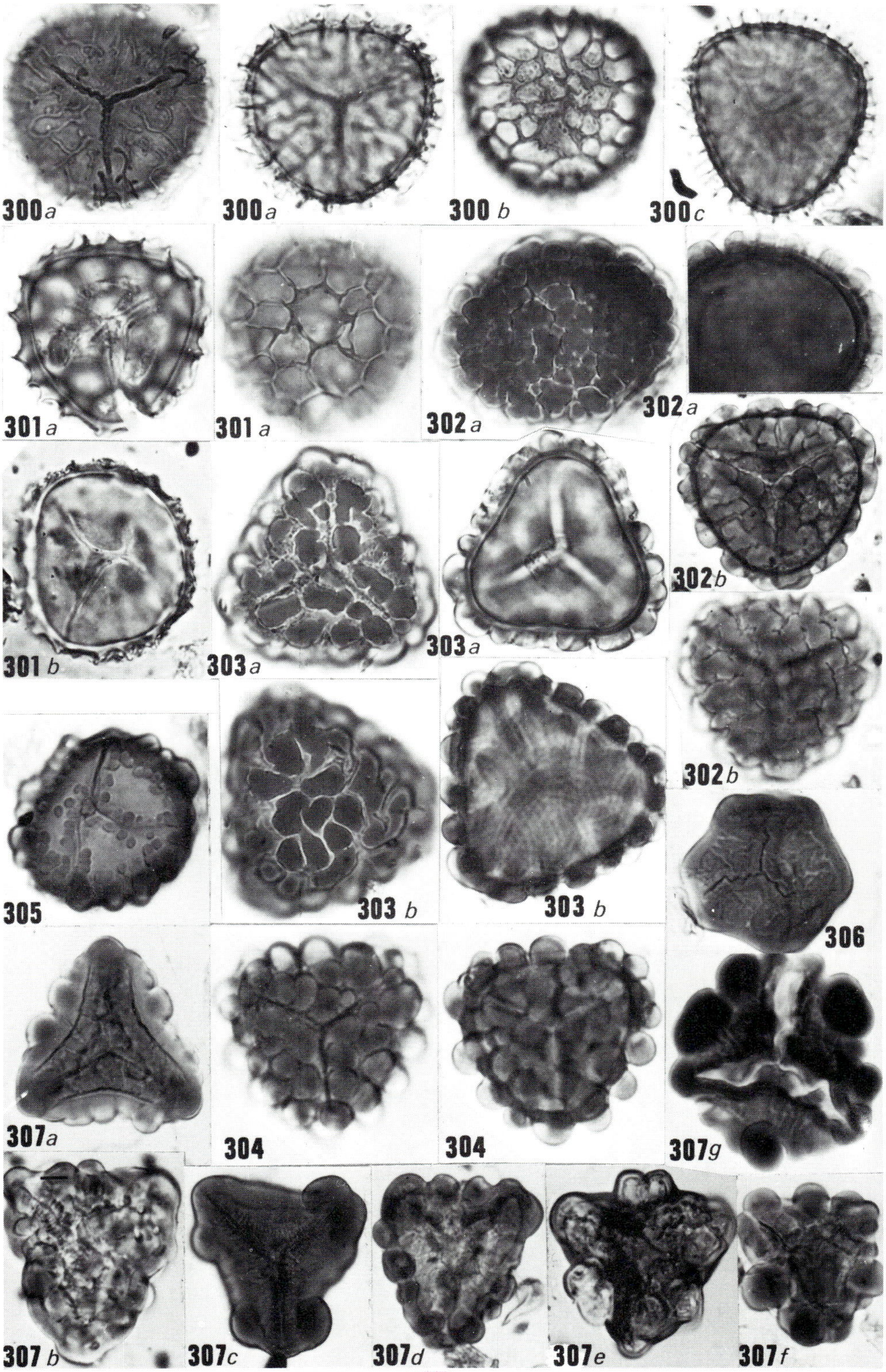
300a
300a
300 b
300c
301a
301a
302a
302a
301 b
303a
303a
302b
302b
305
303 b
303 b
306
307a
304
304
307g
307 b
307c
307d
307e
307f

PLATE 39

Type 308: cf. Cyatheaceae
(x 750; 308a: 270.00 m; 308b: 330.60 m)

Type 309: *Cyathea (*cf. *Alsophila)* (Cyatheaceae)
(x 750; 309a: 325.20 m; 309b: 330.60 m; 309c: 146.20 m)

Type 310: *Lycopodium* (Lycopodiaceae)
(x 750; 310a: 317.80 m; 310b: 353.80 m)

Type 311: *Dennstaedtia* (Dennstaedtiaceae, Dennstaedtioideae)
(x 750; 311a: 157.00 m; 311b: 332.00 m)

Type 312: *Bartramia (?)* (Bartramiaceae, Musci)
(x 500; 312a: 354.00 m; 312b: 317.40 m; 312c: 357.00 m)

Type 313: cf. *Phaeoceros* (Anthocerotaceae, Anthocerotae)
(x 500; 313a: 309.80 m; 313b: 339.80 m; 313c: 297.00 m)

Type 314:
(x 750; 162.00 m)

Type 315:
(x 500; 315a: 317.00 m; 315b: 309.00 m; 315c: 295.00 m)

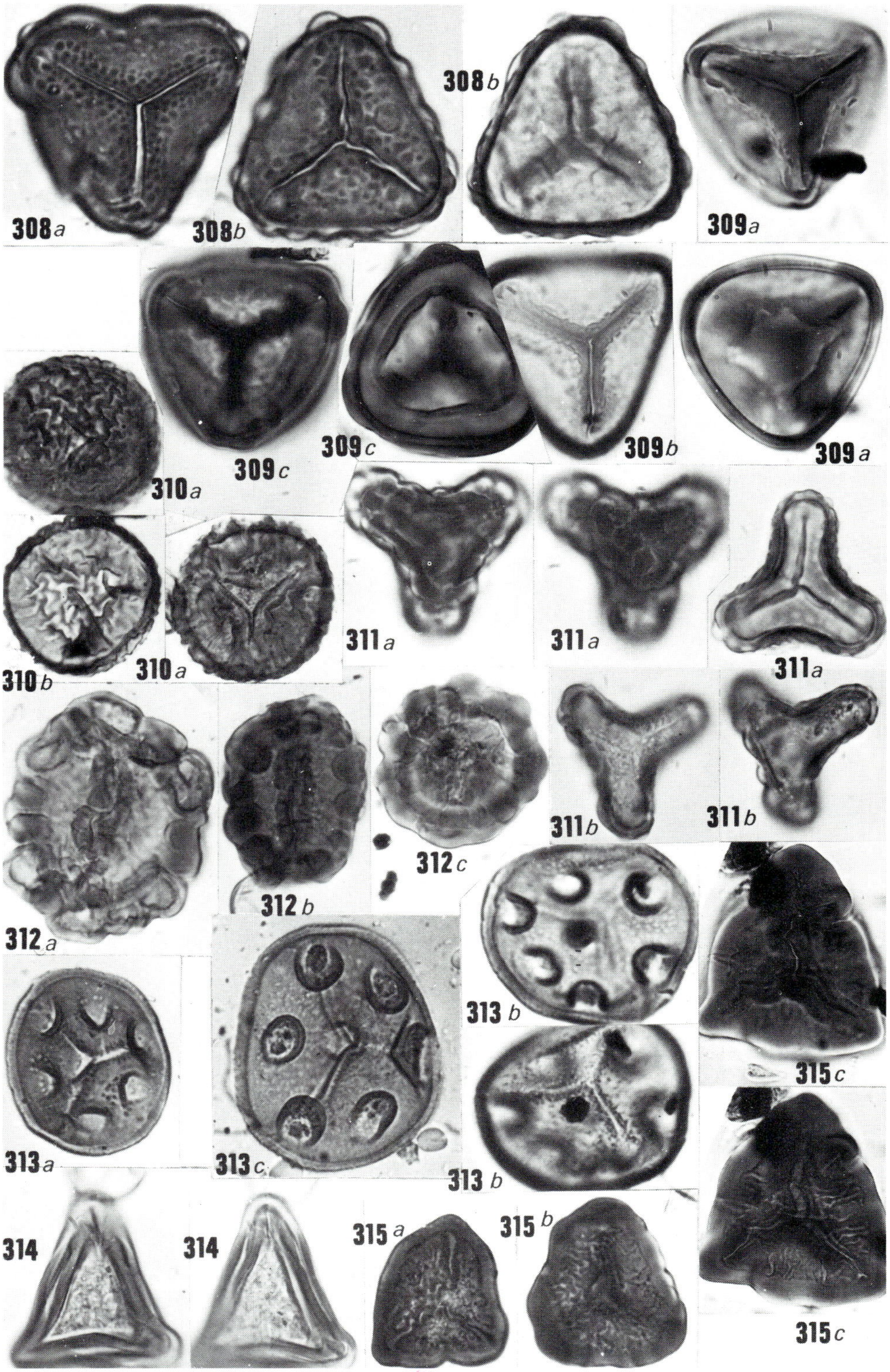
308a
308b
308b
309a
310a
309c
309c
309b
309a
311a
311a
311a
310b
310a
312a
312b
312c
311b
311b
313b
315c
313a
313c
313b
314
314
315a
315b
315c

PLATE 40

Type 316:
(x 750; 316a: 338.20 m; 316b: 311.40 m; 316c: 338.20 m)

Type 317: cf. *Jamesonia* (Adiantaceae, Adiantoideae)
(x 500; 317a: 326.00 m; 317b: 272.80 m; 317c: 327.60 m)

Type 318:
(x 750; 318a: 348.40 m; 318b: 354.60 m)

Type 319:
(x 750; 312.80 m)

Type 320:
(320a: 324.80 m (x 500); 320b: 171.00 m (x 750))

Type 321:
(321a: 325.00 m (x 500); 321b: 309.40 m (x 750))

Type 322: *Isoetes boyacensis* type (Isoetaceae)
(x 750; 297.00 m)

Type 323: *Asplenium serra* type (Aspleniaceae, Asplenioideae)
(x 750; 261.80 m)

Type 324: *Hypolepis hostilis* type (Dennstaedtiaceae, Dennstaedtioideae)
(x 750; 324a: 212.00 m; 324b: 327.60 m)

Type 325: Form type:Monoletes psilate < 65 µm
(x 750; 153.00 m)

Type 326: Form type:Monoletes psilate > 65 µm
(x 500; 326a: 263.80 m; 326b: 325.60 m; 326c: 332.80 m)

PLATE 40

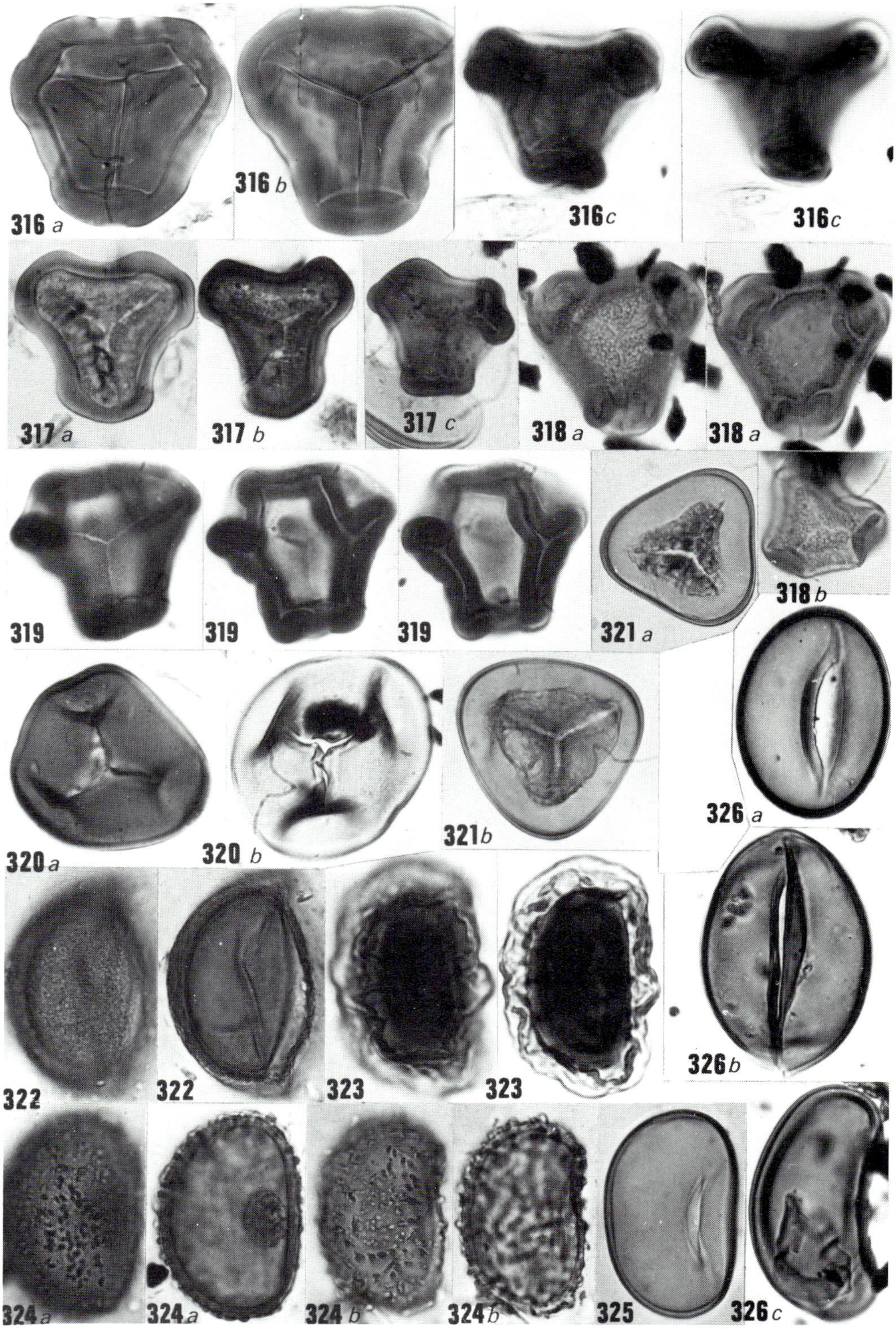
316 a
316 b
316 c
316 c
317 a
317 b
317 c
318 a
318 a
319
319
319
321 a
318 b
320 a
320 b
321 b
326 a
322
322
323
323
326 b
324 a
324 a
324 b
324 b
325
326 c

PLATE 41

Type 327: *Thelypteris* (Thelypteridaceae)
(x 750; 327a: 294.80 m; 327b: 262.20 m)

Type 328: Form type: Monoletes verrucate > 65 μm
(x 750; 317.40 m)

Type 329: Form type: Monoletes verrucate < 65 μm
(x 750; 329a: 269.60 m; 329b: 352.40 m)

Type 330 *Histiopteris incisa* type (Dennstaedtiaceae, Dennstaedtioideae)
(x 750; 330a: 316.80 m; 330b: 304.40 m; 330c: 291.40 m)

Type 331:
(x 750; 204.00 m)

Type 332: *Polypodium* (Polypodiaceae, Polypodioideae)
(x 750; 313.20 m)

Type 333: *Polypodium adnatum* type (Polypodiaceae, Polypodioideae)
(x 750; 256.10 m)

References

Absy, M.L., 1979. A palynological study of Holocene sediments in the Amazon Basin. Ph.D. thesis, University of Amsterdam, 86 pp + VIII plates.

Bakker, M. & D.G. van Smeerdijk, 1982. A palaeoecological study of a Late Holocene section from "Het Ilperveld", Western Netherlands. Rev.Palaeobot. Palynol.,36: 95-163.

Berger, A.L., 1976. Obliquity and precession for the last 5 000 000 years. Astron & Astrophys.,51: 127-135.

Berger, A.L., 1978. Long-term variations of daily insolation and Quaternary climatic changes. J. of the Atmospheric Sciences,35(12): 2362-2367.

Berggren, W.A., L.H. Burckle, M.B. Cita, H.B.S. Cooke, S. Gartner, J.D. Hays, J.P. Kennett, N.D. Opdyke, L. Pastouret, N.J. Shackleton, Y Takayanagi, 1980. Towards a Quaternary Time Scale. Quaternary Research,13: 277-302.

Blankenhorn, B., 1978. Pollenmorphologisch-systematische Untersuchungen an Valerianaceae. Bot.Jahrb.Syst.,99(1): 108-138.

Boellstorff, J., 1976. The succession of late Cenozoic volcanic ashes in the Great Plains: A Progress Report. Guidebook Series 1, Kansas Geological Survey, pp 37-71

Boellstorff, J., 1978. A need for redefinition of North American Pleistocene stages. Transactions-Gulf Coast Ass.Geol.Soc.,28: 65-74.

Bonnefille, R. & G. Riollet, 1980. Pollen des savannes d'Afrique orientale. Editions Centre Nat.Rech.Scient., Paris, 140 pp + 113 plates.

Boros, A. & M. Jarai-Komlodi, 1975. An atlas of recent Europesn moss spores. Akadémiai Kiadó. Budapest, 466 pp.

Bray, J.R., 1977. Pleistocene volcanism and glacial initiation. Science,197: 251-254.

Briskin, M. & W.A. Berggren, 1975. Pleistocene stratigraphy and quantitative paleo-oceanography of tropical North Atlantic core V16-205. In: T. Saito & L. Burckle (eds), Late Neogene Epoch Boundaries. Micropaleontology Press, Museum of Natural History, New York, pp 167-198.

Broecker, W.S. & J. van Donk, 1970 Insolation changes, ice volumes, and the O^{18} record in deep-sea cores. Rev.Geophysics and Space Physics,8: 169-198.

Clarke, G.C.S., 1975. Irregular pollen grains in some *Hypericum* species. Grana, 15: 117-125.

Cleef, A.M., 1978. Characteristics of neotropical páramo vegetation and its subantarctic relations. In: Troll, C. & W. Lauer (eds), Geoecological relations between the southern temperate zone and the tropical mountains. Erdwiss.Forsch.,11. Franz Steiner Verlag, Wiesbaden, pp 365-390.

Cleef, A.M., 1979. Secuencia altitudinal de la vegetación de los páramos de la Cordillera Oriental, Colombia. Actas del IV Symposium Internacional de Ecología Tropical, Panamá, 1977, vol. 1, 281-295.

Cleef, A.M., 1981. The vegetation of the páramos of the Colombian Cordillera Oriental. Ph.D. thesis, State University of Utrecht, 320 pp. Also published as Dissertaciones Botanicae, Band 61, J. Cramer, Vaduz and "The Quaternary of Colombia",vol. 9.

Cleef, A.M., O. Rangel Ch. & S. Salamanca V., 1983. Reconocimiento de la vegetación de la parte alta del transecto Parque los Nevados. In: T. van der Hammen et al. (eds), La Cordillera Central Colombiana Transecto Parque Los Nevados. Studies on Tropical Andean Ecosystems, vol. 1, J. Cramer, Vaduz, pp.150-173.

Cleef, A.M. & O. Rangel Ch., (in press). La vegetación del páramo del NW de la Sierra Nevada de Santa Marta. In: T. van der Hammen, et al. (eds), La Sierra Nevada de Santa Marta, Transecto Buritaca. Studies on Tropical Andean Ecosystems, vol. 2, J. Cramer, Vaduz.

Correal Urrego, G & T. van der Hammen, 1977. Investigaciones arqueológicas en los abrigos rocosos del Tequendama; 12,000 años de historia del hombre y su medio ambiente en la altiplanicie de Bogotá. Bibl. Banco Popular, Premios de Arqueología,1, 194 pp. Also published as "The Quaternary of Colombia", Spec.Vol.1.
Cox, A., R. Doell & G.B. Dalrymple, 1968. Radiometric time-scale for geometric reversals. Q.J.Geol.Soc.London,124: 53-66.
Crabbe, J.A., A.C. Jermy & J.T. Mickel, 1975. A new generic sequence for the pteridophyte herbarium. Fern.Gaz.,11(2-3): 141-162.
Cuatrecasas, J., 1934. Observaciones geobotánicas en Colombia. Trabajos del Museo Nacional de Ciencias Naturales, Serie Botánica,27, 144 pp.
Cuatrecasas, J., 1958. Aspectos de la vegetación natural de Colombia. Rev.Acad. Col.Cienc.E.F.Nat.,10(40): 221-264.
Dansgaard, W. & H. Tauber, 1969. Glacier oxygen-18 content and Pleistocene ocean temperatures. Science,166: 499-502.
Dennis, R.W.G., 1976. British ascomycetes. J. Cramer, Vaduz, 455 pp + XL plates, 31 figs.
Dueñas J., H., 1979. Estudio palinológico de los 35 mts. superiores de la sección Tarragona, Sabana de Bogotá. Caldasia, 12(60): 539-571.
Ellis, M.B., 1971. Dematiaceous Hyphomycetes. Commonwealth Mycol.Inst., Kew.
Emiliani, C., 1955. Pleistocene temperatures. J. of Geol.,63(6): 538-578.
Emiliani, C., 1966. Paleotemperatures analysis of Caribbean cores P6304-8 and P6304-9 and a generalized temperature curve for the past 425,000 years. J. of Geol.,74(2): 109-124.
Erdtman, G. 1952. Pollen Morphology and Plant Taxonomy; Angiosperms. An Introduction to Palynology, I. Almqvist & Wiksell, Stockholm, 539 pp.
Erdtman, G., 1957. Pollen and Spore Morphology/Plant Taxonomy; Gymnospermae, Pteridophyta, Bryophyta. An Introduction to Palynology, II. Almqvist & Wiksell, Stockholm, 151 pp.
Erdtman, G. & P. Sorsa, 1971. Pollen and Spore Morphology/Plant Taxonomy; Pteridophyta. An Introduction to Palynology, IV. Almqvist & Wiksell, Stockholm, 302 pp.
Fægri, K. & J. Iversen, 1966. Textbook of pollen analysis. Munksgaard, Copenhagen, 237 pp. (2nd rev.ed.)
Gastony, G.J., 1979. Spore morphology in the Cyatheaceae. III. The genus *Trichipteris*. Am.J.Bot.,66(10): 1238-1260.
Gastony, G.J. & R.M. Tryon, 1976. Spore morphology in the Cyatheaceae. III. The genera *Lophosoria, Metaxya, Sphaeropteris, Alsophila,* and *Nephelea*. Am.J. Bot.,63(6): 738-758.
Germeraad, J.H., C.A. Hopping & J. Muller, 1968. Palynology of Tertiary sediments from tropical areas. Rev.Palaeobot.Palynol.,6: 189-348.
González Guzmán, A.E., 1967. A palynological study on the upper los Cuercos and Mirador formations (Lower and Middel Eocene; Tibú Area, Colombia). Ph.D. thesis, University of Amsterdam, 68 pp + 30 plates. E.J. Brill, Leiden.
González Quintero, L., 1969. Morfología polínica: la flora del Valle del Mezquital, Hidalgo. Inst.Nacional de Antropología e Historia, Mexico, 60 pp + LXII plates.
Grabandt, R.A.J., 1980. Pollen rain in relation to arboreal vegetation in the Colombian Cordillera Oriental. Rev.Palaeobot.Palynol.,29: 65-147. Also published as "The Quaternary of Colombia", vol. 7.
Grabandt, R.A.J., 1983. Description of some taxa of Testaceae of humid páramo vegetation types of the Colombian Cordillera Oriental. Rev.Acad.Col.Cienc. E.F.Nat.,15(58): 31-40.
Grabandt, R.A.J. & J. Nieuwland, (in prep). Pollen rain in relation to vegetation cover in the páramos of the Colombian Cordillera Oriental.
Graf, K.J., 1979. Untersuchungen zur rezenten Pollen- und Sporenflora in der nördlichen Zentralkordillere Boliviens und Versuch einer Auswertung von Profilen aus postglazialen Torfmooren. Ph.D. thesis, Universität Zürich.

Juris, Zürich, 104 pp + XXIV plates.
Grubb, P.J., 1974. Factors controlling the distribution of forest-types on tropical mountains: new facts and a new perspective. In: J.R. Flenley (ed), Altitudinal zonation in Malesia. Trans. 3rd Aberdeen-Hull Symp. Malesian Ecol. Univ. Hull Geogr. Dept. Misc. Ser.,16, pp 1-25.
Guhl, E., 1982. Los páramos circundantes de la Sabana de Bogotá. Jardin Botánico "Jose Celestino Mutis", Bogotá, 127 pp.
Guinet, P., 1965. Etude des caractères du pollen dans le genre *Calliandra* (Mimosaceae). Pollen et Spores,7(2): 157-173.
Hansen, B., 1980. A monograph of the neotropical Balanophoraceae. Flora Neotropica, monograph no.23, New York, 80 pp.
Haq, B.U., W.A. Berggren & J.A. Van Couvering, 1977. Corrected age of the Pliocene-Pleistocene boundary. Nature,269: 483-488.
Harland, W.B., A.V. Cox, P.G. Llewellyn, C.A.G. Pickton, A.G. Smith & R. Walters, 1982. A geologic time scale. Cambridge University Press, 131 pp.
Hays, J.D., J. Imbrie & N.J. Shackleton, 1976. Variations in the earth's orbit: pacemaker of the ice ages. Science, 194: 1121-1132.
Hedberg, O., 1946. Pollen morphology in the genus *Polygonum* L.S. Lat. and its taxonomical significance. Svensk Bot.Tidskr.,40(4): 371-404.
Heusser, C.J., 1971. Pollen and spores of Chile; Modern types of the Pteridophyta, Gymnospermae, and Angiospermae. The University of Arizona Press, Tucson, 167 pp.
Hooghiemstra, H., 1983. Pollen morphology of the *Plantago* species of the Colombian Andes and its application to fossil material. Rev.Acad.Col.Cienc.E.F. Nat.,15(58): 41-66.
Huang, T.C., 1972. Pollen Flora of Taiwan. Nacional Taiwan Univ., Botany Dept., 297 pp + 177 plates.
Huang, T.C., 1981. Spore Flora of Taiwan. Nacional Taiwan Univ., Botany Dept., 111 pp + 120 plates.
Imbrie, J., 1982. Astronomical theory of the Pleistocene Ice Ages: A brief historical review. Icarus,50(2/3): 408-422.
Imbrie, J. & N.G. Kipp, 1971. A new micropaleontological method for quantitative paleoclimatology: application to a late Pleistocene Caribbean core. In: K.K. Turekian (ed), Late Cenozoic Glacial Ages. Yale Univ. Press, New Haven, pp 71-181.
Imbrie, J. & J.Z. Imbrie, 1980. Modeling the climatic response to orbital variations. Science,207: 943-953.
Iversen, J., 1958. The bearing of glacial and interglacial on the formation and extinction of plant taxa. Uppsala Univ.Arsskr.,6: 210.
Iversen, J. & J. Troels-Smith, 1950. Pollenmorfologiske definitioner og typer. Danmarks Geol.Unders.,3(8): 27-52.
Janssen, C.R., 1959. *Alnus* as a disturbing factor in pollen diagrams. Acta Bot. Neerl.,8(1): 55-58.
Janssen, C.R., 1970. Problems in the recognition of plant communities in pollen diagrams. Vegetatio,20: 187-198.
Janssen, C.R., 1973. Local and regional pollen deposition. In: H.J.B. Birks & R.G. West (eds), Quaternary Plant Ecology. Blackwell Scientific Publications, Oxford, 31-42.
Jarzen, D.M., 1979. Spore morphology of some Anthocerotaceae and the occurrence of *Phaeoceros* spores in the Cretaceous of North America. Pollen et Spores, 21(1-2): 211-231.
Johnson, R.G., 1982. Brunhes-Matuyama magnetic reversal dated at 790,000 yr B.P. by marine-astronomical correlations. Quaternary Research,17: 135-147.
Kennett, J.P. & N.D. Watkins, 1970. Geomagnetic polarity change, volcanic maxima and faunal exticntion in the South Pacific. Nature,227: 930-934.
Kennett, J.P. & R.C. Thunell, 1975. Global increase in Quaternary explosive volcanism. Science, 187: 497-503.
Koelbloed, K.K. & J.M. Kroeze, 1965. Hauwmossen *(Anthoceros)* als cultuurbegelei-

ders. Boor en Spade, 14: 104-109.
Kominz, M.A. & N.G. Pisias, 1979. Pleistocene climate: deterministic or stochastic? Science, 204: 171-173.
Kremp, G.O.W., 1968. Morphologic Encyclopedia of Palynology. The University of Arizona Press, Tucson: 263 pp.
Kremp, G.O.W. & T. Kawasaki, 1972. The spores of the Pteridophytes; illustrations of the spores of the ferns and fern allies. Hirokawa Publ. Co., Tokyo: 398 pp + 10 (addenda).
Kukla, G.J., 1972. Insolation and glacials. Boreas, 1(1): 63-96.
Kukla, G.J., 1977. Pleistocene land-sea correlations I. Europe. Earth-Science Rev., 13: 307-374.
Kukla, G., 1978. The classical European glacial stages: correlation with deep-sea sediments. Transactions Nebraska Ac.Sci., 6: 57-93.
Kukla, G., A. Berger, R. Lotti & J. Brown, 1981. Orbital signature of interglacials. Nature, 290: 295-300.
Lozano-Contreras, G. & R. Schnetter, 1976. Estudios ecológicos en el Páramo de Cruz Verde, Colombia. II Las communidades vegetales. Caldasia, 11(54): 54-68.
Lozano, G. & J.H. Torres, 1974. Aspectos generales sobre la distribución, sistemática, fitosociología y clasificación ecológica de los bosques de robles (Quercus) en Colombia. Ecología Tropical, 1(2):45-79, Bogotá.
Macdougall, J.D., 1976. Fission-track dating. Scientific American, 235(6): 114-122.
Markgraf, V.& H.L.D'Antoni,1978. Pollen flora of Argentina; Modern spore and pollen types of Pteridophyta, Gymnospermae and Angiospermae. The University of Arizona Press, Tucson: 208 pp.
Marticorena P.C., 1968. Granos de polen de plantas Chilenas. I. Gayana (Inst. Centr.Biol., Univ.Conception), 17: 66 pp.
Matsushima, T., 1975. Icones Microfungorum a Matsushima Lectorum. Published by the author, Kobe, Japan: 209 pp + 415 plates.
McClymont, J.W., 1955. Spore studies in the Musci, with special reference to the genus Bruchia. The Bryologist, 58: 287-306.
Mesolella, K.J., R.K. Matthews, W.S. Broecker & D.L. Thurber, 1969. The astronomical theory of climatic change: Barbados data. J. of Ecology, 77: 250-274.
Murillo, M.T. & M.J.M. Bless, 1974. Spores of recent Colombian Pteridophyta. I. Trilete spores. Rev. Palaeobot. Palynol., 18: 223-269 and "The Quaternary of Colombia", vol. 3.
Murillo, M.T. & M.J.M. Bless, 1978. Spores of recent Colombian Pteridophyta. II. Monolete spores. Rev. Palaeobot.Palynol., 25: 319-365 and "The Quaternary of Colombia", vol. 5.
Nilsson, O., 1967. Studies in Montia L. and Claytonia L. and allied genera. III. Pollen morphology. Grana Palynologica,7(2-3): 279-363.
Nilsson, S., 1967. Pollen morphological studies in the Gentianaceae-Gentianinae. Grana Palynologica, 7(1): 46-145.
Nowicke, J.W. & J.J. Skvarla, 1977. Pollen morphology and the relationship of the Plumbaginaceae, Polygonaceae, and Primulaceae to the order Centrospermae. Smith.Contr.Bot., 37: 64 pp. Smith.Inst.Press, Washington.
Pals, J.P., B. van Geel & A. Delfos, 1980. Palaeo-oecological studies in the Klokkeweel bog near Hoogkarspel (Prov. of Noord-Holland). Rev.Palaeobot. Palynol., 30: 371-418.
Prell, W.L., 1982. Oxygen and carbon isotope stratigraphy for the Quaternary of hole 502B: evidence for two modes of isotopic variability. Initial Reports of the Deep Sea Drilling Project. Vol. LXVIII: 455-464. Nat.Sc.Foundation for University of California.
Punt, W., 1962. Pollen morphology of the Euphorbiaceae with special reference to taxonomy. Ph.D. thesis and Wentia 7: 1-116.

Rahn, K., 1974. *Plantago* section *Virginica*. A taxonomic revision. Dansk Botanisk Arkiv, 30(2): 1-180.
Rangel Ch., O. & J. Aquirre C., (in press). Comunidades acuáticas altoandinas I - Vegetación sumergida y de ribera en el Lago de Tota, Boyacá, Colombia.
Riezebos, P.A., 1978. Petrographic aspects of a sequence of Quaternary volcanic ashes from the Laguna de Fuquene Area, Colombia, and their stratigraphic significance. Quat. Res., 10: 401-424.
Ruddiman, W.F. & A. McIntyre, 1976. Northeast Atlantic paleoclimatic changes over the past 600.000 years. Geol.Soc.Am.Mem., 145: 111-146.
Salgado-Labouriau, M.L., 1973. Contribuicao à palinologia dos Cerrados. Ph.D. thesis, Acad. Brasileira de Ciencias, Rio de Janeiro: 291 pp.
Schreve-Brinkman, E.J., 1978. A palynological study of the Upper Quaternary sequence in the El Abra corridor and rock shelters (Colombia). Palaeogeogr.Palaeoclim.Palaeoecol., 25: 1-109 and "The Quaternary of Colombia", vol.6.
Selli, R. et al., 1977. The Vrica section (Calabria, Italy). A potencial Neogene/ Quaternary boundary stratotype. G.Geol.,ser. 2,42: 181-204.
Selling, O.H., 1946. Studies in Hawaiian pollen statistics, Part I; The spores of the Hawaiian Pteridophytes. Bishop Museum, Honolulu: 87pp + 7 plates.
Selling, O.H., 1947. Studies in Hawaiian pollen statistics, Part II; The pollens of the Hawaiian Phanerogams.Bishop Museum, Honolulu: 430pp + 58 plates.
Shackleton, N., 1967. Oxygen isotope analyses and Pleistocene temperatures re-assessed. Nature, 215: 15-17.
Shackleton, N.J., 1969. The last interglacial in the marine and terrestrial records. Proceedings of the Royal Society (London), B 174: 135-154.
Shackleton, N.J. & N.D. Opdyke, 1973. Oxygen isotope and paleomagnetic stratigraphy of equatorial Pacific core V28-238: Oxygen isotope temperatures and ice volumes on a 10^5 year and 10^6 year scale. Quatern.Res., 3: 39-55.
Shackleton, N.J. & J.P. Kennett, 1975. Late Cenozoic oxygen and carbon isotopic changes at DSDP site 284: Implications for glacial history of the northern Hemisphere and Antarctica. In: Kennett, J.P. & R.E. Houtz et al. Initial Reports of the Deep Sea Drilling Project, Vol. 29: 801-807. U.S.Government Printing Off., Washington.
Shackleton, N.J. & N.D. Opdyke, 1976. Oxygen isotope and palaeomagnetic stratigraphy of Pacific core V28-239, Late Pliocene to Latest Pleistocene . Geol.Soc.Amer.Mem., 145(ed. J.D. Hays and R.M. Cline): 449-464. Boulder, Colorado.
Shackleton, N.J. & N.D. Opdyke, 1977. Oxygen isotope and palaeomagnetic evidence for early Northern Hemisphere glaciation. Nature, 270: 216-219.
Shackleton, N.J. & M.B. Cita, 1979. Oxygen and carbon isotope stratigraphy of benthic foraminifers at site 397: detailed history of climatic change during the Late Neogene. In: Rad, U, W.B.F. Ryan, et al., 1979. Initial Reports of the Deep Sea Drilling Project, Vol. 47(1): 433-445.
Simpson, B.B., 1975. Pleistocene changes in the flora of the high tropical Andes. Paleobiology, 1(3): 273-294.
Simpson, B.B., 1979. A revision of the genus Polylepis (Rosaceae: Sanguisorbae). Smith.Contr.Bot.,43: 62 pp.
Smit, A., 1978. Pollenmorphology of *Polylepis boyacensis* Cuatrecasas, *Acaena cylindristachya* Ruiz et Pavon and *Acaena elongata* L. (Rosaceae) and its application to fossil material. Rev. Palaeobot.Palynol., 25: 393-398 and "The Quaternary of Colombia", vol. 5.
Smith, A.P., 1977. Establishment of seedlings of *Polylepis sericea* in the Páramo (Alpine) Zone of the Venezuelan Andes. Bartonia, 45: 11-14.
Sowunmi, M.A., 1972. Pollen morphology of the Palmae and its bearing on taxonomy. Rev. Palaeobot. Palynol., 13(1): 1-80.
Sturm, H., 1978. Zur Ökologie der andinen Paramoregion. Dr. W. Junk, Publishers, The Hague: 121 pp. (Biogeographica, Vol. XIV).

Tschudy, R.H. & B.D. Tschudy, 1965. Modern fern spores of Rancho Grande, Venezuela. Acta Bot. Venezuelica, (1): 9-71.
Tschudy, R.H. & R.A. Scott(eds.), 1969. Aspects of palynology. Wiley-Interscience, New York-London-Sydney-Toronto: 510 pp.
Tsukada, M., 1964. Pollen morphology and identification III. Modern and fossil tropical pollen with emphasis on Bombacaceae. Pollen et Spores, 6(2): 393-462.
Turekian, K.K. (ed.), 1971. The Late Cenozoic glacial ages. New Haven and London Yale Univ.Press: 606pp.
Van Amerom, H.W.J., 1965. Upper-Cretaceous pollen and spores assemblages from the so-called "Wealden" of the province of Leon (Northern Spain). Pollen et Spores, 7(1): 93-133.
Van Campo, M., 1974. Pollen et spores d'Afrique tropicale. Centre d'Etudes de Géographie Tropicale, CNRS, Talence: 282 pp.
Van Donk, J., 1976. ^{18}O record of the Atlantic Ocean for the entire Pleistocene Epoch. In: R.M. Cline & J.D. Hays(eds.): Investigation of Late Quaternary Paleooceanography. Geol.Soc.Am.Mem., 145: 147-163.
Van Essen, A., 1968. Rhizopoden; overzicht van een veertigtal soorten van Amoebina, Testacea en Heliozoa in Nederland. K.N.N.V., Hoogwoud, Wet. Meded., 78: 64 pp.
Van Geel, B., 1972. Palynology of a section from the raised peat bog "Wietmarscher Moor", with special reference to fungal remains. Acta Bot. Neerl., 21(3): 261-284.
Van Geel, B., 1976a. Fossil spores of the Zygnemataceae in ditches of a prehistoric settlement in Hoogkarspel (The Netherlands). Rev. Palaeobot. Palynol., 22: 337-344.
Van Geel, B., 1976b. A paleoecological study of Holocene peat bog sections in Germany and The Netherlands, based on the analysis of pollen, spores and macro- and microscopic remains of fungi, algae, cormophytes and animals. Ph.D. Thesis, University of Amsterdam and Rev.Palaeobot.Palynol.,25(1): 1-120 (1978).
Van Geel, B. & T. Van der Hammen, 1973. Upper Quaternary vegetational and climatic sequence of the Fuquene Area (Eastern Cordillera, Colombia). Palaeogeogr.Palaeoclim.Palaeoecol., 14: 9-92 and "The Quaternary of Colombia", vol. 1.
Van Geel, B. & T. Van der Hammen, 1978. Zygnemataceae in Quaternary Colombian sediments. Rev.Palaeobot.Palynol., 25: 377-392 and "The Quaternary of Colombia", vol. 5.
Van Geel, B., S.J.P. Bohncke & H. Dee, 1980/1981. A palaeo-ecological study of an Upper Late Glacial and Holocene sequence from "De Borchert", The Netherlands. Rev.Palaeobot.Palynol., 31: 367-448.
Van der Hammen, T., 1954. El desarrollo de la flora colombiana en los periodos geologicos. I: Maestrichtiano hasta Terciario mas inferior. Bol.Geol. (Bogotá), 2(1): 49-106 + VII + 21 plates.
Van der Hammen, T., 1956a. Description of some genera and species of fossil pollen and spores. Boletin Geol., 4(2-3):111-117. Bogotá.
Van der Hammen,T., 1956b. A palynological systematic nomenclature. Bol.Geol. (Bogotá), 4(2-3): 63-101 + 12 plates.
Van der Hammen, T., 1966. The Pliocene and Quaternary of the Sabana de Bogotá (The Tilatá- and Sabana formations). Geologie en Mijnbouw, 45: 102-109.
Van der Hammen, 1973. The Quaternary of Colombia: Introduction to a research project and a series of publications. Palaeogeogr.Palaeoclim.Palaeoecol., 14: 1-7 and "The Quaternary of Colombia", vol. 1
Van der Hammen, T., 1974. The Pleistocene changes of vegetation and climate in tropical South America. J.Biogeogr., 1: 3-26.
Van der Hammen, T., 1979. Changes in life conditions on earth during the past one million years. Royal Danish Academy of Sciences and Letters, Biologiske Skrifter 22(6): 32 pp.Munksgaard, København.

Van der Hammen, T., 1981. Glaciales y glaciaciones en el Cuaternario de Colombia: Paleoecologia y Estratigrafia. Revista CIAF(Bogotá), 6(1-3): 635-638.
Van der Hammen, T., & E. González, 1960. Holocene and Late Glacial climate and vegetation of páramo de Palacio (Eastern Cordillera, Colombia, South America). Geologie en Mijnbouw, 39(12): 737-746.
Van der Hammen T., & E. González, 1963. Historia de clima y vegetacion del Pleistoceno Superior y del Holoceno de la Sabana de Bogotá. Boletin Geologico,(XI) 1-3: 189-266. Servicio Geologico Nacional, Bogotá.
Van der Hammen, T., & E. González, 1964. A pollen diagram from the Quaternary of the Sabana de Bogotá (Colombia) and its significance for the geology of the northern Andes. Geologie en Mijnbouw, 43: 113-117.
Van der Hammen, T. & C. Garcia de Mutis, 1965. The Paleocene pollen flora of Colombia. Leidse Geol. Meded., 35(1966): 105-116.
Van der Hammen, T. & E. González, 1965. A pollen diagram from "Laguna de la Herrera" (Sabana de Bogotá). Leidse Geol.Meded., 32: 183-191.
Van der Hammen, T., T.A. Wijmstra & W.H. Zagwijn, 1971. The floral record of the Late Cenozoic of Europe. In: K.K. Turekian(ed.): The Late Cenozoic glacial ages. Yale University Press, New Haven and London: 391-424.
Van der Hammen, T., J.H. Werger & H. Van Dommelen, 1973. Palynological record of the upheaval of the northern Andes: A study of the Pliocene and Lower Quaternary of the Colombian Eastern Cordillera and the early evolution of its high-Andean biota. Rev.Palaeobot.Palynol., 16: 1-122 and "The Quaternary of Colombia", vol. 2.
Van der Hammen, T., & A.M. Cleef, 1978. Pollenmorphology of *Lysipomia* H.B.K. and *Rhizocephalum* Wedd.(Campanulaceae) and the revision of the pollen determination "*Valeriana stenophylla*" Killip. Rev.Palaeobot.Palynol.,25: 367-376 and "The Quaternary of Colombia", vol. 5.
Van der Hammen, T., J. Barelds, H. de Jong & A.A. de Veer, 1980/1981. Glacial sequence and environmental history in the Sierra Nevada del Cocuy (Colombia). Palaeogeogr.Palaeoclim.Palaeoecol., 32: 247-340 and "The Quaternary of Colombia", vol. 8.
Van der Hammen, T., A. Perez Preciado & P. Pinto E.(eds.), 1983. La Cordillera Central Colombiana Transecto Parque los Nevados (Introduccion y Datos Iniciales). Studies on Tropical Andean Ecosystems, Vol. 1. 3. J.Cramer Verlag, Vaduz: 345 pp.
Van der Hammen, T. & A.M. Cleef, (in press). Evolution of the high Andean páramo ecosystem: flora and vegetation. In: Veuilleumier. F. & M. Monasterio (eds.). Adaptations and evolution in biota of high tropical montane ecosystems.
Van Montfrans, H.M., 1971. Paleomagnetic dating in the North Sea Basin. Ph.D. Thesis, University of Amsterdam, 113 pp.
Van Reenen, G.B.A. & S.R. Gradstein, 1983. Studies on Colombian Cryptogams XX. A transect analysis of the bryophyte vegetation along the altitudinal gradient on the Sierra Nevada de Santa Marta, Colombia. Acta Bot. Neerl., 32(3): 163-175.
Vargas, O. & S. Zuluago, 1981. Estudio fitoecologico de la region de Monserrate. Tesis de Grado, Departamento de Biologia, Universidad Nacional, Bogotá (stencilled).
Veldkamp, A.C., T. Hagen & J.D. Van der Woude, 1981. Laser plotting of pollen diagrams. Rev.Palaeobot.Palynol.,32: 441-443.
Villagrán, M.C., 1980. Vegetationsgeschichtliche und pflanzensoziologische Untersuchungen im Vicente Pérez Rosales Nationalpark (Chile). Ph.D. Thesis, Universität Göttingen. Diss.Bot. 54, J.Cramer Vaduz: 148 pp. + XVII plates.
Vishnu-Mittre, 1981. Botanical perspective on the Quaternary. The Palaeobotanist 28-29: 402-412.
Weischet, W., 1969. Klimatologische Regeln zur Vertikalverteilung Niederschläge in Tropengebirgen. Die Erde, 100(2-4): 287-306.

Wright, A.E. & F. Moseley(eds.), 1975. Ice ages: ancient and modern. Proc. 21st Inter-Univ.Geol.Congress, Univ. Birmingham 2-4 Jan. 1974. Seel House Press, Liverpool: 320 pp.

Wijmstra, T.A., 1971. The palynology of the Guiana coastal basin. Ph.D. Thesis, Univ. of Amsterdam: 62 pp + 4 plates. Kempenaer, Oegstgeest.

Wijmstra, T.A. & M.C. Groenhart, 1983. Record of 700.000 years vegetational history in Eastern Macedonia (Greece). Rev.Academia Colombiana de Cienc. Ex.F.N., 15(58): 87-98.

Willis, J.C., 1973. A dictionary of the flowering plants & ferns. 8th edition. Cambridge University Press: XXII + 1245 + LXVI pp.

Ybert, J.P., 1979. Atlas de pollens de Côte d'Ivoire. Editions O.R.S.T.O.M., Paris, Documentations Techniques no. 40: 40 pp + 25 plates.

Zagwijn, W.H., 1975a. Variations in climate as shown by pollen analysis, especially in the Lower Pleistocene of Europe. In: A.E. Wright & F. Moseley (eds.): Ice ages: Ancient and Modern: pp. 137-152.

Zagwijn, W.H., 1975b. A model-theory for the Pliocene/Pleistocene boundary determination, based on past climatic changes. Lage Neogene Epoch boundaries: 71-74.

Zagwijn, W.H. & J.W.C. Doppert, 1978. Upper Cenozoic of the southern North Sea Basin: palaeoclimatic and palaeogeographic evolution. Geologie en Mijnbouw, 57(4): 577-588.

Zander, R.H. & A.M. Cleef, 1982. Taxonomy and ecology of *Kingiobryum paramicola* (Dicranaceae). Studies on Colombian Cryptogams, XVI. Proc.Kon.Ned.Ak. Wet., C 85(4): 627-634.

Summary

A palynological study was carried out of a 357 m long section of lake sediments from the high plain of Bogotá, Colombia (alt. 2547 m above sea level), mainly consisting of clays. Over 100 intercalated volcanic ash bearing layers provided 18 radiometric (fission-track and K-Ar) datings, located between 39 m and 325 m depth. Some datings were rejected on the basis of strong contra-indications and a linear regression of the remaining datings appeared to be the most appropriate. These datings provided a time-frame for the pollen record, which appeared to be continuous between 30,000 yr B.P. and c. 3.5 m.y. B.P. (million years before present) and, therefore, it is the longest continuous and detailed terrestrial climatic record available. The sample distance varied between 20 cm and c. 40 cm, which resulted in a resolving capacity of the record from about 2000 to 4500 years. It proved to be possible to correlate the Funza pollen record in detail with some deep-sea records (V28-239 and V16-205), with the 195 m long pollen record of Bogotá (the base of which appeared to be a little over 3 m.y. old), with the variation of the eccentricity of the earth's orbit, and tentatively with the European stratigraphical climatic subdivision. It seems as if a terrestrial-marine-astronomical correlation of climate indicators can now be established.

A detailed comparison between the Funza pollen record and the deep-sea records stressed the somewhat ambiguous concept of a "glacial-interglacial cycle". The term "major climatic cycle" is, therefore, preferable. The duration of the 15 most recent major climatic cycles of the Funza record (representing the last 2.7 m.y.) varies considerably: average durations are centred around 70K, 100K, 190K, 250K, and 410K (K=1000) years. The variation of the duration of the major climatic cycles 16-26 is considerably less: the average durations are centred around 40K, 80K, and 100K years. A distinct change in the cyclicity at the c. 250 m level, *i.e.*, about 2.7 m.y. ago, seems manifest. The amplitude of the climatic changes appeared to have been relatively low in the intervals between the Recent and 0.35 m.y. B.P. (the upper 40 m of the record) and between 2.5 and 3.5 m.y. B.P. (the lowermost 100 m of the record), whereas the interjacent interval shows greater amplitudes. Volcanic activity occurred mainly in the intervals between 0.2 and 1.1(1.7) m.y. B.P. and 2.6 and 3.5 m.y. B.P.

On the basis of the pollen record 55 pollen zones have been distinguished. Nearly all major climatic cycles consist of two pollen zones: a climatically relatively warm pollen zone (represented by mainly closed vegetation types: forests) and a climatically relatively cold pollen zone (represented by mainly open vegetation types: páramos). The forest line shifted between c. 3400 m and c. 1800 m alt., which rendered the altitudinal position of the high plain of Bogotá (c. 2550 m) a sensitive recorder of the changing climate. All pollen zones have been described and for each zone a reconstruction of the local and regional vegetation has been made. The vegetational history of the record can be subdivided into 4 major periods: during the formation of pollen zones 1-13 (Recent to 0.96 m.y. B.P.) and 30-44 (c. 2.5 to 3.2 m.y. B.P.) the high plain was predominantly covered with (upper-) Andean forest, whereas during the deposition of pollen zones 14-29 (0.96 to 2.5 m.y. B.P.) and 45-55 (c. 3.2 to 3.5 m.y. B.P.) the high plain was predominantly covered with open vegetation types. This leads to a similar climatological subdivision of the last 3.5 m.y.: the first two periods mentioned were climatologically relatively warm, whereas the last two were climatologically relatively cold. The major constituents making up the Andean forest have been subjected to appreciable changes in the course of time: the predominance of different floral elements characterizes the above-mentioned 4 periods.

Curves are provided showing the changes in the altitudinal forest line, the temperature and the lake level during the last 3.5 m.y. As the total thickness of unconsolidated sediments in the high plain of Bogotá is about 800 m, it is to be expected that the registration of the climatic history of the northern Andes can be extended with some millions of years. In the oldest pollen zone 162, or 51%, of the total number of recorded taxa were already represented and these included many páramo taxa, indicating that the evolutionary history of the páramo ecosystem must have started much earlier. Important time-markers of the northern Andes are: the beginning of the *Alnus* record in pollen zone 38 (c. 3.0 m.y. B.P.) and the first *Quercus* records in pollen zone 14 (c. 1.0 m.y. B.P.). Both elements originate from the northern hemisphere and migrated along the, geologically speaking, recently formed Panamian isthmus.

Descriptions and illustrations of 429 palynomorphs are presented, of which 76% could be identified with recent taxa.

Samenvatting

Een palynologische studie is uitgevoerd van een 357 m diepe boring in meersedimenten van de hoogvlakte van Bogotá, Colombia (2547 m boven zeeniveau), die voornamelijk uit kleien bestaan. Meer dan 100 aanwezige, vulkanische as bevattende laagjes leverden 18 absolute ouderdomsbepalingen op (met behulp van "fission-track" en kalium-argon dateringen) van sedimentlaagjes gelegen tussen 39 m en 325 m diepte. Enkele dateringen werden op grond van degelijke argumenten verworpen en het bleek dat op de overblijvende betrouwbaar geachte dateringen het best een lineaire regressie kon worden toegepast. Dit resulteerde in een tijdschaal voor het pollen-diagram, dat continu bleek te zijn van ca. 30.000 jaar voor heden tot ca. 3,5 miljoen jaar voor heden, en deze is hiermee de langste continue, gedetailleerde terrestrische klimaatregistratie tot nu toe. De monsterafstand varieerde van 20 cm to ca. 40 cm, wat resulteerde in een oplossend vermogen van de curven van 2000 tot ca. 4500 jaar. Het bleek mogelijk het Funza pollen-diagram in detail te correleren met enkele diepzee-curven (V28-239 en V16-205), met het pollen-diagram van de 195 m diepe boring van Bogotá (waarvan de basis iets meer dan 3 miljoen jaar oud blijkt te zijn), met de variatie van de excentriciteit van de aardbaan, en voorlopig met de Europese stratigrafische klimatologische indeling. Het schijnt dat een terrestrisch-mariene-astronomische correlatie van klimaatindicatoren kan worden vastgesteld.

Een gedetailleerde vergelijking van het pollen-diagram van Funza met de diepzee-curven beklemtoond de moeilijkheid van een exacte toepassing van het begrip "glacial-interglacial cycle" (glaciale-interglaciale cyclus). De term "major climatic cycle" (grote klimaatcyclus) zou daarom wellicht de voorkeur verdienen. De duur van de 15 meest recente grote klimaatcycli van het Funza diagram (die de laatste 2,7 miljoen jaar beslaan) varieert aanzienlijk: de gemiddelde duur ligt rond 70K, rond 100K, rond 190K, rond 250K, en rond 410K (K=1000) jaar. De variatie van de duur van de grote klimaatcycli 16-26 is aanzienlijk minder: de gemiddelde duur ligt rond 40K, rond 80K, en rond 100K jaar. Er treedt een duidelijke verandering op in de cycliciteit van het klimaat op een diepte van ca. 250 m, wat overeenkomt met een absolute ouderdom van ca. 2,7 miljoen jaar. De amplitude van de klimaatschommelingen is blijkbaar relatief klein in de intervallen van Recent tot 0,35 miljoen jaar voor heden (de bovenste 40 m van de kolom beslaande) en tussen 2,5 en 3,5 miljoen jaar voor heden (de onderste 100 m van de kolom beslaande), terwijl het tussenliggende interval grotere amplitudes te zien geeft. De vulkanische activiteit is voornamelijk beperkt tot de intervallen tussen 0,2 en 1,1(1,7) miljoen jaar voor heden en tussen 2,6 en 3,5 miljoen jaar voor heden

In het pollen-diagram konden 55 pollen zones worden onderscheiden. Bijna alle grote klimaatcycli bestaan uit twee pollen zones, namelijk uit een klimatologisch relatief "warme" pollen zone (waarin overwegend gesloten vegetatietypen optreden: bossen) en een klimatologisch relatief "koude" pollen zone (waarin overwegend open vegetatietypen optreden: páramo's). De bosgrens heeft tussen ca. 3400 m en ca. 1800 m hoogte geschommeld, waardoor de sedimenten van de hoogvlakte van Bogotá, door haar ligging op ca. 2550 m hoogte, de klimaatsveranderingen heel duidelijk registreren. Alle pollen zones zijn beschreven en voor elk van die zones is een rekonstruktie gemaakt van de lokale en de regionale vegetatie.

De vegetatiegeschiedenis kan in 4 grote periodes worden onderverdeeld: gedurende de pollen zones 1-13 (recent-0,96 miljoen jaar voor heden) en 30-44 (ca. 2,5-3,2 miljoen jaar voor heden) was de hoogvlakte van Bogotá overwegend bedekt met (hoog)Andien bos, terwijl gedurende de pollen zones 14-29 (ca. 0.96-2,5 miljoen jaar voor heden) en 45-55 (ca. 3,2-3,5 miljoen jaar voor heden) de hoogvlakte van Bogotá overwegend met open vegetatietypen was bedekt. Dit leidt tot een overeenkomstige klimatologische onderverdeling van de laatste 3,5 miljoen jaar: de eerstgenoemde twee periodes waren klimatologisch relatief warm, terwijl de laatstgenoemde twee klimatologisch relatief koud waren. De belangrijkste elementen waaruit het Andiene bos was samengesteld tijdens de laatste 3,5 miljoen jaar zijn aan aanzienlijke veranderingen onderhevig geweest: het overwegen van verschillende flora-elementen karakterizeert de bovengenoemde vier periodes.

Curves geven de veranderingen van de bosgrens, de temperatuur en de waterspiegel van het meer van Bogotá gedurende de laatste 3.5 miljoen jaar weer. Daar de totale dikte van de ongeconsolideerde sedimenten onder de hoogvlakte van Bogotá ongeveer 800 m is, is het te verwachten dat de huidige registratie van de klimaatsveranderingen in het noordelijke Andesgebied met nog enkele miljoenen jaren kan worden uitgebreid. In de onderste pollen zone zijn reeds 162, dit is 51%, van het totale aantal geregistreerde taxa aanwezig, waaronder veel páramo elementen, hetgeen betekent dat de evolutionaire geschiedenis van het páramoecosysteem op dat moment al aanzienlijk ouder moet zijn geweest. Belangrijke indicatoren voor de ouderdom in het noordelijke Andesgebied zijn het begin van de *Alnus*(els)-curve in pollen zone 38 (ca. 3,0 miljoen jaar voor heden) en het begin van de *Quercus*(eik)-curve in pollen zone 14 (ca. 1,0 miljoen jaar voor heden). Beide bomen komen oorspronkelijk van het noordelijk halfrond en migreerden via de, geologisch gezien pas recentelijk gevormde, landengte van Panamá naar het zuiden.

Van 429 pollen typen, sporen en andere microfossielen zijn beschrijvingen en illustraties gegeven; 76% van hen kon met recente taxa worden geïdentificeerd.

Resumen

Se estudió palinológicamente una sección de 357 metros de sedimentos de laguna de la altiplanicie de Bogotá, Colombia (perforación Funza, altura del sitio 2547 m sobre el nivel del mar). En esta sección dominan las arcillas. De 100 intercalaciones de ceniza volcánica, 18 se pudieron utilizar para fechar ("fissiontrack" y K-Ar), localizadas entre 39 m y 325 m de profundidad. Algunas de las fechas fueron rechazadas con base en argumentos fuertes. Una regresión lineal con las otras fechas fué más apropiada. La regresión dió la base de tiempo para el registro de polen, el cual aparentemente mostró ser continuo entre 30,000 años antes del presente y 3.5 millones de años A.P., y quizás por eso, por ahora, es el registro climático terrestre detallado más largo que existe. La distancia entre las muestras analizadas varia entre 20 cm y aprox. 40 cm, siendo asi la resolución en el tiempo entre aproximadamente 2000 y 4500 años.

Fúe posible correlacionar detalladamente el registro de polen de Funza con algunos registros del fondo de los oceanos (V28-239 y V16-205), con el registro de polen de 195 m de Bogotá (la base del cual resultó tener una edad de 3 millones de años), con la variación de la excentricidad de la orbita de la tierra, y tentativamente con la secuencia climato-estratigráfica de Europa. Parece entonces que se puede establecer una correlación terrestre-marina-astronómica.

La comparación detallada del registro de polen de Funza y los registros de los oceanos parece subrayar el hecho que el concepto ciclo glacial-interglacial es algo ambiguo. Un termino como "ciclo climático mayor" es quizás preferible. La duración de los 15 ciclos climáticos mayores del registro de Funza (representando los últimos 2.7 millones de años (m.a.)) variaría considerablemente: duraciones promedias se establecieron alrededor de 70K, 100K, 190K, 250K y 410K (K=1000) años. La variación de la duración de los ciclos climáticos 16 hasta 26 es considerablemente menor: duraciones promedias se centran alrededor de 40K, 80K y 100K años.

Muy evidente parece ser un cambio marcado de ciclidad en el nivel de 250 m de profundidad, que tiene una edad de aprox. 2.7 m.a. La amplitud de los cambios climáticos parece relativamente baja en los intervalos recientes-0.35 m.a. A.P. (los 40 m superiores del registro) y 2.5-3.5 m.a. A.P. (los 100 m inferiores del registro, mientras que el intervalo intermedio muestra una amplitud mayor. Señales de actividad volcánica se presentaron principlamente en los intervalos 0.2-1.1(1.7) m.a. y 2,6-3.5 m.a. A.P.

En el diagrama se reconocieron 55 zonas de polen. Casi todos los ciclos climáticos mayores consisten de 2 zonas de polen: una climáticamente relativamente caliente (representada principalmente por vegetación de bosques) y una climáticamente fría (representada principalmente por vegetación abierta de páramo). El límite altitudinal del bosque fluctuó entre aprox. 3400 m y 1800 m de altura (extremos), siendo la altiplanicie de Bogotá por su altura (2550 m) un sitio bastante sensible para registrar los cambios de clima. Se describieron todas las 55 zonas de polen, y para cada una se intentó una reconstrucción de la vegetación local y regional.

La historia de la vegetación se puede subdividir en 4 períodos mayores. Durante las zonas de polen 1-13 (reciente-0.96 m.a. A.P.) y 30-44 (aprox. 2.5-3.2 m.a. A.P.) la altiplanicie alrededor de la laguna estaba predominantemente cubierta por bosque andino, mientras que durante las zonas de polen 14-29 (0.96-2.5 m.a. A.P.) y 45-55 (aprox. 3.2-3.5 m.a. A.P.) la altiplanicie estaba predominantemente cubierta por vegetación abierta. Esto conduce a una subdivisión climatológica similar para los últimos 3.5 m.a.: los primeros dos períodos mencionados son relativamente calientes, mientras los últimos dos períodos mencionados son relativamente fríos. Como la composición del bosque andino ha cambiado considerablemente durante la historia, esos cuatro períodos arriba mencionados son caracterizados por diferentes elementos.

Para los últimos 3.5 m.a. se calcularon curvas de los cambios del límite altitudinal del bosque, de la temperatura y del nivel de la laguna. Como el espesor total de los sedimentos en la altiplanicie de Bogotá es estimado del orden de los 800 m, se espera que el registro actual de la historia de vegetación y clima en los Andes septentrionales se logre extender todavía en varios millones de años. En la zona de polen más antigua de nuestra secuencia, se encontraron 162 taxa, o sea 51%, del número total registrado en la sección, inclusive muchos elementos de páramo. Esto indicaría que la historia evolutiva del ecosistema páramo debe ser considerablemente más largo que los 3.5 m.a. registrados. Marcadores de tiempo importantes en la zona norte-andina son el principio de la curva de *Alnus* en la zona de polen 38 (aprox. 3.0 m.a. A.P.), *Alnus* continuamente alta desde zona 31, y el principio del registro de *Quercus* en la zona de polen 14 (aprox. 1.0 m.a. A.P.). Ambos elementos inmigraron desde el hemisferio norte, después del cierre del istmo de Panamá.

Se presentan descripciones y fotografías de 429 palinomorfos, de los cuales el 76% se pudo identificar.

Appendix 1: The Stratigraphical Column

The lake sediments of Funza were collected in cores of 50 cm length. Within the range 0 m to 140 m only concise notes about the lithology are available, whereas of the second part of the core, between 140 m and 357 m depth, descriptions were made at a scale 1 : 10. Core recovery was nearly complete: only relatively small gaps in core recovery occurred at:

140.50 m to 141.50 m (100 cm)
142.00 m to 143.00 m (100 cm)
153.00 m to 154.00 m (100 cm)
159.00 m to 161.00 m (200 cm)
168.50 m to 170.00 m (150 cm)
185.00 m to 186.00 m (100 cm)
238.00 m to 239.00 m (100 cm)
253.00 m to 256.00 m (300 cm)
323.00 m to 324.00 m (100 cm)
333.00 m to 334.00 m (100 cm)
340.00 m to 345.00 m (500 cm)
346.00 m to 348.00 m (200 cm)

The sandy character of the core near the lower four gaps in core recovery suggests that these ranges consisted of sands which disappeared from the drilling tube during the hoisting of the core tube.

Sediment was contributed to the lake from the following sources:
a. Located more or less at the end of an oblong catchment in which the Río Bogotá is the main river, the lake received both bedload and suspended sediment contributed by the Río Bogotá and by the creeks that discharged directly into the lake from the surrounding mountains formed by sediments of Cretaceous and Tertiary age (see fig. 12 and Van der Hammen, Werner & Van Dommelen, 1973). These sources are responsible for the reworked Tertiary and Cretaceous pollen and spore types (type numbers 14, 39, 89, 263, 279 and 428; see fig. 32 and the plates) found in the Funza record.
b. Weathering along the steep southeastern slopes produced large quantities of colluvium which accumulated near the toe of the slopes. During phases of high water level such sediments have possibly been deposited directly into lake water.
c. Aeolian material (volcanic ash and dust). Over 100 distinct and disseminated ash horizons were recognized (table 10). Horizons with strongly dispersed volcanic ash (mixed up with clay) were sometimes difficult to recognize, so that in several intervals the number of disseminated ash horizons could not be established with accuracy.

The following facies are represented within the core:
a. Lacustrine sediments.
Predominantly clays with very thin horizontal silt horizons. Other intervals lack any lamination (see fig. 33 A - F). Horizons of well-sorted, fine-grained sands (more rarely coarse sands) are probably a reflection of the water depth and represent periods with relatively low lake levels. Intervals with high percentages of coarse fractions are (see fig. 32):

129.00 m to 135.00 m
161.00 m to 169.00 m
186.00 m to 188.00 m and
321.00 m to 357.00 m,

and indeed coincide all with a nearly complete absence of the algae *Pediastrum*, *Botryococcus* and *Coelastrum*.
b. Slope wash sediments.
Gravel (up to 1 cm diameter), occurring in a clay matrix represents possibly slope-wash debris transported by ice floes to the centre of the lake.
c. Pedogenic horizons.
When the lake (locally) dried up the sediment on the floor became subjected to subaerial alteration by soil-forming processes. Phases of pedogenic alteration in the core, representing low lake levels, have been identified by means of the following evidence:
1) the occurrence of fossil peat bogs by the presence of pure lignites and the presence of very humic clays. These are present at the follwoing dephts (pure

lignites indicated by an asterisk):

36.10 m to 36.50 m (40 cm)
87.75 m to 88.00 m (25 cm)
115.80 m to 117.25 m (145 cm)
125.00 m to 127.00 m (200 cm)
135.50 m to 137.00 m (150 cm)
143.45 m to 143.55 m (10 cm)*
149.45 m to 149.50 m (5 cm)*
205.05 m to 205.08 m (3 cm)*
320.60 m to 320.95 m (35 cm)*
322.40 m to 322.75 m (35 cm)*
334.00 m to 335.25 m (125 cm)*
335.90 m to 335.95 m (5 cm)*
354.00 m to 354.20 m (20 cm)*

From the finely laminated lignites as many discrete samples as possible were collected for a detailed reconstruction of the corresponding stands of bog vegetation. However, many pollen slides contained only a few fungal spores and no reconstruction as mentioned above was possible. Possibly the peat has been exposed for a long time to oxidative processes.
2) **Mottling,** which is especially present in the intervals:

166.00 m to 168.00 m
180.00 m to 205.00 m
331.00 m to 332.00 m and
355 m to 357 m.

The colours of the sediments are tabulated in a separate column alongside the stratigraphical one. The colour was registered on the fresh surface after a superficial strip of the core had been removed. The following colour classes are distinguished:

dark grey (1)
(light) grey (2)
yellowish grey (3)
yellowish (4)
black (5)
brown (6)
orange (7)
yellow (8)

When several distinct colours are irregularly mixed or occur as successive, fine layers, the colours in such parts of the core are indicated by their numbers in the sequential position, *e.g.*, 1/8 (= dark grey and yellow).
3) Development of vertical cracking in clays filled up with sands, which is present at the following depths (no data available in the interval 0 m to 140.00 m):

c. 162.90 m and
c. 337.20 m.

In fig. 32 a schematic representation is provided of different characteristics of the stratigraphical column. Subsequently gaps in core recovery, presence of reworked pollen and spores, percentage of the coarse fraction, presence of volcanic ash horizons, presence of colour changes, presence of lignite, boundaries of the pollen zones and their general temperature conditions (glacial/interglacial conditions) are presented. Several distinct trends are present:

1. gaps in core recovery are mostly bordered by intervals with a high percentage of coarse fraction.
2. Below 140.00 m depth reworked pollen and spores are present during two distinct intervals, *viz.*, between 355.00 m and 260.00 m and between 165.00 m and 135.00 m.
3. The accumulation of sand or sandy clay is mainly restricted to some intervals coinciding with low percentages of algae.
4. The presence of volcanic ash horizons and high percentages of coarse fraction seldom coincide.
5. The interval 165.00 m to 235.00 m, coicinding with the glacial cycles 13, 14 and a part of 15 (pollen zones 24-29), is characterized by many coloured horizons.

Fig. 32: Schematic representation of different characteristics of the stratigraphical column (in 1 m intervals).
(1) Gaps in core recovery. Circles represent gaps.
(2) Reworked pollen, including the type numbers 14, 37, 89, 258, 273 and 428 (see the plates). Circles represent types.
(3) Percentage of coarse fraction (sandy clay, clayey sand, sand and coarse sand). Each circle represent 10%.
(4) Number of distinct and disseminated ash horizons (see table 10). Circles represent horizons.
(5) Estimated quantity of brown, yellow and orange coloured sediment. Each circle represents 20%.
(6) Estimated quantity of lignite. Each circle represents 20%.
(7) Recognized pollen zones. Relatively cold periods (glacial conditions) are indicated by a vertical bar.

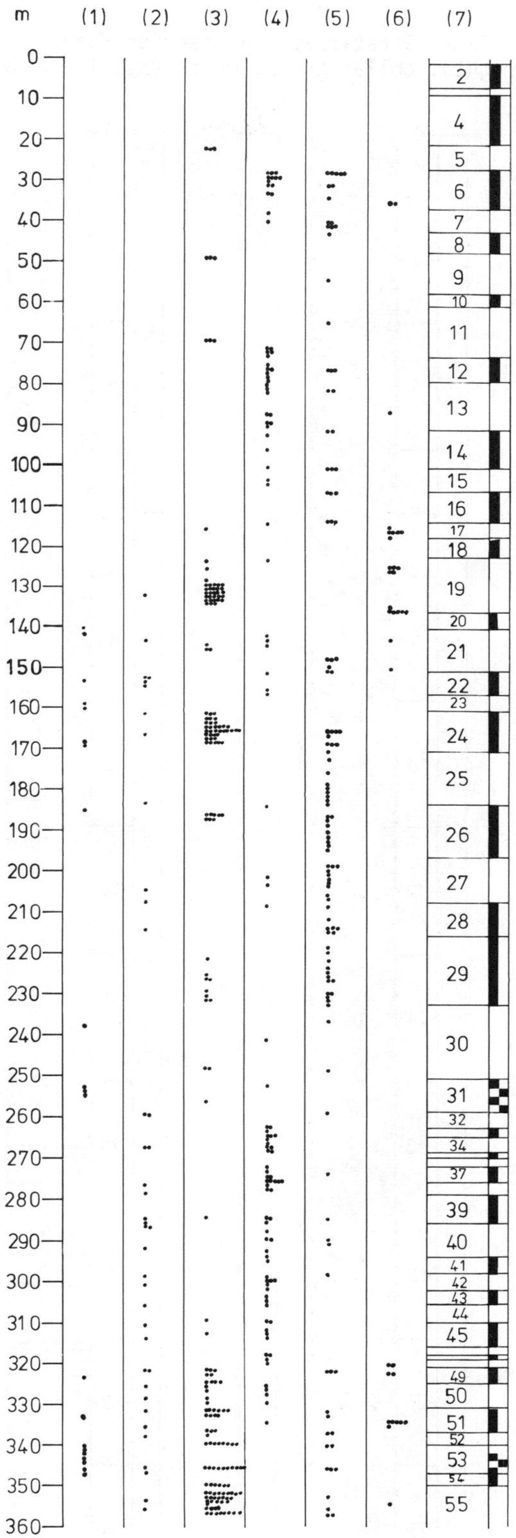

Fig. 33 A: Stratigraphy of section Funza: 0-66 m. Columns represent (from left to right): pollen zones, depth (m), litho-stratigraphy, and colour.

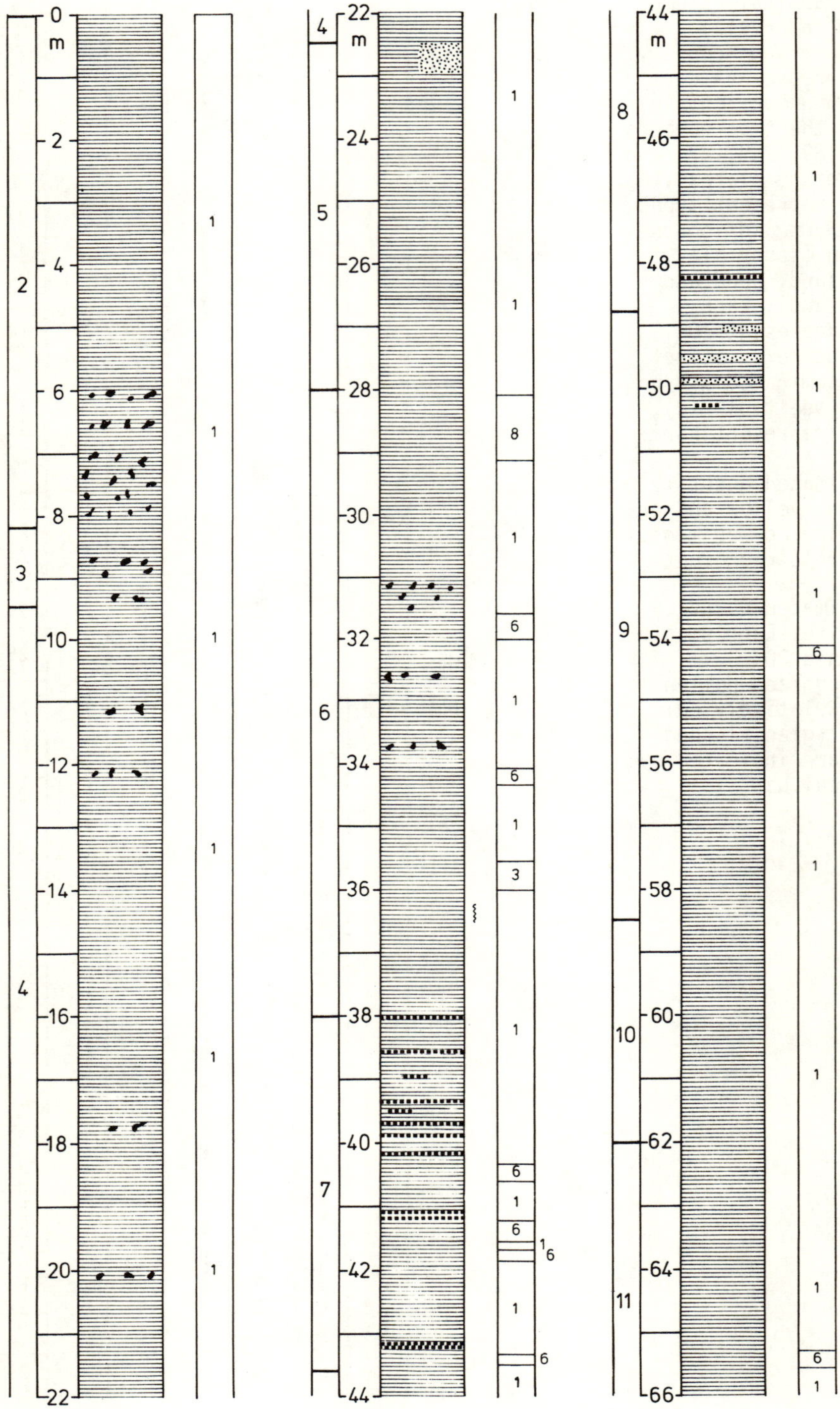

Fig. 33 B: Stratigraphy of section Funza: 66-132 m. Columns represent (from left to right): pollen zones, depth (m), litho-stratigraphy, and colour.

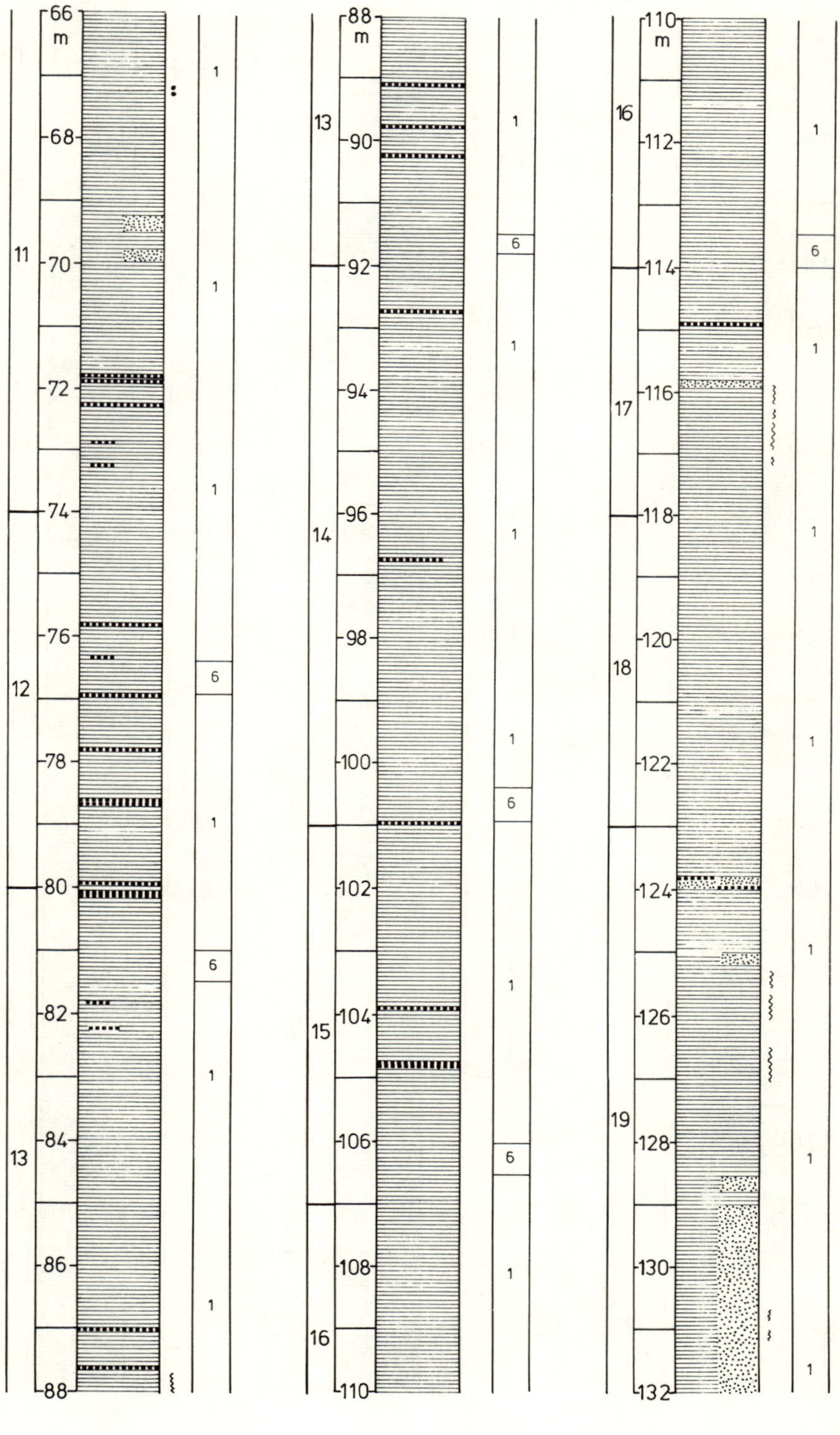

Fig. 33 C: Stratigraphy of section Funza: 132-198 m. Columns represent (from left to right): pollen zones, depth (m), litho-stratigraphy, and colour.

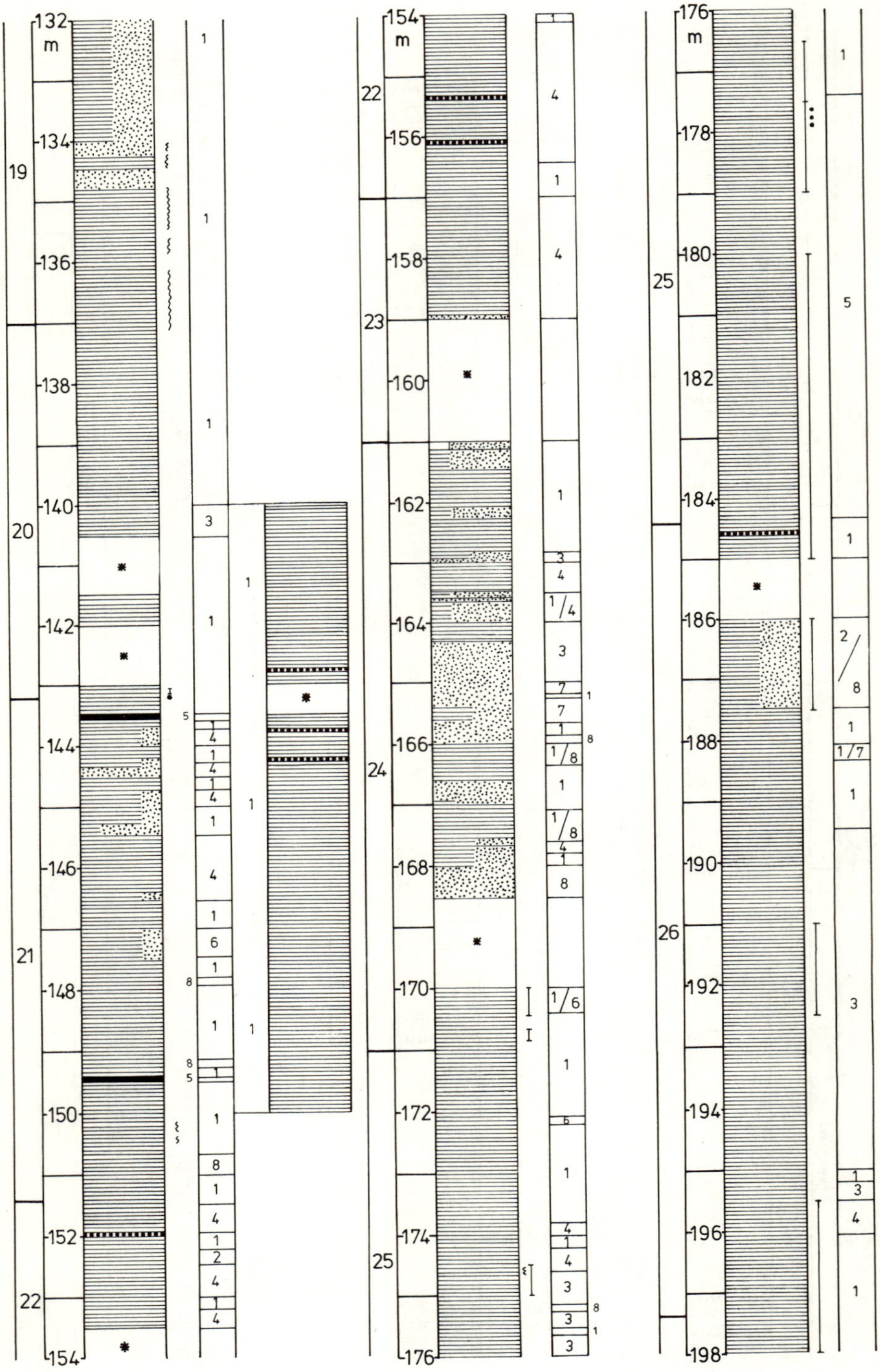

Fig. 33 D: Stratigraphy of section Funza: 198-264 m. Columns represent (from left to right): pollen zones, depth (m), litho-stratigraphy, and colour.

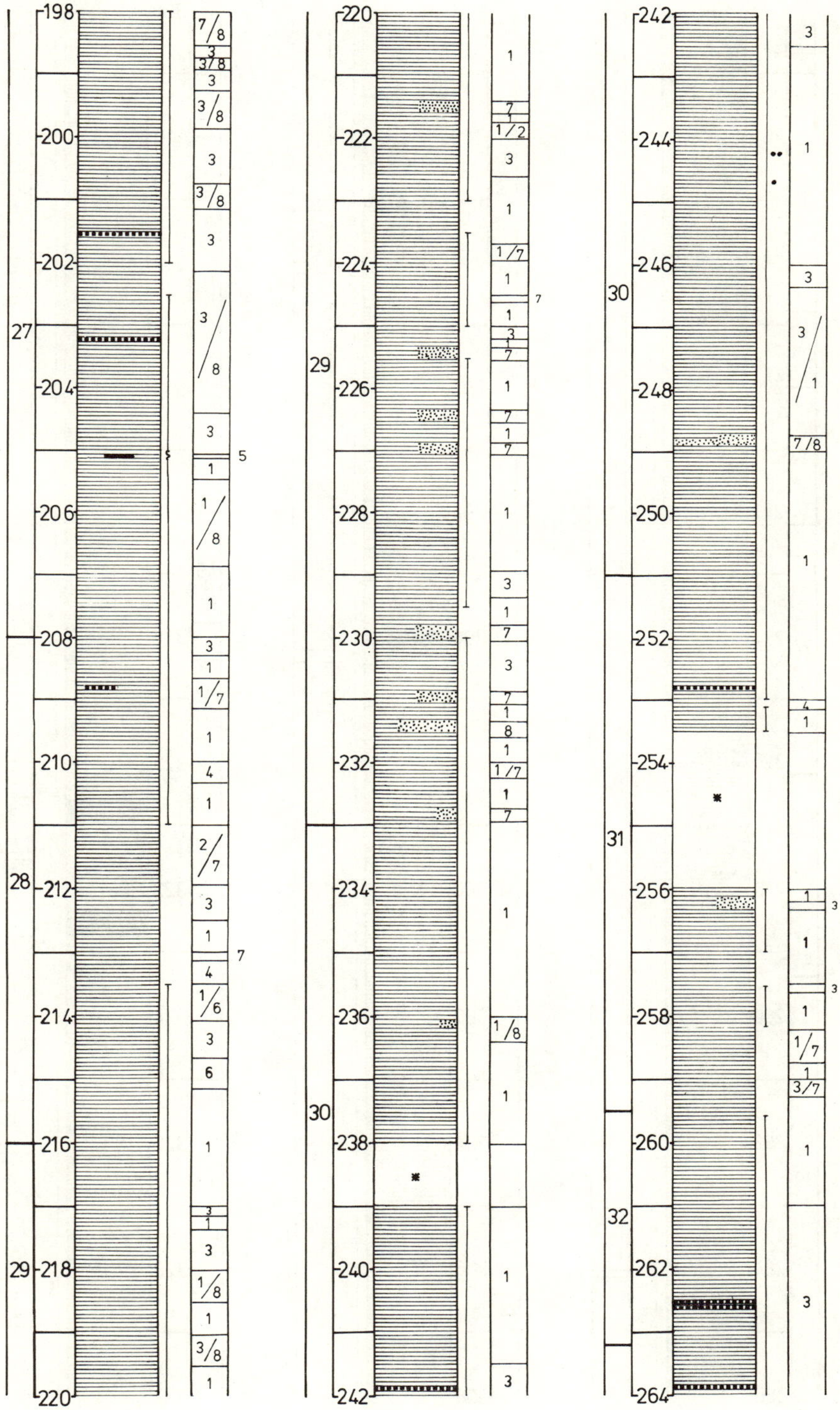

Fig. 33 E: Stratigraphy of section Funza: 264-330 m. Columns represent (from left to right): pollen zones, depth (m), litho-stratigraphy, and colour.

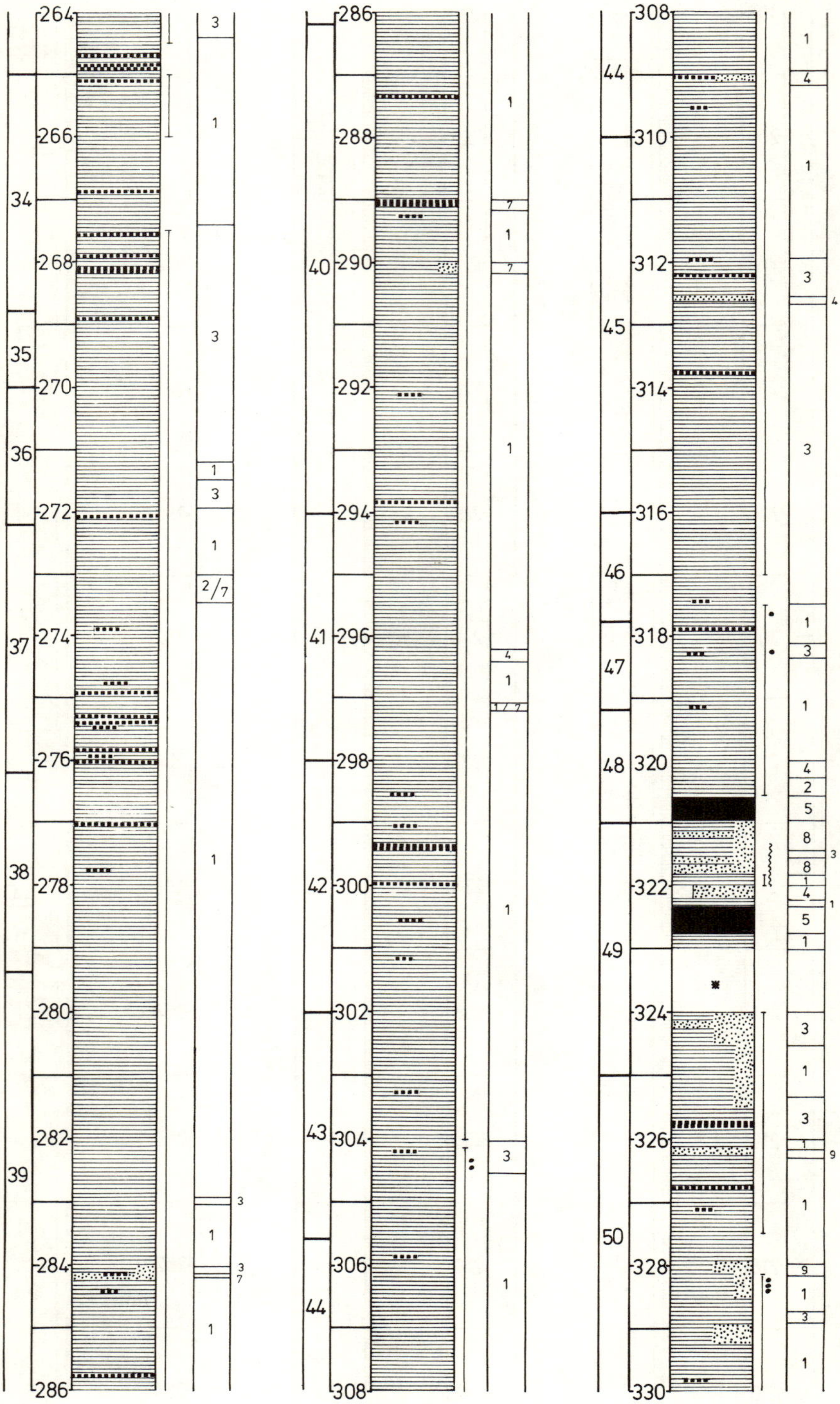

Fig. 33 F: Stratigraphy of section Funza: 330-357 m, and legend of the litho-stratigraphical and colour column. Columns represent (from left to right): pollen zones, depth (m), litho-stratigraphy, and colour.

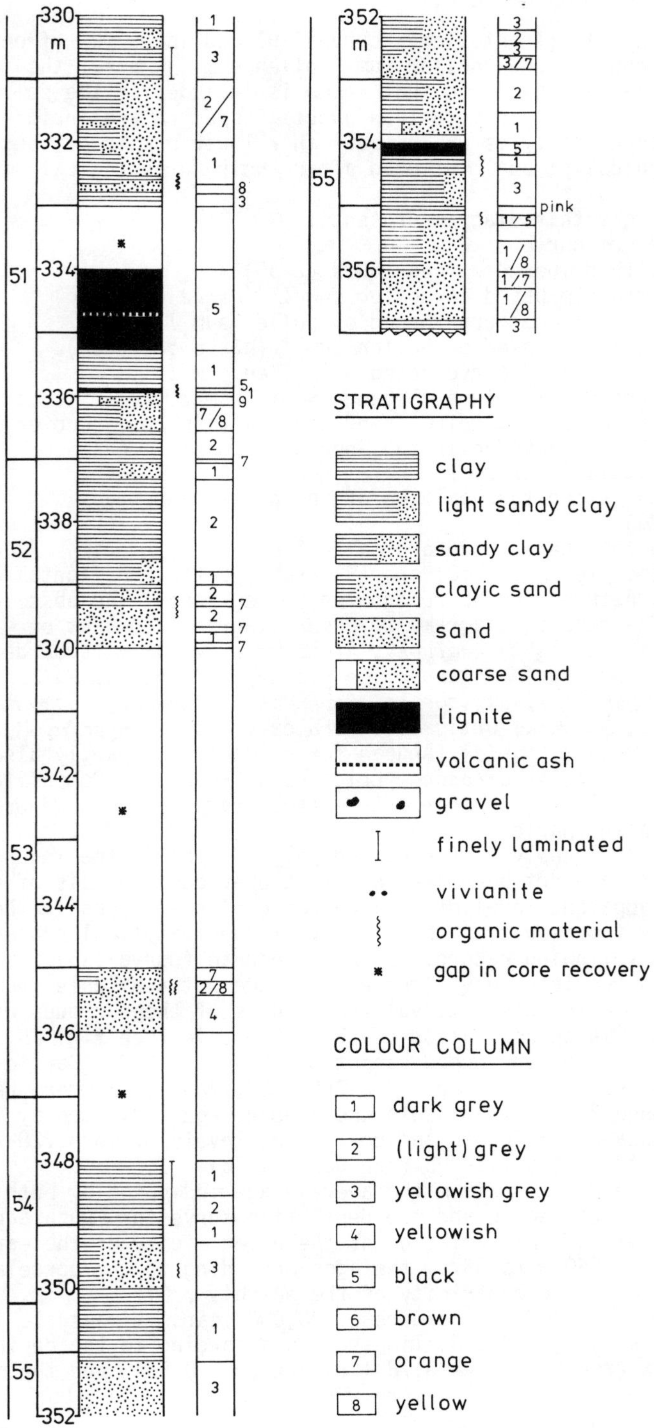

Appendix 2 : Legend of the Diagrams

LEGEND FOR FUNZA POLLEN DIAGRAM 1

Diagram 1 (sheet 1 (front side): curve 1-91 and sheet 2 (front side): curve 92-203) has a conventional pollen sum (pollen sum I), *viz.*, the taxa represented by the curves 1-4 and 6-34, so that *Alnus* is included in the pollen sum. All types which are present in more than about 15 spectra are included in this diagram. (The records of types which occur in a lower number of spectra are not presented graphically, but mentioned after their morphological description in chapter 8.)

From left to right this diagram presents:

(1) the pollen sum curve
(2) a column with numbered pollen zones (2-55)
(3) a general diagram based on pollen sum II (*Alnus* excluded)
(4) the *Polylepis-Acaena* curve based on pollen sum II
(5) a general diagram based on pollen sum I (*Alnus* included)
(6) the *Polylepis-Acaena* curve based on pollen sum I
(7) the stratigraphical column (legend on diagram 1, sheet 2 ; interruptions in the stratigraphical column represent gaps in core recovery; a detailed description is provided in the appendix)
(8) the depth scale (metres)
(9) a scale indicating the position of the pollen spectra
(10) curves 1-203
(11) the legend for the stratigraphical column.

On sheet 2 the items (2), (8) and (9) are repeated. Horizontal lines indicate the boundaries between the 55 recognized pollen zones. The abscisus provides the percentages. The general diagrams (Iversen diagrams) consist of 4 groups of taxa, *viz.*, (from left to right) *Acalypha, Alchornea, Cecropia* (subandean forest elements), *Alnus, Quercus, Podocarpus, Hedyosmum, Weinmannia, Vallea, Rapanea, Symplocos, Drimys, Ilex, Styloceras, Daphnopsis, Juglans, Bocconia,* Melastomataceae, *Miconia,* Urticaceae-Moraceae, *Pilea, Eugenia,* Myrtaceae, *Dodonaea, Gaiadendron, Myrica* (Andean forest elements; partly also found in the subandean belt), *Polylepis-Acaena,* Ericaceae, *Hypericum,* Compositae tubuliflorae, Compositae liguliflorae, *Loricaria* type (subpáramo shrubs) and Gramineae (páramo elements)(see also chapter 3).

A great number of newly distinguished palynomorphs in the interval between 140 and 357 m, which had not been recorded in a previous analysis of the upper 150 m suggests an apparent level of disappearance of some types in the diagrams, which is simply the result of the history of the analytical procedure. On the other hand the following records: Monocotyledonae (curve 115), triletes div. (curve 156) and monoletes div. (curve 175), are not available from the range 140-357 m, because in this interval the records of these groups were split up.

The most reliable approximation of the time-scale (see fig. 25, chapter 6) is:

- of the top of the pollen record: about 30,000 years B.P. (Barrio-Modelia, W. Bogotá: 27,700±400 yr B.P., Col. 97, GrN 4557; Van der Hammen, pers.comm.)
- within the range 2 m to 200 m depth the average age indicated by the depth-time curves for Funza according to the correlated levels of core V28-239 (Shackleton & Opdyke, 1976) and V16-205 (Van Donk, 1976)
- within the range 200 m to 240 m the average age indicated by both depth-time curves of the Funza record and the depth-time curve for Funza according to the correlated levels of the variation of the eccentricity of the earth's orbit.
- within the range 240 m to 357 m the ages according to the correlated levels of the variation of the eccentricity of the earth's orbit.

For the convenience of the readers a 100,000 years' time-scale is provided for the diagrams 1, 2, 3 and 4. Time-scales according to the depth-time curves $y=6.30 + 90.10x$ ($r^2= 0.84$), $y=16.78 + 85.30x$ ($r^2= 0.83$), and the most reliable estimated depth-time curve (after the above-mentioned criteria) are provided.

age $x10^6$ yr	depths according to depth-time curve y=6.30 + 90.10x (r^2= 0.84)	depths according to depth-time curve y=16.78 + 85.30x (r^2= 0.83)	most reliable estimated depths (m)	age $x10^6$ yr	depths according to depth-time curve y=6.30 + 90.10x (r^2= 0.84)	depths according to depth-time curve y=16.78 + 85.30 x (r^2= 0.83)	most reliable estimated depths (m)
0.1	15.3	25.3	9.0	2.1	195.5	195.9	201.5
0.2	24.3	33.8	24.0	2.2	204.5	204.4	208.0
0.3	33.3	42.4	35.7	2.3	213.5	213.0	213.0
0.4	42.3	50.9	48.0	2.4	222.5	221.5	221.0
0.5	51.3	59.4	54.0	2.5	231.5	230.0	230.0
0.6	60.4	68.0	62.0	2.6	240.6	238.6	241.0
0.7	69.4	76.5	66.0	2.7	249.6	247.1	261.5
0.8	78.3	85.0	79.0	2.8	258.6	255.6	270.5
0.9	87.3	93.6	87.5	2.9	267.6	264.2	280.0
1.0	96.3	102.1	101.0	3.0	276.6	272.7	294.5
1.1	105.4	110.6	112.0	3.1	285.6	281.2	302.0
1.2	114.4	119.1	119.0	3.2	294.6	289.7	308.5
1.3	123.4	127.7	135.0	3.3	303.6	298.3	321.0
1.4	132.4	136.2	141.0	3.4	312.6	306.9	335.0
1.5	141.4	144.7	149.5	3.5	321.6	315.3	349.0
1.6	150.5	153.3	155.0	3.6	330.6	323.9	356.0(?)
1.7	159.5	161.8	160.5	3.7	339.7	332.4	
1.8	168.5	170.3	173.0	3.8	348.7	340.9	
1.9	177.5	178.9	180.0	3.9	357.7	349.5	
2.0	186.5	187.4	192.0				

The most reliable estimated depths corresponding with the relevant levels of the paleomagnetic time-scale are:

Brunhes-Matuyama	0.73 m.y. B.P.	c. 68.00 m
Jaramillo	0.88 - 0.94 m.y. B.P.	85.25 - 89.75 m
Olduvai	1.72 - 1.88 m.y. B.P.	162.00 - 180.75 m
Réunion	2.04 m.y. B.P.	189.00 m
Matuyama-Gauss	2.47 m.y. B.P.	227.00 m
Kaena	2.88 - 2.96 m.y. B.P.	278.00 - 289.50 m
Mammoth	3.07 - 3.16 m.y. B.P.	295.00 - 305.75 m
Gauss-Gilbert	3.40 m.y. B.P.	335.00 m

Errata: curve 20: for '*Pilea*' read '*Pilea*; curve only correct in the range 0 m to 140 m; for the range 140 m to 357 m, see curve 90'
curve 90: for 'Moraceae' read 'Urticaceae-Moraceae/cf. *Celtis*; curve only correct in the range 0 m to 140 m; for the range 140 m to 357 m, see curve 20'
curve 174: for 'type 338' read '*Paesia viscosa*'
curve 197: for '*Spirogyra*' read '*Spirogyra*, type 403'
the horizontal line between curve 1 and curve 203 at the 11.00 m level is meaningless and is to be disregarded
in the legend the words 'peat' and 'gyttja' have to be exchanged.

LEGEND FOR FUNZA DIAGRAM 2

Diagram 2 (sheet 2 (back side): curve 1-57) has an abberant pollen sum (pollen sum II), *viz.*, pollen sum I minus *Alnus*, so that the taxa represented by the curves 1, 3-4 and 6-34 are included in pollen sum II. The diagram includes all

taxa of pollen sum I and, as far as the available space permitted, the most important records of diagram 1.
From left to right this diagram presents:
(1) the pollen sum curve
(2) a column with numbered pollen zones (2-55)
(3) a general diagram based on pollen sum II (*Alnus* excluded)
(4) the *Polylepis-Acaena* curve based on pollen sum II
(5) a general diagram based on pollen sum I (*Alnus* included)
(6) the *Polylepis-Acaena* curve based on pollen sum I
(7) the stratigraphical column (legend on diagram 1, sheet 2 ; interruptions in the stratigraphical column represent gaps in core recovery; a detailed description is provided in the appendix)
(8) the depth scale (metres)
(9) a scale indicating the position of the pollen spectra
(10) curves 1-57.
Horizontal lines indicate the boundaries between the 55 pollen zones. The abscis provides percentages. The general diagrams (Iversen diagrams) consist of four groups of taxa mentioned in the legend of diagram 1. For the time scale, see the legend of diagram 1.

Errata: curve 20: for '*Pilea*' read '*Pilea*, curve only correct in the range 0 m - 140 m'
the horizontal line between curve 1 and curve 57 on the 11.00 m level is meaningless and is to be disregarded.

LEGEND FOR FUNZA DIAGRAM 3

Diagram 3 (sheet 1 (back side): curve 1-34) is constructed after application of the R-values (t/p factors) of Grabandt (1980) to the counting data. By means of this factor possibly a better insight into the composition of the stand of vegetation can be gained (see chapter 3). The factors applied are mentioned in Table 1 (page). Only the curves of the taxa included in pollen sum I were recalculated in this way.
From left to right this diagram presents:
(1) the pollen sum curve
(2) a column with numbered pollen zones (2-55)
(3) a general diagram based on pollen sum II (*Alnus* excluded)
(4) the *Polylepis-Acaena* curve based on pollen sum II
(5) a general diagram based on pollen sum I (*Alnus* included)
(6) the *Polylepis-Acaena* curve based on pollen sum I
(7) the stratigraphical column (legend on diagram 1, sheet 2 ; interruptions in the stratigraphical column represent gaps in core recovery; a detailed description is provided in the appendix)
(8) the depth scale (metres)
(9) a scale indicating the position of the pollen spectra
(10) curves 1-34.
Horizontal lines indicate the boundaries between the 55 pollen zones. The abscis provides percentages. The general diagrams (Iversen diagrams) consist of four groups of taxa mentioned in the legend of diagram 1. Note that the factors applied are valid within a forest so that for the historical periods, in which close stands of forests surrounded the lake of Bogotá (see fig. 15), reliable results can be expected. See for the time scale the legend of diagram 1.

Errata: curve 20: for '*Pilea*' read '*Pilea*, curve only reliable in the range 0 m - 140 m'
the horizontal line between curve 1 and curve 34 on the 11.00 m level is meaningless and is to be disregarded.

Index to the Plates

In the following alphabetical list each identified type is placed both under its generic and family name.
To limit the length of this index a few restrictions are carried through:
1. when the generic and family names of a type start with the same letter the type is only inserted under the family name,
2. algae, mosses, fungi and rhizopods types are only inserted under their generic name.